任静 著

陕西新华出版
太白文艺出版社·西安

图书在版编目（CIP）数据

浮生 / 任静著. -- 西安 : 太白文艺出版社, 2020.1（2024.1重印）
　ISBN 978-7-5513-1764-1

Ⅰ. ①浮… Ⅱ. ①任… Ⅲ. ①长篇小说—中国—当代 Ⅳ. ①I247.5

中国版本图书馆CIP数据核字（2019）第265016号

浮生
FU SHENG

作　　者	任　静
责任编辑	付　惠
封面设计	秦呈辉
版式设计	建明文化
出版发行	太白文艺出版社
经　　销	新华书店
印　　刷	天津旭丰源印刷有限公司
开　　本	787mm×1092mm　1/16
字　　数	400千字
印　　张	26
版　　次	2020年1月第1版
印　　次	2024年1月第4次印刷
书　　号	ISBN 978-7-5513-1764-1
定　　价	68.00元

版权所有　翻印必究
如有印装质量问题，可寄出版社印制部调换
联系电话：029-81206800
出版社地址：西安市曲江新区登高路1388号（邮编：710061）
营销中心电话：029-87277748　029-87217872

序

探究人性深处的奥秘

冯积岐

任静是个走在一条正路上的女作家。她先写诗,后写散文,再写中短篇小说,直至拿出这部长篇小说《浮生》。她的创作,如同登山,一步一个脚印,一步一个台阶,每一步都是很坚实的。写诗,锤炼了她的文字功底;写散文,使她找到了抒发情感的出口;从事中短篇小说创作,练就了她的叙事能力,强化了她的文体意识。而《浮生》的面世也是水到渠成的事情——她的艺术创作走向成熟,人生也成熟了。

《浮生》以两代人的爱恨情仇为主线,从黄河岸边苗林村来到秀延县缫丝厂上班的两个女工张翠花、苗秀贞同争一个男人柳安平的感情故事细细道来,讲述了秀延县石板巷三个典型家庭——柳家、田家、文家两代人之间的恩怨、爱恨、情仇,细腻入微地描写了柳北京横刀夺爱,事业腾达,婚内出轨;文秀的美丽单纯,隐忍委屈,直至最终自杀身亡;田安门阴鸷个性的形成以及在柳北京的帮助下怎样从失败人生中重新崛起。小说全景式、多角度地描写了自 20 世纪 60 年代到新世纪初这四十年间发生在陕北秀延县和苗林村的男人和女人之间的情感故事,记录了秀延县经历的一次次社会变革,以及生活在那片土地上的人们的生活状况、精神面貌和不同人物命运的跌宕起伏。小说以社会大环境和时代的发展变迁为背景,深刻揭示了人物之间的矛盾冲突,揭示了社会变革中存在的一些问题和弊端,写出了不同人物的善良与丑陋,不同人物的煎熬与痛苦。可以说,《浮生》展示的是一幅色彩斑斓

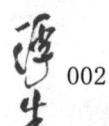

的历史画卷，也是一群不同性格的人物的鲜活雕像。

毫不避讳地说，爱恨情仇、恩恩怨怨、感情纠葛是被好多作者写了无数遍的题材，要从中写出新意来，确实不容易。在同样题材的众多作品中，《浮生》之所以有看点，之所以吸引人，是因为任静写出了对时代、对社会生活、对人生、对人物独到的认知，这个认知，也就是我们挂在嘴上的思想性。任静最大限度地、真诚地写出了四十年间地处陕北的一个小县城里的变化——它是中国社会变革的一个缩影，写出了那个小县城里的人们的心理变化。任静并没有把历史原封不动地挪到纸上，固定在历史长河中，而是使读者从她笔下所叙述的历史真实中受到启迪，静默思考，不断回味，从中悟出点什么来。这就是《浮生》不同于同类作品的闪光之处。

任静笔下的人物性格不是千篇一律的，她对每个人物都没有简单地用道德标准去判断——好人就是好人，坏人就是坏人。她给每个主要人物都赋予了复杂多变的性格，尤其是柳北京、张翠花、田安门、苗秀贞这几个人物，不能把他们仅仅放置在道德的天平上去考量。他们既处在生活的旋涡中，又被自我矛盾所折磨，他们的不安、彷徨、痛苦，以及放纵、压抑、欲望和理想都是特定历史时期在个体身上的折射，都和他们的人生阅历、人格品性分不开。他们的思维方式和行为方式都和身处的时代紧紧相连。任静始终把人物情感、人物命运，以及诸多矛盾冲突与他们身处的时代紧紧相扣，使人物形象具有了典型性和普遍性。如果仅仅把人物之间的矛盾冲突禁锢在情感需求、肉体欲望中，就会使人物本能化、简单化。任静在刻画人物的时候，始终把握着人物的社会使命，从而使她笔下的人物有血有肉、丰满圆润。

任静拿出一个作家的勇气和良知，十分真实地将她笔下的人物所经历的时代呈现在了读者眼前。任静小说的高贵之处在于，她说真话，抒真情，对于人性缺陷，她不回避；对于现实，她不粉饰。她耐心地、客观地再现了人物沉沦的过程和矛盾形成的多种因素，比如：对张翠花的粗率和苗秀贞的单纯，乃至柳北京对肉欲的贪恋和情感的率性，任静恰如其分地阐释；对田安门的阴险、狡猾和毫无责任的人性缺陷，任静毫不遮掩。她深知，亮出伤疤，是为了医治。要做到这一点，没有对生活的真诚、对艺术的真诚是不行的。

《浮生》之所以能感动读者、引起共鸣，至关重要的是，任静把她笔下的每一个人物当作自己来写，正如福楼拜所说，包法利夫人就是我自己。任静对每个人物都灌注了饱满的感情，赋予了不同的性格，因此，几个主要人物都是有血有肉、活灵活现的。

也许是写散文养成的习惯，《浮生》处处可以读到散文笔法——这是双刃剑，尽管文字优美、流畅通顺，但是，还是难掩盖其抒情色彩，从而使客观冷静的叙述减轻了分量。这不算是什么瑕疵，只是一个人的写作风格。可是，经常性地被一种风格所左右，就会使自己的散文、小说呈现同样的面孔。希望任静在以后的创作中注意这个问题。

2019 年 8 月 15 日

第一章

柳北京是在无意中听到那句话的。

黄昏时分，一个顽皮的男孩，靠在陕北秀延县城石板巷一处普通民宅的窗前，抬起头直愣愣地望着天空。夕阳的余晖还未等人看清楚就已经渐渐隐去，天空此时呈现出一片晦暗的颜色，阴沉沉、湿漉漉、沉甸甸的，令人十分压抑。天好像快要落雨了吧，男孩想。有瑟瑟的秋风轻烟般从耳旁掠过，远处的山梁上时不时传来一两声乌鸦抑或别的鸟雀百无聊赖的鸣叫声，那声声凄惨的鸣叫，使人陡生无限凄凉之感。

男孩有一个好记而特别的名字，叫柳北京。他本来是想去找文秀的大弟弟文章玩的。走到文秀家院门口时，顽皮的柳北京突然就有了一个主意，他要冷不丁吓文章一大跳，于是就放慢了脚步，蹑手蹑脚地走了进去。文秀家院子里很安静，柳北京看见从梨树上落下来几片枯黄的树叶在石板地上不安分地打着旋。刚走到正屋的窗下，就有女人的窃窃私语刺猬般钻进了他的耳朵，扎得他生疼。

"妈，你看那田家的大小子安门像不像巷尾的柳老师？"

"啊，你咋也注意到了？嘘——小点声。"文秀的奶奶似乎怕有人听见，忙

小心翼翼地问儿媳妇,"孩子们都到哪里去了?"

"一撂饭碗,就全跑得没踪影了,大概都到街上疯去了吧。"

"哦,"文秀的奶奶似乎还不大放心,压低了嗓门说,"我看像,确实像,那眉眼、那身形,越长越像了,简直像一个模子里刻出来的。当初你田家大娘喊我去接生时,我心里还寻思,这个事好生日怪(陕北方言,奇怪),田承武那张又黑又丑的老脸怎能生得如此白净清秀的男孩子呢?我的妈呀,原来……"文秀的奶奶受惊似的捂住了嘴巴,仿佛又想起第一次看到白净清秀的田安门呱呱坠地的样子。

柳北京登时被听来的闲话吓得目瞪口呆:胡说八道!田安门咋能像我爸呢?他听得出来,那令人不愉快的声音来自文秀的妈妈王小玉和文秀的奶奶。

他站在窗前错愕了一会儿,又茫然地盯着晦暗的天空愣怔了好一会儿。是非精,专爱嘈杂(陕北方言,背后说人是非)人!柳北京对生硬地钻进他耳朵里的这些话很反感,他朝窗户暗暗骂了一句,突然就不想和文章玩了。不,应该说连一点玩的兴趣都消失殆尽了。他转身快快不乐地离开了文家大院,带着狐疑的心情,没精打采地将一颗小石子踢得很远、很远,一直踢出了石板巷,踢到了大街上,踢得自己顿时像无头苍蝇般心烦意乱。柳北京个头不高,长得虎头虎脑,一双大眼睛深邃而明亮,穿着一身蓝卡其制服,由于贪玩,常常爬上溜下,没穿多久的裤子屁股和膝盖上已经磨损得发白起毛了。赤脚上蹬着的一双黑条绒松紧补口布鞋,两只鞋头上也不可避免地打上了他贪玩的印记——各裂了一个拇指般大小的口子。因为喜爱踢石子,他没少挨他妈的骂。可是这会儿他心里烦得很,不踢石子又能干啥呢?

那是1970年初秋一个晦暗阴霾的黄昏。那一年柳北京刚刚八岁。

走出巷口时,他迎面碰见文秀低头走了进来。文秀的背上背着小弟弟文才。四岁的文才胖乎乎的,很可爱。这时,他已经睡熟了,把他姐姐瘦小单薄的脊背当成了世界上最安全最温暖的摇篮,两只胖乎乎的小手还紧紧勒在姐姐的脖子上。文秀柔嫩的小脸给勒得红红的,跟她身上那件鲜红色的汗衫一样鲜嫩、娇艳。当他们擦肩而过时,他发现文秀的个头都快要撑上他了。文秀低低地喊了声

"北京哥"，就轻悄悄地从他身边走了过去。柳北京脸上挂着恼怒，张了张嘴，本想警告她，让她们家的人以后别再到处胡说八道、乱扯老婆舌头了。可是他一眼瞅到了文秀那被勒得娇艳的脸，就无法开口了，只好随口胡乱嗯了一声，一路气愤地踢着小石子走了出去。他现在烦得很，不想搭理文家的人，也不想搭理任何人。

柳北京漫无目的地到街上逛了一圈，在他的身后，黑压压的夜缓缓地压了过来，很快就吞没了在灰暗的大街小巷上穿梭的人群和商贩的叫卖声。

回到家里时，他母亲张翠花上夜班还没有回来。张翠花是秀延县缫丝厂办公室主任。在秀延县缫丝厂，她的权力仅次于她那当厂长的公公柳贵宝。柳北京曾经跟着母亲到单位上玩耍过好多次，那些工人见了母亲，个个都是屏声息气，唯命是从，毕恭毕敬，谄媚十足，生怕有半点怠慢和疏忽。一见到柳北京，那些阿姨通常会停下手中的活，笑盈盈地抢着抱他、逗他，说些这孩子英俊聪明的殷勤话，嘴里逗着孩子高兴，话却是说给张翠花听的。懂事的柳北京发现，母亲对于这样的殷勤话，似乎极其喜欢、百听不厌，一听到这些话语，她平时总是板得平平的脸上立刻就会堆上了一些笑意。有细心的阿姨还会从口袋里掏出一些南瓜子硬塞到柳北京的小口袋里。平日里，经常有阿姨会从乡下给他们家带来南瓜葫芦小米绿豆什么的土特产，堆在家里吃不完。过完清明节，柳北京几乎可以收获一大箩筐用面捏的"燕燕雀雀"（陕北清明节有捏面花的传统），有展翅欲飞的燕子、蝴蝶，有跳跃欢蹦的兔子，有栩栩如生的石榴篮子，有夸张可爱的老虎、肥不溜秋的大头鱼……在那些用白面捏成的"燕燕雀雀"身上，阿姨们的灵巧内秀发挥到了极致。等柳北京将这一大箩筐烤得焦黄的"燕燕雀雀"全部吃完时，他就会听到母亲偶尔对父亲说车间里某某手脚勤快，被提拔成小组长了，某某有眼色调到厂办搞内勤了，还有某某能说会道被抽调到宣传队了。

他父亲柳安平通常坐在炕桌前捧着一本发黄的线装书埋头苦读，一般不对母亲的话做任何表态，偶尔听出来母亲咳嗽声里似乎有一丝不满的味道，才抬起头来轻轻地"嗯"一声。柳安平在秀延县中学教了十年书，最近才刚刚升任秀延县文教局调研员，他正在抽空研读《史记》。听见儿子踢踢踏踏地走了进来，只是

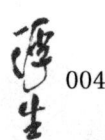

轻微地撩起眼皮，透过厚厚的玻璃镜片扫视了一眼，便又将目光放回了书上。

"爸，我妈今儿个怎么还没回来？"柳安平奇怪地瞥了他一眼，抬头望了望墙上的挂钟，时针才刚刚指到"9"上。"京京，你找你妈有事吗？她12点才下班，这你知道的呀！"父亲厚厚的眼镜片上写满了困惑。

"没事，就是随便问问。"

"真的没事？那就早点去睡吧，明天早上你还要早早起来上学呢。"

"嗯。"柳北京没再说什么就上了炕，脱光衣服躺在热乎乎的被窝里，睁着眼睛想心事。田安门怎么能像我爸呢？连眉眼、身形都像……那他为什么不姓柳而要姓田呢？他刚才忍不住就想问问父亲，可是看到父亲一脸威严之色，他心里有点怯，不敢贸然去问这个问题。这个复杂的问题一直困扰着这个八岁的孩子，使他久久不能入睡。透过敞开的窗帘，望见一片灰白的天，有几颗星星，闪闪烁烁。他感觉喉咙仿佛堵着一块什么东西不上不下的，怪难受。他使劲憋住气，尽量不让自己哭出来。他把堵在喉咙的那团沉重的东西使劲吞回去，吞到心里去。他要把它藏起来。这一夜，柳北京第一次睁着眼睛躺了一晚上。

迷迷糊糊中，他似乎听见黑暗中传来母亲尖厉的声音："柳安平，你小子今天一定要给老娘如实交代，那孩子究竟是谁的？"他听见父亲翻了一个身，装睡。

母亲在父亲后背上使劲推了一把，顺手扯掉了盖在他身上的被子："别给我装洋蒜！你说，他得是你下的种？"

柳安平似乎有点不耐烦："谁知道呢！你这个婆姨真是莫名其妙，胡说八道，半夜三更也折腾得不让人好好睡觉。"

"还谁知道呢！你以为你做得有多高明！实话告诉你吧，我们厂子里早已经疯传开了，说苗秀贞那孩子就是你下的种。你说说，你做下了这等没脸没皮的事，让我今后还怎么在工人们面前挺起腰板说硬气话，真是气死我了！"张翠花显然气愤得难以入睡，随手拉亮了电灯。明晃晃的灯光刺得柳北京立刻眯上了眼睛，他下意识地伸出手遮挡在眼睛上方。待再睁开眼睛时，他看见父亲身上脱得一丝不挂，直挺挺地躺在粉格子床单上。粉格子床单是母亲单位的产品，粗糙却温暖。母亲正一脸怒气地坐在父亲的身旁,也是精赤着身子。

父亲显然已经被激怒了:"哎,我说,你这个婆姨还有完没完?这么糊涂!赶快睡吧,明天都还要早起上班呢。"说完,他准备探过身子去拉灯绳。就在这时候,母亲心里压抑的火苗终于呼呼地蹿出来了。柳北京猛然听见一声清脆的声响,父亲的脸颊上早挨了母亲重重的一巴掌。

"你咋成泼妇了,干吗动手打人呢?"两个大人嘴里互相骂着粗话,光着身子扭作一团,厮打了起来。身下的绸缎棉被,被两双有力的光腿蹬得缩作一团,似乎吓得瑟瑟发抖。母亲一边在父亲脸上拼命地抓挠,一边尖着嗓子不停地破口大骂:"柳安平,你这头犟驴,你当我不知道你是属什么的吗?错了就错了,你还不老老实实承认错误,你忘了当初苗秀贞那骚货结婚时你那熊样了吗?喝得烂醉如泥,嘴里还一个劲地说着什么牛粪、鲜花的鬼话,人家鲜花、牛粪与你有屁相干!"

张翠花尖厉的叫骂声银针一样刺破了静谧的暗夜,惊动了睡在隔壁屋里的公公婆婆。隔壁窑洞里的灯光打着深深的哈欠极不情愿地亮了眼睛。母亲尖厉的叫声像警报器一样不顾一切地炸响,房顶似乎都要被她掀翻了。柳北京看见,爷爷威严的咳嗽声刚一印在薄薄的窗户纸上,母亲张翠花立即就噤了声。奶奶的咒骂声随后也传入了耳朵:"下贱的东西,成天母猪般号叫,闹得家里跟失了火一样!"爷爷的咳嗽声仿佛拧开的水龙头浇灭了蔓延在黑暗中的大火。

电灯不知被谁拉灭了。黑暗中,柳北京隐约看见父亲正伏在母亲绵软娇弱的身上可劲撕扯报复。父亲像变了一个人似的,一扫平日的斯文、庄重,猛兽一样在母亲的身上猛烈冲撞。像一匹狂奔的野马,在广袤无垠的草原上不羁地驰骋;像一匹正准备出去觅食的野狼,不小心掉进了猎人早已设置好的陷阱里,在拼命挣扎,妄想突围出来;像一头威猛的雄狮,在茂密的丛林中咆哮、发威。父亲的嘴巴像饿极了似的,在母亲白净的身上到处乱啃乱咬。母亲像是伤心到了极点,先是小声地呻吟,继而锐声哭喊开了,浑身还突然发冷似的猛烈地打起摆子来。

柳北京暗想,父亲的报复心理也忒狠了,他担心母亲会被父亲活活啃咬死,

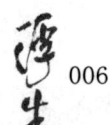

吓得连忙用被子蒙住了眼睛,睡意却像受了惊的鸟雀一样扑棱一声飞走了。

事毕,张翠花将自己紧紧裹在红色的缎面被子里,心满意足地睡着了。柳安平却没有一丝睡意。"苗秀贞"这三个熟悉的汉字,仿佛羽毛一般轻轻拂动了他埋藏在心底的那一缕缕最绚丽馨香的记忆。他被这丝丝缕缕的枣香牵扯着、缠绕着,一夜无眠。

和苗秀贞第一次相约是在缫丝厂下方的秀延河畔。

夏日的一个傍晚,吃过晚饭,柳安平便来到秀延河边,坐在水中央的一块平展展的大石头上等待苗秀贞的到来。他的内心忐忑不安,不停地向河岸上张望。他不晓得她会不会如约而至。当远远地望见她袅袅婷婷地走了过来时,他激动地迎了上去。苗秀贞脱掉了鞋袜,学着柳安平的样子挽起了裤腿,将白皙秀气的赤脚踩进了温热的水中。他扶着她坐在了河中央的一块大石头上,自己则坐在了她对面稍微小的一块石头上。浅浅的河水刚没过脚踝,哗哗地在金色的夕阳里粼粼地跳跃,汨汨地从赤裸的脚板底下缓缓流过,仿佛有一种虫子爬过般的痒酥酥感觉立即传遍了全身,很舒服。河水非常清澈,平日里如果不发洪水,一眼就可以清晰地看见水底浅蓝色的石板、绿色的水藻、欢快地游来游去的小鱼和小蝌蚪。在一团团绿色的水藻下面,时不时会传来一两声闷闷的蛙鸣。

苗秀贞刚坐下来,柳安平就闻到了一阵悠悠的香气,像槐花,像蜂蜜,又似乎什么都不是。这奇异的香气,搅得柳安平的心扑腾扑腾直跳,咕噜一下,便冒出一个湿漉漉的小蘑菇来。他不由得深深呼吸了一口空气,想把这香气一口贪婪地吞下去。坐在她对面,温柔似涟漪般一点点在柳安平心头蔓延、扩散。她瓷器般光洁的额头和夜空一样漆黑的睫毛,撩拨得他心里火烧火燎的。

第一次和心爱的男人单独待在一起,使得苗秀贞这个普通女工陶醉在一种巨大的幸福之中,她的心在咚咚地狂跳着,几乎快要跳到嗓子眼了,呼吸也逐渐变得不均匀,两只手局促不安地微微颤抖着,不知该放在哪里合适,感情的潮水在心中涌动,白天在车间里想好的千言万语都卡在喉咙里,不知从何说起。她紧张得不知所措,细细密密的汗水不知不觉中就盈满了柔嫩的掌心,而她内心中的幸福鸟儿，也就在这样的忐忑不安中悄然张开了美丽而巨大的翅膀。柳安平含情脉脉地望着心爱的姑娘，那含羞的姿态真惹人爱怜，他多么希望时间能在这一刻凝固。

第二章

　　石板巷坐落在秀延河畔。石板巷的大美女文秀上中学时曾在一篇作文中生动地写道：石板巷地处秀延县城中心，除了居住着柳家、田家、惠家这三个大户人家以外，还住着文家、刘家、白家、王家等散户。如果把石板巷比作秀延县城的心脏，那么活跃在石板巷里的那些孩子就好比是有力的搏动，而其中最活跃的就要数居住在巷子深处的柳北京和巷口的田安门了。

　　1961年，在许多人的记忆里，都深深镌刻着"饥饿"二字，但在石板巷人的记忆里，却充满了节日般的喜庆气氛。自中秋节以来，石板巷接二连三地娶回了新媳妇，巷子里整日充盈着喜庆欢乐的气氛，鞭炮的火药味中始终都混合着一股浓郁的炸油糕和炒南瓜子的香味，直冲人肺腑而来。饥饿的人们就张开嘴巴，敞开肚皮，尽情地呼吸着这股新鲜而饱满的香味。先是巷尾的老柳家在中秋节响吹细打地为独生儿子柳安平迎娶回了漂亮的新媳妇。一个多月后，巷口的田老娘紧跟着竞赛似的也为儿子田承武娶了一房秀气的新媳妇。这两家的新媳妇都是秀延县缫丝厂的纺纱女工，据说两位新人都是有名的厂花呢。不过那时候还不兴叫什么厂花，住在巷子里的居民无不羡慕地咂着嘴巴，说老柳家和老田家可真有福气，不费吹灰之力就将缫丝厂的两个人尖子掐到了手。接着，住在石板巷中段的文家也为大儿子文正亮操办了婚事，新媳妇虽然说没有正式工作，性情倒也温柔贤淑，长得十分俊俏标致。这三个如花似玉的俊俏媳妇顿时把石板巷装扮得花团锦簇、焕然一新，石板巷一夜之间成了秀延县城的一道新景观。街上的人们有事没事总喜欢走进石板巷逛一逛，坐一坐，谝闲传也要扯到这三个可人的小媳妇身上。有些人洞若观火，说老田家儿媳妇苗秀贞文静端淑、聪明内敛，待人接物既周到又妥当；文家儿媳妇王小玉漂亮娇小、忠厚贤惠，特别孝顺公婆；老柳家儿媳妇张翠花泼辣能干，善于机变，还时常爱使点小性子。

这其中还有一些长舌妇顺便散布了一些惊人的小道消息。长舌妇神秘兮兮地说："你们大家伙儿可把眼睛睁大了，好好瞅瞅那老田家的。别看老田家儿媳妇苗秀贞表面上看似低眉顺眼，一副温顺老实的模样，其实骨子里可风流着呢，听说早在没出嫁之前就已经与好多男人睡过觉了。哎呀，你看这事给弄得，咱们笨，想想也确实是这么一回事。你说要不是破了身子，没人要了，像她这等俊俏模样咱县城里能有几人？总不至于要下嫁给田承武这个老小子——一个又丑又老的老光棍吧！"长舌妇的脸上显出了鄙夷而费解的神情，临完还补充了一句："苗秀贞本来是打算嫁给柳安平的，哪知柳安平偏偏相中了她的好姐妹张翠花，为此，两个姑娘曾经大打出手过一次，自此结下仇恨，见面跟仇人一般，走路咚咚咚的，都在脚板底下用劲，连话也没有一句。"

人群中就有人发话了："咱还别净说人家老田家儿媳妇的不是了。依我看来，那老柳家的儿媳妇也不像是什么省油的灯，一看面相就知道她富有心计。俗话说人小心眼稠，咱们就慢慢看热闹吧。"石板巷的居民对这些小道消息，半信半疑，于是就在一旁冷眼打量这对冤家今后如何相处。

1961年农历九月十九日那天，在苗秀贞与田承武的婚礼上，柳安平表现得很失态。苗秀贞结婚时，根本就没有打算请柳安平来参加婚礼，但是柳安平自己主动找上门来了。他胳膊肘里夹着一块当时很时兴的长方形挂镜走了进来，挂镜的右下角印着一个倒骑在牛背上的漂亮娃娃。柳安平放下挂镜时，转过身偷眼打量了新娘子一眼。苗秀贞穿着红袄蓝裤绿鞋，盘着腿端端正正坐在热炕中间，秀丽端庄的脸蛋惹人爱怜。她坦然接受来自田氏家族所有亲戚朋友们近乎挑剔的检阅和审视，迎接着从四面八方射来的各种各样的目光。柳安平的目光紧紧咬着她的削肩细腰，那削肩细腰似乎在拼命挣脱，最后，他只咬住了她粉白的脸上挂着的一抹凄楚的笑容。忽然，柳安平心里划过一阵强烈的锥心刺骨的疼痛，一种无奈的感觉，搅扰得他顿时方寸大乱。

柳安平一走进来，苗秀贞充满幽怨的目光就没有离开过他颀长的身子、俊朗的脸。她的目光棍子似的在他脸上扫来扫去，让他不由得步伐紊乱、跌跌撞撞。此时，她倒仿佛变成了赢家，仅用一双秀目就打败了他，心里感觉十分解气。当她瞥见他眼睛红红的，脸色也似乎失去了往昔的白净润泽时，她手一松，解气的棍子霎时就落了地，心头突然掠过一丝凄凉。凄怨的眼神打着愣，脸上木木的，嘴角似乎动了一下，一时却无法先开口打声招呼。当四目终于相对时，苗秀贞哀婉忧伤的眸子里含了许久的泪珠，再也忍不住扑簌簌地滚落了下来。

新郎官田承武就站在一旁，把这一切全看在眼里，顿时既恼怒又尴尬，竟然一时有些不知所措。新娘子脸上的忧伤，打动了潜伏在他心中的脉脉柔情，他心疼得一遍遍用柔和的目光舔去游走在新娘子脸庞上的泪水。活到三十来岁，他从来没有沾过女人，更不能理解女人，在他的印象里，女人的眼睛就仿佛是一眼水势旺盛的泉，嗞嗞直往外冒水呢。怎么会有那么多老也流不完的泪水呢？何况还是在如此喜庆的大好日子里。他既心疼苗秀贞，又特别反感柳安平的到来，他没想到这小子脸皮厚到如此地步，竟然敢到婚礼现场来。他气得涨紫了面皮，捏起拳头，真想上去将那小子狠狠揍上一顿。可一想到这是自己过事，他不能砸了自家的场面，另外他也不想惹苗秀贞不高兴。他打光棍打到三十来岁，好不容易娶到这个如花似玉的婆姨，他可不敢得罪她。

那天，平常很少喝酒的柳安平，像跟谁赌气似的，一杯接一杯，灌了不少后劲很大的高粱酒，以致最后喝得酩酊大醉。临出门时，他忍不住像狼一样干号了几声，最后一句大伙儿都听得非常清楚："可惜一朵鲜花插到了牛粪上……"他这一句酒后真言，直惹得他婆姨张翠花心里头老大不高兴，只是碍于众人的面子，不便当众发作出来。众人闻听此言，忙打圆场："醉话，醉话！柳老师喝醉了。"正忙着给众宾客敬酒的苗秀贞闻听此言，当即花容失色，脸上红一阵白一阵。尽管她极力掩饰着内心深处的波澜起伏，手中端着的酒壶还是一颤一抖，不由自主淋淋沥沥地泼洒了客人一身一脸。一会儿，新郎官田承武也喝醉了。醉醺醺的新郎官嘴里翻来覆去只重复着一句话："苗秀贞是我婆姨！苗秀贞是我婆姨！苗秀贞是我婆姨！"吃酒席的众宾客听得不免掩嘴哧哧暗笑，哄笑着打趣，说是美色和烈酒一起将他灌醉了。田家一位本家爷爷缓缓点着了手中的旱烟锅，笑眯眯地调侃他："以前我还没看出来，田承武这龟孙子竟然是个软蛋，一见漂亮女人软得浑身恐怕都找不到二两骨头了！"当地有句俗话说，爷爷孙子老弟兄，意思是爷爷辈是能和孙子辈没大没小地开玩笑的。大家都被田家这位长辈风趣幽默的话逗笑了，酒桌上的气氛顿时热烈起来。

　　田老娘怀里正抱着"上头"要用的两个抱孙子枕头，颠着小脚从正屋里走了出来，冷眼瞅见柳家侄儿才喝了那么两口尿水子，就在洞房前胡说八道开了，真晦气！心里十分不悦，脸上也不由分说爬上了些许愠怒，她的嘴巴动了几下，真想冲上前去说上两句不中听的话，可转念一想，今儿可是宝贝独生儿子和媳妇的大喜日子，这才忍住气，没有吱声。

　　柳厂长夫妇被当作贵宾让迎客的安排在另一间房子里吃酒席，听说儿子喝醉了，赶忙放下筷子，走过来帮儿媳妇一齐将儿子搀扶着向家里走去。"一朵鲜花、一朵鲜花插在了牛、牛粪上……"柳安平喝得醉醺醺的，一路说着醉话，东倒西歪，没走几步，就摔倒了，趴在地上，吐得一塌糊涂。浓烈的高粱酒气味混合着一股呕吐物的腥臭味弥漫在石板巷上空，将夜晚的空气也熏染得醉醺醺的。有几只小狗循着气味欢快地奔来了。它们不顾柳贵宝夫妻的连声吼喊，肆意在柳安平身上舔舐。张翠花闻不得这股腥味，也忍不住蹲在路旁哇哇地吐开了。

　　柳贵宝费力地将儿子提起来，继续朝家里走去。看儿子难受成那样，他不忍心过分指责，但还是忍不住数落了他几句："平平啊，你也是有家有室的人了，连这酒大伤身的道理也解不下（陕北方言，解读hài，解不下即不明白）？以后没有酒量，可不敢再逞能了，书上说酒多气血乱，看你都难受成什么样子了！"

　　"谁说不是啊，儿子，你看你身子骨瘦弱成那样，怎能胜酒力呢？听妈的话,咱下回可不敢再这样耍二杆子哩。"柳安平的母亲李巧莲心疼儿子,不免也帮衬着丈夫数落儿子。张翠花不满地咳嗽了一声,站起来跟在身后,使劲在丈夫背后推了一把。

"要你多嘴!"柳贵宝似乎感觉到了儿媳妇手上的力道,扭过头凶巴巴地瞪了老婆一眼,骂了一声,"还瓷(陕北方言,迟钝、不灵活)在那里干啥?赶紧回去到窖里找几个白萝卜,榨点萝卜水水,给娃醒醒酒吧!"

张翠花在一旁用刀子般锋利的目光,狠狠地剜了自家男人一眼,朝着公婆冷笑了一声,开了腔:"哼,你儿他不是没酒量,他是海量呢,他什么样的烈酒不敢喝?"她转过身意味深长地望了公婆一眼,又从牙缝里挤出了几个字:"你儿子他这是有病!"

柳贵宝被儿媳妇噎了一下,结结实实地噎了一下。他一时无话可说,黑着脸回头瞪了儿媳妇一眼,转过身走进自己屋里去了。人已进去一会儿了,噔噔噔的脚步声仿佛还示威似的挂在门上。张翠花从公公重重的脚步声里读出了他的不满与恼怒,她气恼极了,趁婆婆不注意,朝着公公远去的方向唾了一口,使劲跺了跺脚,仿佛要把那示威声踩在脚下。

"啥病?哎呀,你咋不早说呢,我儿子啥时候害病了?"母亲的心总是离儿子最近,乍听说儿子有病,立刻向儿媳妇投来了焦急而不满的目光。

"没啥,我开玩笑哩。"张翠花忙装出一副怯怯的模样,勾下了头,笑着遮掩了过去。临进屋时,她还附在男人耳边嘟嘟囔囔:"你驴日的就是有心病!"柳安平烂醉成一摊稀泥,任凭她漫骂着,毫无反应。

第三章

在新婚第二日早上，田承武那守寡二十多年的田老娘，背着儿媳妇私下里偷偷地审问儿子："武儿，我这几日背地里隐隐约约的听人家都在议论哩，说你家婆姨早和别的男人那啥……唉，那啥麻缠上了，得是真有这龌龊之事？"老实巴交的儿子没有做正面回答，他先是灰着个脸，一声不吭，见母亲问得急了，才咧着厚厚的嘴唇木讷地笑一笑。"唉！"田老娘叹口气紧接着又说，"若真像人家传说的那样，那可叫咱娘儿俩以后还咋在石板巷里活人过日子呀！邻家的唾沫星子也会把咱们淹死。"田老娘被儿子笑得心里一阵发毛，不知道事态究竟有多严重。

"唉！武儿，咱明人不说暗话，你今天可一定要给老娘我掏句实心话呀，你说咱孤儿寡母的这么多年怎么过来的，容易吗？这些年咱光景穷是穷些，但是咱人穷志不短，在石板巷活得刚刚正正，就连三岁的娃娃也敢跳出来说咱三长两短的。就说老娘我守寡二十多年，他谁敢在背后嚼舌根子？现在总不能叫人家因为你媳妇的丑事在背后戳着脊梁骨笑话咱老田家一辈子吧！儿啊，你不知道，昨儿个夜里老娘我的心扑腾扑腾跳了整整一宿哩！"说完，田老娘捂着心口，一屁股坐在灰不溜秋的石条炕沿上不住地唉声叹气。田承武知道老娘的担心也不是没有

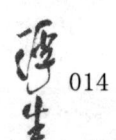

道理，她可能也听到了梅子的事情。最近这段日子，秀延县城的大街小巷里盛传着一个叫梅子的姑娘在新婚之夜向新郎招供的传闻。

梅子是秀延县城东关里有名的老酒鬼李二狗的大女儿，一个长得既水灵又秀气的漂亮姑娘，结婚时只有十七岁，是男方找人托关系，隐瞒了整整三岁才领到结婚证的。新婚之夜，好不容易打发走闹洞房的人群，急不可耐的新郎却发现梅子姑娘早已经破了身子，他脑袋里嗡地响了一声，立刻扫兴至极，顿时对那个梦寐以求的身体产生了嫌恶之心。一股被丈人家愚弄了的气愤当下就充盈了新郎的头脑肝肺，他不甘心就这样轻易地被当猴耍弄。城府颇深的新郎并没有当即与梅子撕破脸皮打闹一场。他一声不吭地跳下炕，坐在八仙桌旁足足抽了有半盒羊群烟。新郎一边狠劲抽着劣质的羊群烟，一边透过缭绕的烟雾，乜斜一眼炕上噤若寒蝉的新娘。梅子赤条条地跪在被窝里，她的脸上挂着一串晶莹的泪花，恰似带雨梨花、含羞海棠般不胜娇羞。此刻，她正用乞求的眼神怯生生地望着对面那个吞云吐雾的男人，不自觉地显露出了内心的忐忑不安。大约一个时辰后，新郎将烟头狠狠地摁灭在了满是烟蒂的烟灰缸里，然后向炕上的女人猛扑了过去。他一边狠劲地揉搓着身下的女人，一边追问在她的身上曾经发生过什么故事，并且假惺惺地许诺，如果双方一旦敞开了心扉，过去那不堪的一页就算翻篇了，而且永不追究。单纯的梅子见新郎一脸的真诚，就相信了他，毫无顾忌地供出了一些事情，新郎听完气得差点吐血。梅子说曾经与秀延县水管站的某某某、综合厂的某某某、水电站的某某某都玩过，有的甚至玩了不止一回。为了进一步讨得男人的欢心，梅子姑娘还傻乎乎地向新婚的男人曝光了一个前所未闻的丑闻——梅子曾经受到亲生父亲李二狗的糟蹋。那一年梅子刚刚十三岁，一张稚嫩的脸上初显不加修饰的漂亮，像一朵含苞待放的玫瑰。在一个夏季的夜晚，她的父亲，那个人面兽心的家伙，酒后丧德，骑在花骨朵般的亲生女儿身上卖力地摆弄着他胯下那个肮脏不堪的家伙……说到这里，梅子伤心地捂着脸开始号啕大哭。新郎心中交织着刻骨的爱与恨，他更加使劲地折磨着身下的女人，仿佛要把满腔的怒气全部发泄到这个下贱的女人身上。在女人轻轻的哭诉声中，新郎胯下那初出茅庐的家伙竟然毫无缘由地出现了一些障碍，任凭他怎么折腾、怎么摆弄，也无法体验到一丝快意。在此之前，那些已是过来人的哥们儿，早就给他私下里传授过那种无以言表、无法想象的美妙。最终，直到听见身底下的女人爆发出一阵难以抑制、像要咽气似的呜咽声时，他才一泄如注，颓然倒地。第二日，新郎果断将新娘打发回了娘家。而夜审新娘的故事早就被一干听房的男人传得沸沸扬扬，迅速在整个小县城流传开来。

在这个传统守旧的小县城里，戴绿帽子的难堪是不言而喻的。一想到梅子姑娘的故事，田老娘就不由得在内心里自责开了。唉，都怪我当初心太软，一见媒人领来那么水灵灵的一个俊样姑娘，脑子里什么原则性的东西都统统让狼给叼走了。这下可好，一不小心就给家里招来了祸根，给儿子轻易拾了顶"盖佬帽子"，从今往后，我的武儿还怎么再堂堂正正地站立在人前头呢？厂子里如果知道了，谁还看得起他！唉，早知道会是这种结果，我还不如让他继续打光棍哩！思忖至此，田老娘不由得望着墙上相框里老头子的照片，老泪纵横放开了悲声："武儿他早死的爹呀，我对不住你，我对不住你们老田家，我真是头发长见识短，鬼迷了心窍，以致给咱老田家招来了如此奇耻大辱。我这个老不死的，我真该死啊！"

田承武本来话就少，这个没嘴子葫芦见老娘今天如此这般光景，他觉得再也不能保持沉默了，只好瓮声瓮气地喊了一声："妈，你自己看吧。"然后似笑非笑地朝炕角的被子努努嘴，便逃也似的快步走出了院子。田老娘见儿子如此模样，似乎明白了什么，迅即打住了哭声，慌忙颠着小脚摇摇晃晃地走到炕跟前，颤巍巍地踩着脚凳爬上了炕，跪着一寸一寸地慢慢挪到炕角的铺盖前，颤着双手抖开折叠得四四方方、齐齐整整的花贡呢褥子，定睛一看，白洋布里子上面果真赫然印着一朵美艳无比的"牡丹花"。耳听为虚，眼见为实，田老娘高高悬着的心这才放了下来。她长长地舒了一口气，在炕沿上木木地坐了良久，直到感觉腮上有东西热乎乎地流过，才撩起衣襟擦了擦湿漉漉的脸庞。她又不由得轻叹一口气："唉，这人一老，真是不经事了，愁也要忧，喜也要忧。"

早饭前，田老娘笑眯眯地颠着小脚向灶间慢慢走去，一眼瞥见儿媳妇正在灶间忙碌，她脸上的笑影影早把满脸的皱纹撑开了花。苗秀贞正在手脚麻利地切着土豆丝，一旁摆着一盘切得细细的咸菜丝，雪白暄软的馍馍也已经蒸好出笼了，冒着热腾腾的蒸汽，灶房里氤氲着一股麦香味。平常日子，田老娘一年之中有大半年吃的都是粗粮，早上吃一个馍馍，下午一般只喝一顿钱钱饭。春天里有时候还要到城外野地里去寻些苦菜、野甜苣之类的野菜，拌上一把玉米面或者高粱面蒸成菜团子充饥。在儿子新婚期间，她慷慨地把平时省吃俭用积攒下来的一瓮白面全部拿了出来。

"妈，你饿了吧，稍微再等一等，饭菜马上就好！"见婆婆走进厨房，苗秀贞以为婆婆饿得等不及了，赶忙把咸菜丝拌好，递了一双筷子让婆婆品尝。"妈，你尝尝，看我拌得香不香！"

"香！辣子搁得红艳艳的，一看就香。唉，这年头能填饱肚子就行了。前一向你舅舅家村里来人捎话说你舅舅都饿得浑身浮肿了，就指望我给他们捎点粮食回去哩。你说咱粮本本上就只有这点口粮啊，咋捎？我心里也着急，但是眼瞅着你和武儿要成亲了，婚礼最简单一顿油糕两顿饸饹是不能节省的，只好硬着心肠没有给他们捎，这下你妗子恨死咱们了，下一集又捎话来，说城里家的，到死也别回娘家来！娘家门上没有你的脚印！你看看，这事给闹的，你们结婚怎么都请不来，我前后打发武儿骑车子去请了三次呢。咱和你妗子家的仇是结下了，唉……"田老娘说着不禁叹了一口气。

"妈，你也不要太伤感，这两年年景不好，大家都没办法啊。你没听人家编了顺口溜：麻杂糕，灶火里烧；人来了，不敢刨；人走了，烧焦了。"这时，田承武刚好下早班回家了，听到屋里的话顺口就来了一段："还有更精彩的呢：亲不过的姑舅，香不过的猪肉；姑舅来了，猪肉藏了；姑舅走了，猪肉臭了。哈哈哈……"一家三口就苦笑着开始吃早饭。苗秀贞对他们的小日子感到特别满意，这时候若要问他们幸福是什么，估计能填饱肚子就是最佳答案了。

"武儿家，咱家人少，你用不着这么辛苦，这些家常的饭菜以后就由我来做好了，我这身子骨还蛮硬朗的。你和武儿好好上班，回头给老娘结结实实生上几个大胖孙子，我就天天念阿弥陀佛了！"苗秀贞被婆婆说得一阵羞臊，一朵红云迅即飞上了脸颊。"武儿，饭盛好了，你先吃饭吧，我给你家婆姨到隔壁说个事。"田老娘说着用粗糙得像树皮一样的手抓住儿媳妇细嫩白皙的纤手，仔细端详一会儿，这才拉着她回到堂屋里。

"甚事，还非要背着我？"田承武端上饭碗往巷口走，满腹狐疑。

田老娘一走进她窑里，就反身关上了门。她谨慎地对儿媳妇说："武儿家，你给咱把窗帘布也拉上吧。"自己则背过身子，抖抖索索地从贴身的大红肚兜口袋里掏出了一把古色古香的铜钥匙，打开一个红色的梳头匣子。那个匣子就放在家里唯一的显眼家具——那个红色大躺柜的最底层，匣子表皮的漆皮已经脱落得斑斑驳驳。婆婆将匣子稳稳妥妥地摆在了大炕当中的棉毡上，亮出了里边的全部家当：一个缺耳子金元宝，两个浑全的银元宝，一摞袁大头银圆，一个银项圈，一对银镯子，一个银挖耳勺。等儿媳妇一一看完后，当婆婆的就麻利地将梳头匣子咔嚓一锁，又放回了原来的位置，这才回身将那把古色古香的钥匙郑重其事地交到了儿媳妇手里。"武儿家，这匣子是武儿他奶传给我的，听说是老一辈婆婆一代代传下来的，是咱老田家的传家宝。从今往后，咱这个家我就放心地交到你手里了。"田老娘很轻快地说。苗秀贞推拒了一会儿，见婆婆心意已定，只好接过了钥匙。婆婆望着娇俏温顺的儿媳妇，眼睛里流露出了满足的笑意。

柳家大院里却没有田家院里这等融洽祥和的气氛。

缫丝厂柳厂长和在城关镇供销社当经理的老婆李巧莲都是秀延县城里响当当的人物，婚后他们曾经生养过好几个孩子，但是最终只存活下了柳安平这一个宝贝疙瘩，所以把儿子看得金贵得很。这孩子从小聪明伶俐，学习特别用功，二十岁时，顺利地考上了三秦师范大学。本来，他们打算等儿子学成归来后，再为儿子在县城里瞅上一个门当户对的人家娶上一房漂亮贤淑的媳妇，哪知人算不如天算，儿子偏偏看走了眼，遇上了张翠花这个农村丫头——还丢人败兴地被人捉奸在床，不得已只好不情不愿地娶回了家。张翠花的娘家在偏远的黄河畔上，因此她的公婆都对这个硬塞来的乡下儿媳妇表现出了十二分的不满。幸亏公婆都是仕途上的人，比较有涵养，加之张翠花也处处赔着小心、处处逢迎讨好，低眉顺眼地过日子，总算没有发生什么大的冲突。这种对张翠花极为不利的局面，一直维持了将近三个月，在全家得知张翠花怀有身孕后，家庭气氛才稍稍有所缓和。

新婚不久，张翠花就被她公公柳厂长利用职权从选茧车间调到了厂办工作，从一个普通女工摇身变成了厂办主任。从此以后，她见了原来同一车间的工友们总是爱搭不理的，摆出一副高高在上的神态。那天下午，以前同一个宿舍里的好姐妹李凤花打老远就看见了她，直着嗓子喊道："翠花姐——翠花姐——"她启齿微微一笑，又不易觉察地敛住笑容，并没有答应。李凤花哪里知道张翠花心里的小九九？张翠花不是不念旧情，实在是因为这些乡下姐妹太缺心眼，任命张翠花为厂办主任的通知在大门口已经贴了一个月了，还"翠花姐""翠花姐"地胡乱套近乎，她若是开口答应一声，日子一长，谁还记得她是张主任呢？那些女工几乎都是她原先一个宿舍里的舍友，个个穿着宽袍大袖的工装，怎么看怎么像农家盛装粮食的囤子，在缫丝厂大院里缓慢而笨拙地移动着，神情疲惫、灰眉耷眼，好像没有睡醒似的，缺少女儿家的灵气。张翠花虽然没有理会李凤花的喊叫，却冲着走在后面的班长笑了笑，亲热地叫了声："刘大姐！"人依然站在原地没有动。刘大姐听见张翠花在喊她，连忙跑到跟前，恭恭敬敬地唤了声："张主任！"继而亲热地拉着她的手，夸她结婚后愈发漂亮了。众姐妹见状也都围拢过来，这个喊一声"张主任"，那个也喊一声"张主任"。张翠花听得心花怒放，面上不禁潮起十二分的自得之色。

待张翠花离开后，刘大姐叫住李凤花批评道："你这傻女子，眼里恁没成色，人家张翠花现在可是厂办张主任，咋能一个劲'翠花姐''翠花姐'地胡乱喊叫呢？你看人家张翠花那度量，即便是当了主任也不忘我这刘大姐呢。"李凤花轻轻哦了一声，惭愧地低下了头，似乎对自己刚才那样黏糊糊地巴结人家领导有些难为情。这时，张翠花似乎听见了她们的对话，回过头冲她们略微笑了一下，继而很快敛去笑容。那笑容复杂而诡谲。

第四章

  寒假里,柳安平带着新婚的妻子张翠花去首都北京城游玩了一趟。这下可不得了啦,张翠花一回到巷子里就坐在石板巷口逢人显摆。她对人一一夸了北京的天安门、故宫、纪念碑,气势是如何的宏伟壮观,景色又是怎样的秀丽宜人,最后还不忘夸一遍北京的大:"哎呀呀,你们可是不晓得,北京那个庄子可大哩,依我看比咱们这样的十个秀延县城都要大上好几十倍哩。我见天跟在我家柳安平屁股后面转悠,从前沟转悠到后沟,还没有走到尽头哩。那沟沟连着沟沟,沟沟套着沟沟,简直把人看得云里雾里、眼花缭乱,数也数不清哩!有一次,我在一个摊子上稍一愣怔,我们两口子就差点走散了呢!"其他女人听了都羡慕得直愣神,还是隔壁李二婶稍微有些见识,她听了不解地问:"我就纳闷了,那毛主席居住的首都怎还会有沟沟呢,那不就和咱们这个穷山沟小县城一个样子了吗?"众人这才恍然大悟,都被张翠花拙劣的描绘逗得哈哈大笑。

  柳安平正踩着凳子在高高的书柜上翻寻什么书,听见张翠花和李二婶他们的对话,不由得也哈哈大笑起来。笑过之后,他在一旁小声责备张翠花道:"你简直就是个糊脑孙(陕北方言,不精明,多用于训斥晚辈),那是堂堂首都,怎能被叫作庄子?我带你去看时给你讲得明明白白,八大胡同,八大胡同,一眨眼叫你个糊脑孙给变成沟沟了！"众人闻言，当即又笑闹成一团。其实众人哪里知道，张翠花这个能婆姨不便向众人说出口的话：正是这次北京之旅，一路上无数次恩爱缠绵，使她怀上了柳安平的孩子。

正当她得意扬扬到处对人炫耀之时，却发现文家新媳妇王小玉蹲在巷口呕吐得一塌糊涂。王小玉的妊娠反应比较严重，见酸爱辣，望甜思苦，闻见谁家一揭开锅盖逸散出来的蒸馍馍香味，当下就会馋得直流口水，不顾别人的笑话也要讨来一块两块解解馋。去张翠花家捞酸菜时，王小玉羞羞答答地说自己怀孕了。并说："翠花姐，你怕还不知道吧，我前段日子发现秀贞姐也怀上了。"后来，待张翠花再定睛细看时，才发现苗秀贞的腰身变得有些粗壮——早已显怀了。尽管她苗条的身段已经被一种粗笨的臃肿所代替，眉宇间却挂着一丝藏掩不住的灵秀之气。石板巷那两个同龄女人的相继怀孕，使张翠花心里恣意荡漾了一段时间的得意之河，渐渐干涸成了一条细小的溪流。

几个月后，苗秀贞率先生下了一个带把的。尽管不足月，但是八个月的孩子看上去十分结实。这下可把她婆婆给乐坏了，田老娘快奔六十的人了，总算心想事成喜得长孙，确实是人生一大快事。她当下兴冲冲地用她那一辈子能针快线、扎花绣叶的巧手，从大门前那株柳树梢上折了一根嫩枝，弯了一个大大的弯弓，踩着长条凳子端端正正地挂在门脑中间。柳枝弯弓骄傲无声地向大伙儿宣布了石板巷口这户人家喜得贵子的喜讯。她还细心地用红纸剪了许多小帖，颠着小脚分别贴在巷口、大门、房门、厕所多处，意在避邪。田老娘喜滋滋地颠着小脚，跑前跑后，尽心尽力地服侍儿媳妇坐月子。当时正值困难时期，别人家都是勒紧裤带才能勉强给月婆（陕北方言，生孩子的女人）一日吃上两餐、三餐。田老娘却想尽办法一天给儿媳妇做上四餐五餐。她说，只有儿媳妇汤汤水水地吃喝好了，才能给宝贝孙子喂上甘甜的奶水。过一个时辰，田老娘就要颠着小脚到月窝窑（陕北方言，坐月子的地方）里细心地问一遍："武儿家，米汤熬好了，你这会儿感觉饥不饥？渴不渴？"

苗秀贞感念婆婆的好，禁不住扑簌簌地流下了热泪，热泪水花般溅洒到了怀里正吃奶的婴儿粉嫩嫩的小脸蛋上。田老娘见了，赶紧颠着小脚上前撩起围裙轻轻替儿媳妇擦掉了眼泪，心疼地说："武儿家，你这是咋的了？得是武儿又欺负你了？有什么委屈你不要一个人装在肚子里，放心地告诉娘吧，娘会替你做主的。再咋说可千万不敢哭，听老辈人说在月子里落下的病可不好治哩。"

苗秀贞明白婆婆所指。早在蜜月期间，苗秀贞和田承武曾经打过一架。田承武虽然因为贪恋苗秀贞漂亮的容貌娶了她，其实对她怀着别人的孩子很介怀，相信世上没有一个男人会心甘情愿地戴上一顶绿帽子，这一点毋庸置疑。起先，他一直试图说服苗秀贞去医院打胎。那天晚上，田承武去师傅家喝完酒，有些小醉，酒壮尿人胆，就借着酒劲表明了心事。苗秀贞当然不能答应了，两人没说几句，就吵开了，他们越吵越凶，把住在隔壁屋里的田老娘给惊醒了。她敲开儿子的房门，看见苗秀贞伤心地掩面哭泣，就断定是儿子欺负婆姨了。她先是对儿媳妇好言相劝了几句，然后破口大骂儿子不懂得珍惜，娶了这样漂亮贤惠的婆姨，还二半夜瞎作践。

在苗秀贞坐月子期间，田老娘的一个名叫艾琴的远房外甥女前来"送汤"了。陕北有这样的风俗习惯，一家生下娃娃时，尤其是头一胎，亲戚朋友或邻居都要亲自登门送来一些挂面、鸡蛋等营养补品，说是"送汤"或"添奶"，以便让月婆滋补身体，有充足的乳汁，让毛娃娃能够吃饱奶。艾琴嫁到了近郊的蔬菜队，当初还是她妗子田老娘给保的媒。为了感念妗子的好，时令蔬菜一上来，她就经常给妗子送来一些尝尝鲜、开开胃。艾琴热汗淋漓地担着一担菜进来了，一进门，就大声嚷嚷专门给月婆"添奶"来了。她一边将送给月婆的鸡蛋、挂面放到饭桌上，一边问她妗子孩子奶水够不够吃。在其中一个筐子里，装满了鲜嫩得能掐出水来的番瓜、西葫芦、豆角，还有一大捆油绿沁碧的菠菜。

艾琴与妗子谈话中得知表弟媳妇生的娃娃不够月，就忙走进月窝窑里亲自揭开裹得严严实实的襁褓去探视，她用审视的目光反复在毛娃娃的小脸上扫视了许久，毛娃娃的形象给艾琴留下了很深刻的印象。她的目光死死缠在毛娃娃的眼睛上，有一搭没一搭地和表弟媳妇说了一会儿闲话，临出门时才记起问表弟媳妇有没有给娃娃起名字。

苗秀贞穿戴得很厚实，头上包着一块草绿色的方形头巾，将她的脸蛋衬托得分外白皙俊秀。这块围巾还是结婚前田承武买来送给她的。艾琴盯着那块围巾看了片刻，心里不由得对那种泛着艳丽的绿格莹莹的颜色产生了一丝排斥的感觉。苗秀贞眼神活泼，笑容可掬，仍然端庄地坐在炕上，敞开怀给孩子喂奶。"大姐，让你笑话了，没来得及给孩子起名字，还没有想好呢。"苗秀贞说话慢声细气，她只是那么淡淡地说一下，并没有要孩子他表姑给起名字的意思。说了几句闲话，艾琴便说要忙着卖菜去，苗秀贞作势要下炕相送，艾琴连忙拦住说："不要起来了，你身子骨弱，经了风可不得了！"苗秀贞就让亲自来伺候月子的娘家妈将表嫂送了出去。

临出大门时，心直口快的外甥女避过苗秀贞娘儿俩给她妗子撂下了一句话："妗子呀，我看你老人家都快老糊涂了，炕上那娃娃分明饱眉饱眼、白白净净、水气溜光，看上去一点儿也不像不够月的娃娃呀！"

田老娘虽然老了，可并不糊涂，她听出了外甥女的弦外之音，就皱着眉头对外甥女说："艾琴死女子啊，你可别怪妗子话重声大，今后甭听风就是雨，闲吃萝卜淡操心，净说些没影儿的事情。我家儿媳妇别人不知，我心里可最亮清，贞洁着呢！"一想起新婚之夜褥子上留下的那朵美艳无比的"牡丹花"，田老娘心里就特别热乎、特别踏实。

三个月后，张翠花也生了一个白白胖胖的小子，柳家婆婆李巧莲喜滋滋地把孩子抱到秤上一称，足足有八斤多重。这孩子个儿大身胖，底气十足，哭声嘹亮震天，冲锋号一样霎时耀亮了整个石板巷。柳家大院顿时喜气盈门，全家上下高兴得合不拢嘴。柳家到了柳厂长这一辈，就一直是男丁单传。柳家婆婆多么希望儿媳妇这么一开怀，能憋足劲一口气为柳家生上十个八个大胖小子来，好使柳家的人丁能再度兴旺起来。晚上，李巧莲在枕头边对她丈夫说："你瞅瞅，咱儿媳妇那肥大的胯骨，生几个胖小子能费什么劲？"柳贵宝被老伴说得怪不好意思，但还是偷眼打量过儿媳妇几回。张翠花为了纪念那次北京之旅，不顾有学问的丈夫强烈反对，给儿子起名叫柳北京。

在巷口闲聊时，听说张翠花给儿子起了那么怪怪的一个名字，田承武当即笑眯眯地跑回去报告消息了。"哎呀，秀贞，老柳家那个儿媳妇可真是个能不够，不就是去了一趟北京城嘛，倒仿佛出海留洋了一般，竟然张狂得没边没沿了，给刚刚出生的男娃娃起了一个怪怪的名字……"

"叫个甚？"苗秀贞手中的活计停顿了一下。

"柳北京！"

"甚？柳北京？那咱们家儿子我还要叫天安门呢！"正埋头坐在炕头纳鞋底的苗秀贞听了，撂下手里的活计，撇撇嘴，没好气地说道。这时候，孩子哭了，苗秀贞转过身，爱怜地搂住了正咧着嘴大哭的儿子。这孩子比较瘦弱，没有柳北京那么壮实，连啼哭的声音也没有柳北京那般嘹亮高亢。说笑归说笑，苗秀贞报户口时，果然给孩子写了个大号：田安门。

"安门，安门，安定门户！这个名字起得好。"田老娘怀里紧紧搂抱着孙子，乐得笑眯了眼睛，露出了一嘴老朽了的豁豁牙。其实，田老娘心里也不是没有对这个孙子的来路怀疑过，她只是太喜欢儿媳妇了，不忍心破坏一家人和谐的气氛。儿子打光棍这么多年，好不容易成个家，总不能再给戳散了。她天性豁达，自有打算，孩子都是养亲的，不是生亲的，自个儿家若不说，他外人谁能看出门道？只要儿媳妇和儿子一心一意好好过日子，过几年再生几个孩子就称心如意了。

苗秀贞给儿子起这样的名字，一方面是为了与张翠花斗气，你家孩子叫柳北京，我娃偏就要叫田安门，我们永远都要比你们高出一头，另一方面也是为了纪念和初恋情人的那段昙花一现的恋情。当然，她的这个心思婆婆怎能猜得透！为此，田承武心里老大不舒服，心说你怎么连给孩子起个名字都要跟人家较劲呢？但是他最终也没能拗过苗秀贞，只好"田安门""田安门"地喊着儿子的大号。可还别说，他喊着喊着就喊顺了嘴，感觉这个名字也蛮不错，挺响亮带劲的。

又过了一个多月，文家才在儿媳妇王小玉一片呼天抢地、痛苦万分的呐喊声里，得了个宝贝女孩儿。孩子瘦弱得像根豆芽菜，初为人父的文正亮只瞅了一眼，说这闺女就叫文秀吧。

第五章

　　1964年的春天来了，杏花很早就在秀延县缫丝厂原厂房的角落悄无声息地绽放了，只有两株，一红一白，红花初绽白花繁，馥郁的馨香，熏染红了缫丝厂上空一角，云霞一样耀亮了女工的面庞。可在秀延县缫丝厂的女工们眼里，春天的喜悦不在娇艳多姿的花枝上，而在矗立在旧车间旁边那几座窗明几净的新厂房上。新厂房起架比旧车间足足高出了一尺多，砖混结构，房顶用水泥抹得很平展，灰蓬蓬一片，清一色的玻璃窗子，杨木雕花门楣，远远看上去甚是壮观。旧车间和新厂房站在一起相比，用刘晓峰的话说就是富翁身旁蹲了一个猥琐的乞丐。旧车间确实破败得不成样了，屋顶瓦檐残缺不全，像老年人脱落了不少牙齿的嘴巴，用豁豁牙讲述着岁月的故事。房顶上绿苔密布，一蓬蓬枯黄的荒草，迎风索索发抖，像极了老年人头顶枯疏的几根白发。一下雨，老厂房就要往下渗水，上一次库房里进水后，把许多白亮亮的丝浸泡在了水里，损失不小，可惜了那些白亮亮的丝啊。苗秀贞凝神望了一会儿，摇摇头走开了。她想，旧车间肯定迟早要被拆掉。厂办决定将煮茧、立缫、复摇车间设在新厂房里，库房也一并搬迁过来，而原先那几个车间暂时先不动。新厂房里传来了机器轰隆隆的声音，透过洁净的玻璃窗户，可以看见煮茧车间里有一个很大的水池子，昔日同在一个车间里的姐妹们正在热气腾腾的雾气中埋头忙碌着。苗秀贞没有丝毫改变,仍然在选茧车间里。

　　秀延县缫丝厂位于秀延县城的东南角,一进大门就要先上一个不太陡的斜坡,场院被整整齐齐地排列着的三排长长的平房分割成了几大块,掩映在一排排箭杆杨的浓荫里。厂房都是坐北朝南,窗户一律向南开。在房子后面地势稍高的地方依山修建了三排整齐划一的窑洞,一排要比一排高出一丈左右。上面两排全部是工人宿舍,最底下一排是厂领导办公的地方。苗秀贞抬腿拾级而上,慢慢向缫丝厂办公室走去,她要去向张翠花请假。苗秀贞刚掀起门帘,张翠花便板着一张脸冷冷地问她上班时间出来胡溜达啥。听到这腔调,苗秀贞心里一沉,当她说明来意后,张翠花说什么也不给准假,她毫不客气地说:"你也不瞅瞅现在大伙儿都拼命加班加点赶进度,你却要请病假,且不说你是真病假病,在这个节骨眼上谁也甭想请假,就是天王老子来也不给准假!"张翠花大主任的原则铁板一块,苗秀贞气得脸色发白,只得无奈地拖着病体慢慢离开了厂办。

　　自从修建新厂房和新车间以来,好多女工的命运都发生了意想不到的改变。原选茧车间的车间主任刘大姐成了缫丝厂的中层领导,刘晓峰、李凤花等几人也分别被评为劳动模范,姐妹们几乎都被调到了相对干净轻松的车间去工作。唯有昔日的生产能手苗秀贞依旧原地踏步待在选茧车间里,和她一起工作的是新招进厂的学徒们,其中的缘故想必大家都能猜出几分。下午,苗秀贞买菜时迎面遇到了李凤花,她现在是复摇车间的车间主任。李凤花远远瞅见苗秀贞穿着宽大的工作服,脸色蜡黄,提着一篮子土豆,没走几步,就要放在地上歇一歇,就紧走几步跑过去替她提了,并且关切地问道:"小苗,你脸色看起来很不好,咋了?"

　　"凤花姐,我昨天刚小产了……"苗秀贞蜡黄的脸上浮起了一丝红晕。

　　"咋不请假好好休息几天啊?傻妹子,这可不是闹着玩的,女人身子落下了病根,可是一辈子的后患。"

　　"今天上午去请假了,厂办不给批,说这段时间活紧谁也不允许离岗。我等几天再去请假吧。"苗秀贞从口袋里摸出手绢,擦着额头上冒出来的一层虚汗。

　　"小苗啊,不是姐在这儿多嘴哩,人在屋檐下,岂能不低头?该低头时还是要低头哩。唉，谁让咱混得不如人家！"

"凤花姐，你的意思我明白，但是我不会去求她。大不了被她开除算了！"苗秀贞像是在和自己赌气。走到石板巷口，李凤花将篮子递给苗秀贞，说有事急匆匆走了。苗秀贞怎么挽留，她也没有进屋坐一会儿。望着李凤花匆匆离去的背影，苗秀贞恍然明白了什么。

苗秀贞进去时，望见张翠花正穿着鲜艳的大红灯芯绒棉袄站在巷口，怀里抱着用大红兜袍包裹着的孩子。柳北京已经会笑了，可能是被人挠了胳肢窝，正"咯咯咯"笑得欢，胖乎乎的小脸蛋上镶嵌着两个好看的小酒窝。在他们身旁围着一圈人，都是住在石板巷周围的缫丝厂女工。正是下班的当口，有人手里还掂着一把韭菜、一捆粉条，显然都没顾得上进家门呢。大家纷纷抢着逗柳北京玩耍，做母亲的脸上免不了要堆上一团掩饰不住的骄傲。苗秀贞急忙转身躲在街边装作看小摊上的颜料，和卖颜料的老婆婆有一搭没一搭地说了一会儿话。一直等到巷口那群人散了，她才提着沉重的菜篮子慢慢走回家。自从那件事发生后，苗秀贞和张翠花从来都没有搭过话。尽管住在同一条巷子里，抬头不见低头见，但是这两人能不打照面就尽量避免见面。上班时，若是迎面碰巧遇见了，她们也会装作彼此从不相识，匆匆擦肩而过。回到石板巷里，这两人都只与文家新媳妇王小玉说话相好。在这两个女伴当中，王小玉从内心深处更加偏爱苗秀贞一点。苗秀贞性格文静，谦恭好学，手也特别灵巧，遇事不急不慌，说话不紧不慢，有做大姐姐的风范。不像张翠花，性子急，说话又尖酸刻薄，处处显得高人一等。有一次吃饭时，文正亮无意中说起张翠花，用了"心机颇深"四个字下定论。王小玉当时没有吭声，其实内心里也是很赞同丈夫的看法。

当好事人在石板巷里肆意宣扬苗秀贞有作风问题时，王小玉说什么也不相信，她当场急赤白脸地就与此人吵嚷了起来："你们这帮烂舌头的，不好好干自己的事情，在这里胡嚼什么蛆呢，能嚼出香喷喷的白面来吗？人家秀贞姐行得正坐得端，她才不是那样的人！"

张翠花可能刚刚午睡起来，听见巷口的吵闹声，蓬着一头乱发，脚上趿拉着一双枣红色的灯芯绒方口布鞋，从院子里睡眼蒙眬地慢慢走了出来。听见王小玉如此帮苗秀贞说话，她心里老大不乐意，脸一沉，就阴阳怪气地接了茬："哎哟哟，小玉妹妹呀，听话音你倒是怪了解你家秀贞姐的！你说她不是那样的人，那她是啥样的人呢？你倒给大伙儿说说呀！"她说着在众人的脸上扫视了一遍，最终将犀利的目光锥子般盯在王小玉身上。王小玉碍于情面，一时张口结舌，无言以对。"哼，不是我在这里说风凉话哩，大伙儿如果稍微有点头脑，仔细琢磨琢磨就会想到一个常识性的问题，你们说一个水灵灵的正经姑娘怎么能瞧上一个老光棍呢？"

"说得也是，好端端的俊女子，怎么就嫁给老光棍了？这事好不蹊跷……"头发斑白的李二婶一向爱笑话人，这时忙不迭地插话了。王小玉使劲瞪了她一眼，将头扭向墙壁，不看任何人。好事人这下也似乎从张翠花的话语里找到了充分的佐证。"我就说嘛，这下你们总该相信了吧，她俩可是从小在一个村子里长大的，知根知底，谁也甭想瞒哄谁。别人的话就算有假，难道张翠花的话还能有假？"

苗秀贞提着满满一篮子大白菜走进了石板巷。她穿着一件素净的银灰色上装，下身是一条蓝色的凡立丁裤子，这身装束使她修长端庄的身材，显得愈发利落清爽。脚上是一双黑色灯芯绒面料的塑料底襻鞋，鞋面上蒙上了一层厚厚的灰尘。她轻轻跺了跺脚，试图把落在鞋面上的灰尘跺掉，但那些灰尘却依然死皮赖脸地黏着她。从秀延县城到蔬菜队，必须经过一段长长的土路，众人一看鞋面上厚厚的尘土，就晓得她是从蔬菜队的亲戚那里回来的。大白菜是她送婆婆和儿子到表姐家后，表姐艾琴硬塞给她的。众人冷眼瞅着削肩细腰的苗秀贞，心无旁骛地微笑着向石板巷走来。兴许是走得太快了，感觉脸上汗涔涔的，她伸出右手想擦擦额头上的汗珠。这时候，张翠花的后半句话恰巧子弹一样射进了她的耳朵眼里。从张翠花细密的牙齿里所蹦出来的每一个词语，都仿佛呼啸而来的子弹，猛烈撞击着苗秀贞脆弱的心扉。她的右手霎时无力地耷拉了下来，心里像被一根涂有毒液的银针猛地刺了一下，顿时血流如注，疼痛万分。伤心的泪水在她的秀目里直打转转，她用一只手下死劲捏住自己的一缕黑发，咬着嘴唇竭力忍住，才没让噙在眼眶里的泪当着众人的面掉落下来。她仰起头，甩了甩辫子，努力让自己做了一个微笑的表情。

孰料,这个勉强装出来的笑容,却给了别人一种厚颜无耻的印象。"看,她还乐得笑哩,真不要脸!"苗秀贞顿时感觉背后立刻投来了无数冷嘲热讽的目光,便急忙推开院门,冲了进去,将菜篮子放在地上,转身靠在薄薄的柳木门板上,委屈而伤心地哭了。那些不明真相的人给自己头上扣什么样的屎盆子她无所谓。她深信清者自清,浊者自浊。可是她不能容忍张翠花这个贱货如此放肆。张翠花的嘲笑声依然鞭炮一样炸响在门外:"你们瞅瞅,真不要脸,她竟然还好意思笑哩!"

"谁不要脸?你这贱货还有脸说人?"苗秀贞压抑许久的愤怒终于被引燃了,她放下篮子,打开门冲出去,冲到了张翠花面前,劈手掴了她一记耳光。她听见自己愤怒的声音在石板巷嗡嗡回响:"张翠花,你真不要脸!在厂里你可以仗着你公公的权力给我穿小鞋、找碴儿,我都默默忍受了。可是我的逆来顺受,竟然换来了你这样变本加厉,你不该这样平白无故地给别人身上泼污水啊!别人不晓得你的光荣历史,难道我也不晓得吗?你捋直舌头说说,究竟咱俩谁不要脸地被人堵在缫丝厂炕上了?"

"你放屁!再说一句,看我敢不敢抽了你的舌头!"张翠花被人揭了短,怒火中烧,恨不得立刻冲上去撕碎苗秀贞。

众人起先都惊呆了,谁也没有料到一向文弱的苗秀贞恼了,竟然也像母狮子一样厉害,会不顾一切。待众人醒悟过来去劝架时,两个女人已经扭打在一起了。张翠花个子矮小,够不到苗秀贞的脸蛋,就狠命揪住了苗秀贞的长辫子。苗秀贞疼得涨红了脸蛋,极力想用双手掰开对方的手指,却没有成功。石板巷里顿时鸡飞狗跳,女人的谩骂声、孩子的哭叫声、鸡鸣犬吠声,混搅在一起,将熟睡的田老娘吵醒了。她闻声拄着拐杖颠着小脚颤巍巍地走了出来,当她看到张翠花手里紧紧攥着自家儿媳妇的一团头发时,顿时气得扬起拐杖要打死那个狗日的张翠花。张翠花被唬住了,手一松,众人连忙将二人拖开。田老娘气哼哼地拄着拐杖进屋去了。王小玉劝了一阵,也回去忙活了。苗秀贞靠在门板后不停地流泪,从小一块儿长大的好姐妹,知根知底的好姐妹,竟然为了一个男人,到处造谣中伤自己！她委屈极了，伤心地哭了，痛彻心扉的伤感暴风骤雨般一阵阵袭上心头。老天爷啊，我以前怎么就没有看出她如此卑鄙不堪呢！

　　苗秀贞不懂得天性出自然的道理，总以为是环境把人做了如此的改变。在黄河畔上生活的那段青葱岁月是多么和谐呀，她和翠花姐从来就没有红过一次脸，更别说互相仇视了。如果柳安平不出现，也许不会是这个样子。此刻，在她的泪眼里，异常逼真地浮现出了黄河畔上秀丽旖旎的风光，她和翠花姐从小生活的场景一幕连一幕地浮现了。

第六章

　　每年一过端午节，陕北黄河畔上成片成片的枣林就开花了，米粒大小的枣花，米黄吐翠，看上去很不显眼，花香却分外繁盛馥郁，只要稠密的枣花一绽开米黄的花蕾，黄河畔方圆几十里地的大片村庄便全都笼罩在蜜一般甘甜的香味中。这浓郁的香味招引来了成千上万只蜜蜂、蝴蝶，在其中嗡嗡地飞舞、忙碌，热闹非凡，吵得五月的田野微微发醺，黄河畔的大片土地和村庄就绽开了美丽的花。

　　端午节的脚步还没有走远，一些来自浙江、安徽或者河南的养蜂人就迫不及待地乘着熏风，循着枣花的这股浓郁香气，急匆匆地赶来了，如同去赴一场夏天的盛会。有的是独身一人，有的还拖家带口拉扯着妻子儿女。他们一来到黄河沿岸，就忙于挑选枣林茂密、香气浓郁的地方，支好蜂箱，搭好窝棚，在此安家落户。苗林村当然是最受养蜂人青睐的地方。这里的村民好客热情，从来不欺生，他们热心地给养蜂人提供生产生活工具，比如说借把锄头、借个箩什么的。整个农历五月，养蜂人在这里流连，他们不但可以收获大量的蜂蜜——那可都是上等的枣花蜜，还可以得到纯朴的乡亲们热心的关照。在互相的关爱之中，许多聪慧勤奋的村民也跟着养蜂人学会了一门手艺——养蜂收蜜的绝活，黄河畔的村民家家户户都养成了储藏蜂蜜的习惯,来人待客少不了它。苗秀贞和张翠花各自的父亲也都是看了几次就学会了。

待枣花一谢,枣树上就缀满了大片嫩绿的枣叶,过不了多久,细心的人们就能透过浓密油碧的枣叶缝隙,发现密密匝匝的枣子争先恐后地挂在树梢枝头。此时的枣子呈现一片晶莹如玉的青绿色,泛着莹莹的绿光。等到了农历的七八月,枣林里整天响彻着热烈而暧昧的蝉鸣声:"为吾红枣!为吾红枣!"那些青绿色的枣子就像含羞的豆蔻少女,开始慢慢涨红了脸蛋,有的生性多愁善感,像受了委屈似的挂着红眼圈,有的却欢天喜地,像喜欢盛装的女子一样浓妆艳抹,精心地在粉脸上均匀地敷上了一层层玛瑙胭脂般的艳丽色彩,美艳无比,鲜红欲滴,馋得人直流口水。此时,枣林里散发出一阵阵醉人的、甜丝丝的香味。

坐落在黄河之滨的苗林村掩映在一片浓密的枣林中,那一孔孔星罗棋布、散落在黄河畔上的土窑洞好似静默的蜂窝一样,默默地接纳、吞吐着进进出出辛勤劳作的农人。听惯和看惯了滔滔大河骇浪滚滚气势的苗林村,像一位宠辱不惊的沧桑老人,自顾自沉醉在浓郁的枣香里,泰然自若地打量着天地万物,茫茫世事皆与己无关。

端午节那天,吃过香甜的软米红枣粽子后,张翠花和苗秀贞这两个十八岁的闺女,相约提着篮子、拿着小镢头,爬上乳峰山挖野菜。那些鲜嫩碧翠的苦菜和野甜苣密密麻麻散布在田野山坳里。苗林村学堂里的崔老师文绉绉地说,乳峰山形似妇女的两只巨乳,因此而得名。当地老百姓都嫌叫乳峰山拗口,干脆都直呼奶头山。陕北的农历五月,由于气候偏冷,似乎依然还处在初春。田间地头到处都长满了苦菜、艾蒿、落莲、野甜苣和灰灰菜、猪耳朵草、狗尾巴草。铺天盖地的苦艾、黄蒿也在旁若无人地疯长,撒欢似的尽情绽放着生命的热情和色彩,空气中到处弥漫着一股青草和泥土的扑鼻香味,躁动着浓烈的生命的气息。乡下的端午节就像露珠悬坠在清新的草叶上,悬坠在两个少女美丽的梦境里。

这两个朴实的农村闺女打从记事起就学会了帮助大人干活,捡柴火、挖野菜、拔猪草、喂猪、挑水、烧饭,这些农家的粗活她们样样都拿得起放得下,两双干惯了家务活的巧手,非常敏捷麻利。一口气爬上乳峰山,来不及歇一歇脚,只是深深地吸了一口混合着青草和泥土气息的香味，两人便撒开脚丫子，满地寻找着苦菜和野甜苣。不一会儿，她们的篮子就被野菜堆满了。由于跑得太急，苗秀贞的额头和鼻尖上沁出一层细细密密的汗珠，她忙用沾满了泥土和野草奶子腥气的右手胡乱抹了一把。这一抹不打紧，立刻逗得一旁的张翠花笑弯了腰。她咯咯地笑着说："秀贞妹子，看你把自己都打扮成啥样了，整个儿一花脸猫！"苗秀贞听说后立即发窘地拿手背和衣袖在脸上不停地擦着，越擦越花，直逗得张翠花笑倒在地。微胖的张翠花就更加感到热了，但是她不会像苗秀贞那样莽撞，弄了一脸的泥土和野草奶子。她们都知道那些野草奶子一旦蹭到了衣服上，甚至用洋胰子也洗不干净。张翠花的举止要矜持文雅一些，她轻轻用指尖从上衣口袋里钩出了心爱的花手绢，不停地扇风。一会儿，两个闺女提着沉沉的菜篮子，一头扎到茂密的枣林里，说着悄悄话，徜徉在芬芳的枣花香里。她们闲聊的话题无非是遥远而无法预知的爱情。说这些话时，她们都感到怪难为情的，脸上不由得飞上了两坨绯红的燥热，不好意思看对方的脸，明亮的眸子只盯着前方某棵枣树枝丫间落着的一两只麻雀，或者是远处山峁上一株孤独的老柏树，或者是头顶上的一方碧蓝的天空出神，青春的脸上呈现出无限的迷醉和神往。一颗少女的芳心早已静悄悄地绽开了芬芳的花蕾。这对闺中密友曾经无数次钻在一个被窝里，憧憬过甜蜜的未来，对不可预知的未来，她们都有各自的看法和幻想。有一次，她们甚至对未来的丈夫究竟是工人还是解放军，抑或是干部，产生了一些争议。苗秀贞的理想是将来找一名解放军做自己的终身伴侣。她说："假如将来能有一个英姿飒爽的军人日夜陪伴在我身边，那该有多神气啊！"

张翠花一听就哧一声笑开了，她说："秀贞妹子，你真傻啊，找个解放军又有什么意思，一年到头见不到个人影，你没看咱村里前畔上的王大婶就常年独守空房吗？她男人王大柱倒是军人，又能咋地，还不是既当婆姨又当汉，地头灶头、房前屋后、里里外外操持着忙活，整天把人累得跟散了架一样，浑身上下找不到一丝女人味。你说说她找了个军官又有什么意思？我觉得她一点也不幸福。依我看来，嫁人还是嫁个工人比较实惠些，不但夜夜陪伴在自己身边，月月还可以领回来一沓沓实实在在的票子呢。"

张翠花说这话是有现实依据的,因为她的舅舅是城里蚕桑厂的工人,每年过大年放假时,舅舅都要赶回来到苗林村小住一段日子。在这段充满喜庆和谐的日子里,舅舅常常会给紧紧围绕在他身边的庄户人描述县城里的种种生活。舅舅这次回来给母亲买了一块洋布,喜滋滋地对张翠花的母亲说:"大姐,今年我的工资又涨了一级,现在是车间里最高的了。"佘天婵接过洋布,在一旁瞪大眼睛,张大了嘴巴,羡慕地问:"真的?她舅舅,那你现在一个月至少可以领到三十六块钱了吧?天哪,真不少!"张翠花知道佘天驹是舅舅的大号,但是为表尊重,母亲一般不会当着小辈人和外人的面喊出弟弟的名号,她怕村里人骂仗时骂她弟的名字。

三十六块钱是多少钱啊?张翠花长了这么大,还从来没有见过那么多钱。去年过年时,他们家的一头二百多斤的大肥猪,交到高兰公社的收购站也才只换回来二十来块钱。父亲下半晌赶集回来,将拉猪的架子车随意往墙角一扔,就迫不及待地从怀里掏出一沓票子交给了母亲。她母亲佘天婵盘腿坐在炕头上,聚精会神地蘸着唾沫星子,抖抖索索地足足数了有大半天才把那些毛票数完。数完之后,母亲又在火上打了一勺糨糊,一丝不苟地将一些破了边边角角的票面一一粘好。当时,张翠花跑过去也想摸一摸那堆厚实的票子,但是被父亲凶巴巴的目光拦截了回来,她就只能倚在门框上远远地望着母亲每一个干净利落的动作,嘴角情不自禁地流着些涎水。那时,她幼小的心里就对母亲能拥有那种特殊的权利而充满了艳羡之色。工人一个月轻轻松松挣来的工资,就要抵得上农民辛辛苦苦地喂上一年半载才能出槽的大肥猪所换来的钱,真是羡慕死人了!从小她就知道,一头大肥猪那可是要辛辛苦苦地喂上一年才能出槽的啊,要使一只小猪崽长得膘肥体壮,这里面不知花费了母亲和张翠花多少心血。她拔猪草拔得连手指头都泛绿了。张翠花从小爱干净,最不能忍受的是家里一年四季从早到晚弥漫着一股刺鼻的馊泔水的味道。而人家当工人的一个月轻轻松松地就能拿回来那么多的票子,都快抵得上两头大肥猪了。在1961年饥饿的日子里,一头大肥猪,就是浓香扑鼻的红烧肉。这种好闻的味道,只有在过年时,才会在家里出现一次两次,平常时节那是连想都不敢想的。张翠花顺着自己的思路一路想了下去。十头大肥猪若是全部被杀掉，那该有多少肉啊！全村的大案板都拿出来估计也盛放不下那么多肉啊！到那时，全苗林村的村民个个敞开了肚皮尽情地吃，怎么也吃不完。舅舅在城里的见闻，不仅让在场的村民羡慕万分、赞叹不已，也让张翠花眼前豁然洞开了一扇明亮的窗户，她瞬间对当工人有了比较清晰的认识，而且还朦朦胧胧地产生了一种莫名的神往。

"翠花姐，你知道得真多！可是……"苗秀贞惊异于好姐妹会有如此实际的想法，心里也承认张翠花说得确实不无道理，但是眼下她心里其实并不能苟同这种看法，她想得最多的仅仅是能被一个高大英武的男人所吸引，并不管他是干什么的，也不管这个男人将来会给她带来什么样的命运。也就是说，苗秀贞当时的认识还只是停留在肤浅的生活表面，是理想化的。

"啧啧，高大英武管什么用？能当饭吃、当衣穿、当钱花？傻妹妹，最主要的是，咱们将来要嫁的这个男人他必须会挣钱、能养家。我妈说了，'嫁汉嫁汉，穿衣吃饭'，吃饱饭才是硬道理！"

经过一番争论后，两个少女最后勉强达成了共识，不管未来的丈夫是干什么工作的，首先他一定要英俊高大，会挣钱养家，还要会体贴人，懂得疼爱自己的婆姨。如果真的心想事成，她们将来就可以放心地做一个小鸟依人的幸福婆姨了。

张翠花和苗秀贞是一对干姐妹，她们出生在黄河畔上这个被枣林掩映、枣香浸染的苗林村。两家人就住在相邻的两座院落里，中间只隔着一道低矮的土墙，只要坐在这家的炕头上扯开喉咙高声呼喊一嗓子，那家的窑洞里立马就会传来应和声。平常，这两个闺女的母亲就是通过这道低矮的土墙互相递送东西的。自家树上结的瓜果梨枣，平日里不常吃的稀罕饭食，走亲访友带回来的馍馍茶饭，都会成为这两个热情大方的农家妇女互相馈赠的礼物。这两家人的光景在苗林村都算比较殷实富裕的。闺女们的父亲都是村干部，张翠花的父亲张大成是大队长，苗秀贞的父亲苗有福是大队支书，两人都是村子里顶呱呱的人物。苗有福在高兰公社方圆几十里地也是出了名的大能人。两家大人相处得十分融洽，女人一有空闲，便凑在一块儿一边做着手里的活计，一边拉呱着自家男人和娃娃们的事情。

说得兴起时，嘴上就没了把门的，还不免要抖落出自家男人在热炕头上的那点能耐，言语间不乏夸耀显摆的意思。男人们闲暇时，就会在胳肢窝里夹上一瓶烧酒，吩咐婆姨切一碗细细的咸菜丝，相约来到队上的公窑里，推杯换盏，不喝他个烂醉如泥不罢休。

有一次，她们又在一块儿做活计，苗秀贞的母亲韩腊月笑着对张翠花的母亲佘天婵说："她婶子，你看咱那两个闺女像黏瓜糖一样成天黏在一起，好得就跟一个人似的，多好啊！可惜咱肚皮不争气，生了一对丫头片子，如果把你家翠花换成个毛头小子，这辈子我非要和你做个儿女亲家不行！"张翠花的母亲一边埋头使劲儿纳着厚实的鞋底，一边笑吟吟地接了话茬："唉，苗家嫂子，做儿女亲家，咱这一世里看来没有这个福气喽，要不，咱们干脆就让她俩认个干姐妹吧，干姐妹其实也一样亲哩。"张翠花比苗秀贞大七个月，从此，苗秀贞就正式称呼她为翠花姐了。

就在这年深秋，秀延县缫丝厂到高兰公社来招工，苗林村和附近辖区的村庄霎时沸腾了，适龄的男女青年个个蠢蠢欲动。最终，在张大成和苗有福这两位苗林村的大能人巧妙斡旋下，苗林村只有张翠花和苗秀贞两个人幸运地踏进了梦寐以求的秀延县城。

大半个时辰过去了，田老娘出来上厕所时，一眼望见儿媳妇还靠在门板上发愣，脸上泪痕犹未干，不由得一阵心疼。她走上前不免又唠唠叨叨劝说了几句："武儿家，甭哭了，快回去奶孩子吧。为那点破事不值当，让他们红口白牙瞎咬嚼，咱身正不怕影子斜！回屋歇一会儿，明天早点和武儿相跟着去派出所给孩子上户口吧。"

在生了儿子以后，苗秀贞还一直对自己是城里人了深表怀疑。她现在虽然在缫丝厂上班了，但户口还在农村没有迁出来，本来想领结婚证时迁过来，但是人家说还要审查，一拖就是一年多。

次日上午，两口子抱了孩子要去派出所上户口。临出门了苗秀贞还反复问丈夫："从今天起，咱安门就是城里人了吗？"田承武说："肯定是，没有一点麻达。"她似乎还是不相信，报户口时，反复又问了几次派出所的办事人员，终于把人家问烦了。田承武在她身后捅了一把："不要和他多费口舌了，咱们赶紧去粮站吧。"苗秀贞知道在这整天为填饱肚子而伤脑筋的困难时期，粮食比金子还要珍贵，孩子一报户口，粮本上每月就可以多出来五斤口粮。田承武拉着苗秀贞急急忙忙朝粮站赶去。

第七章

  苗秀贞报户口时，没出什么纰漏，一切都很顺当。他们往回走时，就看见张翠花和她婆婆抱着孩子走进了派出所。两家人都板着脸擦肩而过，谁也没有说一句话。

  当张翠花报上柳北京的大号时，一个黑脸民警抬起头惊讶地望了她一眼，以为自己听错了。张翠花只好又重复了一遍，这回黑脸民警听清楚了，竟然扑哧一下笑出了声，他转过身小声嘟囔："我今天好像遇到鬼了，刚刚走了一个田安门，又来了一个柳北京！"张翠花听见很不满地重重咳嗽了一声。黑脸民警似乎没有注意到张翠花的反应，他抬起头来望了一眼襁褓中的柳北京，然后对张翠花说："你们给孩子起名字咋就不能有点创意，要不重新起个好听一点的名字？"他一边翻着花名册一边念叨："贺文革、王红卫、李抗美……瞧瞧，人家这些名字既响亮又豪迈，多有时代气息！"为了登记名字的事情，张翠花与那个民警在派出所里大吵大闹了一场。张翠花怒气冲冲，婆婆怎么也劝说不住，她指着民警的鼻子骂道："哎呀，我说那个谁，你挣多大钱管多大事吧，别尽咸吃萝卜淡操心！老娘自己生的孩儿（陕北方言，将'孩'念作'杏'），我爱叫啥就是啥，天王老子也管不着！"其实最让张翠花恼火的不是黑脸民警的冷嘲热讽，而是苗秀贞的儿子竟然叫田安门，凭啥啊！

后来，张翠花不得不承认，有关为儿子起名字的争议中，丈夫柳安平的反对的确是有一定道理的。因为后来在孩子上学后，柳北京和田安门的名字果然遇到了不少麻烦。这不，在孩子们长到七岁时，去秀延县城关小学报名的头一天，就惹出了事端。

报名那天，爸爸妈妈都要上班，石板巷里只有田安门的奶奶田老娘最清闲，是她带着田安门和柳北京去学校报到的。秀延县城关小学门前正围着一大群调皮的孩子，在起劲地呐喊叫好。中间一高一矮两个男孩子甩开膀子勾着脑袋比赛摔跤。只见其中一个长着西瓜样溜圆脑袋的小个子，两手猛一使劲，敏捷地将右脚轻轻往回一钩，只听扑通一声，那个长得较高胖的男孩子瞬间摔了一个四仰八叉。看见那个男孩子狼狈不堪的样子，周围的孩子不由得大笑了起来，笑声像密集的豆子爆响在校园里。挤在最前面的柳北京和田安门也禁不住跟着大伙儿呵呵乐了。"哇——"高胖的男孩子在大伙儿的哄笑声中哭号了起来。当那些无聊的男孩子扭头看见柳北京和田安门的身影后，立刻又把全部注意力转移到了这两个小不点儿身上。他们一哄而起，在门台前使劲叫嚷开了：

"北京、天安门来了！"

"北京、天安门来了！"

西瓜脑袋大声领唱了一声"我爱北京天安门"，其他孩子便跟着齐刷刷地唱开了："我爱北京天安门，天安门上太阳升，伟大领袖毛主席，指引我们向前进……"这些无聊的孩子们翻来覆去地唱着歌，唱了一遍又一遍，乐此不疲地唱着，柳北京和田安门懵懂地被卷在一片歌声里，也张着嘴跟着瞎唱。这些孩子大概是疯野惯了，任田老娘在圈外怎么阻拦也阻拦不住。

外面持续不断的嘈杂声惊动了办公室一位年轻的女老师，正好是一年级的班主任。她对正埋头备课的张老师说："哎呀，快吵死了，让我出去看看。这帮孩子今天究竟是怎么了？"说着，她轻轻推开办公室门走了出去。办公室门台前的男孩子们正挤成一窝蜂，乱糟糟的情形令年轻的女老师异常生气，她就走出来把起哄捣乱的学生一个个揪进了办公室，板着脸挨个儿训斥了大半天，方才弄明白

"北京、天安门"究竟是咋回事,就又专门让人把柳北京和田安门两个小不点儿叫到了办公室里。

年轻的女老师个头不高,梳着两条粗壮的长辫子,戴着一副黑框眼镜。她姓郝,听说是从关中地区的什么地方分配来的。可是当地人浓重的口音把这个"郝"读成了"喝"(hē,陕北方言中黑和喝同音),这令郝老师十分扫兴,因为郝老师虽然颇有姿色,但皮肤微黑,上学时同学们曾送绰号"黑牡丹"。她平生最听不得被人说黑,偏偏这地方的人把她的姓氏也给读错了。郝老师问靠近她的田安门:"小朋友,给老师说说你叫什么名字!"七岁的田安门只顾拿袖口胡乱地擦着鼻涕,正眼也不瞧郝老师一眼,郝老师出众的姿色在他眼里分文不值。调皮的柳北京看见老师办公桌上摆放了文房四宝,就一跃蹿到办公桌前,抓起毛笔就要信手在备课本上舞文弄墨。郝老师见此情形,不由得大声呵斥了一嗓子:"那个娃,简直没有王法了!"连忙跑过去劈手夺下了毛笔,制止了这种在她眼里简直无法无天的行为。她又把他推到田安门身边并排站好,然后厉声喊道:"立正!"两个孩子你看看我,我看看你,不知道这个操着一口洋话的年轻女老师究竟是什么意思。见此情形,郝老师方才记起他们今天是初入学,还没有接受过这方面的正规训练,就只好又耐着性子问站在近前的柳北京:

"小朋友,给老师说说你叫什么名字。"

"柳北京。"

"你怎么能够叫这样的名字呢!是谁给你起的?"

"我妈。"

"你妈是谁?"

"张翠花。"

田安门这会儿机灵了,抢着回答了一嗓子:"他妈是主任。"

郝老师瞪了他一眼:"刚才我问你,你哑巴了,现在又没问你,你又胡吱哇啥哩!"她又转过头问田安门叫什么名字。田安门像是生气了,故意对郝老师刚才的批评发出了抗议,一心专注于擦鼻涕,头也不抬,根本不屑于回答老师的任何提问。

"我再问你一遍，小朋友，你叫什么名字？"郝老师显然不耐烦了，猛地提高了声调，"还不说吗？不说我现在就打发你回家，别念书了！"

"田安门。"这一招果真管用，田安门害怕老师真的不让他念书，赶紧脱口而出。

"岂有此理！你怎么能叫天安门呢？你姓什么？"

"我姓田。"

"得，还是谐音呢！哈哈，张老师，你听听这俩娃名字逗人不？"郝老师听了哭笑不得。张老师就是秀延本地人，对于这小哥儿俩的名字早有耳闻，因此见怪不怪，只是抬头微笑了一下。

"哎，你们说说，你俩叫个啥名字不好，干吗非得要叫个北京、天安门，这名字是你们能乱起乱叫的吗？也不想想，你们这副样子配叫这么伟大的名字吗？都回过头来，说你呢，别到处胡乱张望！都给我站直了听着，今天回去给你们的父母捎一句话，让他们明天赶紧去派出所给你们把名字改一改。否则都别来上学！"

"为甚？"两个小家伙不待她说完，齐刷刷地反问道。

郝老师本想对孩子们说，叫这样的名字，是对领袖和圣地的亵渎，但是这样的话，无异于对牛弹琴，这两个冥顽不灵的毛孩子能听得懂吗？"毛主席他老人家不允许这样叫。"最后她谨慎地挑拣着字眼，这样回答孩子们。

"甚？毛主席要治理一个国家，他有工夫管我们叫什么名字？他也认得我俩吗？"孩子们天真的发问，惹得郝老师不禁哧哧地笑弯了腰。张老师在一旁也哈哈大笑起来。张老师家就住在秀延县城北关里，离石板巷很近，很早就认识这两个孩子。在这两个孩子走进来以后，他就停止了批改作业，一直坐在那里饶有兴致地默默观察着两个孩子的一举一动。当柳北京跑过去抓毛笔时，他颇为欣赏地望着柳北京的举动，立刻对这两个小孩有了截然不同的看法。待孩子们走出去后，张老师颇有感慨地对郝老师说："真是龙生龙，凤生凤，老鼠生的会打洞。人家老柳家的娃娃举手投足就是不一样，从小就知道舞文弄墨，我想他长大了自然也会不同凡响。而田承武那人我也清楚，整天蔫不唧唧的，跟个闷葫芦似的，瞧瞧，他生的儿子也就这副德行，光知道抠鼻痂子。"

当孩子们放学回家后把年轻女教师的话一字不漏地带给两位年轻的妈妈时，这两个关系早已分崩离析的女人，意见却惊人地统一："甚？毛主席他老人家不允许这样叫？毛主席他老人家可以管天管地管空气，可不能管我们女人家起名生孩子，老娘生的孩儿，爱叫什么就叫什么！"最后，在这两个女人执拗的坚持下，两个孩子就依然完好无缺地保留了他们的名字柳北京、田安门。

为了此事，张老师还专门提醒过一次郝老师，说那个名叫柳北京的小男孩正是秀延县教育局调研员柳安平的宝贝儿子。柳安平工作业绩突出，据小道消息传，下一届有可能升任教育局局长。郝老师听后就更不敢对名字的事情再提出任何异议了。她甚至有点汗颜，怪不得人家柳安平马上就要升任局长了，境界就是与寻常人不一般，他真是品格高洁、胸怀祖国，心里时常念着首都的名字啊！郝老师当下对这位并不熟识的柳安平充满了好感。当然，郝老师从此也对柳安平的儿子刮目相看。她让柳北京当上了班长。可以这么说，郝老师的最初栽培，直接启蒙并培养了柳北京的领导意识，使他在后来的创业当中显示出了超强的组织号召能力和强大的凝聚力。

上课时，柳北京思维敏捷，对答如流，每次考试各科成绩都是优秀，名列前茅，很快在全学校成了令人瞩目的人物。他耀眼的光芒将田安门整个人都给淹没了。但凡郝老师正好有事要找柳北京，就会对正懒洋洋地倚靠在门框上晒太阳的田安门或者别的同学喊道："哎，那个谁谁谁，你快跑去叫柳北京到我办公室里来一下！"柳北京的光芒甚至将田安门或别的同学的名字也淹没了，他们千篇一律地被唤作"谁谁谁"。田安门对此愤愤不平，他先是暗自埋怨郝老师嫌贫爱富偏心眼。她眼里只有柳北京那样家庭出身好成绩好的孩子，而像他这样出身普通、成绩中不溜的学生，根本就别痴心妄想得到郝老师的青睐。思来想去，他把这一切都归咎到柳北京头上，都怪这小子，就因为他太能显摆了。田安门甚至产生了诅咒柳北京大病一场的想法。他天真地想，柳北京若是哪天不在郝老师眼前晃悠了，兴许郝老师就会注意到我了，也许还会喜欢上我。他耐心地等待着这样的机会。但是，他一直没有等到，柳北京似乎一直都很健康，甚至连感冒也从来没得过，这令田安门大失所望。

在此期间，刚刚升任秀延县教育局局长的柳安平到城关小学视察了一次工作。那天，郝老师打扮得花枝招展，始终不离柳局长左右，时不时夸奖一句柳北京。这给柳安平留下了深刻印象，不久，郝老师就被破格提拔为城关小学教导主任了。这个位子不知有多少老师在盯着，现在轻而易举地被"黑牡丹"坐上了，学校里老师们气不过，纷纷在背后议论不止。这是后话，按下不提。

有一次考数学时，田安门在一定要超过柳北京的想法驱使下，偷偷打开了一本带有答案的参考书。当他照抄到最后一道思考题时，答案竟然是"（略）"，他才顾不了想那么多，不假思索地就顺手将这个特殊的答案也工工整整地抄到了试卷上。当改卷的郝老师看到这个令人啼笑皆非的答案时，便在分数一栏上也幽默地写了一个大大的"略"字。改这张卷子时，郝老师十分生气，在往卷子上写那个"略"字时，由于用力过猛，竟然将试卷戳破了一个洞。张老师看见了，在一旁笑着打趣道："郝主任的字真是精进不小啊，简直力透纸背！"那次月考，田安门偷鸡不成反蚀把米，被郝老师罚站在讲台上狠狠地批评了一顿。同学们一阵接一阵的哄笑声，使田安门强烈的自尊心受到了严重挫伤。在众目睽睽之下，他突然像一支离弦的箭，将自己射出了教室，射离了嘲笑的视线，逃离了那些芒刺般的挖苦和哄笑。

这是田安门有生以来第一次逃学，他三天没有到学校里去。从那天以后，田安门对郝老师意见更大了。郝老师也似乎对田安门这个学生产生了很深的成见，这从她后来的行事当中就可见一斑。快要过元旦了，在抽选同学们排练元旦晚会的节目时，她好几次从田安门的座位旁边缓缓走过，却无视这个可怜的孩子高高举起来的右手，那只粉嫩的小手血管里正汩汩流淌着万分热情。郝老师的疏忽与漠视，使田安门最终连扮演小品《半夜鸡叫》中的反面人物周扒皮这样的角色也没有捞到手。

从此，田安门开始恨郝老师！那次落选使他对郝老师更加恨之入骨。他恨郝老师偏心眼，无视他的存在，在她的眼里只装着那些学习优异、衣着整洁干净、家庭条件优越的孩子。像自己这样出身普通工人家庭的孩子，理所当然地被她排斥在视线之外。田安门的恨意写在他的眼睛里，每次，当郝老师转过身去写板书时，他的眼睛就恨恨地盯着她纤巧的背影，如果田安门的眼睛是利箭，郝老师的脊背恐怕早就千疮百孔了。郝老师那时候正年轻气盛，根本不可能意识到自己的做法会有什么不妥之处，怎么也想不到她无意中的一个小小疏忽，竟然会在一个孩子幼小的心里留下伤痕。不过她很快就尝到了这种疏忽所带来的严重后果。

  元旦过后不久，郝老师在办公桌上发现了一封匿名信。打开一看，信中的内容令她倒抽了一口冷气，写信人用最恶毒的词语细数了郝老师的狭隘和偏心，说她根本不称职，不配当一个人民教师，还攻击她和柳北京他爸柳安平有不正当男女关系，说她是柳局长的小老婆，是柳北京的后妈云云。郝老师把匿名信扔到一旁，伤心地捂着脸大声哭号。她哭着把匿名信送到了丁校长办公室。丁校长看过之后，十分震惊，将匿名信扔在了桌子角上，重重地拍了一下办公桌子，骂了声："这是谁干的？简直太猖狂了！"抬头望见郝老师仍然抽抽噎噎哭得很伤心，便起身扶着郝老师坐到对面的椅子上，回身倒了一杯白开水放在她面前，这才温和地说："小郝呀，这封匿名信我已经认真看过了，确实很可恶，看来写信人的动机不良，我们一定要追查此人！不过刚才我看信时注意到了一个细节，匿名信的口气和字体都十分稚嫩，我估计这个写信人恐怕就是咱们学校的学生，说不定这个人就在你们班里头。小郝呀，你先冷静一下，也不要太生气，俗话说身正不怕影子斜嘛，先慢慢地在你们班的学生当中一个一个排查吧。"

第八章

　　排查结果很快就出来了，写匿名信的竟然是五年级（1）班的田安门。全校师生顿时一片哗然。郝老师异常气愤，态度坚决，要求学校务必开除这个坏学生。其他老师也眼里容不得沙子，一致咬牙切齿地说："摊上这样顽劣不堪的学生还了得，说不定什么时候他就会放出一颗定时炸弹来。这样的学生太可怕了，非开除不行！"第二天，田承武就被请到学校去了。

　　父亲被叫去后，田安门一直忐忑不安地在校门口溜达。一个多小时后，父亲终于耷拉着头从学校里走出来了，他老远就瞅见父亲锅底似的黑脸上罩着一团恶气，佝偻着可怜的腰板，似乎比平时更矮小了。田安门感觉父亲很窝囊，厌恶地嘟囔了一句："我命真苦啊，怎就摊上这样一个爸爸！"一生气，他将刚才捡来当弹子玩的石子，又统统倒在了地上，转身离开。

　　田承武一眼就瞅见了田安门，真切地瞅见了郁结在儿子眉心里那团毫无遮掩的浮躁与厌恶。没等田安门走到家门口，田承武便不动声色地靠近了他，敏捷地把他压在自家院墙外，狠狠揍了一顿。他边打边骂："安门呀，安门呀，老子本来就没指望你长大后能有多大出息，给老田家光耀门楣，但你做人最起码要本本分分、善良厚道！现在你才多大，就敢欺负老师？人常说，一日为师终身为父，老师能欺负吗？你小子太胆大包天了！我今天非打死你这个兔崽子不可！"田承武性格温和，平时很少在家里发脾气，对大儿子田安门更是能迁就忍让的就尽量不说他。这一次，大概是真的被田安门惹怒了。他四下里瞅瞅，一时找不到称手的家伙，就脱下脚上穿着的解放牌黄胶鞋当作一件有力的武器，啪啪啪在儿子屁股蛋上抡。这个焊工手上有一股子蛮力，直打得田安门跪地满口求饶，方才住了手。

父子俩在大门外的吵闹声，被屋里的苗秀贞听得清清楚楚，她刚刚生下第三个孩子田安虎不久，正坐月子，不便下炕阻拦，便让来熬米汤的娘家妈赶快出去看看。田安门的外婆韩腊月刚刚把一只脚跨出门槛，就瞅见她女婿田承武虎着一张黑脸快步走了进来，脚上只穿着一只鞋子，另一只却拎在右手。当丈母娘的不知道事情的原委，瞅见女婿如此模样，忍不住抿嘴笑了起来。紧接着，她看见外孙子田安门肩膀一耸一耸地哭号着跟在他父亲身后慢腾腾地走了进来。苗秀贞一看这父子俩的情形，就知道儿子在外面肯定又惹祸了。田承武走进窑里，怒气冲冲地一屁股坐在正对着热炕的那张窄木头床上，闷头不语。他丈母娘见此，忙殷勤地问他喝米汤不，他摇了摇头，不吭声。对于苗秀贞的连声追问，他起先什么也不肯说，最后见实在逼得急了，才语气重重地撂下一句话："我甚也不知道，你生下这么体面的儿子，你还是去问问他吧！"苗秀贞不满地瞪了田承武一眼，只好转过头来厉声责问："安门你说，究竟咋回事？"田安门眼神慌乱地躲闪着母亲的逼问，见实在瞒不过去，只好一五一十说了实话。苗秀贞知道这回麻烦可惹大了，忙吩咐女儿田安玲去请她奶奶。田老娘常说她跨过的桥比儿媳妇走过的路还要多，她吃过的盐巴比儿媳妇喝过的水都要多得多。苗秀贞相信婆婆的话，如今，遇到大事了，她相信婆婆的主意也一定比自己多。

田安玲没进门就在外面一连声喊着奶奶。田老娘正坐在炕沿上端着一碗小米汤吸溜吸溜喝得香甜，猛听孙女说学校要开除田安门，田老娘可急坏了，她手中的瓷碗当啷一声跌落到砖地上，摔成了八瓣，小米汤溅得到处都是。她对着地上的残片愣怔了片刻，脑子里迅即转了九九八十一个弯，最后，拍拍脑门，突然间有了主意。她弯腰仔细拂去了溅到鞋面上的几粒金黄的小米，这才颠着小脚慌忙

地走了出去，系在腰际的黑色长围裙也没有来得及解去。她边走边把黑色的长围裙收起来掖在了腰际的带子上。跟在她后面的亲家母韩腊月老远望见她敲开了柳家的朱红色大门。

柳安平正躺在树荫下的躺椅上歇晌养神，抬眼看见田老娘满脸惊慌之色，脚下着急地走了进来，慌忙起身让座。田老娘也顾不得就座，一进门便声泪俱下地对着柳安平哭号开了："大侄子，这不，我老婆子今天又要来聒噪你了。我来也不是为了别的事，就是我家安门的那点破事呀！唉，这倒霉娃娃，你说让我说他甚好呢？白让我那么疼他了！"田老娘一屁股坐在了脚凳上，面露难堪之色。

"大娘，安门这孩子咋了？你慢慢说吧。"田老娘就简单给柳安平讲了个大概情况。"唉，大侄子，我在家里瞎暅摸了半天，也没有更好的办法，现在只能巴巴儿地来求你了。那个……那个，麻烦你抽空向城关小学的丁校长说个情，我暅摸着你是局长，他该听你的话。你对他说我家安门年龄还太小，不懂事，一时犯糊涂做了傻事，我们回头叫他爸领着娃娃去给人家郝老师磕个头，好好赔个不是。你看能成不？娃娃还小哩，今后的世事长着呢，万万不可叫他背上一个开除的帽子呀！"柳安平坐在躺椅上一言不发，紧紧皱着眉头，目送田老娘的背影从朱红色的大门里闪了出去。

秀延县城关小学最终没有开除田安门。

事后，田老娘喜滋滋地对苗秀贞说："这一回，多亏了人家柳局长，若不是他替咱出面说情，咱安门娃非被学校开除不可。如果让这么碎的娃娃背上个开除的处分，娃娃这一辈子前途也就算完蛋。柳局长是咱娃娃的恩人呀，武儿家，回头你到百货公司称上二斤糕点糖果，领着安门过去好好把人家柳局长感谢一下。"婆婆说话时，苗秀贞正靠在枕头上，敞着雪白的胸脯给小儿子喂奶，一不留神，乳头就从孩子嘴里滑溜出来，胸前那对饱满的乳房立刻就有白色的乳汁喷泉一般吱吱直往外冒。她连忙用手按，也按不住，喷了乳娃娃一头一脸。乳娃娃可能是觉得好玩，咯咯地笑了。苗秀贞没有立即拿枕边的手绢为乳娃娃揩去满头满脸的乳汁，而是一个劲盯着乳娃娃粉嫩嫩的小脸蛋出神。她自始至终没有说一句话，过后就把这件事忘在了脑后。

郝老师态度非常鲜明，任谁怎样劝说，也坚决不带这个坏学生了。丁校长得罪不起柳局长，最后无奈只好把田安门调整到了张老师所带的五年级（2）班。由于这件事情，学校的所有老师都毫不客气地将田安门划入了坏学生的行列，很长一段时间，他都是秀延县城关小学里的反面教材，一面迎风招展的白旗。

在教育孩子这一方面，苗秀贞一直很内疚，她觉得自己和田承武的确不能称得上一对称职的父母。她恨自己整日沉湎在内心那些无以言说的伤痛里，不停地反复舔舐着无法愈合的伤口，反复咀嚼着伤痛的滋味，却忽视了孩子成长过程中的某些需要。"妈妈，干吗不把我的爸爸和柳北京的爸爸调换一下啊？"一想到儿子小时候充满稚气的问话，她的心里就会滴血。

吃晚饭时，田安门一看又是红面抿节（高粱面，颜色发红，当地人习惯称红面），当即表现出特别厌烦的神情，赌气不吃饭睡觉去了。翻来覆去睡不着，就拿起枕边的一本《三国演义》连环画翻看，隔壁灶间里传来母亲的呼唤，他佯装睡着了，没有应声。

"安门这孩子倔得很，咋就不能让人省点心啊！"田安门听出母亲抱怨的声音里有一丝焦虑。

"我那天动手打孩子了，你不怪我吧？"听父亲的语气似乎要求得母亲的谅解，"那天实在是把我惹躁了，人家郝老师把我叫到办公室，像训龟孙子一样把我训斥了一顿。我们厂长那么凶，也从来没有这样训斥过我啊。我当时就恨不得抓住那小兔崽子狠狠揍上一顿。你不知道郝老师那脸色有多难看，就差在我的脸上扇耳光了。唉，气死我了，也不能怪人家郝老师，谁让咱娃不争气呀！"

苗秀贞抬头望望田承武郁结的脸色，叹了一口气："娃就是要打哩，棍棒底下出孝子，谁怪你了？三天不打上房揭瓦……唉，这娃真让人操心啊！"

"咱娃咋了？我看郝老师那人有问题。"田老娘听儿子、媳妇如此议论她孙子，不高兴了，重重地搁下饭碗，"她若做事公公正正，咱娃能那样吗？娃小那会儿我常把他带到蔬菜队玩，刚下过雨，村路上到处爬满了碎碎的癞蛤蟆，村里那些野孩子都玩踩死癞蛤蟆的游戏，谁踩得多，谁就算赢了。咱安门娃偏偏不玩，他总是拣空空的地方走，生怕踩上一只……咱娃心善着哩。"还是奶奶知道

疼我啊。田安门听得心里暖暖的,一肚子气也早不知跑到哪里去了,顿时有了饥肠辘辘的感觉:"妈,有饭没?我饿了!"苗秀贞端了一碗红面抿节走进来:"快点吃完,起来做一会儿家庭作业,别让老师明天罚你站了。"

"我才不怕她呢。"田安门毕竟是孩子,这时候他已经不再记恨父母了,他在炕上手舞足蹈,"哦——明天是星期天,我不用去学校了!"

"哦,那正好,我明天要去蔬菜队你姑姑家帮忙打帘子。安门你跟我去提些菜回来。"田老娘说。

"好啊,好啊,我真想去姑姑家玩。"田安门为此雀跃。

第九章

　　下午，苗秀贞走进去时，院子里静极了，惨白的太阳光有气无力地透过厚厚的云层筛洒下来，院子里就印了一些斑斑驳驳、光怪陆离的光斑，空气中弥漫着一缕寂寥、空旷的气息。几只多嘴的麻雀正站在靠墙的那株老枣树梢上，百无聊赖地叽叽喳喳，似乎在张家长李家短地说着闲话。它们还时不时凑在一起，做交头接耳窃窃私语状，让人疑心自己果真有什么短处，被它们牢牢地捏在手心里。

　　婆婆领着她的宝贝孙子们去了蔬菜队的外甥女家。田老娘心灵手巧，会打竹帘子边，她打的帘子边既好看又结实。天气渐渐热了，秀延县各家各户都开始挂竹帘子了，有的是新买的，有的是拿出了隔年用过的旧帘子。不管是新帘子旧帘子，都需要打一个既漂亮又结实的帘子边。最近田老娘见天给石板巷各家主妇帮着打帘子边，上周六艾琴就捎话让妗子今天抽空去家里帮她打帘子边。田承武又去厂里加班，他所在的那个街道小厂最近效益很不错，有不少订单要赶进度。苗秀贞望着空荡荡的屋子，心里有点空，麻雀的叫声吵得她更加心烦意乱。她小心翼翼地踩着光斑走过去，似乎害怕脚步声稍微大一些，就会惊扰了那份属于她一个人的静谧。她将菜篮子轻轻放在当作厨房的厦房地上，从水瓮里舀了一瓢清水倒进洗脸盆里，洗了洗手，就推开正屋的门走了进去。炕头上散乱地扔着几件丈夫和孩子们临走时换下来的脏衣服。她一向爱整洁，见不得家里乱糟糟的，本想立刻拿到巷口的集体水龙头上去洗，可是一想到那些好搬弄是非的嘴巴和锥子般犀利的目光，心里一颤，就不免打了退堂鼓。她在原地呆立片刻，顿觉浑身懒洋洋的，半步也挪不动了，就将那几件脏衣服顺手归拢到一个大柳条筐子里，放在墙角，准备瞅一个阳光晴好的周末提到秀延河边去透透亮亮地洗上一回。她蹬掉鞋子，爬上炕，一回头看见她的一只黑襻带鞋子毫无缘由地反扣在了地上，就探下身子伸手又将鞋子拨拉正，才拉过儿子的小被子盖在肚腹上，懒懒地躺着，感觉浑身一丝儿力气也没有了。

  隔壁院子里传来呼哧呼哧拉风箱的声音，又听刺啦一声，似乎像是青菜被猛地倒进了油锅里翻炒的声音。她晓得到了吃下午饭的时间，可她没有一点饥饿感。小城人一般习惯一天只吃两顿饭，上午十点是早饭，下午四五点吃晚饭。今天刘大姐儿子结婚，她去参加婚礼，厂里的姐妹们几乎全被请去了。到坐席的时候，饭菜已经摆上桌好一会儿了还不开席，大家肚子饿得咕咕叫，不免议论纷纷。李凤花跑出去一打听，才知道是因为张翠花还没到。刘大姐来到门口歉意地说："已经打发人去请张主任了，她一来就开席，真是对不起诸位了。"大家有了话题，就将注意力转移到了张翠花身上，都夸张翠花命好，嫁得好，妻凭夫贵，人家柳安平现在是教育局局长，谁不敬畏几分？李凤花还是不改心直口快的性格，不由得就发出了感慨："怎么也想不到张翠花能有今天啊，以前真的没有看出来呢。"邻座的人接口说道："世事难料，张翠花是旺夫命，我前天还在街上看见柳局长来着，他好像比过去胖了些，愈发显得风流倜傥。和我打了一声招呼，手一挥，那风度，简直像电影里那些大领导哩。"大家你一言他一语，语气里充满了羡慕嫉妒。正说着，听见迎客用尖锐的声音喊道："张主任来了，开席！"

  苗秀贞表面上很平静地听着，内心却波澜起伏。这一切的幸福，原本应该属于自己啊，只是在那不经意的一个瞬间就被改变了，像一条朝东流淌的河水，突然间改变了流向。人家是旺夫命，那她就是薄福胎了。认命吧！她晓得自己根本

无力扭转命运。那天婆婆回来给她说,多亏柳局长保住了田安门的学籍,还让她称上一些糖果上门感谢柳安平呢。多大的人情啊,这是他应该付出的,还需要我去感谢他?她恨那个男人,是他给了她爱的幻想,又亲手毁掉了她的美梦和对爱情的全部幻想。当时,她咬碎银牙没有吭气,她能对婆婆说什么呢?

苗秀贞无法抹掉柳安平的身影,他在她心里打上了深深的烙印。一想到那个身材颀长的男人,她心里就会空荡荡的,似乎飘浮着什么东西,却毫无头绪、毫无着落,思想一时竟恍惚起来。从前他是爱她的,现在他成了别人的丈夫。为了这个男人,她和干姐姐反目成仇。

柳安平是缫丝厂柳厂长的独生儿子,他刚刚从师范大学毕业,被分配到了秀延县中学教书。闲暇时,他喜欢到缫丝厂与女工们打乒乓球。缫丝厂是姑娘扎堆的地方,这里聚集着全县城最俊秀最诱人的姑娘。到缫丝厂大院里来打球,他不单单是为了来闻闻这里的脂粉气,当他听说这里巧姑荟萃、美女如云时,就想在这个美人堆里为自己寻觅一个可心的意中人。挑来拣去,最终,他把目光聚焦到了苗秀贞和张翠花身上,这两个女孩被人们称为缫丝厂两个头梢子。厂里有人戏称选茧车间女工们为金陵十二钗,其中张翠花为薛宝钗,苗秀贞为林黛玉,刘大姐是王熙凤……他觉得起外号的人多少还有些见识,除了张翠花的外形气质与丰满雍容的薛宝钗相去甚远外,那刘大姐倒是心机颇深、很有手腕,像极了王熙凤的圆滑、泼辣、干练,还有苗秀贞也确实有点林黛玉的风范,一样的纤细柔美,惹人爱怜。他和世上许多男人一样,更喜欢这种林黛玉式的美。他觉得林黛玉富有个性的真性情更符合他的审美情趣,而薛宝钗的温婉世故,似乎像罩上了一层面纱,让人难以接近。他喜欢单纯美好的女子,不喜欢薛宝钗的世故与心机。还有一层意思,柳安平内心不得不承认,那就是苗秀贞身上似乎有他前女友杨红岩的影子。

柳安平观察得一点没错,苗秀贞确实性情温和,与师傅舍友都相处得非常融洽,大家对她的评价很高。除了模样俊俏、性格温柔外,苗秀贞还能歌善舞。她唱的陕北民歌悠扬婉转,十分动听,每天晚上就寝之前,舍友们总是强烈要求她唱上几支陕北民歌，缫丝厂的女工们就躺在那悠扬抒情的歌声中渐渐沉入了甜蜜的梦乡。在春节秧歌节目大会演中，缫丝厂的秧歌队伍一出场，挤在人群中的柳安平，就被走在队伍最前头的一个女子风摆杨柳的舞姿深深吸引住了。那女子身材修长，有一张端庄俊秀的脸。他认出来那正是他喜欢的纺纱女工苗秀贞。苗秀贞扮相俊美，扭动顾盼之间，绰约多姿，风情万种，那流光溢彩的美，仿佛一把钩子，钩住了柳安平，令他怦然心动，顿时觉得眼前光芒四射。柳安平任看热闹的人群将自己推搡着向前走，灼灼的目光没有一刻不盯着台上那正专注忘情地舞蹈着的人儿，他温情的目光一遍遍细细抚摸着姑娘俊俏的脸蛋、挺拔丰满的胸脯和饱满的尻蛋子。

在表演秀延道情剧《走西口》时，苗秀贞惟妙惟肖地塑造了一个多情缠绵、深深地爱着自己丈夫的揽工汉婆姨的角色。在戏里，她舍不得让自己的男人外出揽工受苦，但生活的贫困又不得不使她放手让男人去遥远的口外讨生活，那种矛盾而又痛苦不舍的心情，被她诠释得淋漓尽致。道情剧的结尾正是这对夫妻最揪心的一刻，那个名叫凤英的婆姨涕泪涟涟地将准备外出揽工的男人一步一颤地送到了大门外。婆姨和揽工汉手拉着手缠绵悱恻，难分难舍。美丽多情的婆姨含着热泪深情地为男人唱起了一首凄婉哀怨的民歌：

    哥哥你走西口，
    小妹妹我实在难留，
    手拉着那个哥哥的手，
    哎，两眼泪长流……

凄苦的民歌，充满了对人生的感叹和命运的无奈。那个名叫凤英的陕北婆姨通过吟唱哀怨的民歌，把心中的痛苦和愁肠全都倾吐了出来。纺纱女工苗秀贞嘹亮甜美的歌喉吸引了无数的听众，她动情的演出感染得周围围观的妇女唏嘘一片，有的老婆婆还不时撩起衣襟或从怀中掏出手绢擦擦潮湿的眼眶。在场的许多年轻小伙子无不被这个年轻女子非凡的美貌和甜美的歌喉深深打动了，他们按捺不住满心的爱慕之情，不时地打着尖厉的口哨。此起彼伏的口哨声，将广场的气氛弄得十分热烈，充满了暧昧的意味。在那次秧歌大会演中，苗秀贞出神入化的表演赢得了满堂彩。《走西口》的旋律响彻云霄，歌曲尾音中那声声凄惨伤感的"哥哥……"的呼声，一下子就攫取了柳安平的魂魄，他明白自己已经不可救药地爱上了她。

此后，柳安平就开始格外关注起苗秀贞来。苗秀贞跟厂里所有的女工似乎都不一样，她仿佛是来自山野的精灵，带着清晨露珠般的清新气息。她清纯幽香的气息于不经意间，轻轻打动了柳安平，这个多情的男人内心深处隐藏的暗流开始掀起波澜。他在暗中偷偷地看过她几次，苗秀贞头戴工作帽，穿着白色的工作服，袅袅娜娜地从眼前飘过，露在工作帽外面的青丝随风徐徐舞动。她不经意间的举手投足，都仿佛在徐徐舞蹈，给人以一种美的享受，让他一见倾心，难以忘怀。他想，她就是一个舞蹈演员的坯子，如果她是一个城里孩子，从小就受到很好的教育，那么她一定会成为一名出色的舞蹈演员。有时她可能遇到熟人了，那双好看的眼睛常常会笑成一弯新月，清纯的笑声暖融融的，让偷偷看着她笑的人也不由得心生暖意。

就在柳安平专注地盯着眼前这个俊女子傻看的同时，张翠花和苗秀贞两姐妹也注意到了他。起初她们并不认识他，只是观察到这个帅小伙最近频繁出现在缫丝厂大院里。他高大颀长的身材、英俊的相貌、整洁的衣着，都吸引着这两个怀春少女。后来经过张翠花多方打听，她们才知道了他的身份和名字。

这对姐妹几乎形影不离，要单独和苗秀贞相处有些困难，为了吸引她们的注意力，柳安平颇费了一番心思。早饭前，在打开水时，柳安平无意中撞倒了放在一旁的竹壳暖水瓶，撞倒的刚好是苗秀贞的暖水瓶。瓶胆的碎裂声，顿时惹来了女工们不满的尖叫，苗秀贞抬起头正想责备对方，却迎面看到了一张英气逼人的面孔。这个人眼睛里闪烁着一抹热情快乐的光芒，正盯着她死死傻看。两道视线猝然相撞，哗一下就碰出了一片耀眼璀璨的火花，他们就这样定定地对望着，仿佛有一道闪电从他们心灵之间倏然穿过。那只是发生在一闪念间，旁边专注接水的纺纱女工们谁也没有觉察到什么，站在最近前的张翠花也丝毫没有留意。但是两个年轻的男女已经非常心满意足了,就是这样一个会意的眼神,胜似千万句信誓旦旦的表白,他们已经互相读懂了对方爱慕的心意。苗秀贞怕别人看出什么,连忙主动上前替翠花姐打开水,暖水瓶伸到了水龙头下,却情不自禁扭过头来,一动不动地坦然感受着那个倜傥帅气的小伙子投来的火辣辣的眼神。那一刻的幸福感,弥漫了整个心房。开水已经接满了,苗秀贞仍浑然不觉,直至有热水溅到胳膊上,才疼得尖着嗓子大叫了起来。她感觉大家都开始注意她了,忙红着脸扭过头去。

"对不起!"把人家暖水瓶打碎了,总得道一声歉吧。说完,柳安平就红着脸像个做错了事的孩子一样,转身直奔父亲的办公室而去,连头也没敢回一下。由于激动和紧张不安,他的步态有点趔趄,经过张翠花身边时,白色的确良衬衫袖子无意间拂过了张翠花赤裸的胳膊。那天,张翠花恰好穿了一件毛蓝布短袖。柳安平这个无意的碰触,却搅乱了她平静如水的心湖,一圈一圈的涟漪荡开去,迅速地舒展着美丽的波纹。张翠花觉得他肯定对自己有意,要不然怎么会故意碰撞自己的手臂呢,这会不会是他巧妙地传递给自己的一个信号呢?

第十章

　　两姐妹各怀心事，很遗憾地望着小伙子快步离去，直至他的身影消失在浓浓的树荫里。他身上那件白色的确良衬衣就像一面飘扬的旗帜，在两个情窦初开的女孩内心深处迎风猎猎飘动。自此，柳安平成了这对姐妹闲暇时谈论的一个话题，她们每天都要围绕着柳安平的发型、衣着、身材，品头论足一番，在心里暗自给这个男青年打了一百分。她们说得最多的就是柳安平身上穿的那件洁白的的确良衬衣，这件衣服当时在小小的秀延县城是绝无仅有的。她们都十分喜欢那样清爽飘逸的洁白，用手摸上去，手感肯定比自己身上刚刚做的花布罩衫要舒服得多，那家织的老粗布就更加无法与之相比了。她们都喜欢那件洁白的的确良衬衣，渴望也能拥有那样一件衬衣，同时不约而同暗暗爱上了那件白的确良衬衣的主人——玉树临风、风流潇洒的小伙子柳安平。她们喜欢他的潇洒英俊，更加喜欢他的才学和身份。但是这两个情窦初开的姑娘谁也没有给对方露一点点口风。过去几乎无话不谈的好姐妹，长了这么大，头一次在内心里固守了自己的秘密，没有毫无保留地向对方敞开心扉。记得寒假里，当张翠花的舅舅大老远从新疆给她带回来一块漂亮的小丝帕时，她会马上快活地跑到苗秀贞家，把这个喜讯告诉她，让她与自己一同分享这无可替代的喜悦和快乐；有时，苗秀贞做错事遭到母亲粗暴的打骂，通常也会委屈地跑来向张翠花诉说。张翠花虽然只比她大七个月，但是挺会安慰人的，像大姐一样慢慢开导、宽慰她，直至熨平苗秀贞心中的烦恼和悲郁。就连少女最难以启齿的初潮，张翠花也是头一个偷偷告诉了苗秀贞，母亲佘天婵还是在一次替女儿收拾被褥时无意中发现的。苗秀贞的初潮比张翠花迟来一年多，当然对这个物事懵懵懂懂，但是她贴心地替张翠花保守着这个秘密，也同张翠花一起分享了那段乍惊乍喜的成长经历。就是如此贴心的一对好姐妹，今天却都将自己内心的隐秘封闭起来。

苗秀贞喜欢柳安平，但是对方的心意她一点也不了解，谁知道人家喜欢什么样的女孩呢。有时她不免会在心里打退堂鼓——自己确实有点不知天高地厚的意思：柳安平才貌双全，又有那么好的家世，眼光一定会很高，他能看上她吗？自己只是一个普通的女工，手中仅仅有一张薄薄的初中毕业证……可她转念乐观地一想，即使自己将来无法嫁给他，只要得到他的喜欢也就心满意足了。

与苗秀贞相比，张翠花就自信多了。自从见到柳安平后，她恍然明白了，自己到这城里来上班的目的，不就为的是要嫁一个像柳安平这样的男人吗？他是厂长的独生子，是秀延县城中学不可多得的人才，是多少城里女孩都梦寐以求的理想男人，她说什么也不能与他失之交臂，一定要想办法得到他！这样一想，柳安平铁定就是她未来的丈夫，他逃不出她的手掌心。躺在被窝里，她挥拳给自己鼓劲。

苗秀贞在翻阅此后的全部生活场景时，那次病中的探望，成为最鲜明、最强烈的一页。那一页回忆就像那个鲜红崭新的铁壳暖水瓶，亮亮地定格在她的脑海深处，永不褪色。多年前，在秀延县缫丝厂女工集体宿舍的热炕上，曾经发生过令人血脉偾张的一幕，那件事就发生在那个夏日的上午，发生在苗秀贞病中。过去的回忆有时令她甜蜜万分，有时却令她陷入无底的痛苦深渊。

那天撞碎了苗秀贞的暖水瓶，柳安平的内心十分高兴，马上买一个暖水瓶还给苗秀贞——他觉得终于找到了一个名正言顺地与苗秀贞交往的理由。中午休息时，他跑到百货大楼精心挑选了一个印有大红鸳鸯戏水图案的暖水瓶，打算直接送到苗秀贞宿舍里。可是一想，此时正是午休时间，他这一去就要惊动一宿舍女工，万一苗秀贞内心不属意自己，岂不要闹一个大笑话吗？他要安心等待时机。这样思忖着，他又提着暖水瓶走了回去。

就在那次春节秧歌大会演后，柳安平感觉到自己再也无法忘记那个美丽可人的姑娘了。大半年过去了，他眼前时常闪现她苗条灵巧的倩影，耳畔常常萦绕着她那嘹亮甜美的歌声。尤其是在灶房对视的那一瞬间，他确信这个女子也喜欢他，柳安平终于按捺不住了，他果断出手——第一次约了苗秀贞。

翌日早上，苗秀贞提着张翠花的暖水瓶去灶房打开水，又恰巧遇到了柳安平。当她微笑着与他擦肩而过时，柳安平轻声对她说："晚上8点，我在秀延河畔等你！"说完，也不等苗秀贞回答，便急匆匆提着水壶离开了灶房。她盯着他颀长的背影痴痴地望了许久。

那一天上班时，苗秀贞神思恍惚，怎么都无法集中精力干活，她轻轻地倚靠在选茧台上，陷入了甜蜜的无限遐思之中。她暗自思忖：晚上去不去见他？见了他应该说些什么呢？说自己第一次遇上他，就无法从心底里抹去那个帅气阳刚的影子？不，千万不敢这么说，女孩子不能太主动，他会笑话自己的，一个姑娘家说这种话那该有多难为情！那就说说自己在选茧车间工作的情况吧？不行，那工作是相当枯燥乏味的，她自己都不喜欢讲，不用说他肯定也不乐意听。还是说说自己家乡红玛瑙般的大红枣吧，给他讲讲家乡的黄河滩枣皮薄肉厚，讲枣花盛开时，幽幽的花香招来成群的蜜蜂蝴蝶，以及八九月里打枣时，枣林空前的盛况和忙碌，最后被晾晒在满河滩石板上那一大片一大片鲜红醉人的成熟。她想这个话题他肯定爱听。以后有机会还应该带他去那里看一看，看看黄河奔腾不息的气势，也看看大红滩枣挂在枝头诱人的情景。对了，还要记着问问他上大学的事情，让他描绘一下他们学校的样子，对于三秦师范大学那样的高等学府，她是向往的，她想象不到大学校园与自己那里的公社中学有多大的区别。

晚上8点，苗秀贞如约来到秀延河边。那一天的情景，现在想来还是历历在目。她坐在他对面的一块大石头上，呼吸急促，不敢抬头看他，只听见他的呼吸声在耳边均匀地起伏。第一次和心爱的男人单独待在一起，使得苗秀贞陶醉在一种巨大的幸福之中，她的心在咚咚地狂跳着，几乎快要跳到嗓子眼了，呼吸也逐渐变得不均匀，两只手局促不安地微微颤抖着，不知放在哪里才合适。感情的潮水在她心中涌动，白天在车间里想好的千言万语都卡在喉咙里，不知从何说起。她紧张得不知所措，细细密密的汗水不知不觉中就盈满了柔嫩的掌心，而她内心的幸福鸟儿也在这样的忐忑不安中悄然张开了美丽而巨大的翅膀。她不敢抬头看他，只盯着清泠泠的河水出神。浅浅的河水刚没过脚踝，哗哗地在流动，汩汩地从赤裸的脚板底下缓缓流过。苗秀贞感觉有一条小虫子在搞恶作剧，不断痒酥酥地在她脚心划过。

柳安平毕竟是见过世面的，他先开口了。"我怎么好像闻到了一阵香气，像槐花，像蜂蜜，又似乎甚都不像。是你搽了香粉吗？"

"没有啊，我甚也不搽。"苗秀贞脸一红，扭头装作在凝神望着西边最后一抹晚霞。

"我不信。"柳安平将头凑近她的脸庞作势要闻那种香味。苗秀贞害羞了，伸手推拒着柳安平，双颊却像晚霞一样红得绚丽。这奇异的香气，搅得柳安平的内心很不平静，他就盯着水中她的脚丫子看。她的脚背骨不高，轮廓很美，皮肤白净细腻。柳安平忍不住伸出脚丫子，碰了碰它。

"你的脚好漂亮啊！"

"看你……"苗秀贞不好意思了，忙把脚缩了回来。

第二次约会仍然是在秀延河边。

等河边嬉闹的小孩和岸边散步的人群渐渐散去后，秀延河畔暂时陷入了一种宁静又躁动的氛围之中。这对男女谁也没有说话，只是用爱恋的目光深情地、默默凝视着对方。柳安平火辣辣的眼神烧灼着她，烘烤着她，坚守在苗秀贞心头的羞涩和矜持，像棉花糖一样慢慢融化了。她主动将自己美丽柔软的小手，连同少女时代最美好的梦，一同放进了柳安平宽大温暖的掌心里去。然后，看他安静地微笑，用柔软厚实的掌心把她紧紧包围。她想，从此，他的关爱将如密不透风的网，将她重重包围。在苗秀贞对爱情美好而单纯的憧憬中，牵手，就是爱情中男女间最缠绵的紧密相贴，生死与共。

当他又一次凑近闻着她身上的香气时，苗秀贞莞尔一笑，告诉他自己身上的香味就是从小吃枣子浸染上的那种幽幽枣香。一说到家乡的枣子，苗秀贞似乎终于摆脱了羞怯，她滔滔不绝地向心爱的人儿讲起了家乡的大红枣如何色泽诱人，口感香甜，以及醉人的枣林和发生在枣林间的许多逸闻趣事。她咯咯地笑着说："我们宿舍里的姐妹都非常喜欢吃我们村子里的大红枣哩。上次我父亲来时，给我带来了满满一大提包枣子，可把姐妹们馋坏了，没等到第二天就吃了个精光。那个馋嘴的凤花姐还没吃够，一个劲地催促我和翠花姐说：'姐姐呀，妹求你们了，赶快请假回去再给咱们带些枣子来吧！'你说这个死丫头馋不馋？"柳安平微笑着没有打断她，只是轻轻握着她的小手，静静地听。他看见她的鼻翼上沁出了细细密密的小汗珠，不由得一阵心动，刚想俯下身去吻她，不想却惊扰了羞涩的女孩。她害羞地略微偏过了头，并且下意识地往边上挪动了一下，然后含着笑低下头，轻轻抿住嘴巴，任他再怎么问，也只是含笑不语。柳安平坐在对面的石头上，静静地凝视着心爱的姑娘，心底涌上来的却是徐志摩的诗句："最是那一低头的温柔，像一朵水莲花不胜凉风的娇羞……"

日子就在苗秀贞对爱情的美好憧憬中，在平淡却处处蕴藏着青春微妙悸动的舞步中，缓缓流淌着。眨眼间，一个月过去了。那天上午，苗秀贞感冒了，浑身酸痛得没有一点劲，就请了假，躺在宿舍炕上休息。10点左右，听见有人咚咚敲门，苗秀贞依然闭着眼睛，无力地说："谁呀？门开着呢，自己进来吧。"

门被吱呀一声推开了，接着，有个人轻手轻脚地走了进来。来人径直走到了苗秀贞睡的那铺大炕跟前，站住了。苗秀贞觉得奇怪，睁开眼睛一看，原来是柳安平。他正站在她们宿舍的砖地上，手里提着一个崭新的大红暖水瓶，暖水瓶上的鸳鸯戏水图案很醒目。

"柳安平，这……"柳安平的目光，正多情地缠绕在盖在苗秀贞身上的那床红绸被上，被中的女孩满头青丝有点凌乱，脸上流露出的一丝慵懒娇羞之色，顿时令他心旌摇荡，心底的小火苗呼呼地直往上蹿。见他只顾盯着自己傻看，苗秀贞不由得脸一红，连忙坐了起来，低声问道："柳安平，你怎么来了，有事啊？"

"嗯。我前段时间不慎把你的暖水瓶打碎了，真对不起！我上课时，忽然想到你段日子可能都没有开水喝,感觉心里很不安,一下课急忙跑到百货大楼给你买了这个新的送过来。"他一边说一边把壶塞取下来,将暖水壶递到苗秀贞耳边让她听,"秀贞,你听听,里边呜呜直响呢,应该很保温的。"

"你也懂得这个?"苗秀贞被他这个贴心的举动感染了,心里突然倍感温暖。

"是我妈教我的。"他关切地问,"你今天怎么没上班啊?我先到你们车间里去找你,班长说你请假了。"

"嗯,我可能昨晚在水中泡得时间太长受了风寒,发烧,浑身酸痛!"

"让我摸……"他本想说,让我摸摸,看烧得厉害吗,但是手刚刚伸了出去,见苗秀贞慌乱地向后躲闪了一下,才意识到男女有别,何况自己才刚刚结识她,这个举动也许会令她反感。两个人就那么尴尬地呆呆坐在那里,无话可说,仿佛没有前两次约会铺垫似的。

"受风寒了,要多喝白开水。你等等,我去灶房打一壶开水来。"

柳安平提了一壶水回来,看见苗秀贞已经梳过头发了,两条黑油油的辫子搭在肩头。柳安平起身给苗秀贞倒了一杯水,顺便坐在炕头看着含羞微笑的苗秀贞。两人一时又没话了。苗秀贞偷眼打量着柳安平俊朗的侧影,向后梳得很光滑的头发,沉思时低垂的眼帘,空气中有一股混合着头发香味和烟草香味的男人气息扑面而来。苗秀贞觉得她的心跳得十分厉害,呼吸似乎都要停住了。柳安平伸手帮苗秀贞掖了掖被角,突然就触摸到了她放在被子外边的纤纤素手,他不由得捉住了它,轻轻放到了嘴边吻了一下。她害羞地想要挣脱,但是手被他紧紧握着不放,那种被爱着的微醉使得她微微闭上了眼睛,漆黑的睫毛像两只受到惊吓了的蝴蝶不停地扑闪着,美丽异常。他就势抱住了她,火热的唇固执地贴在了她芬芳的唇上,那双一点也不规矩的手,异常灵巧地游走在她细腻光滑的肌肤上,一寸一寸地向她的身体深处探寻……

第十一章

苗秀贞沉浸在深情的回想中,脸上什么时候飞上了一抹红晕,也毫无知觉。很久之后,她才长长地叹了一口气,那一切就像一场噩梦一样。突如其来的那件事情如一挺威力无比的无声机关枪,不费吹灰之力,就攻占了盟军的前沿阵地,摧毁了所有的要害部位,击中了苗秀贞和柳安平白头偕老、执子之手的约定。秀延河畔的深情牵手,第一次美丽的动心动念,顿时樯橹灰飞烟灭,只留下一丝淡淡的惆怅,一丝涟漪似的牵心动念。

上午,二人激情过后,柳安平看看腕上的手表,已经快12点了,他担心被下班回来的女工们看见了会说闲话,只好告辞。"秀贞妹妹,你歇着吧,回头有时间我再过来看你。"临出门时,他像记起了什么,又转身,深情地在她的额头上印上一个热吻。

"那你有空就常来坐坐吧。"苗秀贞嘴上淡淡地说,内心却潮起潮涌、激动不已。此时,她的心情非常矛盾,既希望心爱的人儿能留在宿舍里,多给自己一丝温存,多陪自己说一会儿体己话,又希望他赶快离开这里,因为这会儿她已经紧张得几乎快要透不过气来了。这是她有生以来第一次与一个男人亲密接触。

"西边的太阳就要落山了……"苗秀贞幸福的遐想很快被一阵歌声打断了。

宿舍里的姐妹们陆续下班了，嘴里哼唱着新学来的电影插曲。张翠花第一个走进来。下班后，她先绕到职工食堂为她和苗秀贞打来了午饭。走进宿舍，她一眼就瞅见了桌子上那个崭新的暖水瓶。在那一排灰不溜秋的竹壳暖水瓶中，这个漆着鲜红颜色、印有鸳鸯戏水图案的铁壳暖水瓶，鹤立鸡群，光华四射，一下子就跳进了张翠花好奇的眼睛里。

"这个铁壳暖水瓶是哪里来的？秀贞妹妹，你出去买的吗？"张翠花好奇地将暖水瓶拿在手里，仔细观赏着印在上面的艳丽图案。暖水瓶沉甸甸的，显然已经灌满了开水。

"这是……"苗秀贞刚要作答，只见门帘轻轻一挑，走进一个人来，她俩同时被唬得吓了一大跳——柳安平！

张翠花以为柳安平是来找自己的，慌忙迎上前去抛了一个妩媚的微笑，抢先问道："柳安平，怎么是你呀？"

柳安平只是微微一笑，并没有直接回答她的问话，径直走到炕边，拿出一包药："秀贞，我刚才去霍大夫药铺里给你抓的，一共是三天的药，你快起来把药吃了。霍大夫叮嘱说把这药吃了，再蒙头睡一觉发一身透汗，感冒就会立马见好啦。"说着，他起身拿起身旁的搪瓷缸子，从那个崭新的暖水瓶中倒了满满一茶缸白开水，轻轻搁在了靠近苗秀贞的炕沿上。动作熟稔得仿佛在自己家里一样。苗秀贞一直深情地注视着他，他这个细心的动作不禁令她心头顿生无限暖意。她温柔地说："安平，你快坐下歇着吧。"

霍大夫是秀延县城最负盛名的中医大夫，他出身中医世家，一生致力于中医研究，在治疗肝病和妇科病方面很有造诣，赢得了全县人民和邻县周边老百姓的认可和尊重。在老百姓眼里，霍大夫犹如神医华佗再世，守护着一方人的健康。因此，老百姓生病了，都乐意去找霍大夫，通常情况下，他一定也会令他们药到病除。现在听说柳安平为了自己的一点伤风感冒，竟然亲自去找了著名的霍大夫，苗秀贞的惊讶与感激之情溢于言表。

一旁的张翠花，乍听见苗秀贞和柳安平竟然去掉了姓氏互相直呼其名，不由得微露惊诧之色，当她看到柳安平为一个并不熟识的女工忙前忙后地买药、倒水，那种毫不遮掩的殷勤和热情，令她感到十分不快，她的内心隐隐升腾起一丝不安来。不过，那对沉浸在激动之中的男女，正被羞怯幸福的光晕笼罩着，谁也没有注意到张翠花的不快之色。

　　过了好一会儿，柳安平才从美丽的苗秀贞身上抽回了目光。他回首看见了苗秀贞碗里的饭菜，碗里是大半碗又粗又长的炒土豆条和一个玉米面发糕。玉米面发糕显然是被食堂大师傅放多了碱面，不是我们通常所看到的那种色泽鲜艳的金黄色，而是呈现出一种令人没有一点食欲的暗红色。看到这些，他不由得暗暗责怪张翠花。他眼瞅着摆放在炕沿上的饭碗，脱口说了句："她都病成这个样子了，你怎么还给她买这种粗茶淡饭？"

　　"哟，粗茶淡饭？那依你说，我应该给她买点什么样的饭菜？山珍海味，还是天鹅肉？我们不是小姐公子哥儿，我们吃不起！我们临时工能凑合填饱肚子已经不容易了！"张翠花的话语里充满着浓郁的火药味，她为柳安平对自己平白无故的责备非常恼火，心想：你是她什么人呀，凭什么数落我？

　　"张翠花同志，你千万不要误会，我刚才说话直了点，我的意思其实是说这两天应该给她稍微改善一下伙食，多买点细粮，多买点可口的饭菜。你大概也有体验，人生病了本身就没有什么胃口，光吃这个没有营养。"张翠花赌气埋头往嘴里扒拉着饭菜，不想和他废话。

　　"秀贞，你好好歇着吧，我明天晚上下晚自习后再来看你，记得吃药哦。"有张翠花在场，柳安平不愿久留，只得向苗秀贞告辞。他掀起女工宿舍的蓝格子布门帘往外走时，回头又看了一眼炕上那个娇弱的女人，多情的目光缠绕着，在门前恋恋不舍地逗留了好一会儿才走。

　　柳安平一边回味着娇弱的女人上午带给他的无以名状的快乐，一边向秀延县中学方向走去。正是午饭时分，马路上空空旷旷，兴许是太阳看出了他内心充溢着满满的得意之色，便有意把他的影子压得很低很扁。柳安平心里很乱，他甚至无法回忆整个事情的经过，只留一些混乱的片段在脑子里反复重现，令他自己都不敢相信。当时，他把头深埋在苗秀贞温热的胸前，被一股强烈的激情牢牢攥住。苗秀贞身上好香啊，用力地将他吸在了她的身体上，他努力抱紧她绸缎一般光滑的躯体，意识到自己从此就成了一个真正的男人。

张翠花再抬起头来时，望见柳安平还呆呆站在门前，目光正蛇一样缠绕在苗秀贞身上。在她看来，那目光就是一条蛇，充满了邪恶的热情。柳安平的这股热乎劲，使张翠花感到更加不快。她甚至不太相信自己的眼睛，于是睁大了杏眼，要看清这一切是不是在做梦？她伸手使劲捏了捏自己的脸蛋，感觉很疼，才知道这一切的确发生了。她脸上的笑意一点一点慢慢退去，像逐渐退去的潮水，由于过度失望而使四肢变得麻木且僵硬。

张翠花只顾想着自己的心事，柳安平是怎么离开的也不大清楚。过了好大一会儿，她才感觉整个事情似乎有点不大对劲。柳安平可是自己一心要嫁的男人啊，怎么能让他向苗秀贞表示热情呢？苗秀贞这个小贱人竟然敢与他眉来眼去、勾勾搭搭。她内心一时怨自己疏忽。咋这么傻呢，早先为何一点也没看出苗头来？她不知道苗秀贞这个女人什么时候长本事了，突然之间学得狐媚，硬装出一副病恹恹的样子，赖在宿舍的炕上不起来，还央求我替她打饭呢，原来是成心要支开我，躲在这里勾引我的男人。我张翠花可真糊涂啊！真是让别人卖了，还在认认真真地蘸着唾沫帮着别人数票子呢。看他们刚才那种眉来眼去、难分难舍的情形，分明已经好上了。这可咋办呀？她脑子里顿时烦乱成一锅杂面糨子。她现在潜意识里已认定柳安平是自己的男人。卧榻之侧，岂容他人酣睡？一股强烈的占有欲充盈着她的胸膛，她当下生出一种想撕碎一切的迫切恨意。刚才她清晰地听到苗秀贞竟然亲昵地唤他"安平"。想到这里，她的肺简直快要气炸了。她坚决地对自己说：不行，这事绝对弄不成！

张翠花一扭头，望见苗秀贞脸色绯红，正含情脉脉地望着柳安平远去的背影发呆，旁边那碗"粗茶淡饭"早已没有了一丝热气。她更加气不打一处来，劈手上去就给了苗秀贞一记耳光，还粗野地骂道："苗秀贞，你这个不要脸的东西，竟然敢装病躲在宿舍里勾引男人，我真是万万没有想到你是这种下贱女人！明天，不，今天下午，我就要把这件事向全厂传开，让你的名字上厂办的小黑板，上批斗会，最终柳厂长会把你这个破鞋给开除了！哼，柳安平他这人好怪，刚才竟然还敢怨怪我给你买粗粮了。我让你吃！我让你吃！我让你吃！"说着，她愤怒地扬手将饭碗打翻在了地上："真是癞蛤蟆想吃天鹅肉！你也不尿泡尿照照，看看自己长得那水泡眼、扫帚眉，能配上人家厂长公子吗？还敢觍着脸与人家套近乎，你配吗？操心白白糟蹋了自己的清白名声！"

"翠花姐……"苗秀贞被张翠花打骂得晕头转向，不知所措，眼泪迅速夺眶而出，她搞不清楚这个从小就贴心的好姐妹，今天究竟是哪里来的火气。当她听到张翠花说要让柳厂长开除自己时，脸上霎时失去了血色，吓得一骨碌从炕上滚了下来，扑通一下跪在地上，连声求饶："翠花姐，我求求你，千万别告诉别人！要是让别人知道了，我今后还怎么活，怎么过日子呀！"

一听苗秀贞这句话，张翠花也吓了一大跳。她颤抖着嗓子问："啊？！快说，他刚才把你咋了？"

"没咋……"苗秀贞自知失言，急忙矢口否认。

"真的？"张翠花由于激动，脸色不由得涨红了起来，"我不信！"

"真的没咋嘛！他是来给我赔暖水瓶的，见我生病了就又跑出去帮我买了一点药，人家好心嘛。就这些你刚才不都亲眼看见了嘛。再没有啥了……"苗秀贞毕竟有些心虚，说话声音低低的，似乎没有底气。

"他真的没有对你动手动脚？"

"甚乱七八糟的，翠花姐，看你想到哪里去了！"一团燥热不由自主地飞上了苗秀贞白皙的脸颊上，她连忙将自己整个脸埋在被子里。

"他真的没有亲你、抱你？"张翠花此时就是一个饶舌的老太太，仍然不放心地审问个不停，一边问一边跑过去揭开了被子，用那双探照灯般的大眼睛咄咄逼人地在她好姐妹的脸上扫视个不停。

"真的没有，甚都没做。我的姑奶奶，我向你发誓，如果我们那个什么了，我不得好死……这回你总应该相信我了吧？"苗秀贞为了息事宁人，隐瞒了刚才发生在女工宿舍炕上的事情。苗秀贞嘴里虽然发着誓，心里却在扑腾扑腾狂跳不止。

看见苗秀贞信誓旦旦的样子，张翠花似乎才放下心来，不过她依旧装作很愤怒的样子："行了，行了，别再赌咒发誓了，今天我姑且相信你一回。不过，我

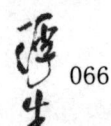

老实告诉你,要让我不告诉别人,你必须答应我一件事。"

"甚事?只要你别把这件事情传扬出去,别说一件事,就是一百件我也依你。"

"好。以后不许再和那个姓柳的小白脸来往,要是下次再让我撞见了,必定不能饶过你们这对狗男女!"

"可是,翠花姐,为甚,为甚呀?你怎么不许我和他来往呢?"苗秀贞心里犹有不甘,犹疑着嗫嚅道。

"我是想保护你,傻瓜!谁让你是我妹妹呢!你也不想想,人家看上你甚了,还不是要和你玩玩?你说咱一个乡下女人,一旦坏了名声,以后谁还敢娶咱呢?"

"翠花姐,他说对我是真心的……"

"甚狗屁真心,那些花言巧语你也相信?我看你是让猪油蒙了心。不想痛快地答应我,是吗?那好,你下来,咱现在就去找柳厂长,让他好好管教一下他那流氓儿子!"说完,她就故意装出一副气势汹汹要夺门而去的样子。

"翠花姐,我求你了!千万不敢去,我再也不敢了!我答应你,我都答应你还不行吗?"苗秀贞眼泪汪汪地赤着脚跑过去挡在门口。慑于张翠花的淫威,苗秀贞表面上只得假意答应了,心里并不能理解张翠花的行为,心想:亏你还是我的好姐妹呢,怎么会不了解我的心啊?翠花姐从小个性就强,自从进城以后,愈发像变了一个人,尤其最近,甚至让她产生了一种很陌生的感觉。

自从中午看到柳安平来看望过苗秀贞后,张翠花心里一直很纠结,不,应该是很不舒服。尽管两人中午吵了一架,苗秀贞也给她做了保证,答应今后再也不与柳安平来往了,但是,谁又相信呢?从那天中午起一直到晚上,她们甚至没有说过一句话。

翌日清晨,天还没有大亮,张翠花突然将熟睡中的苗秀贞推醒了,轻声问她:"秀贞,好点了吗?你今天还准备请病假吗?"经过昨天中午的那场短兵相接,苗秀贞害怕张翠花了。翠花姐那张嘴巴跟刀子一样锋利,说不定随时就会把天给捅破。她怕张翠花又误会自己是装病要在宿舍里与柳安平约会,连忙挣扎着坐了起来说："不了，翠花姐，我今天要去上班，再请假这个月的奖金就要泡汤了。"

上班时，苗秀贞神情恍惚，不是把选好的茧子扔进垃圾筐里，就是把垃圾扔进了良茧筐里。在她身边干活的张翠花似乎也心事重重，一整天都绷着个脸，一言不发。下午临下班时，班长宣布晚上全体职工都必须加班。大伙儿拖着疲惫不堪的身子，拿着搪瓷饭碗，向饭堂的窗口拥去，人群中时不时夹杂着一两句抱怨声。晚上9点左右，苗秀贞看见张翠花走到班长面前说了一句什么话，就匆匆走了出去。好一会儿都不见她人走进来，翠花姐会到哪里去呢？可能是上厕所去了吧。她觉得翠花姐近来心思越来越重，以往她要到哪里去，总要问问自己是否一块儿去，哪怕上厕所两姐妹也要结伴而行。苗秀贞下意识地朝墙上的大钟瞅了一眼，已经10点多了。翠花姐怎么还不回来呢？她突然想起自己今天一整天都忙得昏了头，竟然忘记吃药了。想到那药还是柳安平对她的一片关爱之心，她的心中不由得泛起了一丝甜蜜的温情，白皙的脸上不免飞上了一抹羞赧的红霞。这时候，她才记起了昨天与他的那个约定，他说晚上下晚自习后要来看望她。这会儿该在门口等急了吧？想到这里，她慌忙走到班长跟前去请假。班长听了，有些奇怪地看着她说道："今天真是奇了怪了，咋会有这么多人请假去吃药呢？刚才张翠花也请假说她要回宿舍去吃药，现在你又要去吃药，你们这都不知道是咋了，吃的哪门子药啊！撒谎也不撒得有点新意！"

"我的确是生病了……"

"去吧，去吧，谁又没有说你没生病，快去快回，别像张翠花一样一去那么长时间，太不像话了，简直在磨洋工！"班长有点不耐烦，见她走远了，又喊道，"哎，小苗，你要是在路上遇见小张了，叫她赶快回来！若再不回来，我可要扣她奖金了。"苗秀贞回头看时，班长正板着面孔，双手叉在腰里，一副铁面无私的表情。

苗秀贞快速朝宿舍的方向走去，边走边寻思：翠花姐怎么也去吃药呢，她好端端的吃什么药啊？从来没有听说她生病，好像也没见她出去买过药啊！

第十二章

  张翠花是个有心计的女人，昨天她听到柳安平临走时说明天晚上仍然要来看望苗秀贞，心里就突然有了主意。今天一大早，她不动声色地用激将法将苗秀贞支到车间里去干活。天赐良机，恰好今天晚上又要加班，张翠花的心里不免乐开了花。晚上9点多，她估摸着柳安平快要来了，就对班长谎称说要回去吃药，然后一路碎步小跑着赶回了宿舍。她先打了一盆清水将手脸洗得干干净净，又在脸上抹匀了香喷喷的雪花膏，接着换上了一身平时舍不得穿的新衣服，然后才爬到炕上，拉开被子哧溜钻了进去。头还没有落到枕头上，她忽然想到：不对呀，我的被子是花贡呢被面，摸上去涩涩的，而苗秀贞的却是大红绸被面，摸上去有一种光滑的感觉。这柳安平如果是个细心的主儿，只要稍微细心地摸一摸被面，很容易就会感觉出来被子里面睡的人儿并非他的心上人。那他还不早就吓得逃之夭夭了？怎么办呢？她很快就有了主意，迅速爬起来，叠好自己的被子，又拉开苗秀贞的被子迅速钻了进去，最后又拉灭了灯。

  不一会儿，果然传来一阵不紧不慢的敲门声。

  怎么办啊？张翠花心里不由得滚过一阵紧张。原来，张翠花的嗓音尖厉，苗秀贞的嗓音圆润而柔和，她担心柳安平听出来是自己的声音，就吓得不敢进来了。她知道自己今天晚上安排的这个局是一步险棋，但是要得到自己想要的，就必须牺牲，成败在此一举，她豁出去了。稍稍安定了一下纷乱的情绪，她压低嗓门装成苗秀贞那样柔和的嗓音请他进来。

"怎么不开灯，你们宿舍的灯绳在哪儿？"柳安平摸黑将手里装着水果的黄挎包放在靠墙的桌子上。

"我刚才不小心把灯绳给扯断了。"被窝里的女孩有气无力地撒了个谎。果然病得不轻，声音都变成那样了。柳安平循着声音摸黑走过去坐到"苗秀贞"跟前的炕沿上关切地问："秀贞，你今天感觉好点了吗？"

"还有点发烫，你来摸摸。"张翠花娇弱的声音从被窝里传了出来，这声音在柳安平听起来发嗲、发黏，充满了无限的诱惑力和召唤力。柳安平内心里不由得一阵窃喜，好像听到将军指令的士兵，立刻喜不自胜地将手伸进被窝里去摸"苗秀贞"的额头。那额头温润光洁，一点也不烫，摸上去像绸缎一样光滑细腻，令人顿生满怀柔情蜜意。

见柳安平绵软的手掌在自己额头上流连忘返，张翠花陶醉了。她更加坚信柳安平是爱自己的。她慢慢将白嫩的小手也递了上去，大手一碰，就紧紧将小手握到了自己的掌心中，轻柔地摩挲。他的呼吸急促地喷洒到她的脖颈里，热乎乎、麻酥酥的，让人恍若徜徉于云雾之中。对这种感觉她有点留恋，甜丝丝的，像温润的蜜汁滑入喉咙般舒服。她太喜欢这种芳心乍乱、灵动温润的感觉了。在她十六岁时，偶尔半夜醒来，听到睡在大炕上的父亲发出重重的喘息声，混合着一阵母亲努力压抑着的呻吟声，痛苦中又夹着杂愉悦。张翠花内心里不禁轻悠悠地晃荡了一下。那声音说不清是痛苦还是快乐，却充满了难以名状的魅惑。她在最初的惊骇过后，定睛看见了父亲健壮的躯体和母亲娇柔的胴体正纠缠在一起急速地扭动。在这洋溢着欲望的空气里，她的心犹如小鹿乱撞，但她仍然努力地屏住呼吸，生怕惊扰了荡漾在暗夜大炕中的那幕风情。父母努力压抑着的欢乐，像一股湍急的流水，霍地一下撞开了张翠花身体的欢乐之门。青春的第一次萌动，悄然苏醒，她的双颊绯红一片，被情欲悸动的身体如同那些美丽妖娆的花儿，在暗夜里静悄悄地吐蕊绽放。她的身体里充满了一股压抑难耐的欲望，不知何时，她的手指小心翼翼地滑向了自己的下体，手指触摸之处，有一种麻酥酥的感觉，使她浑身战栗不已。她不禁一阵心旌荡漾，身心都沉浸在一种妙不可言的愉悦之中……从那次以后，她青涩的内心深处总是充盈飘浮着这个梦，青春的气息繁茂地生长在一个人的深夜里。她常常幻想，有一天自己也能与一个健壮的身躯在暗夜中紧紧纠缠。对于这个梦，她不敢泄露一丝一毫，十六岁那个深夜里母亲的呻吟，成了她翻不过去的记忆，纠缠着她的每一个梦境。那天打开水时，被那件白色的确良衬衫轻轻拂过的身体，霎时如同云端海面波涛汹涌。以后有好几次，她总是透过柳安平的衬衫领子，装作不经意地看着他强壮的胸肌发呆，满脑子都是被压抑的蓬勃欲望。

今天，老天爷终于给张翠花送来了她梦寐以求的礼物。她先是一动不动地听任柳安平握着自己的小手摩挲个不停，后来，见他只是限于摩挲自己的纤纤玉手，好像并没有要进一步动作的意思，就有点急了。她一定要抓住眼前这个男人的心！张翠花十九岁的生命燃烧起熊熊的火焰，它像春天的野火，凶猛地蔓延过她的整颗心，舔舐遍她的每一寸肌肤，侵入她的每一块骨肉。一股强烈的占有欲，使这个十九岁的女子，平生第一次做出了一个出人预料、惊世骇俗的举动——她突然敏捷地伸出另一只手，将柳安平略显迟钝的大手，猛然拉到了自己丰满的胸脯上，那里一对肥硕的兔子正如受惊了一般突突跳动着。柳安平顿时热血沸腾，只觉有一股热血直冲脑门，那双受到女人鼓励的大手，轻巧地覆盖在张翠花丰满柔软的胸脯上，并肆无忌惮地揉搓着，而且不由自主地俯下身去抚摸亲吻对方青春饱满的身体。她的身体由于兴奋、激动和不安，而微微地颤抖。这个举动更加激起了柳安平对那个神秘幽谷的无限向往……

从上面这个骇人的举动可以看出，张翠花显然是个外向型多血质的女人。她如果是个男孩子的话，从小也应该是个调皮捣蛋、上树掏雀、上房揭瓦的主儿。这种多血质的人，精力充沛，不甘寂寞，注定将不会成为一个老实巴交、本本分分的农村妇女。这个举动无疑反映了张翠花想改变命运的强烈渴望和长期以来某种模模糊糊的心理准备。支撑这一时冲动的，除了她多血质的性格之外，必然还有她对自己生存环境、前途命运或多或少的思考。这个欲望强烈、不甘心一辈子做临时工的女人，整天提心吊胆地担心随时会被人打发走，再次回到那片贫瘠的土地上苦熬苦挣一辈子。这个渴望美好生活的年轻人，感到她的前途是那么黯淡和渺茫。在这种情况下，扔进生活汪洋中的任何一根稻草，在她眼里，都有可能变成一叶小舟，或者是一条驶向光明前程的大轮船。现在张翠花抓住柳安平这根救命的稻草，紧紧不放，她深信他能变成掌握自己命运之航的一条大船。

柳安平并不是第一次触摸女人的胸脯，早在省城读书时，他就偷偷摸摸地摸过恋人杨红岩的乳房。当时，慌乱紧张的小伙子只摸到了两个发硬的花骨朵。杨红岩没有发育成熟的乳房小小的，没有任何质感，令人遗憾。这让柳安平不禁联想到过年时，母亲耐心地一锅一锅蒸出来的点着红点的小礼馍被不经意间风干了似的，那种硬邦邦的触觉，吸引不了男人。就是昨天上午，因为担心有人随时会闯进来。他搂着苗秀贞草草完事，省略了酣畅淋漓的激奋，甚至没有来得及仔细抚弄她胸前那两个饱满的大馒头。但是眼前这两只肥硕的兔子就不一样了，它们丰盈、性感，有一股热腾腾、香喷喷的气息扑面而来，诱惑着他，召唤着他。他的心狂乱地突突跳动着，无数小火苗呈燎原之势从他的内心深处冒了出来，他感觉口干舌燥，不由分说就揭开被子将自己的嘴巴贴在了那里。

此刻，张翠花春心荡漾，潜伏在内心深处的渴望像一只狂暴的大鸟一样忽闪闪地张开了巨大的翅膀，她荡妇般转身一把搂住了这个男人，然后把身体和他紧紧交合在一起，抵死缠绵！他们的呼吸渐渐热烈起来，粗重的呼吸在压抑不住的欲望中奔腾，在黑暗的职工宿舍发酵、起伏，一会儿，张翠花就变得娇喘连连，并低声发出了舒畅而快意的呻吟声……

苗秀贞推门走进去时，炕上的那对男女正在被子里忘情地翻滚。

当她抓住灯绳打开电灯的一刹那，被眼前的一幕惊呆了，炕上两个白花花的身体缠绕在一起，让她羞臊得不敢睁开眼睛朝炕上细看。她惊惧得嘴巴张得好大，半天都合拢不上，站在屋里尴尬万分，不知道该怎么办。柳安平听见有人走了进来，慌忙爬起来胡乱往身上套衣裤，突然，一回身发现苗秀贞正站在地上发瓷，他也顿时被吓蒙了。

"啊？秀贞，怎么？你、你，你怎么在这、这……" 柳安平望望苗秀贞，再回头望望炕上的女人，竟然吃惊得语无伦次，顿时张口结舌说不出半句话来：糊涂啊，心下明白自己铸成大错。哎呀，天哪，咋回事啊？他不由得惊叫了一声，双手抱住脑袋使劲揪扯着自己的头发。此时，张翠花一把撩起被子坐了起来，丰满的胸脯挑衅似的裸露在外面，在灯光下白花花的直晃眼。

长了这么大，苗秀贞还是头一次撞见这种不堪入目的情景，按村里人的说法，好端端的人如果一不小心遇上男女交媾，是会带来晦气和霉运的，她霎时羞红了脸，呆呆地不知所措。当她终于看清从被窝里钻出来的男人，正是自己心爱的柳安平时，她像狮子一样暴怒了——正是这个道貌岸然的男人，昨天才刚刚用甜言蜜语开垦了她的处女地，而今天却又不顾游戏规则，将锋利的犁铧任意插入了别人的自留地里。她气愤至极，不顾一切地扑了上去，狠狠地搧了柳安平一记响亮的耳光："柳安平，你，你，你这个卑鄙无耻之徒！"她回头凶巴巴地盯着张翠花毫不羞耻地裸露在外面的胸脯，骂了声："张翠花，你个婊子，真不知羞耻！"然后疾步向外冲了出去，纷乱的脚步声很快就消失在无边无际的黑暗之中。她边跑边伤心地哭了起来。这两个人简直伤透了她的心。一个是自己心爱的男人，一个是从小到大的好姐妹。这两个人究竟是怎么纠缠到一起的，他们怎么能够这样不要脸呢！她要去找厂领导，让这二人好好出出丑，呸，真不要脸！

柳安平被刚才的事情搞得晕头转向，半天找不到北，他真心喜欢的女人是苗秀贞，那个庄重、文气的姑娘，而不是眼前这个裸露着白花花胸脯的女人。不过说实话，这个白花花的胸脯确实特别诱人，他承认自己无法抵御来自那里的诱惑。当他意识到自己的荒唐行为意味着什么时，就想马上离开这个是非之地，可是他的动作显然略微迟了一步。此时，义愤填膺的苗秀贞正领着柳厂长和班长刘大姐向这里奔来，他们把柳安平堵在了女工宿舍里。在此之前，张翠花一直冷眼旁观，她目光中充斥着一股胜利者的自得之色，她静静打量着柳安平和苗秀贞慌乱不堪的反应，没有说一句话。既没有回应苗秀贞的谩骂，也没有揪住柳安平不放，她仿佛旁观者一样，只想看一出好戏。直到此时，看见柳厂长和班长刘大姐走进来，张翠花方才大梦初醒般大声哭号了起来："柳安平，你这个流氓，你这个丧尽天良的坏蛋，你做的好事！你让我一个黄花大闺女将来可怎么活人呀！"她一边捂着脸干号，一边透过手指缝观察其他人的动静。

柳安平衣衫不整地蹲在地上，使劲瞅着砖缝，好像正在努力寻找一条逃生的道路，想要突围出去。他的脸色灰塌塌的，全然没有了刚才在被窝里那股凶猛的狂热劲。站在他旁边的刘大姐显然被眼前所发生的事情吓蒙了，正不知所措地望着柳厂长，她不知该如何开口，其实她心里很清楚，厂长在此也轮不上她说话，她只是被苗秀贞请来的一位见证人。

柳厂长本来就人高马大，面色黧黑，此时一生气更像一个高大的黑铁塔矗立在地上。他面色铁青，恨恨地盯着不争气的儿子，手指间夹着的哈德门牌香烟，眼看快要烧到手指头了，似乎也毫无知觉。他在心里迅速权衡眼前所发生的这件事情——如果让张翠花这小娘儿们到公安局告发，自己的宝贝疙瘩儿子平平少说也得蹲几年大狱，丢人败兴且不说，成了一个强奸犯，娃一辈子的前程也就基本算玩完了。儿子大了，本来他和老婆李巧莲早就思谋着，要给他在县城里定一门好亲事。像张翠花和苗秀贞这些来自黄河畔上的乡下姑娘，尽管有几分姿色，但根本不会被他们放在眼里。可如今这个小畜生竟然稀里糊涂地将生米煮成熟饭了。唉，现在说什么都已经为时过晚了，也只好顺水推舟了。想到这里，他不禁抬眼望了一眼炕上，张翠花有一双大而漆黑的眼睛，白净的皮肤，他思忖着这小模样还算周正，在亲朋好友面前也凑合能拿得出手，不至于太丢面子。就有一样，她是农村户口，回头自己少不了要动用人脉关系想办法给她早点把户口办过来。

张翠花把视线顺势扫到了门边，她看见苗秀贞正无助地倚在门口伤心地抹眼泪。她在心里鄙视地哼了一声："苗秀贞，你这个傻瓜，你做得真好！竟然真的跑去找来了柳厂长和班长，这下可好了，这正是本小姐要的结果啊！我必须让柳厂长这个老家伙亲眼看到，并承认生米煮成熟饭的事实。"她心里快速地打着小算盘，戏还得演下去，嘴巴就不能饶人，她尖酸刻薄地骂着："苗秀贞，你这个吃里爬外的臭婊子，竟然不顾从小的姐妹情分，跑出去告发我，你还是人吗？我恨死你了，恨你一辈子！"

苗秀贞并不理睬张翠花的哭骂，只是定定地望着柳安平，目光钢针一样寒冷。

见这些人都泥人蜡像似的呆立在地上，默不作声，张翠花又开始咬牙切齿地大声哭诉："柳安平，你这个坏蛋，我一定要去公安局告发你，告你这个强奸犯！"

"张翠花，你他娘的别在这儿号丧了，还有点廉耻之心吗？赶紧给我把衣服穿好，像个甚样子！你起来听我说话。"柳厂长再也听不下去了，他狠狠地扔掉了手指缝间夹着的烟头，一声令下喝断了张翠花的哭号声，也不问他儿子的意愿，做出了最后的决断。柳厂长转过身对一旁呆若木鸡的刘大姐和抽抽噎噎的苗秀贞说："今天这件事情就只有咱们五个人知道，今后谁若敢把此事传扬出去，老子让他马上卷铺盖走人！"

刘大姐连忙点头如捣蒜："柳厂长，您尽管放心，我的这张嘴巴保证比咱财务室里那个墨绿色的保险箱还要保险！"说完，她忙回过头向苗秀贞挤眼示意，可是苗秀贞正哭得泪眼模糊，根本不去接她抛过来的眼色。柳厂长回头狠狠地瞪了苗秀贞一眼，不满地咳嗽了两声，他不能理解这个姑娘心里究竟有什么委屈。临出门时，柳厂长回过头又对张翠花说："张翠花，这几天你就先别上班了，赶快回去把你的父母亲找来，过两天我们商量着给你和平平订婚！"

"爸哎！"张翠花仿佛听到皇上的圣旨一般，心花怒放，立刻破涕为笑，一下子跳到地上，跪到柳厂长面前，脆生生地叫了一声爸。张翠花的下身只穿着一条鲜红的裤衩，那红得像血、白得像雪的颜色，羞臊得这个准公公连忙转身奔了出去。

她的这一嗓子，顿时唤醒了正陷入绝境的两个人。柳安平诧异地望向了苗秀贞，苗秀贞在这一瞬间，也似乎明白了张翠花的险恶用心。怪不得她昨天中午那么强硬地要求自己别再和柳安平再交往了，原来她这是要鸠占鹊巢，霸占自己的男朋友啊！真是知人知面不知心！平时那么要好的姐妹，为了一个男人，竟然使出了如此下三烂的招数，恬不知耻！她怎么也想不到只有十九岁的张翠花，她的内心竟然如此阴险恶毒。而最令她伤心不已的却是柳安平——自己平生爱上的第一个男人，竟然如此不堪，原来是这样一个朝秦暮楚的家伙。她不顾一切地扑上去狠狠地捆了张翠花一记响亮的耳光，然后，不顾一切地冲向了黑暗中。

"秀贞，秀贞……"柳安平喊着苗秀贞的名字刚想要追上去，却被站在院子里的柳厂长一嗓子喝住了脚步："柳安平，老子没有揍你，你还嫌事不够多吗？"

第十三章

可怜的苗秀贞一直跑到秀延河边，坐在她和他第一次约会的那块大石头上，痛哭了整整一夜。她恨张翠花不要脸，恨柳安平始乱终弃，更恨命运不公的安排，她望着黑暗的苍穹一声声哀号："为甚呀？你们为甚要这样伤害我……"天快要大亮时，她才踉踉跄跄地离开了秀延河。她定定地看着缓缓流淌的河水，在心底暗暗发了一个毒誓：今生今世，与柳安平和张翠花二人不共戴天！

苗秀贞的心里的确揣满了仇恨，她恨负她而去的柳安平，更恨自私自利不择手段的张翠花，是这两个人，共同造成了她今天的痛苦。自从发生了那件事情后，她的性情大变，一改往日开朗活泼的性格，不再哼唱缠绵哀怨的陕北民歌，生怕那些多情的词语，再次咬伤她内心深处那个终生无法痊愈的伤口。她不愿意与人打交道，整日里沉默寡言，平时上下班总是挑拣人烟稀少的背巷里行走，她极力躲避着热闹的人潮和车流，像蚕蛹一样将自己紧紧卷裹在厚厚的茧里。常常在夜深人静时，她才会缓缓敞开心扉，慢慢咀嚼回味那段短暂的恋情。秀延河畔的深情牵手像一个罗曼蒂克的影像，永远定格在她的心底，时时温暖着她孤寂的心。与柳安平一个多月短暂的恋爱，经过她的反复咀嚼和回忆酝酿，早已经升华成了一段中国版的罗密欧与朱丽叶式的经典恋情，对这段恋情的回忆足够她珍藏回味一辈子。苗秀贞就这么一边刻骨地仇恨着，一边痛苦而又无望地暗恋着。每一次对往事的回忆，都能勾起苗秀贞内心更深的苦痛，每一层血痂的脱落，又会有新的鲜血从伤口里汩汩流出，但是她怎么也不能管住自己疯狂的思念，对那段夭折的恋情的无限思念。那天张翠花在石板巷口诋毁她的名誉时，与王小玉发生了争执，恰巧被她听到了。她觉得从张翠花细密的牙齿所撞击出来的话语是那么可憎恶毒，每一个字，都仿佛变成了子弹，嗖地射过来，一颗一颗都在她记忆的墙壁上留下了深深的擦痕，每每想起，都令人痛彻心扉。

"妈，妈……"田安门失火了一样，大声呐喊，提着菜篮子跑了进来，打断了苗秀贞的回忆。田安门连声喊着："妈，妈，你快点去看看吧，我们从姑姑家回来时走在半道上奶奶突然晕倒了……"苗秀贞的思绪猛地一颤，略一迟疑，连忙爬起来趿拉上布鞋向外面奔去。刚走了几步，想到要送婆婆去医院，连忙又转身回来取了些钱揣在兜里。她一边快速往门外走，一边安顿田安门乖乖待在家里，看好门户。

田老娘一病就是三个多月，待她能挂着棍子在石板巷转悠时，秀延县城关小学就快要放暑假了。

张翠花自从生了儿子柳北京后，性格越来越泼辣，有时竟敢公然顶撞婆婆。那天小北京吃坏了东西拉肚子，脸都黄了，张翠花仍然只顾上班，婆婆嫌她平时对孩子太不经心，就抱怨了一句："一天打扮得光光艳艳的，在外面人五人六，就不知道怎样学着当妈，你看看人家田承武家那个贤惠婆姨，对孩子和婆婆多有耐心……"李巧莲平常下班回来时，看见有阳光的中午，苗秀贞站在院子里日头底下给婆婆洗头，田老娘坐在凳子上，舒坦地享受着。洗完，她会拿一块布，围在婆婆肩头，仔细用剪刀给修剪得整整齐齐。苗秀贞一丝不苟地修剪着，李巧莲就在一旁看得入了神，羡慕田老娘好有福气，娶了个儿媳妇真像得了一个亲闺女似的。如果拿别人对比张翠花不会当一回事，可是婆婆偏偏要拿苗秀贞与她比较，这下不小心惹翻了醋坛子。

"你看见苗秀贞那婊子这好那好，你去领回来呀，领回来给你当妈去！"李

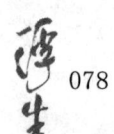

巧莲没有料到儿媳妇竟敢出言不逊骂开了自己，顿时气得满脸通红，回骂道："好你个没有教养的乡巴佬！你竟敢辱骂婆婆，不怕天打五雷轰吗？！"

"哼！咋的，我是乡巴佬，你不是乡巴佬吗？你家祖上头顶不也顶着一头高粱花子吗？也不看看你娘家稀谷少苗的，准是坏事做得太多，遭了报应！"

李巧莲娘家距城十里路，人丁不旺，她爷爷弟兄四个现在只剩下他哥这一棵独苗。张翠花骂人不该揭短，这一下李巧莲气不过，扬起手中的擀面杖砸到了张翠花身上，嘴里还喊道："我今天非打死你这个没教养的杂种！"张翠花顺手举起了门口的扫帚去还击。周围的邻居闻声都趴到墙头看热闹，有的也在隔墙高喊不要打了，却没有人真的过来劝架。大家一来都想看看热闹，二来都知道张翠花的脾性，怕得罪了这个母老虎以后过不成安生日子。直到柳安平父子回来，婆媳俩才偃旗息鼓。

柳安平气咻咻地将张翠花拖进房里，厉声责问："你咋敢跟妈打架，你疯了？"

"我没疯，谁让你妈骂我乡巴佬！"

"你就是乡巴佬！我妈说得一点没错。"

"你说我，你不也是乡巴佬吗，你妈不也是乡巴佬吗……"

柳安平气得扬手搧了张翠花一耳光，赌气搬到办公室去住，他背后传来张翠花杀猪般的哭号声。

"你就是乡巴佬！"张翠花哭了很久，两只眼睛肿胀得像桃子一般。她仰靠在绣花枕头上，柳安平的声音依然刺耳地回响在耳畔。在城里人眼中，她确实是乡巴佬，腿上的泥点子再怎么清洗也洗不掉。她一口浓重的河畔口音，一嘴发黄的牙齿，在她身上打上了无法消除的烙印。还癞蛤蟆想吃天鹅肉？我们这些从河畔乡下来的乡巴佬，就只配让你们城里人凌辱吗？张翠花愤愤不平，在心里一遍遍诅咒着婆婆和柳安平。她烦躁地翻了一个身，看见小北京将被子蹬掉了，连忙爬起来给儿子盖好。哼，她心里恨恨地想：你们再嫌弃，我这个乡巴佬也已经将血液深深地流进了你们柳氏家族的血脉里，永远也掰扯不清了！想到这里，她俨然一个胜利者的姿态，不禁笑出了声。可当她翻了一个身，望见柳安平平常睡觉

的地方空空如也,心头又不由得泛起一阵伤感。这个死没良心的,将被子也拿走了,在办公室一住就是十来天,他是想让周围人知道耻笑我吗?柳安平,好你个没良心的,你有种就给老娘永远也别回来!夜色深深地笼罩在房屋周围,有老鼠咯吱咯吱咬着放在角落的一对旧木箱。箱子上摆放着一面镜子,反射出影影绰绰的光亮,好像雨中看不真切的秀延县城的景象。

进城的第一天,天上飘着小雨,淅淅沥沥的雨声断断续续地敲打在行人稀少的石板街上。单调枯燥的雨打石板声,在两个乡下妹子听来,犹如伴奏丝弦胡琴的竹板,敲打出了别样动听的旋律。苗有福陪着这对要好的姐妹,到街上买了一些日用品后,就在身上披了一个化肥袋子,赶末班车回苗林村了。苗秀贞望着渐渐开远的汽车,小跑了几步,脆生生地喊道:"大,下一集你一定要来看我!"苗秀贞第一次离开家,像即将断奶的孩子离不开父母亲,今早来时就抱着她妈哭了一回。张翠花笑她没出息:"咱是进城上班,又不是要嫁人,搞得难分难舍跟生离死别似的。"苗秀贞怪不好意思地笑笑,注意力很快被雨中的街景吸引住了。

她们好奇地打量着那弯弯如火枪头般的石板街,令人眼花缭乱的百货大楼(其实只有三层楼高),冒着滚滚浓烟的大厂房,飘荡着醋香的薄薄的煎饼的叫卖声,还有那在雨中的青石板上,踩着窸窣的碎步、打着油纸伞、身上飘荡着枣花的清香的高个子女孩。女孩轻烟般从身旁缓缓飘过,那随着细软的腰肢轻轻摆动着的黑油油的长辫子,牵动着这两个初次进城的乡下姐妹的注意力。这一切美好的元素,有机地组成了富有诗意的城里生活。城里的生活在两个乡下妹子眼里什么都是新鲜的,仿佛就是一首朦胧含蓄的诗歌、一篇隽永明快的散文,那般美好,那般令人无限向往。

进了秀延县城一个月后,苗秀贞和张翠花第一次为一件小事产生了分歧。

领了工资的第一个星期天,两人约好一块儿去逛街。她们先来到百货大楼,各自扯了一块白地红蓝花相间的花布,准备做件漂亮的罩衫,缫丝厂里那些比她们早去的城里姐妹也大多穿着这种花色的罩衫,她们对此已经眼馋心热了好久。

苗秀贞甚至趁上次她父亲来城里赶集看望她时，顺便向父亲透露了这个打算。父亲对此没有任何异议，他爽朗地一笑，说："闺女，咱家里又不缺你那两个钱花，需要什么东西你就自个儿看着买吧。女孩子家家的，应该穿得更亮眼一些。"做父亲的向来最疼惜这个大女儿，她不但伶俐懂事，而且也是三姐妹当中最漂亮、最善解人意的一个。

"翠花姐，咱们先把花布送到裁缝店，再到街上逛一会儿？"苗秀贞首先提议。

"嗯，"张翠花同意苗秀贞的提议，她一边点头，一边说，"我要做一件和她们的款式不一样的。"

"不一样的？"苗秀贞似乎对她的这种说法不以为然，"我看她们那种制服样子就蛮好的……"有半句话不便说出来，她又硬生生地咽了回去，那就是："就凭你？一个刚刚从农村出来的黄毛丫头，裤腿上的泥土还没有拍净呢，能想出什么新鲜花样来？"

"我要在那种制服上有所改造，把钉在外面的黑扣子拿花布包好后再钉上去，然后再给衣服下摆钉上两个别致秀气的方形口袋，闲时可以插插手，放放小手绢、小镜子什么的，很实用，而且看起来还美观大方。还有，咱们再让裁缝师傅把那高挺的圆立领也改成方形大翻领，我曾经在一本画册上看到过一个上海电影明星就穿着那种样式的花上衣，十分大气好看。"张翠花才不顾苗秀贞会产生什么样的想法，她自顾自描绘着自己心中美好的设想。

到了裁缝店，当张翠花把自己的想法和盘托出时，裁缝师傅不但没有嫌麻烦，反而异常高兴，露出了特别欣赏的神情，连声夸赞张翠花这个女子头脑真不简单。他欣喜地说："哎呀，这女子真是古灵精怪，简直就是个天生做裁缝的料！你这个点子真是太好了，我正发愁衣服样式太古板了呢！"裁缝师傅的声音很特别，嘎嘎嘎的，像极了电影《敌后武工队》里的公鸭嗓，直惹得两个丫头忍不住捂着嘴巴咻咻地笑。

"哎，我说这女子，你今天干脆回去就给你家大人言传一声，你就说东街里的韩裁缝想让你到他店里来帮忙，看他们心下悦意不。"韩裁缝是个四十岁出头

的中年男人,刚刚死了老婆,留下一双儿女,年龄尚幼,为了让一双儿女尽早享受到母爱,他正在托人四处张罗着续弦。他见张翠花头脑聪明、模样俊俏,是块当裁缝的好料,就开始打她的主意,以收徒弟为诱饵。对于裁缝师傅百般献殷勤,张翠花只是抿着嘴笑,并不答话。苗秀贞听韩裁缝连声夸奖张翠花,也十分高兴,笑着对他说:"韩师傅,我翠花姐才看不上做你的徒弟哩,人家可是缫丝厂的工人!"说着,她自豪地拉住张翠花的衣袖:"你还怕不知道哩,我告诉你吧,我张婶,噢,就是她妈的手就非常灵巧,是我们村里数一数二的巧手女人。她做的那些衣服,针脚又细又密,你如果不仔细看,恐怕都寻不到针脚哩。在我们村子里,不管谁家娶媳妇、嫁女儿,还是葬埋老人,都要请张婶帮忙缝制衣服哩!"

　　张翠花看上了一款挂在衣架上的春秋衫,那是韩裁缝刚刚熨好挂上去的。她想伸手摸摸衣料的薄厚,不料被韩裁缝趁机捏了小巧的素手。他细细打量着这个细皮嫩肉的姑娘,觍着脸近似讨好地说:"女子,你不愿意做我的徒弟也成,有工作好啊。你回头有空就常常到大叔这儿来坐一坐,大叔给你做漂亮的衣服,保证不收一文钱!"韩裁缝紧紧捏着张翠花的纤手,目光蛇一样缠绕在张翠花红润的脸蛋上。一旁的苗秀贞实在看不下去了,她感到这个裁缝师傅过于啰唆、过于热情、过于黏糊,像过年时糊墙的糨子一样一沾身就抖不掉了,糊墙的报纸像狗皮膏药一般皱巴巴的,令人看了满眼的不舒服。她向张翠花丢了一个眼色。张翠花忙借口说还有事情要办,将手从黏糊的韩裁缝手里挣脱出来。两人匆忙离开了裁缝店。

　　一出店门,苗秀贞便笑得前仰后合,蹲在了地上。等笑够了,她才娇喘吁吁地站起身来说:"翠花姐,你可真有福气,快要做裁缝太太了!我看那个姓韩的裁缝师傅色眯眯的,八成是看上你了,要不他怎能热情得那么邪乎?还保证不收一文钱呢!你们若真成亲了,我这个小姨子也能沾点光,白做几件衣裳喽,哈哈!"

　　"死丫头,去你的,看你那张乌鸦嘴!"张翠花听了有些恼怒,她一边在后面追打着苗秀贞,一边翻着眼笑骂,"哼,他呀,就那个老东西,也不撒泡尿照

照自己,真是癞蛤蟆想吃天鹅肉!"

姐妹俩一边在街道上转悠,一边打量身边轻快地走过去的每一个女人,仔细观察城里女人的穿着打扮、神态举止。人群中有一个穿着艳丽的女人,走路姿势很特别。她走起路来像跳舞一样,婀娜多姿,细长的胳膊像灵巧的桨一般,轻轻地在身体两侧划动,两瓣屁股一扭一扭,吸引了不少行人的目光。她们还发现街上走着的女孩子大多数都和她们一样梳着两根又粗又长的辫子,只有少数漂亮的女人留着一种时兴的"学生头",看上去清爽利落,特别洋气。她俩就站在理发馆前面,嘀嘀咕咕地商量着是否也进一回理发馆,理一个洋气的"学生头"。张翠花见苗秀贞仍然在犹豫,就果断地说:"这有啥好考虑的,走,咱们又不比她们城里姑娘缺鼻子少眼睛,怎就不敢理呢!"

进理发馆理发——这在她们家乡可是史无前例的事情,她们那里的女娃娃都像她俩一样留着长辫子,让头发顺其自然地生长,长长的辫子油亮乌黑,软软地搭在屁股后面,辫梢上总会系着一段红毛线或者红绸子,随着步态一摆一摆,惹人心疼。婆姨们则普遍都留着一种叫短帽盖的发型,头发长得太长了,都是脖子上围着自己脏兮兮的花围裙,央求左邻右舍的巧媳妇或者几个相好姐妹互相帮衬着修一修、剪一剪,后脑勺被剪得齐刷刷的,露出皱巴巴脏兮兮的脖子,活像粗糙的树桩子上顶了一面漆黑的锅盖,寒碜得很,真是要多难看就有多难看。

两个女孩子忐忑不安地走进了国营理发馆。理发馆的女师傅正坐在椅子上打盹,看见她们走进来,忙起身热情地把她俩让到座位上。洗过头发后,那位女师傅似乎对苗秀贞的头发产生了浓厚兴趣,不断地夸她的头发又黑又密,光滑柔顺得像一匹黑缎子一样。理发师傅说像苗秀贞这样漂亮的辫子,如果卖到剧团去,一定能卖个好价钱。张翠花听了不以为然,心想,长这么大还从来没有听见过有谁拿辫子去发财的。当那位女师傅准备开始剪张翠花的头发时,竟然不合时宜地拿她的头发与苗秀贞的头发反复做比较。女师傅说,啧啧,瞧瞧人家那女子的发质多好,又黑又亮,啧啧。这种笨拙的比较令好胜心极强的张翠花十分难堪。张翠花反感地瞪了她一眼,但那位女师傅似乎很没眼色,她只用一把桃木梳子反复梳理着张翠花的头发,并未真的动剪刀,嘴里不停地说张翠花的头发太细了、太

软了,还有点自来卷,根本就不适合剪时下流行的"学生头"。理发师其实是担心张翠花的发质不适合理"学生头",怕坏了手艺。张翠花才不管她是怎么想的,她听着理发师啰唆,尤其是拿苗秀贞的头发与她比,十分生气,站起来扭身就朝店外走去,边走边说:"我头发好不好关你屁事,谁要你在这里啰啰唆唆,我不想剪了!"没走几步,只听那位女师傅扯开嗓门大声喊:"那女子,回来,你咋回事?不剪就算了,不指望挣你的钱,怎么竟然把我们的工作披也拿走了!"女师傅的呐喊声引得几个过路的行人回头莫名其妙地盯着她看。张翠花低头一看,自己身上果真还披着一块脏兮兮的白漂布。她想,这些城里人也真有名堂,原来这么一块脏兮兮的布头还有名字,竟然叫什么"工作披"。她回过身来,将那块染上了斑驳颜色的白漂布,重重地扔到了理发馆门前,气愤地自顾自向前冲去,也不理睬后面苗秀贞的喊叫声。

　　为这事,张翠花有好几天都不愿意搭理苗秀贞,谁让她的头发长得那么扎眼呢。最后,还是苗秀贞好性子让着她,两人才得以和好如初。

第十四章

两人从理发店一前一后走出来,便在街上漫无目的地瞎转悠。雨依然在淅淅沥沥地飘着,有一些人没有拿雨具急急慌慌地在雨中快步走着,有一些人头上顶着用蛇皮袋子卷成的帽子避雨,有些漂亮女人则打着花布伞或者油纸伞袅袅婷婷地走过,轻烟一般。张翠花羡慕地望着她们的背影出神。苗秀贞望着张翠花在前面气哼哼的样子,真是既气恼又好笑。善良的苗秀贞私底下暗暗叮嘱自己:苗秀贞呀苗秀贞,你以后一定要稳住性子,千万甭惹翠花姐生气。你俩是从一个村里走出来的,又是认了干亲的姐妹,你俩若是生分了,继而闹别扭,别人肯定会嘲笑你的,再说回到村里你爹你娘第一个就不会轻饶你。张翠花嘴里虽然再没说什么,心里却老大不舒服,她从小就自我感觉良好,事事逞强,怎能让苗秀贞这小蹄子给比下去呢!她想,人若不长心眼,头发好管什么用?

张翠花在一个小百货摊子上看见了一面漂亮的镜子,她想起在家时,家里那面被父亲打碎的穿衣镜,母亲拿花布拼凑着粘贴打碎了的镜子,镜子被贴得五马六道的。母亲一边仔细地往镜子上涂抹用杂面和成的糨糊,一边流着泪很心疼地骂道:"死挨刀的,穿衣镜就轻轻搁在躺柜上,都搁了几十年了,招你惹你了!"那面经过母亲黏合过的镜子把人影照得支离破碎,不成个人样。母亲的穿衣镜是一面忧伤的镜子,把如花的粉面照成了片片落花。穿衣镜是父亲和母亲有一回纠缠在一起打架时打碎的。镜子四分五裂,碎成了几块,最爱凑趣的阳婆婆斜眼瞅见了,连忙颠着小脚急匆匆地跑进来瞎凑热闹。碎了一地的镜子也是个"人来疯",兴奋地满屋子手舞足蹈、胡舞乱扭,直晃得躲在角落里哭泣的小翠花睁不开眼睛。就在那时,她分明听见父亲解恨地骂道:"好!这下好了,打碎了好!从此少了惹祸的根子!"

幼小懵懂的张翠花听不明白父亲话里的意思,她不明白,一面既不会说话又不要吃饭的穿衣镜,怎么就能变成惹祸的根子呢?后来稍稍懂事了,她隐约听村里人私下议论着母亲的不是。村里几个长舌妇聚在一起添油加醋绘声绘色地描述着母亲佘天婵如何狐媚妖艳,如何母狗般风骚,还说她早在娘家做姑娘时就与一个下派来的乡干部有点首尾,纠缠不清。听说那人还是个有妇之夫呢,如若不然,她可能早就嫁给他了。刚嫁到这个村子里,她不知怎的就与苗支书打得火热。她们说这对狗男女隔三岔五就要寻觅机会苟合一次,像闹春的猫狗一样,有时是在大队的公窑里,有时就在半山坡上绿油油的玉米地里,有时就趁张翠花的父亲张大成去赶集上会时在自家窑里的土炕上。有好几次都不小心给人撞上了,两个人的脸就羞臊成了鸡冠子一样。有一次,竟然不慎被提早回来的张大成给撞上了。后来她还听人说父亲之所以能当上村里的大队长,也是全凭她母亲肥白的屁蛋子换来的。

听别人这样议论时,张翠花难过地哭了。她根本不相信母亲会是长舌妇眼里那个样子。母亲是村里最俊俏的女人,她们不过是嫉妒她的美丽罢了。父亲的工作能力张翠花还不太了解,但是父亲的治家能力,她是知道的。在村里父亲是大队长,众人都得听他的指派;而在她们家,大队长却必须服从母亲的指派。从张翠花记事以来,几乎家里所有的事都由母亲一个人做主,父亲只有唯唯诺诺地听命而已。例如母亲说:"都过惊蛰了,该去地里看看了。"父亲就会跟着说:"噢,该翻地了。"当下就会从寒窑里翻腾出闲置了一冬天的铁锨镢头等农具,在磨刀石上霍霍地磨着,直至磨得明晃晃、光亮亮,拿起来对着太阳光一照,金光闪闪,直耀人眼。母亲说:"快过中秋了,树上的枣子眼瞅着红眼圈了,他

大,你明天去一趟镇上吧,换些零钱也好给孩子们割点肉吃,差不多有大半年没有闻到肉腥味了。"次日一早,父亲就屁颠儿屁颠儿地弓着腰担了满满一担红艳艳的枣子匆匆去镇上的集市了。吃过腊八粥后,母亲说:"都到年根了,咱后窑里还藏着一瓶陈年老酒哩,你哪天有工夫给苗支书送过去吧。"父亲扭头瞪着血红的眼睛看了一会儿母亲。母亲分明瞅见了父亲抛过来的恨恨的眼神,却装作一无所知,任凭那些恨恨的眼神可怜巴巴地悬在半空中。她根本不接父亲的眼神,接着又说:"这些年人家待咱确实不薄哩,土地分的都是上好的地,枣林全村属咱的面积最大,以后娃娃们长大了,上学哩、参军哩,求人的地方多着哩。"父亲目光中的恨意霎时像漏气的猪尿脬,干瘪了,最后连响屁也没敢放一个,就从后窑石仓里翻寻出来那瓶陈年老酒,揣在棉大衣袖筒里给苗支书送去。

　　乡亲们在闲话当中,时不时就会夹杂几个张翠花陌生的词语,"苟合""首尾"到底是什么意思?对于这两个文绉绉的词语,张翠花想破脑袋也无法弄清楚。实在想不明白,干脆就丢开了不去想它。她心想,不管怎么说,母亲总是村里最俊俏、最能干的女人,自己为做她的女儿而感到骄傲自豪。她曾多次缠着父亲让他到镇上赶集时,也要为自己捎回来一面漂亮的小圆镜,就像苗秀贞家躺柜上摆着的那面镜子一样。但是不知为什么,父亲常常忘记了这件事,一直到她参加工作离开家时,都没有给她买回来。

　　到缫丝厂上班后,张翠花就迫不及待地在工厂门口的小商店里为自己买了一面小圆镜,每天早上一起床,她就要对着那面小圆镜描眉涂眼,仔细搽抹匀脸上的雪花膏;晚上下班后,她也会在第一时间拿起镜子打量一会儿映在镜子里的自己那俊俏的脸蛋。早在村里时,大伙儿就都说她长得俊,是村里的一枝花。她的脸蛋是那种典型的鹅蛋脸,皮肤白里透红,小巧的嘴唇红艳艳的,不抹口红也像抹了似的,鲜红润泽,长长的睫毛下一双杏眼圆溜溜的,十分好看。母亲佘天婵特别钟爱自己的宝贝女儿,她常常望着女儿出神,以致有时忘记了手中正干着的活儿。母亲欣赏女儿的美丽,正如艺术家欣赏一件自己精雕细琢创造出来的艺术品一样。她常常毫不掩饰地对人夸耀:"看看俺们闺女长得多俊俏,瞧瞧她那双杏核眼多神气,即便恼怒时也十分耐看。"母亲总是像王婆卖瓜一样,露骨地夸赞着心爱的女儿，自豪之情溢于言表。张翠花的确是秉承了她母亲佘天婵的美貌，但是同样也承继了她母亲身上那种张扬而外露的风骚气质。奶奶一看到那么小的孙女就会在镜子前搔首弄姿，便用土话骂："生就的贱骨头！"张翠花那时候小，根本听不懂奶奶话里的含义，但她看得出奶奶眼神中的恶毒，知道奶奶说的不是什么好话。她不满地回身给奶奶扮了一个鬼脸。

随着年龄的增长，张翠花对自己俏丽的容貌愈发自信，这份自信其实是她暗地里经过与苗秀贞相比较而得出来的结论。苗秀贞是典型的瓜子脸，脸颊瘦小，皮肤苍白，好像营养不良似的，眼睛是那种充满忧伤的"林妹妹"式的薄薄的单眼皮，两条细细的黛眉漫不经心地浮在上面，给人一种虚虚的、不踏实的感觉，嘴唇薄薄的，缺少血色。这"林妹妹"式的字眼，还是张翠花在上中学时读了《红楼梦》以后才给苗秀贞下的定义。谁知苗秀贞听了非但不恼，反而乐呵呵地笑着说："像林妹妹有什么不好呀？林妹妹可是金陵十二钗中最有名的大美人呢！怡红公子最心爱的女人。"苗秀贞喜欢林妹妹，更喜欢人家把她比作林妹妹。上中学时，她几乎是流着眼泪读完《红楼梦》的，她的泪几乎全部抛洒给了那个孤苦无依，姥姥不疼、舅舅不爱的林妹妹。若在当时那个年龄段问她为什么喜欢林妹妹，她也许说不出什么名堂来，现在回过头来想想，也许是由于林黛玉多愁善感的性格正好暗合了她的心迹吧。尽管通过同苗秀贞反复比较，张翠花内心沾沾自喜，但是在她心头仍然存留一份小小的遗憾，那就是自己的个头儿太矮了，才一米五多一点。苗秀贞的脸蛋虽然没有她漂亮，但是人家的身材比自己要高挑端正，进城这段时间，不知道是营养好了还是怎的，眼瞅着她又铆足劲长了好大一截，已经足足高出她一头多了。

小摊上这面镜子可要比自己买的那面镜子大多了，不但把脸蛋照得更加清晰美丽，而且稍微站远一点，就可以把全身都照进去。过年时，如果她把这面镜子给母亲带回去，母亲不知会高兴成啥样呢。母亲年轻时也是她们那道川里的头梢子。小时候在家里，无论多忙，佘天婵进进出出都忘不了要在躺柜上摆放着的那面穿衣镜前顾盼流连许久。佘天婵那种微微倾斜的走路姿势，深入了女儿的心灵，在张翠花眼里，就有了一种风摆杨柳的风韵。她趁母亲不在时，也反复站在镜子前，练过那种走路姿势。锅里的油都烧红了，吱吱直冒烟，母亲还拿着长把子炒勺，只顾对着镜子发呆。躺在后炕上的奶奶瞅见了，总会瘪瘪嘴巴、摇摇头，翻着白眼，露出不屑的神情。有时候奶奶可能实在是憋不住了，嘴里还会叽里咕噜地骂出一些特别难听的话来。和奶奶的狭隘相比，母亲就显得相当大度。她通常不会去接奶奶的茬，她像个高明的心理疏导师，任由婆婆一个人在后炕上痛苦地自我发泄自我排遣。她对张翠花说："我才不管你奶奶是什么态度，她那是常年瘫痪在炕上心烦哩。"母亲一边陶醉地自我欣赏，一边抚摸着靠在身边的女儿的小脸蛋："我娃长得好俊俏哩，这粉嫩嫩的脸蛋像妈妈，鼻子、嘴巴、眉毛也像妈妈，就连这双小巧的手也像妈妈。老辈人说得果真没错，俊娘生不出丑闺女来！"

　　苗秀贞见张翠花只顾对着那面镜子出神，便用右手在她眼前晃了几下，见她还是没有反应，只好对着她的耳朵眼儿使劲儿喊了一嗓子："翠花姐！"张翠花这才回过神来，依依不舍地把镜子又放回了地摊上。她暗自思忖，还是等过年回家时再来买吧，这会儿买回去放到宿舍窗台上也不安全，万一让哪个冒失鬼不小心打碎了，可不划算了。

　　临歇晌时分，雨终于停了。雨后初霁，南门外一排屋檐下很快聚了一大堆人，张翠花和苗秀贞也好奇地挤过去，原来是一对盲人夫妻在说书。丈夫是一位四十多岁的中年人，他稳稳当当地坐在屋檐下一条长条凳上，怀里抱着一把三弦，腿上紧紧绑着一副竹板。妻子看上去要比丈夫年轻得多，她穿着一件窄小的桃红色衫子，端端正正坐在旁边的一个小马扎上，腿上搁着一个小鼓，左手拎着一面铜锣，右手拿着一个细长的鼓槌，随着"咚咚咚"三声鼓响，竹板也被打得啪啪作响，三弦好听的旋律继而响起，场内一片肃静，男女老少都竖起耳朵认真聆听："弹起三弦定起音，各位同志们都来听，一炷名香上天空，天罗万象景致闻。打起铜锣铁面鼓，我在玉皇前点神兵，点起东方青甲神。青甲神，爱穿青，青人青马青将军。马后又捎春天的神，一根天绳丈二的长。一把铜锁够九的斤，我在东方路上锁鬼精……"

　　苗秀贞和张翠花听得如痴如醉，早就把刚才不愉快的那一幕忘到了九霄云外。一会儿,她们两个人就好得像一个人似的,手拉着手徜徉在秀延县缫丝厂宽敞的大院里。西边的天空堆满了绚丽的晚霞,两个女孩抬头凝神望着满天的彩霞,内心充满了美好的憧憬。那时候,她们谁也不会料到,不久的将来,有一个叫柳安平的男人会悄无声息地出现在她们中间,也是由于这个人的出现,将会使她们的关系分崩离析,今生无法弥合。

第十五章

1966年,"文化大革命"铺天盖地席卷了中国大地,远在陕北高原上的秀延县城也不能幸免。缫丝厂厂长柳贵宝被隔离审查,紧接着厂办主任张翠花也被撤职。在柳家大院,张翠花第一个跳出来与公公柳贵宝断绝了翁媳关系,因此她与丈夫柳安平也一度闹得很僵。

"破四旧"之风正盛,当张翠花提出要告发苗秀贞时,缫丝厂的刘大姐坚决阻止了她的行为。刘大姐苦口婆心地劝说她:"万一苗秀贞咬出了把你堵在缫丝厂女工宿舍炕上的事情,那么被批斗的就应该是你了。"张翠花反复权衡了利弊,总算没有对苗秀贞大打出手。不过为了解恨,她时常会借夜色的遮掩偷偷给苗秀贞的屋门前扔上一两只破鞋。她必须要在精神上震慑她。

柳北京和田安门幼年时,张翠花和苗秀贞这两位做母亲的便开始逐渐给孩子们渗透灌输她们之间那比山崩还大的仇怨。

"儿子,柳家院子里有传染病,你千万不要与柳家那臭女人走近了。还有那柳家的龟儿子,你不许和他玩!"说这话时,苗秀贞脸上写着对往事不堪回首的苍凉和嫌恶之色。从此,田安门幼小的心里就装满了令人恐惧的传染病。这孩子只要远远看见张翠花下班回来,就立刻想起了母亲的警告,不敢再在巷口逗留片刻,他的目光里闪烁着惊慌不安的神色,迈着细碎的步子,像躲避瘟疫似的贴着墙根匆匆溜回了家。在田安门稚嫩的眼里,张翠花低矮的个子,胖墩墩的,那张凶巴巴的暗黄的脸上呈现出一些虚虚的浮肿,的确像是一个身患传染病的患者。苗秀贞给儿子说她和张翠花是不共戴天的仇人,要儿子保证今生今世不与他姓柳的人家来往。

张翠花发现田安门每次只要望见自己都会像躲避瘟神一样,立刻泥鳅般溜回了家,有点恼火,她冲着那孩子的背影,憎恶地骂一声:"小兔崽子!"

田安门对待柳北京却是截然不同的态度。从小,柳北京就有一种与生俱来的组织力和号召力,使得他身边经常人声鼎沸、热闹如潮,经常簇拥着石板巷以及北关、东关的众多小伙伴。他们经常分成两个团伙围在一起玩争上游、打瓦碰砖、藏猫猫、狐狸抓小鸡、拔河和抓特务等各种各样好玩的游戏。柳北京周围的热闹更加衬托出了田安门的形单影只。他内心的孤寂无以排遣,常常孤独地站在墙根下,怯怯地、远远地望着这个热闹的圈子不断流溢出来鼎沸的说笑声。他不敢靠近,有时,望着望着,竟然羡慕得流下了哈喇子。有眼尖的小伙伴恰好看见了,连忙捂着嘴巴告诉了身边的小朋友,很快,小伙伴们都看见了田安门流下的哈喇子,直惹得大伙儿乐翻了天。田安门被大伙儿的嘲笑声弄哭了,他一边伤心地哭着,一边扭身跑回去找奶奶告状。

文秀也在柳北京那个圈子里玩,她看田安门可怜兮兮的样子,不禁动了恻隐之心,当看见他再次眼巴巴地走出来时,她就向柳北京建议:"北京哥,安门也是咱石板巷的娃,我们和他一起玩儿吧?"说这话时,她眼睛里蓄满了期待的亮光。文秀的好朋友惠丽也在一旁随声怂恿着:"是啊,北京哥,就让他参加一回吧!"

对于田安门加盟与否,组织者兼领导者柳北京并不太介意,但是他担心慢腾腾的田安门会拖了自己那伙人的后腿,就用手里的木枪指着田安门对文秀和惠丽一伙儿说:"行,我同意了。是你俩要求让他加入的,那我就给你们这个面子,把他分配到你们那伙儿中,得把小强给我们伙儿里换过来。我们可不要他那种动不动就流鼻涕抹眼泪找奶奶告状的尿包!"只要肯让他加入,田安门就满心欢喜了，他不在乎最终加入哪个队伍里去，也没有在乎柳北京说他是尿包之类的话语。

柳北京长到六七岁时，张翠花也开始了她的"仇恨教育"。"京京，你以后不要和田家那小子一起玩，他妈苗秀贞是骚货、破鞋，她年轻时自以为模子长得好看，就骚得不得了，和我们厂里好多男人眉来眼去、勾勾搭搭。别让这种门风不好的人带坏了你！"

"妈，甚是模子啊？"柳北京好奇地问了一句。

"就是脸蛋啊。她仗着模子，噢，就是脸蛋俊俏，勾引了那么多男人。这倒也罢了，最关键的是她还差点抢走了你爸。为此，柳厂长，噢，你爷爷还险些把她给开除了。"回头看见儿子根本没有在听，只顾玩手上的小木枪，张翠花就来气了，她劈手夺走了儿子的小木枪，"你这个傻小子，还玩啥玩，那个骚货差点就抢走了你爸，你说可恨不？"

"抢走就抢走嘛，关我屁事？快还我手枪嘛！"儿子的注意力仍然被小木枪牵引着，他才不介意谁抢走了谁的爸爸呢，这和他有什么关系，现在他最操心的就是怎样玩得痛快、玩得过瘾。

第二天下午，张翠花一下班，老远就瞅见柳北京正和田家那小子头挨着头、肩靠着肩坐在巷口的石凳上，手上缠着一圈废弃了的电线绳玩翻绞绞呢。她顿时气不打一处来，三步并作两步奔到巷口，上前不由分说地扯着儿子的衣袖就往家里拖，由于用力过猛，翻绞绞的电线绳子也被猛地扯断了，田安门和柳北京手上各缠着一半。无所依托的线绳头在空中随风一个劲飘啊飘，像两个长长的惊叹号。

"妈，你这是干吗呀？我玩一会儿都不行吗？瞧瞧，电线绳子硬生生叫你给扯断了，你赔我，你赔我……"柳北京下死劲坠着屁股蛋子不让张翠花往回拖，他大声嚷嚷着反抗，满巷子人都听见了。

张翠花面色凶悍，边拖边骂："傻小子，谁让你和他玩了！你这个不长记性的东西，你忘了妈妈昨儿个夜里是咋教你的？你这个不长脑子的糊脑孙！"当着众多小朋友的面，被母亲又拖又骂，好没面子哟！柳北京哇的一声哭了。他被母亲凶悍的模样吓坏了，虽然此刻他并不十分明了母亲和田安门的母亲之间究竟有着怎样的仇怨，但是他非常清楚母亲十分反感自己和田家人待在一块儿。从此，只要远远看见母亲下班回来，他就马上离田安门远远的。

这都是发生在柳北京八岁之前的一些琐事。

可现在不一样了，一切都改变了。八岁那个晦暗的黄昏，窗下那次无意中的偷听，像锋利的刀片，在他幼小的心田上划下了一道深深的痕迹，疼痛异常，无法愈合。每当夜深人静之时，秘密就一次次跑出来剐割他、折磨他。田安门竟然长得像我爸！怎么会呢？那他会是我的亲兄弟吗？这句话就像鱼刺一样，卡在这个聪颖而敏感的孩子细小的喉管里，伴随着他的成长，时不时地就会冒出来刺他一下，让他疼痛难忍，不得安宁。

"妈，苗姨真的是骚货吗？"

"呸，她是你哪门子姨？以后不许叫她苗姨！"

孩子们在一块儿玩耍时，柳北京曾经多次偷偷打量过田安门的长相。他矮矮的个子，像极了他爸爸田承武那矮墩墩的样子，脸蛋经常是脏兮兮的，仿佛总也洗不干净似的，沾着一些类似于泥巴、墨水之类的脏东西。每逢这时候，柳北京就会放心地摇摇头，彻底把心放在肚子里了。他倒很会安慰自己，文秀的妈妈和奶奶这两个女人，分明纯粹是吃饱饭给撑的，在那里瞎嚼老婆舌头呢，也不睁大眼瞧瞧，看我爸爸多高大、多帅气、多能干呀！田安门这小子身上脏得跟泥猴子一样，哪里有一丁点儿我爸爸的影子？就凭他，配做我爸爸的儿子吗？

那天下午，雨过天晴，天空中出现了美丽的彩虹，大伙儿都聚到巷口看。看了一会儿，张翠花和几个女人就说起家长里短来。就在张翠花指桑骂槐破口大骂缫丝厂某某女人是骚货、破鞋，是一扇烂门扇时，柳北京正在一旁专注地玩弹弓子。大概是母亲的话语触动了儿子八岁时的记忆，他心里一动，陡然就想到了那个藏在心里困惑了许久的问题。他收了弹弓子，慢慢蹭到母亲跟前，鼓足勇气问了一句："妈，我听别人说田安门长得像我爸爸，可我怎么瞅怎么看也不太像，你说究竟像不像呢？"这句话本来一直窝在心里，没想到在此刻一下子蹦出了口。

儿子单纯的问话，一下就将张翠花破口而出的污言秽语给堵了回去。柳北京看见他妈的脸顿时憋得红里发青，紫茄子一般，立在矮墙前愣怔了足足有半个小时。突然间，她像醒过神来似的，迅即转身，将右手里的活计快速地倒挪在左手里，以迅雷不及掩耳之势上前劈手就给了儿子一记响亮的耳光："憨孙！你这个憨孙儿子！你听谁说的？我去撕烂他的嘴巴！"张翠花显然气愤难忍，啪的一声又掴了儿子一个耳光："我让你瞎说，我让你不长记性，你以后再敢学那些长舌妇张家长李家短地搬弄是非、无中生有，看老娘我不活剥了你的皮！"众人表情复杂地看着张翠花教训儿子。苗秀贞正站在墙里边喂鸡。这几天，一向身子骨硬朗的婆婆田老娘突然又病倒了。苗秀贞照料着婆婆喝过汤药后，就端起鸡食盆去院子里安抚那几只可怜的母鸡。婆婆把那几只母鸡当宝贝似的，平日里常到菜市场捡些烂菜叶子喂鸡，那些母鸡也争气，咯咯嗒、咯咯嗒，下的鸡蛋足够换来家里的油盐调料钱。当她把一大把玉米粒撒向鸡群时，这母子俩的对话就不偏不倚地钻进了耳朵眼里。她心里憋着一口恶气，气狠狠地走到大门口，捡起一块小石子打飞了来院中觅食的一群公鸡，随口骂了声："该死的瘟鸡！"也不知道她是在骂谁。

张翠花先是指桑骂槐地给丈夫敲警钟，后来渐渐发展到只要看见柳安平朝田家院子里随便瞥上一眼，她就会立马神经过敏精神高度紧张。为此，她时常在丈夫耳朵旁咬牙切齿地说："柳安平，我让你瞅，有你小子后悔的时候，小心那破鞋烂门扇把你小子搞得身败名裂！"

苗姨咋就变成了破鞋烂门扇？柳北京一点也不知情。为了揭开这个谜，柳北京在暗中不止一次地观察过。他观察到苗姨只要远远看见他爸柳安平的身影慢悠悠地走进了巷口，就会急忙低下头快步走回自己家的院子里。但是她又并不立刻走进窑洞里去，只是呆立在门巷里，凝神听着柳安平轻快的脚步声渐走渐近。柳北京觉得他们像小孩藏猫猫一样，唉，大人有时也挺爱玩的。有时，一直等柳安平走远了，她又会慌忙跑出来，呆呆地立在大门外，对着那个颀长挺拔的背影痴痴地望上一会儿。她的目光总是爱恨交织的。

第十六章

儿时，令柳北京和田安门最兴奋的事情莫过于去外婆家走亲戚了。每年枣子刚红了眼圈，住在黄河畔上的外婆们就捎书带信，让住在城里的女儿和外孙们来乡下尝鲜。待外婆们第二次捎话来时，学校放暑假了。苗秀贞和张翠花就要去厂里请假，坐上去黄河岸边的小中巴车，颠簸上两个多小时，落了满头满脸灰尘，把孩子们带到枣香氤氲的苗林村外婆家小住一段日子。带孩子们到黄河畔上去度暑假，原本是柳安平的意思。柳安平说，让孩子们到农村体验一下艰苦生活，大有裨益。起初他是想让孩子们躲开"文革"的斗争风暴，而且两个做母亲的也想趁此机会回趟娘家，帮助渐渐年迈体衰的父母干点农活。此时回去，刚好赶上帮忙醉酒枣或者锄锄荒芜的枣林地。因为地处黄河岸边，光照强烈，空气湿润，苗林村的野草也是生长得分外葳蕤，夏虫在草丛里叫得格外响亮。

院子里摆放着一排擦得黝黑锃亮的瓷坛子，里面装满了半红半青的枣子，院子上空飘荡着一股股清醇的酒香味。外婆对柳北京说："醉枣是很有讲究的，枣子要事先洗得干干净净，沥尽水分，然后放一层枣子洒一层烧酒，酒不能洒得过多，要薄而匀称。"外婆边讲边做示范，然后细心地用几层厚厚的笼布一一封好了坛子。选枣子也要讲究，要选个儿大、肉厚、无伤的，还要趁枣子刚刚红了眼圈或者半盖盖红（半红半青）时采摘，如果稍一疏忽，等枣子全部红透脸了，醉下的酒枣吃起来就不那么甘甜爽口了。醉枣密封储存入坛子里，过一段时间，就可以启坛品尝了。醉枣经过酒的浸泡，愈加鲜润，愈加红艳，既有酒香，又有枣香，醇香扑鼻，是真正的美味。柳北京看得垂涎欲滴，迫不及待地说："外婆，我现在就想吃醉枣了！""就你馋！"佘天婵亲昵地捏捏外孙的小鼻头，顺便给他嘴里塞上一颗枣子。

　　在黄河畔上度暑假，是孩子们一年之中最快乐最惬意的一段日子。苗林村就像一方世外桃源，并没有受到"文革"的影响。这里依然民风淳朴，安然静谧。孩子们的外婆家多年以来一直和谐要好，并没有因为女儿们的矛盾而生出嫌隙，所以苗秀贞和张翠花回到苗林村，也收敛了仇恨，不便把自己不良的情绪带回娘家来。为了不让娘家人看出她们之间的别扭，她们偶尔还会敷衍地说上一两句话，表情也假装自然随和了许多。孩子们看到母亲们变得友好了，便十分高兴放松，尽情地玩耍。一到外婆家，两个男孩子就抛开了来自母亲的约束和叮咛，好像黏在一起的两块软米油糕一般，形影不离。他俩一起爬树摘枣。柳北京爬树贼快，噌噌噌三两下就爬到了树梢上，一边挑拣着去摘那些又红又大的枣子往嘴里边塞，一边也向正焦急地等候在树下的田安门扔下来几颗好枣子吃。田安门将衬衫兜起来，随时准备接枣。柳北京蹲在枣树枝上啃着甘甜的枣子，还不忘问枣树底下的那个孩子：

　　"田安门，我一直都想把你叫哥哩，成不成？"

　　"成。你想叫甚都可以！"这会儿，田安门可不敢得罪柳北京，他眼巴巴望着晃晃悠悠的树梢，巴望柳北京能从树上多扔下来一些枣子解馋，"我很愿意当你哥哩。"一起下河摸鱼时，田安门胆小，只敢在黄河边的浅水里游来游去，而柳北京勇敢异常，一个猛子就可以扎老远老远。有时，好一会儿都看不到他浑圆的小脑袋瓜了，站在岸上的田安门以为他被黄河水淹死了，就着急得大声哭叫起来："外爷，外爷，快来呀！北京不见了，肯定被淹死了！"他一边哭喊，一边跑回去叫人。当田安门和外爷、舅舅们拿着捕鱼的大网，急急忙忙赶到河边时，柳北京却仿佛突然从地底下冒出来似的，端端直直地站立在了混浊的黄河水里，双手紧紧捉着一条大鱼，身上那件印着天安门图案的小裤衩，早已不知被湍急的水流卷到哪里去了。见他安然无恙，外爷和舅舅们都长长地舒了一口气，田安门高兴得猛一下子扑了过去，小哥儿俩紧紧地拥抱在一起，咯咯笑个不停，一直笑出了眼泪花花。水花飞溅了起来，两个孩子向岸边跑了过来，那条大鱼被扔到了沙滩上，嘴巴张得大大的，直喘气，一跳一跳地在沙滩上胡乱蹦跶，将不少泥沙溅到了人的小腿上，不一会儿，那条鱼大张着嘴巴，不能动弹了。田安门从枣树林里拣了一根粗大的枯树枝子，从大鱼腮边横穿过去，两个人抬着胜利果实，雄赳赳、气昂昂地向苗林村方向走去。柳北京还哼哼唧唧地唱着一首新近学来的革命歌曲："雄赳赳，气昂昂，跨过鸭绿江……"全然不顾自己还光着屁股呢。

　　苗秀贞和张翠花看见孩子们欢快地回来了，也都笑盈盈地迎了上来。此刻，两个人态度自然、和谐，仿佛彼此如山的仇恨已经消弭。柳北京望着母亲和苗姨，突然就想起了从书上读到的一个词语——一笑泯恩仇。后来，随着田安门的妹妹弟弟们一个个相继出生，苗秀贞就要日夜忙碌着哺育婴孩、操持家务，再也没有空闲时间回娘家了。此后，张翠花再回娘家时，就多带了一个孩子——田安门。尽管她现在还很少与这个孩子搭话，但已经明显减少了往日那种嫌恶之色。

　　过了不久，石板巷发生的一件事情，彻底打乱了这种回娘家的正常秩序。

　　问题出在了柳安平身上。那个时候，柳安平刚刚升任秀延县教育局局长，仿佛一朵乍开的鲜花，围着他转的女人莺歌燕舞，络绎不绝。他的本意是想推拒来着，可最终还是没能够很好地把握住自己。一个夏日的午后，张翠花又带着孩子回娘家了。柳安平毫无顾忌地把相好的女人带回家里。当他和女人滚到床上时，不料女人的丈夫闻讯撵来，破门而入，当众把他们光着身子扭了出来。石板巷的邻居、毗邻街巷的居民，纷纷闻声赶来看热闹。在大伙儿你一句我一句的数落声里，柳安平又羞又臊，随后大病了一场，男人的那个物件从此日渐萎靡，直至一蹶不振，自此方才断了寻花问柳的毛病。也是在这件事情发生后，柳安平的精神头就日渐衰颓下去，身体也跟着一天天垮了。

　　人群中有认识的人指指点点，说那女人正是城关小学的"黑牡丹"呀。苗秀贞听了心里不由得犯了嘀咕：一对狗男女！难道我儿子在那封匿名信中真的说了大实话？她一时间感到恨意难消。在与柳局长的关系中，郝老师是有功利心的，众人心里都跟明镜似的看得清楚，郝老师攀附柳局长的目的，无非就是想早点当上城关小学校长，她已经不满足只当一个小小的教导主任了。

张翠花却不管她什么目的不目的，从此，她一竿子打倒，恨透了所有的女教师。当张翠花从娘家回来得知发生在石板巷里的丑闻后，又羞又恨，自觉很没面子，好多天在石板巷里抬不起头来。从此，她便没脸走娘家了。每天除了上班，就是竖起耳朵警惕地注视着男人周围那些蝴蝶蜜蜂的动向，坚决捍卫着她的爱情领地。她生怕哪天再有一个小的闪失，让别的女人勾走了柳安平。

其实说起来最令她担心的还是巷口田家大院苗秀贞那个骚货。已经做了三个孩子母亲的苗秀贞，非但没有变成身材臃肿的黄脸婆，反而增添了几许迷人的少妇韵味，她越来越令人生疑地容光焕发，少女时常常没有血色的瓜子脸，竟然奇迹般地变得非常滋润、白里透红，焕发出一种摄人心魄的光彩。她听人说，一个女人突然之间美丽起来，多半是由于有了爱情的滋润。爱情？是田承武那个糟老头子滋润的吧？张翠花想想都觉得非常可笑，就那个四十多岁的老男人，可能吗？那么又会是谁呢？联想到近来有事没事总喜欢到巷口发呆的柳安平，自作聪明的张翠花以为自己找到了答案。是她，一定是这个骚货！肯定是她趁自己回娘家之机，旧情死灰复燃，偷偷勾引了柳安平。怪不得丈夫现在见了自己，就仿佛没有看见一样。夜里，她故意脱得光溜溜的钻进了丈夫的被窝里，让自己肥白的尻蛋子紧挨着他的肉身子躺下，她的心里揣着一团旺旺的火苗，身上也似火炭般滚烫。过去，柳安平根本禁不住这番撩拨挑逗，他常常一边肆意揉搓着女人丰满的奶子，一边说些"尻子靠尻子，像个火炉子"之类的俏皮话。此刻，柳安平却仿佛入定的老和尚一样，无动于衷，脸上甚至表现出来一股嫌恶之色，再也寻找不回来从前那副心急火燎要死要活的猴急相。

夜深了，柳安平已经呼呼熟睡，鼾声均匀起伏，张翠花却辗转反侧，难以入眠。她想洗洗热水澡也许会睡得踏实一些，就拉亮灯，起身去灶间温了一大盆水，端到房间里擦洗身子。她一边认真地擦洗一边无声地流泪，一边无声地流泪一边认真地擦洗，仿佛这样就能将一个女人的失意和愁肠全都倾泻到洗澡盆里。洗完澡后，她没有立刻穿上贴身的内衣，而是站在穿衣镜前仔细端详着自己的身材，这个习惯她已经保持了好多年。镜子里映出了一张依然姣好生动的脸庞，只是比少女时略微发胖了一点，但皮肤摸上去依然细腻光滑。在已经飞逝而去的无数个月光如水的夜晚，丈夫柳安平一到动情时，就搂着她丰腴的身子，仿佛在揉搓摆在案上的一块面团，嘴里还喝了蜜般黏不唧唧地直夸她的皮肤细嫩光滑，与唐代的杨贵妃好有一比。柳安平微闭着眼睛，颇为享受地揉捏着张翠花丰满的乳房，嘴里喃喃地吟诵着："……春寒赐浴华清池，温泉水滑洗凝脂。侍儿扶起娇无力，始是新承恩泽时……"每当此时，张翠花就幸福地紧紧闭着微醉的双眸，低垂下一帘好看的眼睫毛，安然而甜蜜地偎依在男人怀里，享受着男人的强悍和爱意所带给她的无限快乐。有无数个美好的夜晚，当丈夫心满意足地熟睡后，她兴奋得怎么也无法入眠，就在心里一遍遍回味着刚才经历的快乐，这样她经历的快感就会无限延伸扩展。

然而，快乐的时光总是稍纵即逝，就像昙花一现，倏忽不见。一想到过去经历过和拥有过的那些快乐，张翠花不由得在心底轻轻叹了一口气。当初她虽然用了手段将柳安平牢牢地拴到了自己的石榴裙下，但是，她很清楚他的心从来没有真正放在自己身上，他心底存留的那个人，是苗秀贞。有好几次在如梦的高潮里，她分明听见他在肆意的呻吟中呼唤着苗秀贞的名字。柳安平一边安然享受着他身子底下的女人，一边刻骨地想念着他理想中的女人，那副心驰神往的样子，让这个陪他睡了十几年的女人伤感且心碎。成了教育局局长夫人后，人们只看见她表面的夫贵妻荣、骄傲浮华，根本没有人能够体味到这一切浮华所掩盖着的恰恰是她内心深处一片无人知晓的荒凉和落寞。风韵犹存的张翠花不甘心被冷落，她每一刻都在揣测着男人的心思，紧张不安地注视着他猎手般巡视的目光，甚至努力地把眼睛凑到男人的梦境中，极力想弄清楚他梦中那个理想的女人。可柳安平的梦境是属于他一个人的。无论张翠花怎样努力，她都无法深入他的梦境。于是，她就在自家的热炕上，在他的被褥上，踩踏出一片恣意汪洋的仇恨。她认定，他的被褥就是他通往梦境的那条路。

以后又有好几次，张翠花注意到，苗秀贞经过时，柳安平总要将焦渴的目光影子一样印在她苗条的身子上。而苗秀贞却肆意踩踏着柳安平焦渴的目光，昂首挺胸地走了过去，旁若无人。她就像一个骄傲的女王，高跟鞋重重地敲击在烟灰色的石板地面上，发出橐橐橐刺耳的声响。骄傲的苗秀贞挺着高耸的乳房，并不理会柳安平灼灼的目光正蛇一般紧紧缠绕在她身上，而是将飘忽迷离又傲气十足的目光越过柳安平颀长的身材、高高的头顶，抵达飘着一缕缕青烟的房顶，那里盘踞着一个硕大的锅盖样的电视天线，周围的芦草足足有一人多高。傲气十足的少妇苗秀贞，目不转睛地看着自家架在房顶上的天线架子，柳安平成了空气，仿佛眼前就不存在他这个人似的。苗秀贞娇美的曲线和挺拔的胸脯，终于利剑一般刺伤了柳安平的眼睛，他揉揉眼睛，很快扫兴地把头低低地垂下来，并且下意识地耷拉下了眼皮。此刻，无言最是伤感。就在那一刹那，张翠花释然了，她以为她了解了苗秀贞的内心。她明白骄傲的苗秀贞今生都不会原谅柳安平，她根本不屑于勾引自己的男人，对于他的刻意俯就，她的脸上明明白白表现出了极端的蔑视和反感。苗秀贞肯定非常恨他，也在刻骨地恨她。对于他的毫无缘由的离弃，苗秀贞的内心深处埋着仇恨的种子。

过了几天，张翠花听人传言说，石板巷那场声势浩大的捉奸行动，其实是苗秀贞在背后通风报信、一手策划的。当柳安平领着年轻漂亮的郝老师走进石板巷时，正是一天之中太阳最暴烈的时候，柳安平一边与身边的女人忘情地调笑，一边还伸出大手轻佻地捏了捏郝老师滚圆肥硕的尻蛋子。郝老师娇笑着扬手打飞了男人不规矩的大手，一边还不忘扭过脸来，给他飞了一个媚眼。此时，在柳安平局长的眼里，郝老师就是一朵怒放的黑牡丹。这对男女肆意的调笑声，将石板巷口刚刚上炕午休的苗秀贞惊醒了，透过锃亮明净的玻璃窗户，她恰巧看到了那令人发呕的一幕。柳安平轻佻的举止，郝老师放浪的娇笑，荡漾在小巷里的春意，仿佛一大把死咸死咸的盐粒瞬间一齐撒到了苗秀贞那尚未痊愈的伤口上，她听见自己的心疼得哎哟一声叫出了口。一瞬间，所有愤怒和嫉妒的火苗在苗秀贞心头疯狂地乱蹿。待这二人走进院子，迫不及待地关上房门，将窗帘拉得严严实实之后，苗秀贞像猫一样蹑手蹑脚地走进了柳家大院，悄无声息地将柳安平家的卧室门反锁上了。然后她用巷口小卖部的电话机给郝老师的丈夫胡志强拨通了电话。胡志强是林业局的干部，苗秀贞很早就认识。

又一个不眠之夜，张翠花带着恶毒的念头把这个听来的消息告诉了柳安平，她从丈夫脸上并没有捕捉到她所预想和期待的仇恨，那种令人快意的仇恨。柳安平不动声色地听着，脸上先是划过一丝惊疑不定的神色，接着就沉默了。他的沉默是倔强的，也是令人不安的。沉默像石碾碌碡一般碾轧着黑沉沉的夜，碾轧在张翠花脆弱的神经上。她期待着他发疯般愤怒，甚至冲到苗秀贞家里大闹一场。这种结局是她迫切盼望的，只有看到他们彻底撕破脸，她才会释然。然而，令她失望的是什么也没有发生，柳安平只是毫无表情地坐在写字桌前，木然地盯着一本线装书。半晌，她听见他窸窸窣窣地穿上衣裳，趿拉上拖鞋漠然地走出了家门。她在他身后追问了一声："你要去哪里？"他没吭声，连头都没有回一下，就好像身边没有她这个人存在似的。

柳安平在巷口的大石凳上一坐就是大半夜，他的脑子里究竟想了些什么，张翠花无从得知。从此，他再也没有正眼看过这个陪他睡了十来年并为他生养了一个儿子的女人一眼。一般人都认为女人比较痴情，她们一旦认定了一个优秀出色的男人后，就会爱得死心塌地、义无反顾。其实有些男人也是这样的。当一个男人爱上一个女人后，如果是那种真真正正的至爱，那么他今生今世就不会再对别的女人付出真心了。尽管他可以对着每一个花枝招展、艳丽多姿、小鸟依人的女人说"我爱你"，可在他的心底，像佛一样供养着一个女人，真正爱过的一个女人。当这段感情失败后，他会把这段记忆永远盛放在心里，把这个女人深深埋藏在心底。一个男人可以把很多女人都放在眼里，但今生今世只有一个女人可以永远停留在他的心底。他以后再跟别的女人相处、做爱，他都会清楚地知道，自己最爱的女人是谁。无论以后他再遇到的女人多么美丽、可人、娇媚，他也不会有所改变。一个重情重义的男人是无法忘怀那个最先打动自己的女人的。因为这个留存于心底的女人是他的理想，是完美无瑕的。苗秀贞在他心目中正是这样的。他不会拿她与任何一个女人做比较，他认为这种比较是愚蠢的，是卑鄙的，他一辈子只会爱她一个。放在心底的女人，是男人理想中的女人，是男人心灵永远的

伤痕。男人都是爱面子的，也许他平时看起来活得很潇洒，很充实，但在一个人孤独寂寞的时候，他会放下所有的尊严和面具，尽情地放声痛哭，以此思念深爱的那个她。这一夜，柳安平坐在石板巷巷口的大石条凳上，默默用一捧热泪祭奠了那段已经被他永远放弃割舍了的情。在被她捉奸事件发生后，起先，柳安平曾试图寻找机会向苗秀贞解释。可是她根本就不给他任何解释的机会。每一次，他热切的目光迎来的都是她冰冷的仇视。直到多年以后，他自己也认为既然生米已经煮成熟饭了，再做任何解释都于事无补，都是徒劳的，只能徒增伤感而已，这才渐渐平息了燃烧在心头想要解释清楚的冲动。有负于苗秀贞，他心里确实有愧，那本来只是一次意外，是无心之过，可是他毕竟背叛了她，看来这辈子都无法弥补了。此时，从来不迷信的柳安平宁愿人生能有来世，他希冀来世仍然会遇到苗秀贞，他会想尽一切办法去爱她、疼她，弥补这一世里对她的亏欠。

柳安平坐在巷口的举动，让陪着他睡了十多年的张翠花愤恨不已。于是，在许多个月光如水的夜晚，她都会留给他一个冷漠的后背，不给他一点点温存。现在张翠花坚决不肯再回娘家了，她紧张而执拗地守在石板巷里，寸步不离柳安平。柳安平仍然坚持让儿子去农村度寒暑假。他说北京一个人不敢去，那么让文秀和安门陪着好了。他还说农村空气新鲜，一方面锻炼了孩子，一方面也让他们夫妻俩暂时解放几天。孩子一走，他们每天中午就无须急急忙忙赶回家弄饭吃，在单位食堂简单吃一碗面，也好清清静静地多看一会儿书。现在对于柳安平来说，他宁可吃职工食堂，也不愿回家面对张翠花探照灯似的探究怀疑的眼神。夫妻俩冷战着，像两个熟悉的陌生人住在同一个屋檐下。

第十七章

　　文秀第一次去黄河畔看到茂密壮观的枣林时，她刚好十三岁。
　　大人们之间的感情纠葛和钩心斗角，并没有太影响孩子们之间的友谊，柳北京、田安门、文秀、惠丽和石板巷里许多小孩子整天泡在一起疯玩，在愉悦的玩耍中，一个个渐渐长成了茁壮少年、娉婷少女。这一次去黄河畔上度暑假，是柳北京和田安门一致要求带文秀去的。这三个同龄的孩子像出笼的鸟儿叽叽喳喳地叫着、唱着，尽情地撒欢。文秀第一次来到乡下，看到什么东西都稀罕，酸酸甜甜的野酸枣、翩翩起舞的蝴蝶蜻蜓、嘤嘤嗡嗡忙碌的蜜蜂、尽情绽放着的色彩斑斓的野花，都是她的最爱，连田野上稀松常见的狗尾巴草，也变成了她爱不释手的道具和玩物。狗尾巴草在她灵巧的手里，一会儿变成了妙趣横生的小狗小猫，一会儿又变成了一条硕大的毛毛虫。两个男孩故意发出一惊一乍的喊叫，夸张地做出害怕毛毛虫的表情。文秀的笑声就在那一惊一乍中，银铃般摇响了，打破了乡村夏日的闷热沉寂，在乡间的枣林间追逐奔跑、弥漫回荡。枣林间也有不少乡下的孩子正在割草或者找猪草，他们要比城里的孩子腼腆拘谨，他们从小就生活在这块贫瘠的地方，对这一切早已熟视无睹，和城里孩子正好相反的是，他们更加向往城市里富裕安逸的生活。此时，这几个城里来的孩子，大方地在枣林间兴奋地奔走雀跃、追逐嬉闹，吸引了他们的注意力。他们不敢靠近，只是远远地站在田埂上、枣林间，痴痴地望着，眼神里充满了艳羡。

在苗林村茂密的枣林里，五颜六色的野花吸引了文秀的眼球，她像蝴蝶一样飞舞在盛开的花丛中。文秀将这些精心采来的野花递到田安门手里，又跑回去捕蝴蝶。田安门就坐在一旁的田埂上，勾着脑袋，慢慢将散乱的各色野花编织成一个五彩斑斓的美丽花环。他编得很精心。花环编好了，他把花环轻轻捧在手里等待文秀回来，他要亲手给她戴在头上，看她像不像传说中的公主那么典雅高贵。他的心里流淌着蜜一般甘甜的滋味。这个有些沉默早熟的少年，坐在田埂上，远远望着在枣林间灵巧地奔走穿梭的邻家女孩。文秀穿着一条湖蓝色裙子，正拿着一只网兜追赶着两只花斑点黄蝴蝶，她要做蝴蝶标本。此时，在田安门眼里，文秀就是一只异常美丽的大蝴蝶。就在那一刻，他心里倏忽一动，一个从来不曾有过的异样念头涌了上来——他好喜欢文秀，比对自己的亲妹妹田安玲还要喜欢得多。

正当田安门痴痴地盯着远处那个倩影出神时，柳北京在树上吃够了枣子，哧溜一下从枣树上滑溜下来，不偏不倚刚好将田安门捧在手里的花环踩扁了。田安门一着急，噌地站起身来，冲上前去不由分说就给柳北京当胸擂了重重的一拳。柳北京起先没有反应过来，瞪着田安门愣了一刻，从小到大，他哪里受过这种闲气？此刻，藏在心里的那个沉重的秘密骤然间膨大起来，八岁时那个晦暗的黄昏无意中听来的那句闲话，恍惚在柳北京耳畔逐渐放大、放大，再放大，直至迫击炮一般轰隆隆地轰鸣起来——啊啊啊……我受不了了，怎么会有这样的传闻呢？你怎么配做我的兄弟呢？柳北京心中的愤怒无限地膨胀起来，这愤怒像导火索一样迫使他向那个长得像父亲的男孩伸出了仇恨的拳头。两个男孩愤怒地厮打成一团，嘴里边咒骂着他们认为世上最恶毒的话语。柳北京的嘴角流着一线殷红的鲜血，田安门顿时变成了一只乌眼鸡。两个男孩子愤怒响亮的争吵打骂声，在乡村的黄昏渐渐弥漫扩散开来，惊走了正在枣树枝丫上歇脚的两只麻雀和一大窝闹哄哄的马蜂。

当文秀闻声跑过来时，两个少年已经像没事人一样，拍打着各自身上的泥土。见文秀嗔怪地望了自己一眼，田安门的脸霎时红到了耳根，他心疼地弯腰去捡拾散乱了一地的花枝，握在手心里，茫然地站立在枣树下，不知所措。"安门哥，别泄气！明天我陪你一起采花吧，枣林间这样美丽的野花多的是。"文秀仿佛已经洞悉了他的心事似的。

柳北京心情很沮丧，踢着路边的石子，走在最后面。当他听到他们的对话时，恍然明白：田安门这小子，真他妈的小气，竟然为了这么一把随处可见不值一文钱的野花打我呀！他不解地望着前面走着的两个小伙伴，心想，这个田安门真他妈的太不够意思了，不够哥们儿。小时候母亲在耳畔那样数落你们田家的不是，我都没有动怒生气，就是在得知你妈妈差点抢走我爸爸的坏消息时，我也没有立刻去找你小子打上一架。没想到这小子却如此小家子气，竟然为了一把野花动手打我。柳北京越想越生气，那句藏在他内心深处已经整整五年的话又一次浮现。

孩子们一住就是半个月，新鲜劲一过，就有点想家了，文秀尤其想她妈，外婆听见她在睡梦中还哭过几回。第二天，田安门的外爷苗有福恰好要上城里去办事，临时决定提前带这三个小家伙回城。一大早，柳北京就和田安门爬上院子里的老枣树，各自摘了一提兜已经红了眼圈的枣子，他们要把这些枣子带回城里给家人和同学品尝。一路上，苗有福给三个孩子讲述了关于红枣和黄河的民间故事。他颇富深情地开始了他的讲述，洪钟般的大嗓门把三个孩子带进了幽远绵长的时光隧道。苗家外爷绘声绘色地讲述了秦晋之好的历史渊源，以及种植枣树与红枣的神话传说，孩子们支起下巴听得着迷。车上还有许多乘客也停止了说话，饶有兴趣地侧耳聆听，大家都佩服这个土里土气的农民竟然有如此广博的学问。

"外爷，什么时候才能打枣呢？我早就听安门哥说黄河畔打枣的场面十分热闹壮观，可惜我这次来没有赶上。"听完这个好听的传奇故事，文秀不禁好奇地问道。

苗有福是黄河畔上种植枣树的一把好手，一提起红枣来，他就笑弯了眉毛，立刻来了精神。"红枣的历史可长着呢，要说打枣还得从红枣的种植说起……"苗家外爷乐呵呵地说，"每年我们常常要选一些口味比较好的枣树扦插，一般三四年就可以挂果了。老辈人留下一句话，'齐寒露割谷打枣'，寒露一来，红枣就完全成熟了。每年枣儿红了的时候，一颗颗红枣密密麻麻地挂满枝头，家家户户人人出动去打枣，十分热闹。男人们怀着喜悦的心情，穿着贴身的夹袄、家做的千层底布鞋，往手心里狠狠唾上几口唾沫，两条有力的胳膊搂着粗糙扎人的树干，噌噌几下就攀上了枣树，抡起木棍唰唰几下就把枣树梢上稠密的枣子全部敲打下来了。婆姨女子们则提篮拿笼满河滩追着男人虎虎的脚步声，追着唰唰的抡杆声，漫山遍洼都是枣。抬眼望，河湾沟岔，到处铺满了红格腾腾的'红玛瑙'，满地红艳艳的。新鲜的枣儿脆格生生、甜格丝丝的，令人胃口大开。"说到了枣乡人的古道热肠，苗家外爷不由得感慨万端："真正是路不拾遗，古风犹存啊！凡过往客人都可以随便进入枣园尝鲜，枣农一概不收钱，有时即使主人不在枣园里，路人也可以亲自进去摘一些枣子品尝。为此，老辈人传下了这么一句俗语，叫'摘瓜桃李枣，不算强盗'。孩子，打枣季节可壮观哩，你到时候一定再来看呀……"

一会儿，苗家外爷又说到了当地兴盛的红枣风俗，说枣乡群众的生活习俗和红枣融为了一体，密不可分。红枣在陕北父老乡亲心目中是王母娘娘的血染红的，是一种仙物，一颗红枣一颗心，是爱情的信物。红枣在他们那里日常生活中被人们当作访亲问友的必备礼品，其他东西可以不带，但红枣却不能少。枣品是送给尊贵客人的贵重礼物，正如陕北民歌中唱的那样，"大红枣儿甜又香，送给那亲人尝一尝"。有的人甚至求神拜佛也带几颗枣子。过春节时要蒸枣糕祭祀诸神，五月端午节要包枣粽子，八月十五中秋节要以红枣等果品来祭祀祖先，腊八要吃红枣腊八粥。孩子过满月、生日必须吃枣糕。枣糕蒸好后放在案板上，让孩子跳三下，以示孩子跳得高、长得快、早成人。孩子满月"离窝"，抱孩子出屋，抱到谁家，谁家就得赠送枣子一类礼品，空身出去带回实物，预示着孩子长大成人后厚道实诚。枣乡的人举行婚礼时要在床褥下面偷偷地撒一些枣子和桂圆一类的干果，取其谐音"早生贵子"之意。苗家外爷的思绪沉浸在博大精深的红枣文化里，他古铜色的脸上呈现出了一种少有的迷醉情态，就像刚刚出去参加了一场别开生面的盛大婚宴，被好客的主家殷勤地灌了一斤浓烈醇香的高粱酒。苗家外爷讲得很投入。他一只手抓着人造革手提包，另一只手轻轻地抚摸着柳北京滚圆的脑袋。此时，柳北京已经听得入迷了，他正靠在苗家外爷怀里，仰着头，瞪着一双黑漆漆的眼睛，专注而有神。"孩子们，你们可别小瞧了这看上去并不起眼的枣子，只把它当成一种普通的水果，殊不知它还可以做成各种各样的美味哩！"

只有柳北京和文秀在饶有兴趣地向苗家外爷问这问那，田安门一直没有吭声，他心不在焉地想着心事。田安门对这些枯燥的红枣历史并不感兴趣，他听得很不耐烦，便靠在车窗前用右手支着脑袋，眼睛茫然地盯着车窗外的远山出神。苗有福不知道这个性格内向的外孙子又在想什么。他看另外两位听众听得兴味盎然，就摇摇头，不理会外孙子的情绪，继续向另外两名热心的听众讲述着有关红枣的故事。说到兴起时，他还意犹未尽地给孩子们哼唱开了陕北打枣歌：

> 金山银山宝塔山，
> 爱不过陕北的黄土山。
> 情歌爱歌风流歌，
> 唱不够陕北的打枣歌。
> ……………

柳北京和文秀听得津津有味，仿佛他们嘴里正咬着嘎嘣清脆、甘甜无比的大红枣，他们似乎已经忘记了昨天黄昏时的那场打斗。不过，此时的柳北京和田安门也许谁也没有意识到，田家外爷无心给他们上的这一堂红枣知识课，将会对他们影响深远，甚至会影响到他们的一辈子。这当然都是后话了。

外爷的红枣经已经讲了不止一遍两遍，从小到大田安门早就听腻烦了，他一言不发地坐在车厢里默默想心事。这个早熟的少年第一次开始梳理自己人生的脉络。他的确真心喜欢文秀，此时，他正为昨天那个夭折了的花环而难过。他偷眼痴痴地望着文秀神采飞扬的漂亮脸蛋，想象文秀如果戴上自己亲手编织的花环，保证就如同童话中的白雪公主一样美丽动人。柳北京其实也喜欢文秀，只不过他现在玩心太重，根本对男女之间的感情混沌不知，他整天只惦记着玩得尽兴、玩得过瘾，潜心研究的就是十八般武艺的种种玩法。除了他喜欢的文秀外，石板巷周围的其他女孩子，都被他千篇一律唤作臭丫头片子。他打心眼儿里不喜欢那些娇滴滴的女孩子，尤其是那些太爱哭鼻子的女孩子，她们动不动就要洒上几滴"猫尿"，真惹人心烦。女孩子的眼泪在许多文人眼里是带雨梨花，令人心颤、动人魂魄、倾国倾城，有时候竟不必动用任何枪支弹药就能俘虏千军万马，却被柳北京比喻成了"猫尿"。可见他当时还是个小屁孩，没有开窍呢。

等田安门兴致勃勃地回到家，看见奶奶正坐在炕上哭天抹泪，父亲蹲在门槛上抽烟，由于愁苦，他的眉毛拧成了皱巴巴的一团，像毛毛虫一样。家里笼罩着一团令人情绪低落的气氛——母亲苗秀贞出事了。这个情形令田安门愉快的心情瞬间低落到极点。

第十八章

"苗秀贞不是个正经货！"当谣言在缫丝厂四起时，她本人还蒙在鼓里。

到1975年，苗秀贞在秀延县缫丝厂已经干了整整十五个年头。对于缫丝厂的工艺流程她熟悉得就像自家的那块自留地一样。从蚕茧收烘、剥茧、选茧、煮茧、缫丝、复摇、编绞丝，直至整理打包，她都干过。无论在哪一个岗位上，她都干得兢兢业业，毫无怨言。可是由于多种原因，她总是遭人非议。上周六，选茧车间的女工们去洗澡时，突然发现新来的女工杜晓宏竟然是个男儿身。女工们当即吓得魂飞魄散，衣衫不整地一哄而散，苗秀贞也在其中。当天下午，这件事就传遍了秀延县缫丝厂。晚上，苗秀贞回去对婆婆说起了这件事，很是不解。她想不通一个好端端的男人干吗要那样糟践自己，一定是神经不太正常吧。听说这个杜晓宏是她的老乡，有这样的老乡，她觉得挺丢人的。田老娘说丢不丢人是他的事，和咱无关。这个精明睿智的老婆婆从迷信的角度寻找答案，她对儿媳妇说，那个杜晓宏一定是被女鬼迷住了。

令苗秀贞万万没有想到的是，没过几天厂里就谣言四起，而且直指苗秀贞。杜晓宏在厂办的审问下，说出了"真相"，说苗秀贞是他在老家时的相好，现在她一进城就变心了，嫁给了城里人。他这回男扮女装浑水摸鱼撺到缫丝厂来，就是想让苗秀贞回去与他重归旧好。呸！苗秀贞听到这些无稽之谈，简直感到匪夷所思，她虽说与杜晓宏是老乡，可是他们并不熟识，连话都没有说过一句，她想不通杜晓宏哪里来的这一派胡言，无中生有，这不明摆着是要陷害她嘛！尽管苗秀贞坚信清者自清，可是她无法逃避同事们的指指点点、窃窃私语。那些天，恶毒的舆论像毒蛇一样紧紧缠绕着她。为此，她跑回家埋在被子里痛哭了一场。那几日田承武母子似乎也相信了这个谣言，他们甚至怀疑苗秀贞当初嫁到他们家的动机，他们对她表现出了少有的冷漠神色。这一切都被苗秀贞看在眼里，她无法自证清白，只有死路一条。站在秀延桥头的夜色里，苗秀贞紧咬牙关，恨不能跳下去一死了之以示自己的清白。就在这个时候，有人从后面伸手拉住了她的衣袖。

"孩子，你不能死！你如果死了就永远也说不清了！"苗秀贞一转头，看见拉她的人竟然是柳安平的母亲李巧莲。原来晚上9点多，当苗秀贞带着两颊泪痕，失魂落魄地走出巷口时，恰好被开完会回来的李巧莲注意到了。关于缫丝厂最近的传闻，李巧莲也听说了。当她看见苗秀贞穿破黑暗径直向前走去，害怕她会出意外，便一路紧紧尾随其后。当苗秀贞向秀延桥头走去时，李巧莲的心揪紧了。她担心这孩子一时想不开要做傻事。

"婶子！"苗秀贞扑到李巧莲怀里失声痛哭起来，"婶子，我是清白的。你不知道，这一切都和你们家的一个人有关。如果我从来不认识他，就不会招来这么多是非了，就是因为他，有人恨我，才恶意中伤……"

"谁？"李巧莲的心猛地一颤，她以为丈夫柳厂长在厂里发生了什么事。

"婶子，是柳安平！"

"啊？怎么和我家平平扯上关系了？究竟咋回事？你把我搞糊涂了。"李巧莲一时惊讶得说不出话来。她从来没有想到眼前这个楚楚可怜的女人，竟然差点做了自家的儿媳妇。苗秀贞坐在路边缓缓道出了原委。

十几年前那件事一直困扰着苗秀贞，成了她永远无法解开的心结。

缫丝厂女工宿舍。那天中午吵过架后，当天晚上这两个女孩子早早上炕睡觉了，第一次表现出了少有的沉默。其他姐妹一直在热烈地讨论柳厂长公子的事情，这本来是她们最感兴趣的话题，现在她俩也只是心里微微一动，嘴上一声没吭。她们说，柳厂长的独生儿子，这段日子老无缘无故地往咱厂子里跑，说不定是瞄上了咱厂里哪位美女。对于少见的半炕宁静气氛，舍长刘大姐发现了。她感觉奇怪，便招一招手对大家说："哎，你们大伙儿有没有注意到，后炕上这姐妹俩平时叽叽喳喳蛮能说的，今天一声不响，有点反常。哎，你俩得是怄气了？"

"我困得很，不想说话。"张翠花本想装睡，见大伙儿都转过脸望着她们，便不卑不亢地回答舍长。看来张翠花的回答并不能令人满意，她们又一齐将注意力转向了苗秀贞。

"苗秀贞，你俩究竟咋回事，得是闹意见了？"

"我，我……"苗秀贞正偷偷在被窝里抹眼泪。平生第一次有男人爱上自己，恰好这个男人是那么优秀，身材相貌地位，一切都称她的意，却遭到了干姐姐的百般阻挠。她想不通翠花姐究竟为什么要大动肝火，还扬言要告发自己，她真的会告发自己吗？思索良久，她渐渐释然了，翠花姐这样做完全是出于对自己的爱护。她想："我确实不能再与柳安平来往了，人家什么身份，大学生、人民教师、赫赫有名的柳厂长的独生子。而我呢？一个普通的纺纱女工，一个老实巴交的终年在土里刨食的农民的女儿。俗话说，桌子高板凳低，我怎能配得上人家呢？这件事说到底终究是要黄的，即便是柳安平铁了心非我不娶，他们家肯定也不会同意。"她在心里一遍遍咒骂自己："苗秀贞，你糊涂啊，真是不知天高地厚，太自不量力了……"此时，乍听见舍长大声喊她，顿时感觉舍长可能早已洞察了上午发生在炕上的那一幕，也许全宿舍的姐妹都已经知晓了。她们虽然嘴上不说什么，心里面不定会怎么瞧不起自己呢！这不，她们的目光锥子一样齐刷刷向自己这边刺过来了。她的脸腾地一下红到了耳根，如果让所有姐妹都知道自己竟然做出了那样见不得人的事情来，今后还怎么在厂里活人呀！一想到上午的事情，苗秀贞不由得脸红心跳，于是，一下子语塞了。睡在苗秀贞身旁的张翠花也在暗暗担心，她担心苗秀贞这个老实疙瘩一不小心会把中午她警告她的那些话和盘抖搂出来。她心里一遍遍骂着这个老实疙瘩，完了还免不了站出来替她打

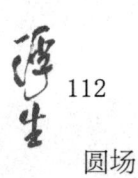

圆场。

"刘大姐,秀贞妹妹今天身体不舒服,说她心里烦,不想多说话嘛。"大家这才放过她俩,接着刚才的话题继续聊开了。张翠花纤巧的手还不忘就着昏黄的灯光,翻飞着四根光滑的竹扦子,跟着虞城来的几位姐妹学织毛衣的新花样。

"我听说柳安平曾经在省城处过一个对象,是他同学,跟着柳安平来过咱这里一回,有人见过,说那俏模样长得真叫一个俊,跟天上的仙女似的。"

"最后怎么没成呢?"

"毕业分配时,那位女同学见柳安平无法留在省城,就忍痛割爱,拣高枝飞了。"

这话是从一个相貌普通、身材矮胖、绰号叫"访事通"的城郊姑娘刘小枫嘴里蹦出来的。她上中学时曾经与柳安平坐过几天同桌,一直对他的事情很上心。

刘大姐接了话茬:"是呀,我听柳厂长他老婆放出风来,她儿子已经打定主意,要在咱本地寻觅一位姿色出众、家世又好的女子。这几天看见他常常到咱厂里来转悠,我想可能正是为了婚事吧。柳安平今年二十六岁,确实不小了,再也不能耽搁了。咱姐妹当中若有谁能有幸被他看中,嫁到那样好的家庭,那可是几世修来的福气哟!"

"可不是嘛,上中学那会儿,我不知怎么就鬼迷心窍爱上了柳安平。他先是和我同桌,后来调到我前一排,挺拔的脊梁、宽宽的背,剪着时髦的寸头,鼻梁上架着一副茶色眼镜,一副儒雅的模样,我怎么瞅着都是顺眼的。那时候,他常常喜欢穿一条驼灰色的宽裤子,宽大的裤脚,走起路来,扫起路上一片浅浅的灰尘。那时候,我们班许多女生都暗暗喜欢他。有时,他偶尔回过头来向后面张望上一眼,我就会心跳加速,激动上大半天。我想,他终于注意到我了。为此,上学那会儿我夜夜都做着同一个美梦——相思梦。唉,在那些个糊里糊涂的日子里,我把秋波不知道暗暗给人家递送了几箩筐,可人家小伙眼光高着呢,死活就是不接我的招。我心里看得门儿清,我这是剃头挑子一头热,他明明晓得我的心思,偏偏装傻卖痴,说明他心里从来没有喜欢过我。"宿舍里的气氛渐渐变得有点滞重。刘小枫还在故作轻松地说笑着,仿佛一切与己无关,她淡淡地说着的只不过是从别人那儿偶然间听来的一段没有结果的暗恋故事而已，不像是又一次回放青春曾经的难堪和伤痛。夭折的初恋，像一朵春天艳丽的"谎"花，不合时宜地攀上了枝头，还没有热烈尽情地绽放过，就黯然神伤地从枝头缓缓坠落，独自飘零，随风而去。刘小枫伸手从枕头下面摸出了一面小圆镜，就着昏黄的光打量了一眼自己，接着又说："唉，其实也不能全怪人家，有什么办法呢？俗话说，一白遮百丑，你们说我这张红脸膛就是搽上满满一瓶雪花膏也是白搭。人家看不上咱这模样，我能怨谁呢？要怨怪也只能怨怪我那老实巴交的父母瞎打冒戳把我生错了模样！"

　　本来很沉重的话题硬生生叫刘小枫给搞得喜剧化了。大伙儿被她的一番话逗得前仰后合，开心的笑声飘荡在宿舍上空。舍长刘大姐好不容易才忍住笑："小枫贫嘴，出生这号事怎能怨怪父母？亏你说得出来，还瞎打冒戳呢！哈哈……"说着扑哧一声又笑了。大伙儿回味着刘小枫的话，不由得又跟着大笑一场。长得黑瘦的李凤花笑得岔气了，捂着肚子连声喊疼。过了好一会儿，刘小枫还想说什么，这时已经没人接她的话茬了。宿舍里的姐妹们又开始聊电影院最近热映的电影《画中人》。

　　"哎，各位大姐，我说你们别净顾着凑热闹了，我上午经过厂办时听说咱厂里最近要精减一批临时工，不知这消息可靠不。"一直缩在炕角里埋头织毛衣的薛巧姑心事重重地插了一句。还没等大伙儿反应过来，舍长刘大姐立刻打断了她的话头："哎，我说巧姑，你在那里胡咧咧啥哩，不说话谁把你当哑巴卖了？少给我在这里说这些没影的事情，精减谁跟你有什么相干？小心让上面知道了，吃不了兜着走，第一个精减你！"

　　听着舍友们你一言她一语地议论着自己的心上人，那种爱慕艳羡的语气，让苗秀贞心里甜丝丝的，倍感温暖。她默默回味着上午度过的美好时光，那个男人所带来的温存与快乐，令人心潮起伏、留恋不舍。她不由自主地伸手摸摸自己的樱唇和起伏不平的酥胸，似乎那个醉人的热吻还在，那个令人透不过气来的拥抱还在。她微闭星眸，情不自禁地在心里甜甜地喊了一声：安平哥！眼前果真就闪现出了他的身影，他的眼中跳动着热烈灼人的光芒。她软软地偎依在他身上，平

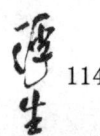

生头一次尝到了爱的甜蜜欢愉。

当甜蜜的回忆被扯回到现实时,她的内心霎时又变得黯淡异常。她情绪急转直下,在心里无声地饮泣。此刻,她甚至抱怨自己是个农村人,又抱怨爹娘给她生了一副单眼皮,悔不该不知天高地厚地爱上柳安平,千不该万不该轻率地失了身。她的眼泪缓缓地滑落下来,湿了一大块枕巾。多愁善感的个性使得苗秀贞的思绪在一瞬间千回百转,不能平静。

张翠花听着大家的议论,更加坚定了要拥有这个男人的决心。她反复咀嚼着薛巧姑刚才无意中透露出来的那条消息,在心里噼里啪啦打着小算盘。精减工人的花名册中也许就会有她张翠花的名字。那个瘦小的班长已经点名批评过她好几次了。在这个节骨眼上,班长肯定不会替自己说好话。张翠花狠狠地将被角咬在嘴里,她一定要想办法,绝不能这么不明不白地被精减掉。进城当工人多么不容易,一个村里就出来她们两个,她绝不能再灰溜溜地回到黄河畔上。现在要想改变自己的命运,就必须要将厂长公子这根救命稻草紧紧抓在手里。聪明的柳安平怎么也不会想到,那天无意中的碰触,竟然点燃了张翠花这个心机女内心的火苗,现在他即将变成她手中一张举足轻重的王牌。想到这里,她不由得向周围扫视了一眼,那些贫嘴利舌的女人仍然心无城府地在叽叽喳喳谈论着一些无关紧要的闲话,没有谁会注意到她。她又警惕地朝苗秀贞那边望了一眼,这个傻妹妹依旧躲在被窝里抽抽噎噎,哭泣不止,好像已经被精减掉了似的,失魂落魄。她暗自骂了一声:"傻瓜,现在有什么好哭的,让你哭的事情还在后面等着你呢!"她又恨恨地在心里说:"让你们这帮傻老娘儿们尽情地说闲话吧,我一定会让你们刮目相看的!"

果然,就发生了"捉奸"事件。捉奸事件过了不到三天,缫丝厂大院里又爆出一条惊人消息:柳安平与张翠花订婚了。

初听到这个消息,苗秀贞的心猛地一沉,但只是淡然一笑,她对平常最关心自己的舍长刘大姐说:"怎么会呢?不可能!"她单纯地想,绝对不可能,柳安平怎能看上张翠花呢?她简单地以为那天晚上的捉奸行动就是张翠花设计的一个闹剧,柳安平根本不会上当就范的。

一个礼拜后，正好是八月十五中秋节。张翠花风风光光地嫁入了坐落在县城中心地段的石板巷柳家大院，做了玉树临风、风流倜傥的厂长公子柳安平的新娘。

婚礼上，那对男女笑靥如花。苗秀贞只是呆呆坐在角落里冷冷地望着他们，浑身颤抖不已，寒心不已，泪流不止。空气中充满了寒意。一股刺骨的寒意从头至脚侵袭而来，冷得她不由自主地抱紧了瘦弱单薄的肩膀。那对新人过来敬酒了，他们脸上灿烂的笑容锥子一样刺穿了她的心，她似乎听见有热血在心上汩汩地流淌不止。她呆呆地望着，眼泪细雨般悄然而下。他向她缓缓走来，脸上挂着恬静而迷人的微笑。高高的个子，英俊的脸，符合她对爱情的全部幻想。但，在两个女子面前，他是那样的沉默寡言，安静得像一棵树。从他平静的神色看来，仿佛就不曾发生过什么事，即使有，也只像微风轻轻吹过耳畔，转瞬即逝。她，不过是在他夜空中曾经绽放的一束灿烂的烟花，璀璨一闪，便归于沉寂。满树的青翠和盛开的繁花，都被张翠花这个恶毒的女人全部掠夺去了。

柳安平臂弯里拐着娇俏的妻，挨个桌子给客人敬酒，夸张的笑容使得他白森森的牙齿全部裸露在了外面。苗秀贞心在滴血，他怎么可以这样无视她的存在而肆无忌惮地张扬他的幸福呢？难道他这么快就忘记了曾经和一个叫苗秀贞的女子在秀延河畔浪漫地牵手吗？也许，原本她只是他心中的一滴露珠、一颗流星、一丝涟漪而已，现在风没有了，露珠被风吹干了，流星缓缓坠落了，涟漪也就索然无味、毫无情趣地消散了。

第十九章

　　世事难料，缘分这个东西没有人能够说得清楚。1987年冬天，石板巷又隆重地举行了一场婚礼，张翠花的儿子柳北京和王小玉的女儿文秀结婚了。这两个一直以来相处并不融洽的女人竟然鬼使神差地做了亲家。

　　文秀婚后紧紧依偎在柳北京的怀里，回忆起那段少年时光，还不免感慨万千："时间过得可真快呀，只是轻轻一眨眼，就不知不觉地翻过去了。"

　　岁月荏苒，时光飞逝，当时间的指针指到1982年的时候，石板巷的小伙伴大都褪去了最初的青涩，换上了成熟的面孔，柳北京和田安门都变成了高大壮实的小伙子。他们二十岁了，眉宇间透着逼人的勃勃英气，嘴唇上长出了一丛毛茸茸的胡须。他们已经背着大人偷偷地学会了喝高粱酒，趁父母稍不留神，嘴上就会得意扬扬地叼着一支廉价的宝成牌香烟。仿佛这么一支短短的香烟就是他们成熟的标志。有一次课间，柳北京带着田安门和别的几个男同学躲到一个比较偏僻的角落里去抽烟，没想到班主任黄老师的嗅觉会那么灵敏，竟然顺藤摸瓜跟踪到了那里。田安门和别的同学一见班主任老师闯过来了，当下就慌得六神无主，有的把烟头匆匆地塞进了裤子口袋里，有的趁慌乱之际将烟头扔到了身后的荒草丛里，有的呆呆地盯着手中刚刚点燃的烟把子，不知所措。情急之下，柳北京忍着灼痛捏灭了香烟，悄悄塞到了夹克上衣的袖筒里。空气中乱窜的烟雾和一股浓烈的烧布臭味很快就点燃了黄老师火暴的脾气，一顿劈头盖脸的批评冰雹般纷纷砸落了下来。每天晚上下了晚自习，柳北京和田安门通常喜欢叼着烟头、吹着口哨，昂头穿过小县城最阴暗逼仄的街道。他们自以为用这样的形式，就可以向世人标榜自己最另类最叛逆最别具一格的个性。

文秀也于一夜之间，褪去了黄毛丫头的干瘪和黑瘦，长成了一个白净苗条、端庄文静的大姑娘。柳北京、田安门和文秀这三个同龄人，从小到大几乎形影不离，一块儿玩耍，一块儿上学，一块儿回家。这两个男孩都在内心深处暗暗喜欢着文秀，都像亲妹妹一样爱护她。他俩的心思其实早已被敏感早熟的文秀看在眼里。他们一个性格坚毅、身体敦实；一个性格柔弱，身材颀长。说心里话，她也同样喜欢这两个像亲哥哥一样的男孩。不过到此时为止，文秀没有表现出厚此薄彼来，因为她还不能真正明了自己的心意，无法区别爱情与亲情之间的距离，因此只把他们当成亲哥哥，整天陶醉在被两个亲哥哥呵护着的甜蜜而幸福的氛围之中。

柳北京为人豪爽仗义，性格坚毅，身体健壮敦实，浑身上下散发出一种阳光气息，甚至还透出一些男子汉特有的强悍、霸道的气质，使人不由得臣服于他。许多情窦初开的少女都特别喜欢这种类型的男孩。惠丽就曾经不止一次在文秀面前流露出这种情感倾向。柳北京从小就特别有组织能力，石板巷与他年龄相近的田三、马武、刘小强、高顺有等小哥们儿都心甘情愿地对他俯首称臣，任其驱使。文秀也比较欣赏柳北京身上这种男子汉气质，她对惠丽说："如果时光上溯两千多年，把北京哥放在春秋战国时期，他也许就是赫赫有名的一方霸主。"这些逼人的虎虎英气，除了让她欣赏和崇拜之外，还让她隐隐约约生出一丝含糊不清的距离感，可能就是这种感觉的存在，使她将感情的天平最终倾向了较为柔弱忧郁的一边。

尽管田安门身上不具有柳北京那种可贵的号召力和凝聚力，但他身材颀长、长相斯文潇洒。他身上那种与生俱来的淡淡的忧郁柔弱而略显深沉的气质，深深吸引了文秀，常常攫住了她心灵深处最纤细最柔软的那一部分，激发了深深潜伏在她体内的母性的慈爱,令她情不自禁地就会生出丝丝缕缕淡淡柔柔的怅惘。最打动文秀的是田安门的细心和体贴。小时候,当柳北京带着那帮小弟兄们"出生入死"地在南门外"浴血奋战"时,安门哥就忠心耿耿地守护在吓得抖作一团的小文秀身旁。"文秀,别怕,有我在呢。"那一刻,他俨然就是她的守护神。贪玩是小孩子的天性,石板巷的小伙伴们一玩起来,就会玩得昏天黑地,常常忘记了时间的存在,将父母长辈的叮咛早抛到爪哇国去了。当文秀困得直打哈欠,实在睁不开眼睛时,田安门就会耐心地蹲下身来,把她背到自己并不结实的背上,慢慢送回文家大院。文秀的奶奶看见了,总是笑得合不拢嘴巴,她拍着巴掌说:"哎呀呀,我老婆子活了七十七岁,今个儿总算看见西洋景了,小女婿背了个小媳妇!"奶奶的笑声把田安门这个半大小子臊得满面通红,他轻轻放下文秀,便撒开脚丫子一溜烟跑得无影无踪。

上中学后,他们三个渐渐懂得了一些男女之间的事情,尤其是柳北京和田安门再也不能像小时候那样随心所欲地拉着文秀的手,疯疯癫癫地在大街小巷里大喊大闹、追逐奔跑了。这时候,这哥儿俩不管谁与文秀见了面,也只是迅速递上一个会意而知心的眼神,含蓄而矜持地笑一笑,便飞快地离开她,他们害怕老师和同学说他们的闲话。

柳北京、田安门都和文秀的大弟弟文章玩得极好。星期天或者别的节假日,为了常常能看到文秀,这两个半大小伙子就会搜肠刮肚,找出各种各样的借口和理由进出文家大院,在文秀家的院子里或者是院墙外瞎溜达。柳北京说话行事一如他的性格干脆利落。他总是把文章一喊出来,就匆忙地低着头离开了。他不懂得怎样引起文秀的注意。田安门则在这方面显示出了他父亲性格的遗传性,他像柳安平一样从小就懂得讨女孩欢心。他在文章家院墙外吹着悠扬的口哨,慢慢悠悠地徘徊在大门外,一遍遍朝院里张望,焦灼不安地等待着文秀的影子从院里闪现出来。直到文秀修长曼妙的身影轻飘飘地走出来倒垃圾或者去挑水,田安门这才感觉头顶瞬间布满了灿烂的阳光,内心莺飞草长的思绪顿时有了着落。他低声打了招呼,赶紧跑上前去殷勤地接过她手里的垃圾筐或者肩上挑着的水桶。文秀虽然嘴上说"安门哥,不用,不用了,我自己能行",心里却会不经意间轻轻泛起一种甜丝丝的味道。此刻，这两个情窦初开的少男少女心里都洋溢着一种幸福的感觉，那难以言传的欣喜展现在彼此的脸上。也就是从那一刻起，田安门和文秀之间的关系就暗暗起了一些变化。

每逢文秀刚刚从院子里走出来，或者恰好挑着水桶颤悠悠地从田安门身旁走过时，只要文秀那漆黑的眼睛、窈窕的身影从田安门眼前袅袅娜娜地飘过时，一切灰暗的东西，在他的眼里仿佛都被太阳照亮了，镀着一层可爱的橘黄色。周围的一切就都仿佛变得更有趣、更快活、更有意义了，就连那低矮的厦房、黑暗的窑洞、狭窄如火枪头般的石板巷、凸凹不平的石板街，也似乎变得顺眼多了，可爱且豁亮。在学校里，只要能看见文秀妩媚的脸蛋、修长曼妙的背影，单调的学习生活也似乎变得充满了乐趣。只要一想到美丽可爱的邻家小妹，想到她含情脉脉的目光，想到她在深情地注视着自己，默默地关爱着自己，静静地欣赏着自己，柳北京耀眼的光芒给他造成的那种无形的压力和自卑情绪，老师和同学们无意中带给他的种种不快和烦恼，就统统烟消云散、灰飞烟灭了。文秀亲切的举止和悦耳的声音，使得小伙子感到无比的欢乐和激动，心里立刻盈满了柔柔的温情，眼神中闪出温柔的光芒来。

文秀也有同样的感觉。她只要远远地望见田安门潇洒的身影，心上就会漫上来阵阵暖意，脸颊上情不自禁地飞上一层羞涩的红晕。那份淡淡的牵挂，成了这两个人共同拥有的一个秘密。

可能是受外爷苗有福和母亲苗秀贞熏陶的原因吧，田安门从小就对文艺活动特别钟爱，尤其能拉得一手好二胡。这里需要补充一句，苗家外爷是黄河畔上有名的"伞头"，即秧歌队里领头打伞唱秧歌者。每当夏夜来临，石板巷周围的居民总喜欢端着小凳子端端正正地聚在巷口，或者干脆就坐在自家高高的门槛上，安静地聆听田安门满怀深情地为大家演奏他最拿手的《二泉映月》，或者《梁祝》，有时候他演奏的是大伙儿都耳熟能详的陕北民歌《三十里铺》《兰花花》《走西口》。优美凄婉的曲调，如一丝丝清凉甘甜的风，吹散了堆在人们心头的郁闷与燥热。文秀就在这哀婉、缠绵、让人柔肠寸断的旋律中，倚在窗台上深情地凝望着正陶醉在其中的人儿，心头泛上来一缕甜丝丝的柔情蜜意。她觉得二胡演奏这类音乐，表现力真是太震撼了，没有哪一种乐器可以比拟和超越。

平心而论，文秀在内心深处喜欢田安门更多一些。但文秀是个矜持含蓄的姑娘，她一点儿也没有流露出内心的真情实感，她的心思父母不知道，柳北京不知道，就是田安门也许也只是隐约猜出了几分。就这样，她暂时在这两个同样喜欢自己的男孩中间保持着不偏不倚的中立态度，同时安然地享受着他们两个勇敢而又茫然的热情与爱慕。只是随着高中毕业，这种平衡局面很快就被打破了。柳北京考上了省城的一所专科院校，文秀考上了地区卫生学校，田安门却落榜了。今后不管是就业或者是上学，他们都将各奔东西，这种三个人同窗共读的局面将如一江春水向东流，永远不复存在了。

参加完毕业典礼后，当两个男孩分别用不同的方式，同时向她射出丘比特之箭时，文秀这个聪慧敏感的姑娘顿时傻眼了，她不知道该做出怎样的取舍。这个含蓄而庄重的姑娘不会主动与闺中密友惠丽商量此事，也不敢把自己的心事向母亲和盘托出，她觉得现在谈论这些事情为时过早，而且这件事情也确实太令人难以启齿了，怎么好向别人说起呢？她想还是再等一等，看看他们两个人的具体行动再说吧。

在爱情的表达方式上，柳北京相比田安门要迟钝笨拙了许多，他只知道红着脸远远地凝视着心爱的女孩，那眼神是火辣辣的。而田安门却用浪漫而实际的行动，赢得了少女文秀的芳心。早在十三岁时，他就想到编织一个美丽的花环去讨好心仪的女孩；如今二十岁的大男孩，心思就更加缜密了，更懂得揣摩女孩子的心思。去西宁玉树当兵前夕，他约文秀看了一场电影。电影院在开映前通常会插播一段电影插曲或者流行歌曲，当听到《九九艳阳天》时，田安门和文秀心上同时漫过了一丝伤感怅惘的情愫，他们觉得这首歌好像是专门替他俩谱写的。作词人是那么善解人意，简直猜透了年轻人的心思。

后来，文秀曾经多次回忆这次看电影的情景，记忆中最清晰最完整的也就是这首歌曲，那些感性的歌词她都耳熟能详。相反，对当晚看的是什么电影却一点也记不起来。电影刚刚开始，田安门就情不自禁地伸出汗湿的大手握住文秀同样汗湿的小手，久久不愿意松开。整个晚上，他们都被离别的忧伤情绪笼罩着。从电影院走出来后，他俩意犹未尽，就默默拉着手来到了秀延河边。

夜来凉风起，露润青石小径，小径两旁树影疏离摇曳，透出丝丝缕缕的凉风。一弯新月挂在箭杆杨树梢上，淡淡的月光洒在青石板上，将路上这对恋人的影子拉得又细又长。走在南坪桥上，他们站住了，互相深情地凝视着，心里盈满了千言万语无从表达。田安门用双手捧着文秀俊美的脸庞，默默地凝视了许久，他要把心爱的姑娘俊俏的模样烙在心底。快要分别了，他的嘴唇轻轻地碰了碰她的额头，她看见他一脸阳光，星辰般的眸子里闪烁着幸福快乐的光芒。无须再有多余的表白，那圣洁的一吻，已经深深打动了姑娘的芳心。就是那双闪烁着幸福快乐光芒的亮晶晶的眼睛，至死都没有在文秀的记忆中消失过。

临别时，他悄悄地塞给她一个塑料皮笔记本，上边有他的临别赠言：

> 高山的青松根连根，
> 咱俩的友谊心连心。
> 要叫咱俩关系断，
> 除非地球水流干。

现在我们看起来可笑的赠言，是那个时代特有的风格，既是一种爱情的响亮表白，又是对忠贞爱情的誓言。田安门的字迹工整遒劲，是一手漂亮的楷体。在临别赠言的旁边，他用心画了两颗鲜艳的红心，中间那重重横着的一笔，意即一箭穿心，在红心的下面又写了三个大大的斜体字"我爱你"，后面还着重用红笔标了三个重重的感叹号。感叹号红得滴血，令人触目惊心，仿佛一个大大的警示标志，永远戳在了文秀心里。从这稚嫩的笔触里，可以瞥见田安门当年对文秀炽热而又大胆的表白。文秀发现在笔记本的塑料封皮里还别着一张田安门的一寸小照。她取出了那张照片，紧紧贴在自己滚烫的脸颊上，沉浸在无限甜蜜的遐想中。捧着这无比珍贵的初恋信物，文秀那原本平衡的感情天平瞬间倾斜了，她已经明白自己现在应该做出怎样的取舍了。当晚分别时，他紧紧握着她的手，红着脸告诉她："秀妹，好好保重，我会给你写信的。"

翌日上午10点钟，文秀灵巧的身影在嘈杂而拥挤的秀延车站上急急穿梭。为新兵送行的人群把车站包围得严严实实，透过密密匝匝的人群缝隙，她瞥见他草绿色的身影，先是被一大群亲友紧紧包围在中心，继而就消失在一大片草绿色队伍中了。很遗憾，他没有看到她。文秀茫然地对着即将启程的新兵队伍挥了挥手，新兵们也向这个美丽可人的姑娘使劲挥一挥手。大喇叭里反复回放着一首慷慨激昂、催人泪下的曲子——《再见吧，妈妈》。文秀看见大多数新兵稚气未脱的脸蛋上挂着一串晶莹的泪珠。她理解他们矛盾的内心，一方面热血沸腾地想要奔赴边疆去实现报效祖国的夙愿，另一方面却又难以割舍亲人温暖的怀抱。泪眼里，田安门草绿色的背影永远定格在文秀的记忆里。

第二十章

柳北京从省城的专科院校毕业时，踌躇满志。他一心想留在省城，但是分配政策给他兜头泼了一盆凉水。分配政策原则上是从哪里来还回哪里去。按县上的政策他是要被分到学校教书去的，但是他的母亲张翠花出于对个别女教师的憎恨和鄙视，不愿意儿子再涉足三尺讲台，步他父亲的后尘。张翠花恨恨地说："去当甚狗屁人民教师，可别再学你父亲那熊样子！"

1985年9月，在张翠花极力斡旋下，柳北京最终被安排进了秀延县县委宣传部当干事。柳北京知道这个结果当然得归功于他母亲张翠花。一年前，父亲因病永远离开了这个纷扰喧嚣的世界。母亲是通过他父亲生前一位好友的关系，将儿子分配到了这样一个令人艳羡的好单位。

早在一年前，文秀已经从地区卫校毕业了，很顺利地分配到县医院儿科工作。

田安门到部队后，起先一周给文秀写一封信。过了几个月，羞涩的田安门把自己不敢当面对文秀说的话，全部写到了信纸上。他的信写得热烈而深情。

亲爱的秀妹：

你好！自从匆匆一别，我的心头每天掠过的都是一缕缕纷繁的惆怅。身边一旦没有了你纤细曼妙的身影，密密浓浓的思念就缀满了我的每一个日子，漫长得如严冬一样冰冷的日子。亲爱的，我想对你说，此时，我真想立刻赶回来，伫立在秀丽的秀延河畔，与你对视，与你相拥，秀延河水热烈地拥抱着我们，清风流云缱绻悱恻地缠绕着我们，我们心中无限的爱都沉浸在不尽的脉脉含情之中；此刻，我真想拥你入怀，默默地倾听你想我的心声；真想守候于你寂静的窗前，凝神守望你熟睡的脸庞，一直等你清醒过来；真想和你一起去品尝这多味的人生，那期间，艰辛也甘甜，阳光更灿烂。

　　无论是最初还是最终，能打动我的永远都是你柔顺如水的个性和那份至真至纯的纯情、那份浓得化不开的情意。我青春的所有日子，都因为你的情意而快乐美丽。你在我眼中永远是一道纯情的风景，你是我今生无法隔断的纯情相思。面对你多情的眸子，我不再回避风雨的袭击，不再惧怕生活中的挫折和艰辛。无论是最初还是最终，无论我们的爱情能否永恒，你给予我的那份纯情我会永远好好地珍藏，也请你答应我：一生一世，只为我守候。

想你的安门
1983年6月23日

　　他的文字细腻而感性，一股浪漫的温情透过薄薄的纸张迅速弥漫荡漾开来，紧紧地拥抱抚摸着正处在深深思念中的女孩，酽酽的化不开的浓情瞬间淹没了她。安门哥执着的爱使文秀看得面红心跳，她拿着装有安门哥滚烫火热的心的大信封，不知道藏到什么地方比较合适，她担心一不小心就会被父母兄弟窥破自己的心事。从此，阅读田安门的来信，就成了文秀每天晚上临睡前必不可少的一门功课，她反复品读着田安门每一封含情脉脉的来信，体会着每一个句子的含义，摸索着每一个标点符号，眼前仿佛闪烁着他星辰般明亮的眸子。读着田安门的每一封来信，文秀的嘴角就会情不自禁地绽放一丝甜甜蜜蜜的微笑，她在耐心地等待他的归来。几年来，文秀就这么一直生活在这种幸福的期待之中。日子虽然因为思念而拉长了，但思念着爱人的每一天每一分每一秒，都是幸福甜蜜得如蘸了蜜一般。与田安门的恋情，她不愿意向任何人透露。她似乎舍不得将这个甘甜的秘密泄露，只想让它停留在心里像一块饴糖慢慢融化，甜蜜无比。只是她没有料到这甜蜜的时间似乎太过短暂了一些。

可是，近来不知咋回事，田安门的来信渐渐稀少起来。他在其中一封信内说自己这段时间训练特别累，简直是精疲力竭，回到宿舍里后，什么也不想了，只想立刻趴在床上呼呼大睡一觉。善良而单纯的文秀没有丝毫抱怨安门哥的意思，咋能抱怨他呢？他太累了，如果此刻她就在他身边，那该有多好啊！那么她就可以随时伸出温情的双手帮他捶捶劳累的脊背，捏捏酸痛的脖子，揉揉发酸发困的双腿，给那双亮晶晶的眼睛印上一个深情的吻……想到这里，文秀才发现自己不知什么时候竟然不知不觉地张开了两只白净圆润的手臂，似乎要拥抱前面的什么东西。她不由得涨红了脸，嗔怪自己真不害臊，自己是他什么人啊！她特别想念安门哥，若放假后他再不回来探亲的话，那她就要亲自去兵营里探亲。对，一定要去。她觉得今年过年如果还是看不见他，她会受不了的。她想念他，想得都快要发疯了。她就在回信里写了自己的想法，不过信写得很委婉，她没有好意思太直截了当地写出自己的心声。

田安门的信终于绝迹了。一周、两周、一个月、两个月……三个月过去了，那些撩人情思的信件仿佛冬天的候鸟，一去不复返了。文秀感到十分不安，安门哥究竟咋了，得是出事了？不可能呀。按理说，如果真的发生了什么事，部队上也应该早给他们家里打来招呼了。为此下班后，她专门跑到田安门家里去探了探田家大妈的口气。

苗秀贞正在灶前做饭，见文秀走进来，忙将手中的炒勺递给老头子，自己拉着乖巧可人的姑娘走进堂屋里说话。文秀抬头看见墙上挂着相框上披着黑纱的田老娘照片，才想起田老娘已经过世半年多了。田老娘去世后，苗秀贞曾打算给儿子部队发封电报，她对田承武说："奶奶最疼这个长孙了，安门如果不回来最后看他奶奶一眼，奶奶走得也心不安。"后来还是田承武拦住了她，说："妈她老人家已经走了，孩子回来又能做什么？让孩子安心在部队上训练吧。"

苗秀贞拉住文秀的纤手，问长问短，眼睛里盛满了赞赏和爱怜。她已经从儿子的来信中得知了他们之间的恋情。这正是她求之不得的结果呀，她打心眼儿里喜欢文秀这个可爱的姑娘。她从抽屉里取出了儿子最近写给家里的一部分信件让文秀看。其中还有一张五寸的近照。文秀拿着那张照片，反复端详了许久。照片中的田安门似乎胖了一些，显得壮实了，也沉稳了，透着一股英姿飒爽的气质，毕竟已经成军人了嘛。兴许是被田安门他妈瞅得不好意思了，文秀才红着脸将照片轻轻放回到信封中。谈到儿子，做母亲的不禁泪花闪烁，言谈举止里情不自禁透露出思念之情。苗姨平静的神态，让文秀悬着的心放了下来。田安门肯定没有出大事，那么他可能是病了？如果真病了，也应该写信告诉自己一声，她好理直气壮地向院长请假去探望未婚夫。这么久没有音信，难道他变心了？在这两种猜测当中，她宁愿相信他病了。

半夜里，她仍然辗转反侧，难以入眠，这时她突然产生了一种不祥的预感：安门哥会不会是变心了？若不是变心了，他为什么突然毫无缘由地就不来信了，这该怎么解释呀？她一想到他寄给家里的那些信件和照片，从署名日期判断应该都是近日写来的，他有时间精力给家里写信寄照片，却对她说自己很累很忙，以此为托词这是为了什么？她左思右想，心里不由得泛上来微微的醋意，到此时，她已经基本上肯定了自己的判断——他一定是在外面遇上了可心的女人，变心了！这种种猜测与臆断，折磨得文秀整天无精打采，一副病恹恹的样子。母亲王小玉看见了，还以为女儿得了什么大病，就见天早晨起来给她蒸一碗鸡蛋羹吃，还多次逼着她上班后抽空检查检查身体。文秀烦躁地说："妈，我没病，你别瞎操心。"

这天上午，文秀仍然按时上班去了。此时，她已经升任县医院儿科护士长。宋护士进去时，看见她失神落魄地坐在桌前，精神不振的，如秋风摧残后的黄叶。宋护士就忍不住走近关心地问她："秀姐，怎么了，哪里不舒服吗？"但是令宋护士吃惊万分的是，一向性格恬静的文护士长竟然为了这么一句再也平淡不过的问候，开始大发雷霆。她毫不讲理地说："怎么着，宋护士，你盼望我哪里不舒服吗？"她接下来的一句话更像刀子一样直戳宋护士的心窝："宋护士，我知道你在笑话我，你早就盼望我哪里不舒服，不是吗？你瞅我这个位子不是一天两天了，你安着什么样的心思，我心里清楚得很！"

"你，你，你咋能这样血口喷人！"宋护士捂着脸哭着跑了出去。

就在这时候，儿科病房里2号病床的家属走进来喊护士快去给病人换药，他说瓶里的点滴已经滴完了，担心空气跑进去。文秀脑子里还在想着远方那双亮晶晶的眼睛，嘴里答应着，便高声喊叫宋护士，却没有人回应。她这才想起刚才那档子事情来，又不由得暗暗生气，这个宋护士责任心也太差了，上班时间怎么能说走就走了。她随便从桌子上抓起一瓶针剂就走进了儿科病房。2号病床的患者是一个五六岁的男孩，听口音和看长相打扮上像是从比较偏僻的东区来的。这孩子得的是重感冒，今天是他住院第二天。文秀进去时，输液管子里已经跑进去了许多空气，扎针的地方已经充血了。她十分生气，一边处理，一边责怪病人家属怎么不早点来喊护士。孩子的爸爸缩在床角的凳子上，脸愁成一张苦瓜模样。他慑于护士长的威严，不敢抬眼看她漂亮的脸蛋，只是嗫嚅着说："我原本想让药水全部滴完，那药水可金贵着呢，怎敢浪费哩。"文秀不满地回头瞪了他一眼，说："这回可要记着早点来喊护士噢！"

文秀回到办公室里，洗了洗手，就又趴在桌前发呆。安门哥究竟怎么了？为什么不来只字片语呢？难道我做错什么了吗？正当她苦苦思索而不得要领之时，刚才那位家属又来敲门了。

"护士，快，你赶快过去瞧一下吧，我家孩子不知怎么突然就昏过去了……"苦瓜脸慌慌张张地说，沙哑的声调里拖着一丝难听的哭腔。文秀连忙收回纷乱的思绪，跟着2号病床的家属急匆匆地跑了过去。当她看见吊瓶里仍然有大半瓶液体时，就不由分说地发火了："哎，我说你这个人怎么搞的，一惊一乍的……"可待她抬头仔细看了看悬挂在吊瓶上方的处方，再看看吊瓶上的标签时，立马就傻眼了，她感觉头嗡的一声就大了。原来处方上开的是阿奇霉素，而她刚才由于心不在焉，竟然拿错了药瓶，将一瓶青霉素错当成阿奇霉素给那男孩挂上了。她明白2号病床出现的这种症状是青霉素引起过敏反应造成的。在卫校学习时，老师曾经告诉他们青霉素过敏反应严重者可引起过敏性休克甚至危及生命。天哪！人命关天的大事在她手里发生了。此时，她再也顾不得想那双亮晶晶的眼睛了，抛开自身的矜持尊严，一拧身跑出去找主治医生去了。由于抢救及时，2号病床的病人才得以转危为安。但是一次严厉的警告处分却是无法避免的。那些天，文秀就像被霜打过的茄子，蔫蔫的，没有一丝生气。

　　苗秀贞闻讯，来医院里探望过她一次。文秀黑了，也瘦了，走起路来轻飘飘的，再也没有了往日的那股精神头，整个人显得沉静了许多。坐在她对面，苗秀贞静静地打量着她，目光里有掩饰不住的心疼和怜爱。在她眼里，那种病态反倒给这个年轻姑娘的美丽平添了几分别样的神韵。而文秀却沉湎在深深的痛苦之中，浑然不知。

　　在那些失魂落魄的日子里，文秀只要一闭上眼睛就会做噩梦，许多缥缈的梦境绳子一样紧紧缠绕着她、捆绑着她，使她透不过气来，待她正要喊叫时，却又像风一样刮过去了，像风干的露珠，没留下一丝半点痕迹。唯有一次，她在第二天中午还能依稀记得梦中的情景。梦中，她穿着一双自己最喜爱的鞋子。说起这双鞋，当初购买时还费了一番周折。那是一双红色的猪皮鞋，两只娇俏的鞋头上各粘有一个小巧的蝴蝶结状的装饰品，她没有量过，打眼一看，尖尖的鞋后跟足足有两寸多高。那双娇俏的鞋子在百货大楼的橱窗一露面，就像木楔子一样揳进了她的眼睛里，怎么也拔不出来了。标签上显示的定价是四十九元。她下意识地往口袋里一摸，空空的。售货员见她仍然在犹豫，就又进一步诱惑她、说服她："这个星期，我们一共进了十双，现在就只剩下两双了，你明天来说不定就一双也没有了。"文秀昨天刚刚领了这个月的工资，一回家就上交给母亲了。那时候，文秀每月只有五十六元工资，除过给母亲上交以外，就所剩无几了。对那双鞋子的喜爱，使她不得不厚着脸皮跑回家去求母亲。母亲理解女儿爱美的心思，很爽快地同意了。她从贴身的口袋里掏出了包钱的手绢包，蘸着唾沫数了五张十元面额的票子递给女儿。她问这些够不够，没有人吱声，一转身，却发现女儿早已跑得没有踪影了。文秀从百货公司捧着那双娇俏的鞋子往回走，一路愉快地哼唱着轻快的曲子，如获至宝。回到家里，她迫不及待地一脚蹬上去，不肥不瘦，刚刚合脚，好像是专门为她定做的。有好几回，她只是试穿一下，将双脚高高地跷在空中不忍心往青砖地上放,她害怕把鞋底子给踩脏了。

梦中,她就穿着这双鞋在街上走,不晓得怎么就混在了一群面目不清的人群中,急切地朝一个像集市一样的地方拥去。那集市上有说不出的荒凉冷寂,一路上,她几乎没有看见有什么可以出售的东西,甚至连一个像样的货摊和店面都看不清。她东张西望,想在陌生的人群中寻找一个眼熟的面孔,也好搭伴前行。但,她失望了,黑压压的人群像洪水一样湍急地流过去了,她什么也没有看清楚。她听见只有自己的高跟鞋踩出来橐橐的声响回旋在冷清的空气中。

走着走着,大概是实在走累了,不知什么时候她把鞋子脱了下来,拎在了手里。她打着赤脚,仍然急火火地朝前走着,像要去赶赴一场盛会似的。两只红色的鞋子像小巧的粽子一样被她拎在手里。突然,一只模样极其凶悍的大白狗汪汪叫嚣着冲散了湍急的人流。她顿时吓得魂飞魄散,没命地朝前奔去。在一个拐弯处,她被脚下的石头绊了一下,摔了一个大马趴。当她终于摆脱了大白狗的追击,松了一口气时,她看见父亲迎面走了过来。父亲一见面就开始责怪女儿,一个姑娘家怎么能不顾体面,披头散发、丢帽落鞋到处瞎跑呢?文秀脸红了,抬手一摸,发现头上的发卡不知什么时候掉落了。准备穿鞋时,发现一双鞋子早已都跑丢了。父亲黑着脸厉声说还不赶紧原路去找。父亲带她回到集市上时,大白狗已经跑得不知去向,在刚才摔倒的地方,她只找到了一枚发卡,发卡上镶着的亮晶晶的小钻石已经掉落了,父女俩顺着来路找遍了整个集市,那双红色的猪皮鞋却毫无踪迹。她心里顿感怅然若失。

次日,当她给母亲讲述梦境的时候,母亲正埋头给弟弟纳鞋底。听清她的话后,母亲突然抬起头,手上的动作明显慢了下来。母亲着急地问了一声:"鞋子丢了?"又问了一声:"还梦见你父亲了?"就再也没有说什么。母亲抬头时,文秀瞥见母亲的脸上似乎浮现着一层淡淡的隐忧。她不能理解母亲为何担忧一双丢了的鞋子。父亲已经过世一年多了,也许是梦见死人不怎么吉利吧。文秀摇摇头,从脑子深处驱走了这个想法。

第二十一章

柳北京的丘比特之箭大胆而适时地射向文秀时,她正陷入失落的情绪,无法自拔。

经过在县委宣传部两年的历练,柳北京显然比过去成熟了许多,也洒脱了许多。初秋的一个下午,他找到正在县医院儿科值班的文秀,开门见山地说道:"文秀,我这几天心里老大不舒服,你来给我看看吧。"

"呵呵……"文秀听得心里直想笑,"你心里有病,应该去挂内科,一个大男人跑到我们儿科干啥呀?"文秀仔细打量着长得越来越壮实的柳北京,笑着说:"北京哥,你这几年真是越来越有派头了。"

"是吗?我觉得文秀妹妹倒是女大十八变呢,咱这个小县城现在恐怕再也找不下第二个像妹妹这样的俏模样喽!"

"看你,工作才几年,倒学会耍贫嘴了!"文秀嘴里虽然这么说,心里却对北京哥的夸奖很受用。

"哎,文秀,我要纠正一下,我这不是耍贫嘴,而是发自肺腑的赞美。"

"快别贫了,赶快到内科挂个号吧。"

"快别逗了,内科的大夫都是糟老头,他们治不了我的心病。"说着,他大胆地凑近了文秀,"我要找一个像你这样的漂亮大夫给我看病!还是你帮我看看吧。"柳北京直勾勾地盯着文秀俊美的脸庞,深邃的眼睛里跳跃着一簇亮晶晶的火苗。文秀仿佛被那火苗烫着了,她假装生气了,慌忙扭过脸不再理睬他。

"今晚一起看电影去。"见文秀真的生气了,柳北京慌忙从上衣口袋里掏出一张电影票放在桌子上,"晚上8点放映《人生》,听说这部电影根据同名小说改编,作者路遥还是咱老乡哩,影片中有一些镜头就是在咱们这儿取的景,可好看了。咱们说定了,我在电影院东门外等你,不见不散!"见旁边的宋护士正偷偷地抿着嘴笑,他忙清了清嗓子,正色道:"文护士长,不打扰您工作了,我还是到内科糟老头那里去看看我想婆姨的心病吧。"说着,他大步流星地跨出门去,一阵风似的刮走了,他的后半句话连同脚步声一起卷了出去。

吃过晚饭,柳北京就钻到自己的小房子里,用凉水冲了个澡,换上了过年时刚刚缝制的那套藏蓝色中山装,中山装领子上缝着母亲用钩针为他钩织的白色花边领,他把里边穿的白色的确良衬衣领子翻在了中山装外面,对着墙上的镜子仔细看了看,感觉有点不伦不类,就又放了进去,并扣紧了风纪扣。他坐在门前的小凳子上,一边拿着鞋刷子给那双半新不旧的黑色皮鞋上鞋油,一边快乐地吹着口哨。听曲调好像吹的是电影《甜蜜的事业》中的插曲。快乐的口哨声引起了张翠花的注意,她系着花围裙从厨房里探出身子问道:"儿子,今天咋这么高兴呢?"柳北京正对着墙上挂着的镜子往头发上抹发蜡,并不回答母亲的问话。

走到电影院门口时,抬腕看,时针刚刚指到7点半,文秀还没有来,他不由得左顾右盼。有几个熟人恰好路过,走近前和他热情地攀谈,他有点心不在焉,和别人说着话,眼睛却一直紧紧瞅着人行道。到了8点10分,依然没有看到文秀的影子,他心里这才有点着急。他觉得自己喜欢文秀,也许只是一厢情愿的事情。从小到大,他一直深深喜欢着文秀,小时候,他只把她当作邻家小妹妹;再长大点,他仍然懵懵懂懂,对男女之间的情事了解得还不太真切,更不知道该怎样向心爱的姑娘表白。上高二时,柳北京仿佛一夜之间灵醒了似的,突然发现了文秀身上那种女性独特的魅力、迷人的姿态和聪慧。他喜欢她走路的姿态,举止是那样优美,那样轻盈。当她穿着高跟鞋,橐橐地走过石板巷时,浑身上下散发出的那种优雅迷人的气质，使别人还以为她是一个刚参加工作的大姑娘呢。在学校组织的文艺晚会上，文秀常常是主角、是焦点，她的舞姿是那么高雅耐看。柳北京知道学校里大多数男生的眼光都紧紧追随着她飞舞的裙裾和白皙的小腿，她的舞姿也令他怦然心动。每逢别人夸赞她长得漂亮时，她的目光里就会自然而然地流露出幸福和骄傲的神色，她高高地昂起头，轻轻甩一下长长的发辫，浑身充满了青春的朝气和活力。而他也就像她亲亲的兄长一样，充满了自豪之情。文秀在街上散步时，总是深深吸引着路人的目光。这时，柳北京才意识到这个与自己同龄的邻家小妹早已成熟了，女孩子总是比男孩子要早熟一些，而他和田安门至今仍然是青皮后生，脸上的胡子茬还没长齐呢。

记得那还是刚参加工作不久，杏花微雨，他在街上与文秀相遇。那天，石板街上的小水洼里落了一层洁白的槐花，那都是春风的杰作。春天缀满枝头的槐花，像极了涉世不深、丝毫禁不住成熟男人引诱的怀春少女，她们在眼热心跳地享受了春风略显轻薄的撩拨之后，便义无反顾地追随着爱人的脚步声来了。她们的举动确实很浪漫，但也很幼稚、很盲目。当局者迷，几乎所有的当局者都不是很清醒，她们不以为然，依旧缓缓却毅然决然地从枝头飘落。殊不知，她们苦苦追寻的"白马王子"正是一个地地道道的感情骗子，这个轻薄郎早就移情别恋，奔向另一个绝色女子而去，空留一缕惆怅在人间。槐花苦涩的心经过雨水的好言相劝，又焕发出了生命的激情，一股幽幽的甜香味就在整条石板街上氤氲蔓延开了。文秀举着小花伞，一路在心里为多情的槐花、无情的风打着巧妙而有趣的比喻，这两种毫不相干的自然界之物，在文秀的眼里，似乎浸润了浓浓的生趣，有了感情色彩。她袅袅婷婷地踩着青石板缓缓从柳北京身旁走过，袅袅婷婷，头上高高扎着一束马尾辫，窈窕的身材显得越发高挑，黑油油的长发随着她走动的节奏一摆一摆，惹人心颤。

就在长发摆动的一刹那，柳北京便听到了自己心底爱情花开的声音。他觉得戴望舒笔下那撑着油纸伞、丁香一样的结着愁怨的姑娘也远远没有他心目中的文秀姑娘美。文秀的漂亮是有目共睹的。节假日或者下班后，文秀常常喜欢独自一个人到环城公路上散步。在散步时，她喜欢时不时甩一甩两根黑油油的长辫子，随意地回眸一望。她这不经意的一迈步,不经意的一甩辫子,不经意的一回眸,在那些暗恋着她的小伙子心目中胜似当年杨贵妃的"回眸一笑百媚生"。她这么轻轻一回眸,可高兴坏了那些在暗中偷偷喜欢她的小伙子们,她是否也对他有意？只要她这么轻轻一甩辫子,从她身边驶过的大卡车和小汽车就像是得到了上峰指令的兵士,戛然止步。那些热情似火的小伙子急切地摇开了玻璃车窗,百般殷勤地邀请美丽的文秀姑娘赶快上来搭乘自己的便车。小伙子们的目光中无不闪烁着爱慕的情意和贪婪的欲念。文秀有时会眯起眼睛,对他们的好意笑上一笑。就是单纯的微微一笑,并没有什么具体的内容、特定的含义。可在小伙子们眼里,那笑容就不那么简单了,那笑容里分明含着几分温柔、几分缱绻。当文秀毫不犹豫地拒绝了他们的热情时,小伙子们只好不无遗憾地摇摇头,极不情愿地缓缓开动了汽车,有的还要不时从车窗里伸出脑袋,留恋地回头张望。还有比较固执的,就缓缓开着车,亦步亦趋、不屈不挠地远远跟在姑娘的身后按响汽车喇叭,直到黑油油的长辫子消失在石板巷深处。文秀感觉她的后颈很热,是被小伙子们火炭一样的目光给灼烧的。她明白那些小伙子的心意,回首朝小伙子们歉意地微笑,眼前闪烁的却是田安门亮晶晶的眸子。

那个雨天,在布满水坑的石板街上,柳北京突然有点冲动,情不自禁地上前抓住了姑娘的手臂。当时文秀正撩着裤腿,专注而小心翼翼地想绕过雨后的小水洼走过去。突然被一只有力的手抓住,这突如其来的变故,把文秀吓了一大跳,下意识地脱口大喊"流氓"。等她看清抓住自己手臂的竟然是柳北京时,方才惊魂未定地绽出了一抹灿烂的微笑。这灿若繁花的一笑霎时就击开了柳北京的心扉。但是,紧接着她像是意识到了什么,很快矜持地推开了柳北京热情的手,向后倒退了几步,与他拉开了一段不近不远的距离。在接下来与柳北京站在街上寒暄时,文秀于不经意间先后五次提到了田安门的名字。敏感而自尊的柳北京每听见一次这个名字,心里就会凉一大截。当数到第五次时,他心寒了,应该说一个残酷的事实已经不折不扣地摆在了他面前,文秀心里根本没有他,她深深牵念的那个人,却是他一向瞧不上眼的田安门。寒暄了一会儿,文秀说自己还要约见一个人,说完就先走了。

柳北京一听，陡然感觉自己又遇到了一重阻力，不假思索地追问了一句："文秀，你要约见谁呀？是男的还是女的？"话一出口，他马上就后悔了，自己今儿个究竟是怎么了？平时一向以稳重大方示人，让文秀看见自己这副殷勤巴巴的样子，说不定会在心里有多瞧不起他呢！文秀已经走出了数十步，她没有直接回答要约见的人究竟是男的还是女的，只是回首粲然一笑。

第二十二章

文秀辗转收到了田安门的一封来信,已经是大半年以后的事情了。

当时将信封捏在手里,文秀感到恍如隔世,久久不敢开启。白色的大信封像一柄锋利的利刃,在阳光下闪烁着一抹令人眩晕的青幽幽的光芒,文秀的心还是硬生生地疼了一下。凝神默默地呆坐了半天后,她方决定开启信封,由于太激动的缘故,信封口被她撕得像豁豁牙,极不成形。她不再像以往那样用舌头轻轻舔开粘着糨糊的地方,然后完好无损地抽出信纸。在明媚的阳光下,信纸令人生疑地微微发黄,潦草陌生的字迹记录着那个瘦弱颀长的男孩绝情寡义的话语,令她柔肠寸断地伤心。有一滴滴咸咸的液体奔涌而出,瞬间模糊了她的双眼。

文秀:

你好!

这段时间,由于训练紧张而无暇给你写信,请见谅。

对于你我的恋爱关系,最近我反复考虑了许久,我认为咱们双方都应该冷静地重新审视一下这种关系。最近听说由于我的表现出色,部队领导有可能要提拔我,那么我就有可能永远不会再回来了。除了你和我妈，我对那个闭塞贫穷的小县城一点也不想念。到那时，我担心咱们之间的距离一定就像隔了一条宽阔的天河，遥远极了。说实话，我不愿意将来过那种日日相思夜夜折磨人的两地分居生活，我想你当然也不愿意过那种度日如年的牛郎织女生活吧？而且到那时候，我对于你——我那寂寞地在遥远的小县城旧窑洞里独守空房的妻子，只能怀有一种内疚而无奈的心态，我怎么忍心让我亲爱的姑娘去做新时代的王宝钏呢？再说了，整天两地牵心，我们又何谈能全心全意地为人民服务呢？

为了不耽误你的美好年华、远大前程，也为了我能心无旁鹜地投入未来艰巨而重要的工作当中，我只有忍痛割爱，内心万分熬煎地郑重宣布分手！

田安门 冰释
1987年6月14日

文秀坐在自己的小房间里，抱着田安门以前寄来的那一沓热情洋溢的情书，开始默默饮泣。这些信件被她反复看过、摸过、吻过、搂过、抱过，有些信笺上还残留着被她思念的泪水所打湿的泪痕。经过无数次的翻阅，有些牛皮信封已被磨损得破烂不堪。上面盖有红色三角邮戳的印记却清晰如昨。

苗姨可能又做了好吃食，文秀看见她端着一个碗边上镶有兰花图案的大海碗慢悠悠地推开院门走了进来，母亲也从玻璃窗户里望见了，急忙从隔壁屋里走出来将她迎接了进去。隔壁屋里很快就传来了两个母亲絮絮叨叨的拉呱声。临出门时，苗秀贞似乎还惦记着文秀，她问文秀的母亲："院子里这么安静，我大侄女没在家吗，咋不见她人影呢？"母亲随口应了一句什么话，文秀没有听清。文秀坐在窗前用怨艾的目光紧紧盯着苗姨的背影，一声也没有吭。

透过敞开的窗户望出去，黄昏美得让人心动，晚霞像一对对热恋的情人手拉着手，舒缓而又甜蜜地飘过，给深秋的树叶镀上了一层可爱的橘黄色。文秀两眼发直，轻轻叹了一口气，大自然的美好是属于别人的，她却再也追不回夭折的爱情。她知道，有一些伤痛不仅仅记录在那些信件里。她伸手一封一封撕扯着那些曾经让她爱如珍宝的信件，连同情窦初开的第一次动心动念，一齐支离破碎，纷纷扬扬地飘散了一地的碎纸屑也散落在她受伤的心底。田安门——他的名字，那个曾一度最亲切最甜蜜的字眼，成为悬挂在遥远时空另一端的一个标记。她只记得自己曾经刻骨铭心地爱过他，然后烟消云散。他最终负她而去。可笑的是，曾经她一度以为自己会带着他的爱度过余生，然而所有关于他的往事都在不经意间蒙上了灰尘，连恨也不存在了。泪水泄洪般落下来，钻心的疼痛阵阵袭来，她在心里无数遍喊着那个弃自己而去的男人的名字。她哭得很悲伤，竭力用手捂住脸，热泪和着压抑的哭声还是从指缝里不断往外流溢，挡也挡不住。"田安门"这三个字犹如一片树叶，曾牢固地挂在她春天的枝头，冬天来临时，孤单而落寞地飘落。透过蒙眬的泪眼，前尘往事纷至沓来，恍然如昨。明知道过去的已经过去，但总不能那么干脆，只好一边伤心地埋葬，一边仍旧无望地留恋。

　　文秀撕扯完了田安门对她全部爱的表白，独独留下了那个画有一箭穿心图案的笔记本，本子里夹着那封令她伤心欲绝的断交信，那个白色的信封有点刺眼。留下这封信，她不知是出于一种什么目的，也许是等待着那个负心的男人回来做一个最后的了断吧。当时，不谙世事的文秀并不明白，在爱情里，猜忌和误解就像无比厉害的毒刺，只要出现了，就会让爱情中毒、抽搐，直到死亡。她从来没有想过答案也许会有很多种。

　　天色渐渐暗了下来，文秀依然一个人抱着膝呆呆坐在窗前，她的心里翻滚着洪水一样的痛楚，往后再也没有那双亮晶晶眸子的热切关注，再也没有温馨的问候如期而至，一切都过去了，仿佛一页过期的日历被人毫不吝惜地随手撕落。夜色如水，浸润到她娇美的脸庞上，像一只温暖的大手在轻轻抚慰着她的忧郁和悲伤。她发现自己仍然在黑夜中无声地流泪。从拆开断交信那一刻起，她的泪就犹如连绵不绝的秋雨，呜呜咽咽，没有间断过。大概过了有一个世纪那么长，文秀才逐渐从黑暗无比的悲伤里醒过神来，她想起了好友惠丽的话，过去就让它过去吧，那只是一个美梦而已，每个人的心头都会有一个梦开始的地方，那就必须有一个梦结束的地方。望着如水的夜色，文秀的脑海中浮现出了上次与惠丽约见的情景，关于失恋的另一些片段渐渐鲜亮起来。只不过那是别人的体验，那个时候她还不能从别人的痛楚中感同身受地体会到命运的诡谲。

华灯初上，夜幕随着天际的第一颗明星的升起，缓缓垂下，宛如夜神轻舒双臂，抖开了硕大无朋的宝蓝色披风，令缥缈而神秘的夜色徐徐降临。那天文秀给柳北京说约见一个人，这个人正是她的闺密惠丽。临下班时，惠丽突然打来电话："我今天很难过，如果再不向人倾诉恐怕就要憋疯了。"她叹了一口气接着说："我今天又看见关公了。""关公"是惠丽曾经的男朋友沈耀飞的绰号，文秀早就知晓他们的感情。"我今天见到沈耀飞了，他的出现，使我结痂的伤口又流血了。"随着惠丽伤感的讲述，一滴滴泪水缓缓划过两个多愁善感女孩的心头。

惠丽上到高二，便因父亲的猝死辍学了。没有参加成高考是她人生一大遗憾。那个时代的农民可以改变人生命运的机会少之又少，除了当兵就是参加高考，几乎再没有别的途径了。那时候分配到县上的女兵名额特别少，根本轮不到无权无势的小丫头惠丽头上。参加高考又无望，这让惠丽一时感觉到她青春的色彩变得异常灰暗。父亲在世时，一直是秀延县农技站的合同工。父亲最大的心愿就是争取转成国家正式干部，拥有一本令人骄傲的城市户口簿，成为一名正儿八经的城里人，也好让老婆儿女跟着自己做城里人。但是，命运似乎与这个老实巴交的人开了一个很大的玩笑，还不到四十岁，他就得了不治之症走了，留下大字不识一个的老婆和三个不谙世事的女儿。惠丽的母亲外柔内刚，她为了孩子们的未来，不愿意再回到故乡那片贫瘠的土地上，在土坷垃里刨挖。她对女儿们说，你们外婆外爷在地里刨挖了一辈子，临老连一趟县城都没有进过，可怜啊！母亲固执地选择了留下来，她要过城里人的生活。母亲就整日艰辛地挑着担子风里来雨里去，沿街叫卖，卖煎饼、凉粉、碗饦，为了生计，为了三个女儿，母亲吃什么样的苦都不怕。

在惠丽深情的叙述中，文秀敏锐地捕捉到了泥土与花朵那温暖的萌动。在惠丽还上高一的时候，早熟的心被刚开始流行的琼瑶小说和台湾校园民谣熏染得微醺微醉，不知身在何处。她心中开始偷偷勾勒着白马王子的形象，他应该像琼瑶小说中的展云飞、乔书培一样，清秀、儒雅、安静、爱思索。有一天，快做完早操时，她突然一转身，就发现她心目中描摹多次的那个"他"，竟然就静静地站立在隔壁班的队列里。他有着高粱一样红润健康的肤色，像关公一样，剑眉横卧，个子在他们班里属偏高；他衣着得体整洁，浑身上下干干净净，安安静静地站在一大堆闹哄哄的男孩中间，一副若有所思的表情，不知在想什么。她的心一下子就被什么东西牵动了，胸口像有几只欢实的小兔子在乱蹦乱跳。爱情就是这样神奇，有时候盼望好久它不来，你没有期待它却于不经意间一刹那光临了。惠丽来不及收回火辣辣的目光，早操的下课铃声便刺耳地响起来。关公矫健的身影很快就隐没在了一群欢奔的男孩子中间。整个初中的岁月里，他矫健的身影是她心中最隐秘柔软的痛处，只要轻轻一触，酸酸楚楚、温温柔柔，这恼人的青涩的岁月啊。

"你就一直这么傻傻地暗恋着关公吗？"文秀的问话打断了惠丽的遐想。

当秀延县城的树木全部缀满青翠的时候，初中毕业的脚步声匆匆来临了。惠丽觉得自己若再不向他表白，可能就永远没有机会了。在校园安静的一角，一个废弃的花坛前面，惠丽红着脸，像剥开一朵正开得艳丽多姿的花，缓缓将自己的心事在他面前吐蕊绽放。此刻，男孩的脸庞红得就像一穗最灿烂最饱满的红高粱。说实话，近距离地看他时，并没有她想象中的那么帅气英俊，他长得并不出色，个头不是很高，微胖，脸庞红彤彤的。就是这张红彤彤的关公脸，有一段时间是那么令她神往啊，他的关公脸占据了她的整个青春时光。她觉得天底下的男人要是没有这样健康可爱的肤色，实在是太可怜了，所有苍白的帅气和潇洒都要大打折扣。"之后，我俩就好上了。"对关公的爱，几乎占满了惠丽那尽情绽放的少女花期。可是纯洁的恋情最终却不可避免地被棒打鸳鸯。说这话时，惠丽的脸上写着无限的落寞，苍凉而颓丧，与她青春靓丽的肤色极不协调。

"为甚会分开，是关公变心了吗？"

"没有。分手时他曾痛楚地说这一辈子再也不会遇到像我这么好的女孩了。"

"那又是何苦呢？难道是两家的大人不同意吗？不是？"文秀感到十分困

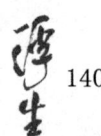

惑，见惠丽摇头，文秀就更不理解了。

"刚开始，大人都很称心，都互相开始称呼亲家了。后来，因为户口，他们家刚刚农转非，而我的农业户口就像天堑一样横亘在我俩面前，我们的爱情无法跨越那道鸿沟。"

"那你打算咋办呀？"两个女孩都是一脸茫然。

"还能咋办？只有分手……"一场突如其来的泪雨，飘飘洒洒地打断了惠丽的回忆，她一头扑在文秀的怀里，开始号啕大哭。农业户口——成为惠丽心中永远的痛。在她眼里那是一道无法跨越的鸿沟啊。那天，她如约迈着婀娜的步伐，走进了男孩家温馨如春的院子。在这之前，她已经来过好多次了，对小院里的一草一木、一砖一瓦，她都心存了别样的喜欢与关爱，她早已经在心里默认了自己未来所要扮演的角色，依她看来，关公的全家也似乎对她表现出了明显的默许。她以为他们不久就会如愿订婚。

惠丽刚放下包，关公的母亲就巧妙地以打酱油为由，将儿子支走了。她终于开口了，显得颇感为难："惠丽，一直以来，我们全家人一致认为你是个好姑娘，我们都把你当女儿看待。"看来关公的母亲是很善于辞令，她巧妙地为惠丽转化了一个身份，将当儿媳妇看换成了当女儿看。她说到这里，似乎有些于心不忍地停住了，也许是惠丽纯洁明亮的眸子刺痛了她的良心吧。顿了顿，她还是硬着心肠一路说下去："可是，你的户口终究是个大问题，我们家费了九牛二虎之力才转了户口，总不能让我儿子娶一个农村户口吧……除非你自己有办法解决户口……"

温馨的小院霎时变作杀机四伏的鸿门，一顿本来丰盛的宴请变成了不折不扣的鸿门宴。关公的母亲身量瘦小，面带慈祥，却似挥舞着一把项庄之剑，猛烈地向她劈面砍过来了。惠丽下意识地打了一个冷噤："婶婶，你甚也别说了，我明白你的意思……"惠丽的脸憋得通红，抓起手包，急急地向门外冲去，有泪轻轻滑过双颊。关公的母亲似乎在极力挽留她，还追到院门口在后面徒劳地想留她吃了饭再走。关公买了酱油，只顾埋头往回走，不慎与迎面急急奔来的一个人撞了个满怀，手里的酱油瓶子一晃，酱紫色的酱油就一下子洒得满地都是。正待要责备来人不长眼睛时却抬头发现是惠丽，惠丽泪流满面地自顾自向前冲去。他紧跑几步，追上了惠丽，待惠丽把他母亲的意思亮出来时，关公顿时也蒙了，他木然地呆立了许久，只留下了一句话："惠丽，我们咋办啊？我这一辈子再也不会遇到像你这么好的女孩子了！"在厚重的城市户口面前，关公的哀叹像风一样轻飘飘。说完，他怆然转身离去了。惠丽听见他手里的酱油瓶当啷一声落地，碎成了一地玻璃碴。两个人谁也没有回头看，他们越走越远，直至背影也望不见了。

　　这两个涉世未深的女孩，她们竟然都爱上了没有担当的男人，真爱在俗世的地位、利益面前，脆弱如玉，不堪一击。那一夜，在城南小酒馆里，这两个失恋的女孩子平生头一次学会了喝酒，她们才沾了一丁点酒，就醉了，头晕目眩，天旋地转，人影交错。这两个喜欢琼瑶小说的女孩子，沉浸到了校园民谣弥漫的感伤与忧郁之中不可自拔。"谁安排相见与分手接着来，情正浓时你却冷漠地走开……"沉湎在伤感之中的女孩子，并不理会别人错愕的目光，她们且歌且吟，"情难追，虽然你会含着泪……"夜已经很深了，她们跟跟跄跄地相互搀扶着，踏上了回家的路。柔和的月光缓缓倾泻而下，在她们的脚下铺成一床美丽的梦境，温柔的夜色徐徐漫上来了，似乎想要卸下她们心头的负累。

第二十三章

听说文秀要约见一个人,柳北京心里当时很着急上火。他感觉自己周围劲敌遍地,危机四伏。那天,在杏花微雨中,文秀袅袅婷婷的身影已经走远了,连橐橐的脚步声也消失了。柳北京仍然呆呆地站立在石板街上,眼望着洼地里积存的污水,有两个画面在他的脑海里不断地交替出现:一个是八岁时文秀家晦暗的窗下,一个是他父亲柳安平弥留时的情形,耳际仿佛又传来父亲微弱的声音:"儿子,老爸心里一直深藏着一个秘密,田安门他……"事实上,父亲要告诉他的这个秘密没有来得及倾吐。早在之前,柳安平曾经两次追问过苗秀贞:"那孩子……那孩子……"

第一次是在去南门外菜市场的路上。那一年,田安门刚好八岁。

柳安平不知道什么时候跟在了苗秀贞身后。当听见他期期艾艾的问询后,苗秀贞只是回头很轻蔑地瞟了他一眼,接着就很响亮地冷笑了一声,然后非常愤怒地粉碎了他的疑问:"你做梦吧!就凭你,还配有这么帅气的儿子吗?"苗秀贞仿佛用尽了全身的力气,说得咬牙切齿,轻蔑得甚至连正眼也没看他一眼。她的话锥子一样狠狠扎了过来,每一个都不偏不倚地砸到了他的心坎上。柳安平的脸色顿时变得十分惨白,怅惘的目光在空中漫无目的地盘桓了许久,最后却扑了空。他心里止不住地碾过一阵酸楚，眼眶里便控制不住地盈满了泪水，瞬间模糊了视线，他看不清他曾经深爱过的女人。他不得不停下了脚步，摘下眼镜，从兜里掏出手绢，慢慢擦拭。等他再次戴好眼镜，抬头搜寻那个熟悉的身影时，苗秀贞曼妙的身姿早已融入嘈杂拥挤的菜市场。"你做梦吧！就凭你，还配有这么帅气的儿子吗？"她留下的话语像秃鹫般在苍茫的空间里一遍遍盘旋回绕，异常凶猛的秃鹫无情而凶残，不时就飞下来狠狠啄他一下，直至啄得他遍体鳞伤，呻吟不止。

十五年后，在柳安平得了胃癌，已到晚期、病危住院时，苗秀贞曾经亲自到病榻前来探望过他一次。这是柳安平的遗愿，在弥留之际，他想最后见她一面，于是托人给苗秀贞捎了话。

张翠花见苗秀贞走进来，没有说话，气恼地把脸别过去，心里恨恨地骂了一声"骚货"，死鱼般的眼睛盯着洁白的墙壁出神。病房里的气氛十分尴尬。墙壁上落着一对绿头苍蝇，正旁若无人、肆无忌惮地在那里交配，那欢实的样子让人很难堪。张翠花眼里揉不下沙子，恨不能一把上去捏死一双，回头瞥见桌子上一袋子红枣，信手拈起一颗，瞄准，打了个正着。那对受惊的苍蝇一时晕头转向，嗡嗡大叫着，找不到出口，便拿厚厚的玻璃窗户撒气，使劲拍打着翅膀，一次又一次地发出冲锋的口号。

柳北京那会儿正在省城上学，接到母亲的电报后，坐夜班车连夜赶回来。此时，父亲已处于弥留之际。他觉得母亲对苗姨态度太冷淡了，有理不打上门客，人家毕竟是探望他爸来了。他慌忙放下手中的书，站起来接过苗秀贞手中提着的网兜，搁到床头柜上。网兜里装着一罐炼乳和四瓶樱桃罐头。哇，四瓶樱桃罐头，父亲很爱吃樱桃罐头吗？柳北京从来就没有留意过父亲喜欢吃什么。想到这里，他不禁脸热起来。他小的时候，农村的一位亲戚来家里做客，给他们带来了一纸箱红薯。知道儿子爱吃烤红薯，每天晚上，当母亲去上夜班后，父亲总是不忘在炉灶里的余火灰烬中给他埋两个大红薯；当他在外面疯玩够了，肚子通常就会咕咕地喊饿了，这时，父亲就会放下书，慢腾腾地去灰烬里刨挖上半天，变戏法似的掏出两个热乎乎香喷喷的烤红薯来,然后在两只大手之间迅速地挪来挪去,嘴里不停吹着,吹走了沾附在烤红薯表面上的炉灰,等不太烫手了,才递到儿子手里。柳北京可能饿得太厉害了,来不及剥掉红薯皮,一眨眼就吞咽完了一个。当看见儿子露出吃得十分香甜的模样时,父亲就会下意识地用舌尖舔一舔自己干干的嘴唇。柳北京幼年时没有想到要探究父亲的喜好,长大成人后,更无暇了解,今天看到苗姨带来的罐头,他才知道了父亲的喜好。

"苗姨,您请坐。"柳北京拉过病房里唯一的凳子热情地请苗姨就座。苗秀贞回首谨慎地瞥了一眼在病床一侧发呆的张翠花,欠了欠身子轻轻地坐在了凳子上。

自打苗秀贞进来,柳安平的目光就没有离开过她,和苗秀贞新婚那天他去参加婚礼盯着她呆看时一个模样。他定定地盯着她看,她瘦了,明显地老了,几根白发已经悄然爬上了她的鬓角,眼角也已然绽出了些许细细密密的鱼尾纹,虽然脸庞的整体轮廓依然还是那么秀气姣美,但是已经缺失了少女时代所特有的那种顾盼流连、柔情万种的娇媚情态。此时,她的脸上堆满了疲倦不堪的神情。岁月催人老啊!一眨眼都快五十岁的人了。他不由得轻轻吁了一口气。柳安平忘不了,第一次看见那个风摆杨柳的身影时,他的心就被她美妙的舞姿和婉转动听的歌喉深深吸引住了,不可救药地爱上了她;忘不了,她那弯弯如月牙般的蛾眉,和那令人心生暖意的清纯而暖融融的笑容;更忘不了,秀延河畔第一次令人心颤的牵手,以及牵手时她那羞涩的微微一低头,像一朵水莲花不胜凉风的娇羞……这一个个美好的场景本来早在他的心底生根,今天却渐渐模糊起来,与对面静静坐着的女人交替、重合,直至完全融合在一起,密不可分。这分明就是他心中深爱的女人啊!他的眼眶渐渐湿润了,有一滴浑浊的泪吧嗒一声滴落下来。

等张翠花和柳北京离开病房后,柳安平又一次提起了十五年前的那个话题。他吃力地指着自己的心窝,声音非常虚弱:"那孩子……我……"当四目终于相对时,苗秀贞读出了柳安平眼窝里蓄满的浓浓期盼,间或夹杂有一缕缕无以言表的内疚之情。往事单薄,像一张纸,一捅即破。这一次,苗秀贞依旧没有说什么,但是也没有立刻摇头否定。她噙满泪花的秀眸一遍遍深情地抚摸着他瘦削的脸庞、深陷的眼窝，还有那正放在被子外边的打着点滴、青筋暴突的大手。那是一双白皙、修长、灵巧的大手，正是那双白皙、修长、灵巧的大手曾经给予了她无限美好的憧憬和甜蜜的遐想，也是那双大手最终将她领向了痛苦的无边深渊。她的眼前幻化出了秀延河畔两人深情牵手的一幕。那淡淡的、隽永的情意，像满天晶莹的雪花一样，轻轻地拂去了深深埋藏在她心底的伤痛。此刻，她感觉心里飘浮了多年的东西一瞬间似乎有了着落，眼泪不顾一切地倾泻而下。绝顶聪明的他，终于从她凄婉哀怨的眼神中寻找到了答案。苗秀贞伸手握住他瘦弱不堪的大手，那双手颤抖着，表达了千言万语。一股脉脉温情迅速在病房里荡漾弥漫开来，遮盖住了来苏水刺鼻的味道。

次日一大早，柳北京就赶到病房里来替换在此守候了一夜的母亲。张翠花絮絮叨叨地给他反复嘱咐了一番后，就拖着一身疲倦回家去了。柳安平见病房里没有别人，就打算将这个在心中深藏了二十多年的秘密全部告诉儿子。此时，他已经病入膏肓，非常衰弱了。他用目光示意儿子靠近到他身边来，他靠在儿子肩膀上吃力地说道："儿子，老爸心里一直深藏着一个秘密，田安门他……"一阵突如其来的猛烈的咳喘将他的后半句话硬生生地逼了回去。

等柳安平再次被推出秀延县医院急救室时，头上蒙着白床单，他已经永远无法表达自己的心意了。柳北京知道父亲已经离开了，脑袋里嗡地响了一声，赶紧大喊了一声："爸！"病床上的柳安平没有动。他又加大嗓门喊了一声："爸！"柳安平依然没有动。柳北京害怕了，猛地扑过去，撕心裂肺地喊了一声："爸！"柳北京虽然没有听清父亲要给他说的话，但他猜测那一定跟田安门的身世有关。现在，父亲永远地离开了，陪伴他的是那个深藏了二十多年的秘密。他走得如此平静，如此安详，清瘦的脸上有一抹凝固不变的微笑，满足而恬淡。

柳安平刚去世那几天，因为两家人有宿怨，田家谁也没有前去柳家吊唁。田安虎有好几次夜里起来撒尿，走过中屋的窗户前，都能听见母亲压抑不住的哭声。他以为母亲又与父亲吵架了，他在父母亲窗前站了一会儿，恍然看见父亲正怡然自得地酣然大睡，并心满意足地吐出了一阵匀称而香甜的鼾声。田安虎这才放心地回屋睡觉了。

第二十四章

柳北京闷闷不乐地走进家门，倒头就睡，连晚饭也没有起来吃。

这完全是一次来自心灵的挫败。没有人看到柳北京那一刻的尴尬表情和愤怒眼神，但柳北京觉得自己如同在舞台中心正优美地舞蹈着，却突然倒地，观众席上顿时响起一片喝倒彩的声音，从而斯文扫地颜面尽失。他深信，以他帅气的外表和优秀的资质，无论他对这个小县城哪一个女人主动示爱，他都会收到她们受宠若惊的感激和义无反顾的追随。可现在，骄傲的文秀却对这一切视而不见，她矜持地一把推开了他的热情，毫不心动，而且还把那个人的名字像挥剪刀一般随风乱舞，直戳他的心窝，这令他备感沮丧。

柳北京因而郁闷起来。就像没有人知道他的不快一样，他自己也不知道这种懊恼究竟是为了什么。她怎么可以这样无视自己的存在？从小到大，他一直是大家众星捧月的对象，在石板巷，在学校里，还没有人可以这样无视自己的存在！他的心里顿时升上来一股深深的挫败感。一时间，气恼、失望、沮丧等许许多多的感觉潮水一样涌上来，打落了柳北京心头盛开着的高傲的花朵；柳北京的眼泪不由自主地掉落了下来，打到了那些布满了自尊心、虚荣心和好胜心的花瓣上，他分明听到花瓣怅然落地的声音。

张翠花已经提前内退了，有足够的清闲时间打理生活。见儿子这几天与平时判若两人，她还以为他生病了，连忙爬上炕摸摸儿子的额头。儿子的额头冰凉冰凉的，根本没有发烧。又仔细检查了一番儿子的衣服，也似乎没有与人打过架的痕迹，她一时有点摸不着头脑，搞不懂儿子这闹的又是哪一出。见儿子不肯起来吃饭，她也顿时没了胃口，就把桌子上的饭菜又都一一撤了下去。张翠花默默坐在儿子身边，拿着苍蝇拍驱赶着让人闹心的蚊子。自从丈夫柳安平去世以后，她骤然间苍老了许多，像一朵鲜花迅速而无情地枯萎了。干枯的头发也开始大把地脱落，脸上的皱纹凸现了出来，像阡陌交错的田地，横七竖八地盘踞在要塞位置。也许是瘦了，腰际的皮肤用手抓住轻轻一扯都能扯老长，以前令她引以为傲的白皙细腻的皮肤，已经变成了不健康的暗黄色，还布满了许多难看的褐色斑点，像许多发黄发褐的树叶碎屑不小心沾在了脸上，任她怎样使劲揩也揩不干净。对着镜子看时，她心底就会升上来一丝迷惘，她有点搞不清楚，自己还没有踏进五十岁的门槛，怎么会说老就老了呢？思前想后，她把这一切全都归咎到了苗秀贞那个狐狸精身上，要不是这个狐狸精成天惦记着她的丈夫，她怎么能操心成这副模样！二十多年的时光，几乎什么都改变了，但唯有一样没有改变，那就是她对苗秀贞的仇恨和嫉妒。她争强好胜的性格容不得自己生命里存在着那样可怕的威胁。

张翠花一边轻轻摇着苍蝇拍，一边细细打量着柳北京的长相。儿子的身材魁梧健壮，不像他爸那么文弱；儿子的脸盘直接遗传了自己的，也是白白净净的圆脸盘，眼睛却像极了柳安平，幽黑、深邃，仿佛蕴藏着许多秘密，让人一眼看不透；眼睛上方是一对英武的剑眉，浓密且粗重，透出一种与生俱来的豪气与霸气。进入青春期后，儿子就特别容易发火，那火暴的性子就像浇上了汽油的棉纱，一点就着。通常在儿子发火时，张翠花也不得不忍让他三分。儿子下巴颏上不知什么时候潜滋暗长了浓浓密密的胡须，韭菜茬一般。望着那刮得发青的胡子茬，做母亲的这才意识到儿子已经长大成人了，他今天这样反常，说不定就是为哪个女人在生闷气呢。

也许是睡姿不太舒服，柳北京翻了一个身，一会儿又翻了一个身，并伴之以长长的一声叹气。那长长的叹气声，仿佛响鼓般重重地敲击在了张翠花的心上，做母亲的心里不由得紧了一下。公婆和丈夫相继过世后，热闹的柳家大院骤然间冷清了。不但过去那些请客送礼的绝迹了，就连亲朋好友也很少走动。守着清寂的老院子，面对着孤灯残火，这母子二人的内心不免会滋生出一丝孤寂恐慌的感觉。张翠花意识到，在这个世界上她唯有儿子一个亲人了，与儿子相依为命的强烈感觉，使得这个中年女人要不顾一切地维护儿子的利益，儿子的幸福就是她的幸福。现在，儿子肯定遇到了什么不顺心的事情，可是他却不愿意将事情说出来让母亲替他分担。想到这里，她不由得有些伤感起来，有一滴滚烫的泪从眼角轻轻滑落，不偏不倚地砸到了儿子的耳朵上。

　　柳北京感觉到了那股热热的湿意，见母亲为自己的事情操心而落泪，他的心不由得柔软了。他翻身坐起来，粗声粗气地叫了一声"妈"，便开始大声哭号，他为早夭的爱情而哭，为令人郁闷的挫败感而哭，为永远地离他而去的父亲而哭。父亲生前的慈爱，在他的内心里一天天发酵积蓄，已经犹如大山一样庞大厚重了。张翠花被儿子的哭声弄得心里直发毛，她不知道儿子今天究竟是怎么了，无助的她只好也跟着儿子一起哀哀地哭。母子俩凄惨的哭声在空旷的院落里回旋飘荡，令人不寒而栗。大约过了有一袋烟的工夫，母子俩才渐渐止住哭声。

　　当张翠花从儿子断断续续的诉说中了解到柳北京爱上文秀后，她第一反应就是"呸"地朝儿子脸上吐了一口口水，急性子的她张口就骂："龟儿子，你羞先人呢！屁大点事，为个女人你小子值得这样哭哭啼啼，害得老娘还以为谁又死了呢！你喜欢文秀，这是好事呀，告诉她不就得了，有甚好哭的！还男人哩……"

　　"可是，可是……"

　　"可是甚哩，有屁快放！"张翠花快人快语，她平生最见不得大老爷们磨磨叽叽。

　　"可是她并不喜欢我呀！"

　　"你说甚？她竟然不喜欢你，她凭啥呀？"每一个儿子在他的母亲心目中，永远都是这个世界上最杰出、最优秀、最出类拔萃的一个，乍听说文秀竟然不喜欢柳北京，张翠花不由得感到愤愤不平，同时也感觉异常难堪，"真是可笑，她竟然不喜欢你，难道你一个堂堂国家干部还配不上她一个小小的护士吗！"

"妈，她已经有了喜欢的人。"

"啊？有了喜欢的人，谁呀？"

"这个人你认识……"

"究竟谁呀？"

"田安门！"

"甚？就那个'武大郎'的儿子？他配吗？他连你的脚后跟也拾不上，竟然敢与你争抢同一个女人！"儿子的话语不亚于烈性炸药，瞬间勾起了张翠花心头的旧恨新仇，顿时气得浑身颤抖，面无血色。

"妈！嘘——"柳北京见母亲的大嗓门鞭炮一样不顾一切地炸响，生怕隔壁的人家听见，慌忙阻止母亲继续说下去。

"去，快去，你就对文秀说你爱她！"母亲的好胜心又占了上风。

"可是她喜欢的人是田安门呀！"儿子拖着一丝哭腔的声音里分明夹杂着一些气馁。

"孬种，别再给我在这里提那个名字！你这个孬种，看你那点出息，你这副窝囊样子，还像我张翠花的儿子吗？怎么不敢对她说？他们一没有订婚，二没有结婚，你有的是平等竞争的机会。傻儿子哟，你要知道机会从来都是稍纵即逝，你必须当机立断，果断出击！"这会儿，在柳北京眼里，母亲神色冷峻，俨然就是战场上临危不惧、镇定自若、指挥有方的大将军。

"我咋说呢？我怕她会看不起我……"儿子依然心存顾虑。

"赶快抓住机会，别让那姓田的小子占了便宜，关键的时候我们要不惜一切手段！"张翠花快人快语，同时还摆出了一个非常果断的手势。见儿子依然有些懵懂，当母亲的不禁急火攻心："当初，如果不是老娘我把握火候当机立断，一举拿下了你那死鬼老子，他恐怕早就成了苗秀贞那骚货的丈夫了。"

从老妈沾沾自喜的表情中，事情的真相隐约有了端倪，柳北京恍恍惚惚第一次窥见了那件事情的真相。二十多年过去了，母亲一直讳莫如深。"那个骚货差点勾引走了你的爸爸"——原来母亲这么多年经常重复的一句话，只是一句谎言而已？思索到这里，柳北京突然为自己竟然生出这样的想法而感到惶恐不安。他盯着母亲的脸看了足足有三分钟，但是那张刻满了尘世沧桑的脸上，并没有写着任何答案，也许母亲已经意识到刚才无意中说漏了嘴，从那以后对他只字不提这个话题。

翌日早上，柳北京开始吃饭了，不过吃得很少。母亲坐在饭桌边，忧心忡忡地望着儿子，见儿子很快就放下了饭碗，她用商量的口气向儿子说："京京，要不，咱们不找文秀了，这秀延城里比她强的姑娘多的是。钟楼山冯光明家的大闺女冯玉珍，你听说过吗？"张翠花并没有要他回答的意思，自顾自接着又说："那闺女聪慧无比，刚刚从省城一所名牌大学毕业，被分配到秀延县政府工作。前几天我还在街上见她来着，这闺女小嘴真甜，见人就喊阿姨，看来是个懂礼数识大体的好闺女。你回头有空了去瞅瞅，若相中了，妈这就托人给你说媒去。"

"嗤！那丫头长得又黑又胖，大伙儿都戏说她有一麻袋高两麻袋粗呢！哈哈！妈，亏你想得出来，竟然让我去与她相亲！"

"儿子，这个看不上也不打紧，咱回头再慢慢踅摸，总能遇到你喜欢的。"

"妈，你烦不烦！这世上有谁能有文秀好呀！"十几年后，当柳北京功成名就，怀里紧紧拥着年轻貌美的刘晓月，在她耳畔信誓旦旦地表白世上女人千千万、今生只爱你一个时，不知道能否想起当年春心初动时曾经从心田里流淌出来的这一句话？如果能记得，不知他又会做何感想？

见儿子不高兴地蹙起了眉头，张翠花只好黯然走了出去。柳北京显然对母亲的唠叨极为不满，他站起身来，将装满荞麦皮的绣花枕头重重地甩到了墙上，绣花枕头在空中打了一个滚，被墙壁反弹了回来，落在了炕角。他从挂衣架上取下了白衬衫，搭在肩膀上，身上只穿着一件红色的背心，拖着沉重的步伐，晃晃悠悠地走出石板巷去上班了。

其实，令柳北京苦恼万分的并不只是文秀深深爱着田安门这一件事情，那个从八岁起就一直困扰着他的噩梦，依然张着巨大无朋的翅膀在他的脑海里盘旋、盘旋，没完没了，没有片刻的停顿，似乎从来就没有要停歇下来的意思。柳北京真心喜欢文秀，但是当他得知文秀喜欢着田安门后，心中不是没有犹豫过：

万一，万一他真是我的亲兄弟，那我还能与他一争高下抢夺同一个女人吗？张翠花坐在炕头，透过玻璃窗户，默默望着儿子疲惫的背影，若有所思。柳北京就在痛苦不堪的心情中慢慢挨着日子，晦涩而灰暗。

第二十五章

半年后的一个下午，柳北京下班后刚刚走到巷口，他母亲张翠花就笑吟吟地迎了出来。母亲顺手接过了他手上的公文包，转身挂在墙上的钩子上，接着，就手脚麻利地往小炕桌上端饭，香喷喷的饭菜味道霎时充盈了整个屋子。柳北京被饭菜的香味吸引了过去。今天的饭菜格外丰盛，一盘活捉豆芽、一盘醋熘白菜、一盘麻婆豆腐、一大碗猪肉炖粉条，四盘子菜都是满满当当的，旁边摆放着一筛子雪白松软的馒头，正冒着腾腾的热气呢，好香啊！柳北京不禁馋得深深吸了一口气，咽了一口唾沫。这时，他瞥见炕桌中央还摆放着一瓶二锅头呢。

"咦，今天甚日子？不过年不过节的，为甚要喝酒呀？"

"京儿，你先甭问，咱娘儿俩好好喝两杯吧，一会儿妈自然会告诉你的。"张翠花一边说，一边替她和儿子各斟了满满一杯酒，"来，京儿，和妈干了这一杯！"

柳北京满腹狐疑地端起杯子与母亲的杯子轻轻碰了碰，就仰头一饮而尽。三杯酒下肚，张翠花这才打开了话匣子："儿子，老妈这段时间没有白忙活，总算给你理顺了那件事情。"可能是酒精的缘故吧，张翠花的脸上微微泛着些许志得意满的轻狂神色。

"甚事？"柳北京夹了一大筷子猪肉炖粉条往嘴里边送。

"我儿子的终身大事呀！"

"你说甚？"柳北京不解地嘟哝。

"傻儿子，就是文秀的事啊。"

"文秀咋了？"柳北京仿佛没有听清楚似的，瞪大了眼珠，忘记了嘴里正咀嚼着的食物，使得右边腮帮子上鼓起了一个大大的包。

"文秀已经与姓田的那小子彻底了断了！"张翠花一口气干了杯里的白酒，不无快意地说道，根本就没有注意到儿子脸上的反应。

"啊，为甚呀？妈，你咋知道的……"

"我咋能不知道？实话告诉你吧，这件事不但我知道，也就只有我一个人知道……"柳北京就着母亲绕口令般的话语，吃力地咽下了那口饭菜，心中的疑惑全写在了脸上。

"京儿，你肯定想不到吧，那可都是老娘我一手策划导演的，哈哈！"

"你……"

原来，自从看到柳北京得不到心爱的姑娘，那种备受打击的神情，让张翠花心疼得不得了。她就在心里谋划开了，她要想办法拆散田安门和文秀。可是怎么才能拆散他们呢？亲自跑过去离间王小玉和苗秀贞，根本就行不通。这么多年来，那两个女人好得就跟一个人似的，她们能相信自己的话吗？正当张翠花绞尽脑汁思谋良策时，一阵电铃声打断了她的思路，送信的邮差大声喊："老刘，你家的信！"隔壁院里老刘家大闺女在湖南工作，经常给她妈寄信和汇钱来。有个闺女多好呀，勤快心细，还知道心疼人。看看石板巷里的文秀姑娘，一下班就帮她妈做饭、洗碗、洗衣服，这孩子是她看着长大的，不但长得俊，性格也好，文文静静的，从小到大她就没有见她与人红过脸，见了人总是彬彬有礼，腼腆地含羞一笑，从来都不搬弄是非。想到这姑娘的诸般好处，她不免更加喜欢她。爱之越切，想得到她的欲望也就越加迫切。老刘家的大闺女刘晓雯虽然身在遥远的湖南，但是，从来都没有一刻忘记过仍然在故乡生活的老爹、老娘。无论工作有多忙，一个月一封信是照来不误的。对了，信——这时，恍然间好像有一道闪电耀亮了张翠花的脑袋，一个天衣无缝的妙计瞬间产生了。接下来几天，张翠花就开始行动了。她让在县医院门房值班室的老姐妹武大妈扣住了田安门寄给文秀的全部信件，接着又打电话，约出在邮局分拣科工作的外甥女徐小丽，让她以后留心将文秀寄给田安门的信件全部拦截住。拦截住这些信件才算走了半盘棋，要想让一盘棋走活——彻底斩断二人的情丝，看来还得另外想别的招数。信，还得从信上做文章。张翠花又分别从这两个地方取来了两封信，跑到邮局外面，请专门摆摊替人写信的老先生模仿这二人的字迹，分别写了封断交信，寄了出去。"从此，这二人只能在相互猜忌、仇恨中老死不相往来啦。哈哈！"张翠花忍不住为自己的聪明才智笑出了声。

"妈！你咋能这样做呢？这是极不道德的行为！"柳北京啪地扔掉了筷子，他想不到母亲为了一己私利，竟然如此下作。他气愤地吼了一声后便将头扭向一边。

"再甭跟你妈唱高调了，什么道德不道德，道德能值几文钱？"张翠花摆摆手，用老于世故的感慨笑话儿子的单纯和幼稚，"柳北京，你真是个榆木脑袋，你想过没有，等你讲完道德，漂亮的女人早就被别人搂到怀里了，说不定儿子都快出生了！"

"妈，你说你干的这是什么事啊，再咋说咱也不能干这缺德的事呀！"

"行，咱不干缺德事，那文秀会主动爱上你吗？我还就纳闷了，她咋就偏偏看上田安门了呢？那小子有啥好？"

"我咋知道？也许就是买眼镜对眼吧。"

"甚对眼，我看她是走眼！这下好了，断交信一收到，她这毛病就给彻底治了。"

"妈，你真是聪明一世糊涂一时！文秀从地方上寄去的信件倒也好糊弄，估计田安门他小子也看不出破绽。可是部队上的信封那是专用的啊，还有专用的红色三角邮戳。文秀冰雪聪明，一看到你寄去的断交信是普通信件，准会生疑，她能信吗？"

"噢？还是我儿子脑瓜儿聪明，我咋把这茬口给忘记了。京儿，你咋不早点告诉妈呢？要知道那样，老娘也给她弄一个红色三角邮戳糊弄着盖一盖。"

"妈，你真是异想天开！那邮戳又不是谁想盖就能盖得了的，那是人家部队上专用的，是专门用来为战士们免费服务的！唉，看你这事弄的，文秀若以后知道了，会怎么看咱呀，我还有机会吗？"柳北京摇摇头，被老妈的所作所为弄得哭笑不得。

在瞬间的慌乱之后，张翠花马上就又理直气壮了："傻儿子，别再为这件事情操心了，田安门他又不是一棵老枣树，扎根在那部队的院子里了，他是个活物，他难道就不会跑到外面的邮局去寄信吗？再说了，文秀一接到田安门的断交信，肯定会哭得昏天黑地，哪里还有心思分辨什么真与假？我谅她女子也没有那样的心智。京儿，你小子快别整天窝在家里庸人自扰了。一瞅见你电线杆一样杵在我眼前，我这心里都快腻烦死了。"柳北京张了张嘴，还待要说什么，但是，最终欲念还是被理智压倒了。

人行道上，终于出现了文秀奔跑的身影，她跑得很急，嘴里呼哧呼哧地喘着粗气，胸脯剧烈地起伏，高挺的鼻尖上沁出了细细密密的汗珠子，露珠似的晶莹剔透。粉红色上衣的扣子也来不及扣上，透过里面薄薄的米色秋衣，隐约可以看见乳峰。

"文秀！"柳北京心里一热，疾步迎上去亲热地喊了一声。

"北京哥，对不起，我家里饭做迟了。"文秀循声跑了过来，娇喘吁吁地拉起柳北京的胳膊，说，"咱们赶快进去吧，电影恐怕早已经开始放映。"他们走进去时，电影院里一片漆黑，两人掏出电影票，高一脚低一脚地摸黑走到自己的位子上坐好。抬头看到银幕上，主人公高加林正为村里拉粪的事与一个城里干部模样的中年女人吵架。一问邻座的男人，才知道已经开映半个小时了。文秀不禁转头再次歉意地连声说："北京哥，都怪我，害得你也迟到了，咱们下次可要早点来啊！"那口气依然是儿时邻家小妹的样子，仿佛根本没有意识到今天他们的角色已经非常微妙地转换了。

柳北京闻到文秀身上有一股奇异的香气，这香气和他母亲张翠花脸上常年搽的雪花膏有些不同。那是年轻女性特有的青春气息。他侧脸看到黑暗中文秀白皙的脸蛋像缎子一样光洁，心底泛上来一股想摸一摸的冲动，见文秀正全神贯注地盯着银幕，连眼睛都不眨一下，他就不敢造次了，只好吞咽了一口唾沫，将涌在心口的冲动生硬地吞咽了下去。当电影演到村姑刘巧珍出嫁那一幕时，文秀心里好像被什么东西猛地揪了一下，忍不住微微抖动了一下瘦削的肩膀。镜头里的刘巧珍异常美丽，她头上蒙着一块鲜艳夺目的红纱巾，晶莹的泪珠在幽怨的脸蛋上缓缓地滚动、滑落，凄美得令人心碎。文秀的肩膀忍不住又抖动了一下。那颗晶莹的泪珠，勾起了文秀的幽幽情思，生出一种同病相怜的怜惜之情，她的肩膀抖动得更厉害了，最后实在控制不住，轻轻地哭出了声。柳北京听见了嘤嘤的哭声，不明白文秀突然之间怎么了，他扭头呆呆地望着哭得很伤心的女孩，不知所措。对于女孩子多愁善变的心思，他一点也不了解，不知道应该怎样去安慰哭泣中的女孩，只是轻轻地捏住文秀搭放在扶手上的纤纤玉手。

送文秀回家的路上，他鼓起勇气坦诚地向心爱的姑娘倾诉了内心的相思之苦。文秀默默地倾听着，一句话也没有说。到了大门口，文秀才发现，自己的手仍然被柳北京紧紧牵着。她红着脸，将手从他温热的掌心轻轻抽了出来，迈着婀娜的碎步朝家里走去，临进家门时，又回过头来对他莞尔一笑。美人回头一笑，不禁令柳北京心花怒放，他按捺不住兴奋，不由得吼了一嗓子陕北民歌：

干妹子好来，实在好来，
哥哥早就把你看中了呀，
看中了呀，看中了。
打碗碗花儿就地开，
你把你那白脸脸调过来呀，
调过来呀，赛过兰花花……

粗犷热情的歌声惊破了石板巷的深幽静谧，巷子里很快响起了一片热烈纷繁的狗吠声。柳北京这才意识到时间已经很晚了，忙吐了吐舌头，噤了声。推开虚掩的大门走进去，母亲房里的灯光霎时亮了。听见儿子充满喜悦的嘹亮歌声，张翠花趿拉着拖鞋迎了出来，她敏锐地从儿子喜气洋洋的脸上捕捉到了成功的信号。母子俩心照不宣地对看了一眼。她什么也没有问，就心满意足地继续回屋睡觉去了。

第二十六章

　　文秀的矜持，令柳北京十分苦恼。

　　打那次看电影后，每次的约会几乎都是柳北京主动提出来的，两个人的恋爱关系仿佛没有一点进展。每一次，柳北京的内心都情不自禁地燃烧着一团躁动，火烧火燎的。他渴望文秀也能更主动一些、贴近一些、温柔一些，但她始终矜持地微笑着，不温不火，若即若离，不像是女朋友，却一直像邻家小妹。文秀这种模棱两可的态度令柳北京很苦恼，他知道她心里依然装着那个该死的田安门，她还没有忘记他。

　　柳北京的苦恼很快被细心的张翠花觉察到了。吃晚饭时，母亲试探地问儿子有什么烦心的事，眉心咋拧了那么一个大疙瘩。柳北京本不想对母亲说这事，一来这话确实有点儿难以启齿，再者他还担心母亲又会生出新的事端。张翠花毕竟不是一般的女人，她对儿子的固执并没有灰心，而是动用了她强大的武器——张翠花最强大的武器就是她取之不尽、用之不竭的眼泪，那是上苍赐予她的一眼永不干涸的泪泉。对于"泪弹"的威力，她深信不疑。过去那些年，每当她与柳安平发生了争斗，她就会拿出这个强有力的武器，而柳安平每每都要败北，屡试不爽。柳安平生前有一句口头禅："老婆，你别哭了，再哭我的心也要被你的眼泪融化了。"张翠花的哭法别具一格，她一边哭得一把鼻涕一把泪，一边还抑扬顿挫地夹诉夹议，对儿子动之以情、晓之以理："柳北京，你太让妈伤心了！现在你才刚刚开始追女朋友，心里就没有我这个当妈的一丁点位置了，如果有朝一日让你把婆姨娶到了热炕头上，那还再有你老娘的活路吗？你这个没良心的坏小子！"听到母亲蛮不讲理的哭诉，柳北京真是哭笑不得，他转身从屋角的铁丝上扯下了一块洗脸毛巾，巴巴地递到了母亲手上："妈，擦擦脸吧，有什么好哭的。"张翠花使劲儿把身子一拧，并不立即伸手去接儿子递过来的毛巾。"妈，你多心了，我哪里敢有半点嫌弃你的意思？我不娶婆姨也要妈。"柳北京讪讪地赔着笑脸，继续说下去，"妈，你就是借你儿子一百个胆子我也不敢呀！其实事情是这样的……"见儿子终于说出实话，张翠花方才破涕为笑。她一把从儿子手里扯过毛巾，胡乱地在脸上擦了几把："这不就对了嘛，你跟老妈还推三阻四有什么好隐瞒的！你妈都这把年纪了，什么世事没经见过。坏小子，你要明白一个道理，在这个世界上，除了老妈是一心向着你以外，你小子恐怕再也寻不到这样第二个人了！"张翠花略施小计，儿子便乖乖就范了，她甚至都有点佩服自己的聪明才智。早在少女时代，她的母亲就曾经预言：我女儿那脑瓜子，灵巧着哩，就是给她个乡长、县长，也能当得响当当！

"儿子，你刚才说甚来着，文秀对田安门还没死心，是她亲口告诉你的吗？"

"那倒没有，我只是根据她对我若即若离的态度判断……"柳北京瓮声瓮气地回答老妈，并顺手从她手里接过了毛巾。张翠花听完儿子的话，沉默许久。柳北京不解地望着陷入沉默之中的老妈，烦躁地将湿毛巾在手中绞过来绞过去。大约有一袋烟的工夫，张翠花终于开口了。

"儿子，妈再问你一声，你现在得是非文秀不娶？"见儿子郑重地点头，她又说，"如果你现在非要拢住文秀的心，依妈看只有一个办法。"

"甚办法？"柳北京迫不及待地问道。

"拿下她！只要拿下她，她就会慢慢收心的。俗话说，女人心，豌豆心，跟谁睡，跟谁滚。"

"拿下？怎么拿下？"青涩的儿子并没有理解母亲话中的意思。

"我的傻儿子哟，你真是个榆木疙瘩不开窍呀！叫我这个当娘的咋好意思亲口对你说这些呢？"柳北京的懵懂让张翠花笑得花枝乱颤，她伸手在儿子的额头上重重地戳了一指头，"就是将生米煮成熟饭，你总不至于连这句话也解不开吧？唉哟，笑死我了！我的生葫芦瓜儿子哟！"柳北京听母亲说得如此赤裸裸的，总算听明白了，只见他的脸腾地一直红到了脖子根上，他没想到人生的第一个性启蒙老师竟然是自己的母亲。柳北京尴尬至极，一扭身钻进了自己的小屋里。

张翠花盯着儿子的背影笑眯了眼。她想着回头若有空闲了，还要多到街坊邻居中走动走动、说道说道，最好能形成一股强大的舆论攻势，让大家都知道柳北京和文秀好上了，到那时，还怕那爱认死理的小女子不回心转意？

一个星期六晚上，柳北京和文秀双双从电影院里走了出来，他们没有直接回家，而是径直向南门外走去，顺着绕城公路缓缓散步。

电影散场后，柳北京意犹未尽，他提议："秀儿，咱们现在回去反正也是睡不着，不如一起去看看城外的雪景。"

"看雪景？晚上黑灯瞎火能看见什么呀！"文秀似乎在犹豫。

"晚上的雪景别有一番风味，你看了就知道了。"柳北京眼睛里流溢着亮闪闪的热情，比言语更有说服力和煽动性。

"那就去看看吧。"文秀似乎无法抵挡来自他目光中的热情。

顺着南门走出去，就能看到一条简易环城公路，公路下边正对着的就是秀延河。隔着秀延河的那座山，形似一支粗大的狼毫轻轻搁置在一个巨大的笔架上，因此得名笔架山。书上有关于秀延县城的记载：秀延背山面水，右涧左隘，三山环抱，二水绕流，地势十分险要，是北通塞上、南扼关中的咽喉，为历代兵家必争之地，古称"全秦要户"。现在的年轻人对于古书上的记载并不十分感兴趣，在他们看来，逼仄狭小的秀延县城被这三山二水这么紧紧一绕一抱，仿佛就成了一口小小的井，瞬间与外面的世界隔断了似的。他们对日渐"消瘦"、严重污染的两条河流已经渐渐失去了嬉戏的耐心，对于历代兵家必争的那三座大山，也持有同样埋怨的心态。年轻人经常会抱怨那几座大山太不识时务，像一堵高墙圈住了农家小院，阻碍了与外界的联络，阻挡了他们想极力远眺的目光。在苍尔山、白云山和笔架山之中，相对灵秀的笔架山比较受年轻人欢迎。笔架山浑身披挂着终年苍翠的针叶乔木，洋溢着一派郁郁葱葱的生机。就因为那片苍翠、那方阴凉，还有那处高远，那里就成了秀延县城不可多得的天然乐园，春暖花开的时节踏青，秋高气爽的时节登高望远，与女朋友约会的地点，这里都是首选。此刻，这个被黑夜包围着的小县城，因为有了笔架山钢铁卫士般的守护和保卫，显示出一派宁谧的气氛。环城路上阒无人迹，勤谨的小城人大都已经睡了。一排排黑黢黢的窑洞和平房里几乎看不到灯光，整个小城十分静谧。小城人生性恬淡、宁静，知足常乐是他们最大的特点。20世纪80年代末，秀延县城里几乎找不到酒吧、舞厅等娱乐场所，小城居民还几乎不懂得过夜生活，他们只是牢牢恪守着"早睡早起"的祖训，日出而作，日落而息。只有不甘寂寞的秀延河水，仍然固执地透过厚厚的冰层，发出了沉闷而不羁的流水声。

淡淡的月亮温柔地泼洒着清辉，映照在洁白的雪地上，明晃晃的，让人不由得生出一种不夜天的感觉。月光像极了调皮的小孩子，把柳北京和文秀的影子拖了老长老长，两个影子就那样默默地向前走着，一会儿撞到了一块儿，一会儿又分开了。地上铺着一层厚厚的雪，踩上去发出咯吱咯吱的响声，很惬意。文秀穿着一双红色的猪皮低靿高跟鞋，就是梦中丢失了的那双。脚下滑得很，她差点就摔了一个趔趄，她小心翼翼地走着，生怕摔倒了，双手下意识地使劲拽着柳北京的衣袖。

在一处偏僻的城墙根下，柳北京的热情终于被文秀小鸟依人的情态打动了，他粗暴地一把拽过她，生硬地往自己怀里拽。见一向温情脉脉的北京哥突然像变了一个人似的动起粗来，文秀害怕极了，她一边挣扎，一边愤怒而绝望地呼喊："放开！放开我！你这个流氓！"她使劲挣扎着，身子已经被他有力的臂膀抱离了地面，两只脚在空中乱舞乱蹬，她无计可施，顺手扯烂了他棉大衣上的黑色毛领子。环城公路特别空旷，四下无人，她像一只小鸡被他摁在了怀里。在绵绵的情话中，他饥渴的手笨拙地在她身体上游走，嘴唇在慌张盲目地探询着她的香

唇。无意中,他碰到了她那不怎么饱满的乳房,一阵酥麻的感觉像一道电流瞬间击倒了文秀徒劳的反抗,她忽然安静了下来,柔顺地伏在他的怀里,听任他的双手在自己身体上好奇地探寻。他灼热的唇执拗地贴在她那芬芳的唇上。她感到体内有无数朵美丽的花儿在羞涩而妖娆地绽放。他的吻雨点般落下,她深深埋在内心的激情被渐渐点燃了。她轻轻地挣扎着,内心里却莫名地想要迎合他,那种欲拒还迎的姿态更加刺激了小伙子内心火热的激情……

就在那洁白的雪地上,她和他紧紧搂抱着,面对面地站立着完成了一个女人与一个男人身体的第一次亲密交流。那个秀延县城里最漂亮的姑娘,由一个纯洁的女孩变成了一个完美的女人,在一刹那间,经历了破茧成蝶的转变。

尽管文秀对自己的初夜曾经有过无数次美好甜蜜的遐想,但是她绝不会想到最终会在一个寒冷的月夜,将沉静广袤的天地作为偌大的婚房,将洁白如银的雪地作为无垠的婚床,以这样一种她并不喜欢的形式,稀里糊涂地将宝贵的初夜权轻而易举地交给了身边这个她并不深爱的男人。不可否认,她内心里也有一点点喜欢他,但喜欢归喜欢,她认为这种喜欢还远远没有达到要献出宝贵贞洁的程度。事后,文秀不由得伏在他宽大的怀里伤心地哭起来。她甚至突然联想到那个梦境,红皮鞋,大白狗,萧条的街市,难道这一切意象早有预兆?她稀里糊涂地想着。哭过之后,她抬头认真打量眼前这个英俊健壮的男人,他眼睛深邃,鼻梁挺直,嘴唇厚实,应该是一个值得信赖的男子汉,她轻轻合上了眼帘,在心里劝自己还是忘了他吧。

她想的那个他当然指的是田安门。但是,仍然有一缕淡淡的芳香和淡淡的惆怅,瞬间一齐涌上心头——只有她心里清楚,每当看到淡淡的月光时,自己的脑海中浮现出来的全是五年前的那个晚上,田安门参军离开的前夜,她与田安门一起在秀延河畔漫步的情景,仍旧历历在目。田安门星辰般明亮的眸子,一直亮在她的心中,那个印在她眉心的热吻,圣洁而纯情。她不喜欢太强悍霸道的男人。

柳北京不敢惊扰正在伤心啜泣的文秀,只是低头默默吻着怀里抖动个不停的女孩。她抬起头,抽抽搭搭地向他哭诉:"北京哥,你以后一定要对我好啊!"此时,她难过地闭上了眼睛,眼泪像小溪水肆意地流淌,为自己的初恋之殇,也为失守的贞操而哭。关于贞操观，一些教科书上有各种阐述，在文秀所处的那个时代，贞操是一个女人最宝贵的财富，也是纯洁的女人最应该坚守的底线，贞操就是对情感最忠诚的体现和证明。在婚姻之前或之外的性行为，都意味着是对未来的丈夫和家庭的背叛。文秀二十多年生命中所受到的传统教育都是这样的，这种传统道德观念已经在她的思想深处打下了深深的烙印。她认为女人的贞操一定要献给自己生命中那个最终被唤作丈夫的男人，留在燃烧红烛的新婚之夜。在此之前，她早已固执地认定田安门就是她应该为之坚守贞操的那个男人，唯一的男人。想到田安门的突然负心，她哭得更加厉害了。"北京哥，你以后能一直对我好吗？"

这句话在柳北京听来就是：我是你的人了，你可要对我的未来负责啊！柳北京爱怜地搂着心爱的女人，使劲点点头。他明白今夜自己已经变成了一个真正强大的男人，从此他的肩上多了一份义不容辞的责任。

第二十七章

在青海玉树军营里,田安门仍然一如既往一周一封地给文秀写着情书,他趴在床铺上深情地思念着文秀,他的每封信都写得脉脉含情,缠绵悱恻。可令他不解的是突然之间文秀不再来信了,他望穿秋水盼不来文秀的只言片语。文秀到底怎么了?他恨不能立刻赶回家乡去问个明白。正当他焦虑之际,却意外地接到了文秀的一封信,他迫不及待地撕开信封,可还没有读完,整个人瞬间惊呆了,他木木地站在岗哨上,晶莹的泪顺着脸颊缓缓滚落——这是一封绝情的断交信。文秀,好一个绝情寡义的女人,她咋能如此对我啊?他憋住满心的烦躁和失意,继续看了下去。文秀在信中非常直白地写道:

……考虑到咱俩身份的变化,你应该重新审视一下我们之间的关系。如果你是真心喜欢我,那就要替我的未来多做考虑,以后就不要再来信纠缠我。人家都说,爱一个人就是希望你过得比我好。田安门,请你一定不要记恨我。水往低处流,人往高处走,这是自然规律,红尘中的凡夫俗子谁也无法抵抗!

文秀的信写得十分简短潦草，不像她一贯整洁秀丽的风格。纠缠？她竟然还使用了这么恶俗的一个词语。什么身份的变化？你不就是一个小护士吗，即使升了护士长又能怎样啊！田安门失望至极，他绝望地攥起拳头朝身边一棵大树上砸去，手背很快就血肉模糊了，可他一点也不觉得疼，这点疼与文秀在他心里留下的创伤相比根本不算什么。他百思不得其解，文秀为什么会变心？那个柔情似水的纯情姑娘，怎么突然间会变得这么俗气势利，她过去可从来没有嫌弃自己是个当兵的啊。他还注意到这一次信中她不再叫他安门哥，而是冷冰冰的"田安门"三个字。他甚至怀疑这封信根本就不是她写的，为什么啊？起初的震惊和愤怒过后，田安门就不恨她了，因为他爱她，所以他恨不起来。他想他们之间肯定存在误会，只要见面后一定能够说清楚，能冰释前嫌，和好如初。他甚至还设身处地地替她寻找各种不爱自己的理由，也许是家里反对她、逼迫她，她是不得已。

刚好田安门的转业申请批下来了，他心急如焚地从部队赶回来。他抱着给文秀买来的礼物，怀着激动和狐疑的心情，匆匆向文秀家走去。经过自家大门口时，他都没有来得及先进去放下行李。马上就要见到心爱的姑娘了，他的内心非常激动，止不住的慌乱。他要立刻去告诉她，他已经转业回家、并且分配到秀延县委武装部工作的好消息。

终于走进了熟悉的石板巷，走近了文家大院，走近了心爱的姑娘，田安门感觉自己的心脏激动得狂跳不止，蓬勃着久违了的激动热潮。他在心里急切地喊着她的名字，"文秀，文秀，我回来了！"他在文秀家门口呆立了片刻，整整行装，尽量抑制住满心的激动不安，才走上前敲开了文家大院。令他大失所望的是他没有见到文秀。文秀的母亲王小玉闻声迎了出来，当她看清走进来的是田安门时，深感意外，脸上本能地掠过一抹尴尬之色。她眉眼耷拉着问道：

"噢，是安门呀，你咋回来了？"

"王姨，我刚刚下了火车，我来找文秀。"

"你这回是探亲，还是……"

"王姨，我转业了。文秀呢？"

"噢，转业了好。文秀……文秀她没在家。"迟疑了好一会儿，王小玉又说,"安门,你听姨一句话,从今天起你就甭再寻她了。"

"为什么?你看不上我当你女婿吗?"

"不是,这之前发生了点事,她……她……她已经嫁人了。"王小玉的回答如一门重型大炮,霎时将田安门震聋了,震哑了,吓傻了。他呆呆地立在院子里,好半天说不出一句话来。他愤怒地吼了一嗓子:"王姨,为什么呀?文秀她为什么不能等我回来再做决定?"

"安门娃,你冷静些……"田安门听出王姨可能是感冒了,声音沙哑得像破棉絮一样,似乎承受着某些不堪负累的重量。他从她说话的神情里,看不出丝毫已升任丈母娘的喜悦,倒是注意到从她的脸上露出了一丝好像是被人逼迫着做了错事似的无奈神色。

"她嫁给谁了?"田安门的脑子里轰地响了一个炸雷,平息了好一会儿,他又不甘心地追问了一句。

"娃呀,你什么也别问了,过几天自然会晓得。"见田安门倔强地立在那里,没有要离开的意思,王小玉就又补充了一句,"娃呀,快回去吧,你妈盼了你多时,她在家里等着你呢。这世上好女子多的是,你还是忘了我家秀儿吧,她配不上你!"说着,王小玉撩起围裙擦了擦眼睛。

当田安门从好心的邻居那里得知文秀已经与柳北京结婚的消息后,顿时,一股被愚弄、被欺骗的气愤涌上心头。水性杨花、朝三暮四、朝秦暮楚、得陇望蜀……一瞬间,他把一切能想到的贬义词,如污水一般哗啦啦一股脑儿全泼洒到了那个既可爱又可恨的女人身上。文秀,我恨你!没必要再说什么了,说什么都是多余的,迟了,一切都来不及了。他后悔自己若能早回来半个月,也许文秀就不会投入他人的怀抱。站在巷口发了半天呆,田安门迈着沮丧的步子极其艰难地向前走去,他也不知道自己要去哪儿,只是信马由缰地向前走去。他盲目地向前走着,感觉心里空落落的,似乎需要马上填补点什么东西才行。当他伸手从上衣口袋里掏烟盒时,突然就触到了怀里揣着的一个小纸盒,那是他原先准备送给文秀的礼物。盒子里边装着一对黏在一起热热乎乎接吻的陶瓷娃娃。陶瓷娃娃似乎是一对正处于热恋之中的情人,正在忘情、投入地接着一个长长的、似乎永远也接不完的热吻。它们将年轻的男女之间纯洁的爱情升华了,定格成一种爱情的永恒象征。临离开部队在驻地百货商厦买这个礼物时,田安门就思谋过,要对文秀说的话太多了,还是让这对可爱的工艺品娃娃替他向心爱的姑娘表明心迹吧,文秀那么冰雪聪明,当然一眼就能明了他内心是怎样的火热激情。令他万万没有想到的是,仅仅才过了数月,就物是人非了,文秀就这样轻佻地把自己嫁了出去,连声招呼也不愿意向他打一个。如今爱情都没有了,我还要它表达什么情意呀?他气愤至极,用力将那个象征着纯洁爱情的信物,投掷到了混浊不堪的护城河里,一石激起千层浪,陶瓷娃娃搅动起一股腐臭味,立刻弥漫在空气中。扔掉礼物也丝毫不能削弱田安门心头正在潜滋暗长的仇恨,他的心里掠过了一丝悲哀,甚至还泛起一丝当初就不该去当兵的懊悔,如果他天天守护在文秀身边,守护在石板巷,柳北京他小子色胆包天又如何敢动她!此时,他除了满心的仇恨和懊恼外,更多的是对周围的一切事物蓦然而起的莫名的愤恨和悲怨。这种怨恨,在得知文秀嫁给了柳北京的那一刻起,化为了一股浓黑恶臭的液体,像护城河里的污水,从那时起就永远积存在了他的心底。

晚上,得知文秀上夜班去了,田安门便挑衅似的站在柳北京家的院墙外面耐心地等待着,他一定要亲自从文秀那里找到答案。几个小时过去了,他才听到她的高跟鞋敲击石板的声音。橐橐,橐橐,由远渐近,她终于出现在昏黄的街灯下。她脑后随意地扎着一束马尾辫,脖子上系着一块色彩艳丽的丝巾,身上穿着一件时髦的浅灰色格子呢短外套,在昏黄的路灯下,依然那么美丽端庄。田安门轻轻移动着脚步向她靠近。她灵巧的身子很快从他身旁轻悄悄地走过去了,一声也不吭,她走得过于专注,显然没有发现站在一旁的他。田安门不甘心再次与她擦肩而过,连忙紧走几步,撵了上去,轻轻在她背后喊了一声:"文秀!"

听到这熟悉的声音,文秀浑身一凛,猛地打了一个寒噤,戛然止步,慢慢回过了头。在昏暗的灯光下,田安门看见她的脸色一片惨白,那双曾令他深深陶醉过的美丽的大眼睛,含着泪光,像罩了一层薄薄的雾,文弱的身体似乎站不稳似的就要立刻倒下去,但是她马上伸出白皙纤细的右手扶在了斑驳的土墙上。互相对视的两个人,谁也不愿意先开口,周围是死一般的沉寂。静默了长长的一段时间。田安门感觉仿佛有半个世纪那么长,终于听到文秀说话了。

"原来是安门哥呀,你几时回来的?"她的声音低沉而飘忽,如同阴暗的坟墓里飘出来的声音,那语气仿佛是刚刚从冰窟窿里打捞出来一般冰冷、淡漠,令人寒彻心腑。

"告诉我,为什么?究竟为什么要这样绝情?"

听到这声刺耳的诘问,文秀的心头骤然间滚过了一串沉重的闷雷。她呆立了许久,才又艰难地吐出了几句话:"安门哥,对不起!都是我不好。请你忘了我吧,你就当我已经死了!"她听见自己的声音在寂静的街道上空嗡嗡嗡地回响,像一只受伤的鸟儿不停地抖动翅膀。但她哀伤无奈的目光却不可自抑地长久地盯着他清秀的眉目。不可否认,对方那深邃的亮晶晶的眸子,依旧让她有怦然心动的感觉。田安门快速向前走了一步,一把抓过文秀的手臂,柔肠寸断地低声说道:"文秀,你知道我那么爱你,为什么呀?"此时,他眼里盈满了浓浓的伤痛,深得要将她完全淹没。文秀感觉自己都快要站不住了,有一刻她差点就要倒在他怀里了,那里曾经寄托了她少女时的全部心思和对美好爱情的憧憬。可是,她猛然又醒悟过来,明白自己现在已经不再是过去那个单纯的文秀了,她已为人妻为人媳,她的名誉关系到柳家名誉,她和他,再也回不到过去了。想到这里,她陡然站直了身子,与他拉开了一段距离。天性敏感的田安门当然很快感觉到了她内心的这种微妙变化,他眼里凝聚的似水柔情,渐渐消退了。他也向后退了一步,眯眼打量着她,丝毫没有要放她走的意思。田安门的表情变得越来越冷峻了,双眉紧拧,桀骜不驯的眼神中隐藏着忧郁和气愤,烦躁地望着她,听着她微微有些颤抖的声音;他的手指苍白冰冷,如剑一般的眼神里喷溅着一簇簇仇恨的火焰,他用和他的手指一样苍白冰凉的声音咬牙切齿地吼道:"文秀,我恨你们!"那阴鸷的声音像丧钟一样久久回荡在小巷上空,令文秀不寒而栗。他猛然转过身去,像被寒霜打蔫了似的耷拉下了脑袋,垂头丧气地顺着北关狭窄的街道漫无目的地朝前走去。他沿着空荡荡的街道走着,平时狭窄得像火枪头般的北关,今天好像更加逼仄了,他跟跟跄跄地走着,好像一个醉汉,到处磕碰,几个恰巧路过的行人慌忙小心谨慎地躲开了他。他颓然垂头而去,落寞而深情。

文秀怔怔地望着他颀长的背影，心里如蛛丝般纠结缠绕，那样的错综复杂，那样的痛彻心扉。这两个纠结在爱恨交错中的男女，谁也没有提及那封致命的断交信。

第二十八章

　　田安门回到家里时，他母亲已经睡下了。院子里一片静谧。他和衣躺下，却心潮起伏，难以入眠。他听见自己粗重的呼吸声在黑暗中呼啸着盘旋不止。辗转反侧半天，终是不能成眠，于是他拉亮了灯，顺手从墙上取下了二胡。自从他参军后，许久没有人碰这把二胡了，上面结着的蛛丝网，无声地诉说着落寞寂寥的心事，恍若他此刻的心境。他捡起一团棉纱小心地抹掉了上面的积尘，然后放在膝盖上一遍遍反复拉着一首曲子。

　　《梁祝》如泣如诉的旋律，引来了苗秀贞的眼泪，她起身临窗伫立了许久，默默地替儿子流着眼泪。她没料到他们母子竟然是同样的命运，她确信人的命运是上苍安排好的，一生下来就注定了是现在这种局面。自从得知柳安平要和张翠花结婚的那一刻，这种宿命论就在她心里扎根了。她甚至想自己上一世肯定做下了什么亏欠别人的事情，要不然老天爷为什么如此无情地惩罚她？她望着窗外黑黢黢的夜空，无声地哀求：老天爷，开开恩吧！求求你放过我的儿子吧！难道你生生地把我和柳安平拆散还不够吗？她静静地伫立在窗前，任悲泪横流。她没有去敲儿子的门，因为她比谁都清楚儿子的倔脾气，这会儿倔脾气上来了就是九头牛也拉不回来。她曾经历过那种锥心刺骨的痛楚，能体会到儿子此时此刻的心情。还是让时间这只大手慢慢来抚平儿子心底的暗伤吧，她相信只有时光才是治愈伤痛的良药。让他拉吧，好好拉吧，拉完了，心里兴许就会好受一些、敞亮一些。她觉得儿子拉二胡正如女人哭鼻子：哭过了，泪流尽，心里郁结的悲苦发泄出去了，一切就都会好起来。文秀是个好女子，苗秀贞是看着她长大的，也非常喜欢她，她巴不得文秀能做自己的儿媳妇，可是人怎能抗得过命？现在文秀结婚了，说什么都迟了，她也不知其中发生了怎样的变故。儿子，别难过，咱们得认命。她默默在心里规劝着。

田承武被幽怨的二胡曲吵醒了，扭头看老伴的被窝里空着，连忙起身拿了一件棉衣，一边走到窗前给她披上，一边嗔怪道："你看你，都不知个轻重，这不病才刚好，就又站到窗前吹冷风了。再冻得感冒了，又得吃药打针难过几天。"苗秀贞心里感念老头的体贴入微，咧嘴笑了一下，说："没事。"顺从地爬上炕睡了。

此时，武小亮打完牌刚好打石板巷口经过，闻听幽咽的二胡声，如泣如诉，不由得停住了脚步。武小亮是田安门的发小，两人从穿开裆裤时就白天黑夜地在一起厮混。对于田安门和文秀的恋情，他一清二楚。其实他也很欣赏文秀的漂亮和娴静，他觉得男人娶媳妇就得娶文秀这样的好女人，只是他自惭形秽，觉得自己根本配不上文秀，因此从来不敢有此奢望。当得知田安门和文秀擦出了感情火花时，他是坚定的拥护者和怂恿者，每次传递个字条情书什么的都少不了他。田安门当兵后，两人经常通信，他们的友谊更加深厚。听到文秀要和柳北京结婚时，武小亮很震惊，他想立刻就打电话让田安门回来阻止婚事，可是转念一想，文秀既然做出了选择，田安门即便是赶回来又有什么意义？所以他选择了瞒哄，在回复田安门的信件中对此事只字未提。他没有去喝喜酒，但心里郁闷了很长时间。现在他从琴声里听到了田安门的悲愁与激愤，生怕好哥们儿一时想不开会做出什么傻事来，便敲门走了进去，生硬地将田安门拉拽起来朝他家走去。

武小亮的家住在秀延县城南关的食品厂家属院，东侧第一排最边上的两孔窑洞就是。他和父母各占了一孔窑洞，乱七八糟的杂物皆堆在靠墙角用牛毛毡搭建的简易房里。武小亮的父亲老武披着衣服起来给儿子开门，因担心影响老伴的睡眠，没有开灯，摸黑下了炕，好半天脚底下趿拉不上鞋，嘴里一直嘟嘟囔囔："你龟儿子以后晚上能不能早回来一点！你妈有病，睡眠不好，你这二半夜回来一折腾，她就更睡不好了。"老武迷迷糊糊地抬手擦着眼角的眼屎，认出了跟在儿子身后的是田安门，忙热情地打了声招呼，问他几时回来的。田安门低声说："都回来好几天了。"老武就倚老卖老起来，说："都回来好几天了，也不晓得来家里看看老叔老婶，就是来点个卯也好呀。"老武嘴上抱怨着，脸上却挂着极欢喜的样子。"爸，别啰唆了，没看见人家心情不好吗？"武小亮不耐烦道。老武不晓得这两个年轻人谁心情不好，嘴里答应了一声，就掩上门准备进屋去睡觉。武小亮又叫了声爸截住了他的脚步，打发他父亲到隔壁的夜来香酒家，要了两盘凉菜，又在橱柜里翻寻出一瓶宁城老窖，两个人就关上房门，坐在炕桌前推杯换盏，借酒浇愁。

　　上学时，最令老武头痛的事情就是武小亮的学习成绩，他的各科成绩从来就是大红灯笼高高挂，几乎就没有一次例外。父亲老武恨铁不成钢，最发怵的就是期末考完试的家长会。一见到成绩单，他便从脚上抹下鞋，狠狠地飞向儿子的脑壳、脊背、尻蛋子，手上下死劲使着蛮力，打贼娃子一般。一连串伤心的咒骂声也跟着如冰雹般砸响在儿子窄窄的脑门上，也砸到了儿子单薄的脊梁上："你龟儿子，你甭说非要给老子考上个100分、99分了，那个老子从来就没指望过，但是你总该考及格一次呀，你老考不及格，你能对得起谁呀？你妈都快被你气死了。老子就一直弄不明白，你说你不聋不哑、不痴不呆，咋就在学习上一窍不通呢？"老武临了时通常会补上一句："假如你给老子考上一次及格——"可是没有假如，事实上及格也常常与武小亮无缘。为此，在家长会上，郝老师每次都会点名批评武小亮的父亲："老武呀，你家这一辈子愁什么也别愁吃咸鸭蛋的事，这个自有你的宝贝儿子供应。你看看，你来看看，我们班的鸭蛋几乎让你儿子一个人全承包了！"当着众多家长的面，老武像龟孙子一样被郝老师挖苦得脸上青一阵白一阵的，当下恨不得一头扎进自己的裤裆里闷死算屌了。好不容易等儿子混到初中毕业，做父亲的说什么也不让儿子再继续念下去了。老武恼怒地指着儿子的后脑勺骂道："什么？你还要念？念你娘的腿！你当老子看不出你的那点鬼心眼？你是和那帮野小子没有混耍够哩！看看这些年你考的那一大堆咸鸭蛋，你能对得起谁呀？你妈都快被你气死了。羞先人哩！你纯粹是在那里给老子糟蹋钱！"

班主任每次开班会总要点几次武小亮的名字，好在他已经习以为常了。下课后，他照样在操场上扑腾得欢。当时在五年级（2）班，只有田安门不嫌弃后进生武小亮。一块儿上学的路上，田安门常常像兄长一样耐心地劝他不要太难过，他说："考得不好算什么，这天下的路又何止考大学那一座独木桥呢？常言道：'东方不亮西方亮''此处不留爷，自有留爷处'！"瞧瞧，两人还挺想得开。他的这一番推心置腹的话语，令悲观失望的武小亮感激得涕泪交流。从此他死心塌地一门心思追随好哥们儿，在田安门情绪悲观失落之时、创业之初、事业巅峰时，直至事业走向没落……他都忠实地如影相随。毕业证一领，武小亮就听从父母的安排，顶替父亲进了秀延县食品厂工作。可是武小亮的新鲜劲才刚刚过去，等他艰难地从小媳妇熬成了婆婆——熬满了三年学徒工，万万没有预想到的事情出现了——秀延县食品厂因经营不善倒闭了。这个变故来得太突然了，他的父母亲一时措手不及，双双病倒了。为了养家糊口，无奈的武小亮只好挑起家里的大梁，上街摆摊。幸好他们家临街有一处铺子，天气时晴时阴，生意时好时坏，好在武小亮性格乐观，遇事不急不慌，与人为善，见面总是乐呵呵地一笑，因此在街面上人缘还混得蛮不错。

酒过三巡，田安门终于忍不住趴在桌子上痛心地哭起来。人常言：男儿有泪不轻弹。田安门今晚如此失态，一定是伤透了心。武小亮心直口快，心里藏不住事，他不忍心看着好哥们儿难过成这副样子，不解地问他："安门，你既然这么深深爱着文秀，当初为什么要给她写那封断交信呢？"当年收到田安门从部队上寄来的断交信后，文秀简直难过得痛不欲生，她专程跑到食品厂找武小亮诉说了田安门的绝情。文秀的脸上郁结着一团惨淡的愁云，犹有湿湿的泪痕。武小亮听后十分困惑，他不理解田安门的做法，他们兄弟之间曾经无话不谈，他深知田安门对文秀的感情有多深厚，怎么会突然之间主动提出分手呢？一个疑团瞬间笼罩在了他心头。他本想在给田安门去的信件中提一下这件事，可转念一想，既然田安门都这样做了，那就肯定自有他的道理，自己没必要杞人忧天。再加之当时文秀姣好的容貌，在小小的县城里格外招蜂引蝶，追她的男人少说也有一个排，他想与其将来让铁哥们儿头顶绿帽子，还不如趁现在早早散伙了也好，长痛不如短痛。

"断交信？你得是说断交信？对了，文秀确实给我寄来了一封断交信，没错。我看错她了，从小爱着的女人，她的心可真硬，硬得像石头一样，她太绝情了！没有等我回来当面说清楚，就迫不及待地嫁人了，她伤透了我的心！"说到这里，田安门的心又止不住地一阵发疼，他感觉自己失去了世界上最珍贵的东西。

"安门，你听错了，我是说你给她写的断交信！"

"什么？我？我啥时候给她写断交信了？苍天做证，我从来就没有给文秀写过断交信啊！我爱她，我设想今生要和她过一辈子，哪里会写断交信啊！"田安门惊讶得眼睛瞪得溜圆。

"啊……"武小亮一听，也蒙了。

田安门的说法再一次证实了武小亮的疑问。武小亮的母亲正是当年那个在医院门房值班的武大妈，他有一次无意中听母亲说张翠花截了田安门给文秀的信，但不知道她想干什么。现在除了气愤和表示惋惜之外，他还能说些什么呢？一切已经于事无补。酒后的田安门表现出了从未有的脆弱，他趴在桌上哭得涕泪纵横，武小亮既替他难过，又替他打抱不平。他的心里有一腔不平之气，实在不忍心让这两个相爱已深的男女就这样互相猜疑记恨一辈子，借着酒劲，就忍不住说出了事情的真相。

"天哪，怎么会这样？那么，那封断交信肯定不是文秀写的……"田安门瞬间仿佛看到了黎明前的曙光。既然以文秀名义寄来的断交信是那个老巫婆所为，那么分手就不是出自文秀本意，文秀是爱我的，我一定要把她找回来，再也不能失去她！当下，田安门跟跟跄跄地起身要去找文秀。紧接着他又怒气上涌："都是那个老巫婆干的好事，我现在就去找她，我饶不了她！一定要把她碎尸万段！"田安门就像发了疯一样，一股想要撕碎一切的愤怒霎时充盈了心胸，迫使

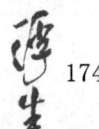

他箭一般冲了出去,他咬牙切齿地要立刻去找老巫婆算账!

"安门,安门,我的小祖宗哎,你饶了我吧,你现在找她算账还有什么用?人家已结婚了,你可别一冲动把我妈给供出来了。你当务之急应该赶快去找文秀,将事情的前因后果都给她讲清楚,如果她还念旧情,兴许这件事就会出现转机。"武小亮在背后使劲扯着田安门的后衣襟,担心田安门在冲动之下出去闹事。其实他心里很清楚,嫁出去的女儿,泼出去的水,能有什么转机啊。"对呀,我现在就告诉文秀去!"一句话点醒了梦中人。田安门摔了酒杯,撒开脚丫子飞奔着去找文秀了,丢下武小亮一个人对着残杯剩酒出神。

石板巷里,听完田安门幽幽的诉说,瞬间,文秀灵魂出窍,一个飘浮在空中的自己,和另一个呆立在小巷中的自己,面面相觑,两个自己,都是欲哭无泪的表情。真相的揭开,猝不及防。她的眼睛里布满了深深的绝望,脆弱的心灵上也似覆盖上了一场大雪。她依然想往前走几步,但身子虚弱得犹如踩到了厚厚的棉花团上,风一吹便会倒下。良久,她顿住脚,怅然地说:"安门哥,我一直以为那封信真的是你寄来的!"她的声音里浸满了无限伤感,眼底的一抹猜疑却并未消除。

"你咋能这样想啊?从小到大,我咋能舍得你……"田安门眼里阴云密布,由于太激动,浑身随着轻柔的微风战栗个不停。他右手举着打火机全力对付着一支香烟,好半天才点着了火。他猛吸一口噙在嘴里的烟头,吐出一串很不连贯的烟圈之后,就将烟头掷到了地上,狠狠地踩灭在脚底下。抽完烟盒里最后一支烟,又狠狠地踩灭在脚底下,两只手痉挛着不知该放到哪里合适。文秀低头看见地上已经扔了满地的烟头,眉头不由得皱了起来,她的心顷刻间虚弱得不堪一击。

他嗫嚅着问:"秀儿,那么……那么你现在要改变主意还来得及……"田安门的表情期期艾艾,那话里的意思不言而喻。她也一定深爱着他。至少田安门目前是这样认为的。"不!不可能,来不及了,我已经有了……"文秀凄然地哽咽道,苦涩的泪水缓缓滑落了下来。

第二十九章

　　真相一旦揭开，文秀甜蜜快乐的新婚生活顿时变得异常苦涩和难堪。
　　自从文秀得知断交信件的丑陋真相后，难过得痛不欲生。她在内心深处对柳北京母子充满了怨艾和愤恨，张翠花卑鄙无耻，为达目的不择手段。好长时间她都不能接受这个残酷的事实，是他们母子硬生生拆散了她和田安门。自此，她不愿意搭理那母子俩，不想与他们说话，甚至都不愿意看见他们。尤其对柳北京夜夜不倦的求欢，更是反感到无以复加的地步，她不让他碰她，只要他强行要她，她浑身就会立刻痉挛成一团，让他扫兴至极。这段不愉快的新婚生活，为他们今后的婚姻生活埋下了祸根，不过此刻，这对年轻气盛的小夫妻谁也不会意识到。为了躲开柳北京夜晚的纠缠，她在娘家小院里不愿意回去，像小孩子一样，委屈地扑进母亲怀里哭诉。
　　王小玉听完女儿的哭诉，沉默不语，显得异常平静，那张饱经尘世沧桑的脸上甚至没有流露出一丝惊讶的痕迹，难道她早已洞察了这件事情的全部真相？母亲沉默的态度，令女儿很不满。她甚至有些生母亲的气——这么大的骗局，她竟然如此平静漠视，怎么就能这样无动于衷呢，我还是不是你亲生女儿？一生气，文秀干脆不哭了。沉默了半晌，母亲叹口气，轻轻抚摸着女儿顺滑的长发柔声劝她："过去的事情还是让它过去吧。你和安门再好也是有缘无分，秀儿，咱得认命，你现在是柳北京的妻子，这都是命里注定！"

"妈！你就不能说点别的吗？"

"秀儿，你别堵妈的话。平心而论，柳北京和田安门这两个孩子本质上都很好，他们都是我看着长大的。幼年时，他们都啃过我的奶头，我看他们都像亲儿子，彼此不分薄厚。只不过说一句私底下的话，以我看柳北京将来要比田安门有出息，这孩子从小就表现出一种少有的大度和无畏的勇气，这是很难得的男子汉气概。你说咱做女人的谁不欣赏这样的男人？而田安门那娃哪儿都好，就是那性格不太开朗，爱认死理，还特容易生气，现在长大不知改了没。你不知他小时候一生气那样，嘴巴噘得能挂十几个油瓶，谁问都不言传，把你苗姨急得没办法。唉，人常说三岁看老。性格是天生的，你若真的嫁给他，我怕你根本受不了他那性格……"文秀定定地盯着她妈看，她从来不知道母亲还有这样一双能洞穿男人的眼睛。

"唉，再说了，他们这两个又有什么区别呢，没什么区别……"说到这里，王小玉猛地顿住，仿佛突然想起了什么事情，"秀儿，你看妈都老糊涂了。"

"妈，您可不是老糊涂了嘛，怎能说没什么区别？田安门是田安门，柳北京是柳北京。一个姓柳，一个姓田，馒头怎么就能替代了包子？我要离婚，我当初喜欢的是安门哥，我就是无法忘记安门哥啊！他多情、细腻、温柔，还那么善良……"

"秀儿，快别疯了！看你说的疯话，操心让别人听见了说闲话，赶紧趁早忘了他吧！他再好也是他呀，你可别忘了自己的身份，都是结过婚的人了，还有什么资格对别的男人说什么忘了忘不了之类的疯话！好好收收心回去过日子吧。"文秀不满地嘟起嘴巴望着她妈。王小玉顿了顿又接着说："秀儿，听妈的话，以后不许胡思乱想。你知道在咱这小地方，一个女人一旦离了婚，就等于给自己脸上贴了一个标签，宣告从此失去了女子的矜贵自尊，在人面前是再也无法抬起头来的，闲言碎语和唾沫星子会把你和咱这个家给淹死！你两个弟弟以后还要成家，咱可万万不能走离婚那步路！"

"妈，你怕被淹死，可我不怕！我不过了——"一想到柳北京和他妈使用了那样卑鄙的手段，文秀就气不打一处来，她赌气离开了母亲的怀抱，将身子倚在墙上想心事。

"秀儿，千万不要任性，妈这可全是为了你好呀！回头你找机会给安门说清，让他趁早死了这份心！这世上好姑娘多的是，找谁不是找，戏文里不是也说天涯何处无芳草嘛。咱们不成亲也不结仇。"见文秀依然深锁着愁眉，王小玉怕邻居听见了笑话，压低嗓门竭力耐心地劝说女儿。

"俗语说，'百年修得同船渡，千年修得共枕眠'。你和北京前世不知道经过多少年修炼才得以结成今世的夫妻，你可要好好珍惜呀！秀儿，一日夫妻百日恩，你们都结婚三个多月了，我看得出来北京很疼你。一个女人家，一辈子若能找到一个知冷知热、疼爱自己的男人，那就是前世修来的福气啊！你不像妈，妈没那福气，这辈子跟了你爸，瞧你爸对我一说话就是吹胡子瞪眼睛的，好像我欠了他文家的几世债似的。骂两句那还是轻饶的，年轻那会儿你爸那脾气才躁着哩，一句话不合，拳脚就上来了。当时我那个恨呀，恨得牙根痒痒，就想马上离开文家，离开那个冤家。可是女人的心是水做的，我一看到你们姐弟几个可怜巴巴地望着我，看到你爸后悔莫及的那熊样子，我心里的坚冰马上就化了。"见母亲说起往事，文秀不由得破涕为笑。

文秀的父母的确是一对冤家，不是冤家不聚头，整条石板巷人人皆知。每天只要一睁开眼睛，就吵嚷个没完，一直吵嚷了二十多年了，他们也一点不嫌烦。又不为什么大事，有时就是鸡毛蒜皮的小事，竟然也吵得不可开交，甚至还会大动干戈、拳脚相向。文秀稍微长大一点时，偶尔看见母亲身上有伤痕，曾傻乎乎地劝说过母亲："妈，你干脆和那个男人离婚吧！"由于憎恨父亲的粗鲁和凶暴，她甚至不愿意当着父亲的面叫他一声"爸爸"。文秀记得很清楚，当她天真地劝说母亲与父亲离婚时，母亲来不及思索，就很坚决地把头摇得赛拨浪鼓。母亲还嗔怪她："傻闺女，哪有你这样做女儿的！"那时候懵懵懂懂的文秀非常不理解母亲和父亲之间的这种感情模式——分明一对怨偶啊！后来，当父亲整日躺在病榻上时，母亲难过得整日以泪洗面，那眼泪就像泉眼般不断地往外渗流，无休无止，好像总也流不完似的。难以割舍的夫妻之情，像极快的钢刀剐割着母亲的心。母亲尽量忍住强烈的悲痛，尽心尽力侍候父亲，让他快乐而平静地走完了人生的最后一段路程。

在父亲临终时，拉着文秀姐弟的手反复叮咛："秀儿、进儿、才儿，你们姐弟三个一定要好好孝顺你妈，你妈这一辈子不容易哩！抚养了你们三个小的，尽心尽力地侍候你爷爷奶奶上了山，还要服侍我……"自感时日不多了，一向庄重含蓄的父亲竟然当着孩子们的面，紧紧地拉着母亲的手久久不愿意松开。他示意母亲把耳朵贴近自己，才断断续续说："秀儿她娘，我在……那边……把房子拾掇得清爽利落……等……你！"见母亲含泪点头，父亲才放心地合上了双眼。就在那一刻，文秀彻底地领悟了贯穿在父亲和母亲之间的那种感情。吵吵嚷嚷是他们在以自己的方式演绎着那种叫爱情的东西。她平常看到的其实只是他们生活的表象。父母二十多年的夫妻感情中，没有风花雪月，没有罗曼蒂克，有的只是柴米油盐和毫无止境的吵闹，但世间退却浮华仍经得风雨的爱情，往往就是以平淡示人，个中酽酽的意蕴只可意会，不可言传，不是用几句浅薄的文字可以言尽的。

"妈，你说他们母子安的什么心，为什么要耍那样卑鄙的手段呢？"文秀的思绪仍旧缠绕在断交信上，"他们竟然胆敢伪造部队上的来信！亏他们想得出来！哼，我没想到柳北京跟他妈一个德行，说什么我也不能原谅他们！"

"那只能说明你男人和婆婆喜欢你呀，他们煞费苦心还不就是为把你娶到手呀！再说这事若说是你婆婆张翠花干的我信，说是柳北京干的我真有点不相信哩，这孩子从小杀伐果断，光明磊落，绝对不会干这种事！"母亲的话语再一次惹得文秀不高兴了，她捶着母亲的肩膀，娇嗔道："妈，有你这样当妈的吗？不向着自己的女儿，反而胳膊肘往外拐！柳家得是给你嘴上抹了蜜了？柳北京是什么人我难道不比你清楚……"文秀心里拧着一个结，她不便向母亲说出冬月雪夜发生在城外雪地上那件事。

王小玉一听，扑哧一声笑了："傻闺女，妈这可都是替你着想呀！"

"替我着想，还能帮他们说话？"文秀说着又委屈地抽抽噎噎哭了起来。

"秀儿，你可别怪我说话难听，你当初糊里糊涂地将身子交给了柳北京，这号事能隐瞒得了谁？你真的等到田安门回来，他如果知道了，能轻而易举地就原谅你失身吗？女人的贞操就是男人的脸面，这世上没有哪个男人心甘情愿把头顶染成大草原。男女之间的感情都是自私的，就像眼里容不得一丁点沙子一样。再说了，我和你苗姨相好了一辈子，我们也不愿意因为儿女婚事最终闹得不欢而散。"

母亲的话听似委婉，却锥子一样尖利，尖尖的锥子不偏不倚地扎中了文秀，又一次揭开了愈合不久的伤疤。文秀哭得更厉害了，她捶打着身旁的桌子，仿佛在无助地叩问无处不在、无所不能的上苍：老天爷啊！你为什么要如此安排，如此捉弄我呢？两个小时后，文秀才逐渐平静了下来，她掏出手帕擦了擦红肿的眼睛，说："妈，都怪我不好，又给你添乱了，我这就回去做饭。"女儿临出门时，回头向母亲凄然一笑。

"我只是担心你婆婆，她可不是什么省油的灯啊……唉，还是什么也别说了，你赶快回去吧。再说你躲在这里，就这么大个地方，抬头不见低头见，让我这个当老人的怎好对女婿和亲家母交代呢？"王小玉望着女儿郁郁寡欢的背影，若有所思。

文秀从小就是个听话的孩子，这一次她顺从地回去了。她决定忘了田安门，将从前那段纯洁美丽的感情埋藏在内心深处，然后一心一意地好好与柳北京过日子。

第三十章

张翠花每每想到儿媳妇婚前曾经与别的男人有过那样一段插曲，想到她曾经居然骄傲地看不上自己那么出色的儿子，甚至不屑地拒绝了儿子的求爱，内心就浮现出一缕不快来，于是她在对待儿媳妇的态度中不免流露出她的一点小心思。她看着文秀不顺眼，对文秀的温顺柔和、百般殷勤总是冷冷地板着面孔。

就在文秀决定回心转意，好好和丈夫活人过日子时，她的婆婆——那个争强好胜了一辈子的张翠花却处处找别扭，不让他们消停地过日子，令这对小夫妻苦恼不已。窗户上鲜艳的红双喜字，顿时蒙上了一层灰暗阴郁的色彩。

当柳北京还是一个小孩子时，每当他看见母亲双手横抱着胳膊，阴沉着脸，一声不响地呆立在正屋的时候，就预感到家里必定要发生一件令人十分苦恼的争吵事件，而每次他的预感都会立刻应验。家里鸡飞狗跳、尘土飞扬，他的父母头发蓬乱、仇恨相向，每人手里紧紧握着一件家什，或擀面杖或切面刀，抑或是鸡毛掸子和扫帚之类的东西，总之是什么顺手他们就会把它掂在手上，权当一件精良先进的武器，毫不犹豫、毫不客气、毫不留情地投向敌方的阵地，掷向敌人的要害部位。此时，这对夫妻仿佛有天大的仇恨，像两只斗鸡一样，怒目相向，喷溅着仇恨和恼怒的火星。一转眼，柳安平的脸颊和下颌分别被张翠花尖利的指甲划出了长长的血痕，而他的手指间也缠绕着张翠花的一缕秀发。张翠花的面颊肿胀得像发面团，她从指甲缝里发现了一团渗着血水的肉皮，也不知道是何时抠下来的，因为此刻暴涨的仇恨充盈着他们的心胸，根本无暇顾及身体和心灵上些微的伤痛。从小经见得多了，柳北京不再害怕，他不哭也不闹只是漠然地望着斗鸡似的父母。令幼小的他感到不可思议的是，如此冤家似的父母，他们竟然会一辈子生活在一起，生儿育女。他的周围有很多夫妻都是这样，一边仇恨厌恶着，一边又亲热地繁衍后代。这些事情都令人困惑，可是他无法参透其中的复杂。柳北京虽然深情地爱着相依为命的母亲，但是却不能够理解母亲，母亲一辈子争强好胜，爱与人争斗，一结仇就是一辈子。人的一辈子其实是很短暂的，难道母亲就不明白这个道理吗？

张翠花的确很好斗，和人斗心眼、斗智斗勇，每次在与别人的争斗中，她就会显得异常亢奋，像斗牛场上的斗牛看到红色的绸缎，斗志昂扬，焕发出空前的智慧和勇气。这种亢奋的感觉能很快将她带到一种不可言说的美妙境地，令她兴奋异常，不能自制。为此，她乐此不疲地一直争斗下去。在她的一生中，曾经发生过三次最激烈的斗争，最终都以她大获全胜而告终。尽管已经过去了这么多年，但是这三次争斗的每一个具体细节，依然像幽灵一样一直徘徊在她的脑海中，挥之不去，历久弥新。每次咀嚼着这些回忆时，张翠花从不后悔，她仿佛再度体验到了一丝高潮来临时的快感。她与闺中密友斗，与丈夫斗，与婆婆公公斗。在这三次争斗中她获全胜，她打败了从小的好姐妹，将心仪已久的男人收到了石榴裙下；她将退休在家吃闲饭的公公婆婆斗得失去了生活的耐心，一命呜呼归了西天；传说有一次，她还将刚当上教育局局长的丈夫堵在了一个女教师的热炕头上，致使患有"妻管严"的男人从此萎靡不振，到死也再没能一树雄风，这也使她自己自从生了柳北京后，再没开怀，哪怕连一点怀孕的迹象也再没有，婆婆当初那生十个八个胖小子的愿望终是落了空。江山易改，本性难移。人到老年后，张翠花依然不改好斗本色，又开始与唯一的儿媳妇闹起了别扭。张翠花对文秀非常不满，她认为自从儿子娶了文秀后，就不再与她贴心了，这是儿子对她的背叛。新婚燕尔，小两口亲密不够，一下班就躲到新房里忘情地在热炕上滚来滚去，叽叽咕咕地说着甜蜜蜜的悄悄话。他们怎么也没有想到，母亲竟然会为此事大发雷霆。张翠花实在看不惯文秀和儿子那副骚情样，她认为儿子的反常行为全是这个不成形的儿媳妇给教唆的。最让张翠花不能容忍的是，柳北京这个平时懒得连饭碗也不往饭桌上端的人，结婚后竟然一改平时懒散拖沓的生活习惯，亲自为文秀打洗脚水。没出息的东西！为此，张翠花摔门打窗表示了强烈不满。

上午买菜时，张翠花看见菜市场一溜边摆了许多乡下人挑的大柠条筐子，里边装的全是毛茸茸、粉嘟嘟的桃子，还沾着新鲜的露水。多鲜嫩的桃子，看得人垂涎欲滴！张翠花就在一个摊上挑拣了两三斤鲜嫩的桃子，放在秤上，足斤足两，但是张翠花认为那秤盘有问题，临走时非要从农民筐子里再拿走两个桃子。回到家里，她把桃子洗得干干净净，准备等儿子回来吃。文秀下班早，她看到桌上的桃子也没多问，就拿了一个去吃，这下惹得张翠花心里老大不高兴：我是给我儿子买的，你个臭不要脸的倒好意思吃！吃过晚饭，当她端着桃子笑着走进儿子的新房时，竟然看见柳北京正蹲在地上卖力地替文秀洗脚。文秀那狐媚子倒会享受，坐在小凳上坦然享受着男人的侍候，还掩着嘴巴笑得叽叽嘎嘎。儿媳妇的狐媚样，强烈地刺激了张翠花的神经，她气不打一处来，笑容顿时僵在脸上，将盘子向夫妻俩身上一摔，气愤地骂柳北京是个下贱东西。柳北京被母亲突如其来的举动给搞糊涂了，不知母亲发的哪门子火，赶紧站起来去捡拾满地滚落的桃子。文秀明白是咋回事，不动声色地擦干脚上炕睡觉了。

第二天是中秋节，柳北京将单位发的一盒水晶饼直接提到了自己屋里，看见张翠花站在院子里仿佛没看见一样，张翠花心里那个气哟，无处发泄。过了片刻，她听到儿子浪声浪气地说："我的好妹妹哟，别睡觉了，快起来，看看哥给你带回来什么好东西喽！"文秀这几天身体不适，正躺在炕上休息。

"呸，恶心！"张翠花恨不能立刻跳起来掐断那些黏糊糊的浪声浪气。自从娶了文秀后，柳北京身上的脊椎骨仿佛被抽掉了似的，软得像一根面条，提也提不起来。他明知道母亲最爱吃水晶饼了，还故意做出那副样子，这不明摆着是要气死老娘嘛！这个白眼狼，我白疼他一回了！眼下，他的眼里只有那个狐媚子，哪里还再有她这个老娘的一星半点位置？这个白眼狼！母亲在心里一连声地咒骂着白眼狼。

夜幕徐徐降临了。石板巷里渐渐传来呼儿唤娘的急切声，拦赶鸡猪进窝入圈的声音，各家各户稀里哗啦关门闭窗的声音。张翠花凝视着端端正正挂在墙壁上的柳安平的遗像，倍感锥心地伤感落寞。她为此号啕大哭了整整一夜，她哭柳北京不孝，哭早死的丈夫，哭自己的苦命。哭够了，她抹了一把眼泪，顺手又把这些账全都算到儿媳妇文秀的头上——归根究底，这种结局都是她文秀一手造成的。文秀这个狐媚子将掠夺的手伸到了自己的地盘上，毫不客气地抢走了她的儿子——她唯一的亲人。她感觉文秀就是落在这家里的一颗灾星，是别人处心积虑安插在自己身边的一颗定时炸弹！张翠花不由得懊悔万分。要不是她那个狐媚子样，在儿子面前百般挑唆，从小那么乖的儿子，怎能说背叛就背叛了？"花喜鹊，尾巴长，娶了媳妇忘了娘！"躺在炕上，一遍遍念叨着老辈人传下来的这首歌谣，张翠花心底渐渐浮上来一缕三九的寒意，直冷得她浑身打哆嗦，她连忙将自己紧紧裹在了厚实松软的缎面被子中。

起初，尽管她心里对儿媳妇有十分的不满，但在表面上还总能让外人看得过眼。当她在外与文秀相处时，有说有笑；当柳北京一回到家时，这一老一少两个女人立刻怒目相向，处于一级战备状态，仿佛她们这样做就能向家中唯一的男子汉示威似的。而示威的结果最终是要看成效的，她们都在虎视眈眈地瞅着柳北京，瞅着他的感情天平最终倾向谁。

刚刚结婚那会儿，柳北京和文秀恩爱非常，亲热得不得了，一有机会就会马上腻歪地睡在一起。那甜蜜的觉好像永远也睡不够。常常当他们在屋里肆无忌惮地亲热时，张翠花就会适时地在外边发出摔门、砸碗等刺耳的声音。过后，儿子曾背着文秀，委婉地劝说母亲不该那样做。见母亲油盐不进，他最后毫不客气地说："妈，当老人的要有个当老人的样子！"

"儿子，妈这样做也是无奈，妈那是想给你们提个醒，你们还年轻，过日子不懂得节制，可别再像你父亲那样掏虚了身子……"见儿子竟敢教训自己，张翠花立刻涨红了老脸。

"妈！"见母亲又要提到父亲，柳北京烦躁地急忙挡住了她的话头。从小到大，柳北京不止一次地听母亲说起过父亲当年的过失。临完母亲总要补充一句："可别再像你父亲那样……"父亲病重得厉害那会儿，母亲有一次在替父亲接尿时，伸手在父亲的额头上重重地戳了一指头，揶揄他："你这会儿才知道需要我了，怎么不打电话叫那狐狸精来侍候你呢？"父亲闻听此话脸色灰白，不满地瞪了母亲一眼，坚决地拒绝了母亲替他接尿的举动。结果，那一夜，父亲尿到炕上了。

有一次，当小两口亲热完开门走出去时，感觉屋外的气氛十分诡异。细心的文秀发现放在大门口的洗衣机不知什么时候被踢得凹进去了好几处，她明白刚才他们在屋里亲热的动静又激怒了婆婆，她就拿洗衣机撒气，把它踢成那样。她诧异地望着洗衣机，又回过头来望了望柳北京，柳北京的脸涨得通红，砰的一声摔门走了出去。一路上，他像儿时那样愤愤地将路边的一颗小石子踢出去了好远，心想，应该找个机会好好与母亲谈一谈。

翌日刚好是礼拜天。下午，柳北京将墙头烂瓦盆里的几株美人蕉全部移植到院子里新开辟出来的一块花圃里。花圃是他上个礼拜天挖出来的，周围栽了一圈菱形的砖头，显得整洁典雅。花圃整好了，柳北京累得坐在砖头上直喘粗气。就在这时，一股幽幽的香气扑面而来，文秀悄然走到他身后，用白皙的手指蒙住了柳北京深邃的眼睛。

"猜猜我是谁？猜对了我会有奖励的。"文秀故意粗着嗓门说。

柳北京吸吸鼻子，浑身的疲累霎时跑得无影无踪。他向后伸出粗大的手掌挠她的胳肢窝。文秀最怕别人挠她了，忍不住一笑，浑身就软了。她笑着倒在他怀里。文秀笑得花枝乱颤，面若桃花，露出了两排碎玉般的牙齿。柳北京心里一动，趁机吻住了她。就在这时候，他听见她喜滋滋地说："坏蛋，你就要做爸爸了！"他略微一愣，立即激动地咬住她的耳垂："宝贝，你刚才说什么？"文秀又说了一遍。

"妈，我要做爸爸喽，我要做爸爸喽！"柳北京丢下文秀，兴奋地嗷地叫了一声，就朝母亲屋里喊道。张翠花屋里没有任何回音，柳北京知道母亲还在生气。他栽完美人蕉，手也没顾得洗，就撩起母亲房门的竹帘子，走了进去。张翠花正坐在热炕头上戴着老花镜绣枕头顶,见儿子走了进来,她抬起眼皮乜斜了一眼,不冷不热地从牙缝里挤出一句嘲讽的话:"哟,我当是谁进来了,稀客哟!"柳北京被母亲挖苦得一阵脸红,呆愣了片刻,还是赔着笑脸,蹬掉鞋子径直上炕坐到他母亲对面。他心里乱乱的,一时找不到话头,就顺手拿起母亲的绣花枕头顶欣赏。张翠花正在绣着一幅喜鹊踏梅图。"妈,你的手真巧,这枕头顶上绣着的喜鹊就像活的一样,仿佛只要吹一口气,就能扑棱着飞起来。这几朵俏丽的蜡梅,也绣得不错,似乎可以嗅到一股悠悠的暗香。"柳北京没话找话,故意讨好地凑近枕头顶抽了抽鼻子,做出一副好像真的闻到什么香味的模样。他认真地说:"妈,你回头有时间也好好给文秀教教,可别让你这手绝活从你儿子这一代人手中失传了。"

"就你小子嘴甜,想说什么就直说吧,别尽给老娘灌稀米汤。"张翠花白了儿子一眼,劈手从儿子手里夺下了绣花枕头顶,"看你那黑爪子,也不去好好洗一洗,可别给我弄埋汰了。"看来,柳北京的夸赞还是起了一点作用,笑意很快飞上了张翠花的嘴角眉梢。但接下来的谈话使得柳北京又好气又好笑。张翠花说:"你不说,我也明白你的意思。别再给我说你那个狐狸精婆姨了,她有多好,难道我不晓得吗?我认人准得很。依我的意思,你还是赶快把她给我赶出去吧,你没看她那一脸的败夫相嘛,一看就让人倒胃口,我一看见她就像看见了苗秀贞那张让人憎恶的黄瓜脸。"柳北京觉得母亲有些胡搅蛮缠了,她因为不喜欢苗秀贞,所以看到所有的漂亮女人都反感,就仿佛《红楼梦》中王夫人不喜欢林黛玉,带累得长相有些相似的晴雯也要倒霉似的。

柳北京向母亲身边靠近了一点,说:"妈,你的头发最近又白了许多,可不敢再生闲气了。"

"谁生闲气了?"张翠花挑一挑眉毛,不打算给儿子好脸色。

柳北京耐心地说:"妈,你怎么又平白无故地扯上人家苗姨了,她又没有招惹你。再说了文秀可是你儿媳妇,你可别忘了,当初是你费劲巴拉地截住安门写给文秀的信,才将她娶回家的。"

张翠花说:"柳北京,你行啊!你长本事了,还学会揭你妈的短了!你这个吃里爬外的龟孙子，简直好坏不分、良莠不辨。你怎么就不能站在你妈的立场上想想！你看文秀那个狐媚劲，比戏文里讲的那些狐狸精还厉害，这样下去，总有一天你会被害死的！"张翠花说着竟然伤心地哭号起来，仿佛眼前果真就有一个狐狸精要祸害自己的宝贝儿子。

柳北京哭笑不得："妈，《聊斋》看多了吧！我就搞不清楚，这文秀究竟咋招惹你了，致使你对她存有这么大的偏见？你随便骂吧，任你怎么骂我，反正我也不会和她分开，你不要儿媳妇难道孙子也不要了？"

"哪里来的孙子？"

当她得知文秀怀孕后，仍然恨意未消地嗔骂道："龟孙子，干脆气死你老娘算了，你去爱她吧，让她当你老娘算了！"哭诉完，她又擤了一把鼻涕顺手擦在了自己的布鞋底子上。张翠花气性大，这会儿正在气头上，根本无暇考虑传宗接代的问题。柳北京厌恶地瞪着母亲的布鞋底子，一生气，啪一声摔门走了出去，三天后才回来。淡而无味的日子就在这种令人生厌的恶性循环中慢慢往复着。

第三十一章

柳絮呱呱坠地了。柳北京想，这回可好了，有了可爱的小孙女，母亲也许不会再无理取闹了。起初，张翠花确实被这个粉嫩嫩、白胖胖的小孙女吸引住了，她将孙女紧紧抱在怀里，爱不释手，生怕文秀重手重脚地把娃给磕碰了。当柳絮饿得哇哇直哭时，她也不情愿把小柳絮送还到儿媳妇怀里去，而是耐心地撩起衣襟，让小孙女去啃她那早已松弛干瘪了的乳头。小柳絮起先还以为是终于逮着了妈妈饱满甜蜜的乳房，就急切地一头扎在奶奶的怀里狂啃不止，但她很快就发现自己上当了。奶奶的乳房只不过是一座空城而已，那座空城里早已经弹尽粮绝。这孩子便更加狠命地哭号起来，直到哭得声音嘶哑，脸色发青，做奶奶的这才不得已将小孙女递到儿媳妇手里，还说这小蹄子也不是个省油的灯。文秀笑着敞开怀把乳头塞到孩子嘴里，柳絮这才停止了哭泣。望着小孙女香甜地吮吸着乳汁，张翠花竟然乐得咧开嘴巴笑出了声。

遗憾的是，这种和谐美满的气氛并没有维持多长时间。

柳絮长到半岁时，秀延县开始全民总动员大力宣传计划生育政策。文秀和柳北京都是单位上的先进工作者，他们理应积极拥护和支持党的方针政策。两人在被窝里一合计，第二天便带头领了独生子女证。为了更彻底地贯彻执行党的这一

方针政策，文秀还主动率先做了结扎绝育手术。当时，像他们这样一对夫妻只要了一个女孩子就去做绝育手术的，在秀延县城还属于史无前例。为此，秀延县委宣传部暨县医院在县电影院大礼堂召开了一个空前盛大的表彰大会，对柳北京文秀夫妻这一高尚的行为和觉悟，给予了充分肯定与高度赞扬。柳北京被推选为典型代表上台讲了话。那一夜，小夫妻俩激动得夜不成寐，说了许多表明上进、互相鼓励的话语。文秀夸柳北京上午在大礼堂里的讲话很有水平、很到位，不仅仅是谈觉悟和感受，而且讲话水平达到了空前的高度。柳北京听得直乐，不免搂着文秀扎扎实实地快活了一回。两口子商量这件事对谁都可以讲，唯独要瞒着张翠花。

俗话说，雪地里埋不住死人。柳北京两口子的秘密很快就被泄露了。当张翠花得知儿子和儿媳妇竟然背着她领了独生子女证，并且文秀已经做了绝育手术时，简直气炸了肺，她气得一跳三尺高，将文秀尽情地数骂了三天三夜。

"文秀你这个狐狸精，你胆大包天，你把我儿子蛊惑得五迷三道，听信你任意摆布，让我柳家断种绝后！哎呀，我将来到那边可怎么向北京他早死的爹交代呀！我那公公婆婆一辈子要强好面子，你把死人都能气活！"张翠花固执地站在院子里，跺脚踏地、恨意难消，"文秀，你这个骚货，你给老娘滚出来！你这个狼不吃的臭狗屎，王小玉家咋就生出了你这个小贱货，让你来祸害我老柳家，你到底安的什么心？你这个有人养没人教的狐狸精，快滚，别让老娘再看见你！"

柳北京听见母亲骂得实在太难听，就开门出去劝阻她："妈，别骂了！这事是我做的主，你要骂就骂我吧。"母亲依然不依不饶地骂着。柳北京脸上就有些挂不住了，他不由得提高了嗓门："妈，看看你像什么样子！再怎么说文秀也是我的婆姨，你的儿媳妇，咱小柳絮的妈妈，你怎能什么难听骂什么。你没看左邻右舍的人听见了都在笑话你吗？"柳北京如果不吭声还好，这一劝阻反而犹如火上浇油，张翠花的气焰更加嚣张。她把对儿子的一腔不满又一股脑儿全部发泄到了无辜的儿媳妇身上："谁家龟儿子爱耻笑人，就尽情地翘起尾巴耻笑吧，老娘才顾不了那么多，呜呜呜——文秀这个该死的丧门星，老柳家的前程都毁在她手里了！柳北京你这个糊脑孙，没有骨气的东西，你当时嘴巴哑了，怎么就不晓得赶回来先给老娘报个信？你脑子迷了，听任你那个糊脑孙婆姨摆布，败家子！糊脑孙！"张翠花颠三倒四地骂着，骂着骂着竟然柳眉倒竖，眼神发瓷，仿佛真的见了鬼一样："儿子，你瞧瞧，文秀她根本不是你婆姨，她是替骚货苗秀贞来向我索仇来了！"柳北京知道母亲装神弄鬼，没好气地摔门走了。

张翠花骂了整整三天，也饿了整整三天。她把儿子和儿媳妇一次次端上来的饭食毫不犹豫地全打翻在了地上。隔壁老刘家的母狗看见了，连忙扑了过来。张翠花心里正烦着呢，遂将满腔的怒气都发泄到了老刘家的母狗身上，她从门圪崂抓起公公留下来的龙头拐杖，狠狠地砸了过去。龙头拐杖重重地砸到了母狗脊梁上，母狗疼得嗷嗷惨叫着，夹着尾巴落荒而逃。老刘在墙那边听见母狗惨烈的叫声，朝着墙这边大声骂道："你这个畜生，还不给老子赶快跑回来，安生待在自家院子里！"

老刘的骂声顿时招来了一阵哄堂大笑。隔壁最喜欢贫嘴的呼小三笑得上气不接下气："噢，哈哈，我说老刘叔啊，你不说我们还都蒙在鼓里呢，原来你就是那个母狗的爹呀！物种变异——这真是闻所未闻的稀奇事啊！哈哈哈！"老刘恨恨地扭过头，并不理睬呼小三，依然自顾自骂道："你这个畜生不如的东西！"大伙儿听得出来，老刘这后一句话显然在骂张翠花。三天水米未沾牙的张翠花依然狠毒地咒骂着儿媳妇，一件件一桩桩数落着文秀几年来的不是。这辈子最令张翠花引以为傲的能耐就是语言丰富，她肚子里装满了各种词语，就连那些骂人的话语竟然没有一句重复。左邻右舍都挤在大门口看热闹，不由得佩服这个泼辣老太太口才非凡。呼小三在人群中阴阳怪气地发出了感慨："柳婶简直是个人才，她这辈子没当喜剧小品演员算是屈才了，国家的重大损失啊！"呼小三的俏皮话，又引来了人群中一阵巨浪似的哄笑，一浪高过一浪的笑声暂时淹没了张翠花恶毒的咒骂声。

柳北京看母亲不依不饶的样子，很无奈，他没辙了，只好和文秀商量："文秀，干脆你先回娘家躲上几天，等咱妈这边消了气，我再接你回来。"文秀正抱着小柳絮坐在炕上暗自垂泪。从小就特别懂事的小柳絮，抬头望望妈妈的脸，贴心地歪头向妈妈怀里靠了靠，似乎想用小手替妈妈擦去眼泪。文秀一听丈夫让自己出去躲躲，脸色气得发白，她没好气地说："躲？躲什么躲！躲得过初一，躲不过十五，我娘家近在咫尺，你妈泼妇一样地谩骂，谁听不见？我妈和我弟弟他们早就被气死了，我还有脸躲回去？"最后小两口商量还是去南门外舅舅家躲一阵子再说。当天下午，柳北京推出自行车，后座上驮着文秀，文秀怀里抱着包裹得严严实实的小柳絮，向南门外舅舅家驶去。呼小三正蹲在墙角，端着大老碗吸溜吸溜地喝小米稀饭，他看见了，忙笑着打趣道："你们小两口这是去哪儿闲逛呀？该不会是真的逃难去吧？"小夫妻俩苦着脸，谁也没有吱声，车子一阵风似的驶过去了。

张翠花在东屋里听见儿子和媳妇走远了，一骨碌跳下炕，揭开锅盖开始大吃大喝起来。送走文秀匆匆赶回家的柳北京看见母亲终于开口吃饭了，心里不由得一阵暗喜，赶忙上前给母亲倒了一杯白开水放到饭桌上："妈，你今儿个暂时少吃一点，都几天没吃饭了，可别再一下子给撑坏了。"

"撑死老娘算了，就遂了你小子和那个狐狸精的心愿了！别诅咒老娘，告诉你小子，老娘现在活得正旺旺的，还不想死哩！"说毕，她伸手把嘴一抹，连碗筷也没洗，就找老姐妹们打麻将去了。柳北京一边收拾屋子，一边在心里慨叹母亲这性格，太挑剔了，不好与人相处，娶了文秀这样既漂亮又通情达理的儿媳妇还不满意。他也不知道怎样叫文秀和母亲相处，他甚至开始反思，是不是自己对母亲不够孝顺和耐心，才导致婆媳关系这么僵。下午，柳北京专门去市场上买了母亲爱吃的水晶饼和葡萄回来，放到显眼的地方，希望母亲打牌回来一看到儿子的孝心就能释怀。

几天不见粉嘟嘟的小孙女，张翠花又悬心了，她催促柳北京："京儿，你今天又不忙，还不快快骑车去把我的宝贝孙女给我接回来，都想死奶奶喽！"当柳北京将文秀和女儿同时接回来时，张翠花那张老脸又莫名其妙地吊了足足有一拃长，上面凝结的寒霜仿佛都能拧出水来。柳北京和文秀都怯怯地赔着小心，生怕一句话说错，再次挑起战火。此刻，一心追求进步的文秀并没有意识到做绝育结扎手术有什么不妥，她预想不到当年曾备受表彰的行为，竟然会为她今后的婚姻生活埋下一个不幸的祸根。

家里天天乌烟瘴气，柳北京整天活得提心吊胆，他实在厌烦了过这种两块石头夹一疙瘩肉的痛苦生活，他想一走了之。恰好就在此时，秀延县委宣传部组织了"枣乡行考察采风"活动，他当即主动请缨前去带队。

第三十二章

柳北京率领"枣乡行考察采风团"走进黄河畔,走进苗林村时,正是1992年初夏枣花开得最繁密馥郁的季节。

黄河畔上密密匝匝的枣树都开花了。米粒似的小黄花儿星星一样布满了苗林村的上空,耀亮了庄户人家的光景日月。苗林村深深沉醉在了一片浓郁的枣花香里。在一个麦香淡淡的初夏夜,刚从地里收工回来的农民肩上扛着锄头,听着远近小溪里传来的几声闷闷的蛙鸣,闻着一阵阵馥郁的枣花香,疲乏的身上充满了力量。柳北京欣赏着乡村傍晚悠闲的景色,仿佛走进了宋词"稻花香里说丰年,听取蛙声一片"的意境中。

村西头的李四老汉蹲在地里间了一天玉米苗,直干到太阳落尽了,才直起腰,慢慢走出地畔。刚刚拐到官路上,就看到村党支部书记苗世平迎面骑着自行车过来。"大侄子,你去哪儿了?捎我一程吧,我今天干活太累了,感觉这腰背骨都快要折了。"苗世平认出了李四老汉,刹住车说:"是四叔啊,正好我也要歇一歇,喏,抽一支烟解解乏。"苗世平随手扔过来一支纸烟,两个人就蹲在路畔一边抽烟一边说话。苗世平刚刚从乡上开完会回来,一脸的喜色,不时抬头朝地头的枣树林望一眼。

"四叔,今年的枣花好像比往年稠密些。"

"是哩,秋天若不下连阴雨,就有指望了。唉,看老天爷赏不赏咱一碗饭吃啊!"

"看在四叔勤快的面子上,老天爷会开恩的。"

"那敢情好哇。我今儿个赶着要把玉米苗间开,就是想趁好湿墒尽早给枣树上肥呢。人误田一季,田误人一年。还有几沟玉米苗没有间完,算了,明天让你四婶胡乱间开吧。我想等这一季忙完出去揽几天临工……"李四老汉今年有六十岁了,是村里的种田把式,他侍弄过的庄稼,村里人没有不夸好的。可是黄河边这些贫瘠的沙地,任他怎么出力流汗,光景日月依然像早上喝的糜黍饭一样稀溜溜的没有起色。看别人家的青壮劳力都出去打工挣钱了,李四老汉心里直痒痒,他也想出去闯荡一番。

"四叔在说笑话哩,人家外面都要青壮劳力,谁看上你去揽工?"

"那咋办哩?现在手头连点称盐的钱都没有,你四婶昨晚还和我吵着要钱哩。那狗日的苗胜利也不知躲到哪旮旯去了。有心去向月月要吧,她就会哭鼻子,一个女人家过日子也难!"去年,李四老汉的枣子都被村民苗胜利赊账拉出去销售,没想到苗胜利生意做赔了,人也躲着不出现。他去向苗胜利婆姨月月要过两次,月月没钱,只是一个劲哭。李四老汉满脸愁容,抬头眼巴巴地望着枣树梢:"你说要等今年的枣子熟透还早着哩。"

"是早着哩。苗胜利欠了你多少钱?"

"三千多块钱!我一窑家当全让那小子给我败光了!"

"再等等吧,苗胜利也是运气不好,他有钱不会赖账的。"苗世平从口袋里摸出一张十元的票子硬塞到李四老汉手里,"四叔,把这钱拿上,明天先到供销社称点盐,好吃的饭没盐不香啊。"

"大侄子,看看又要拖累你了,你家也不宽裕啊,供几个孩子读书哩。"李四老汉吸了一下鼻子,眼眶里涌出了泪花。

"四叔,咱街坊邻居的,甭说那些外道话,谁都会遇个难事,到秋天枣子丰收了,咱的日子就会好过多了。县上今天打来电话说省上组织的一个什么采访团要到咱村里来考察哩,还说要向全国人民宣传咱的红枣,看来咱们村致富有指望了。咱回吧,赶快回去把这个好消息告诉大伙儿。"苗世平驮着李四老汉顺着官路向苗林村驶去。

天色暗了下来,黑暗渐渐吞没了发白的官路,吞没了路旁疯长的苦艾,苗林村各家各户的窑洞里,电灯渐次亮了。有一个黑影悄悄朝苗胜利家的院墙攀爬。忽然,一阵狗吠声打破了院落里的宁静。听到今儿个狗叫得蹊跷,月月就打着手电筒朝院门外走去,当手电光照射到那团黑影身上时,月月惊讶地叫骂起来:"你这个死鬼,你还有脸回来啊!要账的都快踢塌门槛了,我都要被你小子活活气死……你再不回来,我就打算带着狗娃改嫁……"苗胜利任凭月月哭骂,脸色灰塌塌地蹲在灶圪垯一声接一声地咳嗽。月月的哭骂声传到了隔壁村委会院里,村委会窑洞里烟雾缭绕,柳北京是为"枣乡行考察采风团"来打前站的,他正认真地与村委会班子成员商讨如何接待采风团成员,诸如住宿、吃饭、组织秧歌队欢迎采风团进村,等等。"苗胜利这小子终于回来了!"苗世平听到隔壁两口子的吵骂声,高兴得叫了起来。看到柳北京不解的眼神,村支书苗世平说开了原委。

去年秋天收枣时节,村民苗胜利听人家说深圳的红枣价格喜人,头脑一发热,当即伙同住在邻村的一个连襟,赊了村民的十吨新鲜红枣,运到深圳去了。拉枣那天,村民们都赶来帮忙,大家羡慕苗胜利和他连襟真有眼光。苗胜利只顾着高兴了,完全忽略了红枣的保鲜问题。等他长途跋涉,好不容易才将十吨鲜枣运到深圳,却一时苦于找不到落脚点。他和连襟两个人急得像热锅上的蚂蚁坐立不安,十吨新鲜红枣呀,十几万块钱呢。这些枣子都是他和挑担两个人倚仗平时在四邻八村熬下的好人缘赊来的,他们身上只带了三千元现金,还是到处东挪西借的。愁归愁,他们也只能在那里干着急。这两个曾经被苗林村人羡慕有眼光的陕北汉子,在深圳这个举目无亲、繁华无比的大都市里,变成了弱智、白痴,他们的聪明才智在这里一点用武之地也没有。好几天过去了,他们仍然像无头苍蝇一样到处乱窜,无计可施。在深圳的潮湿环境下,吸水性很强的红枣渐渐开始霉烂变质,等好不容易从郊区找到了一个废弃的库房,倒出来准备晾晒,一麻袋一麻袋的枣子已经烂得黏成了一大块，而且还散发出了一股难闻的霉味，十几万块钱瞬间打了水漂。屋漏偏逢连阴雨，这时候城管又找上门来开了一张两千元的罚单，灾难像冰雹一样从天而降，砸得这两个陕北汉子晕头转向，欲哭无泪。城管说，他们这是严重污染环境，两千元算是从轻处罚。说这话时，铁面无私的城管脸上还似乎闪现出了一抹仁慈的温情。两个铁骨铮铮的陕北汉子，霎时像稀泥一样瘫在了地上。这次南方之旅，是他们的伤心之旅。他们不仅丢了本钱，还要贴上一大笔运费和环境污染费。一个月后，他们掏出了身上仅留的一点钱，买了两张站票，踏上了回家的列车。下火车那一瞬间，站在等待出站的熙熙攘攘的人群当中，两个农民汉子感到前途十分茫然，他们自知无颜再见家乡的父老乡亲，不晓得回去将怎样面对正热切盼望着他们能挣到大钱的妻子儿女，还有村里那一大帮债主。一想到这些，二人不禁放声号啕大哭……

苗世平说："苗胜利的事情比较典型，村民听说后都吓得不敢做生意了。一年一年产下的枣子变不成钱，只能等枣贩子下乡来收，枣贩子将价格压得特别低，咱这里的农民日子不好过哩。"

在村口较为广阔的一片场地上，"枣乡行考察采风活动"正在热烈进行着。柳北京与省市上来的各位专家领导以及省上各大媒体的新闻记者，圪蹴在场地上与村民代表们促膝谈心、嘘寒问暖。小溪淙淙的流水声，和着悠扬的笛子声，从枣林深处缓缓飘荡而来。孩子们无忧无虑地在枣林间欢快地追逐和嬉闹，村口场地上呈现出了一幅恬淡和谐的画面。农民自有纯朴如泥、情怀如酒的厚道。苗林村这些当家的男人们，不约而同地叫自家婆姨用大篮子提出来了鲜红诱人的大红枣，腾空了盛放调料的木盘子，端出了隔年清香醉人的酒枣，用大老碗盛出了自家手工酿造的红枣酒，红枣酒口味甘洌醇厚，喝一口，酽酽地醉人。农民用他们最憨厚最质朴的方式盛情款待这些从大城市来的尊贵客人。

在采风途中，黄河沿岸大红枣优良的品质，引起了专家们的重视。秀延县黄河、无定河沿岸盛产大红枣，这里是著名的中国红枣之乡，出产的大红枣以质优味美闻名遐迩。秀延县东区红枣的栽培历史非常悠久，早在北魏时期就已经到了全盛期，至今千年以上树龄的古枣树依然随处可见，苗林村数百年乃至上千年的古枣树群仍然枝繁叶茂，果实累累。由于具有光照时间长、温差大等独特的气候条件适宜大片的枣树生长，这里产的红枣，个儿大，核小，皮薄，肉厚，味甜，具有很高的营养价值，内含丰富的蛋白质、脂肪、糖、维生素等营养物质和钙、磷、铁等多种营养元素，被人们视为补气佳品。特别是专家在研究中发现红枣中含有珍贵的环磷酸腺苷和环鸟苷酸，这两种物质都具有一定的抗癌作用。红枣在传统医学上具有极其重要的地位，《神农本草经》把红枣和人参并列为诸药之首，《本草纲目》《伤寒论》和《随息居饮食谱》中也多处记载了有关红枣的药方和特性……

　　苗世平是老支书苗有福的亲侄儿，从小在叔父身边耳濡目染，脑瓜里也是装满了一本本红枣经。他用缓慢的语调向"枣乡行考察采风团"的同志们详细地介绍了秀延黄河畔红枣的种植历史和丰富营养，接着就倒开了苦水。他向大家娓娓讲述了苗胜利的故事，不无苦恼地说："历史终归是历史，辉煌的历史无法替我们解决当下的麻烦，当下最令人头痛的就是卖枣难啊！现在苗胜利人是回来了，可那十几万元外债会把他压垮的，村里许多人也因此被拖累了。"

　　苗林村遇到的麻烦事，正是秀延县红枣目前普遍遇到的新问题——卖枣难。前几年，在计划经济时期，国家对红枣进行统一收购，虽说价格稍微低一些，但销路基本不成问题，随着改革开放步伐的迈进，红枣购销不再属于统购统销，市场一旦放开，红枣价格就不可遏制地上涨。由于枣农和枣贩子急功近利，不懂得市场效应，往往等不上红枣干透就急匆匆地用大麻袋包装外运外销。这种做法却给枣农带来了严重的后果，不但损坏了秀延红枣整体形象，还常常赔了个血本无归。枣子丰收了就愁卖不出去，赶上连阴雨天枣烂了一地，枣农更是苦不堪言。在考察研讨会临近结束时，苗世平锥心的呼吁直抵人心："各位领导，我们这里的红枣看似年年增产却不增收，枣农们的前途一片茫然啊！"在枣农们陷入极度的困惑、迷茫之时，"枣乡行考察采风团"如春风般缓缓刮进了枣乡的角角落落。他们的到来，或者是他们之中的一个人物，将会掀起了秀延红枣发展历史上的新一轮高潮。只不过此时，谁也没有意识到这样的领军人物将会产生在他们中间。

柳北京是苗林村的外孙，从小就熟悉那里的秀美山川和风土人情，不仅仅苗林村，沿着黄河一带的许多村庄大都依山傍水，风景如画，日子却过得十分贫困艰难。黄河边上沙地多，土地稀少，且十分贫瘠，青壮年农民挣钱无路，只好常年出外揽工。村里仅仅剩下一些老弱病残在守着苦巴巴的日月。陕北地处偏僻，荒凉苦焦，十年九旱，靠天吃饭，赖以生存的枣子只能荒在那里，即使丰收了，一斤大红枣也只能卖几毛钱，一年收入不了多少钱。如果遇上连阴雨，就只能眼睁睁地看着结在树上的，或落在河滩石板上的红艳艳的果实发霉、烂掉、沤肥，无计可施。

乡亲们面对这些与自己贴心贴肺的城里人，纷纷说出了掏心窝子话："柳同志啊，上面号召我们大量栽植枣树，红枣尽管丰产了，但又卖不出去，去年的枣子还堆在囤子里，已经霉烂了许多，天一热就会生虫子，虫蛀过的枣子只能喂猪，唉，真让人心疼啊！""柳宣传哪，政府支持我们脱贫致富，可是我们这旮旯，除了侍弄枣树，再也没有别的活路了。""要是有人能负责帮我们销售枣子，那就好办多了。"

苗林村农民朋友一番知心话，像一枚石子轻轻砸向了柳北京平静的心湖，搅乱了一池春水。当夜，柳北京和省城来的两位记者被安排到苗林村村委会的公窑里去睡觉。柳北京正当壮年，睡眠极好，平日在家里，只要一挨上枕头就会呼呼大睡，鼾声震天，今夜不知怎么却失眠了，翻来覆去睡不着，他索性披衣下炕，推开门走了出去。枣木做的门扇似乎没有干透，在静夜里发出了很响的咯吱声。

乡村的夜晚可真静啊！宝蓝色的天幕被沉沉的夜露压得仿佛不堪重负般低低垂下了脑袋，其上印着几颗疏星和一弯淡月，也似乎被村庄香甜的睡梦吸引感染了，无法睁开惺忪的眼眸。耳畔时有夜鸟惊啼，夏虫唧唧，夹杂着几声激烈的狗叫声和婴儿饿醒了的啼哭声。不远处，波涛滚滚的黄河，此时也像一路奔波疲累了似的偷空驻足，敛神稍息片刻，哗哗的流水声像老年人打着轻微的鼾声。自然与人在这一刻，相处得如此平和融洽、浑然一体。柳北京内心瞬间产生了一丝莫名的感动。他微微张开了嘴巴，吸了一口新鲜的空气。空气中，有一股浓郁的枣花香味瞬间沁入了他的五脏六腑。他感觉浑身的骨头里有一种说不出的爽快惬意。柳北京默默向远处凝神望了一会儿，然后就蹲在峁畔上的一株老枣树下吸烟。平常很少抽烟的他一根接一根地吸着劣质的纸烟，在灯光忽明忽暗的闪烁中陷入了沉思。"母亲河，带着中华民族的光荣与梦想，从晋陕峡谷奔腾而下，在流经陕北黄土高原时，弯成一个巨大的弓形，将虞城南部的秀延、佳元等六县围困在了这张'弯弓'里。由于受自然条件制约，秀延县经济发展步伐一直非常迟缓，贫穷落后就像当年进犯陕北根据地的敌人一样，紧紧缠住这个地方不放。"柳北京想起这是县长王尔豪前几天在县、乡、村三干会上的一场精彩讲话中说过的。他觉得王尔豪的比喻特别形象贴切。不过，仅有弯弓是不够的，柳北京认为，必须寻觅到那支利箭，那支可以射向外面的世界、所向披靡的利箭。这一夜，柳北京想了很多，他想起了十三岁那个暑假，想起了苗家外爷，想起了那次坐在颠簸的公交车里，苗家外爷给他们动情地上过的那堂生动的红枣课。有关红枣的民俗民风，以及那些勾人馋虫的红枣食品，都令他回味无穷。这时，他突然想到临离开秀延时母亲的嘱托，明天应该给外爷外婆去上上坟喽。

次日上午上坟时，柳北京专程绕到苗有福外爷的坟地里，他将一瓶烧酒放在供桌上，点燃了三炷香，朝着坟前拜了三拜，希冀苗家外爷能循着一缕香回来看看这个已长大成人的干外孙，他现在真想再听一听苗家外爷博大精深的红枣经。老人已经作古十多年了，柳北京的眼前仿佛幻化出了苗家外爷沧桑的脸庞和一双细长的眼睛，那双眼睛里总是闪烁着智慧的光芒，耳畔恍惚响起了苗家外爷洪钟般的大嗓门——"红枣是咱陕北农家的'铁杆庄稼''生命树'，它不柔媚，不妖艳，有土就长，花小结实，浑身挂满了宝贵的'红玛瑙'啊！"

就在柳北京陷入深深思索之时，秀延县委、县政府、农业局等共同提出了一个"兴农富县"的设想，也是发展县上经济的基本思路——兴农的关键在于培育市场机制，走产业化道路。这次枣乡之行，使柳北京更加清楚地看透了这一点，他认为秀延县是全国红枣之乡，发挥资源优势，发展红枣产业，应该是秀延县经济发展的"重中之重"。此刻，他觉得自己已经找到了那支射向世界的擎天利箭。

风尘仆仆地赶回县城后，柳北京连家也没顾得上回，就背着行李包直接赶到了单位。当他敲响宣传部部长办公室的门时，部长吴天明坐在办公桌前紧锁眉头、埋头看一份文件。当吴部长抬起头看到柳北京满头满脸的灰尘时，顿时忍不住笑出了声："小柳呀，你回来了？咋看你灰塌塌的模样都快成土地爷爷喽，哈哈！"

"唉，吴部长您就快别提了，高兰乡的路况简直糟糕到了极点，一路上黄尘蔽日，我们搭乘的公共汽车就在黄土飞扬中左冲右撞，差点没把人颠散了架！这不，我急着赶回来要给您汇报一下那里的工作情况。"这时候吴部长已经起身亲自去外面的水房里接来了一盆清水，他说："小柳，来，快洗洗吧，洗完再谈工作也不迟。"柳北京受宠若惊，心里对这个一点也不拿官架子的领导又增添了几分敬意。

洗漱完毕，坐定，柳北京言简意赅地向吴部长汇报了此行的具体考察情况，并着重强调了自己认定的那个富县战略。"好得很，你的理解一点也没错，咱们现在缺少的正是那个拉弓的人才啊！当务之急就是要网罗寻觅这样一位有胆有识，且懂得市场规律和经营之道的领头军来。"吴部长认真听取了柳北京的汇报后，又提出了新的问题。是呀，谁能担当如此大任呢？接下来，柳北京又忙着到处网罗这方面的管理人才。

第三十三章

　　文章奉姐夫柳北京的命令，第一次郑重其事地把从小在石板巷一起长大的好哥们儿袁明亮、刘小强、马武、呼小三、高顺有等几个人请到一起喝酒议事，正是夏至那天的下午时分。

　　出了石板巷，向左拐步行不到二百米就是"好运来"酒家。柳北京之所以要将这次重要的晚宴设到离家最近的"好运来"酒家，就是因为他是这里的常客，对这里的饭菜口味和服务态度都比较满意。待柳北京走进去时，大伙儿基本都到齐了。那天，柳北京穿了一件新做的白府绸上衣，脚下踩着一双泡沫塑料拖鞋，潇潇洒洒地走了进来。众人见了忙唤"北京哥"，一齐从座位上站了起来。

　　"不知大哥唤我等前来，有何要事相商？"呼小三油腔滑调地学着戏文里的腔调，站起来向柳北京深深鞠了一躬。众人皆被他那个姿势逗笑了。

　　"无他，唯饮酒是也！"柳北京挥挥手示意大家快坐下，也学着古人的腔调文绉绉地来了一句。

　　这帮儿时的伙伴个个都已长成了牛高马大、膀大腰圆的大老爷们儿，除了呼小三还打光棍外，其余人膝下都已经有了儿女。柳北京招呼大伙儿坐下后，吩咐文章替大伙儿斟满了酒。他首先站起来简单地致了祝酒词："我知道各位兄弟每日为了生计，为了妻子儿女，忙了个一塌糊涂，几乎难得和你们凑在一起喝酒了。今天我在这里略备薄酒，请诸位兄弟敞开肚皮痛饮一顿。大哥我在这里先干为敬！"说完，端起杯子一饮而尽。至此，大伙儿不再拘束，尽情地在酒桌上猜拳行令，高谈阔论，好不尽兴。

酒至半酣，柳北京才仿佛突然想起了宣传部部长吴天明关于人才难觅的感慨，他说："在座的各位兄弟都是走南闯北见过大世面的人才，如今县委、县政府提出了这么一套富县战略，并且还出台了相应的优惠政策来扶持走产业化道路的企业。你们觉得这对于大伙儿是不是一个大好机会？"没等柳北京把话说完，急性子的呼小三就打断了他文绉绉的话语，上前拿过柳北京手里正比画着的空酒杯，满满斟了一杯，语无伦次地说道："咱哥、哥儿几个今天好、好不容易、凑在了一起，就要、就要尽情地喝他娘个、喝他娘个一醉方休！北京哥，你的话题就此打住吧，今天我们不谈、不谈政治，不谈工作，只谈交情、交情！"接下来，他又摇摇晃晃地依次给在座的所有人都斟满了酒。柳北京见呼小三喝高了，就一把将他按在座位上，然后举起杯子又和大伙儿碰了一圈。等大伙儿都放下酒杯后，他抓住酒瓶，依次又给每人斟了满满一杯。

一旁听得兴致正浓的高顺有，见柳北京的话被呼小三打断了，不满地瞪了他一眼："你这人，咋回事嘛，咋那么爱插话呢！北京，你还是继续说吧，这个话题我爱听！"高顺有是生意人出身，他的爷爷、父亲都是县城里有名的生意精，从小受家庭的熏陶，使他装了一肚子生意经。前几年，他所在的街道小厂效益不景气，连工资都发不起，无奈之下，他只好挑起煎饼篮子到街头摆起了煎饼摊。没想到生意十分火爆，不过才几年腰包就给撑得鼓鼓囊囊的，在街道最红火的地段盖起一栋漂亮的二层楼。这时，他见众人都不说话，连忙又挑起了刚才的话头："北京，你刚才说到什么培育市场机制，走产业化道路，让那个多嘴利舌的呼小三一搅和倒给听岔了，没听明白，你继续再给我们讲一讲。"

柳北京就又仔细地把这次枣乡之行的全过程，以及自己的想法都一一透露给了众人。高顺有听完，激动地一拍巴掌插嘴道："这回我可全听明白了，你的意思就是说，县委、县政府要大力鼓励咱们做这个红枣生意？"

"对呀,就是这个意思。政府要因地制宜,利用丰富的红枣资源优势,大力发展红枣种植业和红枣深加工业,发展县域经济的同时加快枣农脱贫致富的步伐。过去,由于缺乏宣传,严重制约了我们秀延红枣的发展,酒香也要靠吆喝,我们的红枣具有那么独特的营养和药用价值,但是这些显著的特点和突出的优势却长期得不到有效的宣传,甚至连枣农、枣商都对此知之甚少,所以,我们的枣子往往是一等产品只能卖个三等价格。"众人忙附和说:"可不是这个理嘛。""做这个红枣生意可是要担很大风险的,前几年听说有好些人都为此赔了个精光!"小生意人高顺有做惯了做多卖多做少卖少、稳打稳赚的小本生意,一听说做红枣生意需要担很大的风险,就坚决地摇了摇头说:"你们想好了你们就做吧,我可做不了这号生意。"

"顺有兄弟,别,你先别急着摇头,你们先听我说完再摇头也不迟……现在要跳出这个瓶颈,关键是必须寻找这样一位拉弓人——开拓型的领路人。"

"哦,听你这么一说,那田安门得是县上要寻觅的那位拉弓人了?我听说他在几个月前就已经开始干了,厂址选在城西的西家湾村。有一次,我去要账时刚好经过那里,顺路进去看了看,不过就是个小作坊而已。有几个工人见我在那儿探头探脑,还狗腿子一样耀武扬威地作势要赶我走呢!"呼小三这时才突然想起了这茬。

"哦,这小子倒精明,走在前面了,已经开始干了吗?我咋一点也不知情,啥时候的事?"柳北京大感意外。

"你那段时间好像正在黄河畔下乡哩。"不知谁插了一句。

一直沉默不语的袁明亮此时也开口了:"北京兄弟,你心里咋想的,就直说吧。如果你真的有意要扛起这根大梁,那么咱们这帮弟兄都会坚决拥护你,全心全意跟着你好好大干一场!"真是一席话点醒了梦中人。突然,一个大胆的念头从柳北京的潜意识里跳了出来——对呀,我自己何不做那个拉弓人呢!亲自带领弟兄们披荆斩棘,踏出一条红枣产业化道路。原来我日思夜想要寻找的人才就是自己啊!这不是骑驴找驴吗?哈哈!"干杯!"有力的碰撞声将杯中的烈酒溅洒到了桌子上的菜盘里,几个年轻人的内心都激荡着春潮般的浪涛。

创业的念头一出现，很快就把柳北京推到了风口浪尖上。经过一番艰辛的市场调查和多方位考察论证，柳北京决定用全新的思维方式，引进红枣深加工技术设备，创办自己理想中的红枣加工厂。为此，他又请了假，带着袁明亮、高顺有等人专程到全国几个比较大的红枣产地、销售市场等各个渠道进行了为期一个多月的多方考察论证。当柳北京和他的弟兄们满面灰尘地回来时，秀延县城已经退去夏日的燥热，披上了一派金黄凉爽的秋日风光。

吃晚饭时，当他把这个雄心勃勃的想法向家人说出来时，没想到母亲和妻子不约而同地坚决反对。这两个女人过惯了安逸而闲适的生活，她们认为眼前这个男人简直快要发疯了，好好的班不上，竟然会产生这样的想法。文秀痛心疾首地说："北京，你得是发疯了？捧着好端端的铁饭碗，偏偏要去受那份洋罪，你图什么哩？就为了当总经理出出风头吗？再说了，万一生意做砸了咋办？咱们可没有多少积蓄让你挥霍啊！"文秀说着放下了碗筷，她现在已经一点食欲也没有了。张翠花更是锥心地难过，她气得将手中的筷子使劲掼到了地上："柳北京，你真是越大越不像话了，你以为你那个岗位是风刮来的？多少人脑袋挤破都挤不进去呀！再说你和谁商量了？你可不能由着性子胡来！那个位子是老娘当初求爷爷告奶奶给你争取来的，你咋能说辞职就辞职了？脑子得是进水了！"柳北京和文秀都紧张地看着母亲。

张翠花伤心地抹了一把泪，这个傻儿子哟，还不知要让她操心到何时啊，他怎么能够理解母亲的心思呢？当年，柳北京快要毕业时，张翠花说什么也不愿意让儿子再做教书匠，重蹈他父亲的覆辙，便亲自跑去县委组织部求她熟识的一位领导。那位领导曾经与柳安平交情甚好，过去曾多次被盛情邀请到石板巷里吃饭饮酒。他对张翠花这个被他唤作嫂夫人的女人产生了浓厚的兴趣。他对她做的饭菜，不止一次露骨地大加赞赏。真是一双巧手啊！他一语双关。那位领导确实喜欢这双巧手，不过他在喜欢这双巧手的当口，顺便也喜欢上了她粉嫩嫩的脸蛋。每次当柳安平喝得酒酣耳热、出去解手之时，这位领导就会觍着厚脸皮乘机摸一摸嫂夫人细皮嫩肉的小手、轻薄地捏捏那粉嫩得能掐出水来的脸蛋。那时候，张翠花才二十多岁，刚生了儿子柳北京不久。张翠花碍于儿子正在怀里玩耍，便咬咬嘴唇，没有吱声，只是稍微朝后躲闪了一下身子。她觉得这人不是个正经人，从那以后，他再来喝酒，她就经常躲着不露面。后来她曾经有好几次想把这件事告诉柳安平，可话到嘴边又咽了回去。她转念一想，反正他也没有得手，还提它做什么，千万别给丈夫心里凭空添堵。这一次为了儿子的工作，她不得不放下矜持去求他。那领导正歪在老板椅上，一张胖脸板得平平的，一副公事公办的模样。抬头认出走进来的是张翠花后，那胖脸立刻笑得像绽出了一束美丽的波斯菊，露出了黄灿灿的大门牙。他慌忙起身离座，热情地将张翠花按坐在身旁的一把椅子上。他的目光依然像多年前一样，洋溢着一簇灼人的火焰，手指上也同样燃烧着一团滚烫的火焰。领导发福了，当年清瘦的脸庞都胖得堆起了双下巴。过去扁平的肚腹也雄赳赳地凸起了小肚腩。尽管领导的模样变得老态龙钟，但内心的火焰一如年轻时那般张狂。张翠花不由得在心里骂了一声："老色鬼！"有好一会儿，她发觉他的手仍然披风一样贴在她浑圆的肩膀上，并没有丝毫要离开的意思。"嫂夫人，真不愧为当年缫丝厂的头梢子，依我看来，你现在仍然是徐娘半老，风韵不减当年啊！"当张翠花急切地说明来意时，那领导并没有马上表态，只是直勾勾地盯着她依然姣好的面容。张翠花从他黏黏糊糊的目光里读懂了隐藏在其体面仪表下那颗龌龊的祸心。朋友妻不可欺！她起身愤然拂袖而去。那一夜，她辗转反侧，难以入眠。为了儿子，自己还有什么不可以牺牲的呢？她豁出去了。第二天下午，她又主动敲开了那领导的门……这来之不易的工作，现在就成了儿子嘴边轻巧的一句话，说丢就要丢了，你说张翠花能不痛心疾首吗？她呜呜地失声痛哭。

柳北京主意已定，任谁也说服不了他。母亲和文秀的态度是意料中的事，并不会影响他的勃勃雄心，他想以后一定要闯出一番事业让她们看。吃晚饭时，张翠花为了阻止儿子犯傻，竟然又使出了一哭二闹三上吊的撒手锏，一头朝窗台上撞了过去，文秀眼疾手快地一把上前拉住了要拼命的婆婆。趁两个女人在炕头乱成一锅粥的时候，柳北京连忙下炕钩上皮鞋溜了出去。回头看时，小柳絮正坐在门槛上哼哼唧唧地哭。

刚走到石板巷巷口，迎面遇见袁明亮和文章两个人结伴而来。文章说："姐夫，我俩正要去寻你哩，偏偏就在这儿遇见了你，真是心有灵犀一点通！走，姐夫，咱们出去好好喝两杯，也趁此机会把办公司的具体事宜合计合计。"说完，这二人就不由分说地将柳北京拉进了街对面的"好运来"酒店。见袁明亮只要了两个凉菜和一瓶西凤酒，柳北京不好意思地说他刚才只顾和家里人怄气，还没有吃晚饭呢！袁明亮听罢连忙又替他要了一份烙饼、一盆三鲜烩菜。

"姐夫，咋又和我姐怄气了？"

"也不是和你姐怄气，主要还是为了开公司的事情，我妈和文秀死活不同意我辞职。真是头发长见识短！"

"大婶和我姐都是认死理的人，她们只认得那个铁饭碗，哪里懂得我们要创一番大事业的雄心壮志，燕雀安知鸿鹄之志哉，千万不要和她们一般见识！"在这姐夫小舅子俩有一搭没一搭地说着话的空当儿，饭菜就全部端上桌了。袁明亮一边给杯子里倒酒，一边招呼柳北京先吃点饭垫巴垫巴，别一会儿再醉得不省人事了。三个人就慢慢边喝边聊，当酒至半酣时，他们的思想已经不再仅仅停留在抒发雄心壮志上了，而是有模有样地开始筹划开公司的一些具体事宜。直喝到凌晨1点钟，他们才咂着僵硬的舌头，离开"好运来"酒店，摇摇晃晃地摸黑回家。

推开虚掩的院门，柳北京看见母亲和自己卧室里竟然都还亮着灯，都还没睡呢。呀，看来都在等他，他心里不由得一阵暗喜，看来说服她们还是有希望的。"吱呀"，听见推门声——这暗夜中的惊雷，这是文秀的比喻。那婆媳俩破例没有像以往那样——一听见他回来的响动，就慌忙披衣下床开门出来迎接他。今天，她们有意怠慢了这位一向在心中是至圣的偶像和似乎能主宰她们命运的帝王。他明白她们都还在生自己的气。他像个被娇纵坏了的孩子，骤然间受到冷落，一时间有点抹不开面子，一赌气，径直走进了中间那个盛放杂物的窑洞里。他在炕上胡乱收拾出一块地方，顺手扯了一块蒙在面粉袋子上的破旧床单铺在身下，和衣而卧。起先，深秋的寒意冷得他怎么也睡不着，他就睁着眼睛躺在炕上反复思量筹办公司的一些细枝末节。后半夜，由于困乏至极，他才渐渐进入了梦乡。

他又回到了飘溢着悠悠枣香的苗林村。苗家外爷正铁塔般站立在茂密的枣林深处，在他身后，簇拥着苗林村几百号男女老少，每个人手里几乎都擎着一根长长的竹竿，臂弯里也无一例外地挎着捡拾红枣的筐篮。高大健壮的苗家外爷举着长长的竹竿，嘴里朗声喊道："打枣哩！打枣哩！"悠扬的喊声穿过茂密的枣林，在枣林的枝梢间盘旋，在宽阔的黄河之上萦绕回荡。只见有力的几竿敲打下去，大枣树顿时下起了"红雨"。

次日醒来后，柳北京犹在回味着昨天夜里那个真切的梦境。他觉得那是苗家外爷在冥冥之中以他老人家惯有的风格，向他暗示了自己鲜明坚决的态度。应该说，这个梦让柳北京更坚定了信心。

吃早饭时，家里的两个女人故意板着脸，依然像没看见他这个人似的，对他爱理不理。见一时半会儿无法说服这两个固执的女人，柳北京就决定来个先斩后奏，迫使她们最终无条件接受这个既定事实。他首先假意稳住了母亲，赔着笑脸说："妈，我先去单位上班，开公司的事情容咱们回头再慢慢商量吧。"走出门时，他已经痛下了决心，开弓没有回头箭，不干出一番事业决不回头。

张翠花见儿子的想法有所动摇，欣喜万分，即刻收起了要寻死觅活的念头。她踏着儿子的脚步声追到了院子里，指着儿子远去的背影，得意扬扬地向文秀夸耀："人家都说儿大不由娘管，我家北京他就是再大，也得听我这个当娘的话！"文秀没有言语，她正忧心忡忡地望着丈夫高大挺拔的背影出神。她对丈夫即将要做的大事业一点也不了解。她甚至觉得，眼前这个与自己朝夕相处的男人恍然间变得有些陌生缥缈、令人难以捉摸了。

第三十四章

　　柳北京毅然向单位递交了停薪留职报告，随后紧锣密鼓地和几个哥们儿开始注册公司、遴选厂址、招聘工人、筹集款项。1992年秋天，秀延县第一个红枣深加工公司——红宝石枣业有限责任公司正式挂牌成立了。这一年，柳北京刚刚三十岁。

　　尽管柳北京对家人瞒得滴水不漏，但是她们最终还是知道了。

　　"柳北京呀柳北京，你的翅膀长硬了，把我这个当娘的也不放在眼里了，这么大的事情就把我们娘儿们家瞒哄得不透一丝风，你的心可真大啊！"柳北京一回到家里，母亲就紧咬银牙数落开了。母亲的失落与伤感触动了柳北京内心那根最柔软的丝线。他见母亲这回是真的动怒了，赶忙上前将母亲扶着坐到沙发上，伸手揽住母亲的肩膀，嘴里连连赔不是："妈，这事确实是我做得不对，我不该先斩后奏，我真的该打！"说着，他拉起母亲的手，轻轻打了自己一个耳光："不过，妈，你应该相信你儿子的眼光和能力——这一次，我的选择是不会错的。你老人家是地地道道的苗林村人，黄河滩枣的优良品质，你应该比谁都清楚，我外婆家祖祖辈辈都是吃着那蜜一般甜的大红枣长大的，那可是人人都喜欢品尝的美食啊！你就姑且相信儿子这一回吧，我保证咱这生意稳赚不赔。"

"傻儿子哟,这世上哪里有只赚不赔的生意,净哄老娘开心!"张翠花最终还是被儿子说服了,破涕为笑。见婆婆都同意了,文秀再也没有理由反对。晚上,躺在丈夫身边,文秀柔声道:"北京,既然你已经决定这样做了,我和咱妈也没有必要再拖你的后腿。你说说看,我能帮上你什么忙?"文秀善解人意的话语,让柳北京顿时心生暖意,这段时间忙于工作,差点忘了夫妻生活这档子事,潜伏在身体深处的欲望瞬间岩浆般呼呼喷涌而出。他用直接的行动回答了文秀的话。他一把揽过她滚烫绵软的身子,粗鲁地扯掉了大红裤衩,一边勇猛地动着,一边说:"秀儿,公司里的事情不要你操心,你只要把咱妈和女儿照顾好就行了。"当晚,为全新的事业激动着的小两口没有一丝睡意,柳北京就在被窝里给妻子描绘了一番自己的宏伟蓝图。文秀听得入迷,内心里升腾起了一丝对丈夫的崇拜。她相信自己的丈夫,他想干的事情没有干不成的。文秀的肯定与支持,使柳北京心里不由得一阵激动。他侧过头深情地凝视着蜷在自己怀里的女人,文秀把自己紧紧裹在鲜红色的缎面被子里,只把半边脸露在外面。她像新婚时那样,脸蛋红扑扑的,挂满了羞涩而幸福的红晕。这羞涩的红晕,呼一下又点燃了蕴藏在柳北京心头澎湃的激情,他不免又搂着文秀折腾了一回。

最初的红宝石枣业公司,说是公司,其实只有几间租赁来的平房和简陋的办公桌椅。桌上摆放着的一部红色的电话机,也像一枚哑炮,许多天寂然无声,没有一个电话打进来。第一次收购红枣的资金是柳北京费了九牛二虎之力才筹措到手的。为了筹措这笔资金,他派几路人马分别上虞城,下省城,到北京,找关系,跑路子,要无息贷款,但每一次都无一例外地吃了闭门羹,无功而返。其他人几乎都要泄气了。他们说没有钱什么事也弄不成,不如趁早散伙算了,这样大家也许还能少赔一些。柳北京就偏偏不信这个邪,他决定亲自出马跑贷款。

去省经贸委要贷款,柳北京兜里装的钱只够买往返的车票。为了节省每一分开支,他一路上饿了就啃两口随身带的冷馒头,渴了就从路边的水龙头上接一杯自来水喝,他在省经贸委的接待室里一坐就是三天。胃被省城的自来水喝坏了,一个劲儿地拉肚子。俗话说,壮汉也怕三泡稀,三天下来,他面黄肌瘦,几乎风一吹就要倒下去了,但是他依然执着地坐在那里等待答复。有人说,精诚所至,金石为开,诚心有时会感动上苍的。的确,经贸委的领导最终被他的诚心所感动,觉得一个人如果能够有如此顽强的毅力,这是个能成事的好苗子。他们于是破例出面为他说话,争取到了二十万元资金。副主任是一位美丽又善良的女人,她从小巧的坤包里翻出了一片痢特灵送给了柳北京。她用温婉好听的普通话对他说,吃上两三片就见效了。他握着留有漂亮女人体温的药片,脑海里滚过一浪高过一浪温暖的春潮,似乎手里握着的就是女人软语款款的柔情。

拿到钱后,柳北京欣喜若狂,他恨不得立刻插上翅膀飞回秀延县,好好大干一场。等他急匆匆地赶到车站时,开往秀延县方向的最后一班车已经开走一个多小时了。今天看来是回不去了,他真想到旅社里开个房间美美睡上一大觉,可是捏着包里厚厚的一沓钱,他又心疼了,这些钱来之不易,是要干一番大事业的,好钢必须用在刀刃上,他不允许自己乱花一分钱。这一夜,柳北京就顺着灯火通明的长乐路走了整整一夜。他边走边思虑,后天一大早自己估计就能赶到厂里了,到时再累也不能休息片刻,要赶紧派人雇车去苗林村收购红枣。这一次我们付的是全款,只要信誉好,下次就可以向枣农先赊欠一部分,以缓解公司资金的缺口。老百姓最看重的是做人的"信义"二字,在商言商,诚信可贵,只要他们认可你的人品就会乐意和你打交道。他顺着自己的思路,又想到回去后应该立即制定一套切实可行的公司制度,第一条就是坚决杜绝铺张浪费,过日子就得精打细算。这个在家里被两个女人宠得横草不拾、竖棍不拿,一向大大咧咧的男人,一夜之间仿佛突然变了个人似的,竟然学会了精打细算。

柳北京带着二十万元资金兴冲冲地赶回了秀延县城。由于过度劳累和饥饿,他病倒了,躺在炕上,身子一阵阵冷得发紧,还一个劲说胡话。文秀抽出体温表一看,吓得惊叫了一声"我的老天爷呀"——他已经高烧到39.2℃了。张翠花也在一旁不住地埋怨,做生意连命都不要了。这婆媳俩便强行将柳北京拉到医院去打点滴。医生诊断为流行感冒引起的支原体感染。柳北京在医院一躺就是三天,到第四天早上,病情略有好转,他再也躺不住了,趁文秀出去买早点的空当,将输液管子一拔,偷偷溜出去拦了一辆蹦蹦车向公司方向飞驰而去。柳北京一边往公司赶,一边打电话通知文章立即召集有关人员开会。他说:"时间就是金钱,就是效益，一天也不敢再耽搁了，咱们这一大家子人每天都要吃要喝哩，今天无论如何必须派人下去先收购红枣。"但当他打开文件柜时，顿时傻眼了，装钱的袋子空空如也。那千辛万苦筹集来的二十万元资金，仿佛长上了翅膀似的不翼而飞了。他脑袋里一阵嗡嗡轰鸣，心急上火，嘴角上一眨眼工夫就多出了一溜黄豆粒大小的燎焦泡。

大伙儿听说那么一大笔钱被他搁在办公室里弄丢了，也开始以不信任的目光互相埋怨、怀疑。霎时，领导班子和整个公司内笼罩着一股令人窒息的气氛。知道贷回来巨款的人就只有副总袁明亮、办公室主任文章和财务会计马碧兰三个人，连张翠花和文秀也不知道。袁明亮和文章那天刚好结伴去虞城办事，至今还没有回来。马碧兰也因为孩子生病请假了。这三个人都有不在现场的充分证据。那么，究竟是谁拿走了这笔钱呢？无奈之下，柳北京只好把公司里的所有员工一个一个分别叫到办公室里亲自谈话，想从中摸排出蛛丝马迹。令人揪心的时间一分一秒地过去了，经过一级一级的层层筛选排查后，柳北京最终失望了，他的脸上渐渐笼罩了一团浓得化不开的愁云，从个人谈话中，他已经初步排除了出现内奸或者家贼的可能性。此时，马上有人说，会不会是那三个知情人于无意中将贷回来这一笔巨款的消息给透露了出去，以致招来了毛贼。

翌日下午，袁明亮和文章才从虞城赶回来，马碧兰也被一个紧急电话催回了公司。当柳北京委婉地向他们问及巨款的问题时，那三个人当即表现出了一种受辱似的气愤。袁明亮和文章都瞪大眼珠子，用手使劲啪啪拍着各自的胸脯保证："我们的人格可以为自己担保！"两人信誓旦旦地表示了自己的清白，说他们对公司的事情一向尽职尽责、守口如瓶。马碧兰是最后一个被叫进去谈话的。当她最终弄明白柳总找她谈话的目的后，心里倍感委屈，眼泪马上不争气地流了下来。她使劲擤着鼻涕，气呼呼地向柳北京发了毒誓。她说："柳总，你必须相信我。我绝不会做出那样龌龊的事情。那钱如果真是我拿的，或者消息是我透露出去的，我情愿当场被汽车撞死！"柳北京无可奈何，他相信这三个人的说法，用人不疑，疑人不用，他们都是他最信得过的人，绝不会干出那种见利忘义的事情来。那么，是谁吃了豹子胆偷走了这笔钱呢？

早在柳北京投资开公司三个月之前，田安门已辞职下海，筹措资金办起了一家以红枣为主要原料的饮品加工企业——塞上柳红枣饮品公司。他们公司生产的"塞上柳"牌红枣汁以及"甜滋滋""酸溜溜"等一系列饮品，一经上市，立刻就受到了广大消费者的青睐，畅销全国各地。就在红宝石枣业公司正在为那二十万元资金着急得焦头烂额之际，塞上柳红枣饮品公司生意做得有声有色、蒸蒸日上。田安门似乎气定神闲，过着优哉游哉的惬意生活。

一时查不到盗贼，公司里大多数人便把怀疑的目光聚焦到了塞上柳的老板田安门身上。这两个公司的老板之间那段广为人知的感情纠葛，不得不让人将怀疑的矛头指向目光阴鸷的田安门身上。柳北京此时也很茫然，仿佛已经失去正确的判断方向，应该说起先他并不相信田安门会做这件事，从小到大，他应该还是很了解田安门的为人的，这个人虽说性格不太开朗，但是性情温和、个性懦弱，不像是那种杀伐果断、能干出杀人越货勾当的歹人。尽管他们是情敌，并且一直传说他长得酷似自己的父亲，但是柳北京还是不愿意把他想得那么坏。但是耳旁说的人渐渐多了，不由得让人生疑，犹豫之间，他还是选择报了案。

半个月之后，案子真相大白了。当头脑简单的毛贼笑眯眯地提着偷来的赃款到秀延县工商银行存款时，票面上所显示有序的编号出卖了他的罪恶行径，这个人被守候多时的公安人员当场抓获。经审讯，那个毛贼与田安门并没有丝毫瓜葛，他根本就不认识田安门。偷钱的毛贼其实是红宝石枣业公司一个月前雇来的电工小贾。原来，小贾当天在办公室检修线路时，无意中看见柳北京正从手提包里取出一沓沓厚厚的钞票往文件柜里放。于是，他就产生了将这些钱据为己有的肮脏念头。等柳北京一回家，他就迫不及待地朝文件柜伸出了罪恶的黑手。万幸资金被全部追回来了，柳北京喜极而泣。众人义愤填膺，想不到自己的同事中竟然潜伏着小贾这个人渣。

冷静下来后，柳北京决定姑且宽容这个青年一次，他亲自跑到公安局替小贾求情，让他们看在现金已全部被追回的面上，教育一下就放了小贾吧。柳北京的行为惹恼了公司的班子成员，在班子成员会上，他们认为老板是个窝囊的当代东郭先生，说他这种做法无异于放虎归山。柳北京对此却有自己的解释："在此用人之际，我们要精诚团结，我不希望我们公司因为这笔资金而出现分崩离析的局面。再说谁能保证人一辈子不犯错误呢？知错能改就是好同志。小贾也是见钱眼开，一时糊涂，经过这次教训，我相信他以后再也不敢做出这等荒唐事情来了。"他的一番话，说得在座的众人无言以对，心里无不折服于他的宽容和大度。这件事情很快传遍了秀延县的大街小巷，人们无不为柳北京宽容的人格魅力所折服。除了拍手称道以外，秀延县更多的人才也纷纷自觉自愿地汇集到了柳北京的麾下为他效力。

在塞上柳红枣饮品公司总经理办公室，田安门对此事却不以为然。他笑着对武小亮说："柳北京这小子又在耍花招哩，他不仅仅是在悬崖边挽救了一个失足青年，更是用这种手段收买人心，往自己脸上贴金。我觉得他这钱丢得好不蹊跷，会不会就是一出苦肉计呢？"

武小亮说："咱好好做咱的生意，管他什么苦肉计！让他好好折腾去吧，看他还能弄出个什么名堂来。"

第三十五章

　　高顺有暗暗庆幸自己当初果断地拾掇了煎饼摊子跟着柳北京干。他甚至为自己的英明决策得意万分。好几次夜里，他都忍不住向他老婆夸耀，仿佛红宝石枣业公司后来所获得的一个个殊荣，都是他立了头等功似的。红宝石枣业公司于创办第二年一炮打响，年产八千吨"红宝石"鲜枣系列产品。经过三年的经营，公司已经拥有了广阔的市场，产品行销全国各地以及国外市场。与此同时，塞上柳红枣饮品公司的生意也蒸蒸日上。应该说在创业初期，良性竞争使这两个公司取得了很大成功，它们一举成为县上的龙头企业，带动了一大批红枣企业的创建与发展。

　　起先，红宝石枣业公司的一些股东，见公司盈利了，就极力撺掇总经理柳北京将盈利分红，大家好各自过一过富裕的小日子。开股东大会时，不知谁先挑头说起如今这个社会，要看男人的品位，只瞅瞅他的香车女人便可知分晓。于是，大伙儿便把话题扯到美女香车上来了。见柳总没有明显表示什么，收购部经理高顺有就大着胆子谝开了。他最羡慕人家神东一家大公司："那才叫家大业大气魄大呢，人家公司几乎每个部门经理都配备了一辆桑塔纳小轿车，如果他们把车都开到街道上，黑油油、齐刷刷，嗨，那个阵容，那个气魄，可把人给羡慕死了！

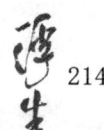

至于人家老总和副总的坐骑,我说出来保证会吓你们一大跳!"

其他人都没有吭声,只是把目光投向了坐在主席座上的柳总。柳北京若无其事地望着他,笑着说:"别卖关子了,老总和副总的坐骑也大概不过一辆皇冠奥迪罢了,难不成他们就开了老虎?"

"嗨,柳总,这回你还别门缝里看人。就那几个副总人手一辆奔驰,二百多万元的大奔呀!可人家保安还说了,这算不得什么稀奇事,最稀罕的是他们老总的坐骑,乖乖,真是闻所未闻,竟然是一辆价值六百多万元的迈巴赫62,听说光这辆豪华轿车的专职司机的年薪都超过了二十万元了呢!"高顺有学着神东人的口音说着,把大伙儿逗得直乐。

"哇,太夸张了!"

"我的天哪!啧啧……"整个会场上当即回响着众人吃惊万分的咋舌音。

"我听说神东人向外地人显摆时最爱说的一句话就是:想看好车吗?那就到我们神东来!瞧瞧,人家那口气,该有多神气啊!其实细究下来,这句话也并没有多少夸张的水分,只要细细捋一下,中国现在有的这些豪华轿车、高档轿车在他们那里几乎全了。我上次带小张去神东收购红枣时,走在神东县城宽敞明亮的大街上,让我好一阵眼红,从我们面前驶过的不是林肯,就是凯迪拉克;不是奔驰,就是宝马。还有什么好像叫林肯领航员的,太拗口了,我至今连名字也记不浑全。像这等进口超豪华轿车街上随处可见,唉,看得我一下子就像皮球一样泄气了,一屁股坐在一家饭店门前的台阶上半天不想起来。瞧瞧,人家那日子过得多风光!再回头看看咱这样每天拼死拼活到处奔波,临完连人家的一个车轱辘也没有挣下,你说这人比人,气死人,人和人咋就区别那么大呢?不瞒诸位,当时我俩都看傻了。"

"哈哈,傻了好,一口一个人家,仿佛没有了自家。"柳北京笑着说。

"领导,你是批评我呢,我那是羡慕人家啊!"

"比不过,就自己挣!"

这次股东大会随着收购公司经理高顺有的话题,不由自主地转换成了关于豪华轿车的研讨会。至此,大家伙儿再也没有禁忌,打开了话匣子,热烈地讨论开了各自对汽车的认识和见解。见众人都说得热火朝天，柳北京也似乎特别爱听这些话题。副总经理袁明亮暗自思量，自己再不说点什么，恐怕柳总会产生想法的。于是，他站起来，轻轻咳了一嗓子，声音高亢地说："目前全国就是这样的形势，咱若不跟着形势走也不对。我首先提个建议吧，咱柳总的那辆二手桑塔纳已经开了好几年了，应该换一辆新的了。其实说白了，柳总的车就是咱红宝石的门面，他的车能上一个档次，那表明咱红宝石的成就也上了一个很高的台阶。大伙儿说说是不是这个理？"袁明亮的提议得到了普遍赞同。接下来，大伙儿就踊跃地参与了有关为柳总购买什么样的坐骑的讨论之中。

呼小三说："依我看咱们干脆也放他一颗卫星，买一辆'买不下62'什么的，也好镇一镇那些看不起咱们的富人。"大伙儿听了，全笑得前仰后合。"什么'买不下62'，是迈巴赫62！没文化，还不夹紧嘴巴，再甭到处丢人现眼了！"讨论了整整一个上午，最后大家一致敲定：不买就不买，要买就买宝马！是男人都爱车，正如没有不爱女人的男人。柳北京嘴上尽管没有说什么，但在心里却默许了大伙儿的建议。一个月后，一辆闪耀着灿灿光辉的宝马轿车来红宝石报到了。

对于将盈利分红，大家好各自过一过富裕的小日子这种浅薄的想法，柳北京嗤之以鼻。他不满地咚咚拍着桌子："这是典型的鼠目寸光，是小农经济意识的初级表现！"在董事会议上，他郑重地宣布了自己的规划："我决不允许有人恶意瓜分公司的利益！首先，我们要有前瞻的目光，要有把事业做大做强、形成一定规模的坚定信心！我们的事业前景非常广阔，好戏才开头，好日子还在后头哩。"兴建办公楼，建立宣传部、质检部、企划部、财务部、收购部、生产车间、销售部，以及在西安、北京、上海、杭州、乌鲁木齐等三十多个直辖市和省会城市设立销售办事处，率先占领那些地方大型超市的市场份额，立即购买十辆大型运货车，其中三辆分配给采购公司下乡去采购原料，其余的则全部分配给销售公司往外面的销售办事处昼夜送货……当柳北京把这些设想一一说出来后，众人惊得半天合不上嘴巴，他们为自己的目光短浅而汗颜，除了对他的英明领导言听计从外，再也说不出什么话来。"大伙儿听听，人家柳总这才是要干大事业的人，多大的气魄！我们没有什么可说的，一句话，大伙儿跟着柳总好好干就是了！"见大家都不吭声，袁明亮只好站起来表态，别的人都跟着随声附和。

随着红宝石枣业公司的名气日益壮大，许多枣农和收购红枣的生意人也争相找到红宝石来，要求与他们签订长期的采供购销合同，其中一部分人曾经就是塞上柳红枣饮品公司的长期供货商。

原先，田安门只是抱着在一旁看红宝石枣业公司热闹的心态，但是这种好心情很快就被这个坏消息破坏了。一听说自己公司的长期供货商也被柳北京那狗日的给拉拢走了，田安门顿时火冒三丈，他在办公室里破口大骂："柳北京你这个龟儿子，咱们各人做各人的生意，井水不犯河水，你如今竟然屙到老子头上来了，真是欺人太甚，老子可不是这么好欺负的！"可是，骂归骂，他又无法直接去找柳北京闹事，他的手下打探得很清楚，是那些狗日的红枣贩子自觉自愿地找到人家门上去的。唉，如今这些瞎(hā)尿（坏蛋）个个都是些见风使舵的家伙！道高一尺，魔高一丈，田安门和他亲信们关住门，抽了整整一天烟，商讨对策，到黄昏时，一个技高一筹的对策出笼了。门一开，满屋子烟头狼藉，烟雾缭绕，把人能熏得晕倒。

正当红宝石枣业公司沉浸在胜利的喜悦中时，突然，传来了塞上柳红枣饮品公司以每斤红枣高出自己公司两毛钱的价格，于一夜间全部收购完了秀延县黄河沿岸枣乡的大红枣的消息。至此，恶性竞争的气氛便像沙尘暴一样弥漫着秀延县的红枣市场，被利益驱使的小生意人八仙过海各显神通，唯恐一招不慎中了对方的招数。

田安门于一夜间垄断了县上红枣收购——这个消息不亚于一声惊雷，在柳北京的心头炸响。田安门这一手做得可真够绝的，他这是一记致命的掏心拳啊！没有了红枣原料那还叫什么红枣加工厂，看来我们只能等死啊！柳北京狠命地抽着烟，桌子上的烟灰缸里，烟头已经堆到缸外，众人死死盯着依然冒着缕缕青烟的烟头小山，抓耳挠腮、无计可施。会议室里一片静寂。

"不，我们不能等死！我们要置之死地而后生！"柳北京自顾自地在那里吼叫。众人不解地望着他，不知道这个睿智而年轻的领导有了什么样的对策。

"咱们公司现在还有多少库存？"这时柳北京猛地转过头来问坐在他左边的收购公司经理高顺有。

"等等，我还没有想好呢。"高顺有正埋头叹气，思虑着要如何对付塞上柳红枣饮品公司的人，没听清楚柳北京的话，被这么冷不丁一问，回答得有点牛头不对马嘴了。

"甚？你小子还没有想好？都火烧眉毛了，你还要怎么想？你连库存原料都不清楚，简直是个废物，还配当这个收购公司经理吗？我立即撤掉你的职务！"柳北京顿时大发雷霆。见柳北京发火了，大伙连忙上前帮高顺有打圆场，高顺有也急忙就坡下驴，赶紧如数家珍似的报出了公司现有的库存数目，并连声向柳北京道歉，说他刚才只顾冥思苦想要怎样制服田安门那狗日的，根本就没有听清他的问话。听高顺有如此一解释，念他一片赤胆忠心，柳北京才止住愤怒。临散会时，柳北京郑重宣布了一个大胆而冒险的决策——"高顺有，你给我听着。散会后你带领收购人员兵分三路立即起程分别去神东县、佳元县和山西省三地，全面铺开收购工作，务必将那里的好枣子一网打尽！"

田安门得知这个消息，已经是半个月以后的事情了。此时，神东、佳元和山西等地的优质枣子已经尽数被红宝石枣业公司一车一车地运回来，像山峁一样地堆放在了原料库房中。田安门重重地摔掉了手中的话筒，咬牙切齿地骂道："柳北京，你这个狗日的，总有一天要让你领教到老子的厉害！"他脸色惨白，阴鸷的眼睛里冒出了一丝凶光。站在他对面的秘书李玉霞被他的凶相吓住了，她哆哆嗦嗦地捡起了摔在地上的话筒，轻轻搁到电话机上，然后逃一般地离开了总经理办公室。

第三十六章

　　柳北京曾经不止一次地紧紧搂抱着文秀，深情而又充满诗意地赞美："家，就是我的摇篮，我的避风港湾，我最美丽的栖息地！"客观地说，在创业之初，他还是深深爱着文秀和这个家的。只是由于太忙碌，在家里停留的时间越来越短暂，他把全部心思都放到了红宝石枣业公司的发展上了。

　　时光就在忙碌而寡淡的生活中慢慢一点一滴流逝了，连餐桌上的饭菜也显得寡淡无味。在柳北京家的饭桌上，很少有鸡鸭鱼肉等荤腥之物，因为文秀做饭，多半以素菜为主。有时，下班回来后饭就做迟了，为了省事，她就干脆把粉条、冻豆腐干、白菜帮子、土豆片等烩成一锅大杂烩。这种寡淡无味的饭菜已经令柳北京腻烦透顶了，遇到他不高兴的时候，他就会非常不满地指责一通，一点情面也不给文秀留："整天做这样的饭菜，是准备喂猪呢，还是养鸡呢？"文秀正立在近前向女儿碗里夹着一块豆腐干，被丈夫的话戗得满面通红，尴尬万分。

　　这一切都被从省城回来休假的表姐看到了。第二天，她避过柳北京意味深长地对文秀说："弟妹，我记得有个女作家曾经说过，一个女人如果抓不住男人的胃，那么也就无法抓住这个男人的心。"表姐的话对文秀还是有所触动的。自打那以后，文秀就格外注意起家里的饮食来，她专门从秀延县新华书店买来了一些烹饪方面的书，将菜谱摊在案板上，一边看着菜谱，一边学着上面罗列的种种做法热炒凉拌。尽管她下了很大的功夫，但是烹饪水平并没有多大长进，依然做不出令柳北京胃口大开的美味佳肴。天生不是做厨师的料，文秀苦笑着双手一摊，干脆将菜谱撇在一边不学了。尽管在家里吃不到令人开胃的可口饭菜，但这并没有太多影响柳北京的情绪，他对这个家依然一往情深。因为嘴馋了，他可以偶尔到外面开开洋荤。在家里，他不用干家务活，一进家门，立刻就会有老少三代女人亲热地围着他，问长问短、嘘寒问暖。母亲张翠花最关注的是儿子生意状况。每次只要柳北京一回到家，她头一句话总要问道："京儿，你们公司生意最近怎样？""赚了，赚肯定是要赚的，关键是看又赚了多少嘛！"母亲事无巨细地问，令柳北京哭笑不得，又腻烦至极。他对母亲说："我回头让我们财务会计来给你汇报吧。"文秀最关注的当然是丈夫的身体。她总是用不满而挑剔的语气对丈夫说话。"看看，昨晚又熬夜了不是？还说没有，黑眼圈不是在那里明摆着嘛！""哎，北京，我说你也应该刮刮胡子了，胡子拉碴的，还有个公司老总的形象吗？今后可要注意点个人形象哦。""哎，北京，我说你以后能不能尽量少抽点烟，看看，这件衬衣才穿了几次，又被你烧了一个大洞。就这么个烧法，多少衣服经得起你烧啊？"每当这时，柳北京就会低头瞅着衣服上的洞，嘿嘿赔着笑。女儿柳絮的注意力却常常被爸爸的黑色手提皮包所吸引。在她眼里，爸爸的黑色手提皮包仿佛就是杜十娘的百宝箱，那里常常能像变戏法一样变出来令她开心和陶醉的糖果、巧克力、布娃娃、漂亮裙子、新式的文具盒……在家里那种特受宠、被尊捧、被需要的优越地位，使得柳北京飘飘然，对这种平和而宁静的家庭生活，他感到相当满意。同时，柳北京总是一遍遍地在心里告诫自己，要好好珍惜文秀，珍惜这个和和美美的家庭。

然而，自从他身边出现了刘晓月，这个初衷便随着时间的推移渐渐淡化了。

在公司招聘会上，柳北京被前来应聘的一位美女的倾城之貌深深吸引住了。他几乎脑子一片空白，盯着那个美得无与伦比的女子，惊为天人，半个小时没说一句话，指缝间夹着的香烟差点就烧到了中指头上，也没有丝毫知觉。一直望着他的女秘书呼小丽，只好走上前去悄悄提醒了他一下。女秘书的举动显然令他很不愉快，仿佛内心蓬勃的欲望被人洞穿了。他责怪地回望了一眼女秘书，这才用力将烟头狠狠地摁灭在桌子上那个硕大的雕花烟灰缸里。他的这一反常举动，和他爷爷柳厂长当年遇到那件捉奸事件所表现出的行为，有着惊人的相似之处，无不反映了柳氏家族代代相传的果断坚毅的性格。这个绝色女子，正是他少年时的邻家小妹刘晓月，她已经出落得楚楚动人，不必说话，只是静静地坐在一旁，就有一种欲说还休的风情。她没有化时下流行的浓妆，素净的脸上漾着一抹纯真的笑容，不禁让柳北京想起李白的诗句：清水出芙蓉，天然去雕饰。在一瞬间，柳北京心里莫名其妙地产生了一种预感，眼前这个女子将会与自己产生一种纠缠不清的关系。

刘晓月就是柳北京家当年在石板巷居住时的老邻居老刘叔家的小女儿。这个邻家小妹在柳北京的印象中，只是个黄毛丫头，走起路来两条细长的胳膊甩来甩去，屁股扭来扭去；碰见生人，两只乌黑的眼睛总是马上低垂下来，用长长的睫毛遮盖起来，现出一副羞答答的模样。小时候，她整个就是一个跟屁虫。她喜欢整天跟在柳北京、田安门，还有她亲哥刘小强这些顽皮小子的屁股后面，"北京哥""安门哥"叫得欢。那时候，她常常拖着两条好像永远也擤不干净的浓鼻涕，这也许是柳北京或别的小朋友不喜欢她的原因。见她黏在屁股后面碍事，柳北京和其他两个小伙伴总是互相挤眉弄眼，先做出一副欲要溜出大门的假动作，然后趁其不备，以最敏捷的动作猫着腰从一人高的墙头上纵身一跃跳了下去。之后，一溜烟跑得无影无踪。只留下刘晓月这个跟屁虫蹲在门巷里哼哼唧唧地哭上大半天。柳北京感到很新鲜，他怎么也想不到刘晓月这个当年吊着鼻涕的黄毛丫头一夜间出落得如此水灵，她身材丰满窈窕，双腿修长匀称，肌肤细腻光滑，乳房高耸，举止轻盈，脸蛋白皙姣好，黑亮的碎发披散在丰腴的香肩上。这一切美的符号如同一股清风徐徐吹进了柳北京的心湖，他的心底顿时升腾起了一股火辣辣的久违了的激情。

面试那天，刘晓月谈吐不俗，举手投足间有着说不出来的诗意和韵味。那天，在场的红宝石枣业公司所有领导，都被这个极有品位、温柔聪慧的女子给征服了。刘晓月毕竟是从省城高校学成归来，她的自信笑容、大方举止，为她赢得了机会。面试完毕，当刘晓月从柳北京身旁走过时，并没有说话，只是边走边淡然地瞟了他一眼，嘴角挂着一丝妩媚的笑意。这使得柳北京的脸上犹如荡过一阵温暖轻柔的春风，他摸摸自己刮得发青的下巴颏，随之浮现出了一丝会心的微笑。刘晓月走出去了，柳北京从老板椅上站起身来，快速地走到走廊的落地窗前，眯起眼睛，紧紧盯着刘晓月窈窕的背影，直至她的身影在小路的拐弯处消失。

坐在办公桌前，柳北京迫使自己拿起桌上的文件看，可是眼前掠过的却是五年前和十八岁的刘晓月在小巷里相遇的情景，他不由得笑了起来，眼前仿佛浮现出了刘晓月白嫩的双手，那双小手轻柔自如地搭在褐黄色的扁担上，两只铅灰色的小桶，随着她婀娜的腰肢缓缓摆动，晃来荡去。

他打电话叫秘书呼小丽过来："明天打电话通知刘晓月，她已经被我们公司正式录用了。"

"是，柳总，请问具体什么岗位？"

柳北京凝神想了一会儿说："就总经理助理吧。"

第二天，刘晓月正式上班。刘晓月的到来，犹如一股春风吹皱了柳北京的心湖，一圈一圈的涟漪扩散开了又聚拢起来，激荡着他的心胸，只要远远地看到她的倩影或者笑脸，他的内心便会涌现出一种兴奋激越的情绪，这种好心情使得他一整天都感觉神清气爽，精神抖擞，干劲十足。起先，他对这种很奇异的感觉并没有意识到有什么不妥之处，反而为自己突然之间焕发出来的青春活力感到扬扬得意。从那以后，柳北京心里就无法抹去刘晓月的影子了。中间有几天，刘晓月因为生病请假了，柳北京便觉得心里空落落的，怅然若失。

第一天，他只是淡淡地问秘书："刘晓月今天怎么没来上班？"秘书回答说刘晓月生病请假了。他轻轻嗯了一声，心神不定地望着窗外。

第二天，见刘晓月的位子依然空着，他再也坐不住了，就主动打电话过去，询问她的病情，并关切地说："晓月呀，你要感觉实在不行，就干脆住院……"刘晓月那头很感动总经理的特别关怀，连声说："谢谢柳总的关怀，我只是得了伤风感冒而已，没事的，没有大碍，在家里休息两天就好了。"

第三天，柳北京去县政府办事，他把车停在城关小学门口，故意绕道走进了刘晓月家所在的石板巷。这几年，除了柳北京与田安门先后相继搬到开发区的花园住宅楼小区居住以外，刘晓月家和别的邻居仍然还都住在低矮狭窄的石板巷里。对于花园住宅楼小区，秀延县的普通老百姓都心存艳羡和敬畏，那是县上极少数有钱人和当官的才能住得起的地方。在大多数秀延县人民排着长长的队伍挑水吃的日子里，这些有钱有权的人在高高的大楼上，只要轻轻一拧水龙头就可以听到哗哗的流水声；冬天，当家家户户的烟囱里哆哆嗦嗦地冒出呛人的滚滚浓烟时，花园住宅楼上的居民火柴也不用划一根，就能安然享受到暖气所带来的满室春意；过年前几天，基本忙完了家里的活计，秀延县许多女人都要到公共浴室里去洗一回澡，当她们像剥粽子一样，脱下了一层又一层的衣服，露出了下垂的乳房、松弛的肌肤，瑟缩着身子簇拥在一个水莲蓬下，死命地搓着身上堆积了一冬的厚厚的垢痂时，花园住宅楼上的女人们则刚刚从自家安装有浴霸的洗手间里沐浴净身出来，她们只在身上裹着一块飘逸着奇香的浴巾，惬意地轻轻甩着发梢上滴滴答答的小水珠，悠闲地露出两条修长性感的大腿，在男人的热切注视下，信马由缰地在宽敞舒适的居室里飘来荡去。秀延县的许多老百姓打花园住宅楼小区前面经过时，都要仰着脑袋掰着手指头数数楼层的高低，有人数的是十五层，有人数的是十六层，数着数着，他们就会感到脖子酸痛，眼睛发花，有一阵阵眩晕感从脑后秋风般扫来。面对着这几幢在小县城里极为罕见的高楼大厦，大多数人怀着羡慕和向往之情，只有极少数人才会牢骚满腹，私下里叽里咕噜骂几声不晓得怎么得了不义之财之类的话。大多数人听见此话，就会当即迎头反击：看你说的是什么鬼话哟，你这是吃不上葡萄才说葡萄酸哩。

石板巷的大部分人就暗暗把能住上花园住宅楼房确定为自己最实际最迫切的生活目标。有些人自感能力有限，虽然不敢奢望自己有一天也能堂而皇之地昂首出入花园洋房，像现在每天都要出入石板巷一样稀松平常，但对儿女们却抱有很大的信心，他们不断地给孩子打气鼓劲，灌输一个朴素的道理："孩子，将来想入住花园洋房吗？""当然想！""那你现在就必须努力学习，只要能考上大学，赚了钱，当上官，才能像人家柳北京、田安门一样入住花园洋房，享受空调暖气，不出门就能在家里痛痛快快地洗上热水澡，而且什么时候想洗就什么时候洗……"在闭塞落后的秀延人简单的思维中，享受空调暖气，不出门就能在家里随时洗上一回热水澡，大概就是活在天堂里了。

住惯了楼房的柳北京突然间走进了故园，顿时感觉石板巷是多么低矮简陋，那些甲壳虫一般的房子，趴在地上，拥挤、低矮、陈旧不堪，房顶上荒草丛生，绿苔斑斑，越发显出破败之相，仿佛是一些饱经沧桑的老者，于不经意间，默默记录下了发生在这个巷子里的一些平凡或者不平凡的故事，在无声地向人们诉说着人间的沧桑变迁。文秀的奶奶正和几位老人悠闲地坐在巷口的石凳上晒太阳。这老太太约莫快有九十岁了吧，已经老得掉光了牙齿，满脸粗糙繁密的褶子随着头颅的晃动在颤巍巍抖动，几绺稀疏的白发像干枯的荒草一样不安分地伏在头顶上。老人苍老的模样，就像趴卧在石板巷里的那些摇摇欲坠的旧瓦房，令人吃惊。奶奶真是老了，柳北京吃惊于奶奶的老相，不禁在内心里感慨流年似水。

老太太已经不认识柳北京了，她老眼昏花地打量着正向里面张望的年轻人，声音沙哑地问："这是谁家的俊小子，看起来倒有些面熟！"

柳北京回头笑了笑，并不搭理文秀奶奶的话茬。他又向前走了几步，两眼不停地朝刘晓月家的院落里瞅。只要刘晓月的身影出现在院内，或是在窗口一闪，柳北京的心里立刻就会升腾起一股灼人的热情，同时不免滋生出一种紧张的感觉。这种感觉对他这个已经做了父亲的人来说，依然存在着致命的诱惑。他怕被文家其他人看见，连忙装出走错了门的样子，紧走几步，离开了石板巷，走远了，又不由得频频回过头来朝巷子里张望。

第三十七章

田安门与柳北京面对事业的成功，表现迥异，正如他们从小就个性不同一样。

1995年5月，在首都北京召开的首批百家中国名特产品之乡命名大会上，秀延县被正式命名为"中国红枣之乡"。秀延人民为此欢呼，这是红宝石枣业公司和塞上柳红枣饮品公司为大伙儿带来的荣誉，也是柳北京和田安门这两位领军人物给秀延人民带来的福祉。

看到公司不断回笼的资金和利润，田安门兴奋得心花怒放、踌躇满志，他由衷地感谢与他一起奋斗打天下的那些哥们儿。田安门从小就有英雄情结，他崇拜西楚霸王项羽，羡慕他的勇猛过人，也欣赏他对虞姬的用情至深，这种英雄主义情结直接影响了他的爱情观和价值观。小时候，他就常常幻想自己变成西楚霸王，文秀做他的虞姬；后来当他们相爱后，他以为自己已经快要接近理想生活了。然而，文秀最终弃他另嫁，带给他终生无法忘却的伤痛，伤痛造成的恶性循环就是他多年没有娶妻。在他眼里，世上女子只要与文秀相比，皆无颜色。在多少个孤寂的暗夜里，他拘束在自己的执念里，一边痛苦地恨着，一边刻骨地相思着。再比如说他非常欣赏项羽待人仁爱，说话和气，只要哪个士兵生了病，他总要亲自送些吃喝，有时还会心疼地陪着伤病员流泪。而且他还特别崇尚梁山好汉行侠江湖、有苦同吃有难同当的气概。田安门把这种价值取向直接搬到了生活中，而且将这种仁爱之心发挥到极致。他经常与员工一起加班加点，同在职工食堂用餐，同在篮球场上追逐。有的员工病了，他能记得给买药，有的员工没钱花了，他总是尽量协调让财务上预支一些工资给他们，他说大家出来上班就是为挣钱，总不能叫没钱花把人憋住了。因此许多员工都念着他的好，既敬他又爱他。他被这种英雄情结和侠义精神左右着，召开了全员大会。现在他有资本实现大块吃肉大碗喝酒的侠义抱负了。在会上，他慷慨激昂地向众人宣布了公司可喜可贺的经营局面，并且做出了一个出人意料的决定："本老总要论功行赏，明天大伙儿都到会计那儿去把自己这半年来的红利结算一下。不过，这钱先别领走，我有个很好的打算，不知大伙儿意下如何？"当大家得知总经理已经于前不久随着购房团，在省城繁华地段一个叫蔷薇苑的地方为他们每人购买了一套三居室的房子时，无不为总经理的仗义举措感激涕零。田安门告诉他们，那些红利已经为他们交付了首付款，现在大家都去会计那里核对一下。

临散会时，田安门的另一项重要决定又掀起了一轮新的高潮。

"凡是在本公司创业过程中创下辉煌成绩者，下个月都可以随本人去新马泰一游！这个人员名单，一会儿由李玉霞来宣布。今天下午全公司放假休息。中午我请客，咱们开赴聚宾楼，喝酒去！"在公司全体员工一片叫好声中，田安门很快就散尽了好不容易才集聚起来的那点原始积累。

"你的所作所为，不但暴露了小富即安的小农心态，同时也是一种极其缺乏战略眼光的典型表现。"后来偶尔聚在一起喝茶，柳北京一针见血地向田安门说出了自己的看法，"你知道你这种行为意味着什么吗？这就是可怕的农民的劣根性！"柳北京的话可能过于直接，令田安门心里很不舒服。当时，他根本就没有认识到这个问题，说实话，他压根就没有认真思考过这个问题，自然无法接受柳北京的观点。

"我虽然少了点资产，可是我凝聚了人气，我们常常讲以人为本，人才是第一生产力！"

"你把雄厚的资产挥霍出去，也不想想往后拿什么来运转？你现在要把心思

放在经营公司上,而非急功近利地收买人心。"

两个人最终无法统一认识和看法,不欢而散。"就你会显摆,你懂个什么!"田安门在心里骂着,他受不了柳北京那种颐指气使的语气,重重地撂下一句话,愤然拂袖而去。

随着公司日益发展,柳北京渐渐觉得自己现有的那点管理企业的水平开始力不从心。为此,他又像一个虔诚的小学生,找来各种企业管理方面的书籍埋头钻研,并且多次利用出差的机会到一些知名企业参观、学习、考察。他不仅抓紧加强对自身文化素质的扩充,还专门派了几名年轻精干的销售经理到外地去学习经验。企业文化到底对企业起到什么作用?是可有可无的,还是企业生存发展的根本呢?柳北京对此陷入了深深的思考。他山之石,可以攻玉。在不断的学习过程中,柳北京渐渐领悟到了发展企业文化的重要性,认识到企业文化即企业的生存之道、发展之道,一个企业要有所发展创新,就必须积累和塑造自身的企业文化。他曾经从一篇论文中读到:"90年代,中国企业要想参与到国际市场竞争中去,最终决定我们企业成败的关键,不是企业资产的多少、企业规模的大小,而是在于企业能否拥有适应信息时代竞争的高素质人才和独具特色的企业文化。企业如果没有独具特色的企业文化、没有卓越的企业价值观、企业精神和企业哲学信仰,那么再高明的企业经营战略也无法成功⋯⋯"这段话犹如醍醐灌顶,让柳北京认识到了人才是公司要发展生存的首要力量,也是根本力量。企业需要的是像雄鹰一样,有着伟大的志向和抱负、真才实干的人才。他最佩服的一位著名企业家就是日本的松下幸之助,他是一位高手,他将松下的巢穴建得有形而无形,有形的是松下成就了今天的伟业,无形的是松下今天的文化吸引着更多的朝圣者,怀着同样的虔诚,努力打造未来的松下。柳北京沉浸在企业文化的学习之中,新知识的获得使他兴奋异常,他急于在改革的浪潮中一展身手。尽管这段日子柳北京闭门不出,一心苦学,但红宝石枣业公司的办公楼并不是绝缘体,有些风渐渐刮进了柳北京耳朵里。

传话者说,田安门在秀延县城最豪华的酒楼里大摆庆功宴。柳北京不动声色。

传话者说，田安门亲自率领一帮打天下的弟兄去新马泰游山玩水了。柳北京仍然没有为之动容。

传话者说，这回田安门麾下的弟兄不管在任何情况下都应该肝脑涂地地为他效忠了。柳北京听明白了传话者用意，只是微微一笑。

传话者又说，田安门在省城为自己购买了一套别墅，还在某高级住宅小区为公司的员工每人购买了一套楼房。柳北京只是淡淡地说，省城繁华，谁不愿意住在那里啊！

对于此刻的柳北京来说，别人的攀比炫富犹如浮云，一眨眼工夫就被刮得无影无踪。他依然沉浸在思索企业文化的奥妙之中。当他仔细地解读松下幸之助的语录后，已经深深地体会到了企业文化的价值。在全体员工大会上，他慷慨陈词，掷地有声："对于我们企业经营者来说，就应该胸怀广阔，更应该把目光再放开一些、放宽一点。如果放眼全省，我们就可以网罗一省英才；放眼中国，我们就可以网罗一国俊杰；放眼世界，我们就可以网罗全球豪雄……"许多人私下里都服，纷纷夸赞他是一个成大事的人。

回到家里，文秀的不满明显写在脸上。

"柳北京，你最近究竟怎么了，要么整天忙得不沾家，把家当成了旅社，要么一回来就一个人钻进书房里埋头苦读，对谁都不理不睬。你到底要干甚啊？再忙你也得抽空管管女儿的事呀！"

"女儿咋了？"他漫不经心地顺口问了一句。

"你也不抬眼瞅瞅，女儿班里现在剩下几个学生了！"

"你甚意思？"

"上周我去学校开家长会时，听絮絮的班主任刘老师说最近学生流失相当严重。"柳北京抬起头，不解地望了一眼文秀。

"学生流失？这和咱家有啥关系？"

"当然有了，你知道这些孩子都到哪里去了吗？听说都被家长转到省城的重点学校去了！看看你，一天就知道看书，那些破书能给你长脸啊？咱县上有多少光景过得不如咱的人家，都敢把孩子往省城的贵族学校里送，咱和人家相比差

啥了？"

柳北京不知道该怎样回答文秀，这才意识到自己最近是有些冷落贤妻娇女了。"秀儿，对不起！"见文秀背过身去抹眼泪，柳北京慌忙放下厚厚的书本，走到文秀面前，搂住她圆润的肩头，不无歉疚地说，"我也是实在没有办法啊，我现在是骑虎难下，必须学习更好更先进的管理经验。火车开得快，全凭车头带，我这个车头现在不敢心存丝毫懈怠，身后那一长列火车在等待我全神贯注地去开哩！你就多理解我的难处吧，就当你心疼我了。女儿的事情急不得，咱不能随便找一所学校把孩子塞进去就万事大吉了，总得先好好考察一下。这样吧，等我忙完这段时间马上想办法给絮絮转学。"

学习不但使柳北京开始重视企业文化，也转变了他任用人才的观念。理念最终上升到了行动。柳北京一边不断地汲取所需要的养分，一边开始着手用心构筑企业自身的文化大厦。他首先提出了"不屈拼搏、励精图治、追求卓越、永远一流"的企业精神，并围绕这一精神分别确定了管理战略、质量战略等一系列战略部署。1996年初春，红宝石枣业公司的企业刊物——《红宝石通讯》问世了。一期期飘溢着油墨清香、贯穿着红宝石企业精神的企业刊物，摆到了县上、市上、省上等各级领导的案头，也传到了每一位员工手里。柳北京认为，既然他们要大力宣传企业文化，就必须首先拥有一个宣传文化的重要载体和平台。紧接着红宝石枣业公司大张旗鼓地面向全国招聘选拔人才。事实证明这次人才招聘活动是一个正确而英明的举措，通过这次招聘工作，红宝石枣业公司从西京、虞城、延水等地广揽人才，为各个重要岗位都配备了称职的人才。在这次招聘会上，柳北京收获颇丰，他像一个经验丰富、耐心的垂钓者，一钩子下去就钓了不少精兵强将，其中还有一只可爱的"龙虾"。后来，当他们睡到一张床上时，柳北京兴奋地告诉刘晓月，她就是那只可爱的"龙虾"啊！

第三十八章

"刘晓月,你什么时候长这么大啦?记得不久前你还只会在河滩上跳房子玩沙袋哩,可现在一转眼就出落成水灵灵的大姑娘了……你看看,我老得多快,都能当你老叔喽!"柳北京说着故意抹了一把刮得光滑发青的下巴。

"什么不久前,那都是十多年前的事了。时间过得可真快啊,北京哥,不,柳总,我记得你好像不久以前还和安门哥、小强哥等一帮石板巷的小伙伴们一起光着屁股在河滩上踩高高(踩泥),追赶得王小平奶奶家的北京鸭撒开脚丫子满河滩乱跑。看看你,只不过比人家大了那么几岁,现在倒硬充起长辈来啦!还老叔,好意思?"刘晓月咯咯地笑着,十分开心。

柳北京不好意思地笑了笑,感叹道:"一眨眼的工夫二十年过去了。"他的眼前恍然浮现出过往的生活场景。

夏日的黄昏,王小平的奶奶拄着龙头拐杖,颠着小脚颤巍巍地到处寻找她的北京鸭。听说让石板巷几个坏小子赶到秀延河里了,她走到崄畔口上朝着秀延河方向破口大骂:"你们这帮小兔崽子,满河滩撵我家鸭子做什么哩?招你们还是惹你们了?这帮猪嫌狗不爱的小东西,成天淘气得不像话,你们让不说话的生灵都不得安生!"

"它就是招惹我们了,老太婆,你那臭鸭子叫什么名字不好,偏偏要叫个北京鸭!老实告诉你吧,这名字犯了我家老大的大忌。怎么着?我们就是要把它撵得趴下,累死,烧汤喝!"

刘小强在河滩上踩高高,一晃一悠,恶狠狠地向王小平的奶奶宣战。"哎呀,你们这帮无法无天的小兔崽子,我那北京鸭不是名字,是品种……"王小平的奶奶气得拿拐杖将地面敲得咚咚响。孩子们像躲避暴雨般躲避着她咒语般的骂声,只有刘小强不理她的骂,依旧跟在鸭子屁股后面,满河滩追赶着鸭子跑,那只无辜的北京鸭很可怜,嘎嘎嘎大声叫着,盲目地满河滩乱转圈。王小平的奶奶气急败坏地一拐杖砸了下来,孩子们顿时作鸟兽散,受到惊吓的北京鸭"嘎嘎嘎"地大叫着飞进了川流不息的秀延河里……

回忆起那段有趣的往事,刘晓月的脸上就不由得泛起了桃花般的红晕,心头也不免泛起喜悦的浪潮。

"哈哈,都过去这么多年了,那些陈谷子烂芝麻的事情你还都记着?"这是柳北京与刘晓月去参加成都糖酒展销会途中的一段对话。柳北京亲自驾着车,刘晓月坐在副驾驶位置上,她沉浸在少女时代的快乐回忆之中,情不自禁地就把柳总喊成了北京哥。当她发觉这个失误时,立即涨红了脸蛋,连忙改口叫了声"柳总"。柳北京乍听见刘晓月叫他北京哥,心头顿时涌起了一股热潮,他喜欢这样亲昵熨帖的称呼,好久都没有人这么贴心地喊他了。明明知道自己有一个同父异母的哥哥,却无法相认。世俗的眼光和道德的藩篱,容不得他们来坦然享受这血脉相连的亲情。如今成了总经理后,就连从小那些称兄道弟的好哥们儿,也是一口一个"柳总""柳总"地叫,喊得恭恭敬敬,以显示他在公司至高无上的地位,但与此同时也拉远了他与大家的距离。权力这个玩意儿,使人与人之间的关系疏远了、生分了。"晓月,别改口了,今后若没有旁人在场,你就喊我北京哥,我喜欢听你这样叫,这样叫可好听哩。"柳北京的手紧紧握着方向盘,脸却侧过来,爱怜地望了刘晓月一眼。

春季全国糖酒会开幕第一天,来自全国各地的参展商可谓八仙过海,各显神通,都使出浑身解数吸引广大客商。经过一天的紧张忙碌,都收获了不少订单。

每个厂家都将糖酒会看作是展示自己的绝佳机会，不惜重金，高招迭出，极尽表现之能事。红宝石枣业公司自然也不甘落于人后。这次成都之行，红宝石枣业公司大获全胜，不仅将拉来的产品一售而空，而且还签了不少大订单。这个大胜仗激发了柳北京和红宝石枣业公司的几十名员工空前高涨的热情和无比的喜悦。当天晚上，柳总把所有人都拉到了成都有名的火锅店——小龙坎火锅店。大家一边围着辣香扑鼻的火锅大快朵颐，一边憧憬着红宝石枣业公司火红美好的明天。

离开成都的前一夜，柳北京邀请刘晓月去都江堰玩。刘晓月想请和自己同住在一个房间里的呼小丽一块去，但是呼小丽识趣地走开了。聪明的呼小丽早已从柳总好几次直勾勾盯着刘晓月的眼神中看出了一些端倪，她巧妙地婉拒了刘晓月的邀请。

柳丝垂拂的大堤上，柳北京和刘晓月并排向前走着。柳北京侧过身子眼睛一眨不眨地盯着眼前美丽的女子，怎么都看不厌。在明亮如昼的灯光下，她乌黑的头发顺滑如水、垂至肩头，眼眸闪亮，娇唇殷红，白皙红润的脸蛋，仿佛就是三月绽放的桃花。他给刘晓月拍了几张照片，其中一张，刘晓月手提着小坤包，正靠在一棵垂柳树上凝神思考着什么，那份清纯与沉静，令他怦然心动。刘晓月的年轻和美丽，让柳北京的内心深处流淌出了汹涌的诗意，他旁若无人地为刘晓月朗诵了卞之琳的《断章》：

你站在桥上看风景，看风景的人在楼上看你。
明月装饰了你的窗子，你装饰了我的梦。

听到柳北京故意将最后一句"你装饰了别人的梦"改成了"你装饰了我的梦"，刘晓月的脸霎时绯红一片。都江堰上起风了，微微的春风把她的头发吹得有一些凌乱。在她对面的男人看来，这乱乱的头发令她略带一丝迷人的性感、一丝慵懒的妩媚。她抬起头瞥了他一眼，漆黑的眼睛里注入了一丝毫不设防的坦然与依赖……散乱的发丝，淡淡的妩媚，毫不设防的眼神，在柳北京的心头演绎出一种奇异的感觉。那一瞬间，他心里的道德篱笆轰然坍塌，他忘记了妻子文秀和女儿柳絮的存在，不顾一切地将这个绝色女子揽入怀里，嘴里喃喃地说道："晓月妹妹，你是一株美到极致的罂粟，是我今生无法解开，也不想解开的毒药啊！"刘晓月任凭柳北京在耳畔呢喃，白皙的脸上潮红一片，眼神迷乱而热烈。当心猿意马的男人伸手摸向刘晓月饱满的胸脯时，他们正面对面站在都江堰的堤岸上，这个成熟伟岸的男人用自己的一只手，一路轻车熟路地从女人丰腴的肩膀摸向她丰满的乳房和光滑的尻蛋子。尽管他们在此人生地不熟，但柳北京还是感觉自己的行为有点龌龊，不过这种略显龌龊的感觉，却令他格外兴奋、欲罢不能。刘晓月只是在他怀里轻轻地扭动了一下身子，并没有明显表现出要拒绝的意思。这种模棱两可的态度反而怂恿了男人的企图，令柳北京更加激情澎湃、不能自持。也许刘晓月只是怕在游人如织的大堤上挣扎反抗，反而会更引起别人的注意吧；或者是她一直很敬重他，不想拂他的意；或者是她也心仪于他，早就急切地等待盼望着这一时刻的到来。不管刘晓月当时内心是怎么想的，总之她一句话也没有说，只是温顺地依附在这个强悍的男人身上，一动也不敢动，任凭这个成熟霸气的男人用那不安分的双手在她身体各处游走探索。刘晓月的身材要比文秀略微娇小一些，他将她一把揽在自己的臂弯里，她立刻小鸟依人地紧紧贴在他的怀里，让他的内心柔情似水，顿生怜香惜玉之情。偷偷抚摸女人的乳房和尻蛋子的动作只适合在某些特殊的场所与偶然的冲动下进行，只起着些许抚慰和勾引的作用，并不能真正地解渴，反而会勾起身体某些部位更强烈的欲望和饥渴。现在，柳北京与刘晓月的舌尖上正汹涌地泛上来相同的饥渴和欲望，他们迫切地需要结结实实、货真价实的身体交流。这就好比刚刚品尝过母鸡的一只鸡翅，鲜美的味道仍然存留于唇齿之间，意犹未尽，岂能甘心，便想着要吞掉整个肥美的母鸡了。

柳北京轻轻地附在女人的耳畔说："宝贝，我带你到房间里去吧。"

"嗯。"女人娇羞地应了一声。

关上客房门，刘晓月像一只娇小的荷包一样把自己挂到了柳北京的脖子上，她的呼吸紧张而热烈地喷洒在了柳北京结实的胸膛上，柳北京的眼睛里有一簇跳动的火苗，在黑暗之中闪闪放光。终于，他如一头猛兽般吻住了她，他的舌尖贪婪地在她身上温柔而肆意地游走，所到之处仿佛都有一团热烈的火苗在灼烧着她，她感到浑身像要炸开一样舒畅，她难以抑制地轻轻呻吟了一声，鲜红的嘴唇宛如嘟起的花蕾，释放出一阵阵令人心旌摇荡的芬芳气息。柳北京像个受到怂恿的孩子，突然放大胆子，猛地一下子扯开了她粉红色的内衣，像春风掀起了一片片粉红色的花瓣。片片花瓣如遭到暴雨般被打得七零八落，散落了一地。她热烈地迎合着他，像一尾落水的鱼被他深深地淹没……落水的鱼此刻变成了一头凶悍的小兽，在男人强劲的冲撞下猛烈地扭曲翻滚着，嘴里不停地发出痛苦的呻吟，刺激着这个成熟伟岸的男人一次又一次飞跃向极乐巅峰。她带给他一种前所未有的酣畅淋漓，同时他也在这个美丽娇媚的女子身上感受到了一种久违的激情和狂放。歇息了一会儿，他们再次癫狂地缠绵在一起。此时，他仿佛已忘记了自己是一个有家室的男人。

当激情渐渐消退，柔和的灯光下，柳北京终于看清了刘晓月身下盛开着的点点落红。在洁白的床单上，落红点点，恰似朵朵娇艳的寒梅灿烂地绽放在苍茫的雪原上，那么娇艳无比，令人触目惊心。刘晓月抬头望着眼前这个强悍的男人，为自己终于赢得了这个成功男人的身心而激动万分，不由得掩面嘤嘤地哭起来。柳北京的心莫名地疼了起来，他一句话也没有说，伸手将她紧紧拥在怀中，在心底暗暗发誓要好好地爱护她一生一世。在赢得了活泼开朗的晓月姑娘的芳心后，把晓月纤巧绵软的身子搂在怀中时，柳北京这个占有欲极强的男人坚信自己已经握住了整个世界。

和文秀在一起时，她总是默默地承受着他的重压，紧闭着嘴巴不吭一声，两只眼睛死死盯着在她身上奋力运动的男人，犹如一只柔顺的羔羊。婚后不久，柳北京就发现文秀似乎对夫妻生活十分冷淡，常常似乎很被动地敷衍着自己。文秀确实厌恶丈夫在自己身上每一种体式的尝试，无端地指责丈夫像流氓一样，变得让她不认识了。为了表达对丈夫这种不倦求欢的厌恶，她肆意地抛给了丈夫一顶顶"淫猥""好色"的帽子。有时，望着文秀冷淡的眼神，柳北京就会感到索然无味，浑身的血液瞬间不流畅了，他翻身下来躺在黑暗里，暗生闷气。文秀根本不了解男人的这种微妙心理，她以为自己终于解脱了，反而很舒心地睡着了。刘晓月的风情万种，让柳北京十分容易地对比出文秀的生硬和冷漠，刘晓月的撒娇媚态让柳北京反复论证着文秀的死气沉沉，刘晓月的丰腴肌肤让柳北京不断想起文秀已经有些松弛的肌肤和在床上木然被动的表现。如果说文秀的清丽和柔婉像一首婉约含蓄的朦胧诗，或者像一首精致的小令，那么，刘晓月的大气和美艳则是一篇汪洋恣肆、犀利流畅、气势磅礴的散文。这篇美到极致的散文，或用词夸张华丽、或描写大胆肆意，忽而排比、忽而比喻，有时肆意渲染张扬、有时动之以情、有时晓之以理……总之是字字珠玑，引人入胜，把柳北京这个看客牵引得深入其中，流连忘返，无法自拔。比来比去，柳北京心想，原来常听人说女人就是那么回事，脱了衣服都一样，但这他妈的女人和女人间竟然还存在着这么大的区别，就是外表同样漂亮的女人也不是同样的味道。他就像一个吃惯了粗茶淡饭的馋嘴孩子，猛然间看见了一桌满汉全席，便一头扎在那些山珍海味里，沉醉不归了。

对男人而言，女人脸盘子上的漂亮，敌不过拥身时的百般娇媚和细致温润，表面的端庄秀丽，有时会成为一种寡淡无味。柳北京在对待生活和创业方面是同一种态度，他一直持有一颗激越奋进的心，他不喜欢过一成不变的守旧生活。文秀怎么也不会明白，自己作为女人的失败，正是她身上缺失了几分放浪女人的媚态。

那一晚，刘晓月没有回她的房间里去。就在柳北京房间的那张床上，两人痴缠了整整一个晚上。东方将要破晓时，柳北京才精疲力竭地沉沉入睡，却梦见了文秀，梦见文秀在石板巷袅袅娜娜飘过的倩影。醒来后，他给她讲文秀、田安门和自己三个人的爱情纠葛，刘晓月仿佛轮回般看清了他们三个人经历过的种种纠缠。刘晓月没有评价一句文秀的不是，她仿佛风月高手，尽情挥洒着娇俏柔美的女儿本色，每次都能轻易地将柳北京送上快乐巅峰。临分别时，她总是汪着一窝泪，双手轻柔地捏着他阔大厚实的耳垂，泪眼婆娑地伏在他的胸脯上不肯起来，弄得他每次约会总是意犹未尽，也正是这种意犹未尽的感觉，让柳北京欲罢不能。

事实上，在这两个女人之间，柳北京曾经也犹豫、彷徨、辗转反侧过。心乱如麻是可以想象的，这是欲望与良心的交战，是责任道德与年轻美貌的较量。在一次次反复权衡与较量中，柳北京最终被自己打败了——就像瘾君子离不开大烟一样，他已经离不开刘晓月了。男女之间的事情一旦开了先河，就再也无法收刹得住，有了第一次还想要第二次。自从经历了那个激情奔放、血脉偾张的都江堰之夜后，柳北京和刘晓月只要有机会就一定要想方设法去幽会。每一次，柳北京出差或者外出开会，一同随行的人员中肯定就会有刘晓月。

　　世界上没有不透风的墙，红宝石枣业公司总经理柳北京与总经理助理刘晓月的桃色新闻不胫而走，很快就被一些别有用心的人传扬开了。涌塞在小县城四周的许多好事人灵敏的嗅觉仿佛已经被漫长的严冬阻塞了太久太久，当好不容易探知了这个桃色新闻后，似乎于一瞬间看到了盼望已久的桃红柳绿、五彩缤纷的春天；惊喜之余，当下急惶惶地挽了裤腿，撸起袖子一头扎入了传播春天故事的洪流之中。一时间，秀延县城的街头巷尾到处弥漫着柳北京与刘晓月的流言蜚语。

　　这几年，红宝石枣业公司业绩斐然，每年都可以为县财政创收利税一百多万元。红宝石枣业公司如一颗耀眼璀璨的明珠在陕北黄土高原上熠熠生辉。秀延县县长王尔豪特别重视县上几家大企业的经济发展，尤其看好红宝石枣业公司，对总经理柳北京更是青眼有加。就在上个月，王尔豪县长在一次非常重要的会议上，透露出了一丝口风，说县上即将破格提拔柳北京为县长助理。

　　当夜，有人就将这个好消息报告了柳北京。这既是荣誉又是认可，柳北京当然非常乐意接受了，有好几天，他都显现出一副踌躇满志的样子。但是，柳北京并不知道，正是由于他和刘晓月的桃色事件的曝光，再一次把他推到了风口浪尖。

第三十九章

　　柳北京要当县长助理这个消息在县上一经传开，马上惹恼了一个人。不是别人，正是柳北京的冤家对头——田安门。前段时间听说柳北京养了小情人，田安门心里一阵痛惜，他想到自己心爱的女人从此将要成为一个弃妇，就替她千万个不值。他的文秀，那样美丽温婉的女子，柳北京绝不该如此待她，他在心里一遍遍替她惋惜，一会儿又忍不住要恼恨她。他在心里慨叹，文秀，柳北京背叛你何尝又不是对你背叛我的报应？他的心思千回百转，恨不能马上去教训柳北京那小子一顿：你不择手段抢走了我的女人，你他妈难道就这样对待她吗？你小子良心何在！

　　"柳北京这小子不但赚了钱，还一举两得捞取了一顶政治桂冠！他小子凭什么这么好运气呀？"田安门气鼓鼓地撂下电话，站起来把老板椅推得骨碌碌乱转。"王尔豪这个老狐狸，平常和老子推杯换盏，称兄道弟，不但胡吃海喝、玩女人要老子买单，就连赌牌输了也拿着一大堆发票让老子报销，上次在KTV包厢里还信誓旦旦地给我许诺，若有机会第一个考虑我做县长助理，这才几天就转了方向？狗日的，把他喂得膘肥体壮，到关键时刻却派不上用场。官场上这帮龟孙子，最善于见风使舵，这老狐狸还不是看到柳北京身上有油水可榨，才送了这个顺水人情。哼！"田安门气咻咻地转着他的座椅，愤愤不平地骂着王尔豪。

"不就是个名誉职务嘛，至于你这么大动肝火？"武小亮坐在他对面的一张桌子跟前，很困惑于田安门的喜怒无常。他漫不经心问了一句，又埋头在办公桌前翻找什么。

"你懂什么，这哪里仅仅是名誉职务那么简单！"

"那还有个什么？又不给发工资，我就搞不明白，大家一窝蜂争个什么劲？听说最近这几日，王县长家的门槛都快被县上大大小小各家企业的头头脑脑们给踩塌了。"武小亮还在试图说服田安门。

"小亮，你个木头脑蛋子懂什么？真是鼠目寸光！这县长助理的门道可深了去了。"田安门不想再与武小亮纠缠这个闹心的话题，使劲一甩门走了出去，留下武小亮一个人在那里像木头一样发呆。

对于县长助理这件事，武小亮早有耳闻。在20世纪90年代初期，"县长助理"这个新名词作为一个新生事物闪亮登场了。先是南方一些比较发达的地方纷纷推出了县长助理这个职务。各县好像都说只是为了方便招商引资，出于表彰和工作便利的需要，说什么官越大越好办事。县长助理就只是一个荣誉称号，并不享受特殊经济待遇，也不会增加行政编制，对县上组织机构经济利益无损，又让一些人过了把官瘾，何乐而不为呢？报纸上前不久还在报道民族英雄杨靖宇将军的孙子，一夜之间从郑州一个普通的铁路职工变成了吉林省白山市靖宇县的县长助理，成了地方经济发展的一块有力"招牌广告"。新闻报道的这件事引起了社会的强烈震动。一时间，大家纷纷提出质疑，说什么名人的孙子从工人到县长助理的身份转变，并没有经过相关的行政程序和法律程序审核，是违规运作的结果。有人还说他这个不领工资的县长助理就是个"行政怪胎"。武小亮对于这些沸沸扬扬的说法不置可否，他边往外走边想，管他什么怪胎不怪胎，和咱办企业搞实体的有屁相干？

走到办公室门口，他听见办公室里的几个同事也正围在一起议论着县上选县长助理这件事情。"我从最近的新闻报道中得知南方一些地方的县长助理扎堆哩，据说有一个很小的贫困县，仅县长助理就养了十三位，乖乖，十三位啊，站着能排好长一串呢，竖着照一张照片估计都装不下！这十三个人的队伍被媒体喻为一道奇特的'新景观'。媒体报道说这个县上光县长、副县长加上县长助理，站着一大串，坐下一大片，气势十分壮观。还有更奇的，我听说有一个只有一万多人口的袖珍乡镇，除书记乡长以外，仅副乡长和副书记就有九位。这些副乡长、副书记都喜欢被称作'乡长''书记'。哈哈，官瘾大概总算给满足了！"武小亮听出来说话的是办公室吴主任的声音。

秘书李玉霞一脸困惑，不解地问："吴主任，你说这个县长助理他究竟有大权力？"

"多大权力？芝麻丁点儿大。还不是县上搬弄个摆设给外人看的。如果出去跟外边人谈生意，听说你是县长助理的话，估计人家便会高看你一眼吧。"吴主任说话真是一针见血，武小亮很佩服他的深刻尖锐，他把什么事情都能看得透透的。"客商一看你有明晃晃的县长助理头衔，就会另眼相看，有职务就说明你有一定的权力，接下来事情就好办多了，你说话办事就有了分量。从这个事件上来看，说明我国地方上的官本位思想很严重，只要当官就好办事，当官的一句话顶一万句，在某种特殊情况下，有些当官的一句话恐怕比法律还要大哩——女子，现在的时事你解不开，这就是我们国家的国情，官本位是一种病……"

李玉霞将吴主任佩服得五体投地，她轻轻嗯了一声，瞧见吴主任的水杯空了，忙殷勤地给他接了一杯水。武小亮默默听着他们谈话，觉得吴主任这个人蛮有意思，平时看起来蔫蔫的，说起话却一套一套的，很有水平的样子，肚子里应该装了不少墨水。他想，以后还是不能轻视这个人，是个人物。吴主任正说得兴奋，猛然抬头看见武小亮就站在身旁，有些尴尬，忙干咳了一声借此掩饰。"哟，扯远了，打住，打住，就此打住！喏，武经理，你要的公章在这里。"他起身隔着办公桌隔断殷勤地将公章递了过来。伸手接过公章时，武小亮清楚地看到了吴主任的窘态。他故意装着毫不在意的样子向周围扫视了一圈，笑着说："你们诸位好清闲呀！"大家听出了武经理话语中暗藏的责备之意，慌忙回到各自的岗位上工作去了。

自从得知柳北京要当县长助理的消息，田安门的内心深处涌起了巨大的波澜，他心里非常不舒服：柳北京这小子凭什么处处要走到我前头？他又凭什么那样对待文秀？处心积虑地娶到手，又不好好珍惜，在外头拈花惹草！想到这里，他气得脸色发白，少年时代一幕幕令人痛楚的记忆瞬间在他脑海中鲜活了起来。

从小学到中学，老师常常要找柳北京，看到田安门就会喊："那个谁谁谁，你去叫柳北京到我办公室里来一下。"每当听到老师把自己喊成谁谁谁，田安门内心瞬间就会冒出一股无名之火，他恨不得立即扑上前给那个喊话的老师一个耳光。他一直认为由于老师的忽视和偏袒，也由于柳北京自身流露出的万丈光芒，把他田安门今生的光辉都给遮掩了。平时柳北京举手投足虽然大大咧咧，但掩饰不住良好家境熏陶的自信与骄傲。在一起玩耍的时候，田安门也常常被柳北京那种凌驾于任何人之上的傲气和帅气所折服。小时候，上树掏鸟蛋摘枣子，下河摸鱼虾捉鳖，柳北京都是矫健而洒脱的弄潮儿，和石板巷的孩子玩耍时，柳北京常常是指挥有方、叱咤风云的统帅，小伙伴们都心悦诚服地效力于他的麾下。而他田安门常常是个不起眼的角色，只配做一个配角。现在同样下海做生意，人家出尽了风头，自己也只配做一片绿叶陪衬他，人们只要有空就要拿他的公司与柳北京的比，他处处都比自己优越，自己永远都无法超越他、战胜他。更让他气不打一处来的是，现在柳北京马上又要多一个县长助理的头衔。他恨恨地想，不，绝不能让这小子阴谋得逞。

柳北京当年曾经用那样卑劣的手段，抢走了自己的爱人，之后的岁月，每当看到一双双年轻的情侣亲热地手牵手肩并肩走在小县城狭小逼仄的街道上，骄傲地朝世人晒他们溢流出来的幸福时，田安门心里便徒增了许多怨恨和烦恼——这个打击实在是太沉重了！那种刻骨的仇恨在他的心底生根发芽，已经长成了一株茁壮的大树。他恨柳北京，也恨文秀，在他眼里，女人都水性杨花，他害怕再次经历残酷的打击，所以这么多年来一直不愿意婚娶。他的婚事，差点没把他妈的心操碎。母亲到处托媒人说亲，说媒的来了一拨又一拨，但每次都被田安门粗暴地轰走了。当他最后一次将媒人连同带来相亲的女子轰出大门时，母亲终于忍无可忍地号啕大哭了。

苗秀贞颤抖着肩膀，哽咽着："安门，你把妈的心都操碎了，总有一天你会后悔的！"田承武劝道："你也真是，总要娃愿意哩嘛，强扭的瓜不甜。"看到母亲伤心，田安门很不忍心，他眼睛一闭，心想算了吧，就听母亲一回。可是当媒人领着女方到他面前一站，他立刻就反感万分，一个一个俗不可耐的女子走马灯似的来来去去，没有一个如他的意。苗秀贞晓得儿子心里始终横亘着一个文秀，若是放不下，任谁也走不进来的。之后，母亲再也不张罗这件事了，她想儿子总有想通的那一天。

田安门不愿意婚娶，可别以为他就是个圣人，他也有七情六欲，有生理需要。他一想到柳北京闪亮的宝马车，各种耀眼的社会头衔，臂弯里搂着的娇美妻子，内心就异常烦躁，他的愤怒和烦躁明显地写在脸上，奔流在他的血管里，摆动在他舒展自如的四肢之间。过去的一个个片段，像刀子一样，剜割得田安门的心里鲜血淋漓，眼睛生疼。这一切，使得他不甘心永远被笼罩在他人的光环之下。当他得知柳北京与刘晓月的风流韵事时，最初先是下意识地替文秀难过不值。所托非人，倔强的女人啊，你当初怎么就不能等我回来呢？每次当他想到文秀，总会有一抹痛惜之情掠过，这种爱恨交错的情感，折磨着他，使他夜夜不能成眠。现在，柳北京公然背叛了文秀，这新仇旧恨是可忍，孰不可忍！他心底渐渐漫上来一种似乎终于抓到对手把柄后的快感和得意。他一想到柳北京那一帆风顺、从未受过任何惩罚的人生，就像一张洁白的打印纸在太阳底下反射出明晃晃的光，这虚幻而刺眼的光，每次都会刺伤他的眼睛，心里就不免又浮上了一股深深的恨意。哼！既然你不仁，就休怪我不义，对文秀不忠就是对不起我，今天这个事我管定了，我一定要让你身败名裂，让县长助理这个头衔滚他妈的蛋！哼，你敢背叛我的女人，我就得让你付出沉重代价！在公司办公室幽暗处，田安门像一个女巫一样在内心深处一遍遍念叨着恶毒的咒语。

苗秀贞五十多岁了，退休在家，虽然头发已经花白，但身体还很健朗。她渐渐忘却了往事，在柳安平弥留时紧握住她的手的那一刹那，所有的恨都消弭了，因为爱，她选择了原谅他。尽管有时也会暗暗生出些许遗憾，遗憾错过了一辈子，但是让她略感安慰的是，他给她留下了一个儿子，这份爱，足以温暖凉薄的世界。对于儿子内心储满的仇恨，她或多或少有所觉察，也曾多次淡淡地暗示或劝告过他。她说:"安门呀,你要与人为善,不要轻易树敌,妈希望你这辈子平平安安。男人在外面闯一番大事业不容易哩!"母亲的劝告非但没有打消田安门积蓄已久的仇恨,反而仿佛有一股强劲的贼风煽旺了他心头仇恨的火焰。在柳北京面前,他田安门就永远都是那面墙壁背阴处生长的杂草,无论如何努力都无人知晓,他的一腔烦恼无处宣泄,所以他就不能停止对柳北京的嫉妒和仇恨。仇恨的烈火一旦点燃,便在心里越烧越旺。他一直被可恨的柳北京和那个朝秦暮楚的女人压迫得神经衰弱、不得喘息。现在一切好了,他的仇恨终于找到了发泄之处。柳北京和刘晓月好上了!这个桃色消息让他心中的仇恨仿佛一下子找到了一个可以安放的载体,他来不及咬牙切齿,一个复仇的计划在大脑中产生了。

人性的脆弱和放纵,有时就是一团滑向深渊的油泥,似乎每一个堕落者的灵魂深处都有一段伤心的故事,那些伤心的故事仿佛一粒带毒的种子,如果不及时消除,而一味任其疯狂生长,后果不堪设想。田安门此时顾不得多想,他正埋头霍霍地磨着他的复仇之剑。

黄昏时,柳北京靠在沙发上休息,看到文秀在拖地,突然很体贴地说:"文秀,你看我这段时间太忙了,家务事全部落到了你一个人肩上。"

"没事儿,"文秀埋头拖地,拖到了沙发跟前,"你把脚抬一下。"

"你不但要做家务,带孩子,还要上班,太辛苦了!"柳北京不无歉疚地说。

"你知道就好。"文秀已经拖到门口了,感觉到了他的体贴,回头冲他一笑。

"其实,你也用不着这么起早贪黑地操劳,咱家如今也不缺你那两个工资花,我看你还不如辞职算了。"柳北京看似在与文秀商量,其实他心里早就拿定了主意,"你看看,你的脸上最近都有皱纹了。"

"三十出头了嘛,到了年龄自然会有皱纹的。"文秀虽然不在乎自己是否生出了皱纹,不过柳北京最后一句话还是击中了文秀的心坎。她从丈夫的话语中,感受到了一丝心疼和体贴,这在柳北京来说是很难得的。

文秀听话地办了停薪留职,在家当起了全职太太,相夫教女,侍奉婆婆。办公司不过短短几年，柳北京名下就拥有了百万元资产，成了小县城炙手可热的人物，他仿佛是秀延县城一轮明亮的满月，招人瞩目。一人得道，鸡犬升天，文秀也跟着成了众多女人羡慕的对象。在朋友圈中，有的羡慕，有的嫉妒，文秀恣意地享受着人们的恭维和赞美，感觉生活幸福而圆满。

退休后，张翠花越来越忙，她早上要去广场扭秧歌，回来匆匆吃过饭后又要支摊子打麻将。她不爱到麻将馆里玩，嫌那些地方乌烟瘴气不清静，所以经常喜欢邀请缫丝厂那些已经退休多年的老姐妹来家里打麻将，倘若有时人手不够，就让文秀临时支支腿子，久而久之，文秀也对打麻将入了迷。初春的一天，张翠花被柳北京带上去杭州旅游了，文秀因为要照顾柳絮所以没有同去。一个人待在家里无聊，文秀就打电话叫了一帮好姐妹来家里打麻将。那一天，文秀财运极旺，手气好得不得了，连连和牌摸炸弹，把其余三个牌友打得十分眼气。也许是为了分散文秀的注意力吧，在后来玩牌的过程中，另外三个女人不知怎么就统一了战线，开始一致将矛头对准了文秀。她们你一句我一句麻雀般叽叽喳喳调侃着文秀。

文秀的上家乔琳一边抓牌，一边漫不经心地乜斜着文秀，别有用心地说道："男人有钱就学坏，什么是坏？还不是出去找女人！"

"文秀妹妹，不是我们嚷你，在咱们老公周围，诱惑太多，那些年轻漂亮的小姑娘花蝴蝶似的，一抓一大把，你可要把你家柳北京看紧一点哦！"下家白小梅也不失时机地插了一句嘴。

"打牌就好好打牌，哪来那么多废话，听你们胡咧咧，我家北京可不是那种人！"比起几位牌友，文秀就显得有点笨嘴拙舌，她单纯而苍白地向牌友们辩白着。

乔琳仿佛又生怕得罪了文秀似的，慌忙解释："看看，文秀，你又多心了不是，我们是泛指所有的成功人士，哪里就点名道姓说你家柳北京了！"

对家施晓霞已经听了五八饼，正在狠狠地搓着刚捞上来的一张牌，她以为自摸啦，当即喜形于色，嘴里喊着"我炸了"，啪一声将牌猛地掼到桌子上，却是一张七饼，招来牌友的一阵讥笑，顿感扫兴至极。就在她迟疑着摸牌的时候，文秀只是轻轻地问了一声:"你打不打?"这话却无端惹恼了她,仿佛是文秀给她带来了霉运似的。施晓霞气狠狠地冲着文秀冷冷一笑:"你男人究竟是什么货色,出去打听一下不就知道了?男人在外面拈花惹草的,自己一天还活得沾沾自喜。如今这世道,没有钱的感情不牢靠,有了钱的感情不可靠!"

"你……"因为在自己屋里,文秀忍住气不便发作,她对其他人说,"散了吧,散了吧,我今天真是晦气!"

一场好端端的牌局,就被牌友们的闲言碎语搅乱了。文秀原本平静的心湖顿时涌起波澜,她神思恍惚地在沙发上坐了一阵子,直到听见闹钟"当、当、当"敲响,她才惊觉,抬头看了看墙上的自鸣钟,已经下午4点了,忙换了衣服去学校接柳絮。

第四十章

晚上8点，惠丽打电话来说她回到秀延了，想见见文秀。

惠丽起先在县上开了服装店，生意不景气。后来，听说虞城北部的几个县好挣钱，她就将服装店盘出去，去那里发展。惠丽很能吃苦，她在神东县端过盘子，开过服装店、理发店，等手头小有积累后她又给私人小煤窑投资了一部分钱，现在她的日子渐渐过得滋润起来，从她每次回秀延的穿戴行头，就能看出她的富裕。上次她回来时开回来一辆桑塔纳小轿车，载着文秀去了一趟黄河岸边的故乡，一路上都在倾诉自己的辛酸。这个不幸的女友，自从初恋到结婚，她就没有过上几天幸福的日子。最近这两年，文秀不止一次地听过惠丽讲述她婚变前后的事情。

如果把全职太太比作一口大水缸，那是最恰当不过的了，她们就像一个个斑驳迟钝的容器，装着一些温温吞吞的液体，随着缓慢的生活节奏，缓慢地晃荡。她们在清晨闭着眼睛热牛奶，在傍晚就着灯光仔细地探寻丈夫西装外套或者夹克衫上的口红印和各色长的短的头发丝，在菜市场熟稔地和小贩们讨价还价，还要变着花样调剂饭桌上的一日三餐；她们常常慵懒地穿着睡袍，蓬头垢面地忙活着，将楼上楼下打扫得纤尘不染，往往忽略了丈夫的目光停留在自己身上的时间越来越少。文秀,我那时候咋那么傻啊?每次,惠丽总要千篇一律地自责一次。每当此时,文秀就会心里一紧,她觉得惠丽越来越像鲁迅笔下的祥林嫂。

这一次,深陷在柳北京家宽大的真皮沙发里,惠丽正絮絮叨叨地讲着前夫情变前的种种迹象。她的黄金耳坠摇曳出一丝柔媚的风情来。她说:"女人最大的悲痛,莫过于已经被男人抛弃,却浑然不觉。女人的失败其实往往就是由于自己的疏忽。对,就是疏忽。我们对男人、对生活总是太粗心大意。文秀,你说,我当时咋会那么傻啊,整天忙着在外挣钱,怎会想到我辛辛苦苦挣来的钱被他拿去找二奶。人家都说即使再迟钝的女人也能感觉出自己丈夫身上的异样来,可是我却浑然不知,也许是由于我对他太放心了吧。一直等到我在床上抓住了那个女人,一切却已经太迟了!此时,坏男人的心早已经拴在二奶的裤腰带上了。"文秀眼神复杂地看着惠丽,若有所思。惠丽像哲人一样总结道:"我们总是先由猜疑,到相互跟踪,再到彼此抱怨,最后直至冷漠,争吵、打闹渐渐充斥了家庭生活。其实,不仅仅是我和我前夫经过了这样的历程,文秀,我给你这么说吧,我观察了我们周围很多夫妻,所有最终走向解体的家庭,他们的婚姻生活几乎千篇一律,都有我这样的经历,从幸福到麻木,直至彻底背叛的三部曲。"

文秀没有太多琢磨惠丽话中的意思,她只是惊异地发现,惠丽说话水平越来越高,一套一套的,很有条理,根本就不像一个文化水平不高的女人。她就感慨,在外面打拼的女人就是不一样啊!见文秀半天没说话,惠丽自顾自又说道:"想想离婚时那副窝囊样子,我就恨自己,干吗不早点自强自立呢。这几年在商海摸爬滚打下来,我反倒感觉自己活得很充实,天不怕地不怕了。谁说我们女人离了男人就不能活,有钱就行!"对于惠丽的这种观点,文秀不知道该点头称赞还是反对。她心里思量,自己现在如果离开柳北京,不知还能不能生存?

惠丽说:"文秀呀,不是我说你,你这样整天窝在家里与那些老太太打麻将有什么意思。照这样下去,我看你迟早要与社会脱节。男人已经在天空飞翔了,你还在原地打转,被男人抛弃是迟早的事。"

"啊呸呸呸!你这个乌鸦嘴,你赶回来是专门给我添堵来了?"文秀打断了惠丽的话头,"你现在越来越能谝了,话痨!来吃块西瓜把你嘴巴堵上……"文秀注意到惠丽这次回来似乎没有以前那么消沉了，她的脸上带着一抹从容的淡定冷静，仿佛她说的那一切都与她自己无关。看到惠丽再没有一丝最初闹离婚时痛苦不堪的憔悴样子，而且她在这次谈话中竟然一次也没有提到初恋情人关公的名字，从种种现象来看，她应该是彻底解脱了，文秀不禁为她感到欣慰。

文秀记得惠丽以前有过一个关于爱情的论调，她说，对一个女人最彻底的改造，不是如梭的光阴，也不是昂贵的化妆品，而是和一个或多个男人的爱情。这样的爱情要么滋润得她青春靓丽、光彩照人；要么摧残得她如残花败柳，心如死灰。她虽然不太同意惠丽的论调，不过心下还是很佩服她，一场婚变竟然把一个平凡的女子变为女哲人，这恐怕连她前夫也想不到吧。不知怎么文秀又提到了关公，她试图连接那条早已短路的天线。

"关公现在也不知怎样了？"

"听说好像也混大发了，成了油老板！"

"辞职下海？"

"可不！据说他舅舅是延炼的一把手哩。"

"哦？真是可惜了！"

"你可惜什么？"

"一个城市户口毁了一桩好姻缘啊。"

"哼，城市户口，城市户口现在值个鸟屁，它再嚣张，也不是像粮票布票一样统统贬值了？现在的人只认这个！Money（钱）！"惠丽突然激动起来，她站起身来，冷冷一笑，顺口溜出了一个洋词。文秀抬眼望过去，见她正伸出右手食指和大拇指，做出一个很潇洒的数钱动作。惠丽现在挣钱了，她把自己的弟弟妹妹都带到神东去发展，听说都在做生意，每家日子都过得不错。只有她母亲不愿意离开家乡，还常常能在菜市场和广场碰到。

当文秀将那天牌桌上那几个女人挤对她的话学说了一遍，惠丽略一思索便皱起了眉头，她似乎斟酌了一番才说："文秀，常言道无风不起浪，你以后还是多留神吧！"

失过恋离过婚的女人，看男人的眼光不容置疑。闺密善意的提醒，让文秀若有所思。

　　惠丽的话触动了她。这以后，文秀就对丈夫的事情格外留心起来，果真还就发现了蛛丝马迹。自从柳北京当了总经理以后，他原本规律的生活变得繁忙起来，照顾家庭的时间越来越少，与文秀的交流也越来越少，两个人几乎形同陌路。当年恋爱时文秀为了凸显他的睿智而拼命在他面前提一些幼稚的问题，但是如今都成了闲暇时他取笑她的谈资。当天晚上，文秀幽怨地对柳北京说："你就不能和我说点别的吗？"

　　"说别的什么？我说市场份额、企业文化、管理机制、松下幸之助……这些你懂吗？还不是对牛弹琴，浪费唾沫……"柳北京有时说气话尖酸刻薄，很气人的。

　　"就你能！你百事通！"文秀气恼地回敬他一句。柳北京的言语太生硬，石头一般冰冷，文秀感觉那些石头先是猛烈地砸到了对面的墙上，接着又弹回来砸到了她的脸上、心上。这次交谈令文秀十分不悦。她也清楚由于自己的文化知识渐渐跟不上丈夫，致使夫妻二人的关系越来越疏远，她不想要这种局面，她要想办法挽回这段感情。

　　次日下午一块儿去美容院做面部护理时，文秀与惠丽谈起她同柳北京昨天晚上的对话。惠丽一听就瞪大了眼睛，她仿佛一眼就洞穿了柳北京的内心："我说傻妹子哟，柳北京他说这些话表明他开始嫌弃你了呀！人家已经像巨龙一样满世界腾飞，你在原地毛驴一样围着石磨打转哩，还不赶快抓紧时间学习一点东西，难道你就准备为这个家操劳成黄脸婆，然后再让人家像扔一把旧拖把一样将你一脚踢开吗？"

　　文秀一听此话，脸色顿时煞白，她有些难堪，苍白地辩解："话可不能那样说，也许不是你想象的那样！"

　　渐渐地，文秀的心思越来越重，由于自卑和渐渐脱离了社会，她对丈夫柳北京越来越不信任。自从开了公司后，柳北京和文秀的夫妻共同活动仅仅限于晚上一块儿坐在沙发上看一会儿电视和节假日探望老人这两个项目了。诸如一起走亲戚、与朋友聚会或双双去公园、郊外，抑或去外地旅游那些活动，似乎与这对夫妻绝缘了。倍感冷落的文秀只好把更多的注意力和旺盛的精力转向了女儿柳絮，节假日除了为女儿准备丰盛的营养餐外，就是当陪读家长，陪女儿读英语、弹钢琴、练书法、学奥数。另外，她还学会了跳舞，每天晚上都要与女伴们一起去舞厅玩。

　　他们夫妻感情生活不尽如人意的一面也逐渐凸显了出来。起初，文秀自己还没有觉得，柳北京是越来越感觉到文秀的乏味无趣。过去，他出外考察回来，总要给文秀和女儿带回来一些衣物首饰之类的礼物，而文秀一般总是一声不吭地将这些漂亮的礼物挂到它们应该去的地方，很少会用语言或别的方式加以赞美。每当此时，柳北京的内心就会掠过一丝淡淡的遗憾，他是希望能看到文秀如花的笑颜，一如那个雨后下午灿若繁花的笑容，或者听到她发自内心的赞美！有时，他会想，哪怕她什么也不说，只是立即迫不及待地将那些衣物首饰全部穿戴在身上，在镜子前毫不遮掩地顾盼流连，让他看到她内心的知足和欢欣，他也就心满意足了。但是，文秀过于矜持，抑或是过于冷漠迟钝，总之她常常忽视了男人内心的需要，忽视了以赞美或示爱的行为来增加夫妻间不可或缺的浪漫情愫。她只是漫不经心地将那些礼物挂起来，束之高阁。柳北京常常想，假如这些礼物是田安门送给她的，她又会是怎样的反应呢？这种设想往往会徒增柳北京的烦恼，他赶紧烦躁地驱除了这个想法。其实不管赞美也好，批评也好，都表示了对爱人的重视和感恩，而没有任何评价地接受，即表示了她的漠视，继而漠视那个送给她礼物的人。对此，柳北京有些意兴阑珊，情绪低落。由于文秀多次的疏忽和漫不经心，渐渐地，柳北京失去了给文秀购买礼物的热情，再后来他买来的礼物就不再带回家了，而是转送给了更懂得欣赏它的女人。

　　他在失眠的夜晚，耳边听着文秀轻微的呼吸声，心里却思念着柔情似水的刘晓月。他自从与刘晓月有了第一次后，一下子就丧失了要和文秀厮守一辈子的耐心，他觉得让两个性情相左的男女在同一个屋子里相伴厮守几十年，甚至一辈子，是很不人道的。这样想的时候，他就忘记了当初恰恰是文秀那柔弱美丽的外表和沉稳内向的性格吸引了他，给予了他很大的满足与幸福。只不过这些曾经深深吸引和打动他的优点，已经被年复一年的平淡渐渐湮没。做夫妻久了，激情也慢慢退去，婚姻带来的温柔与浪漫随着时间的消逝而逐渐消融淡化，夫妻生活例行公事般乏味不堪。文秀曾不止一次听到男人们在谈论这个话题时，很隐晦地将夫妻生活戏谑为"缴公粮"，虽为戏谑，实际浸透在其中的是男人们在婚姻中的真实心理，他们对夫妻间千篇一律的平淡生活，早已感到厌倦和乏味。

新婚时，文秀每晚都要枕着柳北京的胳膊才能睡着，而现在随着公司的生意越做越大，丈夫每晚回家的时间也越来越晚。辅导女儿做完作业，侍候孩子洗漱完上床睡觉后，文秀常常捧着电视遥控器坐在沙发上发呆。在昏黄的灯光下，她疲惫的身影孤独而寂寞，等着等着就歪在沙发上睡着了。有时候，丈夫即使回来得稍微早一点，也不再像往常那样亲热地搂着她的肩膀打招呼，或是抱着女儿的小脸蛋亲不够，而是一声不吭地放下公文包就钻进了书房，半天也不出来。如果打发女儿进去叫他吧，他似乎很不领情，满脸的不耐烦。

又一个漫漫长夜，文秀怅惘地靠在沙发上等丈夫回来。她的目光突然触及对面墙上挂着的一张全家福。那时候柳絮还是一个小姑娘，他们一家三口靠得那么近，脸上都洋溢着幸福的笑容。文秀突然好怀念那段逝去的美好时光。记得那时女儿五岁了，说柳北京对她和女儿的爱就像阳光一样强烈，一点也不夸张。可能是又拨动了记忆的心弦，文秀的内心掠过了一长串感叹号似的惆怅。那时他们家还住在石板巷。早上起来，文秀要赶去上早班，就让柳北京过一会儿将女儿送到幼儿园去。她从门后面的挂衣钩上取下外衣和坤包，回头给正目送着她的父女俩递回去一个甜甜的微笑，柳絮也对妈妈笑着，露出了一排细碎洁白的牙齿。也许是文秀的微笑打动了柳北京的激情，总之，柳北京一个箭步跨向前，忘情地紧紧拥抱了她。片刻之后，文秀推开了他温热的怀抱，向门外走去。这时，她听见女儿在身后奶声奶气地问道：

"爸爸，你是不是爱上妈妈了？"

"没有呀，谁说的？"柳北京闪动着狡黠的目光，故意逗女儿玩。

"你别想骗我，我都看出来了，你爱上她啦！"

父女俩的对话飞出了石板巷，温暖甜蜜了文秀的心房。想起那时候的柳北京可真讨厌，他常常会表现出十分好色贪婪的样子，从外地出差回来一进门，扔掉提包便一把搂住正在做饭的文秀要亲热。他急急地说："都有半个多月没有沾女人的边了，宝贝，快想死我了！"说着，一把就将文秀的裤子拉了下来，文秀边挣扎边喘息着喊道："我的天神，门还大敞着呢！"留恋着她滚烫的身子，并不想起身，只是伸出长长的腿用一只大脚啪一下钩上了门……

柳絮从奶奶屋里玩耍够了，想回屋时，发现门已经从里面反锁上了，任她怎么敲打也不开门，屋里的两个人故意憋住气，悄无声息。孩子便在自家门口大声嚷嚷着哭闹起来。女儿的哭叫声引来了张翠花一阵恶毒的咒骂声——"没羞没臊！"屋里的一双男女就在这纷扰的哭叫声、咒骂声中，肆意地呻吟着，双双跌入了一个美妙绝伦的销魂境界。想到这里，一抹羞涩的绯红情不自禁地飞上了文秀白净的脸庞。

那天到吃晚饭的时候，柳北京又躲在书房里不肯出来，文秀打发女儿跑进书房去叫爸爸出来吃饭。女儿进去叫了几回，柳北京总推说让她们先吃吧，他没有食欲。他怎么会没有食欲呢？中午难道在外面吃了山珍海味、满汉全席？文秀就自个儿走进去想问个究竟。柳北京背靠在宽大的椅背上，闭目养神。文秀进去时，他连眼皮也懒得抬起来，只是冷淡地说："你出去先吃吧。我今天累了，感觉浑身疲乏，想一个人静静。"文秀不解地默默退了出来，眉心里不由得拧起了一团愁绪。

柳北京有时倒回来得挺早的，却也早早上床睡觉，即使偶尔做那事，也是草草收场，常常令她意兴阑珊。默默地凝视着丈夫英俊的脸庞和略显疲惫的睡态，文秀十分困惑。她根本不清楚他的心思，在他眼里，这个家已经没有了一丝吸引力，他不过是偶尔需要应付一下交个差而已。丈夫在床上的冷淡让文秀愈发惴惴不安，她觉得他在外面一定有情况，于是忍不住刨根问底。她笨拙地一路盘问，让柳北京愈加反感，他不耐烦地大声吼道："文秀，你快烦死我了！你知不知道你有多烦人！"文秀噙着泪默默退出去。

他肯定有问题！文秀自从有了这种心理暗示以后，更加疑虑重重，以前柳北京专注地看电视时不和自己说话，她觉得那是身心安定的一种平静，现在却总禁不住怀疑他是"人在曹营心在汉"，一准儿是他在外面做了对不起她的事情，理短心亏，害怕一张嘴就露了马脚吧。在文秀孤寂而漫长的等待中，柳北京要么彻夜不归，要么满身酒气回来了，不肯与她多说一句话。她像个被娇纵惯了的孩子，突然间遭受冷落，便觉委屈难当。每次他回来之后，她殷勤地帮他端汤倒茶，烧洗脚水，还要像孩子一样帮他脱鞋宽衣。她将他的臭袜子抱在胸前，哀怨地望着醉得晕晕乎乎的他。她眼里满含凄怨，他却连瞅也不瞅一眼，埋头就睡了，一会儿便呼噜呼噜地发出了香甜的鼾声，好像站在他床侧的不是曾经被他怜惜地放在心尖上的女人，而是一个旧时的侍寝丫鬟而已。

他翻了一个身，开始说梦话："文秀，纵使我的身边有千万个女子，我还是爱你，还是要——霸住你！"文秀惊骇万分，这哪里是那个曾经深情又善良的男人！难道真的应了女友的那句话，拥有金钱越多就越能暴露一个男人恶劣的本性？那一夜，文秀就僵直地立在床前，呆呆地望着这个既熟悉又陌生的男人，满心疼痛，从脚到心，逐渐疼痛地麻木僵硬。"秀儿，我错了！"半梦半醒之间，他翻身伸手揽住了她的脊背，口气里有绵软的疼爱。她挣扎得泪流满面，但还是蜷缩进了他宽广的怀里。她不愿意闻到那股浓浓的酒气，给了他一个冷冷的后背。他感觉到了她的厌烦，他的头固执地抵在她的后背上，死死地揽住她的腰，齿缝间有气无力地游出几个字："秀儿，我对不起你，我爱上了别的女人！"

他终于还是忍不住说出口了！文秀的泪，瞬间汹涌地打湿了枕头，有一种世界末日来临的感觉，她生硬地推开了丈夫的手，嘴里却淡淡地说："你想爱谁就爱谁吧，这是你的自由。"其实，文秀嘴上虽然那么说，但是在内心深处，她不愿相信丈夫的醉话，她安慰自己他不会真的做出格的事情。她想，他只是喝醉了，满嘴的胡话。她甚至想，这些天也许是自己太多疑了。尽管文秀口是心非，对柳北京表示了一万个放心，但还是发现了太多太多的异常。

以前，柳北京很少发短信给文秀，近段时间却几乎每天要转发一两条情意绵绵的情话，似乎要讨好她一样。晚上回家的时间也不再超过9点，他的脸上似乎挂着一抹歉疚，上床后不再倒头就睡，而是温存体贴有加，言谈举止间也似乎夹杂着一丝小心翼翼。丈夫性情大变，反而让文秀更加生疑，这不是她从小认识的那个柳北京！欲盖弥彰，有些事情一旦存在，是无法逃遁的。刚过了几天太平日子，家里的电话却在半夜三更蓦然响起，闹鬼一样。"喂？"当文秀伸手去接时，那边却默不作声，她刚想生气时，那边又啪一声将电话挂断了。"活见鬼了！"文秀不得不更加起疑心了。那天晚上，柳北京以少有的耐心温存爱抚着文秀，就在两个人刚要达到巅峰时，突兀的电话铃声骤然响起。柳北京的身子瞬间僵硬了起来，文秀的兴致立刻落入冰窟，她一把推开柳北京，生气地说："快去接吧，肯定是找你的！"自己也不由自主赤裸着身子好奇地跟着他一路跑到客厅里听电话。果然，柳北京一拿起话筒，那边就传来了娇滴滴、脆生生的女声。闷雷过后，便是瓢泼大雨倾泻而下，事情果然让文秀不幸言中。文秀手脚冰凉，她跑到卧室里把门反锁起来，泪流满面。

第四十一章

第二天下午5点,柳北京打回来电话说公司晚上聚餐然后开会,他不回来住了。

看完电视后,文秀破例没有洗漱就上床躺下了,衣服也没有脱,恹恹的,丢了魂一般。晚上11点,文秀刚刚睡着,却被一阵突兀的电话铃声吵醒了。她愤怒地拿起听筒,从来电显上看出这是一个陌生电话号码,她轻轻喂了一声,那边就有人说话了,是一个男人的声音。

"喂,文秀,赶快去你老公的办公室看看吧!"

"你谁呀,什么意思?喂、喂、喂喂……"

"嘟嘟嘟……"回答她的是一串忙音,对方已挂机。

放下电话,文秀心头顿时成了一团乱麻,丈夫那边肯定是出意外了。她忙披了件外套,一个人急急穿过了浓雾弥漫的暗夜,向红宝石枣业公司的方向走去。走了一段夜路,她似乎听见身后好像有脚步声,她几次试图撩开浓浓的夜色朝后瞅,却又什么也听不到了。肯定是幻觉,她最近睡眠不好,疑神疑鬼的。

当她赶到丈夫办公室门外时,周围一片漆黑宁静,她心下忐忑,不会真出什么事吧?房间里似乎传出了一男一女的声音。她的心怦怦直跳,悄悄把耳朵贴近门缝仔细辨认。透过薄薄的门板，里面传出一阵女人哧哧的娇笑声，接着，传来肉麻的对话声。

"亲爱的，我要你亲口告诉我，我和你老婆究竟谁好？"

"非要回答吗？"一个再熟悉不过的声音说道。

"必须的！"女人肉麻的嗲声嗲气，让文秀不由得倒抽一口冷气。

"那你必须答应我一件事，以后半夜三更再不许给我家里打电话！"

"哼！打电话咋了？我就不许你和那老女人亲热……"听出男人声音里的不满，女人这才又松口，"不打就不打，在你心目中我俩谁重要？"

"这个还要说吗？你肯定能猜得出来。"还是那个熟悉的声音。

"不，不嘛，我就要你说，要你亲口说出来嘛！"文秀似乎洞穿门板看到女人像蛇一样缠在自己丈夫身上。

"好了，好了，我说，宝贝，当然是你，你就像水和空气一样重要。她现在就是我的钟点工、贴身护理，可有可无，我随时可以让她走人！"熟悉的声音近乎厚颜无耻地讨好着狐狸精。"王八蛋！"文秀愤怒地紧紧咬了一下嘴唇，生怕自己脱口骂出声。

"亲爱的，你真会说话！来，啵一个……"

"噢，坏蛋，你的胡子扎疼了我！看肚子里的小宝宝又动了，你快摸摸……"文秀吃惊不小，她顿时感觉浑身一阵冰凉。"亲爱的，我们结婚吧，我们得给小宝宝一个安稳的家……"

"这——"熟悉的声音为难了。

"咋了。你想反悔？门儿都没有！"女人变得怒气冲冲。

停顿了一会儿，熟悉的声音再度响起："宝贝，你尽管放心好了，我会想办法，你要的房子、婚姻、富足安稳的家，女人应该拥有的一切，我都会给你！宝贝，我爱你！"爱情和胜利一样，最容易冲昏男人的头脑和理智。其实，在此之前，柳北京从来就没有思考过这个问题，尽管他厌倦一成不变的婚姻生活，但是平心而论，他从来没有想过要与文秀分开，毕竟是结发妻子，何况他们还有可爱的柳絮。现在他为了讨得这个女人的欢心，竟然毫不犹豫地给出了婚姻的承诺。"这个王八蛋！"文秀听得出来，他的保证里竟然有点咬牙切齿的意味。她感觉不争气的眼泪就要涌出来了，但是她使劲仰了仰头，生硬地又将那些脆弱的泪逼了回去。记得曾经看过一部苏联影片叫《莫斯科不相信眼泪》，她知道如今第三者根本不怕眼泪，她的脆弱毫无意义。她又想起了前几天打麻将时，牌友们说的话："男人有钱就学坏，什么是坏？还不是去找女人！"她竟然在她们面前傻乎乎地替他辩白，在无情的事实面前，她的辩白是多么苍白无力啊！她从来没有想过这种丑事会摊在自己身上，容不得她细思量，立时觉得天崩地裂，精神完全崩溃了。那一刻，唯有一念在撕裂着她的心——抓住柳北京，剖开他的肚腹，看看这个男人的心究竟是红的还是黑的？之后，屋里又传出了令人不堪入耳的呻吟声……

　　文秀掩着耳，不忍再听。她胸中的怒火一点就燃，来势凶猛，迅疾蹿到了头顶。她紧握着拳头想要捏碎什么，可是愤怒使她的手脚都麻木了，好不容易才拧开柳北京办公室门上的锁，一步跨进去，劈面迎着两具赤身裸体紧紧缠绕在一起的躯体，这令人作呕的一幕，令她怒火中烧。两个正处于激情巅峰的男女，被突如其来的惊吓骇得瞠目结舌，瞬间跌入了万丈深渊，竟然呆呆地无从应对。文秀似乎看见柳北京脸上划过了一丝愕然。

　　"你果真已经做了！而且竟然瞒得滴水不漏！"

　　她怒不可遏，一步步逼到跟前，站定。慌乱中，刘晓月一把抓住柳北京的衬衣遮在了胸前，长长的衬衣垂下去，刚好掩盖住了羞丑。她目光怯怯地向后退缩着，仿佛要觅个地缝钻进去。文秀脸色苍白，一声冷笑："怪不得我们家近日来常常半夜三更闹鬼，原来小鬼在这里啊！"

　　刘晓月竭力低下头，声音很低："文秀姐，我……"

　　文秀脸上瞬间飘过一丝凛冽的寒意，猛地提高声音："骚货，臭不要脸的，你别喊我姐，恶心！"静默片刻，她劈手上前给了刘晓月一记重重的耳光，歇斯底里地骂道："臭不要脸的，骚货！"她继而扭头愤怒地盯着浑身一丝不挂的柳北京，眼里冒着灼人的火苗："你……你……柳北京你真恶心，竟然干出了这样不要脸的事……"一阵气愤袭来，她的身体软软地顺墙倒下，撕心裂肺的哀伤如潮水般向她涌来。

文秀醒来时，已经躺在家里的床上。一想到捉奸场面，疼痛就会重新袭来。有的女人虽然可以对男人偶尔的肉体出轨睁一只眼闭一只眼，但她们都永远无法容忍"情人"的出现。她们绝不能让自己的男人在感情精神上远走高飞。文秀正是这样的女人。她恨透了柳北京：他为什么让我看到啊，他完全可以做得更隐秘些。文秀曾经从一本时尚杂志上看到，如果说结婚是一个分水岭，那爱情的保鲜期掐指一算，也最多只有十年。谈恋爱的第三年结婚，结婚之后的第七年各自心痒难耐。即使双方能守得住那个红本本中所谓的责任感，其实真正让人心动的爱情，却早已失落在围墙外，转移到另一个或更多个年轻貌美的女人怀里。而让一对夫妻能够携手走到生命的最后一刻，要找原因，也只能是为了爱情的结晶——孩子，以及剩下的相濡以沫的几十年亲情而已。想到这里，她不禁对柳北京的出轨释怀了，这是男人的天性，她突然就不再像起初那么恨他了，但是她绝不会原谅他。

第二天晚上，她正式向他提出离婚。

文秀本以为柳北京会像个做错了事情的孩子，露出满面羞赧之色，生拉硬拽地要将自己抱在他宽大的怀里，一遍遍耐心而又诚恳地向她检讨，说都是自己的错。他会态度诚恳地向她道歉，请求她原谅，他还会保证要立刻收拾残局，尽可能想办法说服刘晓月打掉肚子里的孩子，再给她一大笔钱安排她远走高飞、另嫁他人，最好永远不要出现在这个县城里。最后，他还会像往常一样轻吻着她的耳朵，面有愧色地忏悔："秀儿，我一时糊涂做错了事情，你打我骂我吧，都是我不好，我对不住你！我是一时糊涂犯了错误，但是你一定要原谅我！"然后他会拍着自己的胸脯信誓旦旦地赌咒发誓："秀儿，给我一次机会，今后我再也不会犯这样的错误了！"

"别再演戏了，亏你还能说得出口，还永远呢，永远究竟有多远呢？"文秀不屑于他的赌咒发誓。之后，她就会哭得涕泪纵横，声音哽咽，她听见自己高傲决绝的话语脱口而出："既然你已经不爱我了，那么，那么咱们勉强凑合在一起有什么意思？还不如分开好！"她嘴上这样说着，内心里却会反复告诫自己，文秀，适可而止，看在他态度诚恳的面子上，还是见好就收吧。

然而事实上，听到文秀提出离婚，柳北京产生了一种释然的感觉。他对着天空长吁了一口气。原来他以为他就是她的天，他很重要，是被需要的，一旦离开了他，她就真的无法生活下去了。没想到她却主动提出了离婚。这个傻傻的女人啊！一丝歉意霎时浮上脸庞，不过只是那么短暂的一瞬间，他只是稍许有些内疚，自己真的太伤害文秀了。紧接着，他又不无私心地想，既然你自己先提出来了，这样也好！他把决定生死大权的皮球又踢给文秀，他因此而稍微减少了内疚感，可是内疚感却依然存在，这内疚感就像影子一样追随着他的生活，估计今生也无法抹去了。

过后好几天，文秀都崇拜那天自己脱口提出离婚的话时，竟然那么干脆决断，没有半点犹豫，连一丝后悔的余地都没有给自己留下。静静地坐在梳妆台前，文秀慢慢梳理着自己的思绪，梳理着和柳北京一起生活过的十年美好光阴。十年的光阴像流水一样轻轻漫过她孤寂的心房，温柔而又倍感温暖。倏忽一闪，那段温柔的时光就被抛进了生活的浪潮中，奔腾不息地一路朝前涌去，直至消失得无踪无影。她的目光虚飘飘地满屋子扫视，触到了墙上挂着的一张女儿的写真照片。柳絮那时只有七岁，身穿一袭粉红色的公主裙，脸上挂着一丝甜甜的笑意，伸出两根葱段似的胖胖的手指头，摆出了一个最时尚的"V"字造型。哦，小柳絮，我的宝贝女儿，你今后可怎么办啊？一想到了宝贝女儿柳絮，文秀就再也坐不住了。女儿怎么能够接受父母离异，一个九岁的女孩怎么能够经受得了这样的打击？直至此时，文秀才开始后悔自己的莽撞，她竟然这么傻，难道是被他们气糊涂了？为什么要主动把"离婚"这两个冷冰冰的字眼挂在嘴上呢？

第四十二章

文秀提出要离婚时，柳北京没有作声，表情似乎非常痛苦，摔门而去，好几天都没有回来。一个星期后，柳北京打电话回来。

"那啥，我同意离婚。"柳北京的声音冷冰冰的，不包含任何感情的色彩。他甚至不愿意再喊一声文秀的名字。"我同意离婚"，仅仅五个字，每一个字都像石头般击打在文秀心上。一听此话，文秀两眼一黑，差点当场晕倒。

次日，她拒绝了牌友们的盛情邀请，破例没有去打麻将，她不愿意看到乔琳和白小梅那两张白白胖胖的脸，她们每次都要趾高气扬地夸耀自己的老公和孩子，肤浅的女人，真让人受不了。文秀似乎感觉到她们尖锐的声音和那些自以为是的幸福，依然在自己家装修豪华阔气的房间里横行霸道，肆意地弥漫张扬。她听不下去了，抱着头躲进了卧室里。可是她一眼看到了那张双人床，那张床无声地记载了她和他幸福快乐的十年光景，那些记忆无法随着一张离婚证书被割断。没有了柳北京，这个家就不像个家了，她一刻也待不下去，她要逃离。

文秀忘记了打车，在狭窄的街道上一路小跑着，顾不得理会街上匆匆的行人，他们从四面八方射来探询的目光。汗水濡湿了她黑油油的长发，浸湿了她身上的衣裙，她顾不得衣裙紧紧贴在身上的尴尬难堪，着急忙慌地向老城方向跑去，向石板巷跑去，向着慈爱的母亲的怀抱跑去，急急的脚步将她的生活踩得一塌糊涂、凌乱不堪。当她跑到石板巷时，母亲正蹲在院子里摊晒红枣。这些枣子是文秀前不久叫人送过去的。"咦，秀儿，今儿咋有空来了？"看见女儿气喘吁吁地奔进来，王小玉很高兴，慌忙走到水龙头前把手洗干净，将女儿让到屋里，她从橱柜里取出早上剩下的一盘韭菜盒子，准备放到煤气灶上去热一热。文秀上前从母亲手里夺过盘子又放回橱柜里，说："妈，我不饿，我什么也不想吃，我只是想你了，就是想来看看你，你歇着吧。"

此时，细心的母亲发现了女儿湿津津的衣裙和头发，同时也捕捉到了笼罩在女儿眉宇间的一团愁云，她急切地问："秀儿，你咋了，出啥事儿了？""没……"文秀见母亲察觉出了自己的心事，再也不好隐瞒什么，便一头扎到母亲怀里放声号啕痛哭。等女儿哭够了，王小玉才慢慢擦去女儿脸上肆意纵横的热泪。

听完文秀的诉说，王小玉也愁苦得不知说什么好。那个她曾经预言将来会有出息的女婿，现如今果真是有出息了，但是他的出息从今以后就要和女儿无关了。这些年他一直忙，很少到丈母娘家走动，这些她都不计较，但是他最不该背叛了自己端庄贤惠的女儿呀！这么多年来，自从搬家后，柳北京几乎就没有回过石板巷一次，即使春节、中秋节、端午节、清明节这些重大的节日，也都是文秀带着柳絮匆匆来走一遭。张翠花这几年身体不大好，文秀有时为了要赶回去侍候婆婆，常常只是把孝敬母亲的礼物放下就走了，根本顾不上坐下来与母亲多说几句体己话。对于这些，王小玉从来没有责怪过女婿，她知道他工作非常忙，他是个干大事业的人，没有时间像普通平凡的居家男人那样听任自家婆姨吩咐指使，殷勤地去看望丈母娘，像儿子一样替老人家刷墙搬砖。他也从没像当地许多男人一样，一娶媳妇就只有丈人连襟两门亲。他的生活圈子一如他的事业，如日中天，五彩缤纷。可是怎么也没有想到这男人一旦长本事了，心也就随之变硬了。做丈母娘的万万没有料到这个长了本事的女婿，有一日会休了自己的宝贝女儿。这不是文秀的错，她恨那个让人咬牙切齿、万劫不复的狐狸精。说过离婚的话后，文秀其实就后悔了。现在，她一定要挽救自己的婚姻，她着急忙慌地跑来寻

求母亲的帮助。

"秀儿，赶快回去找你婆婆，让她说服她儿子迷途知返。也许，此时只有她才能保住这个家。唉，我想柳北京这狗日的，大概是鬼迷心窍了。"仓促间，王小玉为女儿指出了一条明路。她从自己的角度设身处地考虑，她想张翠花一定也不愿意看见这和和美美的一家人被活活拆散。凭着她对张翠花几十年的了解，她相信她有这个能力。

文秀走进婆婆的房间时，张翠花正在怒气冲冲地数钱，桌子上摊着一大堆零钞。张翠花在仔细计算今天在牌桌上究竟输了多少钱。看见文秀进来，她一个劲地抱怨："我今儿个真是点儿背，手臭得很，一把也不开和。"一大早，她还没有吃完饭，隔壁王婶和其他两个牌友就不请自来，张翠花心里一着急，来不及扒拉完碗里的饭，就直接让文秀拿去洗碗了，因为太匆忙，她数也没有数就随便从抽屉里抓了一大把零钞匆忙上阵。"文秀，我们今儿个又换了一种坐庄法，摇骰子找风，我对门偏偏就坐了东街里你王婶。哎呀，这个死老婆子今天不知道吃了哪门子兴药，啊呀呀，那牌兴得简直不得了，连炸带和，玩到最后是一炒三连锅端，光我一个人恐怕就输了有百八十块钱呢，心疼死我了！"文秀木然地坐在婆婆对面，心烦意乱，没心情听婆婆抱怨。等婆婆终于絮絮叨叨地说完了，她便简略地将柳北京有了外遇的事情说了一遍。

"啊呀呀，文秀，看你说的什么话，简直一派胡言！"张翠花正输得烦躁躁的，一听此话，顿时来气了。

"妈，我说的可都是真的呀！"文秀急得又要掉眼泪。

"你自己一个妇道人家，整天待在屋里享清闲，闲得生事哩，要么睡到日上三竿才起床，要么就整天聚集了那伙叽里呱啦的浪女人，把家里搞得乌烟瘴气当成了赌场。你男人在外面累死累活地拼命挣钱，还不都是为了让你们娘儿俩过上好日子。你现在非但不心疼他，替他分担一些，竟然还敢在背地里胡说八道？也不手搭在胸口好好摸摸自己的良心，你说说，这么多年来，我们老柳家亏待过你吗你吃的喝的穿的戴的，哪一样亏过你？"

"妈，这哪儿跟哪儿？我穿戴是花我自己的工资，这不是一码事！"

"什么？你还敢嘴犟，我知道你有工资，就靠你那俩臭钱还不够咱家买盐，你还好意思说哩！"

张翠花嘴里骂骂咧咧的，不由得气恼至极，一挥手将刚才数好的一沓票子猛地撒了一地，还恶狠狠地跺了几脚："我看就是你疑神疑鬼！这都是让清闲给闹的，你上班那会儿哪有时间一天到晚翻腾这些破事！"

文秀见婆婆大动肝火了，慌忙低垂下眼帘，收敛了满腹的委屈，蹲下身来拾捡满地的钞票。张翠花仍旧不依不饶："文秀，咱们不管说到哪儿，这个家还不都是靠我儿子支撑着嘛！现在你又吃饱饭生余事，竟然胡说八道，真是猪油蒙了心、狗屎糊了眼，赶快闭紧你的嘴巴，别让我听了闹心！若是让我儿子知道，小心打断你的双腿！"

"妈，我说的句句实言，并无半句谎话。"文秀委屈万分，有泪光在眼眶里闪烁。

"你亲眼见着了还是逮住了？我不信，打死我也不信！别在这里信口雌黄，我相信我儿子的人品，北京他就不是那种人！"张翠花说得嘎嘣利落，斩钉截铁。

"妈，一个礼拜前，我在北京办公室里亲自抓住了他们……"

"抓住了他们？谁呀？"

"北京和那个臭女人。"

"看你又在胡说哩，咱北京干那么大的事业，办公室里偶尔进出个女人那不是很正常的事情吗？商量公事呗！这小城里的人真是井底之蛙，没见过大世面，最喜欢捕风捉影了，看到个苍蝇，能让他们给硬说成苍鹰。公司公司，就是办公事的地方，还能没有个把女人进进出出！"

"妈，不是捕风捉影，我在你儿子办公室床上抓住他俩的……"文秀艰难地从嘴里挤出了这几个字，心里不免又刀剜一般难受。

"啊？"文秀这句话仿佛一根粗大的牙签，用力地撑住了张翠花的上下唇，她惊讶得张大嘴巴半天没有合上。顿了顿，她又问："真的？果真有这号事？"

见儿媳妇使劲点头，她只好烦躁地说："好了，好了，这件事我知道了，你先不要着急对外张扬,就是给你妈也别说,家丑不可外扬,一定要保密。等北京这小子晚上回来,我好好审问他。"回头看见文秀依旧木然地呆立在那里,她不耐烦地说:"你先回屋去吧。北京他小子,果真干了离谱的事情,看老娘我能轻饶了他!"

文秀神情抑郁地慢慢挪回自己屋里,呆呆地靠在沙发上默默饮泣。晚上,半个月没有回家的柳北京被母亲一个电话叫回来了。

"那女人是谁?"等他坐定,张翠花的审问开门见山。

"什么女人?"柳北京在装糊涂。

"装,你再给老娘装!文秀都抓住了,这还能有假。"张翠花显然已经生气了,她提高嗓门,厉声责问儿子,"快说,是谁?"

"是……是石板巷老刘叔家的小女儿。"见瞒不过母亲,柳北京只好老实承认。

"老刘家的小女儿,不就是那个月儿吗?那丫头才多大呀,就懂得狐媚男人了?"柳北京听出母亲语气中的责备,忙掏出打火机抽烟,借此掩饰尴尬。

"儿子,不管你们现在发展到什么地步,必须立即给我拉倒,我们老柳家可丢不起这个人!再说了,你现在什么身份,公司里百八十号人都在盯着你哩,你可别搬起石头砸了自己的脚!"

"妈……"

"别喊妈!喊妈也没用!我告诉你,没什么商量的余地,你今天就要给老娘了断,听说那狐媚子还在咱公司上班哩,你立刻叫她卷铺盖走人,我们老柳家丢不起这人!"

"可是,可是……"

"有话就说,有屁就放,老娘最见不得大老爷们儿磨磨叽叽。"

"晓月她……她有了。"

"有什么了?"当张翠花意识到柳北京的所指时,顿时颓然一屁股跌坐在沙发上,"简直是造孽啊!"儿子的话让一向颇有主见的张翠花也踌躇了。刘晓月怀孕这件事情似乎比柳北京有了外遇更突然,更让她措手不及。这件事情太大了，大得不能让张翠花这个自认为胳膊上能跑马、手心里能撑船的能干女人立刻做出决断。有好一会儿，她眼前一片模糊，似乎失去了方向感。"天大大，这个事情可不好办了！"她向着儿子说，"要不，咱干脆让她把娃娃生了再走，万一她怀的是男娃呢！"张翠花想了想，又嘱咐柳北京："京儿，这段时间必须先把文秀稳住，甭跟她提离婚，万一她撕破脸皮闹起来，事情可就不好收场啦。"

"可是，文秀已经提出来要离婚。"

"什么？这个下贱女人竟然胆敢主动提出离婚，真是太不自量力了，她不觉得她对不起咱老柳家吗？好端端的一个女人干吗说结扎就结扎了，人家劁猪骟狗哩，她倒好，心甘情愿把自己骟了，这不是成心让我老柳家断子绝孙吗？现在出了这档子事，依我看，倒像是老天爷给她的报应！"

月亮正在厚厚的云层里穿梭，仿佛一个调皮的孩童探头探脑地在和大地爷爷捉迷藏。在窗前薄云遮住的一块阴影中，文秀单薄的身子瑟瑟发抖，母子俩刚才在屋里的那番谈话都被她听到了，她失望至极，汹涌而出的眼泪打湿了衣襟，心下明白自己寻求庇护的希望破灭了。

翌日，文秀给惠丽打电话，想在闺密那里寻求到一丝安慰。惠丽那会儿可能正在和客户谈生意，她告诉文秀回头电话联系，结果一忙就把此事忘记了。

柳北京和刘晓月的事情很快被人们传得沸沸扬扬、满城风雨。秀延县纪委、县政府办公室都收到了许多反映红宝石枣业公司总经理柳北京作风问题的群众来信。县长王尔豪动怒了："这是谁在给一位杰出的青年企业家脸上抹黑，我们这样的贫困县出一位杰出人才容易吗？你们务必要查清此事！"

一个月后，调查结果出来了——柳北京生活腐化、包养二奶未婚先孕事实清楚，证据确凿。这个结果令县长王尔豪吃惊不小，在这个关键时刻，县委、县政府当机立断扣发了任命柳北京为县长助理的红头文件，都暗自庆幸任命程序的冗长，要不然，一次集体决策失误将会不可避免地发生。为此，县上领导班子的头头脑脑们再一次坐下来慎重地召开了会议，最终锁定了县长助理的人选——年轻有为的企业家、塞上柳红枣饮品公司董事长兼总经理田安门。

事后有人隐约传说，在最后决定县长助理人选的前一夜，县政府家属院正好有人闹肚子起来上茅房时，影影绰绰地看见田安门的属下武小亮提着鼓鼓囊囊的公文包，分别敲开了县长和县委书记的大门。

第四十三章

柳北京公开与刘晓月约会是一个月以后的事了。

一天晚上,柳北京把车停好,站在刘晓月家的矮墙外——等候她出来。大约半小时后,刘晓月才出来,身上只穿着一件薄薄的米白色风衣,冻得瑟瑟发抖地缩着脖子,她脸色阴沉,似乎很不开心。当然她是背着父母偷偷出来的。

她的父母是一对老实巴交的老工人,已经退休好几年了。在石板巷里,这对老夫妇一向以为人耿直、作风正派而被人称道。星期天上午,当刘晓月的父亲老刘推着自行车到街道上修理时,听修自行车的老丁头不停地谩骂如今的世风,老丁头一个劲说人心不古,人心不古啊!"大兄弟,你说如今这些年轻姑娘都不知道害臊,一个个跟魔怔了似的贪图安逸享乐,一心钻到了钱眼儿里,不管对方是爷还是爹,什么人都敢跟着混……"老刘看老丁头一大把年纪却像个愤青,便笑呵呵地接了茬:"老哥,那都说的是南方那些大城市里的女娃娃,咱这个小地方民风淳朴,女娃娃们好着哩,我可从来没有听说过有这号事情。"老丁头忙着手里的活计,抬起厚厚的眼皮白了他一眼:"那可说不准,现在什么怪事没有?张家巷那个豆腐张,你该认得吧?那嘴巴能说得很,平时常爱掩着半张嘴笑话人哩,没想到他家儿媳妇把娃娃生到洞房里了。哈哈,差点没把老汉给羞死!就前两天我还听人沸沸扬扬地议论咱城里有个叫刘晓月的女子与红宝石那老板整天明铺暗盖地鬼混,恐怕肚子也搞大了!"

"什么,刘晓月?哪个刘晓月?"

"我不认识,听别人都说好像就是咱这附近的。唉,也不知道是谁家的闺女,这下给父母尿在脸上了……"

"你胡说!"老刘闻听此言,面红耳赤,仿佛有人狠狠地掴了他一记耳光。此时他才明白原来县城里最近传得沸沸扬扬的就是自己女儿。"老丁头,你狗嘴里吐不出象牙来,我不修了,他妈的……"老刘劈手从老丁头手里夺过了自行车,气哼哼地骂着走了。"不修拉倒!谁稀罕挣你那两个臭钱!"见老刘不可理喻,修车的老丁头顿时也火了,他朝老刘离去的背影骂着,"那被男人睡大肚子的女子该不会是你女儿吧?妈了个巴子,今儿个咋这倒霉的,说说闲话倒好像戳到了他的痛处,这老东西!"

老刘怒气冲冲地回去,一脚踢开大门,将自行车摔在院子里。老婆听到动静跑出来问他咋了。

"咋了?老子快被气死了!"

"一大早,谁又气着你了?"

"你,就你这个该死的老婆子,你一天到晚宠着、惯着你闺女,现在倒好,她给咱尿到脸上了!"

"月儿她爸,究竟咋了嘛,你慢慢说……"老刘就将刚才听来的闲话一五一十地告诉了老婆。

老刘老婆一听也生气了:"这他娘的,是谁给咱女儿头上扣屎盆子哩,老娘我饶不了他!"说着她解下围裙使劲掼到地上,要出去找老丁头算账。老刘扯着老婆的衣襟不让她出去。

"月儿她爸,你说这老丁头咋就恁缺德?我们家谁招惹他了,咋就想起往我家宝贝闺女身上泼脏水了?"她又转身抱怨老刘,"你也是,这把年纪了,还冒冒失失地听风就是雨，人家咬嚼什么，你就信什么！"

"哼！"老刘冷笑了一声，气得两股火苗从鼻子里直往外冒，"还宝贝闺女呢，往你闺女身上泼脏水？你女儿在那公司上班，人家又指名道姓地说，不是她还能是谁？我倒情愿相信是有人在背后造谣生事，可现在连老丁头都知道了，他那张破嘴你又不是不晓得，他知道了，就等于满街道的人都知道了。"老刘将老婆骂够了，一脚踢开了女儿紧紧关闭着的门，把刘晓月劈头盖脸地臭骂了一通。做父亲的本来还怀揣着一丝侥幸心理，希望能听到女儿的极力辩白，说根本没有这回事，那都是别人造谣生事，或者干脆抵死不承认。但是刘晓月自始至终没有吐出一个字。她披散着头发站在房间里，一言不发。此时，沉默即表示承认。老刘的脸色顿时气成了猪肝色，他颤抖着右手狠狠向刘晓月脸上掴了过去。他用食指指着女儿的额头，逼她立刻辞职，马上与姓柳的一刀两断。

"你若再敢和那姓柳的搅和在一起，看老子不砸断你的腿！"

做母亲的从女儿的态度里似乎也明白了什么，她忧心忡忡地盯着女儿倔强的脸，换了一副商量的口气："我说月儿她爸，要不，咱干脆把月儿送到湖南她大姐那儿去吧，你在电话上求晓雯在那儿给她妹妹好好找一份称心工作，兴许娃娃就能转性了。"老刘只顾埋头狠劲地吸烟，没有回答老伴的话。刘晓月见母亲竟然要赶自己走，很伤心，哭着说："对，人家说得都没错！实话告诉你们，我这辈子跟定北京哥了，哪儿也不会去的，就是死，我也要死在柳北京家里！"

"你去死吧！老子的一世清名这回算毁在你手上了。你、你、你——"老刘狠狠地盯着女儿俊俏的脸蛋，愤怒异常，突然口吐白沫，昏厥了过去。

柳北京不知道刘晓月心里此刻在想什么，但感觉到她情绪低落，就凑过去极力想看清她的眼睛，但那里一片漆黑，什么也看不见。他故意逗刘晓月开心："美女，你的眼眶里黑洞洞的，好像根本就没长眼珠子啊！"

"去，一边儿去，没看人家正心烦着呢嘛！"

"晓月，别烦了。走，咱们去兰花花跳舞去！"柳北京讨好地揽住她的肩头。"兰花花"是小县城装修最豪华的一家舞厅，每当华灯初上，这里就云集了

小县城所有的头面人物和一些崇尚时尚的年轻人,生意特别红火。

"不去。别人若看到咱俩公然走在一起,又要说东道西了。我害怕……"

"什么也别害怕。嘴长在别人脸上,谁爱说啥就让他们说啥好了。"

"万一让我爸知道可不得了,他扬言咱俩若再在一起,就砸断我的腿哩。"

"不会的,他又不到那种地方去,咋会知道哩?"柳北京伸手揽住了刘晓月的细腰,用嘴巴堵住了她的担心和不安,"什么也别怕,跟我走!"刘晓月这才放下顾虑跟着柳北京走进了兰花花舞厅,他俩找了个僻静的角落坐下。柳北京走到吧台前要了两杯扎啤。

"她同意离婚了?"刘晓月仍然精神不佳。

"嗯。"

"哇——"刘晓月兴奋地大叫一声,顿时乐得眉飞色舞,"好事!咱们得庆贺一下……"说着她率先举起了酒杯。"你现在不能喝!"柳北京从她手里夺过酒杯。可能是他们的动静大了点,有许多目光朝这个地方射过来。

"看什么看,现在满大街人都知道了,有什么新鲜的!"刘晓月朝周围扫视了一圈,低声自言自语道。

现在就连街头巷尾的人都知道了我与刘晓月的关系,柳北京暗自思忖。近日常常萦绕在他心头的难题又跳了出来:应不应该快刀斩乱麻,与文秀离婚,再迅速跟刘晓月结婚?世人会怎么看呢?他对待这个问题如同对待公司当前遇到的所有棘手问题一样慎重。柳北京喝完一杯扎啤,当他端起刘晓月那杯正要喝时,感觉有一束目光剑一般朝自己这边挑衅似的刺过来,锋利而刺眼。他循着"剑锋"望过去,田安门正紧紧地搂着文秀在跳舞,阴鸷的目光却子弹般冷飕飕地朝他这边射过来,那目光中有报复的快意,也有刻骨的恨意。

柳北京顿时有一种仿佛中弹了的痛感。八岁时那个黄昏的窃窃私语,又刺猬般钻进了他的脑海里,他感到有一阵轰鸣般的声音,响鼓般击打着他的心扉——他像你的父亲!他是你的兄弟!他是你的兄弟……"嘎嘣",柳北京感觉大脑里有什么东西仿佛瞬间折断了,他脑子里顿时一片空白,手里的扎啤应声脱手落在了地上。玻璃杯碎裂的声音,惊得旁边跳舞的小姐跳了起来,她们同时发出了尖厉的叫声。

刘晓月闻声扑过来，抓住他的手关切地问："有没有扎伤？你小心一点啊！"

文秀也循声望过来，她看见那个狐狸精正紧紧地抓着自己丈夫的手。她的心再次被刺疼了。与此同时，刘晓月也发现了文秀，她把柳北京抓得更紧，还故意抬起头，高傲地朝那边蔑视地一笑，俨然一副胜利者的姿态。

文秀一直默默地注视着刘晓月，她以女性特有的细腻和第六感从刘晓月眼神中捕捉到了这些复杂情绪：慌乱、犹疑、胆怯、敌意，还有一种打了胜仗似的傲气。刘晓月目光深处的傲气浅薄而狂妄，像锥子一样刺进了她的眼睛里，一阵锥心的刺痛无声地掠过，文秀立刻就有了一种挫败感，忙将头扭向了左边昏暗的角落。田安门注意到了文秀的神情，深沉地一笑，然后很快敛去笑意。刘晓月的出现就像一粒沙子，硌在文秀的眼睛里，每一次眨眼都硬生生地被硌疼了。田安门一直没有说话，他就这么冷眼瞅着，看到文秀漆黑的眸子一点一点黯淡了下去。这时，文秀突然像一个溺水者下意识地转过身紧紧抓住田安门的手问道："安门哥，你说你是爱我的？"田安门并不想回答，他只用那双深邃的眼睛死死地盯着文秀漆黑的眼眸看，直到看见文秀快要急出眼泪来了，他才漫不经心地点了点头。

回过头看，刘晓月正挎在柳北京臂腕上向门口走去。文秀摆脱了田安门的搂抱，快步向门口走了过去，她想要追上他们。掀开厚重的棉布门帘，有一团冷风骤然向她迎面袭来，呛得她咳嗽起来。街上空荡荡的，昏暗的路灯下，只有一两家煎饼摊子固执地守候着兰花花歌舞厅里的男男女女。那两人已经走远了，只有两个紧挨在一起的影子，刺眼地在文秀眼前晃。

田安门没有追出来，他坐在座位上一动也没动。有一个化了浓妆的小姐看见田安门独自一人枯坐在那里，就走过去搭讪，她拉着他的胳膊想请田安门跳一曲舞。文秀掀起棉布门帘想叫田安门一起走，恰好看到了这一幕，她什么也没有说，便黯然离开了。走在空荡荡的街道上，一阵锥心的伤感飓风般席卷而来，她不由得泪眼模糊，任凭思绪像脱缰的野马一样驰骋。过往生活的一幕幕像电影镜

头一般从眼前缓缓掠过。

柳北京在电影院门前焦躁不安地等待，文秀穿着能够清晰地勾勒出乳峰的米色秋衣，来不及扣上的粉红色外套，在秋风中像美丽斑斓的蝴蝶一样翩翩翻飞。

在晶莹如玉的雪地上，月光柔柔地挥洒着清辉，文秀像一朵妖娆的鲜花盛开在男人宽广温暖的怀抱里……

新房里，鲜艳的红双喜还没有褪一点颜色。文秀羞涩地躺在炕头，安然地躺在柳北京的大腿上，她轻轻地撩起上衣，露出了微微隆起的雪白肚腹，柳北京侧身将耳朵趴在她肚腹上，轻柔而好奇地聆听着胎儿的动静。

刚刚出差归来的柳北京捧着女儿的小脸蛋使劲地亲吻着，满脸韭菜般的胡子楂扎得女儿哇哇直哭，挣扎着向妈妈这边扑过来。

又一次出差归来，他一进门就扔掉了旅行包，迫不及待地抱住文秀没头没脑地一通狂啃……

风和日丽的春天，柳北京骑着摩托车载着女儿和妻子，来到野外放风筝，看见爸爸把金鱼和巨龙风筝都放飞到蓝蓝的天空上去了，小柳絮高兴得手舞足蹈，满地乱跑。文秀在草地边上捡拾了许多枯树枝，准备野炊，她把包里的火腿肠、面包、方便面都拿了出来，铁水壶里的水在大火的烧煮下发出了咕嘟咕嘟的声音，袅袅的炊烟缓缓飘向了天空，一会儿就没影了。柳北京回头看见了，感叹道："啊！好一派美丽的田园风光啊！"女儿也模仿着爸爸说："啊！好一派美丽的田园风光啊！"文秀的目光追随着快乐的父女俩，幸福地笑着。

柳北京开公司了。一个又一个静谧冷寂的夜晚，文秀靠在沙发上，耐心地等待他回来，最终恹恹地歪在沙发上睡着了。

放在客厅里的电话，在夜深人静的时候突然蓦地响起，刺耳的声音揪出了男人脸上的一丝惊慌和忙乱，也惊破了沉醉在幸福生活中的女人的一帘幽梦……

当女人走到极限时，可以撒娇，可以流泪，可以唠叨，而男人若走到极限时，却要将一切压在心底，克制，忍耐，包容；再克制，再忍耐，再包容。有时候，男人沉默的背后是一种沉重的压力，他们往往愿意一个人承受更多的东西，他们给自己加上了太多的责任和砝码。

一年多后，当文秀懂得了，在男人流泪的时候，应该给他多一点的空间和独处的时间，给他泡一杯温茶，轻轻地带上房门，然后走出去，调低电视音量，煲一锅他曾经盛赞过的汤，等他出来喝，然后深情地凝视着她，大声感叹着："真香啊！"这时，她就心满意足了，埋藏在心底的怨言就会瞬间烟消云散、化为乌有。她心想，自己当时如果能够尝试着把很多疑惑的事情朝着明朗的方向去思考，那么自己的心情自然也会如沐春风了，男人也不会越走越远。但是这种认识，显然来得太迟了，当她领悟了这一切时，他已经属于另一个女人了，再也不会眷顾她的痛苦和她的眼泪。男人的爱情是一道炫目耀眼的闪电，热烈而短暂，女人的爱情是一颗寂寞冷艳的寒星，执着而永恒。男人一旦得到一个梦寐以求的女人后，看这个女人的目光就会渐渐涣散，而他多情的眸子很可能会盯向另外一个或多个绝色的女子。而痴情的女人得到一个男人的爱情后，想得最多的就是相互拥有，直到海枯石烂地老天荒。女人重情，男人重性，性随心变。在爱情生活方面，痴情的女子注定要扮演悲剧的主角。而文秀，就是其中用情至深的一个。柳北京只身离家，寻求他的爱情和幸福去了。听说他已经与刘晓月公然同居了。他和文秀虽然尚没有去法院领回那个名义上的本本，但是事实上文秀已经变成了他的前妻，他可能是为了弥补对文秀的内疚和亏欠，把房子、票子、孩子暂时都留给了她，留下一个名存实亡的家，从此不踏进家门半步。

由一个深藏在心尖上的娇妻变作遭人遗弃的前妻，需要一个漫长的过程，想起这一切时，文秀顿时心如刀绞，仿佛做了一个长长的噩梦。柳北京刚离开的那些日子，文秀迫切想要彻底抹掉柳北京的影子，忘记自己的痛苦的回忆。她先是将家里所有的家具都换成全新的，把男人的照片付之一炬，过去的亲密合影也毫不留恋地用剪刀剪开，一分为二。她把里里外外清理一遍，直至她认为再也没有柳北京的一丝气息为止。但事与愿违，尽管她做了毁灭性的大清理，可柳北京的影子似乎依然在这个家里，无处不在。当她照镜子时，他就出现在她的眼睛里；当她洗澡时，他又缠绕在她的发丝里，紧贴在她的肌肤上；当她睡觉时，他的呼吸声清晰地回响在她的枕畔，俊朗的身影藏匿在她的每一个甜蜜的梦境里……他已深入她的思想里，化入她的血液里，融入她的骨髓里。她不得不承认一个残酷的现实——今生今世，她永远走不出他深邃的目光，摆脱不掉他给她身心烙刻下的重重痕迹。

无奈，她又把家具按原样摆好，将剪掉的照片一张张用胶带粘贴好，望着粘贴得支离破碎的合影，她的沮丧无以比拟。美好的回忆终将像这些合影，现出斑驳陆离的破碎与怪诞。粘贴照片时，文秀的内心深处甚至暗暗滋长了一份隐隐约约、模模糊糊的期待，她相信他还会回来，这里是他的家，他怎能舍得放弃？每当夜深人静时，她就暗暗对自己说，有一天，他肯定会回来的。当那出轨了的火车厌倦了外面世界激情的游戏后，也许会想起她这方宁静的港湾，最终仍旧会回到轨道上来的。她相信柳北京这辆出轨的车厢跑不了多远，车厢终究是要回到轨道上来的，她在翘首期待他的回归。

第四十四章

多年错综复杂的家庭感情生活说结束就结束了，让人有点措手不及，来不及细思量，已经从轰轰烈烈的现在进行时变成了默默无言的过去时。不可否认，在他们之间曾经有过甜蜜和恩爱，有过相互的理解和绝对的信任，但是这琴瑟和鸣的一幕幕一如过期的新闻，再也无人问津。频繁的相互伤害，无穷无尽的责备，反反复复的争吵，这一切导致他们最终还是要分道扬镳了。车子、房子和票子全部都可以割舍，如今最难的就是女儿的归属问题。柳北京和文秀都认为女儿是自己今生最珍贵的宝贝。文秀出于女性的骄傲，抱怨这令人难堪的结局，她把对他的恨意一股脑儿全部发泄了出来，吵吵闹闹，大发雷霆。花园住宅楼上那所豪华空旷的房间里整日弥漫着她歇斯底里的吵闹声。她生硬地说，女儿必须归我！你至少还有盼头。说这话时，她的眼里飘过一缕绝望的神情。柳北京明白文秀所指，对于她的悲观绝望，他能理解，一个已经结扎过的女人，哪怕她有再美丽的容颜、魔鬼般的性感身材，对于别的男人而言，即她将来要再嫁的那个男人，都是大打折扣的。在本地人的传统观念中，一个不能生养的女人，无论她有多么出众的才貌，也不能够称之为完整意义上的好女人。正是基于这一点，他对于她一直心存一份深深的歉疚，无以言表。但是此刻，在对待女儿归属的问题上，他决定寸步不让。

此时，在文秀的眼里，除了女儿和母亲外，就再也没有什么令她留恋的东西了。女人被爱人所抛弃并不可悲，可悲的是从此对春华秋实视而不见，从此失去了欣赏美的心境。在这令人压抑沉闷的气氛里，时间就像一个不讨巧的幽灵一样狼狈不堪地匆匆逃离而去，季节就在人们不经意间从严寒的冬天一晃就过渡到繁花似锦的春天。

柳北京的心再次被刺痛了。刺痛他的不是别人，正是他曾经深爱过的女人，和那个可能是他至亲兄弟的人啊！刚才去街上买烟时，他看到文秀与那个可恶的田安门竟然公然地勾肩搭背、招摇过市。看见他后，她的目光中竟然没有丝毫愧疚和惶恐不安，毕竟他们还没有去民政局办理离婚手续。柳北京想，她的羞耻心和愧疚之情已经荡然无存了，自己毕竟仍旧还是她名义上的丈夫啊！男人有时候就会有这种可笑而又不讲理的逻辑！和刘晓月纠缠在一起时，柳北京从来就没有想过文秀还是自己名义上的妻子，没有想过自己的背叛怎样将她刺伤得千疮百孔。那对男女径直从他面前走过，他们对他熟视无睹。他看见文秀只是轻佻地用眼角余光漫不经心地瞟了他一眼，而田安门嘴角上还分明挂着一抹挑衅似的笑意。柳北京心里一阵不快，匆匆买了一条烟，便回家了。关了手机，坐在沙发上点燃一根烟，他将自己深锁在一团烟雾中。刚结婚那阵，柳北京一想到文秀曾经与田安门有过一段恋爱史，便感觉心里极不舒服。一想到那时候她是不爱他的，哪怕那已经是过去时了，作为男人的自尊心还是受不了。再一想她以前曾经深情地爱过别的男人，他就感到好像受了天大的侮辱。尽管文秀自从经过那个明亮的雪夜之后，就变得小鸟依人、柔情似水，一心只装着他一个人了。但，这一切仍然无法排遣积郁在柳北京心头的郁闷。对于这样一个占有欲极强的男人来说，他的女人绝对容不得别人染指。有的夜晚，他明明伏在她身上，但是一想到这具美丽柔软的胴体曾经也让别的男人拥抱过、抚摸过、亲吻过，他的心里立刻就会泛起一股嫌恶的情绪，刚才还那么血脉偾张，急切索求的欲望，骤然间降到了冰点，就像受到惊吓似的，霎时逃离得无影无踪，男女之间美妙的事情就让他做得寡淡无味、一塌糊涂。

现在他看见文秀和田安门这两个狗男女，他们绕过漫长的岁月竟然又走到了一起，这使得他心绪异常复杂，嫉妒而难受，同时又不免滋生出一丝欣慰，因为他已经找到了摆脱目前困境和难堪局面的希望。窗外夜色一片苍茫，空气中弥漫着一股幽幽的桃花香以及青草和泥土混合着的清香味道。春天的悸动使得小城的人们也躁动不安。石板巷地处闹市，夜晚的街头依然热闹如昼，不断有新老朋友见面后的寒暄声、吆五喝六的猜拳行令声传来，小贩此起彼伏的叫卖声透过敞开的窗户飘了进来。柳北京趴在临街的窗台上，凭栏观望，他的目光非常飘忽地越过街上的行人和喧嚣，越过万家灯火，越过街对面正在施工的黑洞洞的楼房，最后抵达城外静默不语的笔架山。半山腰上那株千年老柏树，像一位孤傲不羁的老人，千百年不屈地挺着瘦骨嶙峋的胸膛，启人深思。就是在这株千年老柏树下，曾经无数次流连着柳北京和文秀青春靓丽的身影。可以这么说，千年老柏树不但记录了人世间的沧桑变迁，也曾经见证了这对青春男女疯狂的热恋、纯真的爱情。

在明亮如昼的雪夜，亢奋异常的小伙子柔情似水地轻轻抚摸着怀中嘤嘤哭泣的女孩，心底涌上来的是无限的爱意和一辈子都不可推卸的责任感。

月明风清的黄昏，高大健硕的男人一边慢慢地向前走着，一边扭头痴痴地望着臂弯里挎着的娇美的妻子，文秀在为他慢声细语地讲述着那天上午发生在医院里的一件有趣的事情。

记得在桃花烂漫的万花山，文秀在镜头前摆出了一个个娇媚可人的造型，柳北京则像多情的蝴蝶一样追逐着桃花般艳丽的妻子，照相机"咔嚓""咔嚓"如实记录下了万花山的美景，同时也记录了文秀新婚时的美艳如花。柳北京瞅准了一个绝佳的镜头，他上前叫住游兴正浓的一位游客，轻声说了句什么话，便把照相机递到了那位游客手里，自己则一路小跑着跑到那个特意选定的位置里，紧紧搂住娇媚如水的女人……那张照片是那次万花山之旅他们认为照得最好的一张，当时一共洗了两张，另外一张一直就摆放在床头柜上。镜头里，两个俊男美女笑靥如花，女人脸上的微笑，仿佛内心的幸福一不小心就要流溢出来似的……想到这里，柳北京情不自禁地拿起摆放在床头柜上的小镜框，轻轻拂去蒙在上面的一层薄灰,照片上的女人流露出了令人怦然心动的娇媚含羞的神态,柳北京感觉自己心上坚冰一样的东西渐渐消融了,眼眶里有一层像雾一样的东西缓缓弥漫了上来。

他掐灭了烟头,离开窗口,推开了女儿柳絮的卧室。柳絮已经长成了九岁的大姑娘,但睡觉时还时常喜欢蹬被子,身上有时会冻得冰凉。柳北京给女儿掖好了被角。现在,小柳絮正安安静静地睡着,孩子跑了一整天,摸摸头发都汗津津的,有点发黏,明天该抽空给孩子洗洗头了。在飞逝而去的十年家庭生活里,带孩子做家务这些琐碎的活儿可都是文秀一手包揽的。她很能干,家务活从来都不需要他来沾手,连他母亲也很少插手。此时,柳北京又一次想到了文秀,他把文秀与刘晓月反复做着比较。他想到了文秀的种种好处,可他更想到了文秀那令人生畏的洁癖。那些被文秀自己称作唯美心态的一些做法,令他不能忍受。刚结婚那会儿,文秀就开始尝试在柳北京身上进行这种"唯美"试验。文秀绝不允许他没刷牙亲吻自己;也决不允许他不洗下身就来睡觉;不洗脚,绝对别想上床;不换拖鞋你就休想进屋。柳北京笑着将这些坚决的"四不准"戏称为婆姨的"约法三章"。新婚期间,柳北京看这一切都非常新鲜,对于文秀的种种摆布和命令也不是十分反感。正如罗马不是在一夜之间建成的一样,这种"唯美"的卫生习惯也不是老婆给上上速成班就能养成的。随着时间的流逝,文秀带给柳北京的种种新鲜感逐渐被消磨掉了,他渐渐地对这些烦琐的"约法三章"产生了厌烦情绪。做护士久了,文秀有一点洁癖,每次吃饭前总要催促他们父女反复洗手,仿佛他们手上沾满了细菌和病毒。每天晚上,哪怕是已经脱衣上床睡觉了,只要看到家里有一丝凌乱,或者什么东西没有摆放整齐,哪怕是犄角旮旯,她也要坚决地爬起来,穿着睡衣、趿拉着拖鞋,挥舞着扫帚、抹布、拖把忙活上大半天。有时,柳北京刚好来电了,想搂着她亲热。可是,她却不管不顾,柳北京在床上心急火燎地期待着,她在地上干得挥汗如雨。最后,等她终于把家里清理得纤尘不染时,做丈夫的早已经索然无味地鼾声如雷了。尽管柳北京什么话也没有说出来,不满情绪却一点点郁结在心里。有时他在公司里累了整整一天,回到家里就什么也不想干了,只想立刻倒在床上呼呼大睡一觉。但是文秀的洁癖就像门神一样,固执地横亘在两个人之间,让他不得清静安宁。文秀常常嘴里嚷着:"柳北京,快下来洗洗你的臭脚丫子!"话音还未落,就上前一把揪住他的耳朵将他硬生生扯下了炕。柳北京此时正睡得迷迷瞪瞪,被这样冷不丁一揪一扯,当即就躁了,一场激烈的吵架就不可避免地发生了。

"为臭脚丫子吵架,值当不值当?"张翠花对于文秀的唯美不以为然,"穷讲究!"

"不就是让他讲个卫生嘛,搞得跟要抹他的脖子一样。"文秀也伤心,一切努力都前功尽弃了,她伤心地呜呜哭开了。

"穷讲究!"柳北京也这样说。柳北京觉得都是这些破家务活和穷讲究,他觉得文秀变了,变得俗不可耐。争吵的结果往往是两败俱伤。

"回头找个保姆来,看你还敢管我!"

"找去,我知道你早安下心了!"

"胡说什么哩!"

"谁胡说?"

后来柳北京懒得再与文秀吵架了。他说他吵不起,还躲不起嘛,于是他就躲到公司办公室里享清闲去了。渐渐地,他们之间产生了一些不易觉察的疏离感。后来随着这种感觉的与日俱增,他们夫妻之间的感情也渐渐产生了隔阂。当文秀有一天突然意识到,丈夫已经有好多天没有亲吻拥抱自己时,一切已经无可挽回了——那个粗枝大叶却热情似火的男人身边已经有了另一个小鸟依人的女人。

第四十五章

　　文秀去柳北京办公室捉奸的那个深夜所接到的陌生电话，正是田安门打来的，这只是他复仇计划中的第一步行动。之后，他就现身了。他频频主动给文秀打电话。他像所有坠入爱河中的男子那样，激情迸发，每日发一些滚烫的短信给她，娓娓叙说被深深埋藏在心底的不可抑制的痴情与爱恋，怀念当年情窦初动时的美妙与激动，再三表明擦肩而过的痛楚与伤感。当柳北京又一次带着刘晓月去南方某地考察时，田安门打电话将文秀约了出来。

　　在秀延县城东街上唯一的茶秀雅座里，她坐在他对面，身着一袭洁白的连衣裙，秀丽的面容略显疲倦，烫过不久的头发由于无心收拾而显得杂乱无章、毫无生气。她轻轻放下坤包，低着头端起面前一杯飘溢着香气的菊花茶，小心翼翼地抿了一口。

　　"很甜。"她嫣然一笑。

　　"我加过冰糖了。"他也笑了一下，笑得很短暂，倏忽一闪就不见了。

　　在暗淡柔和的光线里，飘荡弥漫着萨克斯管悠扬清越的声音，《回家》让一个留着长发的大男孩吹得伤感而又凄美。见田安门一直一言不发，文秀只好开口了。她故作冷静地说："安门哥，你也老大不小了，该娶一门亲了，看到你一个人孤苦伶仃的，我这心里也不是滋味。"田安门仍然没有说话，也没有动面前的茶杯，只是静静地凝视着对面的女人，黝黑深邃的眼睛里闪烁着一抹深不可测的光亮。但是在文秀看来，对面的男人，亮晶晶的眸子里闪烁着的依然是十多年前那样痴迷的、幸福快乐的光芒。此时她不再低着头。他发现她的脸一下子变得异常生动，两颊上不知什么时候涌上来些许淡淡的红晕，在幽暗的灯光下，明艳动人，如花照影。酒中见英雄，灯下看美人，两者同样醉人啊。文秀被他看得不好意思，借故打量整个茶室的情形，将头扭了过去。

　　这个茶秀装修别致，隐隐约约飘溢着一股淡淡的、若有似无的香气，仔细观察才发现每张桌子上的花瓶里都插着一枝带着山野灵气和露珠的真正的山丹丹花。文秀也去过别的茶秀，他们的桌子上几乎千篇一律地插着一把呆板俗气的塑料花。这家茶秀显然是特别用心经营的，文秀顿时产生了好感，为店家这种细致入微的人性化经营理念而心生暖意。文秀喜欢山丹丹花，她一直认为山丹丹花是花的海洋里最美丽、最富有山野灵气的一种，她爱山丹丹花胜过国色天香的牡丹、花中君子兰花，还有那一味争宠争俏，似乎在爱情里扮演着重要角色的玫瑰花。其实，她对山丹丹花的喜爱还得追忆到田安门参军前对她的一句赞美之词。在秀延县海拔最高的笔架山巅，文秀正背靠着一株苍劲的老柏树，陷入了甜蜜的遐思之中。她一袭红裙曳地，脑后一束马尾辫随风轻扬。身材挺拔的小伙子田安门，洁白的衬衣掖在一条藏青色的老板裤里，迈着修长灵巧的步伐，远远地朝她跑了过来，双手握着一枝飘逸灵秀的山丹丹花，在她面前站定后，大口喘着粗气，深情地表白道："秀儿，我心爱的姑娘，请你接受我的鲜花吧！你在我的心目中，就是这山野之间一枝独秀的山丹丹花，飘逸、灵秀、不事雕琢、芳姿天然。"文秀一伸手从他手里接过了山丹丹花，回答这串赞美之词的是她多情的目光和银铃般的笑声。

　　见她一直望着花瓶里的山丹丹花出神，田安门柔声说："这些花都是我专门让他们准备的，知道你一准儿会喜欢。"

　　"他们？"

　　"哦，这家茶秀里有我的股份。"

他竟然这么有心。她的心里不由得流淌出些许暖意来。茶秀里的音乐停顿了片刻，换成了一首熟悉的曲子《有多少爱可以重来》："谁知道又和你相遇在人海，命运如此安排，总教人无奈……有多少爱可以重来，有多少人愿意等待……"田安门依然深情地注视着对面的女人，幽幽地说："不知为什么，我一直非常喜欢这首歌，你喜欢吗？"她没有说话，而是将头深深埋在纤细的双掌之中。当她抬头与他四目相视时，眼光中流动着许多过去岁月的记忆。眼前这歌声，这情境，这氛围，让文秀忽然产生了一些浪漫的想法，恍惚又回到了少女时代。那个坐在田埂上勾着脑袋，一丝不苟地编织花环，内心涌动着幸福感的少年幻化在了眼前。一瞬间，他痴情的样子激活了她内心所有的牵念和那份暗藏在心底的情愫。她那颗饱受冷落的心，霎时充满了初恋的美好回忆。

田安门静静地听她伤感地讲述所遭遇的婚变。她的脸庞上挂着几颗晶莹的泪珠，眼睛里是一片深不见底的迷惘和无助，令他的心头蓦地一颤，不禁从心底徐徐升上来一抹怜惜之情。他站起来，轻轻绕过去，默默地站在她的身后，轻柔地抚摸着她单薄的脊背。一股重重的男人的气息，勾起了文秀想要在那结实温暖的怀里靠一靠的渴望，文秀心底那一份沉寂多年的期待缓缓地升了上来。抬起头，看到他眼里也分明流露出了一丝渴望的光芒，她转过身不顾一切地将头埋进了他的怀里，泪水像决堤的洪水一般喷涌而出，打湿了他的衣襟，那压抑太久的哭声令人肝肠寸断。就在文秀跌进田安门怀里的那一刹那，一个遥远的记忆猛地在田安门的脑子里清晰起来……他实在不知道这个女人是绕了多长的一段路才最终走到他的怀里来的，他只觉得那段似美梦又似噩梦的日子又向他缓缓走来了。瞬间，一种冷彻肌肤又柔情万种的感觉在他身体里轻轻地漾了开来……情不自禁中，他低下头轻轻地吻住了她白皙而光洁的额头。

站在包间外的服务生听见了哭声，不知道里边究竟发生了什么事情，推开门探头探脑了几次。此时，一缕光线怯生生地穿过门缝，悠悠地飘落在了那对忘情的男女身上。

那一晚，文秀破天荒没有回家，她给婆婆打了一个电话，谎称自己要在母亲家住一个晚上。对初恋情人的爱情如同春天的草一样在文秀心头疯狂地潜滋暗

长,她义无反顾地跟着田安门踏进了他的家门,她在内心庆幸自己终于找到了失而复得的珍宝。

一进门,田安门就扔下公文包,一转身紧紧搂住了身后的女人。女人由于激动而微微战栗的身体,现出一种羞涩的神态,瞬间勾起了他内心的欲火。他不顾一切地扯下了她的衣服,由于用力过猛,洁白的连衣裙也被撕破了,连同她可怜的自尊一同被剥得精光。一种狂热,一种愤怒,一种豪情,一种快感同时抵达,瞬间夺走了田安门的理智。他一下一下地撕扯着。她洁白的连衣裙破碎成了一堆碎布条,落英缤纷般散落了一地。

文秀一愣,眼中娇媚的神采飞快地黯淡下去,心里略微升起了一丝隐隐的不快。"你别这样……"她嘴上这样说着,而她全身的战栗,却像在无声地表达:安门哥,我爱你,我整个人都属于你。她很快就被他的熊熊激情点燃了,不快的感觉也随之消失了。

田安门一想到今天终于可以与这个从他少年时就梦寐以求的女人同床共枕共度良宵了,内心就按捺不住地爆发出了暴风骤雨般的火热激情,这股火辣辣的热情令他亢奋不已。可是一上床,田安门就发现自己不行,尽管身底下的女人特别善解人意,给予了他无限的温存与耐心,他还是不行,越是急就越不行。胯下那玩意儿仿佛处于冬眠状态,任凭他怎么努力怎么折腾也不行。他沮丧极了,搞不清楚自己今天究竟是怎么了,往日它可一直是令人骄傲、生龙活虎啊!沮丧懊恼至极,他颓然翻身下来,拉过被子蒙住了头。他的周身萦绕着一种欲望没有得到满足的焦灼。后来,他曾自我安慰地想:也许是我爱文秀太深太深,早已把她奉为心目中至高无上、最为圣洁的女神了,因为神圣而不可亵渎吧。

田安门的萎靡不振,令文秀心里很不安。这个在她眼里优秀成熟的男人,在床上瞬间所表现出来的脆弱与沮丧,令文秀的内心变得柔软,她不愿意让心爱的男人看出自己内心满溢的委屈、失落和不满情绪,情不自禁地张开了温暖的母性的羽翼,将他紧紧拥在了温暖而饱满的怀里。她轻柔而爱怜地抚摸着他柔软单薄的耳垂。他柔弱得像一个孩子,任凭文秀爱抚。她轻轻啃咬着他的耳垂,只想用

爱抚的目光、满腔的柔情来覆盖、包容这个心爱的男人,他原来也有虚弱和孤独的一面。做这一切时,文秀的脸上始终绽放着平和而恬静的微笑,内心却忍不住在小心翼翼地探究:这些年,他究竟经历了怎样的生活?

第四十六章

柳北京走进卧室,女儿柳絮正睡得香甜安稳。柳絮,柳絮,我的小宝贝!她是这样幸福,她还不知正是她引起了爸爸心弦的颤动,此时,她并不了解爸爸深更半夜无法入眠的原因。柳北京默默对熟睡中的女儿说,宝贝女儿,你能在这个时辰无忧无虑心平气和地睡觉真是太幸运了。好好睡吧,你有充足的时间。将来你会长大,让你揪心挠肝的夜晚还在前头等你,人生在世,大概最终谁也无法逃脱这一关吧。然而,现在你痛痛快快睡吧,做个幸福的梦。他帮女儿掖好了被角,轻轻走了出去。

第二天,柳北京开着桑塔纳带着女儿柳絮到郊外的万花山走了一趟,他打算在大自然的怀抱中向女儿解释他和她妈妈之间所发生的一切。这样一来,孩子也许就会乐意决定自己究竟要跟谁走。对女儿的内疚,使得柳北京一直害怕这样的谈话。他想,在家里谈论这件事,对一个刚满九岁的女孩子来说,无论如何都是很残忍的,在野外孩子玩耍时谈论这些话题也许能让孩子稍微轻松一些,多少会减少一点痛苦。他总觉得,谈话之后女儿也许愿意和他待在一起——也许她不会闹着要跟她妈妈去的。他内心里不愿意女儿离开自己。前几天好像听文章说他姐姐最近正在忙着往虞城调动工作的事情。如果柳絮跟了文秀,那他以后要见女儿一面就不容易了。

当他从窗户里伸出脑袋招呼柳絮时,她正在楼下院子里和小朋友们玩跳皮筋,正玩得兴高采烈。柳絮的脸蛋红扑扑的,像抹了一层嫣红的胭脂。

"絮絮,赶快回来穿上外套,爸爸要带你去万花山玩呢。"

"真的吗?爸爸,这个季节牡丹花也应该快要凋谢了吧?"柳絮嘴里回应着,脚下仍然跳个不停。

"那咱们就去看看别的花呀,万花山的花草品种多着呢。"柳絮听到爸爸的喊叫,先是不情愿地停止了跳皮筋,接着听说爸爸要带自己出去玩,当即兴致勃勃地跑了回来。

街上很拥挤,人头攒动,柳北京小心翼翼地开着车,一寸一寸艰难地挪动着。今天秀延县城逢集,小城每月阴历三、六、九逢集,到集日这一天,十里八乡的村民都到城里来赶集,他们带来自己需要出售的东西,再换回家里急需的各种物品,然后便像忙于筑巢的家燕一样,急匆匆赶回家去。有细心的汉子还不会忘记给老婆儿女捎回一些衣物头饰之类的物品,或给家中的长辈买几个枣果馅。打量着匆匆行走的村民,柳北京不禁有些羡慕他们,他们没有更多欲念,恪守朴素简单的生活理念,活得逍遥而自在。柳北京的车几乎无法快速穿越熙熙攘攘的人流,逢集日总是这个样子。以往遇到这种拥堵情形,柳北京通常十分恼火,他愤愤地骂着该死的集日和拥挤的人流,想不通怎么会有越来越多的农村人宁愿舍弃了山清水秀的家园,也要待在这纷繁拥挤的小城里。现在他要带着女儿出去游玩,心境变得格外耐心平和,反而从常态的生活中发现了一些平常没有注意到的美好。

当黑色的桑塔纳终于把这座小县城远远地抛在后面时,街上的人流迅速减退了,柳北京开始加速。柏油马路在灿烂的阳光照耀下,弯弯曲曲伸向远山,两边山峦上绿意盎然,点缀着朵朵野花,这是退耕还林带来的新气象。公路两旁栽着成排的钻天杨,现在已经长得参天入云,宛如两条平滑的丝带,系在蓝天白云间。柳北京静静地目视着前方,汽车如箭一般向前驶去。

"爸爸,请把车开慢一点。"女儿坐在副驾驶位置上脆声说道,眼睛却呆呆地盯着明澈的蓝天和白云出神。

"絮絮,你不舒服吗?"柳北京转过头看了看女儿,渐渐放慢了速度。

"没有。我不愿意走得这么快!"柳絮说完又把头转向窗外,贪婪地望着公路两旁的景色和行人。

为了打破沉闷的气氛,柳北京边开车边给女儿讲述万花山的历史,父亲磁性好听的声音把女儿带进了万花山的无限美景之中。万花山又名牡丹山,位于城区西南方向杜甫川,满山翠柏,枝叶繁茂,四季常青。其中野生牡丹最负盛名,漫山遍野有五六万株,有好几十个品种呢,听说已经被国家列为三级保护植物。相传万花山所在地的花源头村就是代父从军的巾帼英雄花木兰的故乡,到现在这里还建有宏伟的木兰陵园,园内石碑上镌刻着著名的《木兰辞》。"宝贝,一会儿,你可要好好背一背。"在万花山顶上有一道长五百米、宽一百米的山梁,俗称"跑马梁",据说是当年花木兰练武纵马的地方。山梁上有棵奇特的五株相生连体的柏树,叫"五龙柏"。万花山的景点很多,还有从军亭、望仙亭、吟诗亭、崔府君庙、群芳谱等。山下那个湖叫万花湖,碧水荡漾,游船穿梭,石桥卧波,湖光山色相映,美不胜收。当年,毛主席他老人家在延安时,也常常慕名前往万花山观赏牡丹呢。至今,山上还留有毛主席赏花台供游人参观哩。"宝贝,一会儿爸爸带你好好看一看。"柳北京对女儿说。

"爸爸,那儿有一朵山丹丹花,噢,这里也有。哇!爸爸,快来看看,这么多的山丹丹花呀!"女儿并没有认真听爸爸的讲述,好奇的目光在大自然中流连忘返,她为自己的发现兴奋地大叫。柳北京循声望去,果然在左边的坡洼上散落着星星点点的山丹丹花,飘逸的山丹丹花正随风徐徐地跳跃着、舞蹈着。近几年也不知怎么搞的,气温一年比一年高,柳北京奇怪连山丹丹花也比往年要开得早了近一个月。他把车停在了路边,向山坡上走去,一连挖起五株山丹丹花。当他捧着五株山丹丹花朝女儿走来时,柳絮兴奋得连忙下车接在手里,眼眸中闪烁着纯真而快乐的光芒。

"爸爸,你真是我的好爸爸!"女儿用这样一句令柳北京陶醉的话来奖励他,她觉得他的举动很浪漫。爸爸的行为,让柳絮兴奋极了,主动说:"爸爸,让我给你讲个笑话以资奖励吧——我们班的刘大伟同学上周在一篇写他父母离婚的作文中写道：一想到妈妈将要离我而去，今后再也不会用细软的双手温柔地抚摸着我的头发，听我睡觉时发出的咯吱、咯吱的咬牙声，我就难过得眼珠子哗啦啦地全掉了下来……爸爸，你不知道，当张老师读到最后一句时，我们班的同学全都笑得倒在了地上。"女儿说着就又咯咯地笑了起来，笑得双肩直颤，柳北京也被女儿的笑话逗笑了。柳北京怜爱地望着女儿薄羊毛外套里高高耸起的肩膀，望着她那细长的脖子后边舒展着的一缕柔软漆黑的头发，女儿长得极像她妈妈文秀，鹅蛋形脸蛋，白皙细腻的皮肤，细长的脖子，颀长的腿，就连性格也与她妈妈有几分相似，文静而恬淡。

正在这时，手机响了。电话是红宝石枣业公司的出纳马碧兰打来的。马碧兰的声音很焦急："柳总，深圳那家包装袋供货商已经是第N次打电话催要货款了。"柳北京听得不耐烦了，提高了声音："货款下周一就给他们打过去，我正带孩子在外面玩呢，这种事情以后直接找袁总吧！"

"絮絮，爸爸有话要对你说……"他刚一开口，手机又不失时机地响了起来，他一看是刘晓月打过来的，连忙压低声音说："我正和客户在外面喝酒呢，回头闲下来我给你打过去。"说完就急忙挂掉了电话。

"丁零零……"刘晓月又把电话打了过来，"柳北京，你骗人，你当我不知道你又和那个黄脸婆腻歪在一起了？"她大概是生气了，嗓门又尖又脆。柳北京生怕被女儿听见了，忙捂住话筒低声哀求："宝贝，你别无理取闹成不成啊？我真的在外面有事，说话不方便。晚上回来一定去看你，好不好？宝贝，挂了啊？"

这时，女儿突然停止了笑声，大声说："爸爸，你能不能暂时先把你的手机关掉？这电话一个劲地吵，真扫兴！让人家好不容易出来玩一会儿都不得安宁。爸爸，我知道工作在你的心目中永远都占第一位，我和妈妈两个人还抵不上一个电话的威力！"柳絮说完，又靠在车座上一言不发了。

女儿的话意味深长。柳北京感到女儿身上好像有些不同寻常、难以捉摸的东西。也许孩子已经猜着了？他们经常忘记孩子是最敏感的。要是这样，为什么她什么也不问呢？想到这里，柳北京感到很不安。不，她不可能猜到，他和文秀约定，谁也不许向女儿透露家庭纠纷，就是吵架他们也要常常挑孩子不在家的时候。要是女儿已经知道了，准是她奶奶告诉她的。在孩子的成长过程中，最危险的事情莫过于心理上的伤害——柳北京一直都明白这种危险的存在。在他和文秀的感情厌倦了，在他爱上刘晓月后，在他发现了文秀与田安门的私情后。这正是他迟迟不愿意将他们夫妻俩感情破裂的真相告诉女儿的原因。人类的灵魂极为脆弱，感情很容易就冻结了，但是要想解冻却相当困难，有时简直就不可能。柳北京前几天看了一本苏联小说，讲一对夫妻的离异对孩子造成的伤害，直接影响到孩子以后的人生观和婚姻生活。看这样子，柳絮大概已经预感到某些不幸就要降临了。柳絮迟早也会知道的，如果他和她妈妈都不讲，她奶奶也会讲的，她奶奶可是一个心直口快、心里藏不住事的人。不，这些事还是由自己来讲比较合适，这样孩子可能会容易接受一些。想到这里，柳北京不由得叹了一口气。其实由谁来讲并不重要，刘晓月怀孕了，这个家庭注定要解体了，破镜无法重圆。

小柳絮倚在车窗上，大概是在欣赏枝叶婆娑的银杏树吧。前年秋天，他们一家三口携手来过这里一次。当时小柳絮看见纷纷飘落下来的金黄色银杏树叶，兴奋极了，她捡拾了好多回去，夹在书页中赏玩，爱不释手。过后，柳北京得知女儿还将心爱的银杏叶给江媚媚等几个好朋友送了一些。在送银杏树叶给江媚媚时，柳絮卖弄似的顺带告诉了她刚刚从爸爸那里学来的知识。她说，江媚媚，你可别小看了这些银杏叶，听说它的妈妈银杏树还是植物中的活化石呢！江媚媚满心欢喜地接受了礼物，惊异于好朋友有如此渊博的知识。对于柳絮的聪颖灵敏，柳北京感到很欣慰，孩子这点很像他。

暮春的落花在空中漫天飞舞，最后轻盈地飘落到了地上，有些却掉到汽车引擎盖上，停留几分钟，痴缠地跟着汽车走一会儿，然后才被风吹开，好像恋恋不舍似的。路两旁是碧绿丰茂的草地，厚厚的地毯一般，洒满了金色的阳光，点点落英点缀在绿色的地毯上，油画一般，煞是妖娆好看。

"宝贝，你为什么不说话？跟爸爸说说话吧。"

"爸爸，你刚才在电话里叫谁宝贝？"女孩子吃惊地看了爸爸一眼，眼里充满了疑惑和不快。柳北京听到女儿的问话，一窘，脸就红了。过了好一会儿，他才答非所问："宝贝，昨天你把作业都做完了吗？"

孩子点了点头，表示理解了爸爸的窘境，但是她接着又说："爸爸，你以后再别叫我宝贝了，恶心！"

柳北京感到很尴尬，沉默了足足有一刻钟，才又讨好似的问女儿："絮絮，这里好玩吗？"

"好玩，以后你还会带我来这里玩吗？"

"会呀。"孩子肯定已经知道了，柳北京为了掩饰脸上的尴尬，他打开了车上的音响，车内响起了《走进新时代》的旋律。

"张也唱得真好！"柳絮一下子活跃起来，毕竟是孩子，她似乎忘记了刚才隐隐的不快，"爸爸，我们班在前不久举行的歌咏比赛中唱的正是这首歌，还是由我和文艺委员师小路两个人领唱的呢。现在我们班所有的同学都喜欢唱这首歌。你也喜欢听，对吧？我妈妈也特别喜欢听这首歌。"

"当然，我和妈妈都喜欢听。"他们谈话时，《走进新时代》的美妙旋律在暮春的原野上庄严激昂地飘荡着。《走进新时代》是一首歌唱伟大祖国和党的领导的红色歌曲，旋律优美、清新自然，展现了党和国家领导人集体建设社会主义现代化强国、创造一个和谐美好新时代的决心和信念。张也的歌声收放自如、风情万种，尽显中国名歌的细腻甜美。《走进新时代》这首豪迈激越的曲子，被她演唱得既像是在喜庆丰收，又像是在祝福大地，亲切深情地唱出了对祖国、对人民和对一切美好事物的热爱。在每一个人心目中，大概都存在着对美的向往和追求，这似乎是人类的天性。但是我们常常意识不到这一点，因而对美好的事物未能很好地珍惜。此刻，当柳北京意识到这个问题的时候，他已经永远失去了文秀，但是他无论如何也不能再失去柳絮了。

柳絮清脆的童音轻声地和着张也嘹亮的歌声，眼睛却出神地仰望着天空。天空中飘来了一朵朵云彩，有的像白色的小骆驼，跟着领头骆驼，艰难地跋涉在无垠的沙漠中；有的像一群正在埋头吃草的羊，把这边吃完了，再缓缓移向水草肥美的那一边；还有的像一匹匹骏马正扬鬃奋蹄在追逐，在嘶鸣。柳絮不由得看呆了，轻轻感叹道："好美哦！"

柳北京又想起他不得不跟女儿交谈的话题。该怎么向女儿张口呢？要对女儿所说的话，和这暮春的景色与《走进新时代》高昂奋进的旋律，以及张也美妙的歌声在心灵中所引起的那种愉悦情绪，都格格不入。这时，他想起了要对女儿说的另外一件事情来。

"絮絮，你想不想到省城去读书啊？"

"想啊！太想了！我们班已经有好几个同学转到省城上学去了。爸爸，你真的要送我去省城读书吗？"

"嗯。我上次去省城时，已经考察好了，你下半学期就上省城交大第一附属学校吧，那里的师资力量和教学环境都是省城一流的。我这几天正好有些事情走不开身，等过了暑假，你妈妈从虞城回来让她送你去省城上学。"

"噢，太好了！我要到省城去上学喽！我要到省城去上学喽！"柳絮欣喜若狂，几乎都要欢呼雀跃了。孩子毕竟是孩子，此刻，她已经忘记了刚才的不快，直起身子在爸爸刮得发青的腮帮上狠狠地啄了一下。柳北京坐在驾驶位上，很享受地大笑起来。

第四十七章

8月底,文秀送柳絮到省城学校报名后就匆匆赶回来了。她担心刘晓月会趁机住进她的卧室里。小婊子!文秀在心里骂着小婊子,内心里更多的是对柳北京的恨意,除了鄙视,还有一丝无奈和不舍,毕竟十多年的夫妻之情,怎么能说割舍就割舍得了?从秀延长途汽车站走出来时,因为只顾低头想心事,迎面撞到了一个人。

"武小亮!怎么是你?"

"文秀,我才出差回来。你还好吗?"武小亮刚刚从北京出差回来,身后背着一个大大的旅行包,满面风尘。

"还好。"武小亮看到文秀手里沉沉的提包,连忙接过来帮她提着。看到武小亮,文秀心里顿时升上来一抹委屈,嘴里说还好,却不由得长长叹了一口气。

"你没事吧?"

"没事。能有什么事呢!"文秀茫然地扭头望着秀延长途汽车站顶楼上的大摆钟。

回到家里,张翠花正在打麻将。文秀皱了皱眉头,正准备上楼,听见婆婆喊她:"文秀,你快来替我打一把,我要上厕所去!"文秀只好走过去。

张翠花回来看到文秀的手气还不错，就坐在一旁说话。

"你也不多住上几天，把娃一个丢在西安，能放心吗？你们现在这些当妈的心可真硬。我这几天夜夜都能梦见娃叫奶奶呢。再说家里又没事，北京这几天也出门去了。"

"去哪儿了？"

"说是去河南开会了，我也没有细问。"

"把那小婊子也带去了？"

打麻将的几个人闻听此话，都抬头望着这婆媳俩。

"文秀，你这张破嘴瞎说甚呢，哪里来的小婊子？"张翠花难得的好心情顿时被文秀破坏了，她厉声喝住了文秀。家丑不可外扬，她不愿意让牌友们看笑话。此时，张翠花心里后悔不迭，她的第六感告诉自己，当时说服儿子暂且先不要闹离婚的决定，也许不是个明智之举。

吃过晚饭后，文秀接了一个电话，说要出去。张翠花站在院里，狐疑地看着文秀装扮入时匆匆走了出去。晚上还穿戴得这么漂亮，是要去干什么？她心下狐疑，这个家恐怕早晚都得散了。

田安门自上次在文秀面前表露出萎顿后，扫兴至极，倍感挫折和打击，发誓一定要寻找机会，在女人面前一展雄风，好扳回男人的面子和尊严。一听说文秀从省城回来了，他立刻就打电话将她约了出来。

这一次，文秀依然穿着一条白色的连衣裙，却是一条收腰的韩版裙，下摆饰有漂亮的蕾丝花边，穿在依然窈窕的身上，简直美若天仙。自打文秀走进来后，田安门的眼光就像吸血蚊子一样黏在她身上了。他想，如此窈窕曼妙的身材因这样一条漂亮裙子增色不少，而那样的裙子也因了这样窈窕曼妙的身姿大放异彩。这条漂亮裙子是文秀这次送女儿去省城逛街时专门在东大街买的。上一次那条连衣裙被性急的田安门撕烂后，她一直很心疼。文秀对于白色的衣物，正如她喜欢山丹丹花一样，一直情有独钟。

和上次一样，一喝完茶，他就把她带回了家。一进卧室，他就深情地吻住她，慢慢地褪下了她的衣裙，直至一丝不挂。她如一朵白菊花静静地躺在宽大的席梦思床上,任由他火辣辣的目光肆意地盯在上面,直至将潜伏在他体内的情趣完全逗弄了上来。她默默等待着,像一只无助的羔羊,难堪而不解地望着他,心里蓦地升上来一抹莫名的委屈。

在落地镜子里,白色的连衣裙如菊花般散落在地,男人灵动的手指在女人绵软的肌肤上跳跃,深情地亲吻着垂在她颈上的一缕青丝。她感觉自己如一朵白菊花悄然绽放。在他进入她时,她觉得自己将要被这团巨大的火焰燃烧起来,这团火焰裹挟着一阵阵快意,令她产生了想要焚烧毁灭一切的念头,她听见自己竟然不知廉耻地发出了一阵难耐的呻吟声。这种适时的呻吟声鼓励了伏在身上的男人,他更加猛烈地动起来,当两个人同时抵达极乐之境时,强烈的快感使她闭上了眼睛。她的意识是晕晕乎乎的,仿佛被一团浓浓的云雾笼罩着。

那一刻,文秀把她固执坚守了多年的贞操观丢到了九霄云外,她甚至在心里喊出了港台片上的一句经典台词:"姓柳的,你能做得初一,我就做不得十五?!"

男人的脊背大汗淋漓不止,他伏在女人的耳畔呢喃:"秀儿,你真美!"文秀感觉田安门的赞美言不由衷,有些夸张,但心里还是不由得荡漾起一波温暖的潮水。再矜持再骄傲的女人,也爱听赞美之词,哪怕那赞美有点虚张声势,极不真实。

田安门的卧室装修得豪华别致,房间里最突出最显眼的就是一张舒适而宽大的席梦思床,在硕大的席梦思床对面墙上,镶嵌着一面可以纵览全床的大镜子。此时此刻,文秀正对着镜子望着自己依然姣美的面容和纤巧的身材,在心里恨恨地咒骂,柳北京,你这个傻瓜,叫你不要我,我今天就来和别的男人约会了,你以为我没有人要了吗?无来由的咒骂也难以排遣堆积如山的怨恨,她内心里不免升腾起了一抹悲哀,两颗泪珠悄然从腮上滑落。

不一会儿,这两人又躺倒在田安门装修豪华的卧室里,一次次地缠绵,只要田安门修长的手指轻柔地抚过文秀身体的任何部位,欲望就会在她的体内一点点升腾、爆发,仿佛要炸裂似的。过去和丈夫柳北京在一起时,她从来不知道自己的体内竟然蕴藏着如此疯狂的激情,而且如此疯狂的激情来得又是这样的迅疾猛烈，会有这样持久的爆发力。她娇小的身躯在他猛烈的冲撞下一次又一次地战栗着、享受着、眩晕着，他们两个人就像两个贪吃糖果的孩子，整个夜晚不知疲倦地索要着对方的身体，没完没了，无休无止。她一次又一次地随着他登上了快乐的云端，向远方飘去、飘去……

田安门恍然穿过二十多年岁月的重重迷雾，回到黄河畔枣林里那个美丽的黄昏。头戴美丽而高贵的花环、身着一袭湖蓝色连衣裙，在田间小路上奔走的纤巧、秀丽的女孩脸上漾着甜甜的笑，在田安门的眼前渐渐鲜活生动起来。他满腔爱怜地吻着美丽的女孩，生怕碰疼了内心那份圣洁的情愫。

疯狂的激战过后，留下了一片寂静，文秀很快又恢复了往常惯有的温柔与娴静的表情。文秀睡熟了，还发出了香甜的鼾声。这个单纯可怜的女人，自以为已经找到了世界上最安全的避风港湾，非常放心地将漂流在大海上的一叶孤舟，泊进了这个表面上风平浪静的港湾，把自己全身心地交给了他。她以为他一直是过去那个单纯而又牵心挂念地爱着她的男人。她毫无顾忌地叉开双腿，睡得很熟。当黎明的晨曦映照到窗棂上时，昨夜缠绵的激情已渐渐退去，田安门内心的失落也一点一点漫上来。他不动声色地凝视着眼前的女人。她白皙的脸上浮现着淡淡的忧伤，眼角有无情的时间轻轻抚过的痕迹，她的身材已经不再是十三岁少女那般苗条和纤巧，腹部有一道蚯蚓爬过的瘢痕，是剖腹产留下来的印记。那是另外一个男人留在那里的印记，是他的耻辱！那条红色的瘢痕令人作呕，田安门竭力掩饰住自己内心的嫌恶，转身下了床，不愿再看一眼床上的女人。他本以为柳北京不要文秀了，这个世界上再也没有人与他争抢文秀，从此他们可以重新开始，好好相处，然而，她腹部那条丑陋的瘢痕将他拉回了现实中。他拉开窗帘望着窗外，目光游离而空洞。床上的女人与自己梦想中的女人差距实在太大了。他爱过文秀，现在依然深情地爱着，这一点毋庸置疑，可是坦率地说他现在无法接受被时间改变了的文秀。昨夜与自己缠绵悱恻的女人是柳北京抛弃的女人，他怎么能够就这样接纳她呢？

强烈的阳光像子弹一样透过窗帘射进来，击打到了文秀的脸庞上，她一个激灵就醒了。此时，他刚好正在专注地凝视她，他的眼神阴郁而游离，令她不寒而栗。望着田安门时而暴烈时而柔婉的眼神，文秀的眼前瞬间布满了飘忽不定的阴云，她的心头掠过一阵凉飕飕的冷风，感觉到了深秋的寒意。她转过身，看到床脚的落地镜子里，她的脚下，是那件揉成一团的白色连衣裙。她俯身拾起地上的连衣裙将自己的面孔蒙住，悲哀而无助地流泪。田安门依然不动声色地背靠在窗前，就那么冷冷地看着文秀哀哀地哭着，像个弃妇。此刻，他的心里蓦地升腾起了一丝莫名的舒畅和快意。他恨恨地在心里暗暗骂道：你这个骚货，我让你哭，使劲哭吧！你哭的时候到了，这就是你当年背叛我的下场！恨意过后，他马上又心疼她了，他想，只要她像少女时那样甜甜地叫一声安门哥，然后羞涩地投入自己的怀抱，他就会毫不犹豫地原谅她。然而，她没有。文秀将那件沾满泪痕的衣裙套在身上，然后头也不回地离去了。

　　文秀走在路上，脑海中猛然掠过以前读过的一段话：在对的时间，遇见对的人，是一种幸福；在对的时间，遇见错的人，是一种悲伤；在错的时间，遇见对的人，是一声叹息；在错的时间，遇见错的人，是一种无奈！她觉得这段话生动地写出了她和田安门之间剪不断理还乱的情感纠葛。想到这里，文秀不由得轻轻喟叹了一声，她在慨叹命运的捉弄和生活的善变无常。现在文秀还不知道，由于她的原因，田安门和柳北京紧接着又会上演一番怎样的较量。

　　自从那次茶秀相约后，文秀与田安门又见了好几次。在一次次无望而又抵死的缠绵中，文秀多么希望能听到田安门的一声承诺。她想，哪怕你只是为了哄我高兴也成啊。只要你说出那个字眼，我立马就回去和他离婚。此刻，她太急于要剥下那个名存实亡的婚姻外壳了。但是田安门什么也不说。从头至尾，他都表现出了冷静的沉默，令人窒息的沉默。文秀甚至感觉到这可怕的沉默背后似乎潜伏着一团不祥的阴影。

　　这一天，他们又相会在田安门豪华的卧室里。田安门一反常态，兴致似乎特别高，他特意端来了两杯长城干红，执意要与文秀喝交杯酒。受宠若惊的文秀突然变得有些不知所措，她有些羞涩，又有些慌乱，像极了那个月明风清的雪夜。就在这时候，她清晰地听到他深情地问："秀儿，你愿意嫁给我吗？"这一声世界上最幸福最温情的表白，让文秀当即热泪盈眶。这是她从少女时代就期待的美

好时刻,它终于还是来到了。她激动地投入了他的怀抱,浑身的战栗出卖了她内心无比的喜悦和激动。女人一生中最爱听的甜言蜜语,莫过于男人的求婚了。如果那个男人恰好是自己心仪已久的,那就更加符合了她对爱情最浪漫的想象和最甜蜜的憧憬。当田安门第二遍深情地问:"你愿意嫁给我吗?"文秀已经激动得语无伦次,她使劲点头。幸福的感觉来得太突然,她无法让自己止住滂沱的泪水。他俯下身轻柔地一遍又一遍吻掉那些好像永远都流淌不完的眼泪。文秀被感动得一塌糊涂,在耳畔萦绕的甜言蜜语中深深陶醉了。当田安门问道:"你愿意为我付出一切吗?"她连想也没有想就答应了。她甚至觉得田安门的这一问多此一举。她嗔怪他:"安门哥,你今天怎么突然变成个饶舌的老太太了,你也不想想,我连生命中最宝贵的东西都交给你了,还有什么不可以付出的呢?"

"好呀,我要的就是你这句话。"田安门回报她一个更深更痴缠的吻。

接下来,田安门的一个要求,还是令文秀犯了难。"去红宝石把那件事情办了,还要做得天衣无缝、神不知鬼不觉?我真的做不来。"文秀惊讶地说,"安门哥,你这不是让我做贼吗?我不去!"

田安门说:"我的小傻瓜,你丈夫的财产也有你的一半,你去拿回来属于自己的东西,那怎能说成是做贼呢?别说不让他们看见,就是让他们看见了,谁敢放个屁?我看你的概念可能产生了一些混淆,我必须尽快让你明白这个道理……"

"不行,坚决不行!再怎么说,他也是絮絮的爸爸,我绝不做这种损人不利己的事情!"

田安门嘴里说着,两只手也没有一刻闲着,一遍遍在她的身上游走厮缠。他本以为在他强势的纠缠下,她很快就会软成一摊稀泥,会无条件地接受他的要求,谁知文秀油盐不进。他有些气恼,两个人闹得不欢而散。

此刻,柳北京与刘晓月正惬意地躺在武夷山九曲溪的筏子上,顺水缓缓漂流而下。遮阳伞高高罩在他们头顶,撑出了一片清爽的阴凉。他们乘坐的橡皮筏子时而掠过浅滩,急浪飞溅;忽而又泛游澄碧深潭,波平如镜。两个人就这么平静地坐筏遨游,随波逐流,尽览秀丽的山水风光。抬头可览峻峭的奇峰,俯首能赏澄碧的水色,侧耳可听溪流哗哗,伸手能撩碧波缕缕,只半日时光,就览尽了武夷山无穷的山光水色。刘晓月将纤纤玉手伸进碧玉一般的清水里,一缕清新的气息即刻顺着她圆润光洁的手臂缓缓爬上去,爬满了全身,渗进了心田。她娇羞地依偎在柳北京温暖的怀里,星眸微闭,脸色潮红,陶醉般呢喃:"北京哥,你说此刻神仙伴侣都会羡煞咱俩吧?"

"嗯。"柳北京也被眼前的美丽风景深深打动了,他望着两岸美丽的景致缓缓顺水而流,头顶上的蓝天白云也凑趣似的在水中徐徐飘动。他动情地对怀里的女人说:"晓月,咱干脆不回去了,就在这里做一对神仙伴侣多好!"

他们原本是去河南郑州参加一个贸易洽谈会的,签完合同后,两个人谁都没有流露出要回家的意思,就心照不宣地逗留了下来。两人搭车到著名的少林寺、白马寺、龙门石窟等各处逛,一路游山玩水,登高望远,尽情地观花赏月,流连于大好河山之中,简直乐不思蜀了。当他们把河南各地的名胜古迹几乎都逛了一圈后,仍然意犹未尽。于是在刘晓月的提议下,两人又登上了去往厦门市的飞机。上大学时,睡在刘晓月下铺的同学梅淑芬是福州市人。通过她多次优美生动的描述,刘晓月早已经对武夷山的旖旎风光、九曲溪的恣意漂流、福州市的鼓山涌泉寺、厦门鼓浪屿的秀丽多姿,还有同安英雄三岛等景观神往备至、耳熟能详。她太向往这些美丽的地方了。当她的眼神中一表现出那种向往和迫切来,柳北京就马上答应了。他爽快地说:"那就去吧,只要你喜欢。"现在他迷恋这个小女人,愿意满足她提出的任何要求。再说这点要求对他来说,根本不算什么。

他们从机场出来,直接登上豪华游轮抵达了风景如画的鼓浪屿。游轮跨过东海时,强劲的海风热情地把朵朵绚丽的浪花吹到了正靠在窗前赏景的刘晓月脸上、唇上。她伸出舌头舔舔,感觉咸咸的、苦苦的。鼓浪屿是一个碧海环抱中的小岛,岛上海礁嶙峋,海岸线迤逦蜿蜒,山峦叠翠,峰岩跌宕,大自然的鬼斧神工造就了鼓浪屿明丽隽永的海岛风光。鼓浪屿不但自然风光优美,还是著名的"音乐之岛"。从19世纪中叶起,伴随着基督教的传播,西方音乐开始涌进鼓浪屿,与鼓浪屿优雅的人居环境相融合,造就了鼓浪屿今日的音乐传统,培养出了一大批杰出的音乐家。如今,鼓浪屿的人均钢琴拥有率为全国第一,仅这座小岛上就有一百多个音乐世家。刘晓月大概是被导游充满感染力的介绍给迷惑住了，她凑近柳北京的耳朵娇憨地说："孩子爸爸，你可一定要答应哦，咱们儿子一出生，我就要把他送到这里来学习钢琴，一定要把他培养成一个著名的钢琴家！"柳北京回头瞅了一眼刘晓月略微隆起的小腹，微微一笑，没有说话，继续随着旅游的人流朝前走去。现在他们要去参观民族英雄郑成功的故居。当天晚上，他们就住在鼓浪屿这个人间仙境。临睡前，刘晓月还对柳北京说："明天去了武夷山，我一定要在柳永纪念馆前拍张照片。"在浩瀚如浪花般的诗词长廊里，刘晓月独独喜爱婉约派词人柳永的诗词，上学那会儿，她几乎抄录了柳永的所有诗词。"……今宵酒醒何处？杨柳岸、晓风残月。此去经年，应是良辰好景虚设，便纵有千种风情，更与何人说？"刘晓月认为柳永的《雨霖铃》可谓是婉约派中的极品，委婉含蓄、耐人寻味，让人有一种割舍不下却又万般无奈的感觉，怅然若失。

"你真是个小女人，整天就喜欢捣鼓这些不切实际的玩意儿，看我们这些大男人，要么忙于经营事业，要抒怀也是大江东去浪淘尽也！"柳北京一伸手从后面揽住了她，"我的小才女，不要对古人伤怀了，赶快睡吧。"

从九曲溪漂流回来，刘晓月就感觉肚腹有点隐约的胀痛感，但她并没在意，只说自己感觉十分疲累想早点休息。那一夜，他俩紧紧搂着睡了一夜，什么也没有做。

翌日，柳北京接了一个电话后，决定提前结束旅行打道回府。但刘晓月说什么也不同意，她执意要去爬山。她娇滴滴地说："人家都说武夷山'溪曲三三水，山环六六峰'，山光水色交相辉映，才构成了碧水丹山的天然美景。我们如今只观赏了碧水，还未曾领略丹山，就这么抱憾而归，怎能让人甘心？"无奈之下，柳北京只好挑夫般挎着大包小包，背着照相机，提着饮料水果，像个忠心的仆人般一路跑前跑后为心爱的女人高高擎举着遮阳伞。临下山时，柳北京突然瞥见刘晓月脸色煞白，眉头紧锁，似在强忍着一阵剧痛。他刚要询问，就见有一股殷红的鲜血顺着刘晓月苗条纤细的小腿急急流淌了下来，染红了白色的超短裙。

刘晓月小产了。她为这次寻梦之旅付出了惨重的代价。

第四十八章

柳北京拥着小美人在武夷山的碧水丹山间流连忘返时，不会想到有一摊子意想不到的烦心事，正在前面虎视眈眈地等待着他。他怎么也不可能预料到，田安门正紧锣密鼓地策划着一个阴谋，这个阴谋所裹挟着的浪潮足以打翻红宝石枣业公司这艘在商海里驰骋漫游了近十年的大船。

田安门本想利用感情作诱饵，一举攻下文秀，谁知却遭到了文秀的拒绝。但是他并没有打消那个罪恶的念头，几经搜罗，终于锁定了一个人。当柳北京和刘晓月旅游回来时，他正站在大门口的阴影处抽烟，脸上挤出了一丝不易觉察的狰狞的笑容。

此刻，红宝石枣业公司像一盘下坏的棋，骤然乱了方寸。在印着红宝石枣业公司优质精品枣的包装袋里，全部装着的是残次烂枣。这种特殊的产品，以最快的速度被配送到了许多大商场和连锁店内。一夜之间，用户的不满和投诉之声不绝于耳，打爆了红宝石枣业公司的销售电话。"究竟怎么搞的？赶紧给柳总汇报一下。"袁明亮一向以沉稳著称，此时也不免乱了方寸。当柳北京与刘晓月从南方赶回来时，公司里所有员工都在紧紧注视着他们。柳北京似乎比离开时黑瘦了不少，眼睛里写满了焦躁疲倦之色。刘晓月看上去一副弱不禁风、大病初愈的样子，步子歪歪斜斜的，几乎整个身子都旁若无人地倚靠在柳总的肩膀上。公司的女员工们盯着她旁若无人的倚靠，有的羡慕，有的侧目，有的露出一脸不屑之色。

"狐媚子！"杜月娥站在人群中暗暗骂了一声。杜月娥是文秀的亲表姐，是公司里的老员工，她原以为柳北京不过是图新鲜和小姑娘玩玩罢了，现在看到小三竟然堂而皇之地靠在柳总身上，真是又气又恼，心里暗暗替表妹担心，看来文秀的这个家恐怕保不住了。

柳北京回到公司时，红宝石枣业公司正浓云密布，一片阴霾。库房里退货堆积如山，初步估计损失达几百万元。面对这种糟糕的局面，柳北京大发雷霆。他把桌子拍得咚咚响，硕大的雕花玻璃烟灰缸就在上面旁若无人地自由弹跳。袁明亮和其他几位副总都深知柳总的脾气，因此都缩在角落里一声不吭。霎时，偌大的会议室，空气像凝固了，所有的人都在等待着一个结果。等他终于发作完了，袁明亮才慢条斯理地说道："柳总，从这批退货的包装袋来看，确系咱们公司的包装袋，我看问题可能就出在这包装车间了。装袋时错把残次枣装进了精品袋里。"红宝石枣业公司的包装袋由深圳的一家大公司供货，无论是内袋还是外包装袋的质量都是上乘的，经省上有关部门检测，包装袋的各项指标全部达标。

"对，问题肯定出在枣子上了！"高顺有在一旁插了一句，"只是那些残次枣怎么长了翅膀飞到了包装车间？"残次枣是经过选枣车间筛选出来放到原料车间，最终要被加工成月饼和枣果馅的馅料。

"对呀，那些残次枣咋会到了包装车间？"所有人闻听此言，一下来了精神。柳北京下了死命令。现在就从选枣车间开始，一个车间一个车间挨个儿排查，不放过一个死角，查到哪个车间，就要他们赔偿公司全部的经济损失，决不心慈手软。顿时，公司中层领导个个噤若寒蝉，他们生怕纰漏出在自个儿的生产车间。

第一车间是选枣车间，几乎是清一色的女工。这几天，女工们都无心工作，她们纷纷交头接耳，每个人都在暗自反思，是否在打盹时不小心把一些残次枣选进了优质袋子里。这样的错误也是很容易发生的，谁敢说自己没有犯过呢？可是现在不是一颗半颗，而是整袋子装的都是残次烂枣，是成箱成箱的退货，是几百万元惨重的损失，现在有谁敢说自己选枣时打过盹？这事情敢儿戏吗？选枣车间的女工缄口不言，人心惶惶，手心里都捏了一把冷汗。最揪心的还是生产经理白延平。他这几天简直坐卧不宁、茶饭不思。自从他负责主管生产以来，已经有七八年了，还从未发生过任何纰漏。可是这一次的娄子可捅得实在太大了，大得简直让他无法想象和承受。他连夜将选枣车间、洗枣车间、烘枣车间、包装车间的四位车间主任全部找来，大家坐在一起认真分析问题、查找原因。在谈话中，每个车间主任都急于洗清自己，拒不承认是由于自己车间的疏忽，给公司造成了如此之大的损失。平时性格非常开朗的白延平仅两天就把一张舒坦的国字脸愁成了一个大倭瓜。见大家都不吭一声，他无计可施，就只顾坐下埋头盯着自己手掌心看，仿佛所有的答案都写在他的掌心纹路里似的。紧挨他左边坐着的是选枣车间主任高艳丽。高艳丽看见白延平如此执着地盯着他的手掌心，也不由得凑上前去想看个究竟。别的人正愁得要命，看见他俩凑得那么近，就想这两人也太没心没肺，公司出了这么一档子大事，他俩还有心思玩这些小情调。有人就不满地咳嗽起来。

　　白延平感觉到了，将身子朝右边侧了侧，与高艳丽稍微拉开了一点距离。白延平是个典型的陕北绥德汉子，身材高大彪悍，方正的国字脸上镶嵌着一双明亮的大眼睛，讨人喜欢的眼睛上方是一对英武的剑眉。白延平比较沉默寡言，见人总是腼腆地一笑，有时，迎面遇见了选枣车间里那几名风风火火的女工，他还不由自主地要脸红。高艳丽初见白延平时，曾感叹他怎么腼腆得像个小姑娘，与他英武彪悍的外表极不相称。在以后工作的多次接触后，高艳丽逐渐发现了白延平身上的诸多优点，他话少、心细，体贴下属，真诚直爽，与人为善。在与她过去的男朋友两相对比之下，她更加感觉到了他的可爱之处。她多次明里暗里向他表示过自己的心意，都没有收到明确的回复。上一周，为了试探他的真实心思，高艳丽借口说要给他在本地介绍对象，巧妙地把自己的心思透露给了他，这个腼腆的小伙子竟然装作什么也没听懂，默然走开了。这个榆木脑袋不开窍，可把热情似火的高艳丽急坏了。越是得不到的东西，就越觉得它美丽诱人。高艳丽被这种渴望的激情诱惑着，一直在内心里暗恋着他。现在，她为了缓解白延平的愁苦，便一把拉过他的左手说："白经理，让我替你看看手相吧。"当她指着他手掌心的一条明显的横着的掌纹，只说了一句"这是一条爱情线"，就被白延平粗暴地打断了。他猛地抽回了自己的手掌："别扯淡了！你咋这么没心没肺，到现在还有闲心开玩笑？"高艳丽被白延平硬邦邦的话羞臊得满面通红。

讨论了大半个晚上，白延平见大家只是推诿、扯皮，非常生气，他噌地站了起来，转身将堆在角落里的几袋退货摔到了桌面上，使劲将其中的一袋撕开，里面的枣子便稀里哗啦滚落了一桌子。呀，桌子上的红枣真是五花八门，有虫枣、有皱巴巴的像核桃一样的干枣、有团枣、也有长枣……大家顿时傻眼了。

"天哪，这哪里是我们公司的红枣啊！真是开国际玩笑，就是谁白白送给我们十个豹子胆，我们也不敢如此胡作非为呀！"

"谁敢拿公司声誉戏耍啊？"

"哈哈哈"，高艳丽随手拈起就近的一颗模样稍微周正的枣子塞进了嘴里，刚刚咀嚼了两下，便含着枣子大笑起来。大伙儿被她这阵莫名其妙的笑声搞得一头雾水，纷纷诧异地望向她。白延平的眼神里分明充满了责备的意思。一直等笑够了，高艳丽才将口中的枣子吐到手心里。她一语惊人："我敢肯定袋子里装的根本就不是我们公司的红枣！"

"真的？"

"难道我们的包装袋里装的竟然是别人家的产品吗？"众人的惊讶程度不亚于听到外星人来访的消息。

"你有什么依据吗？"白延平很冷静地提出了新的问题。

"这枣子口味特酸，不像是我们本地产的大红枣。当初在挑选这批枣子时，我曾经品尝过，那枣子个个皮薄肉厚，口感醇厚甘甜，枣核也特别小。"说到这里，她才意识到自己一不小心将平日偷吃枣子的事情当众说穿了，不由得脸颊一阵发烫。好在众人正为这个好消息激动着，谁也不曾去注意那些细枝末节的事情。白延平闻听此言，竟然激动得热泪盈眶，这个木讷的小伙子不知道该怎么来表达自己的激动之情，他站起来，一把抓住高艳丽白嫩的小手，使劲摇了起来。

见其他人都盯着他俩看，一向以大方著称的高艳丽也被白延平的举动弄得很不自然，为了掩饰尴尬，她连忙招呼大伙儿都品尝一下。白延平撇下众人，直奔总经理办公室。

对于白延平的报告，柳北京非常重视，他当即命人叫来了收购公司经理高顺有。等高顺有把白延平带来的枣子一尝，立即兴奋地喊叫起来："柳总，高艳丽说得没错，这枣子肯定不是咱们公司的产品。这种略带酸味的红枣应该是咱们的隔河邻居——山西省石碑县红枣特有的口感。现在可以断定有人在背后捣鬼了！这几年托了老天爷的眷顾，一直风调雨顺，再加之我们公司付款及时、信誉良好，北边的佳元县、神东县等地的枣农都愿意将上好的枣子卖给我们公司。如今我们公司的原料库囤积丰厚，根本无须舍近求远，乘车搭船，跑到那里去。柳总，我建议为了保险起见，咱们应该多打开一些退货袋子，好好检查一下，看是否还存在别的问题。"

柳北京窝在沙发上凝神思虑，见高顺有分析得细致入微、有理有据，便颇为欣赏地点了点头。他从自己烟盒里弹出一支，顺手甩给了高顺有，自己也弹出了一支。高顺有有点受宠若惊，一激动，没有接住，香烟滚落到了地板上。他弯腰从地上捡起，一看是大中华，连忙掏出打火机上前俯身先帮柳总点着。柳北京盯着脚底下的一块光斑，狠狠地吸了一口烟，待吐出一个漂亮的烟圈后，才郑重其事地说："你不要轻易下结论，先回去认真查一下进货单和出库单。看来目前我们公司所存在的问题要比我原先想象的复杂得多，如果袋内的红枣确实不是我们公司的产品，那么看来一定有内奸了！"说着，他狠狠地将只抽了小半截的烟掐灭了。

袁明亮对于柳北京的话心领神会，他没等柳总进一步吩咐，就朝里间办公室喊道："刘晓月，你到外边来一下。"刘晓月闻声走了出来，站在了他们面前，她耳朵上正听着MP3，脑袋还随着音乐的节奏在微微地晃动着。她若无其事地问："袁总，您找我有事吗？"

柳北京抬头打量了一眼刘晓月，她最近把刘海儿染成一片焦黄色，穿着一件露着肚脐眼的鹅黄汗衫，下身是一条紧绷绷地贴在身上的咖啡色七分裤，脚下踩着足足有一拃厚的松糕皮凉拖,没有穿袜子,暴露着涂了胭脂红的脚指甲。小产完才休息了几天,这身子骨还虚弱得很,就敢穿成这个样子。他不由得皱起了眉头,在心里暗暗责备她。见她只顾听音乐,却对他们的谈话心不在焉,他不满地说:"都火烧眉毛了,你还有心思听那些乱七八糟的玩意儿!"刘晓月见柳北京竟然当着众人的面训斥自己,当即红了脸,她有些幽怨地瞪了回去,对方此时已经不再看她,正阴沉着脸死死地盯着脚底下那块光斑出神。

"你赶快打电话报案吧!"见刘晓月要拧身走出去,袁明亮又说,"不,不要打电话,你亲自去城关派出所报案吧,别忘了给蒋所长带上一箱蜜枣。"

"慢着,"柳北京正慢条斯理地将手里抽剩的那半支香烟一点一点地揉碎、撕烂,狠狠地撒到那些晃动的光斑上,心底升腾起了一团疑问,他抬头问袁明亮,"这次的退货主要是从哪里回来的?你说会不会是我们的哪一个仇家买走了整个超市的货,然后来了个'狸猫换太子',欲置我们于死地啊?"

"柳总,我想不大会有这种可能,因为几乎全国各大超市都有退货啊!"柳北京心里的疑虑暂时搁下了,但是并没有完全被打消。

"那么,你知道这批退货都用了哪些包装袋?"

"已经派人仔细检查过了,全部是公斤装的红宝石鲜枣精品袋。"

"大约有多少?"

"估计应该有二百万个袋子吧。"

"你立刻带人去库房查账,记着对外要一律封锁消息!"也许是柳北京的沉着冷静和满脸的严肃之色感染了刘晓月,她慢慢摘下了塞在耳朵眼里的耳机,替柳北京沏了一杯茶水端了过去,然后在他身边坐了下来,握住他的手,关切地说:"你这几天脸色不好,不要太上火,事情总会水落石出的。"

第四十九章

　　红宝石枣业公司地处秀延县城南郊，占地面积一百多亩，公司的最中心处是一座五层楼高的办公大楼，楼体装修简约大方。在这座小县城里，民居基本都是窑洞，一些行政单位也在窑洞里办公。在那些依山而建的窑洞面前，这栋五层大楼就很显眼，犹如鹤立鸡群。在办公大楼右侧一片是整洁宽敞的厂房区，各个车间井然有序地排列着，依次是第一车间选枣车间、第二车间洗枣车间、第三车间烘烤车间、第四车间包装车间。挨着北头围墙边的一溜平房就是库房。库房门敞开着，里面的物品被翻得凌乱不堪。高顺有和袁明亮正顶着一脸灰尘，蹲在地上翻找着什么。库管杜月娥站在一旁神色不悦，抱怨他们把库房翻乱了。

　　柳北京中午一口饭也吃不下。下午，刘晓月临回去前，在灶房里给他专门做了一碗鸡蛋葱花面端过来，他连筷子也没动一下。柳北京紧锁愁眉，点了一支烟走到窗前。黑沉沉的夜色压了下来，仿佛一扇石磨压到了心上。突然，轰隆隆的雷声从头顶滚过，柳北京心里不由得一阵发紧。不管最终的结果如何，这几百万元的窟窿算是被捅开了，拿什么来弥补？雷声一阵紧似一阵，不久，就有哗哗的雨声敲打着玻璃窗，落到了地面。柳北京靠在窗前一支接一支地吸着烟，他大口吐着烟圈，像是要把积郁在心头的负累给全部吐出来。他听着沉闷的雷声，眉头紧锁。推开窗户，望着黑沉沉的夜空，雨水中夹杂着泥土腥味扑面而来，他没有躲闪，头发很快被淋湿了，他想该来的总是要来的，必须亲自面对，躲闪解决不了问题。他甚至希望这场暴雨下得再猛烈一点，冲刷掉人世间所有的龌龊肮脏。想到这里，他的心情反而不那么沉重了，这会儿他期待明天早上的太阳快快升起来，雨后初霁，天上的彩虹一定会更加绚丽。

天快亮时，柳北京才和衣倒在床上睡了。

袁明亮拖着疲惫的身子，从一片狼藉的库房走出来时，黎明的一抹晨曦刚刚映到了办公大楼顶上"红宝石枣业有限责任公司"十一个字，他轻轻吁了口气，去敲柳总办公室的门。听见敲门声，柳北京一个鲤鱼打挺就从床上蹦了起来，急忙趿拉着鞋去开门。当他看到袁明亮顶着满头满脸灰尘、黑着"熊猫眼"时，眼睛不由得湿润了。他伸手在袁明亮肩上亲热地拍了一把，咧开嘴苦涩地笑着说："兄弟，辛苦了！"袁明亮走进去，一眼就瞥见床头柜上的烟灰缸，烟灰缸里的烟头早已堆满，心下明白，柳总又是彻夜无眠。从袁明亮脸上掩饰不住的喜悦中，柳北京猜到已经有结果了。他一把将袁明亮按倒在沙发上，急切地问道："明亮，你快说说，究竟是咋回事？"

"柳总，我们查遍了公司今年以来的全部入库单和出库单，发现3月10日入库的二百万个红宝石鲜枣精品公斤装袋子，竟然没有出库单，而且查遍了整个库房的犄角旮旯也没有找到这批包装袋的踪影……"

"你的意思，这批包装袋像蝴蝶一样飞走了？"柳北京到此时还有心思开玩笑，竟然学着电视连续剧《还珠格格》里的腔调，把袁明亮也逗笑了。

"对，确实像蝴蝶一样飞走了。"

"库管杜月娥现在在哪里？"

"已被控制，在门卫值班室。"

"你立刻将她带到我这里来。"

"我们已经与她进行过谈话了，但是她一口咬定什么也不知道，我看还是报案吧！"

柳北京刚回到家里，母亲就打来了电话。母亲是从省城打来电话的，那时候她正在省城给柳絮做饭。柳絮住不惯学校的宿舍,柳北京只好在学校附近给租了一套公寓房,让母亲去陪读。也不知道张翠花从哪个渠道得知了公司里最近发生的事情。不待他将公文包放好,母亲就单刀直入地问起了包装袋失窃之事。柳北京在电话里简要地把公司所发生的事情给母亲讲了一遍。

张翠花听完后,在那头若有所思地说:"我想除了他,还有谁能干出那样的事情来!"

"妈,你指的是谁?"

母子俩正说话时,柳北京的手机响了,电话是袁明亮打来的。他在电话那头说:"柳总,蒋所长刚才打来电话,说杜月娥已经交代了,她供出了一个人……"

"谁?"

"哦——"袁明亮欲言又止。

"谁?快说!"

"什么?我没有听错吧,你说是田安门?"

母亲在那头听见他说到田安门,很警觉地问了一句,"田安门咋了?"

柳北京没有回答母亲的问话,连忙挂断了电话,提着公文包出去发动车。等他赶到城关派出所时,公司里的几位中层领导已经都在那里等他了。蒋所长简要地向大家介绍了案情,然后当着柳北京的面向下属命令:"立即拘留杜月娥!"

库管杜月娥是文秀二姨家的大女儿,长文秀八岁,从小走动多,相处得像亲姐妹一样好。她一直对柳北京感情出轨的事耿耿于怀,她看不惯他与刘晓月眉来眼去、勾勾搭搭,她恨他有负于自己贤惠美丽的表妹。当田安门通过关系找到她、提出这个报复计划时,她内心一切仇恨和不满,仿佛潜伏许久的一股暗流,瞬间找到了出口,不顾一切地喷涌而出。她在心里恨恨地想,柳北京,我让你烧包,有两个钱你就不知道自己姓甚名谁了!这个杜月娥文化程度不高,但是极有责任心。当初柳北京让她担任库管这一职务时,并不是全冲着她是文秀的亲戚,杜月娥工作勤谨,干起活来那真是井井有条、细致入微。对此,柳北京非常满意。他对文秀说,让你表姐干这个工作,真是再合适不过了。杜月娥只知道二百万个包装袋会给公司带来一些损失，可是她万万没有想到这些遗漏在外的袋子，将会给公司带来那么大的损失，也许即将面临的就是一场灭顶灾难。当她目睹了如山的退货蜂拥而至时，才意识到自己这一时的泄愤行为造成了怎样严重的后果，她害怕极了，晚上一闭上眼睛就会做噩梦。她梦见自己被五花大绑在红宝石枣业公司的院里，所有的员工都在朝她吐口水，尖厉的骂声向她迎面袭来，刘晓月那个小三甚至残忍地向她泼了一大盆滚烫的开水，她被烫得直跳脚，就哇地哭出了声。她的哭声惊醒了旁边正在熟睡的丈夫，当她丈夫得知内情后，就反复劝她赶快如实向柳总说明情况，争取宽大处理。她固执地不肯接受丈夫的建议：

"我表妹已经够倒霉的了，我这一承认，不等于将文秀也陷于不义之地吗？"

"又不是文秀干的，怎么会让文秀陷于不义之地？"

"我是文秀的表姐，知道是我干的，柳北京他能再待见文秀吗？"

两口子在暗夜中嘀咕了半宿，惶惶不安地等待着将要面对的白天。

当远在虞城的文秀听到杜月娥和田安门被拘留的消息后，吓了一大跳，才意识到自己那天断然拒绝田安门有多么愚蠢，她后悔当时没有坐下来耐心与他谈一谈，让他收起报复的念头。现在他把自己的表姐也牵扯进来了，她不知道该怨他还是该恨他。她想给柳北京打电话替杜月娥求情，可是怎么也开不了口。犹豫再三，她还是把电话打过去了。接电话时，柳北京并没有像文秀预料中那样暴跳如雷或者破口大骂，他很平静地说："你不要管了，此事我知道该怎么解决。你若有空就回来一趟，听说石板巷要拆迁了，你回来看看老屋中还有你需要的东西没有？"

秀延县县委书记白岩东上任后，第一把火就烧到了石板巷——拆迁。

秀延县又换了一茬领导人。原县长王尔豪和原县委书记吴天明因为经济和作风等问题相继受到了处分。新任县委书记白岩东，是从革命老区佳元县调过来的。据说这个白书记在佳元县十分清正廉洁，是个难得的清官。秀延县的三十万老百姓都眼巴巴地盼望新的领导人能有所作为，给秀延人民带来福祉。他们多么不愿意看到新来的书记，再步王尔豪之流的后尘！新官上任三把火，这位白书记果真不负众望，他到秀延县上任后，首先进行了为期一个月的全面考察。在这次认真翔实的调研考察中,他切切实实找准了秀延县目前所面临的种种问题,明晰地提出了自己的鲜明观点。面对全县广大干部群众,他掷地有声:"要解决秀延县所存在的种种问题,必须改变秀延县的落后面貌,城建改造要首先实行。"白书记点的第一把火就是拆迁。

接到县委拆迁办的通知后,柳北京抽时间回了一趟石板巷。文秀没有回来,她在电话中明确表示,过去的东西她已毫不留恋。当张翠花与柳北京母子俩动手腾空老房子时,发现老房子的角落里还堆放着父亲柳安平留下来的几箱子古书。

张翠花打开书箱翻开看了看,掏出了一大把烂纸碎屑,就皱起了眉头:"唉,都让老鼠给咬坏了,已没什么保存价值了。都卖了吧,等着,让妈给咱出去喊个收破烂的回来。"说完,她风风火火地跑到巷口寻找收破烂的去了。

柳北京朝着他母亲的背影喊道:"妈,等一等,你先别着急,让我再翻一翻,看看还有没有什么有价值的东西……"母亲已经走远了,并没有听见他的喊声。

在整理书籍时,柳北京发现有一本墨绿色塑料皮笔记本还完好无损,顺手打开,一张发黄的老照片掉在了地上,拾起来一看,他的眼神立马呆滞了。照片上是田安门少年时的模样。父亲真奇怪,怎么会保存着一张田安门少年时的照片呢?当他翻到照片背面时,一行稚嫩的钢笔字体像利箭一样刺入了他的眼帘:

柳安平 1950年 摄于秀延县照相馆

照片上那双深邃的眼睛,仿佛发出一股强电流,瞬间把他击中了。简简单单、平平常常的十几个正楷小字,不亚于是一声惊雷,轰轰隆隆地向他扑面砸过来。柳北京的大脑中,瞬间开了水陆道场,锣儿、钹儿、鼓儿齐齐鸣响:田家那大小子长得像巷尾的柳老师!透过时空的重重迷雾,柳北京的思绪顿时与儿时那个晦暗的黄昏连接了起来,就像那截在巷口被母亲猛力扯断的用作玩翻绞绞的电线绳一样,完好无损地对接了起来。它们就悄无声息地矗立在石板巷,矗立在文家大院的窗前,像是两根曾经无意中短路过的电线,被天衣无缝地连接了起来,那么紧密相依、血脉相连、贯通一气。注视着照片上父亲充满稚气的脸庞，柳北京什么都明白了。这就是父亲临走时没有来得及告诉他的谜底。

张翠花喊来了收破烂的，跟着走进来，她看见儿子正紧紧盯着手里的什么东西发呆，就问道："儿子，淘到什么宝了？拿过来妈瞅瞅。"柳北京忙说什么也没有淘到，趁母亲不注意，将那张照片轻轻塞进了西服口袋里。

下午，柳北京独自坐在办公桌前，默默地凝视着从老房子里带回来的那张发黄的老照片出神。他已经有大半天没有挪窝了。桌子上摆放着的一杯茶水早就没有了一丝热气。杜月娥交代，那些包装袋是她趁月黑风高的晚上装在田安门车上的，至于他们怎样将早已准备好的特殊产品装进这些袋子里，又是怎样发往全国各地大商场的，她一点也不知情。最初，柳北京认为杜月娥一定是为了替文秀掩饰才肯承认的，他认为这一定是文秀与田安门合起伙对付自己的手段。他不由得怒发冲冠，恨不能立刻将这对狗男女扭送入狱、碎尸万段。那时候，如果这两人就在他的面前，那么，燃烧在他心头的熊熊火焰将会把他们统统烧成灰烬。

就在杜月娥和田安门被拘留的第二天，想撕碎一切的仇恨渐渐过去了，柳北京逐渐冷静了下来。还好，文秀没有参与此事，总算让他心底的愤怒有些释然。他虽然现在不爱文秀了，但是他不想否定她的人品，她美丽又善良，当初正是由于她身上具有这些美的特质，才让他对她神魂颠倒。柳北京靠在办公室的沙发上，一支接一支地抽着烟。他的想法在一秒钟内千回百转，他恨田安门的小人伎俩，更恨杜月娥家贼难防，杜月娥交代说她之所以这样做就是想替文秀出一口恶气。又是文秀，一想到文秀，柳北京在内心深处不免升起一丝淡淡的悲哀，十多年过去了，文秀心里依然没有忘记那个男人。想到这里，他的内心又一次产生了一种遭受挫败的感觉，顿时心乱如麻。做了自己十多年的妻子，心里却一直想着另外一个男人，这不能不说是他这个做丈夫的失败。尽管，他有错在先。不过，此时他想得最多的是文秀的诸多好处，她的美丽、柔顺、善良、贤惠、善解人意。尤其在他彻底地明了了田安门的用心之后，他对文秀的内疚之情不禁涌上了心头，是他对不起文秀，她那么心性单纯，他不应该把她推到别人怀里。当他经过这么一番深刻思考后，彻底释怀了，因此文秀打来电话时，他才表现得那么大

度平和。

　　田安门竟然是自己的亲兄弟，若不是父亲留下来的这张照片，柳北京怎么也不愿意或者不敢把他和田安门联系在一起。这个从小在他眼里弱小的男人，却偏偏是父亲的儿子，那么他柳北京没有理由拒绝这种天赐的缘分。他们两人从小在一个巷子里长大，知根知底，他的本质并不那么坏，然而因为文秀的事，他和自己的关系陷入了一个怪圈，如果这样冤冤相报下去，何时才能是个头？有一会儿，他恨田安门，恨那种小人的卑劣手段，恨不能将这个瞎尿打入十八层地狱。可是当他盯着父亲少年时那张酷似田安门模样的照片时，那种血浓于水的亲情，霎时充盈在他的血管里，汩汩流淌。他想，父亲如果还在，他肯定不愿意我把田安门送入牢房。他又想，如果他的那位兄弟得知这个真相后，又会做何感想？经过一番痛苦纠结的思索，天性豁达大度的柳北京毅然熄灭了内心强烈的仇恨之火。他想，我既然都可以大度地宽宥一个偷贷款的小贾，现在为何不选择原谅田安门和杜月娥呢？自己的大度也许并不能感化他们，让他们从此弃恶扬善，但是远在天堂里的父亲一定会乐意看到这样的结果。大半天的思考使他的脸色明亮了许多，就像黄土高坡上高远的蓝天。

　　刘晓月推门走了进来，满屋子缭绕的烟雾熏得她立刻皱起了眉头，她厌烦地嘟囔："坏人都抓住了，你还有什么发愁的？这样抽烟，小心熏黑了肠子！"

　　柳北京苦笑了一下，说："没事儿，你现在就去叫财务上立刻给我送过来五万块钱现金。"

　　"你平白无故地要五万块钱干什么？"刘晓月不解地问道。

　　"别问了，回头和你说。"此刻，他不想节外生枝。

　　"你不说，我就不去。"刘晓月又撒起娇来，她赌气地一屁股坐到了他对面的一把椅子上。柳北京将他的打算粗略地告诉了刘晓月，他希望得到她的支持。

　　"不行，坚决不行！你傻啊？想出钱保他们出来，这不等于放虎归山吗？他们那样做可是要置咱们于死地啊？你疯了吗？你和他们这些人还讲什么良心道德！"柳北京的想法猛烈地撞击到了刘晓月强烈反对的礁石上。

　　柳北京不耐烦了，他打断了刘晓月的话："你就别管这么多了，不管田安门他怎么样,这都是我们男人之间的事情,没有你说话的份儿。而杜月娥是文秀的亲戚,看在文秀面子上,我也要保她出来……"

刘晓月一听此话,顿时醋意大发:"哼!柳北京,看把你高尚的,你以为你是谁啊,救世主吗?还看在文秀的面子上,你该不会旧情复燃了吧?我敢说你今天放过他们,他们明天还敢在你背后捅刀子!这钱说什么也不能拿!"刘晓月说完气呼呼地用力一甩门跑了出去。

柳北京没有起身相拦,他烦躁地将手中才点着的香烟掐灭。刘晓月近来越来越爱发脾气了,动不动就要使点小性子。起先,刘晓月身上的这些东西确实吸引过柳北京的眼球,让他很容易地就对比出了文秀的生硬冷漠、死板木然。但是再好吃的馍,只要咀嚼过三遍,也就没有什么好嚼头了。此刻,他倒是特别怀念文秀的端庄文静,她从不干预他的思想,只是很安静地守候着他,心满意足地享受着他的成功和他所带给她的快乐……丁零零,一阵电话铃声打断了他的思路,柳北京起身去接,原来是母亲打来的。

"儿子,刚才听说你要出钱保出那两个坏种,我真是气坏了!你告诉老娘,是不是真有这事?"从母亲咄咄逼人的语气里,柳北京立刻听出,刘晓月刚才跑出去是搬救兵去了。她已经通过电话把他要保释杜月娥和田安门的事情向张翠花汇报过了。刘晓月潜意识里认为柳北京保杜月娥和田安门就是想保文秀,这说明柳北京旧情未断。她不是舍不得那五万块钱,而是不能忍受柳北京感情不专一。真是小三自有小三的逻辑,刘晓月心安理得地享受着这段不为世俗所容的婚外情给她带来的胜利成果,从来没有想过一个鸠占鹊巢的小三,是否有权利向情夫要求感情专一。给她的专一意味着对妻子的背叛,这件事对出轨者本身就是一件多么荒唐可笑的事情。

"妈,这事你就别管了,我自有分寸。"柳北京一听刘晓月已给母亲打了小报告,顿时有一股无名之火烧灼着,他不等母亲把话说完,就啪的一声把电话挂断了。三天后,不顾母亲的激烈反对和刘晓月的百般阻挠,柳北京毅然出面保出了杜月娥和田安门。

第五十章

　　文秀在大弟文章的帮助下，调到了虞城市第一医院工作。

　　那天，文秀和文章姐弟俩办好手续，并肩从秀延县医院走出来时，迎面恰好遇上了柳北京和刘晓月，他们正亲热地手拉着手在街上散步。看见文秀姐弟俩走了出来，柳北京脸上顿时浮起了一丝尴尬之色，他慌忙甩开了刘晓月紧紧缠绕在他臂膀上的手，并且紧走几步，与她拉开了一段距离。文秀一眼就瞥见了那两只紧紧缠绕着的手臂，她当下木然地瓷在那里，眼窝里竟然泛上来点点泪光，半天不知该说些什么了。她感觉周围霎时安静了下来，安静得好像都能听到自己的心跳声。她以为她对柳北京只剩下恨了，谁知再次相逢，竟然会如此难过。文章连忙上前与姐夫打招呼。当得知文秀已经顺利调动工作后，柳北京内心的歉疚感稍稍减弱了一些。他故作轻松地快步走到文秀面前朗声说道："文秀，祝贺你了！你能从县医院调到虞城市医院，这可是高升啊！说句心里话，这几年要不是家务活缠住你，凭你的工作态度和实力，你早就应该升迁了。"柳北京的话不像是客套的恭维，赞美的语气似乎发自内心，文秀心里的酸楚蜂拥而至，她听见自己心底滚过一阵辛酸的洪流。她想勉强对他一笑，眼里却分明有点点泪花在闪烁，她害怕自己就要管不住眼泪像雨点般落下，慌忙扭头躲开了柳北京的目光。她的视

线越过柳北京高大的肩头，最后落在了刘晓月的脸上。那是一张年轻靓丽的脸盘，只可惜现在这张靓丽的面孔因愠怒扭曲变形了。在对方敌意地注视下，文秀的眼泪似乎只在心上偷偷滚了两滚，而脸上则挂着一抹灿烂的笑容，亮晶晶的。她不甘心在自己的情敌面前示弱。刘晓月当然也意识到了来自文秀的恨意，她装作买水走进了路边一家小店。医院大门前，另外三个人交谈甚欢，主要是文章和柳北京在说话，文秀始终沉默以待，她只是用满含泪水的眼睛一直定定地望着柳北京，凄楚而又伤感。

后来当文秀在虞城出事后，再慢慢回想起那天的情景，柳北京这才体会到他当时正在舍弃一种美丽的、珍贵的、一去不复返的东西。他的内心感到万分凄凉。

临离开秀延的日子，文秀独自闷坐在豪华的宅子里，呆呆地不知所措。她深深地埋下头，一头浓密的乌发便流瀑般倾泻下来，像舞台上拉得严严实实的一道黑丝绒幕布，遮住了整个脸庞。她一动不动，任凭那漆黑色的幕布严严实实地遮挡着。厚重的隔音玻璃仿佛将这里和外面的世界隔断了，她甚至听不见一声鸟叫声。此刻，她是多么怀念在石板巷里度过的那段快乐无比的少女时光啊！那时，在明媚的蓝天下，鸟叫得多响亮、清脆、婉转啊！每当春天来临时，文秀家的院落上空总会有莺飞燕舞的热闹，屋檐下总会有两只燕子在筑巢，不久，就会有叽叽喳喳的小燕子在巢里探头探脑。也许是受了鸟雀们的启发，石板巷里的孩子们从小就像小鸟一样雀跃着、追逐着，无忧无虑、天真无邪。她从一个房间徘徊到另一个房间，在楼梯上上下走动，此刻的她仿佛是被困在笼子里的一只小鸟，被人为地割掉了舌头、剪去了飞羽，不断用可怜的身子去撞那暗沉的笼子，直撞得头破血流，也无法撞破。最后，她懒懒地歪在窗前的真皮沙发上，希冀睡眠能使这寂静可怕的孤独一点一点飞逝而去。但她失败了，那令人垂涎的睡眠，也似乎在远远躲着她，迟迟不肯光顾。她似乎嗅见了自己身上正散发着一股浓浓的晦气。整个屋子笼罩在一片死寂、压迫的寂静里，这寂静就幽灵般附在她的身上。她的灵魂深处，仿佛有一股超强大的力量要把她整个人往下拖，一直拖到阴间的最底层。刹那间起风了，窗帘被吹得哗啦啦飘动起来。满腔满怀的寂寞，阴沉着脸，目露凶光，狠狠地挤压着她，挤压得她透不过气来。她掏出了电话本，翻来覆去，哗哗地翻动着，看到一串密密麻麻的名字和电话号码，她竟然在脑海里没留下一点印象。她失望地合上电话本，没有找到一个可以倾诉的人。过去，她有惠丽，惠丽是她最忠实的听众，也是最知心的闺密，她可以与之分享幸福快乐，也一起分担和承受过失恋之痛。然而，最近她发现惠丽渐渐变了，完全像变了一个人。她恨男人，又爱男人，接二连三地换男友，这些都是文秀的爱情观所不能接受的，她们越来越感到无话可谈。文秀一张嘴就是柳北京，就是柳絮，就是他们的红枣。而惠丽的生活是丰富多彩的，挣钱的快感甚于换男友的快感，这些感官上的不断刺激，使她性情愈发泼辣，她嗤笑文秀是井底之蛙。惠丽越来越有魄力，她说自己最近承包了一座小煤矿。文秀有些担心，问她："听说承包煤矿是需要很大一笔资金的，你从哪里搞来的钱？""事在人为，"惠丽说，"钱就在世上，就看你懂不懂得钱寻钱、利滚利的道理。"文秀确实不懂得经营之道，关于这个问题她们无法深入交流。临挂电话，文秀不免又劝谏了一句："惠丽，听说高利贷风险很大，你要当心！""我晓得！"惠丽笃定的语气，让文秀感觉自己的担心是多余的。

　　风起云涌，悄然无声。文秀似乎看见时间瞬间成了一截枯树，令她万念俱灰。她到死都不能原谅柳北京和田安门。是这两个人一起把她的人生毁了。世上化解仇恨和痛苦的方法也许会有千万种，唯独不可选择恶意报复别人，因为报复本身就是一把双刃剑，仇恨的利刃不但会击伤仇人的眼睛和身体，也会烧灼复仇者的心灵。在整个事件中，她和田安门莫不是如此。当文秀得知柳北京移情别恋时，不是选择努力挽回他的心，而是怨恨地将自己投向田安门的怀抱，她虽然获得了一丝报复的快感，事实上，她没有真正解脱。她和田安门都变了，他们再也回不到从前了。她决绝地斩断了与柳北京的最后一缕情丝。然而出人意料的是，柳北京竟然拿出那么多钱将这些欲置他于死地的复仇者一一救赎了出来。这是一种何等的气度，这是一个心胸宽广的男人！面对柳北京的豁达大度，文秀心中刻骨的恨意渐渐消融了，她沉默了一冬的思想也有了返青的感觉。她不禁再一次重新审视了这两个曾经与自己有过感情纠葛的男人，这样反复比较，使得文秀对自己的迷乱充满了悔意，尤其是当她听到田安门与川妹的传闻后。

田安门带兰花花歌舞厅的川妹去了几趟省城，关于他俩的风言风语，便在大街小巷传开了。惠丽不知怎么知道了，打来电话替文秀担心。"不可能，怎么会呢？"对于惠丽给她的消息，文秀无法相信。在不到一个月前，田安门还提出要娶她呢，怎么可能和川妹纠缠？肯定是谣传，他若是那样，还会等我到现在吗？

"那是在等你吗？"惠丽很冷静。

"反正，我眼里没看见，我不信！"文秀有点生气，仿佛惠丽有意要玷辱她的爱情似的。可是，没过几天，文秀的坚守被田安门酒后的真言击碎了。

他醉醺醺地给川妹打电话："川妹，你听我讲，我不会真的要文秀，这里边有误会，文秀那个傻老娘儿们，她还以为我真爱她呢。哼！柳北京不要的剩货，我会要她？老子只是想给柳北京那小子戴一顶绿帽子而已……她曾经那么绝情地弃我而去，没等我当兵回来她就匆匆嫁人了。我难过呀，川妹，我真的好难过，那么好的文秀被柳北京那个畜生给祸害了一辈子……"那天，听说田安门从省城回来了，文秀原本只是想去看看他。结果刚走到门口，就听到了这一席话。原来他接近她，并不是真的对她念念不忘，而是以占有自己来报复柳北京。文秀对纯真爱情的坚守，在这瞬间破灭了。碎裂的声音，在她的大脑里警笛般刺耳地鸣响，文秀感觉一阵晕眩，她伸出双手使劲撑着门框，才没有让自己倒下去。

此时，文秀才真的明白了田安门的心迹。从严格的意义上来说，田安门一直念念不忘、深深爱着的那个女人只不过是文秀纯情少女时的影子。对于少妇文秀，他充满了怨艾，他怨文秀当年的背叛，他只是沉浸在自己的怨艾当中，从来没有试图了解文秀当年也是情非得已。他要用她来对付柳北京，从小到大，这个人常常无端地流露出一些不可一世的姿态抑或是优越感，他柳北京凭什么要比自己优越！也许在田安门当时的理解中，只有文秀的背叛才最能解恨，或者对柳北京构成最致命的一击。他没有想到这样做不但没有伤了柳北京，反而把自己和文秀置于覆水难收的地步。田安门喝醉了。文秀的笑容瞬间凝固在了脸上，她抬手抹去了冷冷的眼泪。她觉得自己仿佛一直在临渊羡鱼，可是一不小心就掉进了万丈冰窖里，浑身上下湿得精透，有一团冷意袭了上来，寒彻心肺。真相的揭开猝不及防，又是那么的残忍，她的眼睛里布满了迷惘的绝望。此刻，文秀才明白，自己和这两个男人之间算是彻底完蛋了。一想到田安门竟然说出了那样残酷的话语，文秀就羞愧悔恨得泪流满面。文秀惯有的那种唯美倾向，使她容不得她的生活充满无耻的欺骗与残忍的离弃。经过一番苦苦的挣扎与痛苦的跋涉，她绝望了，彻底地心寒了。爱已消逝！她觉得自己已经无力扭转这一切，软弱的她只能选择匆匆地逃离——生命的逃离。她默默收拾好行囊，准备去虞城上班。其实，在此刻，她的内心深处已经抱定了必死的决心。但是，她的亲人们正在各忙各的事情，对此谁也没有丝毫察觉。

　　从小到大，几乎所有见过文秀的人都夸赞她长得天仙般漂亮。她的确很美，白皙秀丽的脸庞，窈窕修长的身材，文静端庄的做派，从小到大为她挣回来了多少骄傲和自信，引来那么多羡慕、火热、贪婪的目光。而她拥有了这样出色的容颜又能如何，最终还不是落魄成一个可怜兮兮、人见人笑的弃妇吗？文秀引以为傲的资本，顿时坍塌，她的自信像枝头高挂的果子，被无情的秋风一个个击打、扫落下来，零落成泥。她想起茶秀里那些充满希望的山丹丹花，最终却因盛开得太美丽而凋谢得愈快。

　　文秀打开了梳妆台的大抽屉，那里端端正正地摆放着两本大红色的结婚证书。在过去那些一成不变的日子里，这两本大红色的结婚证书一直都藏在抽屉的最底层，现在拿出来重新细细审视，再也无法重温结婚照上两个人幸福灿烂的微笑。文秀轻轻摩挲着柔软的大红丝绒，手指头于不经意间划过了照片上男人的眼睛——那双令她爱恨交加的眼睛，正灿烂地盛开着温柔而甜蜜的笑意。这笑意在文秀现在看来，似乎就是一支利箭，刺伤了她的目光。她痛苦地合上了结婚证书，从心底发出了一声沉重的叹息。在收拾东西离开家的那几天，文秀的内心每天都笼罩着一片生离死别的阴云。她将柳北京的衣服、鞋袜分别洗干净，然后一件一件地挂在衣架上，或者归置到抽屉里。她担心粗枝大叶的柳北京以后无法找到要换洗的衣物，会将她的有序整洁翻得凌乱不堪，就用娟秀的字体写好不干胶标签，贴在每个柜门和抽屉外面。在最里面那个柜门里，挂着柳北京这几年到外地考察旅游时给她买的一些衣服，大多数还没有拆掉标签，她决定永远不动这些衣服，已经用不着了。在衣柜底层比较隐秘的一个抽屉里，放着一扎用粉红色的丝带捆扎着的信笺，全是柳北京在恋爱时写给文秀的信件。旁边还摆放着一本黄色塑料皮日记本，那是文秀结婚前的日记本。在这个日记本里，文秀用含蓄而又诗意的文字，记录了与两个优秀的男孩之间那种剪不断理还乱的情愫。在日记本的扉页，她用透明胶带紧紧粘贴着那封记录着田安门薄情寡义的断交信，令人触目惊心。已经有些发黄的白色信封直刺人眼，文秀紧紧闭上了眼睛。为了避免刚刚结痂的伤口再次疼得裂开，她急忙将抽屉轻轻推了进去。收拾好东西后，她就坐在桌前铺开纸笺开始写信。她给丈夫柳北京和女儿柳絮各写了一封诀别信。

一切收拾停当后，文秀又对着梳妆台发了一会儿呆，她甚至还木然地笑了一下，笑得虚幻而短浅，如流星一般倏忽一闪。她从贴身的内衣口袋里掏出了一张田安门的一寸小照，那是他在参军的前夜夹在笔记本里送给她的。这么多年来，她一直把它安放在贴身的内衣小口袋里，仿佛自己就躺在他温暖的怀抱里一样。每天晚上，她都要趁丈夫从她身上翻下来、心满意足地沉沉入睡后，方才掏出贴身的小照，仔细端详一会儿。她用白皙细腻的指腹轻轻地抚过他浓密的头发，精致的鼻子、耳垂、嘴巴，最后将爱抚的视线聚焦在了他那双明亮深邃的眼睛上。他亮晶晶的眸子是亮在她心中的一轮崭新的红日，是悬挂在她心中的一弯皎洁的新月，是闪耀在她内心深处密密的繁星。她注视着那张照片，让过去的生活镜头重新展现了一次，仿佛又活了一遍。可是，她现在的心情再也无法重温和体会往昔的激动。望着照片上那双纯净的眼眸，她又想起前几天与他的一次约会。

那天傍晚，她一走进去，他就毫不迟疑地将她按倒在了地板上。她连声喊着，脊背被硌得生疼，可是他却毫不理会，一直等他心满意足后，才放她起来。他折腾她时，她睁开了眼睛，看到他似乎很激动，他的目光里分明透着一丝凶狠，像与自己有着隔世的仇恨似的，咬牙切齿地发动每一次进攻，双手紧紧地箍住了她的腰肢，指甲抠到肉里。文秀被吓呆了，丝毫不觉得疼痛，她像看一个陌生人一样望着这个禽兽般的男人，他眼里积蓄着嘲弄的深意，这哪里是那个平日温文尔雅的田安门？从头到尾他都没吭一声，脸上的表情很古怪，没有一丝笑意。她渐渐地感觉到了他对她流露出来的冷漠，也许他已经厌倦了她。她的眼眶里盈满了凄楚的泪光,他似乎都没有看到。难道,性爱真的会激发一个人的兽性?文秀突然就感到不寒而栗。也许在田安门的心灵深处,他已经完全听从了仇恨兽性的摆布和唆使,只把她当作一个玩物而已。她的心灵深处蓦地涌上来一种无端的耻辱感:他变了,那个纯洁、多情、柔弱的田安门再也回不来了。

"安门哥——"她轻轻叫了一声,美丽而含着笑意的眼睛里似乎闪着莹莹泪光。她看见他尽管一声也没有吭,嘴角却漫上来一丝讥诮的笑意。来这里之前,文秀本来想趁高兴向他说说自己的打算——她要快刀斩乱麻地与柳北京做了结,然后跟他结婚。可是一抬头却碰到了他阴鸷的目光,看出这目光里有一种可怕的、粗鲁的、拒人于千里之外的东西,她就把原先想说的话又硬生生地咽了回去。来时那种快活的心情完全消散了,她的脸色变得悲凉,两道细长的眉毛拧成了疙瘩,充满期盼渴望的眼神刹那间变得黯淡无比。他抬眼看见了她变得越来越凄苦的脸色,嘴角讥诮的笑意越来越浓。她觉得生活太冷酷了,总在捉弄人的命运。文秀不住地想起田安门以前是那么可爱、坦率,现在他的目光却变得这样不和善,冷冰冰的,拒人于千里之外。这一切使她的愁闷和绝望愈发加剧了。

第五十一章

柳北京把田安门和杜月娥从拘留所保释出来，等于仗义地将文秀从秀延县的舆论里救了出来，却同时又将她拖入了离婚的泥淖，不可自拔。对于离婚，柳北京原先也一直举棋不定，他迷恋可人的刘晓月，但也不愿意舍弃温暖的家，他与文秀毕竟牵手走过十来年长长的岁月，亲情和依恋犹在。人常言，妻不如妾，妾不如偷，偷不如偷不着。他不知这是哪位先贤的感悟，其实如果当初干脆偷不着就好了，哪里会有今天这么多的烦恼。有时，他甚至还幻想穿越，回到唐朝坐拥如意妻妾的幸福生活。上学时，他欣赏李白的诗歌，也欣赏李白洒脱风流的个性。"余亦如流萍，随波乐休明。自有两少妾，双骑骏马行。"他认为这诗句充分表现了李白对一夫多妻的坚决拥护。而每次看到楚楚可怜的女儿，使他更加犹豫不定，他不能割裂孩子幸福美好的理想。离婚可以解脱不幸，获得新欢。如果单从这个角度讲，离婚当然是那些见异思迁者的灵丹妙药。然而，孩子呢？对于他们的孩子却正是苦难的开始，追逐爱情和美貌是成人的权利，但如果由此而剥夺了孩子幸福生活的权利，那种追寻便是极大的罪恶。柳北京此时正处于这样的矛盾之中。他一方面已经厌倦了过去那种四平八稳的平淡生活，想追寻年轻美貌和爱情的刺激；另一方面却又担心孩子，不愿意将大人之间的矛盾和苦难转嫁到无辜的孩子身上。他为此烦恼不已。

"我们离婚吧!"包装袋事件促使柳北京最终痛下了离婚的决心。人们常说,离一场婚就像揭一层皮,会大伤元气。现在,柳北京想,这层皮既然已经自行脱落了,也许只有离婚才能解脱不幸。打电话之前,柳北京是下了破釜沉舟的决心,无论如何再不能拖了,想起刘晓月不满地噘着的嘴巴,他进一步为自己打气。电话响了半天,也没有人接。怎么了? 柳北京觉得文秀是有意躲着自己,他不免又起了恨意,想拖垮老子,没门!下午时分,电话终于打通了。接电话的是文秀同一个科室的同事,柳北京一听不是文秀的声音,不由得起了一股无名火:"谁找你啊?让文秀那臭婊子快来接电话!"电话对面的女同事冷笑了一声:"还骂呢?都骂死了还骂——"

"别装死了,告诉她我必须离婚!"

"离个屁!文秀在集体宿舍里割腕自杀了!"对面的电话突然挂断了。

"你说什么?再说一遍——"回答他的只是嘟嘟的忙音。

文秀的死亡,使这个曾经在别人眼里十分美满的家庭瞬间土崩瓦解。这种解体,要比离婚来得快速得多,也更充满了悲壮的决绝。柳北京双手颤抖着半天放不好话筒,他颓然靠在椅背上,半天缓不过神来。他心里明白,文秀之所以要选择这条路,是要让他这负心的丈夫,永远都背负上沉重的感情枷锁……

事后有邻居回忆,文秀离开家那天早上,曾经在院落内外徘徊许久。刚走到大门外,又止步不前,她甚至放下了旅行包,将院子里的花花草草重新整理了一番。花草上的露珠不但打湿了她的衣衫,还濡湿了她的眼眶。在整理花草的过程中,文秀曾经几次停顿了下来,抬手擦拭眼睛。花草整理完了,再也没有什么事情可干了,文秀这才拍拍手上的泥土,提起旅行包缓缓向大门外走去。临出大门时,她又停住了脚步,不住地回头向楼上留恋地张望了好几回。这所熟悉的院落,这里边的一草一木、一砖一瓦,无不沾濡着她辛勤的汗水,体现着她的生活情趣以及对爱的追求和向往。邻居们不能理解,文秀那么爱美的一个人,怎么就会选择走了这条路呢?

柳絮刚刚放了暑假,当她与奶奶一路兴高采烈地从省城赶来时,听到的却是惊雷一样的噩耗。她大声哭叫着把自己反锁在卧室里,任谁也敲不开门。眼睛哭肿了,嗓子哭哑了,可是她再也听不到妈妈柔和的声音,感受不到妈妈温柔的爱抚了。

"妈妈!""妈妈!"花园住宅楼上回荡着柳絮撕心裂肺的哭声。回应她的是死一般的沉寂。晚上躺在床上,柳絮翻来覆去地念着妈妈留给她的信。

柳絮:

我的宝贝女儿,一想到马上就要与你生离死别,妈妈的内心就像刀绞般难受。你是妈妈身上掉下来的一块肉,你的血脉连着我的血脉,你的一举一动都牵扯着我的每一根神经。初为人母时,我曾经为你每一个微笑、每一步蹒跚、每一次发音、每一次好成绩而欣喜万分。后来,当你的爸爸择枝而栖后,在我一个人独自度过的那些寂静、寒冷的漫漫长夜里,我总会回忆起你第一次微笑的情景,长出第一颗牙流着涎水的情景,含混不清地喊第一声"妈妈"的情景。于是,那咯咯的笑声、清脆的童音、惹人生气的淘气模样,就温暖了我的心房,填满了我孤独难熬的夜晚。女儿,你知道吗?你是妈妈在这个世界上的最爱,我拥有了你就拥有了明媚的阳光,拥有了整个世界!

但是,我现在不得不抛下你,选择独自一个人离去,请你原谅我这个狠心的妈妈吧。我知道,丢下自己亲生女儿不管不顾的妈妈,无论如何也不是一个负责任的好妈妈,请你千万原谅妈妈的不辞而别。亲爱的女儿,妈妈最终选择走这条不归路,是经过一番痛苦的思考的,我纯粹的性格注定了我不能忍受人生如此的惨败,我不愿面对失败者这个残酷的现实。

亲爱的女儿,我不要你因此而记恨你的爸爸。我不怪他,从来都不怪他,他之所以爱上了别的女人,是因为那个女人比我好,年轻漂亮、能干优秀。择优而就其实是男人的通病,不,应该是人类的本性,我们谁不向往更美好的东西呢?我不怪你的爸爸,我不怪任何人,我只怪我自己，是我做得不好，我配不上他了。亲爱的女儿，妈妈其实并不想抛下你和外婆，但是我更不愿意将后半生沉浸在那种失败的阴影和惨淡的眼泪当中，让失意落寞的情绪噩梦般紧紧缠绕着每个日子，缠绕得我喘不过气来，痛不欲生。遭遇如此惨败的人生，妈妈实在不甘心啊！

亲爱的女儿，你不要因此困惑于大人们之间的纠纷与烦恼，妈妈真诚地希望你能快乐健康地成长！如果有空了，多去看看外婆，代我向她老人家尽一份孝心。宝贝女儿，请你一定要答应妈妈最后这个请求。

亲爱的女儿，永别了，请你不要记恨妈妈！

妈妈绝笔
1998年仲夏

"妈妈！妈妈！"柳絮一遍遍在心里呼唤着，呼唤着。在这个世界上，再也没有一个人可以像妈妈那样悉心地关爱她、牵念她了。她带泪的呼唤直惹得满屋子人悲怆不已，连她那平素硬心肠的奶奶也不由得想起文秀在世时的千般万般好处来。

柳絮在屋里头一遍又一遍地骂道："都是那个狐狸精害死了我妈妈，我饶不了她！刘晓月你这个烂货，你咋还不滚啊？快滚！我不想再看到你！"柳絮的骂声一声比一声高。刘晓月听了特别不高兴，恼着一张粉脸跑到公司向柳北京告状去了。

文秀的死，使柳家乱成了一锅粥。正午时分，王小玉带着小儿子文才闯进了柳家别墅，小保姆说什么也拦挡不住。进了客厅，他们逮啥砸啥，桌上的花瓶被砸碎了，墙上的画框坠地了，餐厅里桌椅板凳被哐哐砸倒在地上，电视机屏幕被敲碎了，窗户玻璃被击打得稀里哗啦，各种刺耳的声音，像交响乐一般全部奏响了，惊动了正在楼上午睡的张翠花。这个年近花甲的老太婆以少有的敏捷步伐，三步并作两步就从楼上匆忙下来，她声嘶力竭地企图阻止他们，威吓着说："王小玉，还不住手，我要报警了，告你们这帮恶人私闯民宅！"

"报吧，正好来抓你这个杀人凶手。你们母子沆瀣一气活活逼死了文秀，我和你拼了！"说着，她一头撞了过来。

张翠花什么阵势没有见过，这一辈子怯过谁？她不由分说上前就给了王小玉一记响亮的耳光，两个老人很快就扭打成一团。柳絮和她小舅文才在她们身后使劲拉扯着。一阵强烈的刺激和悲伤飓风般席卷而来，使可怜的王小玉不战而败，一头栽倒在地上，昏了过去。张翠花害怕闹出人命，急忙招呼孙女："絮絮，赶快打电话叫你爸爸回来，要出人命了！"柳絮吓得脸煞白，一路跌跌撞撞地飞奔着上楼打电话。

家里人还不知道，在此之前柳北京已经知道了文秀的死讯。在得知文秀的死亡消息后，他就把自己一个人锁在办公室里，一句话也不说，不吃不喝，整整十二个小时，一声不吭，对刘晓月的苦苦敲门声置若罔闻。记得当时在文秀提出离婚时，他曾庆幸自己巧妙地把决定婚姻生死存亡的皮球踢给了文秀，他因此而稍微减少了一些内疚感。现在这内疚就像影子一样追随着他的生活，无法抹去。文秀自杀的消息，使这份内疚感仿佛膨胀了一般，挤占着他的心房，令他痛不欲生。他狠狠揪着头发，不断自责："柳北京，你这个喜新厌旧的家伙，你对不起文秀啊！"

接到女儿的电话后，他立刻开车赶回了家。此时，王小玉已经苏醒过来了，她倚靠在小儿子文才怀里，恨恨地盯着走进来的柳北京，扯着破棉絮般沙哑的嗓子哭喊道："柳北京，你这个挨千刀的、天杀的，你还我女儿！文秀，我苦命的女儿啊！"王小玉撕心裂肺的哭诉声，揪扯着在场每个人的心。柳北京扑通一声跪倒在丈母娘的面前，痛心疾首地喊道："妈，你就打我吧，都怪我不好，是我害死了文秀呀！"说完，他像个孩子一样跪在地上，涕泪交流地号啕大哭起来。

直至掌灯时分，柳北京才和文章两个人好不容易连拉带劝，将王小玉和文才塞进汽车送回了家。等把母亲安顿好后，文章匆匆走了出来。柳北京坐在客厅的沙发上垂首发呆。"姐夫，你先回去吧，这里有我呢。你也别太难过，人死不能复生，我姐姐她选择走了这一步，也只能是她的劫数。"

"好好劝劝老人，我有空再来看你们。"柳北京伸手握住文章的手，眼底显现出无限的懊悔和自责。

文章望着柳北京的背影渐远了，心情久久不能平静。他和柳北京共事多年，深知他的为人，在对待文秀的事情上，他虽然对柳北京颇有微词，但是又能说什么呢？作为一个下属，在公司他只有绝对地服从上司。在最初听到柳北京与公司总经理助理刘晓月的绯闻时，他并不相信。他一厢情愿地认为：我姐和我姐夫好着呢！当传闻得到进一步证实后，他曾专程跑到文秀家里，旁敲侧击地提醒过姐姐。

"姐姐，你不要整天待在屋里了。"

"那我应该在哪儿？"

"你应该去去美容院、健身房，或者干脆也到公司里来上班。"

文秀对弟弟的话感到好笑，她说："你觉得像我这样的形象和身材，还有必要到那些地方去吗？我才不乱花那些冤枉钱呢！"文秀极度盲目的自信击碎了弟弟的耐心和善意。临出门时，他又说："姐姐，有空了多到公司来看看。"但是执迷不悟的文秀，竟然没有听出弟弟的弦外之音，仍然蓬头垢面地满屋子操劳。

第五十二章

　　文秀的死讯，仿佛一记当头棒，给田安门带来了前所未有的强烈震撼。调到虞城后，文秀曾经给他打过一个电话，声音中分明带着一丝藏掩不住的伤感。她在那头也许曾经无望地暗自揣度，分别这些日子来，他的心中总不至于一点怜惜的感觉也没有。他分明也捕捉到了潜藏在她声音中的些许微伤。但，怜惜只是一瞬间的事情，他冷冷一笑取而代之了内心一缕按捺不住的柔情。其实，他内心深处的那缕温情早已在十年前被他深深打包进了一个叫仇恨的盒子里，具有石头一般坚硬的外壳，年复一年，日积月累的冷漠与仇恨，为这个特殊的盒子涂抹、增加着厚度。电话这头，他没有一丝柔情，只用石头般的坚硬，狠狠回击了她的脆弱——早知今日，何必当初！你当初和柳北京同床共枕时想过我的痛苦吗？回答他的是久久的沉默，他听见她在那头静默良久，才哐当一声挂断了电话。

　　听说文秀走时，适逢下暴雨。他想象那天夜里的情景，闪电如剑，雷声轰鸣，瓢泼大雨倾泻而下，风拖着长长的尾音跑过长街，将窗户捆得咚咚作响，那风声像原野上饿了一个冬天的狼的嗥叫，让人不寒而栗。虞城市医院宿舍楼上的窗户在暴风骤雨中，无声地颤抖。房顶上的瓦片犹如风中飞絮，片片粉身碎骨。文秀的内心更是风暴中的大漠，瞬间飞沙走石，片瓦不留。那些瓦片，是文秀在冥冥之中的暗示吗？这一次，他才明白自己是永远地彻底地失去了这个美丽而善良的女人。文秀再也回不来了！"哦，我的文秀，我的女人！"他嘴里喃喃道，"亲爱的，我要是不失去你就好了……"苍白无力的忏悔，被现实无情地碰了回来。他用两只大手神经质地蒙住深邃明亮的眼睛，脑袋颓然无力地垂至胸前，像一个负罪的囚犯在祈求什么人的宽恕。有一滴无声的泪，穿过遥远的时空，落到了他的脸上。

于是，在他的脑海里，他同她一起经历过的那些画面就开始一个连一个地出现，连缀成一片记忆的海。他想起跟她最后一次约会，想起当时支配着他的兽性情欲，想起那种情欲终于得到满足以后、他对她生出不耐烦和索然无味的感觉，想起文秀脸庞上始终不散的忧伤。他想到了文秀最喜欢穿的那件洁白色的连衣裙，像菊花瓣一样从她洁净光滑的胴体上轻轻滑落。他的记忆又回到了参军的前夜，在那个月明星稀的夜晚，他和文秀漫步在秀延河畔，最纯真地执手相约，还有那令人怦然心动的圣洁一吻，恍然还保留着昨天的温度。"是啊，那天晚上我是多么深沉地爱着她，怀着美好纯洁的爱意，真心爱她！"这天夜里，文秀终于走进了田安门的梦境。她依然是十三岁时秀气娇媚的模样，一颦一笑深入了他的心里。那条惹人心动的湖蓝色裙子，在风中翩翩翻飞，她光洁细长的双腿，有力地奔走在弥漫着悠悠枣香的枣树林子里，欢快的笑声和雀跃的欢欣，荡漾在黄昏时乡村的上空。他一直用纯情和圣洁的爱精心编织这美丽的花环，色彩斑斓的花环，从此弥漫了整个青春萌动的季节……那段充满朝气、青春、充实的生活就像一股清风似的，迎着他扑面吹了过来，一丝淡淡的惆怅轻烟般掠过了他的心头。

翌日一大早，田安门没有叫司机，亲自驾着车，疯狂地向虞城方向赶去，由于走得太急，连前不久才刚刚拿到手的驾驶证也忘记带了。他现在心里只有一个念头，就是要马上赶到虞城，要立刻看到文秀，他要最后看文秀一眼，最后牵一牵她的手，仿佛只有这样做才能稍稍洗刷掉郁结在他心头的罪恶感。汽车以每小时100迈的速度疯狂地行驶在秀延县通向虞城方向的二级公路上，田安门直视着前方，恨不能一步跨到虞城。他早都忘记了自己是新手上路。公路前边有一个姑娘的身影袅袅娜娜地缓缓飘过，橙黄色的裙裾像翩翩翻飞的蝴蝶，煞是好看，那窈窕的背影像极了文秀。啊，文秀，是文秀，她回来了，是她在那里等我。他喊了一声："文秀，你别走，等等我！"汽车追随着美丽的姑娘，疾驰而去……此时，对面山峁上的拦羊老汉看见公路上一辆黑色的桑塔纳小轿车，像离弦的箭一般射向了一个陡峭的沙梁深处。

田安门恍惚间又穿过二十多年岁月的重重迷雾，回到枣林里那个美丽的黄昏，那个头戴美丽而高贵的花环、身着一袭湖蓝色连衣裙，快乐地奔走在田间小路上的纤巧、柔弱、秀丽的女孩，在田安门的眼前渐渐鲜活起来。他坐在一棵老枣树下，一边编织着花环、一边满腔爱怜地痴痴望着那个纯洁美丽得像小天使般的女孩子。眨眼间，女孩儿身上的湖蓝色连衣裙就变成了一袭雪白的长裙，女孩儿渐渐变得高挑端庄、美丽无比，但是不知为什么却一扫纯洁快乐的光芒，眉宇间笼罩着无限的愁绪和悲郁，眼睛里盛满了深深的迷惘和无助，晶莹的泪珠如急雨般纷纷滚落。美人的泪，令他心头一颤，心底徐徐升上来一抹怜惜之情，他急切地想绕过时空的阻挡，默默站在她的身后，用宽大的手掌轻轻抚摸她单薄的脊背。他对着那个凄美的倩影大声喊道："秀儿，等等我，我来了！"田安门大声地喊着，那一刻，他的灵魂变得很轻盈，仿佛像少年时一样澄净而温柔。

女孩回首报以甜甜的一笑，然后起身飘然离去，云朵般轻盈。看到她妩媚一笑快乐远去的背影，那潜伏在他灵魂深处的心魔，霎时跑得无影无踪。他的泪情不自禁掉了下来，他心爱的女人的一生，就这样被毁掉了。他那嫉妒复仇的念头，改写了她的一生，也改写了他的人生。此刻，他恨死了自己，是他逼死了文秀。柳北京骂得对，他不是人，是恶魔，是恶魔——他黯然垂下了头，殷红的血，顺着他的胳膊流了下来。

三天之后，田安门醒来了。他正躺在虞城市第一医院的急救中心，挂着液体，他的头上、胳膊上，到处裹满了绷带。而此时，文秀的遗体已经被送回了秀延县城，埋葬到老柳家的坟地里了。"夭折的离婚，使得文秀最终只能在老柳家的老坟地里安息。"这都是武小亮打听来的消息，说到这里他不禁叹了一口气，见田安门像是在耐心聆听，他只得继续说下去，"不过，我听说张翠花临时改变了主意，不许她进老柳家的老坟……最后，文秀被埋在笔架山脚下，只能远远地仰望着老柳家的老坟。"

"噢，原来是一座孤坟啊！为什么呀？"田安门挣扎着要起来去看文秀，武小亮死死摁住了他，言辞恳切地说："你醒醒吧，人家说能够说出的委屈，便不算委屈；能够抢走的爱人，便不算爱人。文秀已经不在了，她生是老柳家的人，死是老柳家的鬼，没有咱们什么事。文秀走了，她再也不能回来了，我们活着的人还是要继续过日子的。你就好好安心养伤，公司里有一大摊子事情等着你回去处理呢！"

"为什么要把文秀埋在笔架山脚下？"

"据说是因为发现文秀贴身藏着一张照片，惹张翠花生气了……"

"什么照片？"田安门困惑地问道。

"我也不太清楚，听说好像是你参军时的一张小照……"田安门张了张嘴，终究没有再说什么，他闭上眼睛，两行热泪顺着他的脸颊缓缓滚落。

原来，在装殓文秀的尸体入棺之前，王小玉昏倒被拉去医院里抢救，只得由张翠花替文秀净身沐浴。当她艰难地褪尽文秀身上的衣物时，一眼就瞅见挂在她脖子上的那个心形项链，而其中镶嵌的却是一张男人的照片。照片上的影像，模模糊糊，一时看不真切，她的眼睛已经完全老花了。等她转身回去拿来老花镜戴上，才认出竟然是田安门那个下流坏子。张翠花心头顿时泛上来一阵嫌恶，如同吞下去了一只苍蝇，搅得她愤恨异常。她一把上前扯下了那条项链，恨恨地扔到了垃圾桶里。从这一刻起，张翠花坚决反对文秀进祖坟。文章和他弟弟文才虽据理力争也无济于事，他们只好带着不满和愤怒的愁容离开了柳家。柳北京也说服不了母亲，在这件事上，张翠花再次表现出了不可一世的强悍，她不允许一个感情已经背叛她儿子的女人埋进祖坟里。对此，文家无话可说。王小玉清醒后听到此事，气得浑身哆嗦，她说："张翠花这个老女人狗改不了吃屎，强悍霸道了一辈子，把身边的亲人一个个送进坟墓里。人说祸害活千年，说得一点也没有错！"

"妈，你也别生气，我姐现在埋在哪里都没有关系，等他柳北京以后死了，迁坟时，咱一定得让我姐和他合葬。到那时候她张翠花早都死了，看她能从墓里出来阻挡吗!"文章见母亲气得不行,忙上前好言宽慰。

见母亲固执己见,柳北京也很无奈。等母亲离开后,也不知出于什么样的心态,他竟然又悄悄将项链捡起来给文秀戴在了脖子上。

田安门孤独地躺在病床上,眼前一片虚无。不知道隔壁病房里的哪个病号带了录音机,还是他心里飘出了音乐:谁知道又和你相遇在人海,命运如此安排,总叫人无奈……每逢田安门回忆起文秀,永远都是那个身穿湖蓝色连衣裙的影像。虽然他们从小一起长大,在各种场合都见过面,可是十三岁那个愉快的暑假里,她留给他的美好回忆,就像一组彩色相片,不断在他脑海里回放着、回放着。眼泪情不自禁地徐徐涌出了他的眼眶,使得他喉咙发堵。

当噩耗传到秀延县城时,惠丽和她母亲顿时呆住了,她们怎么也不会想到是这样的结果。"听说文秀后天就要出殡了,你们相好了一场,去送送她吧。"惠丽的母亲从菜市场听到这个消息后,连菜也没有顾得上买,就急匆匆奔回来了。惠丽最近陷入高利贷债务中,四处藏匿躲避债主,她的亲弟弟妹妹也因为经济纠纷将她起诉至法院。这是惠丽一生中最黯淡伤痛的日子,她无暇自顾,也根本没有时间关心文秀的情感问题。她记得文秀给她最后一次打来电话时,她正在茶室里与客户洽谈生意。签完合同,那个客户心猿意马地将手伸到了她的胸前,她明白他的意图,只好虚与委蛇。之后一忙她就将给文秀打电话的事情抛到了脑后。现在令惠丽感到后悔的是,如果自己当时不与客户纠缠,而是好好与文秀通上一个电话,开导开导她,兴许文秀就不会走进死胡同了。她抱着自己和文秀的一张合影,泪流满面。她想到文秀用死解脱了,而自己的磨难才刚刚开始,吓人的高利贷像一条毒蛇正紧紧勒住自己的脖颈,她感觉自己随时都会窒息而亡。她和文秀都是凡人,她们根本摆脱不了命运的安排,文秀走不出她为自己设定的情节。而她呢,一头扎入商海,陷入金钱与物欲的泥淖不能自拔……

"妈,我不想去,我现在这个样子咋敢抛头露面呢?再说我也不想看到那一家子人,柳北京他出卖良心不得好死!"惠丽将自己窝在沙发里,无声地饮泣。此刻,任何物质都是充满铜臭的,只有用真诚的眼泪才可以祭奠这份至纯至真的友谊。

"唉，没想到文秀这个傻女子，心眼儿竟然这么小，跟韭菜叶叶一般窄小。咋能想不开啊，男女之间不就是那么一回事嘛，离了就离了嘛，这世上离婚的人有一茬呢，丢什么面子哟，犯得着寻死觅活！"惠丽的母亲慨叹不已，"两条腿的蛤蟆不好找，那两条腿的男人还不遍地都是！我敢说就凭文秀那条件，那么好的身材，那么漂亮的脸盘子，那么好的人品，什么样的男人找不到啊？真傻啊！唉，这个傻女子，实实苦了死去的人，活着的人大不了掉上几滴眼泪、烧上两张纸钱，不久就会忘记了她的声音、她的模样和她的一切，彻头彻尾地把她遗忘在了脑后，人家照样还不是活得滋润惬意。"

惠丽明白母亲所指的"人家"是谁。她红肿着眼睛把她和文秀的合影挂在了墙上。惠丽与文秀从小一起长大，两人好得几乎无话不说，她对文秀是再了解不过了。她明白纯洁的文秀，一旦从情迷意乱中清醒过来后，一定会跌入自省的旋涡里去，她无法接受与这样两个曾经深深相爱过、又伤过自己的男人赤裸相向，那种男人所给的快乐怎么也无法抵消、驱除存留在她心底的窘态和伤痕。惠丽猜测，临死时，文秀的内心肯定在流血、在饮泣，一个一度把贞操尊严看得比生命还重要的女人，最终却失守了，而且是溃不成军，失去了自己应该坚守的底线，强烈的自尊心促使她无法忍辱偷生。应该说在这个世界上，最懂文秀的人就是惠丽。如果一个人曾经深刻地反思过自己，思考过他周围的世界，并心怀理想与希望，那么这个世界就是属于他的。这个世界本来就属于那些理性的、懂得深刻自省的人，就像这个世界属于苏格拉底、属于布鲁诺、属于庄子一样。所有那些轻视生命，对自我懵然不知者，即将成为这个世界上的过眼云烟。文秀的死是一场不幸，非理性的感情绑架了她的灵魂，夺走了一个美丽的生命。她太轻视自己的生命，把自己仅仅当成了这个世界上一位匆匆过客。惠丽在文秀的照片前上了一炷香，用内心的深刻领悟与她进行了最后告别。

第五十三章

柳北京回到家里时，已经是晚上11点多了，他走进他和文秀曾经共同拥有的那间卧室里，打开了所有的灯。

他已经有大半年没有走进这间卧室了。里面的陈设尽管是过去那样熟悉的摆法，但他还是感到有点陌生刺眼。哦，原来他所熟悉的衣柜上都被文秀贴上了一些白色的标签，走到近前，他才看清那些标签上的蝇头小字分别是领带、裤子、衬衣、西服、休闲服、袜子、内衣……文秀的字体娟秀端庄，很耐看。他一一拉开柜门和抽屉细看，里面果真按标签说明，摆放得一丝不苟、井井有条。那些摆放整洁有序的衣物，无一例外，全是属于他柳北京的东西。看到这里，柳北京的眼眶潮湿了，他揉揉发酸的眼睛，继续看了下去。现在，他打开了衣柜底层比较隐秘的那个抽屉，那里静静地摆放着一扎用粉红色的丝带捆扎着的信笺，打开略微一看，全是自己当年写给文秀的信。他想，女人真是不可思议，这么多年了，还保存这些玩意儿做什么呢？信旁边还摆放着一本黄色塑料封皮日记本，翻开一看，从记录的日期所判断，那应该是文秀结婚前的日记本。在这个日记本里，文秀用含蓄而又诗意的文字记录下了少女时代丝丝缕缕的心灵悸动，剪不断、理还乱的纷繁情愫。在她优美细腻的笔下，两个男孩都是那么出类拔萃、超凡脱俗。

柳北京合上笔记本，难过地闭上了眼睛。"我不配！"他对着空荡荡的房间大声说，"我们都不配！"在日记本的扉页，用透明胶布贴着一个有点发黄的白色信封，打开一看，才知是一封断交信。过去柳北京只是断断续续地听母亲和文秀吵架时提到过这封断交信，如今真切地看到这封信，他的心头无端地涌上来一丝丝犯罪感。他现在害怕回首往事，只好将那封信又原封不动地夹回了日记本里，然后呆呆地默立了许久。将日记本放回去时，他才发现下边还压着一封信。

亲爱的北京：

你好！请允许我最后一次这么亲昵地称呼你。

你可能不会想到我能主动提出离婚，但我知道你一直在期盼着我的主动。我知道你太在乎你的自尊心和身份，看在十年夫妻情分上，这一次，我成全你。

相信我的直觉，从你第一次夜不归宿，我就读懂了你的心思——你的心像极了一条不安分的鱼，早已游离于我们婚姻之外的那片海域了。卧榻之侧，岂容他人酣睡？我之所以没有与那个女人拼个你死我活，不是惧于她年轻漂亮，我只是觉得和一个不再爱自己的男人勉强地生活在一起，没有意思。强扭的瓜不甜，我不会与另外一个女人分享一个自以为是的男人了，我觉得这个情况糟糕极了！所以，我选择了退出，成全你。

当今社会的浮躁动荡、物欲横流，使一些男人和女人眼花缭乱，稍微有点事业和金钱，在某一领域成功一点的男人，都会飘飘然，往往更容易在情场上丧失自我。但愿你热切追求得到的是一份真爱吧！从某种意义上来说，我们都是失败婚姻的受害者。尤其是我，有一种强烈的挫败感。毋庸置疑，我们曾经深深相爱过。还记得我们恋爱时偷偷摸摸去做人流时的惊慌失措吗？我只是为在你面前丧失了尊严而悲伤，做了妻子的女人时刻渴望丈夫的尊重，可没有了尊重，哪里还会有爱？我人生最大的失误，就是不应该对你太依赖，尽管那依赖的背后是一份纯粹而浓烈的爱。但是有什么用呢？你早已厌倦了，你的厌倦就写在那无数个迟迟不归的夜晚里。

佛说，三百年的回眸才能换来今生的一次擦肩而过，修五百年只能同舟渡，修一千年才能共枕眠。如此的缘分，才让我们相遇、牵手，并携手踏入神圣的婚姻殿堂。按理说应该好好珍惜，但事与愿违，我们都没有珍惜一世才能修来的这种缘分。不，应该说当我们有机会修补自己的婚姻时，我们都轻易地选择了放弃。许多现代人对待婚姻的态度，一如对待一口破了的锅——不就是一口破锅吗？谁还去修补呀，随手一扔，再买一口新锅回来，不费吹灰之力。可是，我还是要提醒你，婚姻不是打牌，重新洗牌是要付出代价的。

坦白地说，我曾经全身心地爱过两个男人——一个是田安门，另一个当然是你了。他一直是我的梦想王国，而你却曾是我的现实家园。但是，今天的结局，证明我的眼光并不怎么样——在你们这两个男人当中，一个男人暴露出了自大骄横的本性，而另一个却变得自私乖戾，令人难以捉摸。我的王国与家园瞬间一齐坍塌了。不，它们本来就是海市蜃楼，建筑在海市蜃楼上的幸福，就像露珠一样，迟早要被风干的。我不该幼稚地把我的理想与现实建筑在海市蜃楼上，所以我的人生注定要失败。经过这段时间的苦苦反思，我想与其忍辱偷生、痛苦一辈子，还不如选择离去。

我最后求你一件事，今后一定要照顾好絮絮，尽可能善待我母亲，请你一定要答应我。

文秀绝笔
1998年仲夏

在信封下面还压着一张纸，很潦草地写着几行文字：

本以为我和你走过雨走过风，慢慢地把心靠拢。谁知你的眼睛却背叛了你的心,别假装你还介意我的眼泪和憧憬。让我静静地流泪,泪干了不再后悔。残酷的现实告诉我,深深地爱上你,是我今生最失败的决定!

我爱你已经爱得失去了自尊和矜持,爱得没有一点保留,爱到心中着了火。你现在怎还能够笑得如此轻松,走得如此从容,看我如此惊慌失措、狼狈不堪?

抬起头,才能不让眼泪滴落下来;

闭上眼,才能不用看你远去的背影。

柳北京仔细读完,发现只是一堆凌乱的碎片、一些既像歌词又像诗歌一样凄美的文字。柳北京猜不透文秀胡乱地写出这些句子的时候,心中到底纠结着怎样的痛。看完信后,他呆愣了好久,才从茶几上的红塔山烟盒里慢慢抽出了一支烟,衔在嘴里,半天又找不到打火机。等他磨磨蹭蹭地从裤子口袋里摸出了打火机,双手却哆哆嗦嗦地发抖,打一次不行,又打一次还是不行,打了好几次火,才点着了烟。他自顾自窝在窗前的真皮沙发里,拼命地吸着烟,缭绕的烟雾很快就罩住了他有些湿润的眼窝。

田安门努力睁开一只眼睛,首先映入他眼帘的就是一对深邃的眼睛,那眼睛里分明闪现着一抹浓浓的关切和焦虑,是柳北京。他一个激灵就完全醒过来了。

柳北京正靠在床边想心事,只见他头发蓬乱,脸色晦暗,眼睛里布满了血丝,神色十分焦急。看见田安门终于醒过来了,他眼神中立即跳跃着一抹喜色,舔了舔干燥欲裂的嘴唇,兴奋地说:"哎呀,安门,你总算醒过来了!"他扭过头大声朝门外喊道:"小亮,小亮,安门醒过来了!"武小亮闻声赶忙跑了进来。

当柳北京欲俯身扶田安门起来在床头靠一靠时,田安门粗暴地推开了他的胳膊,他的目光里闪现出一抹拒人于千里之外的阴郁。柳北京并不介意,转身倒了一杯开水,说:"看你嘴巴干的,我喂你喝点水吧。"田安门紧抿嘴巴,坚决地摇了摇头。武小亮明白他的意思，忙从柳北京手里接过杯子，说："还是让我来吧。"

坐在那里，看田安门香甜地喝着水，柳北京倍感尴尬，只好站起身来向武小亮告辞："小亮，我还有点事，就先走了，你好好照顾他吧。回头如果有什么情况，马上给我打电话！"

"柳总，您电话是……"

"哦，你看我这记性。"他从上衣口袋里掏出一张名片递到了武小亮手上。

送走柳北京后，武小亮坐下来对田安门说："安门，这次车祸万幸的是你伤得并不算重，只是汽车向沙梁下俯冲时惯性太大，你将胸脯死死抵在了方向盘上，左胸三根肋骨骨折，手臂和头部也分别有多处擦伤。我刚才去问过了，大夫说你在医院住个把月就可以出院了。人家柳总……"

"狗屁，什么柳总，你还一声一声叫得蛮亲切的！"田安门显然动怒了，脸涨得通红。

"安门，这次多亏了人家柳总，是他救了你的性命，若不是他及时赶到，你恐怕早就失血过多不在人世了。想想都后怕……"

那天，得到文秀自杀的噩耗后，柳北京急忙带司机驱车赶去虞城料理文秀的后事，当他们行驶到神禾峁的沙洼里时，恰好发现有一辆桑塔纳轿车反扣在沙梁下。他惊叹一声不好，又出车祸了！急忙叫司机小丁停车。当他和小丁跑下沙梁，撬开车门，将奄奄一息的肇事者拉出来时，才认出那人竟然是田安门。田安门脑袋上、手臂上血肉模糊一片。看到那殷红的血，柳北京对田安门郁结了二十多年的成见霎时不见了踪影，他心头一热，不顾一切地去拖抱浑身是血的田安门。昏迷中的人身子特别沉重，他一个人根本就抱不动田安门那高大的躯体，回头连忙招呼司机小丁快来搭一把手。小丁到公司上班快十年了，深知柳北京和田安门之间的一些过节，当他认出肇事者是田安门时，就停止了援救，站在那里一动也不动。柳北京叫他来帮忙，他只是摇摇头，反过来还要劝柳北京："柳总，我看咱们犯不着管这些闲事吧！他那号人，你又不是不了解，万一他醒过来，反咬一口，说是咱俩要蓄意谋害他，那咱们可是百口莫辩，跳到黄河里也洗不清了！"

"别废话，顾不了那么多，救人要紧！"见柳北京发火了，小丁才极不情愿地走了过去，嘴里还嘟嘟囔囔着心疼刚穿头一次的西服又要被糟践了。

"他们赶到虞城，将你送进抢救室后，才给公司打来电话。我赶到这里时，柳总就一直不吃不喝，趴在你床头焦急地盼你醒过来。医院的押金也是他替咱支付的。"听到这些话后，田安门没有再生气，他的内心涌起了巨大的波澜，再也无法平静下来。他和文秀见面的情景又一次浮现在眼前。那一次，也是在茶秀与文秀幽会。那还是他从看守所出来第一次见到文秀。

整个晚上，文秀一直都郁郁寡欢。她将头靠在床头，抬眼盯着天花板说："这次是他拿钱将你和我表姐赎出来的。"

他不解地问："谁呀？"

她抬眼瞅了他一眼，似乎漫不经心地说："还能有谁？柳北京呗！"

田安门听了扑哧一声笑了，他根本就不相信："啥，你相信？真是妇人之见！他救你表姐还可以让人理解和接受，你毕竟是他老婆嘛，老婆被自家男人告得卷到了流言蜚语中，怎么说也不是什么光彩的事情。可是他为什么要救我呢？他能有那么好心？若真是一番好心，那他干吗当初不私下里调解，而非要剑拔弩张、费劲出力地报案呢？虚伪！这个伪君子一向喜欢唱高调！哈哈，这是他一贯的伎俩，又在往自个儿脸上贴金呢！你千万莫相信，他这人阴着呢。"见田安门仍然执迷不悟，文秀气得一扭身走了。

现在武小亮一席话，让田安门惭愧万分。人家如此大度，自己还以小人之心度君子之腹，真混哪！他在床头猛烈地捶了一拳，震得伤口一颤，疼得他不由得倒吸了一口凉气，深邃的眼眶里渐渐浮上来一团雾气。柳北京宽容的举动，深深震撼了田安门，他残存的良知渐渐开始复苏。

去东北出差之前，他主动找到柳北京办公室，开门见山地提出来要求赔偿由于自己的过失给红宝石枣业公司造成的经济损失。

"你看着开个价吧。"田安门的态度非常诚恳，与过去俨然判若两人。

他的这一诚恳的请求，驱散了过去留在红宝石枣业公司员工记忆里的那个坏印象，使得人们渐渐改变了对他的态度。

柳北京起身给他倒了一杯水，又坐回老板椅上，紧锁双眉，一时缄口不语，静静地凝视着他，若有所思。过了片刻，他才面带微笑地说："那次损失确实不小，不过……"田安门心里一时惴惴不安，不知道柳北京要怎样狮子大开口，但是他还是急于表态："我手头没有那么多钱，不过我可以向银行去贷款……"

"钱的事，咱们先缓一缓，我手头如果紧张了一定向你开口。"出乎意料的是，柳北京没有接受田安门的赔偿请求。他只是很平淡地留下了一句话："我只盼望我们都能够通过这个教训，今后踏踏实实地做人做事，这就足够了。"接下来面对面谈话时，柳北京非常诚恳地向田安门指出了塞上柳红枣饮品公司目前存在的一些可怕的隐患。他说："兄弟，说句不该说的话，我发现在你的公司里确实存在着很多问题哩，比如说，管理混乱、用人不当……这些都可以说是创业过程中的大忌啊！依我看，你的公司首先要好好整顿整顿……"

柳北京第一次叫他兄弟，田安门一时有点反应不过来，没有说话，只盯着他看。田安门尽管从内心深处很感激柳北京的两次相救之恩，但一看到这个人在自己面前，竟然又毫不掩饰地表现出了那种一贯的凌驾于一切的傲慢气势，而且还是一副煞有介事的样子，仿佛得道高人般洞若观火，这一切都是他所仇视和不能容忍的。他内心的不快，情不自禁地泛了上来，这种不快搅得他无法听进去任何逆耳的忠言。这次由田安门精心准备的联谊会谈也最终不欢而散。

等身体恢复得差不多了，田安门就决定带着武小亮去东北出差。一来那里有一单业务需要他亲自去交涉。此前，田安门曾经去东北考察过一回，那里有前景非常广阔的市场，如果拿下这一片市场，意味着塞上柳红枣饮品公司的销售额将翻上一番。田安门早就看好了这步棋，他先后派业务员三次奔赴东北，但业务员们几乎每次都毫无例外地无功而返。为此，他大发雷霆，一群饭桶！他把那几个无能的业务员训得像龟孙子一样。这一次他必须亲自出马拿下这单业务。另外，他也想出去散散心。文秀的自杀，给他的内心压上了大山一样的阴影，挤压着他、胁迫着他、噬咬着他，使他喘不过气来，整夜整夜都睡不好觉，只要一闭上眼睛，他眼前掠过的全是文秀俏丽的影子。那条湖蓝色的裙子与洁白的连衣裙，反复交替在他的眼前翻飞、飘荡，像斑斓的蝴蝶一般。那个长长的噩梦，就一刻也不停息地压在他的心头脑际，令他窒息。

　　武小亮看出了他的烦躁不安，就建议他出去走走。他说，换换环境也好。

第五十四章

苗秀贞病倒时，田安门正在齐齐哈尔。

那天早晨一起床，苗秀贞就感觉浑身不对劲，她感觉头重得厉害，心里直发慌，脸色惨白，大口喘着粗气。她伸手将熟睡的老伴推醒："哎，他爸，今个儿早上起来不知咋了，我这心里感觉堵得慌，恶心得很，就想吐……"话音未落，她就开始呕吐不止。

"啊！他妈，你咋吐血了！"田承武的睡意顿时兔子般逃得了无踪迹。

当邻居们听到田承武的一声惊呼时，苗秀贞已经昏死了过去。众人连忙赶过来帮忙，七手八脚将她送到县医院去检查。诊断结果很快就出来了：苗秀贞得的是胃癌，已经到了晚期。苗秀贞一直处于昏迷状态。主治大夫是田承武的一个远亲，他把老汉拉到一边说："老哥，咱是自己人，我就给你交个底吧，这病好不了啦。你也别再向里面砸钱了，就是这几天的事，你赶快回去给你老伴准备后事吧。"田承武当下慌神了，他赶忙跑出来让女儿田安玲给她哥哥田安门打电话去。

田安门接到电话就心急火燎地赶回来了，他日夜兼程连续坐了两天两夜火车。当他踏进病房时，他母亲的神志还比较清醒。病床边，苗秀贞一手拉着田安门的手，一手拉着已经须发斑白的田承武，当着全家人的面，她用微弱颤抖的声音说出了藏在她心中三十多年的仇恨。这时候母亲已经非常虚弱了，她歇了几歇才说完了下面这段话："我这一辈子一直沉浸在巨大的仇恨和无望的爱情之中，可以说是没有过上一天舒心的日子。以前我一直认为，我的美好前程都葬送到了张翠花那个可恶的女人手里了，是她一手造成了我今天不幸的命运，她是我的克星、灾难……一直以来，我固执地在内心深处保留着一个隐秘的角落，那里珍藏着的全都是对那个负心男人的痴迷……而对于自己身边这个忠厚本分的男人——你们的父亲，却不屑一顾，对于他的嘘寒问暖、百般呵护视而不见……我这心里有愧啊，我愧对你们的父亲哪……"苗秀贞干涩的眼眶里渗出了一大滴浑浊的泪。她抬起头用混浊的目光缓缓扫视了一圈其他儿女，然后将目光定在老伴田承武身上反复看了好几遍。田承武像明白了什么似的，就默默地领着其他儿女朝门外走去，只留下田安门一个人守在他母亲身边。

田安门坐在床前，抚摸着母亲瘦削的手，心里难过万分。这么多年，他只顾着忙自己的事情，很少有时间坐下来陪母亲，如果早早发现她的病并且早治疗，不至于到了今天这个地步呀。他将头埋在母亲的臂弯里痛哭流涕。苗秀贞伸出另一只瘦骨嶙峋的手疼爱地抚摸着儿子的肩膀，仿佛抚摸一个襁褓中的婴儿……每当望着儿子那张酷似柳安平的英俊脸庞和颀长的身材时，她都会情不自禁地落泪，心里止不住滚过一阵交织着甜蜜和辛酸的洪流。三十多年过去了，怎么也无法忘怀呀！怎么能够忘怀呢？一切生活细节都无法抹去他的影子。讲述这些时，她的脸上写着重创之后的沧桑与无奈，她那涣散的目光一点点平移着，终于穿溯时空，回到了久远的从前。她喘息着，略微羞涩地开口说道："儿子，妈有一件事一直隐瞒着你，隐瞒了三十多年，你现在不要怪妈，妈这也是迫不得已啊！今天就全给你说出来吧。1961年，我二十岁了，那是我被招进秀延县缫丝厂工作的第二年，我和你柳家伯伯相识、相爱了……"苗秀贞艰难地诉说，略带伤感。"那件事就发生在那次病中的探望之后，就是那一次，我怀上了他的孩子——儿子，那个孩子就是你呀……"

田安门的大脑瞬时短路了，他用犹疑而诧异的眼神望向母亲。苗秀贞郑重地点了一下头："儿子，妈不会骗你，你本应该姓柳……"

过了片刻，田安门忽然清醒过来了，他惊疑不定地问："那，他知道吗？"田安门说的他，是已经过世多年的柳安平。这个人在他心目中一直是高高在上的形象，小时候他曾羡慕过柳北京，他常常拿自己的父亲与柳安平相比较，比较的结果每每令他自惭形秽。没想到现实竟然如此残酷，这个没有给过他一天父爱的人却是自己的生身父亲。

"临走时应该知道了，他问过我……"苗秀贞郑重地点了点头。

"那后来呢？"田安门忍住悲痛又问道。

"后来……"苗秀贞长长地叹了一口气，那一切就像一场噩梦一样。对痛苦往事的回忆，又被牵动起来，那恍惚若见的爱、无可告慰的追悔，把她的心渐渐扰动得更加厉害了。爱才乍现端倪，便被扼杀，令她今生无法忘怀！"安门，妈拖到此时方才给你说这件事，并不是要刻意隐瞒你，也不是要你知道了去替妈报仇雪恨，妈希望你能以我为戒，放弃心中埋藏已久的仇恨吧。柳北京，柳北京他其实是你的弟弟，你们是亲人哪！今后遇事还得顺其自然，要相信缘分，我和那个负心的男人缘分太浅，而你和文秀也是有缘无分！儿子，答应妈，趁你现在还年轻，赶紧好好娶上一个女人过日子，也好生上一男半女，将来替你顶门立户。过去的事情就都让它过去吧，听妈话，啊？"见母亲定定地盯着自己不松手，田安门深含的热泪终于忍不住夺眶而出。

既然说到了这个话题，田安门不禁联想到奶奶曾给他说过的一件事，他忍不住说出了憋在心里的疑团："就算这样，那你们新婚时又是怎么糊弄了我奶奶的？"见儿子要刨根究底，苗秀贞不好意思地笑了："你奶奶做梦也没有想到，我们新婚时那美艳绝伦的牡丹花、那圣洁无比的处女红，竟然会是假的，是我和你爸用红墨水制造的一个假象、一个骗局。"说到当年那件事，苗秀贞苍白的脸上竟然浮现了一抹羞赧之色。

往事不堪回首。原来，在张翠花和柳安平结婚一个多月后，心灰意冷的苗秀贞经人介绍，草草嫁给了石板巷巷口三十来岁的老光棍田承武，一个街道铁皮加工厂的职工。相亲那天,一见到漂亮娴静的苗秀贞,平素蔫头耷脑的田承武就觉得自己的眼神活泛了,两只眼睛似乎都不够用了。自打王媒婆领着苗秀贞走进门后,田承武就开始不错眼珠地盯着苗秀贞看。他直勾勾的目光,像饿狼猛然间发现了一只猎物似的猛扑了上去,一下揪住了那猎物秀气的眼睛、白皙的脸蛋、丰腴的身段、挺拔高耸的胸脯,不想松口。他老实木讷的脸上竟然浮现出了一抹贪婪之色。他的眼睛里恨不能生出无数条钩子,好同时钩住这个秀色可餐的漂亮姑娘。最善于察言观色的王媒婆,一眼瞥见了老光棍内心里汹涌泛滥的饥渴,担心小伙子会进一步做出失态之事,慌忙使劲干咳了一声,借故要上茅房溜了出去。听见了王媒婆无端的干咳声,田承武顿时感觉伶俐的媒婆已经识破了他内心喷薄而出的欲念,脸便腾地红了,像鸡冠子一样,连忙不好意思地低下了头。为了掩饰内心的慌乱,他笨拙地从八仙桌上摆放着的一盒大前门纸烟盒里抽出了一支过滤嘴香烟,匆匆塞到了嘴边。只听坐在他对面的姑娘扑哧一声笑出了声,这时,他才发现自己竟然把纸烟给拿倒了。其实,在此之前,田承武根本就没有吸过烟,他不会抽烟,桌上那盒大前门,是他今天特意准备用来招待王媒婆的。

亲事定得比王媒婆想象的还要顺利稳妥。当王媒婆开口探问田承武是否愿意时,口拙舌笨的田承武激动得不知说什么好,只是一个劲点头,像鸡啄米一样。苗秀贞的父亲是村里的老支书,见多识广,他感觉到老实巴交的田承武与自己如花似玉的女儿是不大相配的,但是他也能看得出来,田家这母子俩都是忠厚老实的人,将来一定不会亏待自己的女儿。再说乡下人能嫁到城里,也是自己女儿的福气,于是他就点头答应了。他老伴那边也表示没有什么不满意的。双方都没有意见,这宗亲事就算说成了。媒婆的二斤猪肉、两瓶烧酒、一条大前门纸烟、三十二个甜甜的枣果馅就算稳打稳拿挣到手了。这样的顺利,在王媒婆的说媒生涯里也是史无前例头一遭。王媒婆心里不免得意扬扬,瞬间滋生出了无限的成就感,感觉媒婆这个自由职业也是相当光荣的差事。

双方家长当着王媒婆的面趁热打铁敲定了办事的日子——1961年农历九月十九。为什么要赶那么紧,只有苗秀贞和她父亲两个人知道,那时候苗秀贞已经有孕在身,如果再不结婚就会露馅。未婚先孕,是令人所不齿的,在那个人口不足三十万的小县城里，能成为别人一辈子的谈资和笑料。

　　临结婚前，田老娘安排田承武领着苗秀贞到街上扯了布，做了两身新衣裳，一身单一身棉，买了一双塑料底黑条绒襻带布鞋，两双尼龙袜子，一双有红色的花纹，另一双却是暗绿色方格子的。他俩走进百货商店时，迎头看见货架上挂着一溜颜色鲜艳的方形头巾，看到其中一款非常明艳的草绿色，苗秀贞的眼睛不禁亮了，脚步略微迟疑了一下。田承武看出了她的喜欢，就主动上前为她买了一条。这个是超出预算的消费，他老娘在家里没有吩咐过，是他自己看到苗秀贞喜欢那条围巾，临时拿的主意。买好东西往回走时，苗秀贞忽然靠近他很唐突地问了一句："田大哥，如果我现在很坦诚地告诉你，我已经失身了，名誉不好，你还会要我吗？"

　　当时，田承武爱慕的目光正黏在苗秀贞俊秀妩媚的脸蛋上。这是他第二次近距离望着未婚妻。苗秀贞俊美的脸蛋让他越看越爱，百看不厌。就在这个时候，他很清楚地听见了苗秀贞那句不带任何感情色彩的问话。他心里顿时咯噔一下。此时，田承武正沉浸在美好的憧憬当中，根本无暇考虑其他，当他听到苗秀贞认真的问话后，顿时愣住了。他一时为难，不知道该如何回答。他怎么也想不到苗秀贞会有这么一段惨痛的历史，让他说不介意那是假的，哪个男人愿意自己的女人曾被人染指过？但是让他一口拒绝，他真有点舍不得。他打光棍这么多年，历尽坎坷，一次次相亲的失败，让他饱尝人生的失意和挫败。现在他好不容易遇到了苗秀贞，在他眼里这个女孩美若天仙，身材苗条，为人端庄，完全符合他对女人全部美好的幻想。他抬起头来，瞧着苗秀贞那美得令人眩晕的脸蛋，有一抹凄楚的微笑正盛开在那花朵般的脸上，那对漆黑如墨的眼睛里似乎闪耀着一抹动人的亮晶晶的东西。只是一刹那的工夫，他就听见了自己发自内心的声音："会的，我会的。不管你曾经有过怎样的经历，我都要娶你！"田承武满脸严肃，把每个字都咬得又清晰又沉重。

　　后来在新婚之夜，田承武怀抱着美人，激动得热泪盈眶。他颤抖着声音老实地告诉她，在那一刻，就是她脸上那抹浅浅的微笑，以及漆黑如墨的眼睛里所闪着的那些动人的泪光，瞬间打动了他的心，他心甘情愿地做她的俘虏。他没有丝毫犹豫，就郑重地点了点头。他其实并不是一点也不计较她的过去，他只是拼命说服自己要克服一切心理障碍去爱她。他暗自思忖：二十一岁，是多么单纯美好的年龄啊，嫩得能掐出水来。莫说她只是不慎失身于人，哪怕她是个二婚头、寡妇，我也要毫不犹豫地接纳她，用一生一世来守候她、爱护她。

田承武是街道加工厂一名电焊工，他的每一件衣服上、每一双鞋袜上几乎都布满了被无情的火星灼烧出来的诸多小窟窿。他身上一年四季都弥漫着一股刺鼻的皮线烧焦了的恶臭味，他见天晚上洗澡，使劲往身上抹洋胰子，也无法驱除那股难闻的气息，这气味让苗秀贞实在难以忍受。在她怀着大儿子田安门那会儿，也就是妊娠反应最强烈的那个阶段，她只要一看到他的身影，一闻到他身上那股强烈的胶皮气息，就会条件反射般呕吐得昏天黑地、一塌糊涂。没办法，田承武不忍心让心爱的女人难过受罪，只好忍痛割爱暂时将铺盖卷抱到老娘屋里去睡。

自从搬到老娘屋里睡去后，有两个多月，田承武没有碰过她的身子。有一夜，田承武睡到半夜里，实在憋屈得不行，就趁老娘熟睡的空当，偷偷潜了回去。苗秀贞已经睡熟了。皎洁的月光透过没有拉严实的窗帘缝隙投射在她白皙俊美的脸蛋上。田承武饥渴的目光仔细抚摸着苗秀贞娇憨的睡态。她翻了一个身，露出了一截洁白的胸脯。他听见喉咙里有什么东西咕咚一下被他咽了下去，情不自禁伸出粗大的手掌在她胸前那两团滚烫圆润的东西之间流连了许久，方才心满意足。正待转身要走回去，他却听到了一阵压抑的啜泣声，炕上的女人一伸手将他揽了过去，用细碎的牙齿紧紧咬住了他绵软的耳垂。从那天晚上开始，苗秀贞闻见田承武身上浓重的胶皮臭味似乎也不再像过去那么恶心了。

儿子出生后最初的几夜，田承武整宿整宿地睡不着觉。他常常呆呆地坐在儿子身边，凝视着儿子的小脸蛋出神，目光像显微镜一样在儿子脸上一遍遍仔细搜索探寻。搜寻的结果令他失望万分——他在儿子身上几乎搜寻不到他这个做父亲的任何印记。他自己是一张黑锅底似的圆脸，罩着一圈黑乎乎的络腮胡子，儿子的脸蛋却白净秀气；他是塌鼻子、厚嘴唇、大嘴巴、小眼睛，儿子却是鼻梁挺拔、眉清目秀。看着看着，他的心里仿佛被猫抓了似的难受，他骂自己白白瞎忙活了大半年，却原来还是在自己的自留地里为他人侍弄庄稼！他恨不得举起这个熟睡的婴儿活活摔死……

　　恰在此时，孩子尖声哭开了。苗秀贞睡眼蒙眬地爬起来，撩起衣襟给儿子喂奶。当她看见丈夫只顾闷头坐在儿子身边发呆时，心下就明白了八九分。她满怀歉意地用柔媚的眼神轻轻爱抚着他，仿佛对他说："他爸，赶快睡吧，都累了一整天了。"只是这么柔媚的微微一瞟，田承武就承受不住了，仿佛有一根轻柔的羽毛轻轻拂过了他干涸裂口的心田。他默默地沐浴在婆姨柔媚的爱的光辉里，心里的委屈霎时逃得无影无踪。

　　苗秀贞说完这一切后，仿佛终于卸下了心头的负累，她长长地舒了一口气，然后永久地合上了眼帘。她的脸上带着一抹淡淡的笑意，那么温柔恬淡，姿态一如她曾经靠着柳安平坐在秀延河里的那块大石头上。

　　田承武没想到苗秀贞就这样平静地离去了，他拉着她瘦弱冰冷的手，呜呜地痛哭不止。田安门泪眼婆娑地站起来，紧紧握住他父亲的手，久久不愿意松开。这一握，既是表达感恩，又是表达敬意。这个平凡的老头，他一向看不起的男人，既有善意包容之心，又有无私的养育之恩。田安门在心底暗暗起誓：以后一定要善待这个老人。

　　田安门擦干热泪，回首望了一眼窗外漫天的云霞。他不愿意相信的真相，像一道闪电瞬间劈开了漫天云霞，凝结在他心头多年的漫天迷雾终于消散了。西边的天瞬间一片嫣红，仿佛人的血液漫流了一地。

第五十五章

　　文秀匆匆走了，柳北京却变成了自己的哥们儿，同父异母的亲兄弟！哈哈，多么荒唐的梦！有莫名的情绪在田安门心里纠结，心爱的人儿已经乘风驾鹤西去，仇恨到刻骨铭心的那个人却于一夜之间变成了他的救命恩人，变成了他至亲的兄弟，多么富于戏剧化呀！田安门从小就建立起来的仇视一切的精神世界，仿佛突然之间坍塌了，心里猛地被抽空了似的成了一座空山，寸草不生，孤零零地裸露着满目疮痍和千沟万壑。环顾左右，他所依托的只剩下一片茫然的虚无，他找不到自己了。有一种绝望瞬间淹没了他，止也止不住。

　　"为什么让我来到这个人世间？为了爱？为了恨？可是我现在却什么都没有了！文秀没有了，父亲没有了，一辈子受苦受累的母亲也走了……"田安门跪在水泥地上，仰头喟叹，像是在叩问苍天大地，也像是在质问那个从小到大就没有尽过一天责任的所谓的亲生父亲。在他的印象里，那个从血缘上来说应该被他唤作父亲的人，一直是高高在上的局长，他从来就没有抱过他、亲过他，没有尽过一次当父亲的责任，甚至从未正眼看过自己的"儿子"一眼。在那个父亲的眼里，也许他本来就不该来到这个世界上，他只不过是激情的副产品而已。此时，他比任何时候都更恨那个男人！上小学那会儿有人常常辱骂他是私孩，骂他有人生没人教。每次听到那种侮辱人格的辱骂声，他都要与人玩命地打架，他用一个小男孩的顽劣表象，维护着自己不堪一击的人格尊严。他向着空中那个虚无的形象大声喊道："为什么你要那么早死去，为什么你不看着我长大，为什么你不等我唤你一声爸爸！"

他不顾满脸的眼泪鼻涕在肆虐、在纵横、在滂沱，拼命地抓起酒杯狠劲地灌了下去，酒精填满了他内心的虚无茫然，同时也击垮了他创业的勃勃雄心。从此，田安门整日呼朋引伴，聚众豪赌，沉溺于酒色财气之中，开始一步步走了下坡路。

那时候，即使在路上偶然相识的人也会被田安门的豪情和出手阔绰大方吸引过来。一些所谓的朋友更是朝来夕至，陪伴左右。田安门仗义疏财的好名声一下传扬出去，秀延城里众多闲人浪汉、泼皮流氓，无不纷纷"登门拜访"，投到他的麾下。田安门每天不是下馆子设宴招待这帮人，就是在装修豪华的家里喝酒豪赌、寻欢作乐。过了不久，柳北京原先所担心预料的种种事情果真一一应验了。

首先传出了他的女秘书携带公司巨款逃跑的消息。田安门的女秘书齐美琴二十七八岁的样子，是个成都乡下妹子，个头不高，长得窈窕妩媚，白净水灵的肌肤嫩得一掐一把水，极招人喜爱。她就是之前多次被田安门带到省城去游玩的川妹。齐美琴到秀延县塞上柳红枣饮品公司做秘书之前，曾经一直是成都某大酒吧里的红牌坐台小姐。她来秀延发展也是在与田安门发生一夜情之后产生的冲动。那一刻，田安门紧紧搂着她，甜蜜地吻着她白皙的颈窝。他出手大方阔绰，第一次见面，一甩手就送给了她一条明晃晃亮灿灿的24K金项链，鸡心形的坠子沉甸甸的。他紧紧搂着她的小蛮腰，承诺说只要她答应跟他走，回头送她一辆桑塔纳小轿车。80后女孩齐美琴是个实用主义的物质女，她被田安门潇洒挺拔的外表和阔绰的做派所吸引，相信了他的甜言蜜语，相信了他的信誓旦旦。为了这段看似忠贞不渝的爱情，她义无反顾地抛下了她曾经拥有的一切繁华和灿烂，来到了贫瘠落后的秀延县城，和他并肩打理塞上柳红枣饮品公司。后来在秀延县城待得时间长了，齐美琴火热的头脑逐渐冷却了下来，心目中被完全理想化了的男人渐渐也回归了现实。她逐渐发现了他的许多缺点，田安门性情忧郁古怪，为人自私偏狭，说话生硬尖刻，太容易情绪化，动不动就乱发脾气；性格柔弱，没有担当，不像个大西北汉子；在生活方面也是一塌糊涂，比如穿衣服从来都不注意细节，袜子的后跟不小心就会被他穿到脚面上，露出了一块被皮鞋底子染黄发黑的颜色，在大庭广众之下晃晃悠悠，很不雅观。齐美琴说他这个样子实在有碍观瞻。田安门却笑了，说自己是成大事者不拘小节。

田安门确实不拘小节，不过他也太不拘小节了。有好几次，他竟然当着齐美琴的面，就和别的女人放肆地动手动脚、大声调笑。他用这种玩世不恭来安抚自己失落的人生，同时也把自己企业家的形象搞得一落千丈。渐渐地，齐美琴发现田安门并没有真正把她放在心上，像当初承诺的那样——娶她为妻。他经常出入歌舞厅酒吧等娱乐场所，常常宿醉。最令她愤怒的是，有几次与她做爱，高潮时他嘴里喊的竟然是一个叫文秀的女人，这种种不堪让性格火暴的川妹子实在无法忍受，她也曾燃烧过几回愤怒的大火，离家出走、愤然绝食、割手腕，什么极端的方法都用了，却收效甚微。田安门依然我行我素，潇洒风流。齐美琴个性刚烈，做事果断，她不像别的女孩性情软弱，一旦遇到了薄情郎，就会自怨自艾地哀叹命运多舛，眼泪稀里哗啦流淌成河，然后收拾行李起身决绝离去；也不会学杜十娘遇见薄情郎，霎时心死如灰，上演一出怒沉百宝箱的千古悲剧。齐美琴是个活得很实际的女人。尽管她的内心深处也会萦绕万分伤感、缕缕惆怅，但是对田安门这个负心汉的深恶痛绝，使得她无法轻易地咽下这口恶气。她本来就是个水性杨花、以卖笑为生的小姐，自然也忍受不了田安门对她的冷落和轻慢。不甘寂寞的她很快就找了一个外号叫"瘦驴子"的家伙做了男朋友。听说那家伙刚刚从云南回来，腰包里揣得鼓鼓囊囊，至于那钱的来路正不正，没有人探究过。齐美琴有好几次在田安门面前替瘦驴子美言，夸他机灵能干，办事得体。经不住女人的几番死缠烂打，田安门就将瘦驴子招到了麾下，还给他封了一个无足轻重的企划部经理当。从此，只要田安门一离开公司，这对孤男寡女就在总经理的办公室里疯狂地谈情说爱。在这种诡异爱情的暧昧气氛里，一个阴谋不知不觉地悄然出笼了。颇有心计的齐美琴为了重新笼络住总经理的心，便几次三番主动给他打电话、发短信。这女人软语款款，果然就打动了田安门。他毅然抛下了外面那群燕瘦环肥、莺歌燕舞的女人，回到了这个肌肤娇嫩得能掐出水来的川妹子身边。久别胜新婚，这二人相见之时免不了一番亲热。当田安门心满意足地翻身酣睡时，瘦驴子正拿着他门上的钥匙在街道上偷偷配了一把。次日，趁总经理上班之际，瘦驴子拿着配来的钥匙，熟练地进入了总经理家，在卧室里巧妙地安装了一部监控摄像头。几日后，秀延县城里就爆出了一条特大新闻——女秘书齐美琴利用色相敲诈总经理五十万元。

据说这个新闻有好几种版本。有的说，是田安门自己不小心把齐美琴的肚子给搞大了，随便打发了一些钱让她走人了事。有的说，女秘书齐美琴的男友瘦驴子跑云南时不慎染上了大烟瘾，已经将家里抽得倾家荡产，为了搞到更多的白粉，他不惜逼迫情人对昔日的恋人下毒手。还有的说，齐美琴恨田安门太花心，决定给他一个深刻的教训，于是就与男朋友瘦驴子谋划上演了一出"瓮中捉鳖"的戏码。究竟以上哪一种说法更具有真实性，都无从考证。但有一个不争的事实，那就是齐美琴与男友瘦驴子果真在一夜之间从秀延县城消失了，没留下任何痕迹，仿佛人间蒸发了一般。

仅仅是女秘书齐美琴一个人在那里跳上跳下，也许并不会把田安门和塞上柳红枣饮品公司怎么样。田安门鄙夷地说："姓齐的不就是拿了那么点钱吗？她能把我怎么样？这不，我还不就是我嘛！"也许田安门真的把黄河看成一条线了，他把复杂的问题想得太天真太简单，他不可能预知前面还有许多更惨的事情在虎视眈眈地等待着自己，无可逃遁。女秘书敲诈事件只不过是这连锁反应中凸现出来的第一环而已。

女秘书事件还没有在人们的舆论里消失。不几日，又传来田安门于一夜之间赌输了二十万元现金的消息。秀延人听得头皮发麻，直咂舌头。

"哇，我的天哪！二十万元有好大一堆啊，那要数上多长时间才能数完呀！"

"净说傻话，数钱有何难的？关键是这二十万元需要多长时间才能挣回来呀！"

自从发生了那次敲诈事件后，那些早已离心离德的技术人员，也纷纷以得不到重用为由而跳槽，客气的递交了辞职报告书，不客气的就干脆招呼也不打一声背起铺盖卷走人了。后来，武小亮在外面听人说，其实那些人早就与齐美琴打得火热，这次痛快辞职，都是要追随她去成都创业的。接着，塞上柳红枣饮品公司的财务、销售、收购等方面也多次冒出了铺张浪费、钻空子、挖墙脚、挪用公款、渎职等种种现象，不胜枚举。这一系列的变故，瞬间将虚张声势的田安门打蒙了，还没等他的脑筋转过弯来，公司股东们也纷纷找上门来提出了抽出资金的请求。他们做出这样的决定是经过一番慎重考虑的。起初，他们就为公司一片黯淡的前途心急如焚，但是一直持观望态度，直至发生了女秘书敲诈事件后，他们才意识到了问题的严重性。他们想，如果再不行动的话，那么他们辛辛苦苦挣了一辈子的钱，将要被田安门这个败家玩意儿糟蹋光了。于是他们集体出面，面子上虽然不好意思，但态度非常坚决，毅然抽出了属于自己的资金。股东们纷纷撤资倒戈，无异于釜底抽薪，最终宣告了田安门苦心经营的公司破产，塞上柳红枣饮品公司的空架子在这一系列猛烈的外力作用下，转眼间轰然坍塌了。仅仅在一夜之间，田安门就由一个身家数百万元的大老板变成了一个一文不名、一无所有的穷光蛋。他欲哭无泪。

　　当他破产后，世态炎凉、人情冷暖就愈发凸显出来了。那些之前还与他称兄道弟的朋友，渐渐冷淡了、疏远了。有的即便是打他门前经过，或者迎面遇见了，好脸色都没有一个。有的竟然装作没看见，连声招呼都不打就扬长而过。更有甚者，还会对着他潦倒落魄的背影狠狠地唾一口唾沫，骂几声："这浪子，活该倒霉！"田安门有点事打电话过去，他们不是不接电话，就是谎称自己正忙，日理万机。总之，人人唯恐避之不及。过去他身边少不得那些莺歌燕舞、燕瘦环肥的放浪女人，为了他的出手阔绰大方，个个百般示好，极尽媚态。如今，女人们却恨不得人人生了一双翅膀，眨眼间飞得杳如黄鹤。由于受不了这种种打击，田安门借酒浇愁，常常喝得酩酊大醉，有几次就差点撞上了飞驰而过的汽车。但每一次，武小亮都会伸出坚强有力的大手，像守护神一样把他从死亡的边缘拉回来。就在那一刻，令田安门惊奇的事情出现了，打小就从来没有一次考试及格过的武小亮竟然说出了哲人般的话语："安门，我们来到这个世界上时，原本一丝不挂，现在只不过是又转回去了而已。选择逃避是懦夫的行为，我们八尺高的男子汉就应该顶天立地，在哪儿跌倒了再从哪儿爬起来！"

　　好哥们儿这句话，田安门听进去了。从此，他再也没有产生过轻生的念头。不过，在哪儿跌倒了再从哪儿爬起来谈何容易，公司雄厚的资金早已付诸东流了，原班人马也已作猢狲散，要重整旗鼓无异于痴人说梦。他颓然倒地，长叹一声，人心向背啊！世上本无难事，最可怕的是心死，一系列的遭际和变故，已经彻底将田安门的雄心磨钝了。从此他一蹶不振，一味地沉沦下去。

第五十六章

　　自创业以来，柳北京一直有一个梦想，就是大搞一次公关活动，在红宝石枣业公司创建十周年时，隆隆重重地举办一次热热闹闹、红红火火的庆祝活动。他认为这个活动既可向世人展示红宝石创建十年以来一串串丰硕的成果，同时也是对红宝石一个很好的宣传。他深信搞这样的活动一定会使红宝石声名大振。毋庸置疑，这里边肯定也包含着柳北京的些许私心，也是所谓的个人英雄主义情结吧，他也渴望向世人展现他个人的成就和满心藏掩不住的豪情。

　　说干就干。2002年，金秋十月，红宝石枣业公司隆重举行了十周年庆典活动。这次活动热闹非凡、轰动八方，确实带来了积极效应，但同时也招来了诸多的争议。大家莫衷一是，其中有褒有贬，不一而足。有识之士认为这次活动搞得非常好，集中而明显地推动了秀延县红枣事业的发展，这样的举措和长远的眼光，值得大力弘扬。然而，众多的秀延县老百姓却有不同看法。当听说举办这次活动耗资百万元时，秀延县老百姓不能答应了，齐声质问，他耗的是国家的资，还是公司的钱，抑或是他柳北京个人掏的腰包？怎能像疯子一般肆意妄为，实在太过分了！不行，这事情得有人好好管管！为期三天的盛会很快就结束了，围绕着柳北京的一片谩骂声，却像梅雨季节的连阴雨一样密密笼罩在他的头上，并没有远离。在这些沸沸扬扬的谩骂声中，有嫉妒的，有怀恨在心的，有无缘无故的，也有盲从的。众人的谩骂斥责，使柳北京一时间如芒在背、如鲠在喉。这小子，秀延县城头一个败家子，他在烧钱，在哗众取宠。此时，一些别有用心的人也在人群后面推波助澜。自以为眼里容不得沙子的秀延人民，大声斥骂柳北京好高骛远、沽名钓誉，拿着国家的钱在为他个人树碑立传、扬名贴金！一些粗略读过兵法的所谓能人，竟然在人群中上纲上线，煽阴风、点鬼火，说什么这姓柳的小子还是确实有点水平，都知道学习了，竟然用上了三十六计中的败战计——苦肉计！他们歪曲了柳北京的初衷，说他这是在收买人心，踩着红宝石一千来号人的头颅往上爬呢，司马昭之心——明摆着的嘛！

那天上午，柳北京回石板巷取东西，刚走到巷口，就听见石板巷的几个老人正议论此事。他们齐刷刷地聚在巷口的石凳上，个个似乎气得脸色酱紫，瘪着嘴巴，颤颤巍巍地抖动着山羊胡子。有的用发抖着的手拿枣木龙头拐棍指着某个不确定的方向，好像那拐棍正戳着灰溜溜的柳北京，在龟孙子样静静地等候他们发落。

"柳北京，叫你小子烧包，看把你能的，有了几个敲狗脑钱（陕北方言，即有几个臭钱，贬意）都张得没边了，野雀尾巴翘到天上去了，不晓得天高地厚，不晓得自己姓甚名谁了！"头发花白了的师老头厉声地责骂道。

"我也寻思来着，你说这小子手里捏住俩钱，一不盖楼修房，二不打墓造碑，而是请来了外面那一大帮人，胡吃海喝，得是钱多了给烧得脑子进水了？外面那些人我看也不是什么正经人，男人还留着那么长的头发，女人的裙子短得到了大腿根儿！"坐在最边边上的王老汉咂着嘴，一副哀叹人心不古的模样。

"谁说人家不盖房？人家把房子都盖到繁华的省城了，听说那里高楼林立，满地黄金，古时可是皇上住的地方呢。瞅瞅，人家花园住宅楼那气派，就比咱强多了！唉，再回头看看咱的儿孙，窝囊啊！"个子矮小的白大叔，一边将枯瘦得像老枣树枝一样的手指伸进棉袄里胡乱抓挠，一忽儿仿佛抓住了什么似的，双手向空中猛地一抛，一边慢条斯理地接着说，"我说老哥儿几个，你们还都别不服气，我说老柳家这小子他就是能，能得很！咱秀延县人老几辈，谁见过这阵势？

谁也没有经见过的事情,硬是让人家老柳家的小子给干成咧!"

有一个手提着旱烟袋的老汉接着道:"能?你还夸他呢!他小子就是再能,也能不过天,他还能得日天呀!"

"那小子是应该得个教训哩,整天价日冒日冒(陕北方言,冒冒失失)地把脑袋仰得老高,眼里就盯着人家那些煤老板、油老板的车子、女子、房子什么的,也不瞅瞅自个儿的条件。你们说咱这地方穷得叮当响,除了那两颗红枣外,不就剩下一大堆啃不动嚼不烂的青石板吗?一口就想吃成个胖子,有那么容易吗?现在摔一个大跟头,长点经验,对他来说也许不是什么坏事情……"几个老汉说着、骂着,谈话的重心也渐渐偏离了主题。其中有人又提起了最近在县城里最流行的修墓打碑之事。说东河畔有个姓张的红枣贩子,已经做这一行生意有二三十年了,手里攥了好一疙瘩钱。人家这位老兄为人那叫一个低调,有钱也不显山露水,照旧穿着破衣烂衫,舍不得乱花一个子儿。去年,当他那九十高龄的老父亲殁了后,他一下子拿出了紧紧攥在手里的钱财,又是请响器班子,又是修墓盖堂子。有专程去看过的人回来羡慕地说,光那墓穴里边修得就赛过秀延县宾馆的豪华气派,宽敞得都能摆下四五桌麻将。听说那红枣贩子的父亲生前唯一的嗜好就是打麻将。石板巷的老汉们听得个个瞪圆了昏花老眼,翘起了山羊胡子,羡慕得直咂嘴巴,连声夸赞:"孝子啊,真是难得的孝子!"

父老乡亲的不理解,使柳北京感到委屈万分。他忘记了自己此行的目的,一转身离开了石板巷,漫无目的地朝南门外走去。他埋头走着,忧愤地将路旁的一颗小石子踢得滴溜溜转,一如他八岁时听到那句闲话时的样子。他突然扬起右脚,像射门一样,将那颗石子顺着下坡路准确地踢进了路口的一个公厕里,仿佛霎时踢飞了铺天盖地向他猛扑过来的流言蜚语。他心里紧绷着的那根弦突然就放松了,想走进公厕酣畅淋漓地撒上一泡尿。他走进去时,迎面碰上一个高个子男人正匆匆忙忙地提着裤子出来,认得是他,却没有打招呼,脸上莫名其妙现出了一丝意味深长的笑意。柳北京回头不解地望了那人一眼。待他看到赫然呈现在公厕墙壁上的那行大字时,他才领悟了那高个子男人脸上意味深长的笑意。在南门外的这个普通的公厕里,柳北京竟然看到了一行歪歪斜斜的红色粉笔字体:打倒柳北京！他登时倒抽了一口凉气。这些类似于"文化大革命"中偏激的做法，竟然又死灰复燃了。从歪歪扭扭的字迹来看，撰写这条标语的人物大概乳臭未干。柳北京怎么也搞不明白，自己究竟怎么招惹了一个孩子呢？

世人的不理解和毫无来由的指责谩骂，使得柳北京陷入了深深的痛苦之中。他感到很委屈，他不敢说自己是在为全县三十多万人民造福，做了多大好事，但最起码他的公司帮助县上解决了一大部分卖枣难的问题，迅速帮助枣乡人民脱贫致富，还接纳吸收了秀延县城周边过剩的劳动力，让城郊地少人多的村庄里那些游手好闲的村民，人人有事做，降低了城镇失业人口的比率，为政府大大减轻了解决就业的压力和负担……可是许多攻击他的人，并不会被这些思想所左右。他们只盯着他的收入成倍成倍地增长，盯着他不断变换的私家车，也盯着他的婚姻生活……不到一个月，秀延县城里到处都飘荡着对他人身攻击的流言蜚语。文秀的死亡成了那些人攻击他的话靶子，他们到公安局、法院、检察院，到处宣扬柳北京是杀害文秀的真正凶手，不除杀人凶手，不足以平民愤。对于这些无稽之谈，柳北京听了气得无语，他将拳头捏得咯吱响，不知砸到哪里合适，最后他将拳头的威力全部对付到了梳妆台那面漂亮的镜子上。只听哗啦一声响，漂亮的镜子顿时四分五裂，闪耀着亮光的玻璃碎片在空中划出了一圈圈美丽的弧线。"呀，你怎么流血了！"刘晓月惊叫着跑了过来，急忙扯来一张餐巾纸按到了柳北京的伤口上。此时，他们还不知道，更为令人气愤的事情会接踵而来。

每天晚上，柳北京花园住宅楼小区的家里的窗户玻璃几乎都要被石头砸烂一两块。每次听到哐当一声响，紧接着就有玻璃的碎裂声幕地响起，在暗夜中极为响亮刺耳，也相当恐怖。每当这时候，刘晓月都要吓得抖抖索索地扑进柳北京怀里，像鸵鸟一样紧紧蜷缩着脑袋。还有更为可怕的事情在等着他们。有一天早上起来，门口竟然有一堆烧纸的灰烬，旁边还有一些未燃尽的边角残骸。对于如此恶毒的符咒，柳北京和刘晓月都害怕了，他们面色煞白，守着那堆残火灰烬，面面相觑，不知所措。直到张翠花闻讯奔出来，挥着长扫把，愤然几下把烧纸灰全部扬撒到了马路中间，他们方才带着阵阵寒意慢慢走了回去，浑身气得止不住阵阵发抖。张翠花回头看见儿子黯然神伤的背影，也似乎因了这些符咒，失去了往

昔挺拔飘逸的风采。张翠花将纸灰扬撒到马路当中也丝毫没有解气，就站在当街口，拄着扫把，扯着嗓子破口大骂。满街道流动的人群，目光躲闪，行色匆匆。她骂着骂着，也没劲了，只得偃旗息鼓，收兵回营。当夜，令人恐怖的砸窗声再度响起时，刘晓月又吓得躲进了柳北京的怀里，她感觉他的身子硬邦邦的，似乎没有一丝温度。她抽泣着说："老公，快想想办法吧，这样的日子何时是个头啊？"柳北京心情沉重地说："快了。"只有简短的两个字，刘晓月不解地抬起泪眼望着他。

第五十七章

　　当秀延县城里到处是关于柳北京婚姻的流言蜚语时，文秀已经离开人世整整一年了。此时，柳北京才有时间审视自己的第一段婚姻。

　　这几天也不知道是咋回事，刘晓月老是懒洋洋的，好像浑身不得劲，整天慵懒地躺在床上。早上睡到8点半，刘晓月还赖在床上撒娇，她啮咬着他厚厚的耳垂娇滴滴地说："老公，这两天公司没事，你就在家里多陪陪我嘛！"柳北京正要起身穿衣服，见她如此情形，就又躺下来与她温存了一番。刘晓月像一只可爱的小猫咪，很快就心满意足地蜷缩在他怀里又睡着了。他爱怜地替她掖好被角，轻轻起身走进了厨房。做好早饭后，出来看见床上的小女人依然睡得分外香甜，不忍心叫醒她，就点了一支烟趴在临街的窗口上想心事。

　　这时候，他才意识到第一段婚姻生活竟然牢固地根植于自己的生命之中。和文秀生活在一起的时候，柳北京每次外出，文秀总要趴在这个临街的窗口上反复叮咛他：路上开车要小心，不回来吃饭提前打个电话，酒一定要少喝；临睡前必须用热水烫脚，别忘了喝一杯热牛奶，这样有助于睡眠质量的提高；千万要当心自己的身体……那一切啰唆的叮咛几乎组成了他们共同生活中一道独特的风景线。那时，通常文秀叮咛时，柳北京脸上写着一脸的不耐烦，他对着厨房的小窗口不耐烦地大声喊道："文秀，你什么时候开始变成了我妈？唠唠叨叨！"每次，文秀都要咯咯地笑出声，下次依然如故。

然而现在，柳北京开车前，总会情不自禁抬起头来望一眼临街的那个窗口，窗户闭得紧紧的，米黄色的窗帘也拉得严严实实，再也没有了那张熟悉的脸庞。此刻，他的第二任妻子刘晓月，已经心安理得地吃完了丈夫为她准备好的早餐，又像猫一样蜷缩在豪华的席梦思床上，并且很快就发出了香甜而心满意足的轻微鼾声。刘晓月为了要过纯粹的二人世界生活，将对自己充满敌意的柳絮从省城的交大附属中学转到了另外一所贵族寄宿学校里读书去了，婆婆张翠花也被她以照顾柳絮的生活为由，顺理成章地打发到省城陪读去了。每次当看到那扇紧闭的窗户，柳北京的内心深处就会情不自禁地生出非常复杂的情愫。他没有想到，当初令自己厌倦的婚姻生活，竟然在与第二次婚姻的比较中令他有些留恋与不舍。直到此时，他也不得不承认，那是一段被他生硬地舍弃了的幸福。文秀是一个很好的女人，她漂亮、温柔、含蓄、秀外慧中，在她身上可以寻觅到东方女性美的许多特质。每次想到这些，他的心底就不由得一阵疼痛，一切的罪孽皆出于内心蓬勃的欲望。

现在他们家里的早餐，除非柳北京偶尔出去从小摊点上买回来一次两次，其余时间就由柳北京来负责操持了。和文秀生活在一起时，可不是这样的。每天早上，他都可以吃到她精心为他准备好的早餐，当她蹑手蹑脚地起床，轻手轻脚地做好早餐后，就会来到床边叫醒熟睡中的丈夫。通常，她不是粗喉咙大嗓门地喊他起床，而是像小猫咪一样钻进热乎乎的被窝，拱到丈夫温暖的怀里，用几根头发丝慢慢将他撩拨醒来。每当此时，柳北京就会惬意地伸一伸懒腰，趁机索要一个火辣辣的热吻作为奖励，也就在此时此刻，他内心会升腾起一种强烈的感觉——自己是天底下最幸福、最有成就感的男人。饭桌上通常会摆放着他最喜欢的香喷喷的小米粥、咸菜丝，还有鸡蛋羹、油炸馍片或者鸡蛋烙饼什么的。他一边大口咀嚼着这些可口的食物，一边忙里偷闲地打量着妻子穿着睡衣的模样和露在外边的长腿。她性感的样子令他兴致盎然，食欲大增。有时，为了回报文秀早起的辛苦，他就故意咂巴着嘴显出吃得十分香甜的样子。坐在饭桌的一侧，静静地打量着这一切的女人,就会露出心满意足的笑意。

每次知晓他的事业处于低谷时,文秀就会紧紧握住他的大手,说:"我相信你的能力,这个家永远都是你的港湾,不论你是成功还是失败。"每当这种时刻,她总是幸福地看着他,显得很关切、很高兴,直至将他的性趣逗弄了上来。当他心满意足地翻身下床时,她会不失时机地贴着他的耳朵低语:"坏蛋,这会儿总该轻松一点了吧!"文秀是个好女人,她总是有办法让他彻底放松。

不论他回家多么晚,她都要坚持等待他回家,她总会穿着贴身内衣来开门,并且柔声对他说:"你回来真好!"从此,在茫茫城市的水泥森林里,他知道有一个人在等待着自己回家,知道有一盏灯是永远为自己而亮的,他心里就会觉得很踏实、很安宁。一天深夜,柳北京又一次拖着沉重的步履,疲惫而焦虑地回到家里,却看见了他一生中最美丽的画面:橘黄色的灯光下,妻子和女儿正偎依在一起甜蜜地熟睡……他俯身捡起掉在地上的童话书,凝神深情地望着生命中这两个最重要的亲人,忽然觉得浑身充满了力量。

在十年的婚姻生活中,柳北京熟悉文秀的每一个动作和嗜好,他喜欢她的手指柔柔地穿过自己头发的感觉。尤其是当他伏在她怀里的时候,她温柔抚摸着的手会让他无比安静和放松,他就躺在女人饱满结实的怀里陶醉地念出了"穿过我的黑发的她的手,就像回到了妈妈的怀抱"之类的诗句。在新婚蜜月期间,每天一起坐在电视机前,她总喜欢和他十指交缠在一起,就好像他们第一次牵手时那样,一点点握紧又一点点放松的感觉,就好像两颗心灵的碰撞和交叠。每当此时,他就会下定决心,要永远爱她,这一生和她厮守在一起。但是,他们的婚姻之舟仅仅在爱海里行驶了短暂的十年就搁浅了。这一切只能怪自己,见异思迁大概就是他们这些成功男人的本性吧!失去文秀后,柳北京第一次如此怀念她,还一遍遍地深刻彻底地反思。

曾经有一种流行的说法是,婚姻像鞋子,合不合脚,只有脚知道。现在经过反复地试穿,这两双鞋子的优劣已经非常分明。不,应该说,鞋子都是好鞋子,他终于懂得了哪双鞋子更适合自己的脚。此时,他才明白,娶一个不张扬、不矫情也不缠人的老婆,是男人此生最大的幸福之一,尽管她绝不会在他面前变得放浪形骸。平平淡淡才是真，没错。可那应该是激情过后的平淡，然后再起激情。激情和平淡应呈波浪交替出现。只要你真心爱她，到死你也会有激情的。在与新近娶得的娇妻的对比中，柳北京对被自己冷落的前妻平添了一丝留恋的情意。但是，这份留恋的情意显然来得太迟了。也许这就是我的宿命吧。柳北京趴在窗口陷入沉思。

"老公，你在干吗呢？"刘晓月睡醒了，娇滴滴地向柳北京发出了指令，"我想吃碗饦了。你开车去老街上给我买两碗碗饦去，别忘了让人家多给放点咸咸的猪肝子，辣子油要浇得汪汪的。"柳北京刚想说饭都做好了，怎么忽然之间又想起来要吃碗饦，嘴怎这么馋啊？可话到嘴边，心里突然一动，刘晓月会不会是又有了？他联想到刘晓月近日月事推迟，常常表现出来的慵懒神态和在饭桌上的挑肥拣瘦，肯定了自己的想法。他心里一激动，连外套也没来得及穿，只穿着一件衬衣，就下楼发动了汽车。

柳北京买好碗饦，刚一转身，就看见了田承武。田承武驼着背，手里提着碗饦袋子，朝石板巷方向走去，嘴里正费劲地嚼着一根油条，一边与熟识的人含含糊糊地打着招呼。"田大叔，你等一下。"柳北京手里提着碗饦袋子，叫住了田承武。他回头把碗饦放到车上，两个人就蹲在路旁的树荫下说话。田承武满脸皱纹纵横交错，挂着深深的愁容，活脱脱像一个枯萎了的苦倭瓜。刚才吃油条时，他过于慌乱匆忙，致使乱糟糟的像茅草一样的胡髭上沾了不少油渍，脸颊上也蹭上了不少油污，看起来比平日显得更加邋遢。乌亮亮的油渍衬得他的一张老脸愈发黑丑。

"哟，北京，好长时间不见你了，专门来买碗饦呀，你也好吃这一口？看来年轻人都是一样的，我家安门也是专爱吃这些又麻又辣的东西，喏——"他说着将手里边的碗饦袋子在柳北京面前晃了一下。

"嗯。田大叔，安门最近咋样？"

田承武就将田安门最近遇到的一连串打击一五一十全告诉了柳北京。田承武说："我家安门根本不服输，他现在打算投资一个煤矿，正到处筹款呢。"

"筹款？以什么形式筹款？现在的款项可不好筹集哩，小心陷入高利贷纠纷中……"柳北京不解地问了一句。

田承武愁苦地说:"北京呀,我也不懂这些。问他吧,他又不肯多说,我现在是干着急,没有一点办法。大叔知道你比安门有出息,在这个节骨眼上你可要帮他一把哩,你们可是从小一块儿耍大的好兄弟呀!"柳北京听出来田承武好像是有意把"好兄弟"三个字咬得特别重。

有车在后面响亮地摁动着喇叭,焦急地催促着,喇叭声十分傲慢。柳北京慌忙钻进了轿车,回头向田大叔挥了挥手,看见有一滴清鼻涕挂在田承武发红的鼻尖上,晃了几晃,最终落在了他藏青色的中山装前襟上。田承武也觉察到了,他低下头抬起手背在衣服前襟上擦了擦,又揉了揉酸涩的眼窝。望着由于焦虑而略显失态的老人,柳北京的心情不由得沉重起来。他开着车往回走时,就一路思谋该怎样找田安门谈一谈。

第五十八章

田承武是在大儿子田安门的鄙视里慢慢从青壮年走向老年的。他的头发几乎全部花白了,微驼着背,尽心尽力在儿子的公司里看守着大门。每次,当他看见骄傲的儿子和他的坐骑扬起一片灰尘凯旋时,眼睛里就会自然而然流露出一丝卑微的笑意,迈着短腿急慌慌地跑出去为他打开大门。

从小到大,在田安门心里,最看不起的人就要数他的父亲田承武了。他嫌弃父亲长得又老又丑、又矮又黑。少年时,他私下里拿自己的父亲与柳北京的父亲做过多次比较。他非常羡慕柳北京能有那么棒的父亲,既高大又帅气,还是县城里最有学问的人。他六岁的时候曾经稚气地责问母亲苗秀贞:"人和人怎能这么不一样呢?为什么柳北京的父亲不是我的父亲呢?"对于儿子稚气的诘问,苗秀贞无话可说,只是轻轻地叹了一口气,等到夜深人静之时,压抑不住的热泪才畅流不止。起先,都是田承武去学校给孩子们开家长会,田安门倒没什么意见。但当有一次父亲遭到同学们耻笑后,他就极为生气,对着老实木讷的父亲,用挑衅的口气大声地吼叫:"田承武,你怎么能那么不中用呢?尽给我丢人败兴,从今往后我再也不允许你踏进我们学校半步!"从那以后,田安门就没有再叫过田承武一声爸。有时候不得已要与父亲对话,也是以一声"哎——"开头。那起事端是由田安门的女同桌挑起的。田安门的女同桌，一个扎着羊角辫、大眼睛、嘴皮薄薄的黄毛丫头，叫李丽萍，外号"羊角辫"，曾经与他因为在课桌上划分"三八界线"产生了很深的矛盾。当时田安门一生气，就将剩下的半截粉笔头，狠狠地砸到了羊角辫窄长的脸上。羊角辫也不是什么善茬，她虽然没有田安门那么大的力气，可回击来的也是致命的"小李飞刀"。只见羊角辫飞快地掀动着薄薄的嘴皮，非常轻蔑地吐出了几个字："你爸是武大郎！田承武就是武大郎！""气死我了，真是奇耻大辱！"田安门在一瞬间，再也不像是缩着的刺猬了，而是竖起了全身的刺来保护自己和父亲。他对着那薄薄的像刀片一样的嘴巴，挥拳猛地冲了上去。羊角辫的一颗门牙就仿佛轻轻搁置在那里，一点也不经打，田安门的小手掌只轻轻那么一挥，门牙就被打落了下来。他看见那颗尖尖细细带着血珠的门牙，在水泥地上不甘心地滚了几滚，才靠在桌子腿上停住，顿时感觉心底涌上来一股复仇的快意。对于儿子的恶言恶语，田承武从来都不计较，他什么也不说，总是报之以憨厚一笑，匆匆躲了出去，任这个心高气傲的男孩子在家里咆哮、发泄。在田安门并不快乐的成长过程中，苗秀贞曾经不止一次地目睹过这样的情形。那时，她就想对儿子说出来，说出一切真相。但是她忍了忍，最终还是将眼泪和着阵阵辛酸的滋味，独自吞咽了下去。她舍不得儿子，她知道儿子天性骄傲，敏感脆弱得不堪一击。在茫茫人海里，苗秀贞内心凄楚的伤感，只有厚道善良的田承武才能读懂。他不愿意老伴过于难过，所以对于孩子的一次次责难，他选择了沉默，并决定一直隐忍下去，依然如故地对待这个孩子——一个血管里并未流淌着自己血液的孩子。孩子们还在上小学期间，有一年国庆节前夕，城关小学要组织歌咏比赛欢度国庆。音乐老师要求全体学生都必须统一着装，田安门和他妹妹田安玲这两个班里的要求相同，都是白衬衣、蓝裤子。当两个孩子回到家里说到学校的要求时，他们的母亲苗秀贞可为难了。她呆呆地站在灶前，盯着刚出锅的苞谷团子散发出的袅袅蒸汽，困窘地反复在围裙上揩着粗糙的湿手，愁眉苦脸："傻孩子，咱们家这会儿连吃饭都成了大问题，哪里还有闲钱给你们去买新衣服穿啊！前几天，你们外婆生病了，捎话来让我给她抓几服中药送回去，可是到现在我还没有凑够这笔钱！一会儿你爸回来，让他带你们出去借衣服去。"

田安玲不同意了,她说:"人家都买新衣服,谁还丢人兮兮地去借衣服穿!"

"借衣服咋了?歌咏比赛不就是一会会儿的事情吗?老师又没有要求天天穿着。再说了,不穿新衣服又饿不死人,但不吃饭会饿死人的……"

"别找借口,你就是啬皮……"田安玲哭着跑出去了。

田承武下班走进家门,他把肩上扛着的一捆劈好的柴重重地扔到灶间,拿着笤帚到门口扫了扫身上的灰尘,刚才苗秀贞与孩子们的对话全被他听见了。吃毕饭,田承武只丢下一句话,就走了出去。他对孩子们说:"买!人家有啥咱也有啥。"

"这句话说得还像个男人。"田安门第一次用佩服的眼光望了父亲低矮的背影一眼。

田承武还真有办法,到吃晚饭时就把钱带回来了。苗秀贞追问:"这钱是哪儿来的?"田承武就是不说。苗秀贞急了:"总不会是偷来的吧?"田安门看见父亲愠怒地瞪了母亲一眼,依然不吭一声。那天晚上起来尿尿时,田安门听见母亲躺在被窝里仍然不屈不挠地追问钱的来历。父亲见实在无法隐瞒,才憋出了两个字:"卖血!"

早上田承武扔下那句话就出去了。他先是到他师傅薛战平家里坐了一会儿。他走进去时,他师傅两口子正为什么事争吵。见他走进来,薛战平就闭嘴不吵了,欠身招呼他上炕来坐。师娘杜月霞一个人站在灶圪崂委屈地抹眼泪,嘴里还不停地嘀咕:"家里只剩下这半袋小米了,都没钱去粮店,哪里有闲钱给你爹你娘寄?这年月谁家不缺钱花?他们好歹还可以在地里刨挖一些吃食。也不替儿子想一想,看看他们的儿子孙子饿得瘦成啥模样了,还好意思一次次伸手要钱,真是个填不满的无底洞!"

薛战平的老家在河南,20世纪50年代末从部队上一转业,他就主动前来陕北老区支援贫穷落后的秀延县,老婆杜月霞也是他在本地娶的。他娶杜月霞时,就下定决心要在秀延县扎根一辈子。杜月霞的肚皮也争气,憋足劲一口气为他生了四个儿子,薛战平就算在秀延县彻底地扎下了根。杜月霞曾经骄傲地在厂里对人说，薛战平如今在秀延县城那是根深叶茂，就是再有什么新政策要连根拔起，也是扯不断的。薛战平见老婆杜月霞说的话不中听，就很响亮地向那个方向咳嗽了一声，杜月霞这才住了嘴，干活去了。田承武见此情景，无法开口了。他略微坐了坐，就要告辞。

师傅问："武儿，你真没事儿？"

田承武慌忙说："没事儿，没事儿。"

本来田承武还想再到师兄郭大伟家去碰碰运气，可一想到他家里那五六个儿女，就打消了这个念头。田承武蹲在街头，急得一筹莫展。早上临出门时他一回头就看到了大儿子抛来的目光，他感觉那目光里不再全是鄙夷和冷漠，其中似乎还包含着一些陌生的内容——友好而充满了期待。他绝不能让儿子失望！在街头踌躇了良久，田承武毅然向秀延县医院走去。阳光强烈地照射在大地上，将田承武的影子压得又扁又矬，他就拖着一条低矮的黑影子，踽踽而去。

苗秀贞心疼地抚摸着田承武略显单薄的脊背说："他爸，你看你，也不事先跟我商量一下。你这身子骨一天比一天瘦，又吃喝不好，哪能招架住老去卖血呢！去年老大生病时，你不是也偷偷去卖过一次血嘛。"田安门清楚母亲说的老大就是自己。田承武不好意思地咧着厚嘴唇笑了笑，没有吭声。接下来他听到父母又为这笔钱的分配产生了分歧。

母亲说："这点钱远远不够买两身新衣服呀，我看咱就先给安玲买吧，女孩子比男孩子爱打扮。"

"要不我明天再卖一次血去。"田承武想了半天只好说。

"别！不行！就是你想卖，人家县医院也不允许你卖了。"田安门听出来他母亲柔和的声音中透着无限的心疼和焦急。

父亲瓮声瓮气地又说道："那么，还是先给安门买吧，他长得高大帅气，穿上新衣服肯定好看。"父母在那里反复争论了好几遍后，他听出来父亲似乎有点不耐烦了："娃他妈，我说给老大买就给老大买吧。安玲还小，怎能跟她哥争呢？到时候拿你的旧衣服让她凑合穿一下，歌咏比赛不就一会会儿吗，什么大不了的事情！你明天抽时间帮孩子把你的白衬衣给改一改吧。"

"好，睡吧，总会有办法的。"

父母都睡熟了，田安门却睁着一双大眼睛没有了睡意。他明白父亲说的老大就是自己。他也明白父亲给予自己的父爱要远远胜于妹妹弟弟。记得还是在童年时，石板巷里的一个孩子，在玩耍时与田安门发生了矛盾，打了起来。论起打架，那个孩子远远不是田安门的对手，他几拳打下去，那孩子已经是鼻青脸肿、满地找牙了。男孩子心里有梗，打不过还骂不过呀。于是，一连串恶毒的咒骂不假思索地从那张小嘴里喷射了出来——"私孩、私孩，你这个婊子养的！"别的围观的孩子也跟着起哄。

正在那时，田承武黑铁塔似的矗立在了这孩子面前，他用他坚硬有力的焊工的手指，敏捷地扼住了那个孩子的咽喉，粗野地骂道："你们这帮龟孙子！今儿个都给老子记住，田安门就是老子的种，谁要是往后再敢骂他私孩，老子就会毫不留情地掐死他！"在大家的印象里，田承武的性子就像绵羊般温驯柔和，谁也未曾见他如此动怒过。孩子们大概是被他咆哮的气势吓住了，个个目光躲闪着直往后退缩。他用威严的目光扫视了一遍在场的所有孩子，这才缓缓松了手。低矮的田承武一瞬间在孩子们心目中高大起来。此刻，田安门才恍然悟得，当年为了儿子幼小的心灵免遭伤害，父亲不惜用粗暴的武力捍卫了儿子的自尊，同时也捍卫了自己作为一个男人的尊严。就是这样一个相貌平平的男人，他的胸怀却是如此宽广，他从一开始就知道儿子是别人的骨血，却视若己出，给了儿子如山的父爱。田安门想着父亲卑微而又高尚的胸襟，心里不觉惭愧难当、痛楚异常。痛定思痛，他不由得反思：这些年我都做了些什么啊？懂得反思是一种自我救赎。应该说是田承武身上固有的善良和博爱的品质，榨出了田安门灵魂深处的污垢与浅薄。下午，田承武烙了煎饼，做了烩菜，提着给田安门送过去时，发现门上挂了一把大锁。他失望地走出花园住宅楼时，恰好遇到了武小亮，武小亮说他刚才碰见田安门了，他说想去爬山。

第五十九章

　　田安门又一次爬上笔架山山巅时，太阳快要落山了。

　　尽管已经是三十多岁的人了，他仍然像少年时那样，一遇到烦心的事情，就要往笔架山顶上爬，似乎这座高耸伟岸的山可以化解和包容他的全部痛楚与无奈。他从路边的荒草丛中折了一节枯草枝，放进嘴里咀嚼着，一个人孤寂地伫立在笔架山巅那株苍翠依旧的千年老柏树下，呆呆地仰望着苍茫的天空。他习惯性地朝头顶吹了一下额前的一缕碎发，默默地看着西边的天空，那里是一片浅浅的胭红。空气里散发着泥土微腥的味道，他不由得抽了两下鼻子。潮湿的晚风轻轻拂着他一头浓密乌亮的黑发，他站在那里，呆呆地凝视着那片胭红的天空出神，眼前恍惚幻化出文秀的影子。是她，是她十三岁时的模样，她脸上妍妍的红晕如绚丽的晚霞。他的眼睛里猛然间射入了一束阳光。继而，像梦醒一般，露出了失望的神色，他的心随之痛苦地抽搐了一下。渐渐地，他将目光转向了悬在崖畔上的几株狗尾巴草，它们卑微枯瘦的枝秆，在徐徐的夜风中，轻轻摇曳出孤寂的清冷。有风轻轻拂过脸庞，忧伤仿佛沉重的空气一般，被他呼吸进了心灵深处，他感觉自己此刻就像一株孤寂的狗尾巴草，在风中轻轻地摇曳出尘世的沧桑与无奈。他下意识地又折了一株枯草，在嘴里嚼着。

从山顶俯视下去，秀延县城街道上络绎不绝的人流和车潮，与平时并无二致。店堂商铺前的霓虹灯相继亮了，强烈地闪烁，向路人频送媚眼，像倚门卖笑的风尘女子一般扭捏招摇。居民区一排一排的窑洞里，有些昏黄的灯泡，透过薄薄的窗纸，或者玻璃窗，发出了些许淡淡的光晕，小家碧玉般温婉可人。他不由得微微打了一个哆嗦，才感觉有一丝凉意渐渐侵入了身体，忙伸出臂膀紧紧抱在了胸前。这时，可能是咂摸烦了，枯草被他用力地吐了出去，嘴里空留下一股苦涩的滋味。人常说味比黄连苦，他想，黄连的苦味大概也莫过于嘴里现在残留的这种苦涩味道吧。

我该怎么办啊？他茫然地口问心、心问口，心口莫衷一是。

在此之前，人情冷暖已经让他明白了一些道理，但也只是埋怨他人薄情，不思自己无能。之所以如此，正是由于仇恨和欲望蒙蔽了他的灵魂，刻骨地憎恨着生活中的种种不如意，一味地寻求片刻的欢愉和满足，让他的神经处于麻痹的状态。他像一头被蒙上眼睛的毛驴一样在磨道里盲目地转圈，探寻不到人生的方向。这一切能怨谁呢？思来想去，他现在谁也不抱怨了。他只恨他自己，他的悲剧都是他自己一手造成的，他活该！文秀的死亡、母亲临终前的坦诚相告、养父身上那些善良和博爱的本性，一次比一次更强烈地刺激着他麻痹的神经，让他的情感渐渐复苏了，人性的善良从他的灵魂深处又慢慢地发了芽。他决心摆脱过去那种麻木的生活，做一个堂堂正正的人。

这时，一只有力的手猛然搭在了他的肩上。他心中一凛，猛地回过头，柳北京不知什么时候站到了他身后。一旦下定决心要离开秀延县城，柳北京就急于要找到田安门，他到处寻找田安门的身影，最后在武小亮的指引下，终于在笔架山巅找到了田安门。

"你在想什么？"柳北京突兀地问了一句，声音极轻，似乎生怕惊扰了周围的静默。柳北京的声音充满了金属般的磁性，上学那会儿他曾经是校广播室的播音员。但田安门此刻听起来却觉得异常刺耳，令他浑身起鸡皮疙瘩。

"我……"他晓得什么都瞒不过柳北京，自己又一次在他面前栽了大跟头，而且是一落千丈，栽得很惨。他顿感无地自容，耷拉着脑袋，十分难堪地涨红了脸，一时不知该说什么好。他掩饰似的大声擤了一下鼻涕。

"我找你一天了，你怎么跑到这里来了？"柳北京装作对他的窘态毫无察觉，他热情的声音里透着浓浓的关切。

"你找我？你是想来看我的笑话吧！"田安门脖子上的青筋愤怒地抽动了几下，然后将黯淡的目光慢吞吞地落到了柳北京的脚面上。柳北京那双大脚丫子足足有四十三码大，穿着一双老人头牌的黑色休闲皮鞋，鞋面上落了一层厚厚的灰尘。他的目光由下往上抟，柳北京身着一套合体的驼灰色西服，裤管上也沾上了星星点点的灰尘。他没有扎领带，白衬衣领子松松散散地解开了一颗扣子。下巴颏刮得光溜发青，微微发福的圆脸上堆着一些遮掩不住的憔悴，显得消瘦了不少，深邃的眼睛里跳跃着一团热情的火焰。柳北京没有接他的话茬，他拉着田安门蹲靠在老柏树下，从烟盒里弹出一支烟递给田安门，随后又弹出一支自己点上，很优雅地吐了一口烟圈，才说："我不想在这地方待了，想出去闯荡。"

"为什么？"田安门深感意外，沉默了半晌，才问了一句。

柳北京不知道田安门是究竟想了解他为什么要出去闯荡，还是自己为什么要将这件事情告诉田安门，就扭头不解地盯着他看了一眼。暮色中，田安门的脸上锁着一层凝重的冷漠。柳北京突然不愿意顺着原来的思路说下去了，就切换了一个话题。他若有所思地盯着县城方向问道："安门，你朝下仔细看看，看看咱秀延县城像不像一口深井？"

"深井？我不懂你的意思。"田安门颇感意外，不禁忆起书上关于秀延县城的描述：秀延县城背山面水，左涧右隘，三山环抱，二水绕流，地势险要，为历代兵家必争之地。"此城乃一夫当关，万夫莫开的要塞啊！怎么会被你形容成一口深井呢？那居住在其中的咱们这些人岂不都成了井底之蛙？真是的，没见过有你这样比喻的。"

"所以我们要跳出去啊！"

"跳出去？说得倒轻巧，怎么个跳法？"

"就说咱这城吧，虽说宜守不宜攻，但并非就全部成了它的优点啊，有时候稍微换个角度看，优点也会转换成缺点。我们假设，如果大军压境，将此城围攻上十天半月或者三年五载，内无粮草，外无援兵，城里的人不就早早被困死了吗？"

"呵呵，笑话！现在都什么年月了，什么粮草、援兵，哪里来的大军压境啊？你呀，想象力真是太丰富了！依我看，像你这样的人就该去当个作家诗人什么的。创业是需要务实的，靠丰富的想象力，能成吗？"

"甭急嘛，你等我把话说完，我想如果把城比作人，那么我们也不应该死守在这口井里，你说对吗？死守终究不是上上策，一个有所作为的人就应该寻找机会主动出击，只有善于进取的人才有机会获得最终成功……"柳北京不理田安门的态度，顺着思路自顾自说了下去，"这段时间，我一直在反复琢磨这个问题。就说我吧，本来只是想把事情做大做好，结果却事与愿违，没有吃上香甜的蜂蜜，倒不小心捅了个大马蜂窝，被大马蜂狠狠蜇了一家伙。"说到这里，他不禁咧开嘴巴苦笑了一下，"唉，也许我们都还不太成熟，尤其我太理想化！我妈也常常责骂我，她说就你小子能，把天下黄河都给瞅成了一条线。这下可倒好，栽进去了。"

"哦。"田安门侧着耳朵在仔细听着，柳北京琢磨的这些问题他以前可从来没有认真思考过。

"不过也好，这次栽跟头，确实让我清醒了不少。也许每个人从稚嫩走向成熟，都意味着要付出一定的代价。不过，从哲学的角度思考问题，付出代价本身就是人生的另一种收获……"

田安门不得不承认，柳北京毕竟比自己多喝了几年墨水，说出来的话就是深刻，颇有深度。他禁不住又一次回头打量了一眼柳北京。柳北京靠在一棵老柏树上，目光盯着老城方向。暮色为他周身镀上了一层褐色的阴影，他的脸上情不自禁地浮现出许多令田安门感到非常陌生的东西。也许是这个话题太沉重了，接下来他们又陷入了沉默之中。

"我今天上午在老街上遇见你爸了，他看起来苍老了不少。"还是柳北京忍不住先打破了沉默。

"嗯。"

"你爸给我说你在四处筹款,让我来帮帮你。"

"嗯,我爸这人就事儿多……"

"话也不能这么说,他的心情我能理解,他是真的疼爱你。"

"……"

"我知道你遇到了难处,我必须拉你一把。"

"为什么要帮我?"

"你知道为什么!"他们互相凝望着对方深邃的眼睛,仿佛那里写着答案似的。

"我曾经那样对待过你……"田安门满脸愧疚,不好意思抬眼看柳北京的脸。

"不要再提,一切都过去了。"柳北京将话题切到了重点,"我听说你要投资煤矿,资金从哪里来?"

"目前思路还不成熟,打算靠筹措民间资金东山再起,银行那边我去过,已经几次碰壁了。武小亮去筹款,也是四处碰壁,许多人手里都捏着钱,但是他们不放心交给我们去经营。"说到这里,田安门不禁苦笑,"你知道我如今在县城里臭名昭著,谁敢搭理一个败家子……"尽管田安门用嘲讽的语气说得很轻松,但他脸上浮现出的一抹凄然的笑意却出卖了他内心的焦虑。

沉默了一会儿,柳北京又说道:"民间筹措资金,不就是高利贷吗?这个要不得!惠丽的事情你没听说过吗?"

"听说了一些,不知道是真是假。"

"都是真的,你要引以为戒——不,是我们都要引以为戒!"

"那惠丽岂不是要面临牢狱之灾吗?"田安门困惑并感到后怕。他觉得自己差一点就要步惠丽的后尘。

"咱先不提惠丽的事情。我这次给你带来了一个好消息!"这个好消息是柳北京前几天去虞城办事时,市上有关领导偷偷透露给他的。近几年,虞城自从开始建设国家级能源化工基地以来,东西部经济逐渐产生了无形的差距,人口占了全市总人口一半的西区六县,生产总值仅占全市的百分之十左右。虞城市委、市政府领导深深认识到，没有西部的发展，就没有全市的发展；没有西部的跨越，虞城市就难以实现真正意义上的跨越！为此，市上号召，从明年开始，开展"东西互联互动"活动，实施"西部振兴工程"。听说要在五年之内统筹六十亿元发展资金，作为专项经费扶持西部各县建设项目储备库，有计划地分期分批对西区六县地下资源进行勘探，规划发展西部煤、化工、油气、石材、红枣等十大产业。柳北京抑制不住兴奋："哥们儿，你听清楚了没有？其中还有咱们红枣哩，红枣就是其中的一大产业，这是政府给我们的福音！我们秀延县是著名的中国红枣之乡，只能以红枣作为县域经济的主导产业，我们没有煤炭资源，你如果硬要舍近求远坚持投资，我担心会舍本逐末出现更加不利的局面……"

"我还在琢磨这个事，现在关键是资金问题，启动资金都筹不来，万一上马了，资金链条再一断，可咋办呀？这两天把我愁得不想吃饭哩。"田安门还在投资煤炭的问题上纠结。

"刚才说了，我们这里是著名的中国红枣之乡，我觉得只能以红枣作为主导产业。再说，对于这一行我们都熟悉，干起来应该更加得心应手。哥们儿，这一回，我想你应该甩开膀子大干一场喽，我们的事业总算有盼头啦！人家说最大的破产是绝望，最大的资产是希望，只要有希望我们还怕什么？"田安门感觉柳北京这番话像一面红旗在前方猎猎招展，仿佛在他盲目前行的道路上点亮了一座灯塔，他感激地深深看了他一眼。柳北京说得一阵激动，挺身站了起来，不由分说拉着田安门的手："我们还傻站在这里做什么？走，下山去喝两杯！"

这两个年近不惑的男人，互相凝视着，同样深邃的眸子里流淌着一股暖流，终于像十三岁那个吵架的黄昏，握手言和了。

当他们回到城里时，已经是夜色如水、万家灯火了。夜来香酒店一个临窗的位置，柳北京和田安门哥儿俩一边细斟慢饮，一边默默地回忆已经飞逝而去的少年时光。记得七八岁时，在石板巷和南门外的无数次"南征北战"，还有十六七岁时的那些充满美好憧憬和躁动不安的夜晚，他们常常在下了晚自习的深夜，一边吸着廉价的香烟，一边呼啸着穿越小县城最阴暗逼仄的街道，那时他们都标榜自己是世界上最叛逆最独特的男孩。

田安门说:"我那时候真的好羡慕你啊,你像叱咤风云的将军一样,威风凛凛,一呼百应!"

　　柳北京说:"说实话,我还是有一点不如你。"

　　"真的?"田安门欣喜地问,"哪一点不如我?"

　　"你那么小的时候都已经开始懂得如何讨女人欢心了啊!"

　　"哈哈,快别挖苦我了!"这哥儿俩都被对方的话逗笑了。顿时,和谐祥和的空气里弥漫着男人粗犷爽朗的笑声,这阵粗犷爽朗的笑声被雄劲的秋风吹了好远、好远,飞上了层绿叠翠的笔架山巅。秀延县城的人们似乎也都听见了。

　　夜来香雅座的几位客人惊奇地走进屋子,看到这对争斗了多年的仇人,就像亲兄弟一样坐在一起推杯换盏、细斟慢饮。有人不解地问,这对争斗得你死我活的冤家之间究竟发生了什么事情?人群中的看客们大都不得要领地摇摇头。众人把不解的目光一齐投向了秀延县城德高望重、最有学问的王老先生。王老先生身材高瘦,头发银白,一副仙风道骨的模样,退休之前曾担任文化馆馆长多年。王老先生站起身来,捋着稀疏的胡须,点点头文绉绉地开了腔:"哈哈,正是一笑泯恩仇啊!"

第六十章

　　柳北京再一次做了一件让闭塞的秀延县人民目瞪口呆的事情。

　　那已经是他与田安门哥儿俩晚间会面十天以后的事情了——他迅即将红宝石枣业公司托付给袁明亮，自己则奔赴省城，去开拓新的事业！在那次会面时，柳北京与田安门两个人究竟密谈了些什么，人们不得而知。不过他们猜测，这次谈话的内容肯定与柳北京决定出走有着某些内在的关联。

　　刘晓月因为怀有身孕，暂时没有跟着一块儿去，依旧住在秀延县城最显眼的花园住宅楼上。当黎明的晨曦缓缓爬上花园住宅楼时，柳北京庆幸自己终于摆脱了狭隘的小农经济意识，冲破了世俗的观念，跨出了一大步。细心的人们发现，自从经过那次谈话后，田安门也像变了一个人似的，他一改过去一段时间邋邋沉沦的样子，雄心勃勃地准备开始第二次创业。

　　这一次，田安门不想再做红枣饮品生意。自从塞上柳红枣饮品公司开发了酸溜溜、甜滋滋等一系列产品后，同类产品便如雨后春笋般相继上市了。有些还是冒牌水货，比如"酸留留""甜嗞嗞"，只是换了极类似的字，鱼目混珠，粗心的用户根本发现不了。一时间，红枣饮品市场呈现出了少见的低迷状态，前景很不乐观。而公司原有的其他产品，不过也就是红枣醋、红枣汁、蜜枣、枣脯等粗加工产品。这些产品缺少高科技含量，附加值并不高，根本就不值得大力开发生产。现有的市场已经严重饱和。田安门在一次出外考察时，听有关专家讲成熟的红枣中富含一种叫环磷酸腺苷的成分，是治疗和预防心血管等多种疾病的药物，国际药学界极为推崇。当时他对这个项目十分感兴趣，但他考虑到目前环磷酸腺苷只能用化学方法提取生产，工艺流程十分复杂，产量很低，而且还需要投入大量的人力物力，就决定把这个想法暂且先搁置一边，等时机成熟了再上马也不迟。后来，塞上柳红枣饮品公司一直在走下坡路，那时他已经无回天之力，只能眼睁睁地看着公司一步步垮掉。他甚至在心里暗暗庆幸：多亏那时候没有盲目上马提炼环磷酸腺苷的项目，否则现在也是债台高筑了。

　　红宝石枣业公司的那些元老们，诸如文章、高顺有、呼小三等人也相继退出了公司，拉了一帮子人，各自注册办起了自己的红枣公司。为争夺有限的原料资源、市场资源，众多小公司暗地里互相使绊子、下圈套，恶性循环和不正当竞争使得秀延县红枣产业发展呈现出前所未有的低迷状态。这些都是田安门不想看到也不愿意再涉足红枣产业的原因。不久之后，秀延县城的居民看到田安门总是开着他那辆破桑塔纳一趟趟往黄河沿岸跑，没有人知道他葫芦里究竟卖的什么药。

　　田安门将敏锐而灵活的目光，投向了黄河畔那些荒芜的沙地上。他预感到那片贫瘠的土地上，埋藏着无限的商机。他已经注意到一个问题：当地枣农几乎都处于一种粗放型的种植和经营状态，同行业的其他人，却全部把目光聚焦到了开发红枣新产品项目上。也许此时正是他一展身手的好时机。这个项目对政府调产、企业转型、枣农致富都具有非同一般的意义。经过一段时间的市场调研，他决定在黄河畔上投资一个大型的万亩红枣基地。当他将这个打算告诉了武小亮时，武小亮高兴得摩拳擦掌，他兴奋地说："哥们儿，我看行，你的脑瓜儿就是比我的脑瓜儿转得快！"

　　不过，一向很务实的武小亮很快就又从极度兴奋的巅峰跌落了下来。他忧心忡忡地说："唉，我说哥们儿，这个项目行倒是可行，只是让我发愁资金从哪儿来呀？投资万亩红枣基地，恐怕没有个百八十万元，拿不下来吧？"

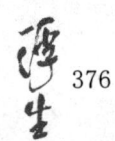

"我仔细筹划过了，前期我不打算投入太大，有个五十多万元就足够了。"

"五十多万元？五十多万元也不是个小数目呀，我们一时之间恐怕也难以筹措到哩。"

"这个你就先不用操心了，山人自有妙计。"田安门似乎气定神闲，成竹在胸。田安门从写字台抽屉里翻寻了半天，拿出来什么东西揣进羽绒服口袋里就走了出去，他一边走一边兴冲冲地吹着愉快的口哨，头抬得高高的。冬日柔和的阳光倾泻下来，像一只温暖的大手，抚摸着他依然年轻快乐的脸庞。

武小亮站在窗前，看到田安门满脸阳光的气色，真是打心眼儿里替他高兴，好哥们儿这回总算是走出了阴霾的泥淖。他兴奋地挥舞着扫帚，将办公室里里外外打扫了一遍。他想，要再度创业，这块阵地还是少不了的。搁了扫帚，他又打来一盆清水，将办公桌椅、窗户玻璃、窗台一一擦拭得纤尘不染。出去倒污水时，老远就看见田安门朝这边走过来了，便一手拿着塑料洗脸盆，站立在门口等他。

"办得这么顺利？我一间房子还没有完全收拾清爽哩！"

"顺利个屁！"田安门低着头铁青着脸走了进来，啪地将一团纸扔到了写字台上，"他娘的个大腿，现在要办点事儿可真不容易！"

武小亮走过去将桌子上的那团纸展开一看，是田安门花园住宅楼那套房子的产权证。原来田安门是打算将那套房子抵押出去，从银行贷款。武小亮不置可否地放下房产证，他觉得抵押房产很不靠谱，万一生意做亏了呢？想到这里，他就恨不得打自己几个嘴巴，生意还没有起头哩，咋就能想到亏上去！

田安门一屁股坐在沙发上，愤愤不平地骂人："这银行他娘的也太黑了，你猜猜，我那五六十万元的房子他们才给评估了多少？"武小亮说："五十万元。""啥，五十万元？没那事儿！他们只给老子评估了二十万元！二十万元能做什么啊？这帮龟孙子，真是狗眼看人低。当初银行那个信贷主任李恒久看老子混得人模人样、风风光光，便堆着满脸媚笑，人前人后像个跟屁虫一样巴巴地撵在屁股后边，缠着、哄着、央告着让老子去贷款。如今见老子混败了，马上就沉下个脸来，仿佛从来就不认识老子一样。他妈的，真是虎落平阳被犬欺，凤凰落地不如鸡！唉，这帮势利小人，真是狗眼看人低！我一生气，拿上房产证就回来了。一路上，我思前想后，这房子不能就这么轻易抵押出去，否则那余下的三十万元可咋办啊？"

随着田安门的满腹牢骚，武小亮风帆一样高涨的情绪，瞬间跌落到无底的深渊。他靠在桌前呆立片刻，若有所思。过了一会儿，他想到了一个主意："哥们儿，要不这样吧，我回头也把我们家那个老院子抵押出去，凑一凑，估计就差个八九不离十了。"

"唉，你家那老院子能值几个钱！"田安门马上就拒绝了武小亮的好意。不过，他叹口气接着又说："再说了，你还上有老下有小的，那么一大家子人，你婆姨又没有工作，就靠给人家缝个裤边改个拉链什么的，也挣不下仨瓜俩枣，我咋敢拖累你哩？你也知道咱这生意前期准备工作就得好长时间，又不是开馆子卖饭，利润能立竿见影！"见他如此一说，武小亮也就没有再坚持。他虽然为人忠厚仗义，但是家里的事情，向来都是他老婆说了算数，圈里这帮朋友都知道他耳根软。田安门刚才虽然没有明着说破这层意思，但他也知道好哥们儿的为难之处。这两人就在办公室里默默坐下抽了一会儿烟，然后各自准备回家了。

临出门时，武小亮想起他老婆说今天晚上要吃荞面搅团，就极力邀请田安门到他家里吃荞面搅团去。田安门婉拒了他的热情邀请，说好长时间没有回石板巷了，他想趁今天这个空当，回石板巷看望父亲去。

车子快行驶到石板巷口时，他突然想起了什么，又把车拐到老街头老沈家小吃店，买了两碗切好的荞面碗饦，要了两双一次性筷子，向石板巷方向驶去。离巷口老远就听见了一阵剧烈的咳嗽声，天气一凉，田承武的哮喘病又犯了。自打母亲那年甩手离开后，父亲就一个人守着石板巷的老屋，冰锅冷灶地过着孤苦的日子。妹妹田安玲出嫁到虞城，离得远，很少回娘家来。弟弟田安虎生性懦弱，害怕他婆姨，也不愿意与老人一起住。想到这里，田安门心里就不是滋味，是他自己这个当哥哥的没有带好头啊！他心里一阵难过，不由得紧走了几步。

看见大儿子走进来，正咳嗽得虾米一般弓在炕上的田承武立刻想要挣扎着爬起来。田安门连忙走过去，将父亲扶着坐了起来，顺手将被子塞到了父亲身后让他靠得舒服一些。他发现父亲的被子脏兮兮的、很单薄,床单也有好长时间没有清洗了,黑乎乎的令人恶心,他不由得皱起了眉头。田安门走到灶头抓起暖水瓶准备倒水,一摇才发现是空的。再去摸摸炕头,也是一片冰凉,仿佛好几天都没有生火了。他叹口气,脱掉羽绒服,动手取了石炭和木柴生着了火,并给大锅里添了好多水。不一会儿,大锅里的水就汩汩冒泡了,袅袅的蒸汽不断升上了空中,窑洞里顿时氤氲着一股温暖的气息。

他拿了父亲的水杯舀了一杯开水放在炕沿上,问:"你的药呢?你吃过药了吗?"

"药昨天吃完了,我准备下午精神好一点出去买。"

"那我现在去买吧。"

"你不知道,还是我自己去买吧,顺便我还想让张大夫给我量一下血压哩。"

"哦,那也行。我给你买了碗饦,快起来吃点吧。"

"我现在咳嗽成这样,恐怕吃不成那东西了。"

"没事儿,你那碗里我让人家没有搁辣椒。"

父子俩就不说话了,只顾埋头吃着碗里的碗饦,嘴里不时发出香甜的吧唧声。吃毕,待田安门将碗筷收拾了,田承武小心翼翼地探问:"安门,你最近在忙什么,煤矿投资得怎样了?"

这话若放在往日,田承武是不敢多嘴的。通常情况下,儿子会以一个凶巴巴的白眼或者冷冰冰的语气立刻打断他的话:"你管尿这些事儿?咸吃萝卜淡操心,你有那能耐吗?"田承武的一张老脸,往往就在这些扑面而来的冷冰冰的语气和凶巴巴的白眼里,瞬间变成一个硕大的紫茄子。他黯然地垂下了头,手忙脚乱地穿上老棉鞋,佝偻着腰,慢腾腾地朝盈满了雾气的大门外走去。今天,看见儿子脸上少了一些素日常有的那种凶悍骄矜之色,做父亲的不由得又要心疼,就忍不住鼓起勇气问了一句。一问完,他就闭上眼睛,惴惴不安地等待着儿子的训斥,内心里早已做好了要接受那白眼和吼叫的准备。他一厢情愿地想,儿子若对着自己吼叫上一次,心里或许能畅快一些。

"煤矿不打算投资了,需要的资金太大,而且也不是我熟悉的领域。我最近有一个打算,准备到黄河畔上投资一个大型的万亩红枣基地,现在正急着四处筹款哩。我想把我的房子抵押出去,你看能成吗?"儿子的声音很平静,出乎他的意料。田承武不相信似的睁开了眼睛。儿子第一次用商量的口气和自己说话,田承武心里一阵激动,又牵出一串咳嗽。田安门赶忙给他捶捶背。再次坐定,田承武看见儿子坐在炕上似乎面带忧戚之色。

"资金快筹够了吗?"

"还差得远哩。刚才和小亮两个人正为这事情发愁。原本想将我那套房子抵押出去也就够了,谁知人家银行才只给估了二十万元。现在的事情可难办哩。"说到这里,他忍不住又将银行那帮势利的龟孙子骂了个狗血淋头。

田承武得知了儿子的难处后,安慰道:"你也先甭着急上火,咱们众人慢慢再想办法吧,我发动一下你弟你妹,总会有办法的。"

"先甭向他们开口,都不宽裕,我回头看有合适的买主了,打算把这车先卖了,凑一点是一点。"

"哎呀,车可千万不敢卖了,这车是你的腿哩,咱们最好另外想别的办法。"

"听柳北京说上头可能要给拨些扶持资金哩。"

"那可是好事啊,有上头的照应和扶持,我们这些平头老百姓的日子就会好过多了。"

"是呀,谁说不是呢。"

父子俩有一搭没一搭地说了一会儿话,田安门说自己要上厕所,就走了出去。趁儿子出去上厕所的空当,田承武挣扎着起身,从床底下的工具箱里,拿出了一个用几层塑料袋子裹得严严实实的塑料小包,一层层打开,取出了准备养老的三万元现金。

过了好一会儿,田安门才从外面走了进来。他的肩上抗着一床草绿色的新被子,手里提着一条粉红色的双人床单。新被子看上去厚厚的、鼓鼓的,充满了一团浓浓的暖意。"我刚才摸到你的被子太薄了,咋能够抵御得了深冬的严寒呢？"田安门将新床单被子为父亲换上，将原先的床单被子卷起来撂到了院子里的石桌上。他说："等王朝霞哪天不太忙了，我打电话叫她过来帮忙拆洗一下。"

王朝霞是田安虎的婆姨，是他的兄弟媳妇。田承武望着儿子忙碌的背影，嘴巴嗫嚅了几下，眼窝里汪满了泪。待儿子忙完，拿起车钥匙准备离开时，田承武颤声拦住了儿子的脚步，抖抖索索地将钱包递到了儿子手上。"安门，这些年我只攒下了这些钱，太少了，算凑个数吧。"

田安门先是推拒着不要，是田承武的一句话说服了他，才只好收下。

田承武说："安门，你不要嫌这钱少，快拿去吧，尽管不多，但总可以多买几棵枣树苗、多买几袋肥料吧。我原来存着这笔钱是打算用来养老的，现在我不愁养老了，我有你们这几个好儿女哩，我还怕个甚！"

"爸！"田安门颤抖着手，捧着父亲积攒了一辈子的血汗钱，扑通一下跪倒在了父亲面前，愧疚万分地喊了一声爸。已经二十多年没有听到这声亲切的称呼了！这声久违了的呼唤，顿时使田承武激动得老泪纵横，他先是搓搓手茫然得不知所措，继而猛地扑过去将儿子紧紧搂抱在了怀里。

"儿子，你能再喊一声吗？"

"爸！"

田安门泪眼婆娑，他似乎看见父亲低矮的身子，正像黑铁塔似的矗立在一群调皮的男孩子面前，用他坚硬有力的焊工的手指，敏捷地上前扼住了一个骂得最凶的孩子的咽喉，粗野地骂道："这帮龟孙子！今天都给老子记住了，田安门是老子的种，往后谁要是再敢骂他私孩，老子就会毫不留情地掐死他！"

第六十一章

田承武下午去药店买药时,正好遇见柳北京也来买药。柳北京是为刘晓月来买保胎药的。因为有上一次流产的教训,这一回,婆婆张翠花在省城很替这个未来的孙子担心。她昨天晚上专门打电话千叮咛万嘱咐,让儿子给刘晓月买些叶酸、维生素、保胎药之类的准备好,再起程不迟。张翠花这几年陪孙女在省城里读书,长了不少见识,当她听说儿子想来省城发展时,举双手赞成。用她自己的话说就是:"走出去,前面是个天!"买完药,叔侄二人又蹲在路边说了一会儿话,方才散了。

次日上午,田安门就接到了银行信贷主任李恒久的电话。

"安门兄,你的财产抵押问题昨天我和领导沟通过了,我好说歹说他总算点头了,你今天下午过来补办一下手续吧。"田安门将信将疑地挂了电话,心想,太阳果真从西边出来了,这个李恒久怎么一夜之间拐了这么大的一个弯,突然之间变得慈善友好起来,竟然主动要给我贷款!他困惑地笑了一下,一眨眼间,他从龟孙子又变回了安门兄。他也弄不清楚这富于戏剧性的一幕究竟是怎么回事。下午,李恒久在他的办公室里热情地接待了田安门,贷款手续办得非常顺利。就在田安门要离开时,忍不住回头再次感谢李恒久。李恒久听完哈哈大笑了起来。他说:"你甭再感谢我了,我领受不起。我没有你想象得那么好心,我是个原则性非常强的人,只知道照章办事。"田安门当然了解他,李恒久这个人很有意思,虽然势利点,倒也并不贪,他只是怕田安门再次经营亏损了,会连累到自己的前程。

"那么,你今天为什么又愿意给我贷款了?"见他挑起了话头,田安门索性将心中的疑问和盘托出。

"噢,是这么一回事,我也是受朋友之托。"

"朋友之托?谁呀?"

原来昨天买药时,从田承武那儿得知田安门面临的困难后,柳北京就思索着该怎么帮他一把。当把车开到花园住宅楼下时,他突然就有了主意。他坐在车里打电话与母亲商量此事,张翠花当即在那头把他骂了个狗血淋头。张翠花在电话那头破口大骂道:"你小子是没有长脑子还是怎么着?又好了伤疤忘了疼啦!以前发生的一桩桩一宗宗事情你难道这么快就忘记了?田安门他是怎样的人你难道还不清楚?他就是焐在农夫怀里的那条冻僵了的蛇,一条吐着长长的蛇芯子的花斑蛇。你现在出于好心,怜惜他,看他可怜,等他一缓过气来,第一个要咬的人肯定就是你。京儿啊,吃一堑长一智,你要听妈的话哩,好好做自己的事情,别管别人怎么样,别人爱怎么样就怎么样,一人一个活法,一人一个命运……你爸咋了?和我有什么关系,再甭跟我提你那死鬼爸,看他做的好事!"

"妈,我还有事,先挂了。"柳北京不想再听母亲的唠叨,忙摁了挂机键。有了给母亲打电话的经验,柳北京学精了。回家后,他对刘晓月只字未提要抵押房子的事情。次日一大早,他就背着母亲和刘晓月将自己的房子抵押给了银行。这才有了李恒久主动给田安门打电话一事。

下午,田安门约柳北京出来喝茶。

柳北京应邀来到东街上一家新开业的茶秀里。他们坐在阳台的落地窗前,默默望着窗外出神。夕阳的余晖正像一位高明的画家,漫天尽情尽兴地泼洒着斑斓的色彩,专注地完成着他的写意画。

凝神望着漫天的云霞,田安门不禁联想到母亲去世前的那个傍晚,也是这样美丽的云霞漫天，那个他不愿意知道的真相，像一道霹雳瞬间劈开了漫天云霞，西天瞬间一片血色，仿佛血漫流了一地。苗秀贞在临终前揭开了儿子身世的真相。这是田安门做梦也没有想到的。从小，他只是羡慕柳北京有个优秀的好爸爸，可他从未奢求那就是自己的爸爸。当母亲略带伤感地告诉他这一切时，愤懑的情绪，激流般快速流淌喷涌在他浑身的每根血管里，鼓荡在他的每块骨头里，肆虐地侵蚀压迫着他的每根脆弱的神经。此刻，他真想抓住什么人疯狂地打骂一气，真想像狼一样肆无忌惮地号叫，痛痛快快地大哭一场，甚至想用粗壮有力的胳臂扼断生命，想撕裂这个充满了伪善的世界。他的内心世界瞬间经历了一场台风的洗劫，从未有过的体验迫使他进入几近疯狂的状态。从来就不甘人后的他，怎么也想不到自己竟然是一个为别人和世俗所不容所不齿的私生子。童年那一声声"私孩""私孩"的咒骂声，像烙铁一样将人们对他的不齿与鄙夷，统统烙在了他的灵魂深处。仿佛做了一个噩梦，那个备受他儿时崇拜羡慕却又遥不可及的优秀的男人，竟然就是自己的亲生父亲。而那个独享了父亲的宠爱，处处显示出了优越性，处处又与自己作对，令人嫉妒讨厌的死对头却转眼间变成了他的亲兄弟。

这一切令他头晕目眩，无所适从。"为什么会是这样啊？为什么，为什么？"

这一夜，田安门一个人去了夜来香酒家。他只要了一瓶西凤酒，连菜也没要，便死命地将自己灌得烂醉如泥。等武小亮闻讯赶到时，他已经在酒桌上人事不省地趴了整整一夜。服务员告诉武小亮，昨天夜里这个人嘴里一个劲含含糊糊地喊着："为什么，为什么我们是亲兄弟？"

两人客套寒暄过后，便觉无话可说了，只好沉默不语，茶室里的气氛一时陷入了一片冷清沉寂之中。田安门只顾坐着闷头喝茶。房子里有点闷热，柳北京起身将外套脱下来挂在墙上的衣架上，反身回来，抬眼默默端详着对面那个酷似父亲少年模样的男人，一样深邃的眼睛，一样白净秀气的面容，一样颀长的身材，一样倔强坚毅的性格……渐渐地，有一股暖流急速地冲开了他紧紧关闭的心扉——在这个热闹非凡而又孤独无比的世界上，他何其有幸啊！毫不费力就找回了一个亲亲的兄长。在这个世界上，他又多了一个骨肉相连的亲人。有一个亲亲的哥哥是一生中的幸运，这意味着有人可以和你一起欢笑，有人可以和你一起惆怅，有人可以和你一起承担责任，有人可以在你需要时，伸出无私的援助之手。人生得一好哥哥，夫复何求！他的眼眶湿润了，情不自禁地脱口喊出了一声："哥！"

也许是他的这一声呼唤来得太突然、太仓促、太陌生，田安门的右手蓦然一颤，手中的茶杯咣当一声猛然掉到了地板上，摔成了好几瓣，茶水似脱缰的野马般在青花瓷砖地上肆意漫流。他却自顾自站在那里呆住了。柳北京见此，急忙站起身来轻轻绕过桌子，蹲下来帮助田安门拾掇散落了一地的碎瓷片。田安门脸上呈现出忧郁而略显冷峻的神情，深深吸引了他。他就这么呆呆地盯着这个被他唤作哥哥的男人，手底下依然下意识地捡拾着破碎了一地的瓷片。

"哎哟！"这时，有一块尖利的瓷片不小心划破了他的右手中指，他疼得不由得喊出了声。正在一旁愣神的田安门闻声心中一凛，一扭头就看见正有鲜血不断地从柳北京的指缝间汩汩流出。殷红的鲜血气味像芥末一样迅速弥漫在了空气当中，迅即钻入了田安门的鼻孔和五脏六腑，瞬间就催下了他的热泪，这血浓于水的亲情啊！他猛地一转身，扑了过去，紧紧抱住了柳北京，亲切地喊了一声："兄弟！""哥！"那一声低沉而热切的呐喊仿佛来自厚厚的地层深处，沉闷却震撼人心。

弟兄两个就这样紧紧拥抱在一起默默地落泪。滚烫的热泪滴到了柳北京的手指上，融入殷红的鲜血中……

"无论是成功与欣喜放射出耀眼的光彩，还是挫败与伤感遮挡住蛰伏的期冀，成功与挫折、坚守与退让、思考与质疑——永远都是创业的选择，在现实与现实的碰撞中闪耀着灿烂的光荣与梦想。"这段话写在柳北京日记本的扉页，他的字体龙飞凤舞，很耐看。与田安门一样，柳北京目前的事业也遇到了前所未有的困惑。近几年秋季雨水多，红枣原料受土壤、气候等诸多因素的影响和限制，发展前景不容乐观，而要上马投入更大的红枣深加工项目，他又显得力不从心、势单力薄。面对产业的重大转型，他感到十分迷茫。他痛苦地感觉自己正在失去对红枣产业敏锐的前瞻性，正如许多秀延人所说，柳北京挣的钱够自己花了，那么现在是独善其身还是兼济天下呢？他陷入了资本积累完成后的深层思考之中。

在繁花似锦的省城大都市，柳北京像歌者一样且唱且吟，内心的茫然和困惑渐渐在一段早已刻入灵魂深处的歌词和曲调声中释然："叫声哥们儿，过来待会儿，别把自己藏在寂寞的口袋里，喝杯烈酒就暖在心头，可以不要清醒，不再想何时天明，工作的烦恼，过了今晚再努力，学会放过自己……"踟蹰在繁华而略显拥挤的长安街上，他情不自禁地怀念起文秀，想起了那段硬生生被他舍弃掉的幸福和平静的生活，心中无端地涌上了"我失骄杨君失柳"的感慨。一股生死两茫茫的伤感，骤然将这个强壮的陕北汉子击倒了。这一夜，帅气并颇具一股酷劲的柳北京不顾体面地趴倒在长安路一家豪华酒吧的小茶几上，烂醉如泥。翌日酒醒后，柳北京紧咬嘴唇，不再缅怀文秀，也没有时间再去思念刘晓月和秀延那个温暖的家，他要专注地去做一件大事。

徜徉在省城繁华的街头，柳北京已经深深爱上了这个地方。这里的湖水、葱茏的街边绿化带与华灯、美食、弦乐、鳞次栉比的高楼大厦、纵横交错如蛛网般的道路……这一切的繁华荡漾在他的心头，给人以无限的想象。面对致命的诱惑，柳北京没有犹豫，直接就跳了进去。他将自己专注地投入到了房地产生意中——他注册了红宝石房地产公司。他不能预知自己为梦想的付出，将会换来什么样的结果。但是他想，如果专注地去做一件事情，回报是自然而然的。

黄河畔，在苗林村那片荒芜的土地上，田安门挥洒自如、身心亢奋地坚持一镢头一镢头地挖了下去，一滴滴晶莹的汗珠从他的脸颊上、脊背上纷纷滚落到了坚实的黄土地里，汗水将满脸的灰尘流成了一道道沟壑。他的身后不远处，跟着忠心耿耿的武小亮和日渐年迈的老父亲，他们正埋头抡起镢头刨地。干得太累了，田安门站起身来直了直酸困的腰板。蓦然回首，望见父亲头顶上的银发，在春日暖和的阳光下，闪烁着一抹慈爱的光芒，光耀夺目。他浑身突然就有了使不完的劲，抡起镢头继续挖了下去。身后越来越多松松软软的土壤，空气中弥漫着一股微腥的泥土味，他用力吸了吸鼻子，像顽皮的孩子一样抓了一大把黄土向空中轻轻扬去。身后的田承武和武小亮看见他这个十分孩子气的举动，都会心地笑了。他们脸上的尘土被滚滚的汗珠划出了一道道不规则的弧线。他们的汗水默默地挥洒在了那片希望的土地上，无言的土地回报他们的是尽情地喷薄出一大片一大片郁郁葱葱的绿意，充满了生命的张力。

又过了两年，精心培育的枣树苗茁壮成长，看来明年就要挂果了。一想到来年秋天的大丰收，田安门真是欣喜若狂，他打电话将这个喜讯告诉了柳北京。

柳北京在省城已经干得很有起色了。他给田安门打电话，很真诚地说："哥，如果你哪天不想在家乡干了，就到我的公司来干吧，我这里永远都会给你保留着一个最好的位置！"田安门对此很感激，然而还是婉言谢绝了。田安门说自己文化水平不高，只有立足于本土，也许才有可能再创辉煌。柳北京好一阵沉默，良久，才说道："不管辉煌也好，低迷也罢，开弓没有回头箭，创业是没有退路的。我们都好好加油干吧！"他冲着电话做了一个加油的手势，当他意识到田安门那边根本看不到时，咧嘴笑了。

春日的黄河畔，与秀延县城的景致大相径庭，天蓝得像被水洗过一样，阳光灿烂。郁郁葱葱的草芽嗅到了春天浓烈的气息，努力睁开惺忪的睡眼，好奇地向外探头探脑。只是满天的杨花柳絮，像大都市街头那些浅薄的小女人般矫情地挥洒着小资情调，向路人频飞媚眼。田安门独自一人躺在疏朗有致的枣林间，解开穿了一冬的羽绒服大衣的扣子，闭上眼睛，怡然自得地晒着暖和的太阳，享受着阳光的惬意与温存。暖和的阳光透过薄薄的棉毛衫，轻柔地洒到田安门的胸膛上，犹如女人的纤纤素手在轻柔地抚摸、撩拨。啊，又想到了女人。他忍不住在心里默默过电影般回忆了一遍那些曾经与他有过多次肌肤之亲的女人，那些或年轻貌美、或小巧玲珑、或丰满性感、或杨柳细腰、或娇媚多姿、或温婉可人的女人，都仿佛皮影戏中的人物一样，影影绰绰，看得不甚真切，一个个从他的眼皮子底下逃一般匆匆溜走了，直至杳如黄鹤。最后长久地留在他心底的，唯有那个头戴美丽高贵的花环、身着一袭湖蓝色连衣裙、欢快地奔走跳跃在田间小路上的女孩，纤巧、柔嫩、秀丽的女孩——啊，文秀，我的文秀！他的心底顿时涌起了一丝惆怅，这种惆怅在田野上悄无声息而又迅速地弥漫开来……一种被思念从心底牵出来的孤单笼罩了他，一种无以言表的伤感情愫不期而至。

此刻，红枣基地一片热闹气氛，许多人正在枣林间穿梭忙碌，他们都是武小亮以每天二十元的工钱从周围十里八乡的村庄雇来的临时工。他们各司其职，一丝不苟地干着施肥、剪枝、锄地的活计。这些邻村的农民都被务工的快乐驱使着，在枣林间欢快地跳跃奔走着，许多妇女清脆的笑声萦绕在枣林上空，久久不散。田安门安静地听着，他们的热闹恰恰对比出了他内心的孤单，这莫名的孤单正一寸寸肆虐侵略着他的每一根神经。他懂得这种巨大空白的孤单来自哪里，眼前一旦没有了那个刻骨铭心思念的女人，孤单——这种致命的伤感情绪，就犹如在空气中飞舞的尘埃，无孔不入、无处不在，紧紧围绕着他、捆绑着他，氤氲在郁郁葱葱的枣林间，弥漫在宽阔雄壮的黄河之上。他就像抽烟一样，尽情呼吸着这些如影相随的孤单。有人认为孤单是一个人的狂欢，狂欢是一群人的孤单，这一点他深有体会。渐渐地，田安门竟然有点喜欢上这令人忧伤的孤单了。在漫无边际的静谧的孤单里，他可以尽情地放逐想象，展开回忆——于是，一袭湖蓝色的长裙翩然起舞了，五彩斑斓的花环衬托着一张清纯可爱的脸蛋，始终是一副笑意盈盈的神情，缓缓向他走过来了。女孩的笑容，惹人心颤，令人怦然心动……这一切美好的意象就一遍遍地在他的脑海中演绎、回放，直至定格成永远。

第六十二章

待二十万亩红枣基地全部焕发出春天的嫩绿后,田承武病倒了。田安门心急如焚,立即丢下手头所有的工作,叫上弟弟田安虎,亲自开车带父亲到虞城全面检查身体。检查的结果不亚于一道晴天霹雳在田安门弟兄头上轰然炸响——父亲患的是大脑颅咽管肿瘤,需要立刻做开颅切除手术。田安门担心开颅手术太复杂,市上的医疗条件毕竟有限,就说服弟弟妹妹,决定将父亲转到省城最好的医院——京都医院进行手术。妹妹田安玲因为刚生完小孩,没法随同前往省城陪护父亲。田安门和田安虎两个人带着父亲住到了京都医院。待交完押金后,他口袋里的钱已经所剩无几了。他急忙打电话回去,让武小亮给他的银行卡打些款来。

武小亮正在为钱的事情发愁哩,他说:"咱那五十万元贷款前期育苗早已经花得所剩无几了,还要先买些化肥存下,听城里回来的村民说化肥马上又要涨价了。我现在最担心的就是那笔西部扶持资金,到现在还没有一点影影儿哩。"临了武小亮又说:"我这几天正为活动'西扶资金'的事情在虞城跑得焦头烂额。如果明后天事情有眉目了,我就打算赶紧回去,这里吃饭住宿都不便宜,快撑不住了……"田安门听见武小亮说到最后竟然发出了一声长长的喟叹,便不好再多说什么。挂了电话,田安门就闷头坐在父亲病床前一声不吭。田安虎知道他哥在愁钱哩，可是他摸摸自己空空如也的口袋，也是无计可施。他的钱袋子本来就捏在他婆姨王朝霞手里嘛。这兄弟俩就默然坐在父亲病床前，愁眉紧锁，相对无言。

吃过中午饭后，田安门把田安虎拉到了门外边，嘱咐说："下午你好好在病房里照顾咱爸，一刻也不能离开，我出去想办法给咱筹点钱。"

"哥，你说咱的钱咋就那么不经花呢？"

"傻话，这是在省城最好的医院，不费钱，能叫最好的医院吗？"

出了京都医院大门，田安门茫然四顾，不知该去哪里筹钱。在偌大的省城里，他几乎没有亲朋好友，过去的战友倒是听说有几个在省城发展，联系得很少，也不好意思贸然找人家去借钱。他迅速在记忆库里搜索了一遍所熟识的人，还别说，确实让他想到了一位。他拿出电话本，颤着手指拨通了那个人的号码。电话打通了，那边很快就传出了一个熟悉的具有金属磁性的声音。那稳健自信的声音，仿佛电烙铁一般烙疼了他的自尊心。唉，自己真得混背了，都混到摇尾乞怜的地步，他倔强的自尊再一次抬头了。只听见电话那头一连声问："谁呀，怎么不说话啊？"他不知该如何开口了，慌忙挂断了电话。

田安门一个人站在医院门口，呆呆望着行色匆匆的路人、洪水一般涌过去的车潮，心头不由得漫上来一股怅惘的滋味。突然，有一辆锃亮的宝马停在了他的脚边，把他着实吓了一大跳，连连向后倒退了几步。心里怯怯的，他以为他占了人家的停车位。还没等他缓过神来，车上一个戴太阳镜的高大男人已经径直向他走了过来，只听那男人朗声喊了一声："嗨，哥，怎么是你啊，你咋在这里？"好熟悉的声音！田安门定睛一看，这不正是我要找的人吗？有一股火辣辣的委屈顿时弥漫在了他那双深邃的眼眶里，打湿了长而密的睫毛。

"我来给我爸看病，你到这儿干啥哩？"

"我来探望一位住院的老同学。田叔咋了？走，咱先去看看田叔去。"

柳北京拉着田安门刚走了几步，突然想起了什么，又折回来到医院门口的商店里买了一个花篮、一个果篮走了出来。兄弟俩提着花篮、果篮向京都医院的脑外科病房走去。路上，田安门给柳北京大体上讲了一下红枣基地运作和最近跑项

目资金的总体情况。最后他关切地问：

"兄弟，你的公司现在发展得怎样？"

"还行吧。"柳北京回答得轻描淡写。

在创业的初期到处是困难，项目的选择、人才的选择、资金的筹措等，每天眼睛一睁开，都不知道今天又会遇到什么样的新困难。创业者是需要指挥千军万马的人，他既是一个团队的领导人，又是每一项活动的具体实施者，需要有组织、协调、应变和语言表达等多方面的能力，没有这诸方面的才能是无法担任一个创业领导者的。为了做一个比较称职的创业者，柳北京就在陌生的房地产领域，不分白天黑夜地不断汲取扩充自己需要的养分。他的团队里吸收进了无数的才子能人、社会精英，他所打造的队伍充满了阳光的气息。其实创业最大的困难不是缺钱，而是缺人，他最有成就感的事情就是到了今天有一大帮人为了红宝石的梦想、为了他们自己每个人的理想在红宝石勤勤恳恳工作。所有的初创企业也都面临着发展的瓶颈，先求生存再求发展。一上手就希望迅速做大做强，这是错误的，正如他原来天真地想在一夜之间把秀延红枣推向全中国、全世界一样。柳北京后来才领悟，企业要想生存下来的话，首要的是站稳做好，而不是一味地贪大做大。一个人在黑暗中走路是寂寞的，但是许多人如果手拉手走在一起的时候，就会驱除寂寞，那是一种勇往直前的快乐。创业者没有先、没有后，没有大、没有小，每一个都在同一起跑线上。"优秀的团队光靠一个人单枪匹马是不行的，你身边的人都替你打工也不行，你身边的这批人也必须为了梦想和你一样疯狂热情，为了梦想而努力。"柳北京一遍遍咀嚼着这耐人寻味的话语，这些闪光的思想正和他的创业理念不谋而合。经过五年多的打拼，柳北京已经站在了属于自己的舞台上，他的房地产生意做得有声有色，他在这座舞台上恣意挥洒青春、挥洒激情。这一刻，他才明了，只要心诚，幸福触手可及。他在金色的阳光里，尽情释放生命的灿烂。

见柳北京亲自来医院看望自己，田承武高兴得脸色也好看了许多。他用枯瘦的手指紧紧抓住柳北京的双手舍不得放下。田安虎挪过病房里唯一的凳子，请柳北京坐下。田安门倒水时发现暖水瓶里没有水了，就拿着暖水瓶到水房接开水去了。

"田叔，感觉怎么样了？"

"这几天一直打着针、吃着药，感觉好多了。"

"什么时候进行手术？"

"可能还得几天吧！"老人说着，扭头朝田安虎望了一眼。

"怎么，排不上队？"

"这个……可能吧。"见田承武回答得支支吾吾，田安虎不由得插了一句嘴："什么排不上队？还不是因为没钱！"柳北京扭头望着田安虎，这时田安门恰好走进来，他显然已经听见了田安虎的回答，不满地瞪了他一眼。

柳北京见此什么都明白了，他有些生气，大声诘问："没钱咋不向我吭一声？亏我还把你叫哥哩，你还跟我客套……"说到这里，他突然想起前天那个陌生电话，就问："你前天得是给我打电话了？你换了电话号码也不告诉我一声，我竟然没有想到是你。"当晚，柳北京就派秘书送过来五万元现金，并且热心地帮助田承武联系上了一位脑外科专家。据说这位专家是他一个同学的岳父大人。

在柳北京的帮助下，田承武第二日就做了开颅切除肿瘤手术。手术进行得非常顺利，一个月后，田承武就出院了。父亲临出院前几天，田安门抽空去柳北京在省城北郊的办公楼上看了一回。他被柳北京办公室墙上高高悬挂着的一幅字深深吸引住了：上善若水，厚德载物。那八个遒劲有力的大字，犹如阳光一般照亮他的心扉。田安门一直盯着墙上那幅字看，嘴里喃喃自语："上善若水，厚德载物，水善利万物而不争，处众人之所恶，故几于道。居善地，心善渊，与善仁，言善信……"想到这里，他不禁扭过头望向柳北京："兄弟，我现在总算明白我哪里不如你了……"

柳北京深陷在老板椅里，认真地打量着他哥田安门的脸。对方的脸，被黄河畔上强烈的阳光晒成具有金属质感的古铜色。在他的眼里，这个模样的田安门是陌生的，是新鲜的。他能看出田安门的改变，这改变不仅仅是肤色被晒黑了，性格变深沉了，还有一种由内往外散发着爱心的改变，是令人欣喜的骨子里的自省自悟。此刻，他不禁动容了："哥，是生活教会了我如何去爱，是爱教会了我充满激情地去热爱生活、拥抱生活。"田安门望着柳北京脸上洋溢着的一团阳光般的气息，孤寂的心房犹如习习春风轻轻拂过。他兄弟身上意气风发的激情，不知不觉感染了他，笼罩在他眉宇间的一团愁云渐渐飘散开了。

田承武出院那天，田安虎的婆姨王朝霞也从秀延县城大老远专程赶来接他回去。王朝霞主动向她大伯子田安门提出来，要把公公接到自己家住一段日子。王朝霞个头不高，身材肥胖臃肿，脸蛋通红，留一头密密的板寸，染成了流行的板栗色，说话像蹦豆子一般干脆利落。她快人快语，和她男人商量："安虎，大哥要搞事业，不能让咱家里的这点事儿拖住脚后跟，你说对吗？"田安虎站在一旁，用感激的眼神热烈地望着王朝霞，不了解自家婆姨突然间咋会变得通情达理。趁田安门不注意，他偷偷在她的腰肢上戳了一下。她仿佛明了他的意思，回头附在他耳旁悄悄地说："是北京哥给我打过两次电话。"王朝霞是个大嗓门，她说的悄悄话早让站在一旁的田安门听见了。他心里一暖，眼泪差点掉下来。此时，田承武和田安门父子俩，也正用欣慰的目光，默默注视着王朝霞。王朝霞手脚麻利地一会儿就把东西收拾好了。她亲热地扶着田承武，向停在医院院子里的桑塔纳小轿车走去。临上车时，王朝霞抬头看了一眼灰蒙蒙的天空，高声大嗓地说："爸，咱院子里的太阳可好了，晒得暖洋洋的，花花草草长得可欢实了。对了，安虎，你不在的这段日子，我在院子里开辟了一块空地，种上了些蔬菜。以后咱们想吃黄瓜、西红柿，手一伸就能够摘到，一咬又脆又甜，再也不用大老远去挤菜市场，买那些被太阳晒得蔫不唧唧的菜了。"她回过头来又对她公公说："爸，你回去每天都可以靠在咱家那张躺椅上，眯着眼睛望着红彤彤的太阳、蓝格莹莹的天空。听人说，晒太阳还能补钙哩！不像省城这个鬼地方，整天像吊死鬼一样阴沉着一张老脸，像这医院一样除了钱他老子，就六亲不认了。"田安门父子三人都被王朝霞的话逗笑了。田承武用疼爱的眼神望了一眼儿媳妇红扑扑的脸蛋，又高兴地扫视一遍他那两个长得像牌楼一样高大的儿子，心满意足地坐进了汽车里。田安门将一瓶水蜜桃饮料塞到了弟媳妇手里。

汽车一路欢快地鸣着喇叭，飞快地向自己的家园、向那个阳光明媚的地方驶去。

第六十三章

"连绵秋雨十几天，秀延红枣损失高达6亿元。"

临近中秋节的一天早晨，柳北京早上打开《三秦晨报》时，就被这样一条消息骇住了，这不会是真的吧？他哥田安门的枣林岂不是又遭到毁灭性的一击？他非常着急地继续看下去——

自入秋以来，虞城地区出现持续阴雨、低温天气，红枣遭遇了50年不遇的灾害。恶劣天气致使黄河沿岸土石山区为主的红枣主产区160万余亩红枣，全部出现严重的裂果和腐烂现象，初步估计直接经济损失达10亿元。

秀延县素有"中国红枣之乡"的美誉，出产的红枣以质优味佳闻名遐迩。该县红枣栽植面积计100万亩，其中挂果面积达80万亩，正常年景可产干枣1.2亿多公斤。今年前两季度气候适宜，红枣挂果率明显提高，预计总产量可达1.5亿公斤。在红枣即将收获之际，自9月26日以来，连绵秋雨一连下了十几天，县境内一直淫雨霏霏，全县15个乡镇的100万亩红枣遭受灭顶之灾。秀延县红枣出现大面裂果和腐烂现象，受灾面积100%，涉及枣农70%，致使该县红枣近乎绝收，枣农损失惨重，造成直接经济损失达6亿元以上……当地农林部门认为，这次灾害说明，从市到县、从乡到村，普遍存在防范意识太差的问题，面对灾情束手无策，被动挨打，为枣农和企业带来了巨大的损失……

一字不落地读完这则新闻，柳北京震惊万分，他立刻想到了他哥田安门。他明白这场雨对于一个承包有20万亩河畔沙地的枣农来说意味着什么。他连忙放下报纸给田安门打电话，但语音提醒对方不在服务区。初夏，田安门精心培植的万亩红枣树全部挂果了，他由衷地喜悦，辛勤的付出眼看就要有回报了。金秋时分，漫山遍野的枣儿被红彤彤的阳光染红了，一点点、一丛丛、一簇簇的，像燃烧的火焰，映红了黄河沿岸的丘陵山岗，映红了苗林村的梁峁沟洼，燃起了田安门成就一番事业的希望。

这一年夏季天气出奇地干旱，普通的农民都在翘首企盼老天爷能大发慈悲普降一场大雨。可面对于如此的旱情，枣农们却欣喜异常。陕北有句农谚说得好：天旱圪针收。红枣的适宜生态条件是干燥少雨、阳光充足的气候，它的适应能力特别强，耐寒、耐高温、耐盐碱、耐瘠薄，是名副其实的"铁杆庄稼"。天旱就意味着丰收，越是特别干旱地区，枣树结出的枣子，果肉品质尤佳。正在枣农击掌相庆、欢欣鼓舞地企盼丰收之时，入秋以来，陕北地区却被乌云深深笼罩着，大部分地区开始下起了小雨。秀延县淫雨连绵、水涝成灾，雨水一直下了半个月也没有一点要停歇下来的意思，直下得枣乡的人们个个心里长满了绿毛，收获的希望转瞬间化为泡影。

田承武老汉独自坐在靠窗的前炕上，听窗外淅淅沥沥地下起小雨来，一阵紧似一阵，越下越大。望着这场不期而至的秋雨，老汉心头揪紧了。眼下正是红枣成熟的关键时节，最怕连绵的秋雨，再过十来天，寒露一过，红枣就可以熟透开杆了。他想，这场秋雨来得可真不是时候啊！田承武老汉眉头紧锁，一支接一支地抽着纸烟，心里只盼望着大儿子田安门能早点赶回来。应该想个什么办法啊？

对于绵绵淫雨，田安门没有任何办法，一筹莫展。几天前，武小亮从虞城打来电话汇报了在虞城活动的情况。一听说政府将启动"西扶资金"，众多农民企业家便一窝蜂眼巴巴地盯上了。武小亮说这一次情况相当复杂，由于西区六县介入的企业太多，人员太繁杂，闹得市上很不满，"西扶资金"恐怕要泡汤了。田安门一听局势不利，心急如焚，当即驾车向虞城方向赶去。

当天下午，田承武老汉实在担心得不行，就披着雨披到枣园里去看了看。二十万亩枣树，连成一片，红彤彤的枣子密密麻麻地挂满了树枝。今年的红枣挂果率相当高，要是成熟了，肯定是一个丰收年。那些贷款有望全部还完。望着眼前果实累累的枣林，田承武在高兴之余，心里默默地祈求这场秋雨赶紧停了吧，要是继续再下上个两三天，恐怕就要减产了，如果再下上六七天那就一点收成也没指望了。田承武老汉眼瞅着灰蒙蒙的天幕，忧心忡忡地想。可让活了七十多岁的田承武老汉万万没有预料到的是，这场秋雨会越下越大、越下越长，整整下了半个月。

那天，放下报纸，柳北京就一头钻进书房打开了电脑。他希冀在各种现代化的信息中寻求到解决问题的方案。晚间时分，张翠花也从电视新闻上得知了秀延发生的严重灾情。她当即给他兄弟打了个长途电话，听说枣子全部烂在地里长毛了，她再也坐不住了，嘴里一遍遍对她的孙女柳絮念叨着："絮絮，快想想办法嘛，受苦人把东山的日头背到西山，流汗受苦不容易哩！眼看到手的一点收成却又让这可憎的雨水都给糟蹋光了，老天爷眼睛瞎啦！"柳絮能有什么办法呢，孩子只能好言安抚奶奶几句。张翠花当下感到坐卧不宁，她打了出租车来到儿子的公司里。

"北京，咱家乡遭灾了，你晓得不？"

"晓得。"柳北京头也没有抬，忙着在网上搜索什么。

"咋办啊？"张翠花好像是问儿子又像是问自己。柳北京不知道该怎样回答他母亲的问话。

"我看新闻后不知咋心烦意乱，给你舅舅打过电话了，听说今年的枣子又全白瞎了。哎呀，你舅舅这光景可咋过呀？我赶来和你商量一下，你说咱们是不是应该发动员工凑点钱帮一把你舅舅……"

"唉，我舅舅那才是几亩枣林地，能损失多少钱啊？现在田安门的损失太大了，二十万亩枣林，少说也得损失大几千万……"

"啊？姓田的那小子咋承包枣林了？这下损失可不小，上次不是听谁说他破产了吗，哪里来的钱承包枣林呢？"

"抵押房子贷的款，前后投入好几百万元了。"

"天哪，这下损失可惨了，他有没有开口向你借钱？"

"没有。"

"算他小子有骨气……"

"妈，你说田安门遭到了灭顶之灾，咱帮不帮？"柳北京先用言语试探母亲。

"看来多少得帮一把了，看在你爸……"她本想说看在你爸的死情面上，但觉得不妥，又慌忙改口说，"看在你苗家外爷的死情面上，你赶紧发动员工和社会各界募捐钱，能帮多少帮多少，多少尽点心意吧！"

母亲的话太出乎意料！原来母亲洞若观火，田安门和柳安平的血缘关系咋能隐瞒得了她？现在母亲放下所有成见，不计前嫌，把他心里想要做的事情说出来了，柳北京倍感欣慰地笑了。他抬起头，久久深情地凝视着母亲，灯光下，母亲的满头银发瞬间闪烁着熠熠光彩。张翠花激动得还在絮絮叨叨。柳北京欣慰地感知母亲进入老年之后，身上的戾气渐渐不见了，心境趋于平和与善良。"妈，谢谢你！"他动情地走过去搂住了母亲瘦弱苍老的肩头。夜深了，母亲还坐在沙发上等待忙碌中的儿子。柳北京疼惜地将自己的一件外衣披在母亲单薄的肩上。他仿佛下定决心一般，对母亲说："一定会有办法的，乡亲们一定会有办法渡过难关！"

待田安门赶回黄河畔上时，已经是一个星期以后了。由于暗箱操作和不正当竞争，也由于许多企业领导人表现出种种人性的恶，使香饽饽一般的"西扶资金"最终被有关部门冻结了。田安门心里惦记着红枣基地的收成，一看死守在那儿无济于事，就将武小亮留在虞城待命，自己一个人冒雨驾车赶了回来。

田承武听到喇叭响，慌忙起身出门迎接儿子。"今年的这场雨下得好不蹊跷。以往到秋天的时候,也经常会遇到连阴雨,一般也就下上三两日,天就放晴了,对红枣的生长和成熟影响不是很大。然而,像今年这样昼夜不停地一连下七八天淫雨,还是头一遭遇到。那两天你去办事没有回来,一听见外面淅淅沥沥的雨声,我的头就像裂开一样地疼。我担心啊,咱投入了那么多钱……"田安门心急如焚地向里面走,没有说话。父子俩走进枣园深处,挂在枝头的枣子被雨打得一片狼藉,红灿灿地铺了一地,随处可以看到被风刮落在地里的烂枣。满地的烂枣,经雨水长时间浸泡,已经把黄土地都染成黑红的了,地上黑红的一大片,看着真让人心疼。那些躺在烂泥堆里的枣子很快就裂口腐烂掉了,枣子腐烂的味道就一直在整个黄河畔上空弥漫,直至蔓延到了田安门和许多枣农的心里。一年多的辛勤付出,转眼间付诸东流了,几百万元的贷款全部泡汤了。父亲田承武弯下腰,颤抖着用双手捡起一捧裂了口的枣子,心疼地说:"烂了,全烂了,都卖不成了!"

田安门像疯了一样,不顾一切地冲到雨地里,跪在烂泥地上,掬起浸泡在泥水里已经腐烂发臭的红枣,欲哭无泪。天哪,这片枣园就是他的命根子啊!一场霏霏淫雨,浇灭了丰收在望的红火,浇灭了蓬勃在田安门心头的所有希望。田安门终于倒下了,他面色铁青,三天不吃不喝,任谁问也不吭一声。田承武老汉看在眼里,疼在心头。他坐在炕头一个劲唉声叹气,毫无办法。大儿子已经三天没有吃喝了,再这样下去,非把身子骨拖垮不可。田承武老汉再也坐不住了,他到院子里踅摸过来踅摸过去,最终将电话拨到了省城的红宝石房地产公司。话筒里传来女秘书热情而客气的女中音:"我们柳总去山东出差了。您有什么事情需要转告吗?"田承武非常失望地挂断电话。他只得气呼呼地一个电话将武小亮从虞城召回来。

三个男人坐在大炕上一个劲地抽烟,大眼瞪小眼,对眼前的困境,无计可施。灰暗的窑洞陷入了一片可怕的寂静之中,空气中笼罩着一团令人窒息的迷雾,淫雨依然在淅淅沥沥下着。

与此同时,秀延县委、县政府领导班子正在召开一个紧急会议。他们对于这场秋雨带来的灾难非常意外和震惊。县委书记白岩东首先带头深刻地反省了自己在工作中的不足之处,他说:"由于我们各级领导普遍防范意识太差,对过去发生的灾情没有重视,导致我们面对灾情束手无策,被动挨打,因此给枣农和企业带来了巨大损失……"白书记的反思是深刻和富有启发意义的,各级领导也纷纷进行了反思与检讨。在这次严重灾害事件中,气象部门由于没有及时准确地做好短期、中期和长期天气预测预报而受到全县通报批评。

这几天,县里派了调查组,了解枣农受灾情况。县里调察组刚刚离开,一阵欢快的汽车喇叭声由远渐近传来,穿过雨雾,刺破了乡村的宁静。两辆满载货物的大卡车盖着绿帆布径直向田安门他们所居住的大场院开过来。村里刚才来看热闹的大人小孩还没有走远,看见有大卡车开来,就又远远地跟在车屁股后面也向这边缓缓移动。

从大卡车上卸下来一捆捆油碧油碧的枣树苗。众人见了非常奇怪,有人竟然在秋季买枣树苗,眼瞅着就要立秋下霜了,栽在地里不冻死才怪哩!当地一位叫李福军的枣农差点没笑歪了嘴巴:"这是谁有钱烧的还是咋的?嫌下雨没砸够钱,又用枣树苗接着来砸吗……"田安门父子俩和武小亮都走出来,呆呆地站在车前,他们也没有闹明白究竟是哪里来的枣树苗。

"这两车枣树苗是我们柳北京老总派人给他哥田安门送来的。"领头的司机是一个精力充沛而又饶舌的年轻小伙儿。他一边招呼工人帮忙卸货,一边向围观的乡亲解释:"这些枣树苗可不是你们陕北那种普通的枣树苗,是柳总亲自去山东采购的一种冬枣树苗。冬枣结的果实又大又脆,在大都市里十分抢手!"司机临走时还给田安门留下了一大笔款子,说是临走时柳总托付让他带给田安门的。田安门刚想问这些钱是从哪里筹来的,司机已经开着车呼啸着离去。

柳北京捎来的那笔款子可派上了大用场。田安门用它请技术人员雇人栽植和嫁接冬枣树苗。柳北京的出手帮扶,替田安门弥补了红枣严重歉收所带来的损失。等到冬枣成熟后,拉到秀延县城、虞城、省城,很快被抢购一空。卖冬枣所得足以还完一部分贷款。县上受到柳北京的启示,也先后从山东等地采购了一批冬枣树苗,分发给黄河沿岸众多受灾的枣农,总算多少弥补了一点损失。

当田安门急着要还柳北京那笔款子时,柳北京从省城给他打来了电话。"你先不要着急还我的钱。我不缺钱花!"他提醒田安门要抓住机遇,把好钢都用在刀刃上,"我的钱等你来年赚了钱再还也不迟。"最后,他还提醒田安门千万不能像过去一样,一赚了钱即刻就散个精光。那语气里的训诫意味,让田安门很不好意思,现在他倒仿佛成了弟弟一样要乖乖接受他兄长柳北京的劝诫。在电话里,柳北京还告诉了他一个好消息——"刘晓月快生了,医生做B超说是一对双胞胎。"田安门由衷地替自家兄弟高兴,他满口应承:"真是个好消息!满月时,我一定会赶到省城去喝喜酒!"

第六十四章

过春节时，武小亮和田承武都回城里去了，雇来的工人也放假了，红枣基地只剩下田安门一个人。每当夜深人静时，田安门常常会默默坐在黄河岸边，老僧入定般聆听波涛滚滚、微风轻拂，仿佛时空不在，神界人间、天上地下，已全然无法分开。他默默地一支接一支地吸着烟，黑暗中，闪现着忽明忽暗的星光。他在回忆，也是感谢，对上苍、对养父、对柳北京，甚至对已逝去多年的母亲和文秀。他对这片皇天后土心存感激，他感谢养父几十年无私的养育和包容，更感谢柳北京给予自己无私的亲情与关爱。他仰头久久注视着天上最亮的那两颗星，在他心目中，那两颗星一定是母亲和文秀。她们虽然相继离开了他，但并没有走远，她们仍在天上深情地注视着他、关爱着他，同时也护佑着他……

"妈——文秀——"这嗓子压抑已久的呼喊直抵云霄，他的眼眶湿润了。黄河水一浪一浪地从他脚下汹涌流过，淹没了他心底的饮泣声。抬眼望，黄河对岸的莽莽远山，白雪皑皑，层峦叠嶂，连绵起伏。有冰冷的风从时光深处强劲地吹来，千山万壑顿时变成千军万马，在狂奔、在呼啸，同脚下的黄河一同滚滚向前奔流。此刻，对于一般游客而言，黄河是一种诱惑，是梦中的向往。而对田安门来说，黄河却成了一种生命情结，是生命里血脉相连不可分离的一部分。由于对黄河、对红枣太专注、用情太深，田安门只希望自己的后半生能一直守着母亲河，守着甜甜的红枣，守着二十万亩红枣基地——成为传播红枣文化的一粒火种。

春节一过，柳北京在省城有名的五星级酒店——喜来登酒店，为双胞胎儿子闹满月。在此之前，柳北京曾经专程回了一次秀延县。和他一起回来的还有解散了自己公司来跟随他的袁明亮、高顺有、文章、呼小三，以及公司重要部门的领导和代表们。他们就在黄河畔上的红枣基地展开了长达三天三夜的秘密商谈。很久不见这么多人了，田承武老汉高兴得合不拢嘴。他现在愈发老了，眉毛胡子都染上了白霜，走路颤颤巍巍的，他像许多年迈的老人一样，开始稀罕热闹的人群和氛围。他颤颤巍巍地穿梭在其中，给这个人添点茶水，为那个人抓一把瓜子、递两块糖。至于别人问起他这次商谈的内容，他会神秘地一笑，秘而不宣。

当田安门风尘仆仆地赶到喜来登酒店时，已经中午12点了，庆幸还没有开席。几乎所有的客人都已经先他而到了。席间宾客如云，有省上的一些领导，有红宝石房地产公司的全部员工，有柳北京的亲朋好友，也有专程从秀延县石板巷赶来的街坊邻居……人逢喜事精神爽，柳北京西装笔挺，皮鞋锃亮，眉宇间洋溢着中年得子的兴奋。他正忙着招呼陆续走进来的客人，袁明亮、高顺有等人也正在大门口迎接客人。紧接着，一阵喧哗，一群人簇拥着省长秘书鱼贯而入。啊，省长秘书也被邀请到场了。众宾客慌忙起身恭敬相迎。省长秘书的大驾光临，为今天的满月酒宴增添了无上荣光。柳北京的亲戚、发小们皆引以为豪，心想这下回秀延可有谈资了，同样是做事业挣钱，我们家柳北京就是与你们那些小商小贩不同。有的人甚至偷偷将他与田安门做比较。呼小三耳朵尖，隔着桌子听到了，他走过来戳戳说话人的后背，轻声告诉他，人家现在早认了兄弟，以后可不敢再说这样不利于团结的话。说闲话的人当即吐吐舌头噤了声。

面对满座衣着华丽、气宇轩昂、风流儒雅的高朋贵宾，田安门不禁为自己的一身土气和满面灰尘而自惭形秽。他以为柳北京没有看到他，上前匆匆与刘晓月打了招呼，给两个可爱的小侄儿每人塞了一个大红包，便转身随便在角落里找了一个座位坐了下来。柳北京其实早就看见了他，见他一个人落寞地坐在角落里的位子上，便丢下谈兴正浓的客人，向他这边走过来。柳北京生拉硬拽把他拉扯到了贵宾席上就座。

柳北京接过礼仪小姐递过来的话筒，指着田安门朗声向大家介绍："这位就是我大哥田安门，他专程从陕北秀延县大老远赶来替他的一对侄儿闹满月来了。我刚才对大家说的，还有一位尊贵的客人没有到，就是指我大哥。他如今是陕北黄河畔绿色生态园二十万亩红枣基地的董事长兼总经理。下面有请我大哥讲话——"在一片如潮的掌声中，田安门拘谨地站了起来，可能是在农村待的时间太久了，他已经不太习惯这种热闹浮华的场面，他结结巴巴地讲了两句祝福语，就不知从何讲起了。他求援似的朝柳北京望了一眼，柳北京仿佛感受到了他的窘态，慌忙吩咐礼仪小姐宣布满月宴现在开始。

两个礼仪小姐抬着一块蒙着大红绸布的硕大牌匾，立在舞台正中央。主持人清了清嗓子，开始讲话，他的普通话标准而洪亮。他说今天是红宝石房地产公司总经理柳北京双喜临门的好日子。众人不知缘故，纷纷翘首张望。随着被邀请上台的嘉宾们一挥手揭开红布，闪耀着金属光泽的"红宝石集团公司"七个大字赫然在目。柳北京被热情地邀请上台讲话。"这是21世纪经济时代发展的必然选择，也是创业的必然结果。集团公司的核心就是优化资源配置，取得规模效益，确保市场竞争优势。兼并集中是红枣市场发展趋势，也是规模化经营的必然结果……"柳北京的精彩讲话，被一阵如潮的掌声淹没了。

清明节前夕，田安门特意进了一次城。

清明时节，秀延依然万物萧疏，山寒地瘦，寒风料峭。坐落在秀延县笔架山脚下的一片墓园，寂然无声。虽然日益繁华热闹的秀延县城近在咫尺，但尘世生活仿佛被墓园远远地屏蔽了。在安睡着一个美丽的女人的这片墓地上，有一缕丹彩斜阳正照耀在一座枯草掩映的孤寂坟茔上，坟茔周围散立着一株株苍翠的针叶松，静默地站在那里。"哇！""哇！"偶尔，枯树枝上的乌鸦发出几声哀鸣，打破了死一般的沉寂。田安门看到文秀坟前的供桌上，放着一束玫瑰花，还没有完全枯萎。他就明白柳北京回来过了。他对着冥冥之中呢喃："文秀，你该欣慰了，我和他都没有忘记你！"他噙着热泪跪在潮湿的泥地上，在坟茔的两旁栽了两棵苗壮的冬枣树苗。这两棵冬枣树苗仿佛就是他和柳北京兄弟俩，他们要在这里扎根生长，默默地陪伴文秀这个孤独而伤心的女人。一阵微风吹过，冬枣树的枝条随着微风轻轻摇曳，仿佛就是女人无言的倾诉。就让这两棵冬枣树见证这无比珍贵的友谊，也见证已经逝去了的纯洁爱情吧——这难能可贵的、已经升华了的爱情哟！

田安门跪在坟前，一遍遍抚摸着文秀冰凉的墓碑，一如他在她生前曾深情地吻遍她的全身。一抹深深的凄楚如流水般轻轻划过了他的心弦，几许淡淡的怅惘飘过，田安门似乎听见了自己的心声：文秀，你去了，似乎我灵魂里的一部分也追随你而去了。我是一个共产党员，原本是信仰唯物主义的人，现在我却希冀着能有天国。倘若真的有所谓的天国，我知道，你一定会在那里静静地等着我。你早已原谅了我的过错，我就要到那里去与你相会，我们将永远在一起，再也不会分离……"忽闻海上有仙山，山在虚无缥缈间。"一丝轻愁悄悄地掠过田安门的心胸，他泪眼婆娑，嘴里情不自禁喃喃自语："文秀，我的亲人哪，让我何处去寻觅你的身影！"

坐了良久，直至有一丝湿湿的凉意浸了上来，田安门才缓缓站起身来，抓起铁锨又为这座孤坟四周培了培土，才依依不舍地转身离开。他的步履很稳健，高大挺拔的身影很快就隐没在了连绵不绝的群山之中。行走在绿树青山间的田安门，恍惚听见他的心底流淌着一首动人、凄切的歌谣：

    坡上湿土干了，
    我忘不了你；
    坟头上长满青草了，
    也埋葬不了我的悲伤；
    眼泪流干了，

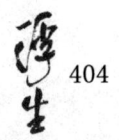

悲伤也不会从我的心头飞走；

你的影子升天了，

我的心被一种寂寞填满了……

  初稿 2007年11月9日—2008年8月9日

  二稿 2019年1月7日—2019年1月16日

  三稿 2019年1月17日—2019年1月28日

  四稿 2019年3月13日—2019年3月20日

后记

离别故乡二十余载,故乡的风土人情仍然熟稔于我的胸间,方言俚语依然常常萦绕在耳畔,那些曾经活跃在故乡的父老乡亲、兄弟姐妹的音容笑貌也会时常在静谧的夜晚出现在我的梦境。清晨,窗外闹哄了一夏的蝉鸣,仿佛在声嘶力竭地喊着"为吾枣红,为吾枣红,为吾枣红"。这一声声多情而缠绵的鸣叫,不禁撩拨起了我的无限乡思,瞬间,心头的感动像青藤一样牵扯着我全身每一根纤弱的神经。我听见记忆正在恢复着最初的鲜活,一瓣一瓣地,恍若枣花盛开的声音。我恍惚又走进了八月飘香的枣林,于是便有了写这部小说的冲动。

有位老友在博客上看过小说开头后,连声叫好,夸我是才女,并热情地建议我赶快让作品问世。朋友的鼓励令我感动,为了不辜负诸多关爱我的亲人朋友殷切的期望,我不应该有丝毫懈怠。其实,我沉湎于文字,图的只是一种倾心的快乐,是对自己心灵的一种慰藉。在我的作品中,我将想象的生活和生活的想象严丝合缝地结合在一起。有人说想象的生活和生活的想象可以互证,它们共同指向一种美学状态,即希望与现实的距离。众所周知,在现实生活中,人与人之间的疏离感已经相当明显,我根本不敢指望仅凭一己势单力薄的呼声,就能使这种日渐严峻的疏离感瞬间弥合,乃至消失。我只寄希望于不断寻找和剖析现实生活的断面,让灵魂挣脱尘俗的羁绊,从而慰藉忧伤和失落的过去,或者能温暖依然渴望着的未来。人类以和谐为本,我只希望现实中的人们能稍微改变一下冷漠、纷争、仇恨的人生态度。

说起创作的初衷,还得提到2007年家乡发生的那场红枣大灾,损失上亿元。灾情的发生对我的触动很大。之后,我就试图用自己比较粗糙的文字,构建营造这样一个以善、美、和谐为本的人文环境。在写作的过程中,我时时卡壳,我不禁对自己的才疏学浅感到惶惑不安。然而,我还是坚持了下来,因为我的爱人肖栋带病坚持工作的精神感染了我。女作家韦君宜曾说:作为一个大写的女人,我们的慈爱、温情、痛苦、忧郁以及艰苦卓绝,都应该活在我们的作品里,活在我们的心里,和我们的兄弟们一样。

我写这部小说,首先是为了慰藉心灵的巨大寂寞,让自己哪怕是微不足道的思想有一个表达和释放。其次是想通过倾诉来寻找共鸣。我一向认为,一个作家的劳动是一种内心渴望表现的欲望在困惑和折磨着她,她写作的全部目的正是要表现内心的这种困惑。我只是单纯地想要把自己体验或观察到的生活和情感传达给善感的读者。于是,我在内心里重新唤起这种渴望,并用文字表达出来。

这部小说的出版可谓一波三折。从2006年开始构思,到2007年冬动笔,用了将近一年时间,我完成了初稿二十八万字。本来说好我的爱人肖栋做我的第一位读者,可是万万没有料到他会于2008年8月与世长辞。在那个黑色的8月,我永远失去了一位灵魂伴侣。一年后,文章开头提到的那位知己老友也在一场医疗事故中丧生。我无以表达感伤,只能用这部作品深切缅怀他们。

由于多种原因,整整十年光阴,我的书稿静静躺在电脑的E盘里。最近在我自己的微信公众号"静园听风"平台上连载十章,得到了全国各地许多师友的鼓励支持。行文至此,我必须在这里郑重感谢中西建设集团有限公司董事长侯小军和榆林市高科建设集团有限公司董事长杭彦飞,是他们的热心相助,使我倍添勇气,敢于把这部拙作最终奉给大家!在这里,我还想表达对恩师冯积岐老师的感激之情。可以说是他的作品将我引领进小说之门;是他耐心地阅读我的文字,并提出了非常中肯的修改意见;也是他一直亦师亦友的默默鼓励支持,让我得以从容地走在追求文学的道路上!

在这部作品面世之前,我不祈求更多,我只希望自己所勾画的这幅人类和谐相处、人性救赎和回归之美的图画,能对一些人的灵魂稍微有所触动,有一点醒世价值,足矣!

2019年3月21日下午3点